HEYNE BÜCHER

Das Buch

Skandale, Intrigen und Machtkämpfe erschüttern das Königreich Heinrichs VIII. Ein dramatischer Wendepunkt in der englischen Geschichte bahnt sich an. Nach zwölfjähriger Ehe ist die Liebe des politisch wie erotisch gleich unersättlichen Königs zu seiner alternden Gemahlin Katharina von Aragón erkaltet. Die Hoffnung der Königin auf den verzweifelt herbeigesehnten männlichen Thronerben hat sich zerschlagen. Auch der Plan, ihre geliebte sechsjährige Tochter Mary mit Kaiser Karl V., dem mächtigsten Herrscher der Welt, zu verheiraten, scheitert. Nun sind die letzten Hemmschwellen gefallen, die den König zurückhielten, seine ungeliebte Frau zu verstoßen. In dieser kritischen Situation erscheint die verführerische und schöne Anne Boleyn bei Hofe und verdreht dem heißblütigen Heinrich den Kopf. Der König ist besessen von der Begierde, Anne zu besitzen. Für sie setzt er sogar seine politische Zukunft aufs Spiel. Gemeinsam brütet er mit Kardinal Wolsey, seinem intriganten Berater, jene geheime Taktik aus, die zur Annulierung der Ehe mit Katharina von Aragón und schließlich zum Bruch mit der katholischen Kirche führt. Anne Boleyn hat erreicht, was sie wollte, und zögert nicht länger, ihr Bett mit dem König zu teilen.

Autorin

Eleanor Bufford Hibbert, die 1993 im Alter von 86 Jahren verstorben ist, war Philippa Carr als Autorin von Liebesromanen im historischen Gewand. Als Jean Plaidy schrieb sie historische Romane von großer Authentizität und als Victoria Holt hat sie romantische Abenteuerromane verfaßt. Unter allen Pseudonymen hatte sie als Schriftstellerin Welterfolge.

JEAN PLAIDY
besser bekannt als
VICTORIA HOLT

DAS GEHEIMNIS DES KÖNIGS

Roman

Aus dem Amerikanischen
von Dr. Ingrid Rothmann

Deutsche Erstausgabe

WILHELM HEYNE VERLAG
MÜNCHEN

HEYNE ALLGEMEINE REIHE
Nr. 01/10618

Titel der Originalausgabe
THE KING'S SECRET MATTER

Umwelthinweis:
Das Buch wurde auf
chlor- und säurefreiem Papier gedruckt.

Redaktion: Birgit Groll

Printed in Germany 1998
Umschlagillustration: Archiv für Kunst und
Geschichte/Erich Lessing, Berlin
Umschlaggestaltung: Atelier Ingrid Schütz, München,
unter Verwendung des Gemäldes ANNA BOLEYN IM TOWER
NACH IHRER GEFANGENSETZUNG von Edouard Cibot, 1835
Satz: Pinkuin Satz- und Datentechnik, Berlin
Druck und Bindung: Elsnerdruck, Berlin

ISBN 3-453-13690-X

1.

Die Rache des Kardinals

Katharina, Königin von England, saß an ihrem Fenster, das den Blick auf die Palastgärten öffnete. Ihre Hände lagen müßig im Schoß, da sie die Stickarbeit am Wandteppich momentan ruhen ließ. Sie näherte sich ihrem fünfunddreißigsten Geburtstag, und ihre einst anmutige Gestalt war in den vielen Jahren enttäuschender Schwangerschaften füllig geworden, was ihrer Würde jedoch keinen Abbruch tat. Die zahlreichen Demütigungen, denen sie ausgesetzt war, hatten nicht vermocht, ihr jene ruhige Selbstsicherheit zu rauben, die ihre Umgebung nie vergessen ließ, daß sie nicht nur Königin von England, sondern auch Tochter Isabellas von Kastilien und Ferdinands von Aragón war.

Von ihrer modischen, vor Juwelen blitzenden, fünfeckigen Haube hing eine schwarze Mantilla herab, da sie trotz der neunzehn Jahre, die sie nun in England lebte, noch immer gewissen Sitten ihres Heimatlandes anhing, ihr blaues Samtkleid war mit Hermelin besetzt, und wenn sie mit anmutig gekreuzten Füßen dasaß, lugte ihr Unterrock aus goldfarbenem Satin hervor, um ihren Hals lagen Rubine, Edelsteine, die auch den *cordelière*-Gürtel zierten, der ihre umfangreiche Taille umspannte und bis zu ihren Füßen fiel.

Als sie nun aus dem Fenster blickte, waren ihre ebenmäßigen, wenn auch ein wenig groben Züge überaus ernst, und ihre hohe Stirn zeigte Sorgenfalten. Die Frau, die sie beobachtete, wurde von Mitleid übermannt, da sie wußte, daß die Königin zutiefst beunruhigt war.

Und das aus gutem Grund, dachte Lady Willoughby. Als Maria de Salinas war sie mit Katharina vor neunzehn Jahren nach England gekommen und bis zu ihrer Vermählung mit Lord Willoughby die treue Dienerin ihrer Herrin gewesen, und auch jetzt noch eilte sie oft an deren Seite, wenn es sich einrichten ließ.

Königin Katharina hatte wahrlich Ängste genug auszustehen.

Wenn es nur einen männlichen Nachkommen gäbe, dachte Maria. *Ein* einziges männliches Kind. War das zuviel verlangt?

Warum bleibt ihr ein Sohn versagt?

Sie waren einander schon so lange und so innig vertraut, daß die eine manchmal Gedanken der anderen lesen konnte. Als nun die Königin ihren Blick vom Garten losriß, sah sie das Mitleid in Marias Augen und beantwortete deren unausgesprochene Frage.

»Maria, ich habe das Gefühl, daß es nie dazu kommen wird«, sagte sie. »Diese vielen Fehlschläge …«

Maria errötete, ärgerlich über sich selbst, weil sie ihre Gedanken verraten hatte, die den Kummer ihrer geliebten Herrin nur noch vertiefen mußten.

»Euer Gnaden haben eine entzückende, gesunde Tochter.«

Wie immer, wenn von ihrer Tochter, der fünfjährigen Prinzessin Mary, die Rede war, wurde Katharinas Gesicht wieder jung und fast schön.

»Mit jedem Monat wird sie reizender«, murmelte die Königin mit einem Lächeln. »Marys unbeschwerte Fröhlichkeit hat das Herz ihres Vaters so fest erobert, daß ich überzeugt bin, er sieht es ihr nach, daß sie kein Knabe ist.«

»Niemand kann sich wünschen, Prinzessin Mary sollte anders sein, als sie ist«, murmelte Maria.

»Nein. Ich möchte sie nicht anders haben. Ist das nicht merkwürdig, Maria? Auch wenn es in meiner Macht stünde, aus ihr einen Knaben zu machen, würde ich es nicht tun. Ich möchte sie in keiner Weise verändern.« Ihr Lächeln erlosch, und sie fuhr fort: »Wie sehr wünsche ich mir, ich könnte sie öfter bei mir hier in Greenwich haben.«

»Der König ist so sehr darauf bedacht, ihr den gebührenden Rang zuzuweisen, daß er darauf besteht, sie müsse eine eigene Hofhaltung haben.«

Die Königin nickte und wandte sich wieder ihrer Gobelinstickerei zu.

»In Kürze werden wir uns nach Windsor begeben«, sagte sie. »Dann werde ich sie von Ditton Park kommen lassen. Ich kann es kaum erwarten zu hören, welche Fortschritte sie auf dem Spinett macht. Kannst du dir vorstellen, daß ein Kind von fünf Jahren so großes musikalisches Talent zeigt?«

»Niemals«, sagte Maria, die insgeheim dachte, sie müsse Katharinas Gedanken bei Mary festhalten, damit ihr nicht weniger angenehme Dinge in den Sinn kamen.

Doch als sie Katharina jenen Tag ins Gedächtnis rief, als der König mit seiner Tochter in den Staatsgemächern erschien und darauf bestanden hatte, die Gesandten Frankreichs und Spaniens sollten dem Rang und den Talenten des kleinen Mädchens ihre Reverenz erweisen, wurde die Königin durch einen Ruf aus den Gärten abgelenkt, und Maria entging nicht, wie sie kurz die Augen schloß und damit ihren Widerwillen vor dem andeutete, was dort unten vor sich ging.

Es ist ein verhängnisvoller Fehler, daß die Königin

die Vergnügungen des Königs meidet, dachte Maria. Sie konnte die Abneigung Katharinas zwar nachempfinden, spürte aber, daß es sehr unklug war, dieses Gefühl offen zu zeigen. Der an fast bedingungslose Schmeichelei und Zustimmung gewöhnte König reagierte sofort mit Unwillen, wenn diese ausblieben. Und mit ihrer Weigerung, ihn in die Arena zu begleiten, hatte die Königin ihn zweifellos gekränkt. Gewiß, sie hatte Unwohlsein vorgeschoben, doch der König, selbst nur selten indisponiert, war geneigt, Unpäßlichkeiten anderer mit Skepsis und Verachtung anzusehen.

Nein, es war bedauerlich, daß die Königin an der Seite einer treuen Freundin bei ihrer Stickarbeit saß, während der König im Kreise seiner Höflinge zusah, wie ein Bär von seiner Hundemeute in Stücke gerissen wurde.

Weitere Rufe folgten, ein Trompetenschall drang durch das offene Fenster.

»Das Schauspiel ist zu Ende«, sagte Katharina. »Wie bin ich froh, daß ich nicht zugegen war und die Todesqual eines armen Geschöpfes mitansehen mußte.«

»Ich fürchte, wir werden uns nie an englische Lustbarkeiten gewöhnen«, gab Maria zur Antwort. »Nach all den Jahren sind wir noch immer Spanierinnen.«

»Und doch sind wir jetzt durch unsere Ehen Engländerinnen, Maria. Beide haben wir englische Ehemänner, und Spanien erscheint mir so fern. Doch werde ich die Alhambra und meine Mutter nie vergessen.«

»Würde Euer Gnaden gern nach Spanien zurückkehre?«

Katharina schüttelte den Kopf. »Nach ihrem Tod nicht mehr. Für mich war *sie* Spanien. Ich glaube, ich hätte das Leben der vielen Erinnerungen wegen nicht ertragen, nachdem sie gestorben war. So viele Jahre ist sie nun schon tot … und doch ist sie für mich nie wirklich gestorben. In meinem Herzen lebt sie und spendet mir noch immer Trost. Wenn ich an meine eigene liebreizende Tochter denke, sage ich mir: Katharina von Aragón wird Prinzessin Mary eine solche Mutter sein, wie Isabella von Kastilien es Katharina von Aragón war.

»Sie besaß Größe und Weisheit.«

»Zuweilen«, fuhr Katharina fort, »wünsche ich mir aus ganzem Herzen, daß sie da wäre, daß sie ihre Gemächer in diesem Palast hätte und ich zu ihr gehen und ihr sagen könnte, was mich bedrückt, damit sie mir in ihrer großen Weisheit raten könnte, was ich tun soll.«

Was hätte aber selbst die große Isabella ihrer Tochter zu sagen vermocht? fragte Maria sich. Wie hätte sie ihr raten können, sich die Gunst ihres launischen Gemahls zu sichern? Sie hätte nur wie so viele am Hof sagen können: Schenke ihm einen Sohn. Dann ist deine Sicherheit gewährleistet.

Katharina sah die Frau an, die schon so lange ihre teuerste Freundin war. Sie weiß um meine Sorgen, dachte die Königin. Wie hätte es auch anders sein können? Wer am Hof hätte nicht gewußt, daß die Abneigung des Königs gegen seine um fünf Jahre ältere Gemahlin immer größer wurde, daß er ihr untreu war und daß seine Enttäuschung über ihr Unvermögen, ihm einen gesunden männlichen Erben zu schenken, ständig wuchs, wenngleich sie oft genug bewiesen hatte, daß sie sehr wohl schwanger werden konnte? Zwölf Jahre Ehe hatten nur etliche Totgeburten und ein einziges lebensfähiges Kind hervorgebracht – eine Tochter.

Katharina war nicht der Mensch, der Mitleid wollte, und sie wußte um die Gefahr, sich anderen anzuvertrauen. Aber Maria de Salinas war ihre beste Freundin, und sie war überzeugt, daß es niemanden gab, der sie mehr liebte. Ein wahrhaft trauriges Eingeständnis. Ihr Gemahl liebte sie nicht mehr, dieser betrüblichen Tatsache war sie sich nur allzu deutlich bewußt. Ihre Mutter, die sie innigst geliebt hatte – so wie sie Mary liebte – war schon lange tot. Und kürzlich war auch ihr Vater, der ehrgeizige, knauserige Ferdinand, verstorben. Aber Ferdinand hatte nie sehr viel Liebe an einen einzigen Menschen zu verschenken vermocht, da seine Besitztümer seine gesamte ihm zu Gebote stehende Zuneigung in Anspruch genommen hatten. Für ihn war Katharina nur eine wertvolle Schachfigur in dem politischen Spiel gewesen, das sein Leben bestimmte. Die kleine Mary freilich hatte sie lieb. Aber Mary war ein Kind.

Gott gebe, daß sie nie so leiden muß wie ich, dachte die Königin.

Aber für Mary, die nun Thronerbin war, da in England das salische Gesetz keine Gültigkeit hatte, würde sich alles zum Guten wenden. Wurden ihren Eltern keine Knaben geboren, dann würde sie eines Tages den Thron besteigen und Herrscherin kraft eigenen Rechts sein, womit ihre Stellung eine völlig andere wäre als die der Gemahlin eines Königs.

Katharinas Mutter, die Königin aus eigenem Recht gewesen war, hatte dies trotz aller Gattenliebe nie vergessen. Ferdinands Treulosigkeit, von der etliche illegitime Kinder Zeugnis ablegten, hatte sie als unvermeidlich hingenommen, hatte sie ihm verziehen und war seine liebende und hingebungsvolle Frau geblieben. In Regierungsangelegenheiten aber hatte sie rigoros auf ihr Vorrecht gepocht.

»Ach, Maria!« seufzte sie. »Ich durchlebe sorgenvolle Zeiten und fühle mich allein.«

Maria trat vor Katharina hin und kniete nieder, um ihr Gesicht im blauen Samt der königlichen Robe zu vergraben. »Euer Gnaden, solange ich lebe, um Euch zu dienen, werdet Ihr nie allein sein.«

»Ich weiß Maria … meine gute Freundin. Ich habe dich so innig lieb wie du mich und würde zu niemandem anderen von diesen Dingen sprechen. Aber dir will ich es eingestehen: Ich verzweifle daran, keinen Sohn zu bekommen. Und die Gelegenheiten werden immer seltener. Der König sucht mein Bett kaum mehr auf. Und seitdem ihm Elizabeth Blount einen Sohn geboren hat, ist unsere Beziehung noch kälter geworden.«

»Diese raffinierte Person!« stieß Maria erbittert hervor.

»Nicht … gib nicht ihr die Schuld. Sie war ein schüchternes Mädchen, und er ist der König. Als er sie zu sich befahl, brachte das Mädchen nicht mehr Widerstandskraft auf als ein Häschen vor einem Wiesel. Und sie hat ihm einen Sohn geschenkt.«

»Wie ich höre, soll sie sich nicht mehr seiner Gunst erfreuen.«

Die Königin zog die Schultern hoch. »Er hat ihr den Knaben weggenommen, um ihn erziehen zu lassen.«

»In aller Abgeschiedenheit, Euer Hoheit«, beeilte Maria sich zu sagen.

»Aber wie es dem Sproß eines Königs gebührt. Sollte eine andere Frau ihm einen Sohn gebären …«

Maria wußte, daß der Königin eine Katastrophe vor Augen stand, die sie so sehr fürchtete, daß sie nicht einmal wagte, davon zu sprechen, und die in einem einzigen bedrohlichen Wort zusammengefaßt wurde, das man sich am Hof bereits zuflüsterte: Scheidung.

Ausgeschlossen! beruhigte Maria sich. Nicht einmal Heinrich würde so etwas wagen. Wie könnte er auch, da der Neffe der Königin nicht nur König von Spanien, sondern auch Kaiser des Heiligen Römischen Reiches war, der mächtigste Herrscher der Welt. Nein, das alles war nur Gerede. Wäre die Königin eine Prinzessin geringeren Ranges gewesen, hätte sie Grund zu solchen Befürchtungen haben müssen. Aber die Tante des Kaisers war vor dieser Demütigung sicher.

»Es gibt ein neues Mädchen«, fuhr die Königin fort.

Maria wartete.

»Sie war in Frankreich. Er begegnete ihr auf einer ausgelassenen Festlichkeit. Sie hat einen schlechten Ruf und ist am französischen Hof als leichtfertig bekannt. Ich verstehe ihn nicht. Aber ich habe mich entschlossen, das Mädchen zu mir kommen zu lassen.«

Maria überkam ein Zittern. Am liebsten hätte sie gesagt: Nein … nein … nein. Das ist eine Torheit. Laß dem König seine Frauen und verschließe deine Augen davor.

»Sie ist die Tochter Thomas Boleyns, der zwei Mädchen und einen Sohn hat. Die zweite, viel jüngere Tochter ist jetzt in Frankreich und soll klüger sein als ihre Schwester. Wir wollen es hoffen. Aber dieser Mary Boleyn habe ich einiges zu sagen.«

»Und Seine Gnaden …«

»Seine Gnaden fanden Ihre Leichtfertigkeit sehr ergötzlich … wie anscheinend schon bei vielen anderen zuvor.«

»Euer Gnaden, diese Affäre ging …«

»… so weit wie nur möglich. Es würde mich nicht wundern, wenn Mary Boleyn bereits guter Hoffnung ist … womöglich mit Zwillingen, Knaben, wie ich wetten möchte.«

Dieser Gefühlsausbruch sah der Königin gar nicht ähnlich, so daß Maria es insgeheim wieder mit der Angst zu tun bekam. Um so typischer aber war es, daß Marias Miene die Königin sofort zur Besinnung brachte – nicht, weil sie um sich gebangt hätte, sondern weil sie ihre Freundin beunruhigt hatte.

»Keine Angst, Maria«, sagte sie. »Ich werde dieses Mädchen vom Hof verbannen. Wie man mit einer wie ihr umspringt, weiß ich. Der König hat sich mit ihr zwar amüsiert, aber sie ist keine zweite Elizabeth Blount. Er wird nichts unternehmen, um sie am Hof zurückzuhalten. Er wird sein Auge schweifen lassen – und eine andere finden.«

»Aber wenn er eine andere findet ...«

»Maria, ich weiß, was du meinst. Warum dieses Mädchen fortschicken? Nun, weil ihr Ruf so schlecht ist. Nein, wenn der König schon eine Geliebte haben muß, dann sollte es eine sein, die nicht die Betten so vieler anderer teilte. Wie ich hörte, gehörte auch der König von Frankreich zu ihren Liebhabern, wenn auch nur kurz, sehr kurz. Elizabeth Blount hat sich wenigstens geziemend benommen und ist mit den Mountjoys verwandt, während diese Boleyns aus dem Kaufmansstand aufgestiegen sein sollen.«

»Ach? Erstaunlich, wenn man sich Thomas Boleyn vorstellt ...«

»Thomas Boleyn gebärdet sich überaus vornehm. Ein sehr ehrgeiziger Mann. Ich frage mich, warum er seine Tochter nicht einfach in ein Kloster steckt. Sei übrigens versichert, daß ich mich bezüglich seiner Herkunft nicht irre, denn als ich von der ... Verbindung des Königs mit diesem Mädchen erfuhr, ließ ich Erkundigungen einziehen. Ein Geoffrey Boleyn war Krämergehilfe in London ... gewiß, das ist lange her, und er brachte es zu Wohlstand; doch war er Kaufmann, nicht mehr und nicht weniger. Daran ändert auch die Tatsache nichts, daß er Bürgermeister von London wurde, Sir John Falstaff Blickling Hall abkaufte und von den Cobbhams Hever Castle erwarb. Die Familie ist durch Handel und durch gewagte Heiraten nach oben gekommen. Sie sind mit den Ormonds verschwägert, und Thomas' Gemahlin ist die Tochter Norfolks. Aber dieses Mädchen ... diese Mary ... stellt zweifellos einen Rückfall in die Zeit des Krämerladens dar.«

Wie verbittert sie ist, dachte Maria. Es sieht ihr so gar nicht ähnlich. Meine arme Königin Katharina, wird aus dir allmählich eine verbitterte Frau?

»Es ist zu bedauern, wenn solche Leute bei Hof zugelassen werden«, fuhr Katharina fort und verfiel in Schweigen.

Maria nützte es, um zu sagen, sie hätte gehört, der Kaiser plane einen erneuten Besuch Englands, und wie sehr sie hoffe, daß dies zuträfe.

»Das hoffe ich auch«, sagte Katharina. »Ich glaube, der König hat seine einstige Meinung von meinem Neffen geändert.«

»Wer ihn bei seinem Besuch in England sah, war beeindruckt von seiner Ernsthaftigkeit und von der Zuneigung, die er Euer Gnaden entgegenbrachte.«

Katharina lächelte liebevoll. »Immer wenn ich ihn ansah, überkam mich Traurigkeit, obwohl das Wiedersehen mir eine große Freude war. Er ist seiner Bestimmung würdig, doch konnte ich nicht umhin, an meine Schwester zu denken.«

Maria zuckte zusammen. Sie wünschte, sie hätte dem Gespräch nicht diese Wendung gegeben. Aber im Leben der Königin hatte es so viele Tragödien gegeben, daß ein Ausweichen unmöglich erschien. Die Erwähnung des Besuches ihres Neffen hatte die Erinnerung an ihre bedauernswerte Schwester Johanna geweckt, Karls Mutter, Spaniens rechtmäßige Königin, hätte sie nicht den Verstand verloren und ihr trauriges Leben als Wahnsinnige im Schloß von Tordesillas fristen müssen.

»Arme Johanna«, fuhr Katharina fort, »sie war immer schon unbeherrscht, aber nie hätten wir gedacht, daß es so weit gehen würde. Manchmal bin ich fast froh, daß meine Mutter tot ist. Ich war immer der Meinung, der Tod meines Bruders und meiner ältesten Schwester hätten sie so tief erschüttert, daß sie früher ins Grab sank, als es sonst der Fall gewesen wäre. Aber wenn sie jetzt noch am Leben wäre und ihre Töchter sehen könnte ... die eine in geistiger Umnachtung, die andere vielfachem Schmerz ausgesetzt ...«

Maria unterbrach sie ohne Rücksicht auf die Regeln der Etikette. »Euer Gnaden Sorgen werden eines Tages verflogen sein. Immerhin habt Ihr eine gesunde Tochter. Gewiß wird eines Tages noch ein Sohn zur Welt kommen.«

Damit waren sie wieder beim momentan wichtigsten Thema, das die Gemüter aller am Hof beschäftigte. Ein Sohn. Wird dem Königspaar ein Sohn geboren werden? Es mußte einen Sohn geben ... andernfalls würde die Position Königin Katharinas von England sehr heikel werden.

Die Königin war wieder ans Fenster getreten.

»Man kommt«, sagte sie und griff wieder nach ihrer Gobelinstickerei.

Die beiden Frauen saßen schweigend und in ihre Handarbeit vertieft da, während die Geräusche von draußen lauter wurden. Stimmen, begleitet von Gelächter, waren zu hören, doch ihre Blicke ruhten unverwandt auf dem Wandteppich, den sie in Arbeit hatten.

Die Stimme des Königs war unverkennbar. Laut und volltönend, die Stimme eines Mannes, der wußte, daß er seine Wünsche nur auszusprechen brauchte, um sie erfüllt zu sehen. Wollte er Gelächter, dann lieferten es ihm seine Höflinge im gewünschten Ausmaß und mit der Andeutung, daß seine Scherze witziger waren als jene anderer. Dafür war auch sein Stirnrunzeln bedrohlicher als das anderer.

In seinem Herzen ist er ein kleiner Junge geblieben, dachte Katharina. Ein Knabe, der mit der Königswürde spielte, während seine Umgebung die wahre Macht in Händen hielt; Männer wie Thomas Wolsey, von dem er immer abhängiger wurde. Ein fähiger Mann, dieser Kardinal Wolsey, aber ehrgeizig, und die Tochter Ferdinands wußte, wie Ehrgeiz das Wesen eines Menschen verändern konnte. Aber bislang war Wolseys Ehrgeiz – wie die Kraft des Königs – noch gezügelt, und es sah aus, als würde Wolsey das Wohl des Staates am Herzen liegen. Katharina hatte ihn bis vor wenigen Monaten für ihren Freund gehalten. Als es erste Anzeichen einer Allianz mit Frankreich gab, war sie sich ihrer Sache nicht mehr so sicher.

Aber es war nicht so sehr Thomas Wolsey, dessen Gesellschaft sie in erster Linie schätzte. Wenn es sich ergab, fühlte sie sich auch jetzt noch in Gesellschaft des Königs sehr wohl, vor allem dann, wenn er Männer wie Dr. Linacre oder Thomas Morus zu einem intimen Souper in seine Privatgemächer bat. Besonders hingezogen fühlte Katharina sich zu Thomas Morus, der sie mit seinem sanften Charme und scharfen Witz sofort für sich eingenommen hatte, obwohl ihre Bewunderung eigentlich seiner Integrität galt. Es war eine Eigenschaft, die so selten anzutreffen war, daß sie auf alle Menschen, die damit in Berührung kamen, eine Wirkung ausübte und sie veränderte. Sogar Heinrich war dann kein ungestümer junger Mann mehr, sondern ein ernster Herrscher, entschlossen an seinen intellektuellen Fähigkeiten zu arbeiten und zum Wohl seines Volkes zu wirken. Es war ein kleines Wunder, daß sie sich auf die Tage freute, wenn der König sagte: »Kommt, Master Morus, Ihr müßt heute mit uns zu Abend speisen und über Astronomie, Geometrie oder Theologie sprechen; vor allem aber wollen wir miteinander fröhlich sein!«

Und sonderbar, sie waren fröhlich – wie immer, wenn Thomas Morus die Konversation führte, mochte diese noch so ernsthafter Natur sein.

Aber an diesem Tag würden weder Thomas Morus noch Dr. Linacre dem König Gesellschaft leisten.

Sie blickte aus dem Fenster. Der König ging seinen Höflingen voran auf den Palast zu, und mit ihm sein Schwager, der Herzog von Suffolk, William Compton und Thomas Boleyn.

Beim Anblick des Letzteren legte sich ein scharfer Zug um Katharinas Mund.

Thomas Boleyn hätte dem König nur zu gern seine Tochter im Austausch gegen königliche Gunstbeweise überlassen. Diese waren ihm auch offenbar zuteil geworden, da der Mann beim Treffen mit dem französischen König – einer pompösen Zurschaustellung von Pracht und Prunk auf dem Güldenen Feld – nicht von Heinrichs Seite gewichen war und seither diesen Platz beibehalten hatte.

Aber nicht mehr lange, schwor Katharina sich – es sei denn, er kann seinen Platz dank seiner eigenen Fähigkeiten behaupten und nicht wegen der Liederlichkeit seiner Tochter.

Wo immer Heinrich erschien, herrschte das königliche Zeremoniell. Jetzt ließen die an den Portalen postierten Herolde einen Fanfarenstoß ertönen – Mahnung für alle, die während der Lustbarkeit im Palast geblieben waren, Haltung anzunehmen. War Heinrich guter Laune, würde er den Palast nun mit leutseligem Lächeln durchschreiten; und nach dem Klang seiner Stimme und dem Gelächter zu schließen, das seinen Bemerkungen folgte, war es um seine Laune gut bestellt.

Katharina fragte sich, ob er seine eigenen Gemächer aufsuchen oder zu ihr kommen würde. Welche Wünsche würde er äußern? Wollte er wohltönende Weisen hören? Würde er nach seiner Laute verlangen und die Gesellschaft mit einer seiner eigenen Kompositionen ergötzen? Würde er womöglich Mary Boleyn kommen lassen und seine Höflinge fortschicken? Er war ein gesundes junges Tier, dessen Launen und Gelüste von einem Moment zum anderen wechselten.

»Er kommt zu mir«, sagte sie und sah, daß Maria die Röte in die Wangen stieg, als die Tür aufgerissen wurde.

Von der Schwelle aus sah der König seine Königin und deren Dame über ihre Stickarbeit gebeugt.

Wie Maria erhob sich auch Katharina sofort, und beide versanken in einem tiefen Knicks, als Heinrich leise auflachend eintrat. Sein hellhäutiges Gesicht war leicht gerötet, seine blauen Augen glänzten wie Porzellansplitter im Sonnenschein. Seinen abstehenden goldenen Bart, Gegenstand allgemeiner Bewunderung, ließ er sich erst seit kurzem wachsen, da auch König Franz bärtig war, und Heinrich zeigen wollte, daß ein goldblonder Bart ansehnlicher sei als ein schwarzer.

Neben ihm wirkten die meisten anderen Männer unscheinbar, was nicht nur an seiner königlichen Ausstrahlung lag. Alle hielten sich in seiner Gegenwart zurück und überließen es ihm, Mittelpunkt zu sein, da jedes ihrer Worte, jede Geste darauf abzielten, ihm vor Augen zu führen, daß er der König war und alle ihm zu Füßen lagen.

Über und über mit blitzenden Edelsteinen geschmückt, lebte er seine Vorliebe für Farben und Geschmeide voll aus. Und seit seiner Rückkehr aus Frankreich neigte er aus einer gewissen Trotzhaltung heraus zu noch leuchtenderen Farben und protzigeren Juwelen. Katharina wußte, daß Heinrich die verstohlenen Blicke des Königs von Frankreich lange nicht vergessen würde, auch nicht den bissigen Witz, der zugegebenermaßen den König von England um Worte verlegen gemacht hatte. Die lange Nase und die blitzenden dunklen Augen des Franzosen hatten des öfteren einen Anflug von Spott verraten. Der König von Frankreich war der einzige Mensch, der es seit langem gewagt hatte, Heinrich mit Überlegenheit zu begegnen und ihn zur Zielscheibe süffisanter Witze zu machen. Ach, zu welch pompöser Torheit diese Begegnung auf dem Güldenen Feld ausgeartet war! Dabei war alles nur Lug und Trug, dachte Katharina. Zwei Monarchen, die einander Freundschaft schworen, während in ihren Herzen Haß schwelte.

Aber Heinrich dachte nicht an König Franz, als er breitbeinig – in seiner bevorzugten Stellung – auf der Schwelle zum Gemach seiner Gemahlin stand. Vielleicht wollte er seine edel gerundeten Waden zur Schau stellen. Sein purpurner Samtmantel hatte gebauschte Schlitzärmel; sein Goldbrokatwams zierten Perlen, seine blaue Samtkappe schmückten eine geschwungene weiße Feder und blitzende Diamanten; um seinen Hals lag eine Goldkette, an der eine große Perle und ein Rubin hingen; die dicken weißen Finger starrten vor Ringen, meist Rubinen und Diamanten.

Kein Wunder, daß die Menschen ihm zujubelten, wo immer er sich zeigte. Anders als sein Vater war er ein König, der auch königlich aussah.

»Was nun, Kate?« sagte er. Und sie richtete sich auf, um in sein Gesicht zu sehen, seine Miene zu deuten – sein Antlitz war das ausdrucksvollste am Hofe – und Katharina sah, daß er im Moment wohlwollend gestimmt war. »Du hast ein köstliches Schauspiel versäumt.« Als er sich auf den Schenkel schlug, ließ die Sonne die Juwelen an seiner Hand aufblitzen.

»Dann war es ein angenehmer Zeitvertreib, Euer Gnaden?« gab Katharina lächelnd zurück.

»Wahrhaftig. Oder etwa nicht?« Auf seine leichte Kopfdrehung hin ertönte ein Chor der Zustimmung. »Die Hunde waren kampflustig, der Bär entschlossen, am Leben zu bleiben. Am Ende siegten die Hunde, aber zwei davon habe ich verloren.«

»Euer Gnaden wird Ersatz finden.«

»Ohne Zweifel«, sagte er. »Wir haben Euch vermißt. Ihr hättet an unserer Seite sein sollen.« Seine Miene hatte sich verändert und wirkte jetzt leicht verärgert. Sie begriff sofort. Letzte Nacht war er bei Mary Boleyn gewesen und suchte nun nach Ausflüchten für sein Verhalten, das er selbst ein wenig unziemlich fand. Sie wußte, daß er ab und zu von seinem Gewissen geplagt wurde. Für einen Mann wie ihn eine sonderbare Bürde, die es zu tragen galt. Für sie aber war sein Gewissen Grund zu frohlocken, da sie fest daran glaubte, daß es ihn hindern würde, eine Schändlichkeit in die Tat umzusetzen, falls er je eine in Erwägung zöge.

»Ich bedauere meine Abwesenheit«, antwortete Katharina.

Die Augen so zusammenkneifend, daß das helle Blau kaum zu sehen war, ließ er ein Brummen hören, ehe ein plötzlicher Entschluß ihn mit einem Fingerschnalzen sagen ließ: »Laßt uns mit der Königin allein.«

Sein Gefolge, das hinter ihm das Gemach betreten hatte, gehorchte unverzüglich. Und Maria de Salinas knickste wieder vor dem König, ehe sie den anderen hinaus folgte, Heinrich würdigte sie keines Blickes. Seine Unterlippe war leicht vorgeschoben, während die dicken Finger seiner Rechten mit dem großen Rubin an seiner Linken spielten.

Katharina wurde von einer bösen Vorahnung erfaßt, ein Gefühl, das sie in letzter Zeit immer häufiger heimsuchte. Er hatte seinen Tieren befriedigt zugesehen, und auf dem Weg durch den Garten in den Palast hatte er glücklich gewirkt. Erst als er sie mit ihrer Handarbeit erblickt hatte, war sein Mißmut erwacht.

Kaum waren sie allein, als er grollte: »Schöne Zustände sind das. Der König muß ein kurzweiliges Schauspiel allein genießen, weil die Königin seine Nähe meidet und dem Volk nicht zeigt, daß Eintracht zwischen ihnen herrscht.«

»Ich hatte nicht den Eindruck, Euer Gnaden Mißfallen durch mein Fernbleiben zu erregen.«

»Du hast sehr wohl gewußt, daß ich dich bei mir haben wollte.«

»Aber Heinrich, als ich von meinem Unwohlsein sprach, warst du es scheinbar zufrieden, daß ich im Palast bleibe.«

Das stimmte. Er hatte mit einem Achselzucken reagiert, als sie sich mit Kopfschmerzen entschuldigte. Würde sie denn nie lernen, daß das, was er in einem Moment gleichmütig hinnahm, bei anderer Gelegenheit seinen Jähzorn erregen konnte?

»Es gefiel mir nicht«, brummte er. »Wird der Kopfschmerz denn durch Nadelarbeit gelindert? Nein, es war unser rüder englischer Sport, der deinen Widerwillen erregte. Komm schon, gestehe es ein. Unsere englischen Spiele sind für spanische Damen, die beim Anblick von Blut in Ohnmacht fallen, zu rauh. So ist es doch?«

»Es stimmt, daß ich Tierquälerei abscheulich finde.«

»Sonderbar für jemanden, der aus Spanien kommt, wo man aus Menschenfolter ein religiöses Schauspiel macht.«

Ein Schaudern überlief sie, da der Gedanke an Grausamkeit sie abstieß. Sie wußte zwar, daß unter der Regierung ihrer angebeteten Mutter die Inquisition Ketzer gefoltert und sie den weltlichen Behörden zur Verbrennung überantwortet hatte. Aber dabei ging es um Glaubensdinge, hatte sie sich beruhigt. Wer in ihrer Heimat verbrannt worden war, hatte gegen die Kirche gesündigt. In Katharinas Augen war es die gerechte und von der heiligen Kirche geforderte Strafe.

»Ich will nicht ansehen müssen, wie Blut vergossen wird«, sagte sie leise.

»Pah!« rief der König aus. »Es ist ein angenehmer Zeitvertreib. Und es wäre gut, wenn man uns zusammen sehen würde. Sehr wahrscheinlich wird es nun heißen, daß es zwischen uns nicht zum besten steht. Solche Gedankenlosigkeiten lassen Gerüchte entstehen, und Gerüchte dieser Art mißfallen mir sehr.«

»An Gerüchten besteht kein Mangel. Ich bin sicher, daß man von deinen Liebschaften nicht nur bei Hof munkelt.«

Das bereits gerötete Gesicht des Königs färbte sich fast puterrot. Sie wußte, daß ihre Antwort töricht war, wußte, daß er sich in seiner pfauenhaften Eitelkeit einzubilden beliebte, seine Seitensprünge blieben unbemerkt oder würden wie die tödliche Bärenhatz als königliches Vergnügen toleriert.

»Ziemt es sich denn, daß du mich anklagst, weil ich anderswo suche, was ich in deinem Bett nicht finde?« fragte er höchst ungehalten.

»Ich tat immer mein Bestes, um dort dein Wohlgefallen zu erregen.«

Er kniff die Augen noch stärker zusammen. Sein Gesicht war noch röter angelaufen, sein Kinn noch kampflustiger vorgereckt. Nur sein Bart verhinderte, daß er wie ein jähzorniger Knabe aussah.

»Dann laßt Euch eines gesagt sein, Madam!« rief er aus. »Ihr habt mein Wohlgefallen nicht erregt!«

Sie schloß die Augen in Erwartung der grausamen Worte, die auf sie niederprasseln würden. Er würde sie nicht verschonen, da die Anschuldigung des Ehebruchs ihn schwer getroffen hatte und er sein Gewissen besänftigen mußte. Was er jetzt sagte, war an sein Gewissen gerichtet – und nicht an sie.

Endlich fand seine Tirade ein Ende, und sein gerötetes Gesicht nahm einen frommen Ausdruck an, als seine blauen Augen sich öffneten und himmelwärts richteten. Und als er wieder zum Sprechen ansetzte, tat er es in gedämpftem Ton.

»Kate, zuweilen glaube ich, daß du und ich Gott beleidigt haben. All die Jahre, die wir immerzu um einen Sohn gebetet haben – und immer wieder wurden unsere Hoffnungen zunichte gemacht.«

Die Worte klangen in ihren Ohren wie eine Totenglocke. Um so mehr, als sie leise und überlegt ausgesprochen wurden. Momentan war sein Bedürfnis, sein Gewissen zu beruhigen, vergessen, und er plante für die Zukunft.

Er hatte diesen Gedanken schon zuvor geäußert, und immer auf jene bedeutungsvolle Weise, die an einen einleitenden Chor gemahnte, an das Vorspiel zu einem Drama, zu dem der Vorhang sich in Kürze heben würde.

Jetzt hieß es auf das warten, was folgen würde. Es mußte eines Tages kommen. Wenn nicht heute, dann morgen. Vielleicht würde eine Woche vergehen, ein Monat, ein Jahr ... doch es würde kommen.

Er musterte sie eingehend, angewidert, als die Frau, die nicht mehr die Macht besaß, seine Begierde zu wecken, die Frau, die ihm auch nach zwölf Jahren Ehe nicht geschenkt hatte, was er sich sehnlichst wünschte: einen ehelich geborenen Sohn.

Dennoch gab es einen Aufschub, da er sich plötzlich umdrehte und den Raum verließ.

Aber Katharina wußte, daß der Vorhang sich bald heben würde.

Als die Höflinge gemeinsam das königliche Paar verließen, wurde unter ihnen manch verständnisinniger Blick gewechselt. Es war allgemein bekannt, daß es zwischen den beiden nicht zum besten stand. Aber wer konnte es dem König verargen, flüsterten sich die lebenslustigen jungen Männer zu, verheiratet mit einer um fünf Jahre älteren Frau – mit einer frömmelnden und ernsten Spanierin – wenn er doch von fröhlichen jungen Engländerinnen umgeben war, die für jeden Spaß zu haben waren! Anders wäre es natürlich gewesen, hätte es einen Sohn aus der Verbindung gegeben.

Einer war darunter, dessen selbstzufriedenes Lächeln nicht unbemerkt blieb. Edward Stafford, dritter Herzog von Buckingham, hatte guten Grund, über diesen Mangel an königlicher Fruchtbarkeit zu frohlocken. Insgeheim hielt Buckingham sich für viel königlicher als die Tudors, und es gab viele, die mit ihm einer Meinung gewesen wären, hätten sie nur gewagt, diese zu äußern.

Buckingham war ein stolzer Mann, der nicht vergaß, daß er durch seinen Vater von Thomas of Woodstock abstammte, dem Sohn Edwards III., und daß seine Mutter Catherine Woodville war, Schwester Elizabeth Woodvilles, die Edward IV. geheiratet hatte. Die Tudors waren für ihn nur Bastardtriebe am königlichen Stammbaum!

Und nie konnte Buckingham den König ansehen, ohne sich zu denken: Hätte das Schicksal es anders gewollt, könnte Edward Stafford an seiner Stelle dort stehen!

Gedanken wie diese waren nur sicher, wenn man sie in den geheimsten Winkeln des Bewußtseins verschloß. Es war gefährlich, auch nur durch einen Blick zu verraten, daß sie existierten, aber Buckingham war ein tollkühner Mensch, und – da er unter Heinrich VIII. lebte – deshalb ein unkluger obendrein.

Der an seiner Seite gehende greise Herzog von Norfolk, der seine Gedanken ahnte, raunte ihm zu: »Vorsicht, Edward.«

Als Buckingham sich umwandte, um seinen Freund anzusehen, furchte er ungnädig die Stirn. Noch größere Ablehnung gegen den König wallte in ihm auf. Warum sollte er vorsichtig sein, nur damit der dumme junge König nicht merkte, daß er sich an seine Stelle wünschte? Besaß Heinrich nur einen Funken Fantasie, dann spürte er es ohnehin.

Norfolk und Buckingham waren enge Freunde. Da Buckinghams Tochter mit Norfolks Sohn verheiratet war, bestand eine enge Beziehung zwischen ihren Familien.

Buckingham lächelte schief. Der Alte würde nicht wollen, daß sein Freund und angeheirateter Verwandter in Schwierigkeiten geriet, nicht zuletzt, da diese dann oft die ganze Familie erfaßten.

»Deine Miene verrät deine Gedanken«, flüsterte Norfolk. »Und es gibt viele, die bereitwillig Geschichten verbreiten. Gehen wir in deine Gemächer, damit wir in Ruhe sprechen können.«

Auf Buckinghams Nicken hin trennten sie sich von den anderen.

»Du solltest besser auf der Hut sein«, murmelte Norfolk, als sie die Treppe zu Buckinghams Räumlichkeiten hinaufgingen.

Buckingham zog die eleganten Schultern hoch. »Ach was«, sagte er. »Heinrich weiß, daß ich so königlichen Geblütes bin wie er. Es bedarf meiner harmlosen Miene nicht, um ihn daran zu erinnern.«

»Um so mehr Grund zur Vorsicht. Ich hätte gedacht, der Fall Bulmer hätte dir zur Warnung gedient.«

Die Erinnerung entlockte Buckingham ein Lächeln. Es hat sich gelohnt, dachte er. Obwohl er damals einige bange Momente erlebt hatte.

Aber er konnte sich rühmen, vor dem ganzen Hof seinen Wagemut unter Beweis gestellt zu haben, als er sich dem in den Diensten des Königs stehenden Sir William Bulmer näherte und ihn mit einem günstigeren Angebot in seine Dienste zu locken versuchte. Er hatte es aus Übermut getan, aus dem ständig vorhandenen Verlangen heraus, dem König zu zeigen, daß er ebenbürtigen Ranges war. Buckingham hatte nie vergessen, wie Heinrich versucht hatte, seine, Buckinghams Schwester, zu verführen wie eine Dienstmagd. Vielleicht hatte auch Heinrich nicht vergessen, daß auf Buckinghams Veranlassung hin die Schöne von ihrem erbitterten Ehemann just in dem Moment seinem Zugriff entzogen wurde, als ein Erfolg in greifbare Nähe gerückt war. Damals hatte Buckingham einen Punkt für sich verbuchen können. Ein ruhmreicher Tag, an dem ein Herzog den Sieg über einen König erringt! Und dann hatte er es mit Bulmer ein zweites Mal versucht. Nicht so erfolgreich, da der König, nun kein unsicherer Knabe mehr, Bulmer vor der Star Chamber angeklagt und ihn beschuldigt hatte, er hätte versucht, sich dem königlichen Dienst zu entziehen. Bulmer war unter dem Eindruck königlichen Zorns in die Knie gegangen und verharrte verzweifelt in dieser Stellung, voller Angst, man würde ihm nie wieder gestatten, sich zu erheben.

Aber mit der Zeit hatte Heinrich sich erweichen lassen, hatte Bulmer verziehen und ihn wieder in seinen Dienst genommen. Die Affäre hatte als Warnung dienen sollen – als Warnung vor allem für einen arroganten Herzog. Doch der Herzog hing noch immer seinen gefährlichen Gedanken nach, die man aus fast jeder seiner Gesten herauslesen konnte.

»Ach, dieser Bulmer«, dachte er laut. »Dieser Mann war ein Feigling. Er hätte zu mir zurückkehren sollen.«

»Das hätte ihn den Kopf kosten können«, meinte Norfolk darauf.

»Lieber verliere ich den Kopf, als daß ich als Feigling dastehe.«

»Edward, gib acht, daß dir nicht der Beweis für deine Worte abgefordert wird.«

»Heinrich ist mit Mut nicht im Übermaß gesegnet«, erwiderte Buckingham. »Denk daran, wie rasch er von meiner Schwester abließ.«

»Es wäre anders, wenn es heute passierte. Heinrich war ein Knabe, als er sich in deine Schwester vergaffte. Ich glaube sicher, daß er der Königin bis dahin nie untreu war. Aber diese Zeiten sind vorbei.«

»Ihm wurde klar, daß wir Staffords diese Kränkung nicht hinnehmen würden.«

»Du machst dir etwas vor. Gefiele ihm deine oder meine Frau, würde er sich den Teufel um unsere Familien scheren. Der König ist kein fügsamer Knabe mehr. Er ist ein Mann, der sich das Gewünschte verschafft und alle beiseite stößt, die sich ihm in den Weg stellen.«

»Wenn er königliches Blut achtet, muß er auch jene achten, die so königlich sind wie er.«

»Heinrich sieht nur einen Standpunkt, und zwar seinen. Er ist der König. Alle anderen, seien wir Herzöge oder Lords, stehen so weit unter ihm, daß er unsere Köpfe ohne zu zögern rollen lassen würde. Noch dazu wäre er von dem Gefühl erfüllt, es sei sein gutes Recht, sollte ihn das Verlangen danach überfallen. Deshalb mahne ich dich zur Vorsicht. Ach, hier kommt Wolsey, gewiß ist er auf dem Weg zu den königlichen Gemächern.«

»Dieser Fleischerhund schnüffelt ständig an den Fersen seines Herrn«, sagte daraufhin Buckingham, ohne die Stimme zu senken.

Thomas Wolsey kam auf sie zu, eine eindrucksvolle Gestalt in scharlachroter Kardinalsrobe. Mitte Vierzig, mit wachsamer Miene, das Antlitz von den Blattern leicht entstellt. Ein Lid hing tiefer als das andere, ein Zug, der den weisen Ausdruck seines klugen Gesichtes noch erhöhte.

Buckingham hielt nicht inne, als er näher kam; sein Blick wurde kalt, und er schaute am Kardinal vorbei, als könne er die rotgekleidete Gestalt nicht sehen.

»Einen schönen guten Tag, die Herren«, sagte der Kardinal.

»Euch einen guten Tag«, gab Norfolk zurück.

»Sicher habt Ihr Euch gut unterhalten, Mylords,

und Seine Gnaden, der König, ist glücklich darüber.«

»Die Unterhaltung war gut«, murmelte Norfolk. Aber Buckingham, der kein Wort gesagt hatte, ging weiter.

Wolsey schien es nicht bemerkt zu haben. Er neigte leicht den Kopf und Norfolk tat es ihm gleich, während Wolsey weiter den Gemächern des Königs zustrebte und die zwei Herzöge jenen Buckinghams.

»Ich glaube, er hat deine Worte gehört«, sagte Norfolk.

»Das will ich hoffen.«

»Zügle deinen Stolz, Edward. Wirst du denn nie begreifen, daß er immer auf der Seite des Königs stehen wird, nur allzu bereit, sein Gift ins königliche Ohr zu träufeln?«

»Laß ihn träufeln – wenn der König auf den Metzgergesellen hört, ist er nicht würdig, König zu sein.«

»Edward … du Narr! Wirst du es nie lernen? Im Kardinal hast du bereits einen Feind. Mach dir nicht auch noch den König zum Gegner, wenn dir dein Leben lieb ist.«

Aber Buckingham schritt Norfolk so rasch voraus, daß der Alte Mühe hatte, ihm bis zu seinen Räumen zu folgen.

Als sie eintraten, verneigten sich drei Männer aus Buckinghams Gefolge, die in ein Gespräch vertieft gewesen waren, vor ihm und seinem Begleiter. Es waren Delacourt, sein Beichtvater, Robert Gilbert, sein Sekretär, und Charles Knyvet, der nicht nur sein Verwalter, sondern auch sein Vetter war.

Die Herzöge nahmen die Begrüßung zur Kenntnis, und als sie Buckinghams Privatgemach betreten hatten, sagte er: »Meine Bedienten wissen sehr wohl, daß ihr Herr mit etwas Glück den Thron besteigen könnte.«

»Ich vertraue darauf«, warf Norfolk nervös ein, »daß du vor ihnen nie von diesen Dingen gesprochen hast.«

»Sehr oft«, sagte Buckingham lachend. »Erst gestern sagte Delacourt zu mir: ›Wenn Prinzessin Mary stürbe, wären Euer Hoheit Thronerbe.‹ Aber mein Freund, Ihr zittert ja. Norfolk, Ihr erstaunt mich.«

»Noch nie ist mir eine größere Torheit untergekommen.

»Hört gut zu«, raunte Buckingham beschwichtigend. »Der König ist nicht so dumm, sich am Adel zu vergreifen. Er achtet königliches Blut zu hoch, als daß er mir etwas antäte. Also vergeßt Eure Ängste. So viel aber sage ich Euch: Ich verlange, daß man mir den mir gebührenden Respekt entgegenbringt. Nun, was glaubt Ihr, daß der König in diesem Moment zu seiner Königin sagt? Er macht ihr Vorwürfe, weil sie ihn nicht zur Bärenhatz begleitet hat. In Wahrheit will er ihr damit jedoch zu verstehen geben, daß sie für ihn nutzlos ist, da sie ihm keinen Sohn gebären kann. Ich glaube, er macht sich allmählich mit dem Gedanken vertraut, daß sie ihm nie einen Knaben schenken wird.«

»Und die Knaben, die er von anderen hat, kommen für die Thronfolge nicht in Frage?«

Buckingham lachte auf. »Nein. Es wird keinen Thronfolger geben – und steht es um Prinzessin Marys Gesundheit wirklich zum besten? Aber der König könnte seine Sorgen getrost vergessen. Immerhin hat er in mir und den Meinen würdige Erben.«

Norfolk erkannte, daß es zwecklos war, Buckingham von diesem Thema abbringen zu wollen, da er geradezu besessen davon war. Dennoch versuchte er es, und anschließend erörterten sie das glanzvolle Treffen auf dem Güldenen Feld und die Verträge, die zwischen König Franz I. und Kaiser Karl V. geschlossen worden waren.

Norfolk, der die königliche Gesellschaft nicht nach Frankreich begleitet hatte, machte seinem Unmut über die Kosten Luft, und Buckingham gab ihm recht. Der Adel würde in den nächsten Monaten den Gürtel gehörig enger schnallen müssen, um das Geld für all den Prunk und Glanz aufzubringen, der ihm abgefordert worden war.

»Und wofür?« fragte Buckingham. »Damit unser Heinrich diesem Franz imponieren kann. Als ob Franz nicht auf Pomp mit noch größerem Pomp antworten könnte!«

Norfolk mußte ihm verdrossen recht geben. Seit Thomas Wolsey zu so großer Bedeutung aufgerückt war, stand er selbst in der königlichen Gunst nicht mehr so hoch und haßte den Kardinal deshalb ebenso heftig wie Buckingham. Er hatte jedoch Gelegenheit gehabt, Gehässigkeit und Macht des Mannes kennenzulernen und war selbst zu klug, um sich unnötiger Gefahr auszusetzen.

Norfolk merkte, daß Buckingham an diesem Tag von seiner aufrührerischen Stimmung nicht abzubringen war. Da Mitglieder seines Gefolges zugegen waren und zu befürchten stand, daß sie Ohrenzeugen einer Indiskretion werden würden, empfahl er sich so rasch, wie die Höflichkeit es gestattete, weil er vermeiden wollte, in eine Intrige verstrickt zu werden.

Allein gelassen gab Buckingham sich in Gedanken wieder seinem Lieblingsthema hin, das große Bitterkeit in ihm weckte und das er nie aus seinem Bewußtsein zu verdrängen vermochte, auch wenn er sich noch so sehr bemühte. Bildete er sich ein, von einer Person geringerer Geburt beleidigt worden zu sein, konnte er sich in hitzigen Zorn hineinsteigern, und allein die Anwesenheit Wolseys bei Hof erschien ihm als Affront.

Norfolks Warnungen waren indes nur dazu angetan, seine Kühnheit zu beflügeln, und als Knyvet eintrat, um ihn um Rat in einer Verwaltungsangelegenheit zu fragen, sagte der Herzog: »Seine Hoheit Norfolk hat die Rede auf die Affäre William Bulmer gebracht.«

»Ach, Euer Hoheit«, sagte Knyvet, »dieser Mann steht nun wieder in den Diensten des Königs. Es heißt, daß er glücklich davongekommen ist.«

»Ja, wie ein geprügelter Hund schlich er zurück. Er hätte besser daran getan, bei mir zu bleiben. Ich werde daran denken, daß er mich verlassen hat ... zu gegebener Zeit.«

Knyvet schien betroffen. »Sich dem Befehl des Königs zu widersetzen, ist nicht so einfach.«

Buckingham zog die Schultern hoch. »Einmal glaubte ich, der König würde *mich* wegen meiner Rolle in dieser Affäre in den Tower schicken.«

»Euer Hoheit in den Tower!«

Buckingham nickte. »Könige währen nicht ewig«, sagte er sinnend. »Das mußte auch mein Vater erfahren, als er in Konflikt mit Richard III. geriet. Aber mein Vater, kein Feigling, wollte seinen Dolch griffbereit zur Hand haben und ihn dem König ins falsche Herz stoßen, sollte man ihn vor ihn bringen. Seid versichert, Vetter, daß ich bereit wäre, die Familienehre wie mein Vater zu rächen, wenn man mir eine Demütigung bereitete.«

Knyvet murmelte: »Euer Hoheit kann doch nicht meinen ...«

»Sollte der König sterben«, unterbrach Buckingham ihn hitzig, »und sollte auch die Prinzessin dahingerafft werden, werde ich nach der Krone dieses Königreiches greifen, und niemand darf sie mir verweigern.«

Knyvet zuckte zusammen, was Buckingham erheiternd fand. Diese allgemeine Angst, in eine Verschwörung hineingezogen zu werden! Die Furcht der anderen spornte den Herzog zu noch größerer Tollkühnheit an. »Ist der Mönch Hopkins heute im Palast?«

»Ja, Euer Hoheit.«

»Dann schick ihn zu mir. Er soll in die Zukunft sehen können. Ich möchte, daß er mir meine deutet.«

»Ich werde ihn holen lassen, Euer Hoheit.«

»Aber schnell«, rief Buckingham ihm hinterher.

Während er auf den Mönch wartete, lief er ungeduldig in seinem Gemach auf und ab. Und als der Mann vorgelassen wurde, rief er so laut, daß etliche vom Gesinde es hören mußten: »Ach, Hopkins, da seid Ihr ja. Ihr sollt mir sagen, was mir die Zukunft bringen wird, vor allem aber, wie es um meine Chancen steht, den Thron zu besteigen.«

Der Mönch schloß die Tür und legte den Zeigefinger an die Lippen. Das Gesicht, das aus der Kapuze lugte, kündete von pfiffiger Gerissenheit, als er die Einzelheiten des Gemaches registrierte. Es war nicht zu übersehen, daß hier Liebe zum Luxus herrschte. Hier wohnte ein edler Herzog, der ihm als Gegengabe für die gewünschte Prophezeiung viel Gutes tun konnte. Hopkins wußte, daß Buckingham ihn ohne Belohnung gehen lassen würde, wenn er ihm offenbarte, daß er seine Tage mit größerer Wahrscheinlichkeit auf dem Schafott als auf dem Thron beenden würde – dazu bedurfte es keiner prophetischen Gabe! Aber für das, was er hören wollte, war ein Mann wie der Herzog gewillt, gut zu zahlen.

Nach einem langen Blick in das arrogante Gesicht

murmelte Hopkins mit halbgeschlossenen Augen: »Ich sehe für Euer Hoheit Größe voraus.«

»Größe welcher Art?«

»Alles was Ihr ersehnt, wird Euer sein. Ich sehe eine Krone ...«

Ein langsames, befriedigtes Lächeln machte sich auf dem Gesicht des Herzogs breit. Dieser Bursche verfügt über große und ungewöhnliche Kräfte, sagte er sich. Es *wird* also so kommen.

Hat er es nicht prophezeit?

So kam es, daß er den Mönch mit einem wohlgefüllten Beutel belohnte und sich von nun an noch überheblicher gebärdete.

In einem verschwiegenen Teil des Palastgartens saßen ein junger Mann und eine Frau engumschlungen auf einer Bank aus Korbgeflecht. Die Rufe aus der Kampfarena, von weitem zu hören, störten sie nicht, da es für die beiden nur die Glut ihrer Leidenschaft gab.

Die Frau war dunkelhaarig und mit üppigen Kurven ausgestattet, die sie ein wenig füllig wirken ließen. Ein Blick in ihr sanftes, sinnliches Gesicht genügte, um zu erkennen, daß sie körperliche Lust schätzte und ihre Erfahrung auf diesem Gebiet groß sein mußte. Von Natur aus großzügig, teilte sie diese Wonnen sehr gern. Es war das eigentliche Geheimnis ihres großen Reizes, den sie auf nahezu jeden Mann ausübte, der ihr begegnete. Da sie jedoch keine Zurückhaltung kannte und nicht imstande war, sich jemandem zu versagen, wurde man ihrer rasch überdrüssig, weil es nach kurzer Zeit an Mary Boleyn nichts mehr zu entdecken gab.

Seit ihrer Jungmädchenzeit hatte Mary mehr Betten kennengelernt, als sie im Gedächtnis behalten konnte. Die Könige von England und Frankreich gehörten ebenso zu ihren Liebhabern wie Höflinge niedrigen Ranges. Mary floß über vor Sehnsucht, die nach Erfüllung verlangte, und da ihr der Sinn so sehr nach Lust stand und sie nie nach materiellem Gewinn strebte, hatte sie bislang ihre Gunst fast allen geschenkt, denen daran gelegen war.

Jetzt war sie verliebt und mußte entdecken, daß die Gefühle, die dieser junge Mann in ihr weckte, anderer Art waren als jene, die sie für alle anderen empfunden hatte. Freilich war sie noch immer Mary, ungehemmt wie ein Jungtier in der freien Wildnis; die Lust war stark, wurde jedoch von Zuneigung gefärbt, und wenn sie an die Zukunft mit ihrem Geliebten dachte, galten ihre Gedanken nicht allein dem Bett, das es mit ihm zu teilen galt, sondern seinem Tisch, seinem Besitz, den Kindern, deren Mutter sie sein würde. Für Mary Boleyn war dies ein neues und aufregendes Erleben.

»Und deswegen werden wir heiraten«, sagte er jetzt, während seine Hände ihren bloßen runden Busen liebkosten.

»Ja, Will«, gab sie mit leicht geöffneten Lippen und verhangenem Blick zurück, während sie sich fragte, ob sie es hier bei hellichtem Tag wagen sollten. Wenn man sie ertappte und es dem König zugetragen wurde …! Erst wenige Nächte zuvor hatte Seine Gnaden sie in sein Bett befohlen. Wenn er von ihrer Liebe zu Will Carey erfuhr, würde er womöglich in Zorn geraten.

»Und wann soll ich mit deinem Vater sprechen?«

Erschrocken faßte Mary nach seiner Hand, um sie an ihre Brust zu drücken. Wie leicht war es, sich in einem sinnlichen Traum zu verlieren und die Wirklichkeit zu vergessen. In Wahrheit fürchtete sie ihren Vater mehr als den König, Der König würde vielleicht sogar der Meinung sein, daß es eine gute Idee wäre, sie zu verheiraten. Das war in Beziehungen wie der ihren oft der Fall. Auch für Elizabeth Blount hatte er einen Mann gefunden, da immer die Möglichkeit bestand, daß eine Geliebte schwanger wurde, und eine plötzlich notwendige überstürzte Heirat ein wenig unwürdig wirkte. Nein, daß der König sich der Heirat widersetzen würde, glaubte sie nicht. Obwohl er vielleicht darauf bestehen würde, ihr Ehemann solle sich darauf beschränken, seiner Frau nur seinen Namen zu geben. Aber das war für Mary kein Grund zur Besorgnis. Sich vorzustellen, mit Will unter einem Dach zu leben und nicht … der Gedanke reizte sie zum Lachen.

Aber ihr Vater – sich ihm mit diesem Ansinnen zu nähern, war etwas ganz anderes.

Thomas Boleyn hatte nie viel von seiner Tochter gehalten, ehe der Blick des Königs auf sie gefallen war. Nun aber war er geneigt, sie mit größerer Achtung anzusehen als seinen Sohn George, und alle Welt wußte, wie klug dieser war.

Merkwürdig, daß ausgerechnet Mary … deren Liederlichkeit ihr in der Vergangenheit oft Schläge eingetragen hatte … der Familie so viel Ehre einbrachte. Wenn nun aber Will Carey vor ihren Vater hintrat und um die Hand seiner Tochter bat, würde es Verdruß geben.

»Er wird seine Zustimmung nie geben«, sagte sie bekümmert.

»Warum denn nicht?«

»Du kennst meinen Vater nicht, Will. Er ist von Ehrgeiz besessen und ist in letzter Zeit im Dienst des Königs hoch aufgestiegen.«

»Möchte er denn seine Tochter nicht vermählt sehen?«

»Das vielleicht schon, Will, aber leider bist du mittellos und zudem nur ein jüngerer Sohn deines Vaters. Uns kümmert das nicht, weil wir uns lieben und nicht mehr wollen. Aber mein Vater glaubt nicht an die Liebe und wird niemals seine Einwilligung geben.«

»Was sollen wir dann tun?« fragte Will verzweifelt.

Mary nahm sein Gesicht zwischen beide Hände und küßte ihn auf die Lippen. Es war ein Kuß voll einladender Verheißung. Damit wollte sie ihm sagen, daß sie, wiewohl sie vielleicht eine Weile auf die Ehe würden warten müssen, einander in der Zwischenzeit viel zu geben hatten.

»Mary, ich möchte dich vom Hof wegholen.«

»Und ich möchte gehen.« Sie furchte die Stirn. Wenn der König sie zu sich befahl, mußte sie zu ihm gehen, wenn es auch in Wahrheit Will sein würde, mit dem sie sich der Liebe hingeben wollte.

»Was können wir nur machen. Wir müssen etwas unternehmen. Ich kann nicht ewig warten.«

»Keine Angst Will, etwas wird sich ergeben. Wir werden uns noch gedulden müssen ... was die Heirat betrifft ... und es wird sich etwas ergeben. Du wirst schon sehen.«

Will fiel in einem Sturm der Leidenschaft über sie her. Sie war die ideale Geliebte, die sich nie verweigerte und immer bereit war zu geben. Doch er wollte sie mit sich nehmen und für sich allein haben, damit kein anderer die Wonnen genießen konnte, die sie so freigebig gewährte. Natürlich wußte er vom König. War sie nicht mit ihm zusammen, konnte er nie sicher sein, ob sie nicht dem König Gesellschaft leistete.

Sie beschwichtigte ihn auf die ihr eigene Weise und sagte nach einer Weile: »Ich werde meinem Vater von deinem Antrag berichten.«

»Und wenn er verbietet, daß wir uns treffen?«

»Will, niemand kann uns daran hindern, uns zu treffen.«

Aber Will ließ sich nicht überzeugen.

»Man kehrt von der Lustbarkeit zurück«, fuhr Mary fort. »Da mein Vater sicher mit dem König zusammen war, könnte es sein, daß er guter Laune ist. Will, soll ich gleich jetzt mit ihm reden?«

»Eigentlich sollte ich das tun, Mary.«

Die Vorstellung, ihr Vater könnte ihren Geliebten einschüchtern, ließ sie den Kopf schütteln. Will war ein Mensch, der sich womöglich leicht Angst einjagen ließ, und ihr Vater, immer schon eine furchteinflößende Persönlichkeit, war in den Jahren seines Erfolges noch beängstigender geworden.

Sich von ihm lösend seufzte sie wehmütig. »Nein, Will«, sagte sie. »Wenn der Augenblick günstig ist, werde ich zu ihm gehen und mit ihm sprechen, da ich ihn besser kenne. Sollte er Anzeichen von Unwillen zeigen, werde ich den Rückzug antreten, indem ich vorgebe, unsere Angelegenheit sei nicht so wichtig.«

»Du wirst dich nicht von deinem Vorhaben abbringen lassen?«

»Niemand könnte mich dazu bringen, dich aufzugeben, Will.«

Er glaubte ihr, da er wußte, wieviel Stärke sie aufbieten konnte, wenn es um ihre Leidenschaft ging.

Als Thomas Boleyn sich zu einer kurzen Erholungspause in seine Privatgemächer innerhalb des Palastes zurückzog, sah er sich seiner Tochter gegenüber, die bat, ihn unter vier Augen sprechen zu dürfen.

Gnädig gab er sich einverstanden, da Mary ein wichtiges Mitglied seiner Familie geworden war, seitdem der König sie zu seiner Geliebten erkoren hatte.

Dennoch betrachtete Thomas sie mit leisem Widerwillen. Ihr Kleid war verdrückt, ihr Haar dem Kopfputz entschlüpft. Obwohl es gerade die Schlampe in ihr sein mochte, die dem König gefällt, dachte er flüchtig. Und obwohl er sich darüber freute, war er nicht frei von Bedenken, da er sich ständig fragen mußte, wie lange es ihr noch vergönnt sein würde, die Aufmerksamkeit des Königs zu fesseln.

Es fiel ihm schwer, sich mit der Tatsache abzufinden, daß Mary plötzlich zu so großer Bedeutung aufgerückt war, da sie neben ihrem klugen und geistreichen Geschwisterpaar in der Familie immer als Dumme gegolten hatte. Seine größten Hoffnungen setzte er in George, den er bei der ersten sich bietenden Gelegenheit bei Hof einführen wollte. Er war überzeugt davon, daß der junge Mann für den König einen amüsanten Gefährten abgeben würde, wenn er erst ein wenig älter war. Was Anne betraf, so war sie zu jung, als daß man für sie hätte Pläne schmieden können. Gegenwärtig hielt sie sich am französischen Hof auf, von wo er nur hin und wieder Nachricht erhielt. Dank ihrer Klugheit und ihres Charmes hätte sie das Königspaar und die ganze Hofgesellschaft bezaubert. Aber daß nun Mary, diese kleine Schlampe, die Gunst des Königs gewonnen hatte … einfach unglaublich.

»Nun, meine Tochter?«

»Vater, ich glaube es wird Zeit für mich, an eine Heirat zu denken.«

Sofort erwachte Thomas' Wachsamkeit. Hatte ihr das der König in den Kopf gesetzt? Wenn ja, dann wäre es die übliche Vorgangsweise gewesen. Dem König würde es angenehmer sein, wenn seine Geliebte einen Ehemann hätte, da damit unwürdige Hast bei einer notwendigen Verheiratung vermieden wurde.

Zweifellos hatte Heinrich seiner Favoritin einen würdigen Gemahl zugedacht. Und selbst wenn Thomas danach zumute gewesen wäre, wäre er nicht so dumm gewesen, seine Zustimmung zu einer vom König vorgeschlagenen Ehe zu verweigern.

»Vielleicht hast du recht, Mary«, sagte er. »Und an wen denkst du?«

Marys Lächeln erschien dem praktisch veranlagten Thomas ziemlich dümmlich, als sie sagte: »Es ist William Carey, Vater.«

»William Carey? Du kannst doch nicht ... Nein, ausgeschlossen. Ich dachte im ersten Moment an Careys Sohn ... einen jüngeren Bruder ...«

»Genau dieser Will ist es, Vater.«

Thomas war verblüfft und entsetzt zugleich. Gewiß würde der König niemals einen so unbedeutenden Gemahl für eine Frau wählen, der sein Interesse galt. Das wäre einer Beleidigung gleichgekommen. Das Blut stieg Thomas ins Gesicht und zeigte sich im Weiß seiner Augen. »Der König ...«, stammelte er.

»Der König wird vielleicht nichts gegen diese Heirat haben«, setzte Mary an.

»Hat er den Vorschlag gemacht?«

»Aber nein! Es ist nur ... Will und ich sind verliebt.«

Thomas starrte seine Tochter an. »Mädchen, du mußt verrückt sein. Du ... hast dich in diesen Will Carey verliebt? In den jüngeren Sohn einer Familie, die man wohl kaum vornehm nennen kann!«

»Man denkt nicht an Familienehre oder Reichtum, wenn man sich verliebt«, sagte Mary schlicht.

»Du hast den Verstand verloren, Mädchen.«

»Ich glaube, man nennt es, sein Herz verlieren«, erwiderte Mary mutig.

»Zweifellos dasselbe. Nun, diesen jungen Mann schlag dir gefälligst aus dem Kopf. Von diesem Unsinn möchte ich nichts mehr hören. Wenn du Geduld zeigst, könnte es gut sein, daß der König dir eine gute

Partie vorschlagen wird. Es wäre vielleicht von Vorteil, wenn du hin und wieder eine kleine Anspielung fallen ließest. Aber behutsam, denk daran. Ein Hinweis vielleicht, daß eine Ehe nötig sein könnte …«

Mary neigte den Kopf, damit er den Trotz nicht sehen konnte, der sich in ihren Augen spiegelte. Bislang hatte sie sich so biegsam wie eine Weidengerte gezeigt, doch der Gedanke an Will hatte ihren Widerspruchsgeist gefestigt. Merkwürdig, aber Will Carey zuliebe war sie notfalls gewillt, sich auf einen Kampf einzulassen und den Unwillen ihres Vaters und des Königs zu riskieren.

Thomas legte seine Hand auf ihre Schulter. An Marys Fügsamkeit zweifelte er keinen Moment. Wenn er rückblickend bedachte, wie weit er es in den letzten Jahren gebracht hatte, konnte er sich seiner Macht gewiß sein. Er war dreiundvierzig, bei guter Gesundheit und mit grenzenlosem Ehrgeiz gesegnet. Das Wohlwollen des Königs war noch gestiegen, nachdem er sich bei den Vorbereitungen für das Treffen auf dem Güldenen Feld hervorgetan hatte. Und jetzt, da Heinrich seine Tochter mit seiner Gunst beglückte, kannte die Dankbarkeit des Königs dafür keine Grenzen, daß Thomas ein so williges und hübsches Mädchen in die Welt gesetzt hatte. Die stets fügsame Mary ließ jeglichen Hochmut und Stolz vermissen, Eigenschaften, die bei George und Anne stark ausgeprägt waren.

Hätte Thomas sich seine Tochter bei dieser Gelegenheit ein wenig genauer angesehen, wäre ihm vielleicht nicht entgangen, daß sie ihrem eigenwilligen Geschwisterpaar auffallend ähnlich sah, wenn ihr Kinn so wie jetzt trotzig vorgeschoben war.

Aber Thomas war sich seiner Tochter wie auch seiner Fähigkeit, sie sich gefügig zu machen, zu sicher, um beunruhigt zu sein.

Er tätschelte ihre Schulter.

»Und jetzt, Tochter, nichts mehr von dieser Torheit. Für dich wird es eine glänzende Heirat geben, und jetzt ist der Zeitpunkt, darum zu bitten. Ich sehe nicht ein, warum aus dir nicht eine Herzogin werden sollte. Das würde dir, Seiner Gnaden und deiner Familie zusagen.«

Als sie noch immer den Kopf gesenkt hielt, entließ er sie mit einem spielerischen Schubs.

Sie war froh, ihm zu entkommen, weil der Drang übermächtig war, ihm zu verstehen zu geben, daß sie weder seine noch des Königs Marionette mehr war. Eine verliebte Mary Boleyn, die entschlossen war, um die ersehnte Zukunft zu kämpfen, war ebenso ernst zu nehmen wie jede andere beherzte junge Frau.

In seinem Audienzgemach allein, stand der große Kardinal am Fenster, das auf den Park von Hampton Court, der prächtigsten seiner Residenzen, hinaussah. Dieser Ort, den er im besonderen Maß als sein eigen ansah, gab ihm immer wieder Anlaß zu Entzücken und Freude. Wie sehr hatte sich der Palast in den Jahren verändert, seitdem er diesen herrlichen Bau von den Rittern von St. John von Jerusalem übernommen hatte und ihn zu dem machte, was er jetzt war, ein um fünf Höfe herum erbauter Komplex mit eintausendfünfhundert Räumen.

Hier herrschte eine Pracht, wie man sie nicht einmal in den Palästen des Königs antreffen konnte. Die Wände zierten Tapisserien, die der Kardinal allwöchentlich auswechseln ließ, jeder einzelne Raum prunkte mit erlesenen Einrichtungsstücken und Kostbarkeiten, die vom großen Vermögen ihres Besitzers zeugten. Der Kardinal liebte es, ständig an seinen Reichtum erinnert zu werden, und da er ihn dank seiner eigenen Fähigkeiten erworben hatte und ihm kärglichere Tage noch gut in Erinnerung waren, genoß er ihn mit um so größerem Vergnügen. Was kümmerte es ihn, daß die Leute sich zuraunten, seine Hofhaltung sei prunkvoller als jene des Königs. So und nicht anders sollte es sein. Wie oft sagte er zu sich: »Heinrich verdankt alles, was er hat, nur dem Umstand, daß er der Sohn seines Vaters ist. Ich aber verdanke alles dem Umstand, daß ich Thomas Wolsey bin.«

Prunkentfaltung ging ihm über alles. Sollten Edelleute wie Norfolk und Buckingham getrost die Nase rümpfen. Sie alle würden sie einmal zuviel rümpfen. Sollten sie doch verstohlene Anspielungen auf den Metzgerladen fallen lassen, von dem sie schworen, daß er ihm entstammte. Was kümmerte es ihn? Diese Männer waren Dummköpfe. Eines Tages würde er über alle seine Feinde triumphieren. Dies war sein fester Entschluß, denn er vergaß niemals eine Kränkung.

Er glättete den scharlachroten Atlas seiner Robe und strich liebevoll über die Pelerine aus edlem Hermelinfell.

Ach, wie gut es tat, reich zu sein. Und es tat auch gut, Macht zu besitzen und ihr Wachsen zu spüren. Es gab wenig, was er sich wünschte und nicht besaß, da er kein Mensch war, der Unerreichbares anstrebte. Sei es die höchste Macht in England oder die päpstliche Krone ... nichts war unmöglich. Nur wenn es ihn drängte, seine Familie hier in Hampton Court zu etablieren, um sich vor dem König mit seinem Sohn zu brüsten – mit seinem schmucken kräftigen Thomas, nach ihm benannt, aber als Wynter bekannt – dann mußte er sich damit abfinden, daß das unmöglich war. Als Kirchenfürst konnte er nicht zulassen, daß seine heimliche Verbindung ruchbar wurde. Daher mußte er sich damit zufriedengeben, seine Familie im Hintergrund zu halten und seinen Sohn mit Ehren zu überhäufen.

Der Gedanke daran, was im großen Küchentrakt vor sich ging, entlockte ihm ein Lächeln. Heute sollte ein ganz besonderes Festmahl stattfinden, dem der König in irgendeiner Verkleidung beiwohnen würde. Wolsey war davon nicht ausdrücklich in Kenntnis gesetzt worden, doch war ihm zu Ohren gekommen, eine Gesellschaft edler Herren aus fremden Landen gedächte die Gastlichkeit von Hampton Court zu prüfen, von der es hieß, sie könne sich mit jener des Königshofes messen.

Fast hätte Wolsey laut aufgelacht. Was für kindische Spielereien! Einer der Herren würde der König sein, und wenn er sich der Verkleidung entledigte, mußte die Tafelgesellschaft Erstaunen heucheln und ihrer großen Freude und ihrem Entzücken Ausdruck verleihen, den König in ihrer Mitte zu haben.

»Eine Spielerei«, sann Wolsey, »wie wir sie unzählige Male gespielt haben und zweifellos noch unzählige Male spielen werden, da Seine Gnaden ihrer nie überdrüssig zu werden scheint.«

Aber wurde Seine Gnaden je einer Sache überdrüssig? Hatte es etwa in letzter Zeit Anzeichen dafür gegeben, daß sich die Haltung des Königs geändert hatte? War sein Interesse an Staatsaffären größer geworden und jenes an Maskeraden geringer?

Je länger der König ein vergnügungssüchtiger Knabe blieb, desto lieber war es dem Kardinal, denn seine Arbeiterhände waren es, die das Steuer führten. Eine Einmischung konnte er nicht gebrauchen.

Sollte der goldene Knabe sich doch mit seinen Frauenzimmern amüsieren. Wolsey runzelte leicht die Stirn. Boleyn wurde wegen seiner unverschämten Tochter reichlich anmaßend. Dazu kam, daß der Mann zuviel an Bedeutung gewann. Aber das vermochte der Kardinal zu handhaben. Es war die Einmischung des Königs, die er vor allem fürchtete. Und solange der König sich mit einem Mädchen abgab, war zu erwarten, daß er die Regierungsgeschäfte seinem geschätzten und vertrauenswürdigen Kanzler überließ.

Die Gäste trafen bereits ein. Er würde sich erst zu ihnen gesellen, wenn die Gruppe der verkleideten Edelleute eintraf, alles andere wäre unter seiner Würde gewesen. Seine Gäste mußten auf sein Erscheinen warten, so wie sie in Greenwich oder Westminster den König erwarteten.

Er wußte, daß sie flüsternd Bemerkungen über die Pracht austauschen würden, der sie hier begegneten, über seine Gewohnheit, die Dienerschaft sehr kostbar zu kleiden, so daß viele seiner Domestiken reicher ausgestattet waren als seine Gäste. In der Küche würde nun sein Küchenmeister, angetan mit roter Seide und einer goldenen Kette um den Hals, über das zahlreiche Gesinde gebieten, als wäre er selbst Herr dieses Hauses, und das war ganz in Wolseys Sinn. Jeder unter seinem Dach – vom Haushofmeister, einem Dekan, angefangen, über den Kämmerer, einen Ritter, bis hinunter zu seinen Stallburschen, Pastetenbäckern und Küchenjungen – sollte wissen und der Welt durch sein Auftreten kundtun, daß es besser war, Page des Küchenmeisters in Kardinal Wolseys Haus zu sein als Oberkämmerer im Haus jedes anderen Edlen unter dem König.

Während er sinnend dastand, trat sein Kammerdiener Cavendish ein und bat um Nachsicht für die Störung, aber ein gewisser Charles Knyvet, vormals Angehöriger der Hofhaltung des Duke of Buckingham, erbäte eine Audienz beim Kardinal.

Sekundenlang sagte Wolsey nichts, da er bei Erwähnung des Namens Buckingham spürte, wie eine Woge des Hasses ihn erfaßte. Ein Mann, der es nie versäumte, den Kardinal daran zu erinnern, daß er selbst nicht nur reich, sondern auch vornehm von Geburt war. Es sprach aus jedem seiner Blicke, aus jeder Geste, und oft hörte Wolsey im Vorübergehen von ihm das geflüsterte Wort ›Metzgerhund‹.

Eines Tages würde Buckingham bedauern, daß er es gewagt hatte, Thomas Wolsey mit Geringschätzung zu begegnen, denn der Kardinal war nicht der Mensch, der Groll vergaß. Beleidigungen blieben ihm im Gedächtnis haften, damit er sie zehnfach rächen konnte, da die Würde, die es zu bewahren galt und für deren Erlangung er einen hohen Preis bezahlt hatte, ihm doppelt teuer war.

Interessant ... Knyvet wollte ihn sprechen! Er wußte, daß der Bursche mit Buckingham verwandt war – ein armer Vetter – der bis vor kurzem im Dienst des Herzogs gestanden hatte. Es hatte Meinungsverschiedenheiten zwischen Master Knyvet und seinem reichen Vetter gegeben, die Knyvets Entlassung aus dem herzoglichen Haushalt zur Folge hatten.

Und jetzt kam er und wollte den Kardinal sprechen.

Wolsey blickte nachdenklich auf seine Hände nieder. »Hast du nach seinem Anliegen gefragt?«

»Er sagte, es sei allein für die Ohren Eurer Eminenz bestimmt.«

Der Kardinal nickte. Aber er würde den Mann nicht empfangen – nicht bei der ersten Vorsprache. Das wäre unter der Würde eines Kardinals gewesen.

»Sag ihm, er möge ein andermal wieder vorstellig werden«, wies er seinen Diener an.

Cavendish verbeugte sich. Dieser Knyvet wurde begünstigt, da der Kardinal seine Bitte um eine Vorsprache nicht rundweg abgelehnt hatte.

Cavendish brachte die acht Räume hinter sich, die es zu durchschreiten galt, ehe man in die Privatgemächer des Kardinals gelangte, und in denen keine Audienzbewerber warten durften.

Vom Fluß herauf ertönten Rufe und Klänge einer Weise. Wolsey entschied, daß es nun Zeit sei, seine Gemächer zu verlassen und durch den Park ans Ufer zu gehen, um dort die Gesellschaft zu empfangen. Unter den Gästen befand sich jemand, dem selbst ein mächtiger Kardinal seine Reverenz erweisen mußte.

Über seine Privattreppe gelangte er hinunter und trat hinaus in den Sonnenschein. Vom Ufer aus beobachtete er, wie das Boot sich der dem Kardinal allein vorbehaltenen Anlegestelle näherte. Eine buntgekleidete Herrengesellschaft befand sich darin, alle bis zur Unkenntlichkeit maskiert, alle mit Bärten aus goldenem oder schwarzem Draht ausgestattet. Der Kardinal sah enttäuscht, daß die Masken, die falschen Bärte und die goldenen und roten Kopfbedeckungen alles gut verbargen, und ihm einer jener Anlässe bevorstand, bei denen es nicht leicht sein würde, den König zu erkennen.

Für gewöhnlich verriet ihn seine Körpergröße, diesmal aber befanden sich einige in seiner Begleitung, die ähnlich groß wirkten. Beim Kardinal regte sich Ärger, den er rasch unterdrückte. Einer der ersten Schritte, sich die Ungnade des Königs zuzuziehen, war mangelndes Interesse an seinem Zeitvertreib zu zeigen, eine der Untugenden der Königin, wenn auch eine ihrer geringsten.

»Willkommen, edle Herren«, rief er, »willkommen in Hampton Court!«

Einer der Maskierten sagte mit verstellter Stimme, die Wolsey nicht erkennen konnte: »Wir kommen aus einem fremden Land, um uns selbst zu überzeugen, wie es um die hochgerühmte Gastfreundschaft des großen Kardinals bestellt ist.«

»Meine Herren, es ist mir ein Vergnügen, Euch zu bewirten. Folgt mir in den Palast. Der Festschmaus wird gleich aufgetragen, und an meiner Tafel sitzen viele Gäste, die Euch erfreuen werden, wie Ihr sie erfreuen werdet.«

»Sind holde Damen anwesend?« fragte der eine.

»Im Überfluß«, gab der Kardinal zurück.

Einer der Männer, er trug einen schwarzen Bart, trat an Wolseys Seite. »Holde Weiblichkeit an der Tafel eines Kardinals?« raunte er ihm zu.

Wolsey, der Spott aus der Frage herauszuhören glaubte, war ein wenig beunruhigt, als er Entschuldigung heischend die Hände ausbreitete, da er damit rechnen mußte, daß es der König war, der an seiner Seite einherschritt.

»Mylord«, antwortete er daher, »ich gebe meinen Gästen, was mir zu Gebote steht. Wenn ich der Meinung bin, die Anwesenheit schöner Frauen sei dazu angetan, das Fest zu zieren, dann lade ich sie an meine Tafel.«

»Fürwahr, Ihr seid ein vollendeter Gastgeber.«

Sie hatten die Palasttore erreicht, an denen reglos wie Statuen zwei Lakaien und zwei Stallburschen standen, so prächtig gekleidet, daß man sie für Edelleute hätte halten können.

»Mich dünkt, wir besuchen nicht den Hof des Kardinals, sondern jenen des Königs«, sagte der Schwarzbärtige an einen seiner Begleiter gewendet.

»Es freut mich, daß Ihr so denkt, Mylord«, sagte Wolsey, »da Ihr aus einem fremden Land kommt und jetzt im Reich unseres Königs seid, sollt Ihr wissen, daß ein Kanzler ein solches Haus nur besitzen kann, wenn sein Gebieter so hoch über ihm steht wie Ihr, Mylord, über meinen Dienern steht, an denen Ihr eben vorübergeschritten seid.«

»Dann ist der königliche Hof noch glänzender?«

»Und wenn er nur eine Hütte am Fluß wäre, würde er heller erstrahlen, weil unser Herr, der König darin weilt. Ihr werdet es verstehen, wenn Ihr ihn gesehen habt.«

Wolsey fühlte sich nicht wohl in seiner Haut, da es ihm nicht geheuer war, über die Identität des Königs im ungewissen zu sein. Das Spiel würde einen spürbar anderen Verlauf nehmen, wenn die goldene Gestalt nicht rasch erkannt wurde.

»Mir scheint, Ihr seid nicht nur ein großer Kardinal, sondern auch ein getreuer Untertan.«

»Es gibt keinen getreueren im ganzen Königreich«, erwiderte Wolsey mit Nachdruck, »und niemand hat mehr Grund zur Treue. Alles, was ich bin, bin ich allein durch die Gnade des Königs. Was ich besitze, verdanke ich seinem Großmut.«

»Gut gesagt«, gab der Schwarzbärtige zurück. »Führt uns an die Festtafel, deren Üppigkeit im ganzen Land gerühmt wird.«

Im Bankettsaal, der mit seinen kostbaren Wandbehängen und den zahlreichen, Seite an Seite stehenden Tischen einen prächtigen Anblick bot, hatten sich bereits die Gäste versammelt. Den von einem Baldachin überspannten Ehrenplatz pflegte der Kardinal einzunehmen und sich von zwei seiner obersten Diener die Speisen servieren zu lassen. Das festliche Gepränge war geradezu überwältigend, wozu die Mitglieder der Hofhaltung des Kardinals in ihren farbenfrohen Livreen nicht wenig beitrugen.

Wolsey ließ den Edelmann mit dem schwarzen Bart nicht aus den Augen. »Ihr sollt den Ehrenplatz einnehmen«, sagte er zu ihm.

»Mitnichten, Mylord Kardinal, es wäre uns eine Freude, wenn Ihr Euren Platz unter dem Ehrenbaldachin behaltet und uns behandelt, als wären wir die mindersten Eurer Gäste.«

Doch als er auf seinem Sitz unter dem Baldachin Platz nahm, wuchs das Unbehagen des Kardinals. Bei vorangegangenen Maskeraden hatte er den König immer sofort erkannt und sich entsprechend verhalten. Irritiert wie er war, zwang er sich zur Unbefangenheit und tat so, als handle es sich in der Tat um Reisende aus einem fernen Land, die als unerwartete Gäste an seiner Tafel speisten.

Es fiel ihm jedoch nicht leicht. Wer steckte wohl hinter den Masken? Zweifellos Buckingham. Boleyn? Compton? Suffolk? Allesamt Heinrichs Kumpane, die einen Mann aus dem Volk, der so hoch aufgestiegen war und nun weit über ihnen stand, ständig mit wachsamen Blicken verfolgten.

Während er kritisch die Tafel musterte, gab er seinen Bedienten das Zeichen, mit dem Auftragen der Speisen zu beginnen. Das Tischdekor war erlesen, die Speisen so vielfältig wie an der königlichen Tafel. Alles war vom Besten. Kapaune, Fasane, Schnepfen, Wildbret, Geflügel und gewaltige Aufläufe. Wer außer den Köchen des Kardinals vermochte so leichte goldene Pasteten herzustellen? Pfauen, Austern, Hirsch, Reh, Rebhühner, Hammel und Rind, Fisch jeder Art, Soßen aus Gewürznelken und Rosinen, Zuckerzimt und Ingwer, und Gallonen französischen Weins, Malvasier und Muskateller nicht zu vergessen – und das alles aus edlen venezianischen Gläsern, die von allen, die sie sahen, als Wunder gepriesen wurden.

Während die Gesellschaft sich mit Lobpreisungen des Festes überbot, wollte Wolseys Unbehagen nicht weichen, so daß er plötzlich die Stimme erhob und rief:

»Meine Freunde, unter uns weilt jemand, der so vornehm ist, daß ich es für meine Pflicht halte, ihm meinen Platz zu überlassen. Wie könnte ich unbeschwert unter diesem Baldachin thronen, während er, der so viel würdiger ist als ich, unerkannt an meiner Tafel sitzt.«

Nun trat Schweigen ein, bis einer der Maskierten das Wort ergriff. Als Wolsey die verstellte Stimme als jene Buckinghams erkannte, übermannte ihn Haß. »Mylord Kardinal, es sind viele Edle anwesend.«

»Ich spreche von einem«, sagte Wolsey.

Da sagte einer der Maskierten in gedämpftem Ton: »Da Euer Eminenz der Meinung sind, daß sich eine so vornehme Persönlichkeit unter uns befindet, sollt Ihr diesen Mann demaskieren, damit alle ihn sehen.«

Das war die Aufforderung zur Demaskierung, unweigerlich der Höhepunkt dieser Kindereien.

Der Kardinal erhob sich. »So soll es sein«, sagte er und ging die Tischreihen entlang zum Schwarzbärtigen, vor dem er stehen blieb.

»Nehmt ihm die Maske ab, wenn Ihr glaubt, daß er es ist«, befahl eine vor unterdrücktem Lachen erstickte Stimme.

Und Wolsey griff nach dem falschen Bart und der Maske und enthüllte die Züge Charles Brandons, des Duke of Suffolk.

Während er sein Gegenüber enttäuscht anstarrte, erhob sich um ihn herum schallendes Gelächter. Eine hochgewachsene Gestalt stand auf und trat vor Wolsey.

»Mylord Kardinal«, rief der Hüne aus und nahm die Maske ab. »Ihr verleugnet also Euren König!«

Der betroffene Wolsey kniete nieder und ergriff Heinrichs Hand.

»Möge Gott mit vergeben«, murmelte er.

Als Heinrich sich den goldenen Bart herunterriß, war sei Gesicht freudig gerötet, und seine blauen Augen blitzten. Er brach in tiefes, dröhnendes Gelächter aus, das ansteckend wirkte, da die ganze Gesellschaft einstimmte.

Thomas richtete sich auf und erhob seinen Blick zum fröhlich gestimmten König.

»Thomas, mein Freund, Ihr habt mich also nicht erkannt.«

»Euer Gnaden, noch nie habe ich Euch so raffiniert verkleidet gesehen.«

Heinrich schlug sich auf den seidenumhüllten Schenkel. »Ja, es war eine gute Maske. Aber Suffolk gebührt besonderes Lob, da er Euch so geschickt in die Irre führte. Aber ich war der Meinung, Ihr hättet sehen müssen, daß ihm ein, zwei Zoll fehlen.«

»Gewiß haben Euer Gnaden sich ein wenig kleiner gemacht?«

»Haha! Kleiner gemacht habe ich mich allerdings. Und es hat gewirkt.«

»Und ich hatte geglaubt, Euer Gnaden überall erkennen zu können … unter allen Umständen.«

»Also, Freund Thomas, Ihr bietet mir nun den Ehrenplatz an?«

»Alles was mein ist, gehört Euer Gnaden. Und jetzt flehe ich um Nachsicht, wenn ich Euch bitte, eine Weile zu warten, ehe Ihr Platz nehmt. Was für eine Gruppe Reisender aufgetragen wurde, ist nicht das, was ich meinem König vorsetzen würde.«

»Wie das, Thomas?«

»Wenn Euer Gnaden gestatten, sende ich nach meinen Küchenmeistern. Besucht der König Hampton

Court, soll das Festmahl nicht nur eines Königs würdig sein, sondern insbesondere des Königs von England.«

Heinrichs Augen funkelten vor Vergnügen. Einen wie Thomas Wolsey gab es kein zweites Mal. Man konnte darauf bauen, daß er jeder Situation gewachsen war. Ob es darum ging, seinen Verstand mit seinem großen Gegner, Franz I., zu messen, oder mit Kaiser Karl Verträge auszuhandeln, immer war Wolsey der Mann, den er an seiner Seite haben wollte. Und bei einer Maskerade wie dieser spielte er seine Rolle ebensogut wie im Kronrat.

»Geht nur, Thomas«, sagte er. Und als Wolsey seinen Haushofmeistern leise Befehl erteilt hatte, sah der König gutgelaunt zu, wie die Köche des Hauses in ihren roten Livreen mit Goldketten um den Hals, feierlich Einzug hielten.

»Die Burschen sehen so königlich aus wie ich«, sagte er leise zu Suffolk. Doch so gefiel es ihm. Er bewunderte den Lebensstil Wolseys, der damit seinem Land und seinem König Ehre machte.

»Der König beehrt uns mit seiner Anwesenheit«, sagte Wolsey zu seinen Bediensteten. »Schafft diese Speisen fort. Bringt frische wohlriechende Tischwäsche. Deckt die Tafel mit neuem Tafelgeschirr. Ich wünsche ein Bankett – nicht würdig, um Seiner Gnaden vorgesetzt zu werden, da dies unmöglich wäre – aber das beste, was wir aufzubieten haben.«

Die Köche verbeugten sich und verließen ganz förmlich den Bankettsaal, gefolgt von ihren Küchenmeistern, Geschirrmeistern, Küchenkämmerern und Gewürzmeistern, die den Meisterköchen folgten, wie Wolseys Hofstaat ihm auf seinen zeremoniösen Fahrten von Hampton nach Westminster Hall folgte.

Dann erhoben sich die Gäste von den Tischen, und Wolsey geleitete den König in ein anderes Gemach.

Das Festmahl wurde um eine Stunde verschoben, damit man es eines Königs würdig zubereiten konnte.

Nichts hätte Heinrichs Wohlgefallen mehr steigern können, denn für ihn war es immer Höhepunkt des Spiels, wenn ihm die Ehrerbietung erwiesen wurde, die ihm als König gebührte. Buckingham mochte sich grollend bei Norfolk beschweren, daß der Metzgerssproß an Vulgarität nicht zu überbieten sei; doch jeder Anwesende wußte, daß es die in Rot gehüllte Gestalt war, die die Führung innehatte, und daß der in edelsteingezierten Goldbrokat Gekleidete ihr folgte, weil es so angenehm und leicht war.

So kam es, daß Heinrich mit Wolsey die Halle von Hampton Court betrat, den Arm schwer auf der Schulter des Kanzlers, damit alle sehen konnten – falls je Zweifel darüber bestanden hätten – daß er Thomas Wolsey als Freund ansah. Und daß er sich am Besitz des Kardinals ergötzte, weil er Symbol dafür war, wie hoch ein einfacher Mann in seinen Diensten steigen konnte; außerdem sah er Wolseys Pracht und Herrlichkeit als Spiegelbild seiner eigenen Macht an. Daran würde sich trotz aller Machenschaften der neiderfüllten Möchtegern-Könige nichts ändern.

Und als das Mahl bereitet war und die Gesellschaft sich wieder im großen Bankettsaal zusammenfand, nahm Heinrich seinen Platz unter dem Baldachin ein, und alle waren fröhlich und guter Dinge, ganz wie es der König liebte. Zu seiner Rechten wollte Heinrich seinen Gastgeber und Freund Thomas Wolsey sehen.

Alle sollten wissen, daß er große Zuneigung für diesen Mann hegte.

Als Knyvet am nächsten Morgen erneut um eine Audienz beim Kardinal bat, empfing Wolsey ihn.

Der Kardinal, an diesem Morgen in rotem Damast,

saß an seinem Tisch, seine Hände, blendend weiß im Gegensatz zum Rot, lagen ausgebreitet vor ihm.

»Ihr habt mir etwas zu sagen?« fragte er.

»Mylord Kardinal, ich habe mit meinem Gewissen gekämpft ...«

Immer diese Gewissenskämpfe! Als wenn es nicht vielmehr das Verlangen nach Rache gewesen wäre, das die Menschen so oft zu ihm führte!

»Ich höre«, sagte Wolsey.

»Es betrifft Lord Buckingham.«

»In dessen Diensten Ihr steht.«

»In dessen Diensten ich stand, Eminenz.«

»Ihr seid also nicht mehr bei ihm?«

Obwohl Wolseys Miene unbewegt blieb, mußte er insgeheim lachen. Buckingham, dieser Tor, hatte einen Mann aus seinem Dienst entlassen, nachdem er vor ihm eine Indiskretion geäußert hatte. Das Schlimme an Buckingham war, daß er dank seiner Großartigkeit glaubte, auf Vorsicht verzichten zu können. Gut möglich, daß er bald erkennen würde, wie falsch er seine Bedeutung einschätzte.

»Eine kleine Meinungsverschiedenheit, Eminenz. Der Herzog neigt zu vorschnellen Entscheidungen.«

»Wie bedauerlich.«

»Euer Eminenz, für mich ist es eine Erleichterung, von ihm befreit zu sein. Das muß ich sagen, obwohl er mein Vetter ist.«

Hier hatte sich Gift angesammelt, das sich vielleicht nutzen ließ.

»Und warum habt Ihr mich aufgesucht?«

»Weil ich es für meine Pflicht hielt.«

»Ihr wollt mir etwas über den Herzog sagen?«

»Ja, Euer Eminenz.

»Ich höre.«

»Euer Eminenz sollen wissen, daß es die Pflicht gegenüber König und Staat ist, die mich drängt, Euch von dieser Sache zu unterrichten.«

»Das kann ich akzeptieren.«

»Ich erkläre somit, daß mein Herr und Vetter Bemerkungen gegen die Hoheit des Königs äußerte, die ich als Verrat auffassen mußte.«

»Und welche Bemerkungen waren das?«

»Vor der Geburt der Prinzessin Mary behauptete er, Thronerbe zu sein. Seit Ihrer Gnaden Geburt sagt er, daß er im Falle ihres Todes Erbe sein würde.«

»Ach?«

»Euer Eminenz, ständig führt er seine edle Geburt im Munde und macht abfällige Bemerkungen über die Bastardabkunft einer gewissen Familie.«

Wolsey nickte ermutigend.

»Euer Eminenz, er hat sogar einen Wahrsager zu Rate gezogen, der ihm prophezeite, daß er eines Tages die Krone tragen würde.«

»Mir scheint, Euer Vetter ist in der Tat von unbedachter Wesensart, Master Knyvet.«

»Es scheint so, Eminenz. Sicher wißt Ihr noch, daß er Sir William Bulmer aus den Diensten des Königs abwarb und in seine eigenen nahm.«

»Daran erinnere ich mich sehr wohl. Der König geriet darob in Zorn und erklärte, er würde nicht dulden, daß einer seiner Diener einem anderen Herrn anhinge.«

»Ja, Eminenz, und Lord Buckingham sagte zu mir, daß er, falls der König ihn zur Strafe in den Tower geschickt hätte, um eine Audienz gebeten hätte, um dann den König zu erdolchen und die Herrschaft über dieses Königreich an sich zu reißen.«

»Seine Tollkühnheit ist größer, als ich dachte. Aber warum war er so dumm, einen Mann zu entlassen, vor dem er diese hochverräterischen Äußerungen getan hatte?«

Knyvet errötete vor Verlegenheit. »Er beschuldigte mich, die Pächter zu unterdrücken.«

»Und hat Euch entlassen? Und erst nach der Entlassung habt Ihr erkannt, daß seine Äußerungen Hochverrat waren?«

Knyvet, den ein Schaudern überlief, wünschte schon, er wäre nicht zum Kardinal gelaufen, aber Wolsey legte mit einem Lächeln seine Hand auf die Schulter des ehemaligen herzoglichen Besitzverwalters.

»Mylord, ich bin gekommen, weil ich es für meine Pflicht hielt.«

»Und Eure Pflicht war es in der Tat. Aber was ist von einem Mann zu halten, der seine Pflicht erst erkennt, wenn sein Herr ihn entläßt?«

»Die Wahrheit zu beweisen, ist nicht schwer. Ich war nicht der einzige, der diese Bemerkungen hörte. Hopkins, der Mönch, Delacourt, der Beichtvater meines Herrn, und Gilbert, sein Kämmerer, hörten sie ebenso.«

Eine Handbewegung des Kanzlers zeigte Knyvet an, daß er entlassen war.

Knyvet sah ihn erstaunt an. Wie oft hatte er mitangehört, daß Buckingham gering vom Kardinal sprach. Man hätte meinen mögen, Wolsey würde einen belohnen, der ihm so gewichtige Beweise lieferte.

Doch die weiße Hand des Kardinals lag nun an seinen Lippen, um ein Gähnen zu unterdrücken. Knyvet blieb nichts übrig, als sich zu verbeugen und sich mit soviel Würde als möglich zurückzuziehen.

Kaum war er allein, als der Kardinal ein Täfelchen aus einer Lade holte, es vor sich hinlegte und schrieb: der Mönch Hopkins, Delacourt, der Beichtvater, Gilbert, der Schatzmeister.

Gut möglich, daß man sich dieser Männer bei Gelegenheit bedienen konnte.

Die Königin hatte bis auf Maria de Salinas alle ihre Damen entlassen.

»Maria, ich glaube, du solltest dich zurückziehen, wenn diese Frau kommt«, sagte sie nachdenklich.

Maria neigte den Kopf. Sie bedauerte, daß die Königin sich entschlossen hatte, die Person zu empfangen, anstatt sie weiterhin zu ignorieren, was ihrer Meinung nach viel besser gewesen wäre. Und wenn die Frau zum König lief und sich beklagte, war die Position der Königin eine sehr unwürdige.

»Du bist der Meinung, daß ich sehr unklug handle?« fragte Katharina.

»Euer Gnaden, wer bin ich, daß ich so etwas denken dürfte?«

»Maria, ich bin doch nicht der König, der unentwegt Schmeicheleien hören will. Von meinen Freunden möchte ich die Wahrheit erfahren.«

»Euer Gnaden, ich könnte mir denken, daß die Unterredung für Euch sehr unangenehm verlaufen könnte.«

»Es gibt so vieles, was mir unangenehm erscheint«, antwortete Katharina bedrückt.

»Euer Gnaden, ich höre Stimmen.«

»Sie ist da. Wenn sie eintritt, ziehst du dich sofort zurück, Maria, meine Liebe.«

Ein Page trat ein und meldete der Königin, daß Mistreß Boleyn draußen warte und behaupte, sie sei auf Geheiß der Königin gekommen.

»Das ist richtig. Führ sie herein. Maria, du gehst jetzt.«

Maria knickste und ging hinaus, als Mary Boleyn eintrat.

Mary blieb vor der Königin stehen und versank in einem tiefen Knicks, wobei ihre großen dunklen Augen ängstlich das Gesicht der Königin suchten.

Mary schauderte innerlich. Wie frostig die Königin aussah! Kein Wunder, daß Heinrich anderswo Trost sucht. Katharina mußte eine kalte Bettgefährtin sein.

Das ist also das Mädchen, um dessentwillen er mich vernachlässigt! dachte Katharina. Wie eine Dirne sieht sie aus. Warum hat er nicht jemanden gewählt, der seinem Rang eher gemäß ist?

»Mistreß Mary Boleyn, erhebt Euch bitte«, sagte die Königin.

Das Mädchen richtete sich auf und wartete verzagt auf das, was die Königin zu sagen hatte.

»Ihr seid Mittelpunkt eines höchst bedauerlichen Skandals«, setzte Katharina an und beobachtete, wie die Röte langsam bis zur Stirn des Mädchens stieg. Ein kleiner Trost, daß sie sich schämt, dachte die Königin. »Es ist für Euch nicht günstig und nicht für jene, die an Eurem unziemlichen Betragen teilhaben.«

Mary sah sie hilflos an. Wie gern hätte sie erklärt: Es war in Ardres oder Guisnes gewesen – sie wußte es nicht mehr. Ihr war aufgefallen, wie er sie ansah, und sie hatte die Bedeutung seiner Blicke erkannt. Und dann hatte er sie eines Tages allein angetroffen, und als seine Hände über ihren Körper strichen, hatte sie einfach ja sagen müssen. Sie hätte zu jedem ja gesagt, der so stattlich war und sie so sehr begehrte. Natürlich war beim König an eine Abfuhr ohnehin nicht zu denken. Begriff die Königin das nicht? Arme Frau. Mary glaubte, daß sie es nicht verstand. Aber dann konnte sie den König nicht sehr gut kennen, konnte auch nicht wissen, wie es am Hof zuging.

Aber wie sollte sie es ihr erklären? Beschämt ließ sie den Kopf hängen. Sie bedauerte zutiefst, daß sie der guten und frommen Königin so großen Kummer bereitet hatte. Sonderbar, aber an die Königin hatte sie noch nie einen Gedanken verschwendet. Bot sich die

Gelegenheit, dann konnte sie an nichts anderes denken als an das Verlangen nach Befriedigung, und wenn alles vorüber war, dann war es zu spät. Und Mary gehörte nicht zu jenen, bei denen sich Bedauern regte, wenn es zu spät war.

Was verlangte die Königin jetzt von ihr? Daß sie sich etwa dem König verweigerte? Wurde denn dem König jemals etwas verweigert?

Da kam ihr eine Idee. Die Königin verfügte noch immer über eine gewisse Macht, auch beim König. Obschon sie so alt war und der König ihrer überdrüssig, war sie noch immer eine spanische Prinzessin und ihr Neffe der mächtigste Herrscher der Christenheit.

Mary hätte nun gern gesagt, daß es ihr leid täte, daß sie die Affäre mit dem König am liebsten morgen schon beendet hätte. Aber das alles ließ sich so schwer erklären. Deshalb tat Mary das einzig Mögliche und brach in Tränen aus.

Die Königin, auf diesen Gefühlsausbruch nicht gefaßt, war momentan um Worte verlegen.

»Euer Gnaden«, schluchzte Mary. »Ich wünschte, ich wäre eine ehrbare Frau ... aber leider bin ich es nicht. Aber so wurde ich eben geschaffen. Und jetzt möchte ich Will heiraten ... Ach du lieber Himmel, alles ist so schwierig, aber ich wünsche mir ... ach, wie sehr ich es mir wünsche ...«

»Ihr solltet Euch fassen«, sagte die Königin kalt.

»Ja, Euer Gnaden«, erwiderte Mary und tupfte ihre Augen trocken.

»Was soll dieses Gefasel von Heirat?«

»Ich bin verliebt, Euer Gnaden. In Will Carey. Er ist ein jüngerer Sohn, und mein Vater findet, er sei für mich als Partie nicht gut genug. Er hat ... uns verboten ...«

»Ich verstehe. Dieser junge Mann ist also gewillt,

Euch trotz des Skandals, dessen Ursache Ihr seid, zu ehelichen?«

»Euer Gnaden, es wird keinen Skandal mehr geben, wenn ich nur Will heiraten könnte. Ich will keinen außer Will, und er will nur mich allein. Wenn Euer Gnaden für uns ein gutes Wort einlegen würden ...«

Wie sonderbar, sann die Königin. Ich schicke nach ihr, um sie wegen ihres unzüchtigen Umgangs mit dem König zu schelten, und sie fleht mich an, ihr zur Ehe mit einem jungen Mann zu verhelfen, den sie zu lieben behauptet.

Das Mädchen hatte unbestreitbar etwas Liebenswertes an sich. Katharina, die nie auf den Gedanken gekommen wäre, einer der Geliebten ihres Mannes auch nur einen Anflug von Sympathie entgegenzubringen, mußte feststellen, daß es sehr wohl möglich war. Auch wenn sie zutiefst bekümmert war wie jetzt, ließen ihr voller, vom Mieder nur unzulänglich gebändigter Busen, ihre schmale Taille und ihre ausladenden Hüften Mary sehr sinnlich aussehen, ein Eindruck, zu dem sich der einer gewissen Unordentlichkeit gesellte. Und doch wirkte sie dank ihrer Sanftheit, ihrem Verlangen zu gefallen und der Andeutung von Hilflosigkeit sehr anziehend.

Wie konnte er mich mit einer wie ihr betrügen? fragte sich Katharina. Elizabeth Blount war anders gewesen – eine schöne Jungfrau, als er ihr begegnete. Und ihre *affaire* war mit Anstand über die Bühne gegangen. Aber bei diesem Mädchen war Katharina sicher, daß Heinrich nicht der erste Liebhaber gewesen war.

Und er hatte seit vielen Nächten seiner Gemahlin keinen Besuch mehr abgestattet, weil dieses Geschöpf seine Aufmerksamkeit zur Gänze in Anspruch nahm.

Diese kleine Dirne war einer spanischen Infantin vorgezogen worden, die Tochter Thomas Boleyns – trotz seines vornehmen Gebahrens ein Emporkömmling, aus dem Krämerstand aufgestiegen – der Tochter Isabellas und Ferdinands!

Es gab so viele Fragen, die sie stellen wollte. Sie war auf dieses Mädchen eifersüchtig, weil sie wußte, daß zwischen Mary und dem König so viel Leidenschaft im Spiel war, wie es sie zwischen dem König und seiner Gemahlin nie gegeben hatte. Wie hast du es nur geschafft, sein Gefallen zu erregen? hätte sie am liebsten gefragt. Wie hast du es geschafft, ihn zu halten? Ungeachtet seines Gewissens und des Skandals, den er haßt, hat er dich immer wieder aufgesucht, während er sich nicht überwinden kann, zu mir zu kommen, wenngleich es recht und geziemend und vor allem seine Pflicht wäre, mich in die Lage zu versetzen, ihm einen Sohn zu gebären.

Sie hätte das Mädchen hassen sollen, doch das war ihr unmöglich, als sie vor ihr stand, immer wieder von Schluchzen geschüttelt.

»Du hast also zu deinem Vater von dieser Heirat gesprochen?« fragte die Königin.

»Ja, Euer Gnaden. Er ist dagegen.«

»Warum?«

»Weil Will nur ein jüngerer Sohn ist.«

»Und *du* bist nicht der Meinung, daß du nach einer besseren Partie Ausschau halten solltest?«

»Eine bessere Partie als den Mann, den ich liebe, gibt es nicht.«

Katharina war erschüttert. Sie hatte erwartet, unter diesem üppigen Äußeren auf Berechnung zu stoßen. Doch das Aussehen des Mädchens trog nicht. Mary war wirklich weich und voller Liebe.

»Ein achtenswertes Gefühl«, murmelte die Königin. »Als ich nach Euch schickte, tat ich es mit der Absicht, Euch vom Hof zu verbannen und auf den Landsitz Eures Vaters in Hever zurückzuschicken.« Die Königin stellte sich mit halbgeschlossenen Augen die Szene mit Heinrich vor, falls sie es wirklich gewagt hätte, ihr Vorhaben in die Tat umzusetzen. »Aber«, fuhr sie fort, »da Ihr nun so offen von Eurer Liebe zu diesem jungen Mann sprecht, möchte ich Euch gern helfen.«

»Euer Gnaden!« Marys kindlicher Mund blieb halb offen, ihre dunklen, tränenfeuchten Augen blickten groß.

»Ja«, sagte die Königin. »Ich sehe ein, daß du heiraten mußt. Ein Ehemann wird dich an weiteren Unschicklichkeiten hindern.«

»Und Euer Gnaden werden …«

»Ich werde Eure Vermählung mit Will Carey in die Wege leiten. Die Trauung wird hier am Hof stattfinden, und ich werde ihr persönlich beiwohnen.«

»Euer Gnaden!«

Aus der Miene des Mädchens strahlte reine Freude.

Katharina streckte ihre Hand aus, und Mary ergriff sie, um ihr tränenfeuchtes Gesicht darauf zu drücken.

»Ihr könnt jetzt gehen«, sagte die Königin wohlwollend und sah dem Mädchen nach, als es hinausging.

Eine Dirne, dachte sie. Er war bei ihr nicht der erste, und doch begehrte er sie, wie er seine Frau nie begehrt hatte.

Warum ist das so? fragte Katharina sich verzweifelt. Ist mir denn keine Hoffnung mehr geblieben? Was nützt es, daß ich den Himmel um einen Sohn anflehe, wenn doch der König alle Hoffnung aufgegeben hat, einen zu zeugen? Wie kann es einen Sohn geben, wenn er mich meidet und seine Männlichkeit an Mädchen wie Mary Boleyn verschwendet?

Es gibt Augenblicke im Leben, dachte Katharina, die ungetrübtes Glück bedeuten; Momente, in denen einen weder die Vergangenheit noch die Zukunft berühren. Während sie dasaß und zusah, wie ihre Tochter Mary, ans Knie ihres Vaters lehnend, von diesem im Lautenspiel unterwiesen wurde, wußte sie, daß dies einer jener Momente war.

Das Gesicht des König war gerötet, er lächelte. Um seinen Mund lag ein zärtlicher Zug. Er liebte Kinder über alles und wäre der zufriedenste Mensch gewesen, wenn sich außer eines kleinen Mädchens ein halbes Dutzend anderer Kinder in der Kinderstube getummelt hätten – und etliche stramme Knaben darunter.

Aber in diesem glücklichen Moment bereitete ihm sein Töchterchen große Freude.

Wie bezaubernd sie ist! dachte Katharina. Wie niedlich! Wie gesund mit ihren geröteten Wangen und ihrem schulterlangen Haar. Wie kann ich jemals traurig sein, wenn ich doch meine Mary habe?

»Ha!« dröhnte der König, »aus dir wird noch eine Musikerin, meine Tochter. Daran besteht für mich kein Zweifel.« Er drehte sich lächelnd zu Katharina um. »Hast du gehört? Sie soll den besten Lehrer im ganzen Land bekommen.«

»Den hat sie bereits«, sagte Katharina vielsagend, und legte zu den beiden tretend ihre Hand leicht auf die Schulter des Königs, der diese daraufhin liebevoll tätschelte.

Heilige Muttergottes, sandte die Königin ein heimliches Stoßgebet zum Himmel, hätten wir nur einen einzigen Sohn, wäre zwischen uns alles gut. Wer würde angesichts dieser Szene häuslichen Glücks glauben, daß er mich ständig betrügt und …

Doch dieses Eingeständnis erlaubte sie sich nicht einmal sich selbst gegenüber. Es war unmöglich. Nur ihre Feinde munkelten in ihrem Haß davon. Sie hatten wohl ganz vergessen, daß sie dem spanischen Königshaus entstammte und daß Kaiser Karl der Sohn ihrer Schwester war.

»Heinrich«, fuhr Katharina fort, »ich möchte ihre Erziehung insgesamt mit dir besprechen. Ich möchte, daß sie Unterricht in Sprachen, Geschichte und allen Fächern bekommt, die ihr im späteren Leben von Nutzen sein können.«

»Es soll so sein«, pflichtete Heinrich ihr bei.

»Ich habe mit Thomas Morus darüber gesprochen.«

»Ein guter Mann, Thomas Morus«, murmelte der König. »Niemand könnte dich besser beraten.«

»Wie ich hörte, sollen seine Töchter hoch gebildet sein, da er die Überzeugung vertritt, die Erziehung von Mädchen solle sich nicht von jener der Knaben unterscheiden.«

Die zufriedene Miene des Königs schwand von einem Moment zum anderen, seine Unterlippe schob sich unwillig vor.

Das hätte ich nicht sagen sollen, dachte Katharina. Ich habe ihn daran erinnert, daß Thomas Morus einen Sohn hat, während er, der König, keinen hat – wenigstens keinen ehelichen.

Fallstricke wie diese lauerten bei jeder Gelegenheit. Gab es denn keinen Weg, ihnen zu entgehen?

Der König starrte Marys braune Löckchen an, und sie wußte, daß er insgeheim dachte: Warum war dieses Mädchen kein Knabe?

Das äußerst empfindsame kleine Mädchen spürte nicht zum ersten Mal die Unzufriedenheit, die es in seinem Vater weckte. Mary schlug die Augen nieder und starrte die Laute in seinen Händen an. Er ängstigte sie, dieser große und strahlende Vater, der erwartete, sie würde vor Entzücken kreischen, wenn er sie selten genug zu bemerken geruhte und in die Arme nahm. Und sie tat es auch, weil Mary immer das zu tun bemüht war, was von ihr erwartet wurde, doch war ihr Entzücken geheuchelt, da ihr in Gegenwart ihres Vaters nie ganz wohl zumute war.

Sie sehnte sich danach, ihm zu gefallen, und widmete sich mit fast fieberhafter Konzentration ihren Lektionen, insbesondere ihrer Musik. Und da sie wußte, daß er sich gern mit ihren Fähigkeiten brüstete, stand sie tausend Ängste aus, seinen Erwartungen nicht zu entsprechen.

Wenn er sie dann mit seiner überschäumenden Zuneigung beinahe erstickte, war es für sie fast ebenso beunruhigend, als wenn er seine Unzufriedenheit darüber, daß sie ein Mädchen war, erkennen ließ.

So fragte sie sich schon seit geraumer Zeit: Wo habe ich versagt? Was hätte ich tun sollen, damit ich als Knabe geboren werde?

Sie warf einen raschen Blick auf ihre Mutter. Wie froh sie war, daß die Königin zugegen war, denn in Gesellschaft ihrer Mutter fühlte sie sich geborgen. Wäre es nach ihr gegangen, wären sie immer zusammen gewesen. Sie hätte zu gern im Gemach ihrer Mutter geschlafen und wäre am liebsten auch den ganzen Tag bei ihr geblieben. Wann immer sie Angst empfand, dachte sie an ihre Mutter. Und war sie mit ihr allein, dann war ihr Glück vollkommen.

Nun schaute sie auf und sah, daß der Blick ihrer Mutter auf ihr lag. Die Königin lächelte beruhigend, da sie die Unruhe ihrer kleinen Tochter spürte.

In Gegenwart des Kindes dürfen wir uns unsere Verstimmung nicht anmerken lassen, dachte Katharina. Aber wie lange kann ich sie noch vor Gerüchten schützen? Sie weiß bereits, daß ihr Vater ständig mit dem Schicksal hadert, weil es sie als Mädchen und nicht als Knaben zur Welt hatte kommen lassen.

Rasch sagte die Königin: »Heinrich, wenn du schon die Laute in den Händen hältst, dann spiele und singe uns doch eines deiner Lieder vor.«

Die Miene des Königs erhellte sich sofort wieder. Dank seiner kindlichen Natur konnte man ihn leicht mit einer kleinen List aus seiner Mißlaunigkeit locken, wie man einen Knaben mit Naschwerk ködert, und Komplimente waren die von Heinrich am heißesten begehrten Leckereien.

»Da du mich darum bittest, Katharina, werde ich für dich singen. Und was ist mit meiner Tochter? Will sie ihren Vater singen hören?«

Das kleine Mädchen war auf der Hut. »Ja, Euer Gnaden«, ließ es sich schüchtern vernehmen.

»Das klingt aber nicht sehr überzeugend«, brummte der König.

»Mary kann es kaum erwarten, scheut sich aber, sich ihre Freude anmerken zu lassen«, warf die Königin hastig ein, eine Hand nach der Prinzessin ausstreckend, die sofort auf sie zulief.

Ach, wie tröstlich die Samtröcke waren, was für eine Freude, das Gesicht darin vergraben zu können, die sanfte schützende Hand auf dem Kopf zu spüren! Als Prinzessin Mary zu ihrer Mutter aufblickte, schimmerte Bewunderung in ihren Augen.

Lächelnd drückte die Königin das Köpfchen noch einmal an ihre Röcke. Es wäre unklug gewesen, wenn der Vater gemerkt hätte, daß das Kind seine Mutter mehr liebte als ihn. Mary verstand noch nicht, daß er immer derjenige sein wollte, dem die meiste Bewunderung und die größte Liebe galten.

»Schüchternheit möchte ich bei meiner Tochter nicht sehen«, murmelte der König. Doch seine Finger zupften bereits an den Saiten, als er mit angenehmer Tenorstimme sein Lieblingslied anstimmte.

Die Königin ließ sich auf ihrem Stuhl nieder, ohne die Umarmung, mit der sie ihre Tochter festhielt, zu lösen.

Mary, die sich an sie schmiegte, betete leise. »Heilige Muttergottes, laß mich immer bei meiner Mutter bleiben.«

Das Lied verklang, der König starrte mit glänzenden Augen vor sich hin, voller Freude über sein Werk, während die Königin Beifall klatschte und ihrer Tochter bedeutete, es ihr nachzumachen. Der König hatte sich besänftigen lassen.

Nachdem ihre Tochter wieder ihren Erzieherinnen übergeben worden war, sagte Katharina zum König: »Mary Boleyn ist bei mir um eine Heiratserlaubnis vorstellig geworden.«

Der König, der zunächst nichts darauf erwiderte, antwortete schließlich: »Tatsächlich?«

»Ja. Sie möchte einen gewissen William Carey ehelichen, einen jüngeren Sohn, der vermutlich nicht den Beifall ihres Vaters finden dürfte.«

»Gewiß wünscht sich Thomas Boleyn eine bessere Partie für das Mädchen.«

»Thomas Boleyn ist ehrgeizig. Nun, ich habe dem Mädchen jedenfalls meine Hilfe versprochen.«

Der König zog die Schultern hoch. »Die Angelegenheit liegt in deinen Händen.«

»Ich hätte gedacht, daß angesichts der Umstände …«

Er fuhr herum und kniff die Augen zusammen. Worauf wollte sie hinaus? Rügte sie ihn womöglich, weil ihm das Mädchen gefallen hatte?

»Angesichts welcher Umstände?« fragte er.

Sie merkte, daß sie wieder in eine jener Fallen getappt war, die es so dringend zu vermeiden galt. Sie hätte jetzt leise zu bedenken geben sollen, daß sie es für angebracht gehalten hatte, erst den König zu fragen, ehe sie ihr Einverständnis gab, da das Mädchen am Hof lebte und ihr Vater in der Gunst des Königs hoch stand.

Aber ihre angeborene Würde begehrte auf. War sie denn nicht eine spanische Königstochter? Konnte sie es sich denn bieten lassen, daß man sie behandelte wie irgendeine Frau ohne Rang und Namen? Das letzte Beisammensein mit ihrer Tochter hatte sie an ihre eigene Mutter erinnert und in ihr die Überzeugung genährt, daß die kleine Mary sie so liebhatte, wie sie selbst Isabella von Kastilien liebgehabt hatte. Isabella hätte wegen einer der Geliebten ihres Mannes nie ihre Würde vergessen.

Kalt sagte Katharina: »Angesichts des Umstandes, daß das Mädchen deine Geliebte ist … oder war.«

Das Antlitz des Königs verfinsterte sich. In seinen Augen sahen Sünden schwärzer aus, wenn man offen darüber sprach. Er mochte sein Gewissen bis zu einem gewissen Grad beruhigt haben (›Ich bin schließlich nur ein Mann, und das Mädchen war mehr als willig. Meine Frau ist nicht gesund und wird nach jeder Schwangerschaft kränker. Damit meiner Gemahlin Unannehmlichkeiten erspart werden, schickt mir die Vorsehung diese willigen Mädchen, die durch die Affären bei Gott keine Nachteile haben‹), doch als seine Frau, mit zornig lodernden Augen, davon sprach, betonte sie die Würdelosigkeit seines Verhaltens. Hatte sie daher einen Moment zuvor nur seinen Unwillen erregt, so schlug dieses Gefühl in Haß um, kaum daß sie die Worte ausgesprochen hatte.

»Ihr vergeßt, mit wem Ihr sprecht, Madam«, rügte er sie.

»Warum glaubst du das? Ist das Mädchen denn auch die Geliebte anderer? Ich muß sagen, daß es mich nicht wundert.«

»Die Heirat des Mädchens kümmert mich nicht«, rief Heinrich aus. »Aber Eure unverschämten Anschuldigungen sehr wohl, Madam, das laßt Euch gesagt sein. Ich habe viel ertragen. Ich war ein liebevoller Ehemann. Ihr vergeßt, wie ich Euch aus Armut erlöste ... aus der Verbannung, könnte man sagen. Ihr vergeßt auch, daß ich Euch gegen den Rat meiner Minister geheiratet habe. Und wie habt Ihr es mir gedankt? Indem Ihr mir vorenthaltet, was ich mir vor allem anderen wünsche. Diese langen Jahre unserer Ehe ... und kein Sohn ... kein Sohn ...«

»Das ist unser gemeinsamer Kummer, Heinrich. Ist es denn meine Schuld?«

Seine Augen wurden schmal und grausam. »Es ist wirklich zu merkwürdig, daß du keinen Sohn gebären kannst.«

»Wiewohl Elizabeth Blount dir einen geschenkt hat?« gab sie zurück

»Ja, ich habe einen Sohn.« Er richtete seinen Blick mit geheuchelter Frömmigkeit zur Decke. »Als König dieses Reiches, der dem Land einen Erben schenken soll, hielt ich es für meine Pflicht festzustellen, bei wem die Schuld liegt.«

Wie konnte man mit einem Menschen wie ihm argumentieren? Er wollte ihr weismachen, daß er dieses schöne junge Mädchen nicht verführt hatte, weil er sie begehrte, sondern weil er seinem Volk beweisen wollte, daß eine andere Frau ihm sehr wohl einen Sohn schenken konnte, im Gegensatz zu seiner eigenen Königin.

Nein, es war unmöglich, sich mit ihm auf eine Debatte einzulassen, da er diese ungeheuerlichen Behauptungen in dem Augenblick, in dem er sie äußerte, wirklich glaubte. Er mußte an das tugendhafte Bild glauben, das er von sich selbst entworfen hatte. Anders konnte er sein Gewissen nicht beruhigen.

»Tag und Nacht habe ich gebetet«, fuhr er fort. »Fünfmal täglich habe ich der Messe beigewohnt. Ich begreife nicht, warum mir dieser Wunsch verweigert wird, wenn ich doch Gott so treu diene. Aber es gibt einen Grund.«

In seinen Augen blitzte es tückisch, Anzeichen dafür, daß er seine eigene Meinung darüber hatte, warum ihm sein größter Wunsch verweigert wurde. Momentan glaubte sie, er würde es ihr sagen, doch er änderte seine Absicht, dreht sich um und ging zur Tür.

Dort hielt er inne, und sie sah, daß er mit Mühe seine Züge beherrschte. »Wenn du für eine der Hofdamen eine Ehe arrangieren möchtest, tust du gut daran, mich zuvor zu befragen. Dies ist geschehen, und damit lege ich die Angelegenheit nun in deine Hände.«

Er ging. Doch sie hatte kaum zugehört.

Welche Pläne heckte er aus? Wie sprach er hinter verschlossenen Türen in Gegenwart dieses Wolsey von seiner Ehe?

Kalte Furcht erfaßte ihr Herz. Ans Fenster tretend, blickte sie hinaus auf den Fluß. Da fiel ihr der letzte Besuch ihres Neffen, des Kaisers, ein und die Aussicht auf den nächsten.

Heinrich lag England zuliebe an der Freundschaft des Kaisers, so wie ihr selbst daran lag.

Er würde nicht so unklug sein und es wagen, die Tante des mächtigsten Herrschers von Europa durch Worte oder Taten zu kränken.

Als Mary Boleyn an einem trüben Tag im Januar mit William Carey vor den Traualtar trat und die Königin das Brautpaar mit ihrer Anwesenheit beehrte, wohnten der Zeremonie viele Neugierige bei, da Mary wegen ihrer Beziehung zum König Gegenstand großen Interesses war.

Unter den Anwesenden erhob sich neugieriges Raunen, als Mary die Hand ihres Gatten ergriff. Was nun? lautete die allgemeine Frage. Wäre der König an dem Mädchen noch interessiert gewesen, hätte er für sie gewiß eine großartigere Heirat arrangiert. Es konnte also nur bedeuten, daß er mit ihr Schluß gemacht hatte und daß Mary – die dumme kleine Mary – nicht so raffiniert gewesen war, als Lohn für geleistete Dienste Titel und Vermögen zu fordern.

Doch als Mary zwischen den Gästen einherschritt, strahlte sie vor Glück, so daß allgemein der Eindruck entstand, ihr größter Wunsch sei in Erfüllung gegangen. Und dasselbe galt für Will Carey.

Die Königin nahm die Huldigung des jungen Paares mit sichtlichem Wohlwollen entgegen – was in Anbetracht des Stolzes der Königin und der Tatsache, daß das Mädchen noch vor kurzem ihre Nebenbuhlerin gewesen war, sehr merkwürdig schien.

Man nahm daher an, daß die Affäre des Königs mit Mary Boleyn der Vergangenheit angehörte. Der Umstand, daß Thomas Boleyn der Zeremonie fernblieb, bestätigte dies.

»Wie ich höre, hat er sie verstoßen«, sagte eine der Damen zu dem Gentleman neben ihr.

»Kein Wunder!« lautete die Antwort. »Thomas ist als willfähriger Vater zu hoher Position aufgestiegen. Jetzt zürnt er dem Mädchen und hätte die Heirat verhindert, wäre es Mary nicht gelungen, die Zustimmung der Königin zu erlangen.«

»Die die Königin natürlich bereitwillig gab.«

»Nun, eine merkwürdige Sache ist es dennoch, das kann ich Euch sagen. Ganz anders als die Blount-Affäre.«

»Was ist aus dem Kind geworden?«

»Zweifellos werden wir eines Tags von dem Knaben hören, es sei denn, die Königin überrascht uns alle und bringt den bis jetzt ausgebliebenen Erben zur Welt.«

»Es haben sich schon merkwürdigere Dinge zugetragen.«

Zahlreiche verstohlene Blicke wanderten in die Richtung der Königin, des Raunens und Klatschens war kein Ende, aber Katharina ließ nicht erkennen, daß sie davon Notiz nahm.

Sie war sicher, daß es andere Nebenbuhlerinnen geben würde. Das war unvermeidlich geworden, seitdem sie für den König als Frau keinen Reiz mehr besaß. Und da weitere Schwangerschaften ihrer Gesundheit nicht zuträglich waren, war sein Interesse an ihr vollends erloschen.

Aber sie hatte ihre Tochter Mary, die eines Tages Königin sein würde, da der König keinen legitimen Sohn bekommen konnte. Das war zwar traurig, aber damit mußte man sich abfinden.

Nun, sagte sie sich, die Affäre Boleyn hat somit wenigstens ein Ende gefunden.

König und Königin saßen wie immer bei feierlichen Anlässen an der Festtafel im Kreis aller hochgestellten Persönlichkeiten des Hofes. Zur Rechten des Königs saß der Kardinal. Immer wieder steckten die beiden die Köpfe zusammen und flüsterten einander etwas zu, das nur für ihre Ohren bestimmt war, wobei die selbstgefällige Miene des Kardinals nicht zu übersehen war.

Nichts liebte er mehr als diese glänzenden Gelegenheiten, bei denen der König ihn unter allen anderen auszeichnete und ihm offen seine Zuneigung bekundete.

Besonders ergötzlich war es für ihn, wenn die Edlen des Hofes es beobachten konnten, wie sehr der König sich auf ihn stützte. Und heute war auch der Duke of Buckingham anwesend, der nie verhehlt hatte, daß ihm diese Vorliebe des Königs verhaßt war.

Die Musik spielte, als das Spanferkel aufgetragen wurde, und sie verstummte, als der Haushofmeister es auf den Tisch stellte. Man zollte dieser Köstlichkeit mit achtungsvollem Schweigen Respekt.

Der schläfrige Blick des Königs glitt über die Tafel. Da er schon von vielen Speisen gekostet und dem Wein reichlich zugesprochen hatte, war sein Gesicht gerötet und das strahlende Blau seiner Augen getrübt, als diese an einer Gruppe junger Mädchen hängenblieben, die in einiger Entfernung von ihm an der Tafel saßen.

Es hatte den Anschein, als sei seine Liebe zu Mary Boleyn erloschen, so daß andere hoffen durften, ihren Platz einzunehmen.

Der Kardinal, dem die Blicke des Königs nicht entgingen, frohlockte. Ihm konnte es nur recht sein, wenn der König seinen gewohnten Vergnügungen nachging, ohne zu ahnen, daß die Staatskunst weitaus fesselnder war als die Jagd auf Frauen. Sollte Heinrich es jemals entdecken, konnte dies bedeuten, daß Wolseys rasanter Höhenflug zu den Gipfeln der Macht jäh gebremst wurde.

Wäre es nach Wolsey gegangen, hätte der König ewig ein gesunder, kraftvoller Knabe bleiben können – ein Jüngling, der beim Jagen täglich fünf Pferde zuschanden ritt, der bei Turnieren mühelos Siege errang und beim Tennis alle Gegner schlug. Und der als Schürzenjäger geradezu unermüdliche Ausdauer zeigte.

Thomas Morus hatte einmal bemerkt: »Wüßte der Löwe um seine Stärke, fiele es jedem schwer, ihn zu lenken.«

Niemand wußte dies besser als Wolsey. Deshalb gedachte er, den Löwen seine Kraft nicht merken zu lassen. Und im Moment war es so – nicht weil es ihm an Selbstbewußtsein gemangelt hätte, sondern weil es so angenehm war, eine gute Figur auf dem Turnierplatz, bei Maskenspielen und Bällen zu machen und die Regierungsgeschäfte seinem tüchtigen Kardinal zu überlassen. Warum sollte er seine Augen beim Studium von Staatsdokumenten überanstrengen? Dafür war Wolsey der richtige Mann. Wie oft hatte der König mit seinem sonoren Lachen ausgerufen, daß ein Staatsdokument Wolseys Augen heller zum Strahlen zu bringen vermochte als jedes weibliche Wesen.

Heinrich gefiel es, den gewitzten Kardinal als vollkommene Ergänzung seiner eigenen im königlichen Glanz erstrahlenden Erscheinung neben sich zu sehen. Doch der Löwe durfte keine Ahnung von seiner Stärke bekommen.

Wolseys Blick, der über die Gesellschaft wanderte, blieb an der Königin hängen. Vor ihr hieß es auf der Hut sein. Die Beziehung zwischen ihnen hatte sich abgekühlt, seitdem England mit Frankreich freundschaftliche Bande pflegte, da Katharina als gute Spanierin die Franzosen haßte. Blickte sie nach Europa, sah sie dort nur zwei bedeutende Herrscher – König Franz I. und Kaiser Karl V. – und sie wußte, daß erbitterte Feindschaft zwischen den beiden unvermeidlich war, da sie im Kampf um die Vorherrschaft miteinander in ewiger Fehde liegen würden. Katharinas Herzenswunsch war ein Bündnis Englands mit ihrem Neffen Karl. In ihren Augen war das *rapprochement* mit Franz, das schließlich zu jenem fantastischen und glänzenden Spektakel bei Guisnes und Ardres geführt hatte, allein Wolseys Werk; Grund für sie, sich ihm gegenüber nun kühl und ein wenig herablassend zu geben. Nun, sie würde mit der Zeit lernen müssen, daß sich im Umgang mit dem großen Kardinal niemand Herablassung erlauben durfte – selbst die Königin nicht.

Selten hatte der Kardinal so große Befriedigung empfunden wie bei diesem Bankett. Sein bisheriger Aufstieg war schon bemerkenswert, doch gedachte er noch höher zu steigen und nie sein eigentliches Ziel, die Papstwürde, aus den Augen zu verlieren, denn hatte er diese einmal erlangt, war er der Launen des Königs von England ledig. Bis dahin aber mußte er so tun, als ordne er sich ihnen unter.

Er muß in Unwissenheit gehalten werden, dachte Wolsey. In glückseliger Unwissenheit. Heinrichs blitzende blauen Augen sollten auch fürderhin nur bei Siegen auf dem Turnierplatz und in Frauengemächern aufleuchten. Die Wonnen der Staatskunst durften sie erst entdecken, wenn der Kardinal Papst geworden war.

Die plumpen weißen Hände des Königs troffen vor Spanferkelfett. Er rief laut nach Musik, und die Spieler stimmten eines seiner Lieder an, das ihn unweigerlich in gute Stimmung versetzte.

Wie leicht er zu handhaben ist! dachte Wolsey, dessen Blick jenem Buckinghams begegnete, der ihn hochmütig anstarrte.

Buckingham wandte sich an den neben ihm sitzenden Norfolk und machte eine Bemerkung, von der

Wolsey wußte, daß sie ihn herabsetzte. Aber Buckingham war ein Narr, der den Mund nicht halten konnte, während das Lied des Königs erklang.

»Gefällt Euch mein Lied nicht?« wollte Heinrich wissen, der die Augen plötzlich zusammenkniff.

»Ich lobte nur den Zauber des Klänge, Euer Gnaden«, gab Buckingham glatt zurück.

»Wenn Ihr die Musik mit Euren Geschwätz übertönt, verdirbt es den anderen das Vergnügen«, grollte der König.

»Würden Euer Gnaden dann gestatten, daß die Spieler es noch einmal anstimmen, damit alle es in Ruhe hören können?« sagte Buckingham.

Heinrich gab mit der Hand ein Zeichen, und die Weise wurde wiederholt.

Dieser Narr Buckingham! dachte Wolsey. Er steuerte direkt auf sein Unglück zu.

Der Kardinal hatte es im Sammeln von Informationen über jene, die er zu vernichten beabsichtigte, zu wahrer Meisterschaft gebracht. Sein Spitzel war am ganzen Hof berüchtigt. Glaubte Buckingham, daß er als edler Herzog – dem König ebenbürtig, wie er zu betonen pflegte – unangreifbar war?

Die Musik verstummte, und der König erhob sich von der Festtafel. Bei Anlässen wie diesen war es die Pflicht eines seiner Höflinge, ihm ein Silberbecken zum Händewaschen zu reichen. Es war ein Ehrenamt, das abwechselnd von den ranghöchsten Edelleuten ausgeübt wurde und an diesem Abend an den Duke of Buckingham fiel.

Buckingham wurde das Gefäß von einem seiner Diener gereicht, worauf er es nahm und es mit einer Verbeugung Heinrich hinhielt. Dieser wusch sich nun die Hände, wie es der Brauch war.

Als der König fertig war, tauchte der neben ihm

stehende Kardinal die Hände in die Schüssel, um sie zu säubern.

Momentan war Buckingham so verblüfft, daß er nichts anderes tat, als dazustehen und die Schüssel reglos zu halten, während sich langsam Röte von seinem Nacken bis zur Stirn hin ausbreitete. Er, der große Herzog von Buckingham, der sich für edler hielt als Heinrich Tudor, mußte die Waschschüssel für einen Mann halten, der aus einem Metzgerladen stammte!

In einem Anfall von Jähzorn schüttete er das fettige Wasser über die Schuhe des Kardinals und benetzte dabei dessen rotes Atlasgewand.

Schweigen. Sogar der König schien verdutzt.

Der Kardinal war der erste, der sich faßte. Zu Heinrich gewandt murmelte er: »Euer Gnaden, der Wutanfall eines Hitzkopfs, der sich so privilegiert dünkt, daß er glaubt, sich dergleichen in Eurer Gegenwart erlauben zu dürfen.«

Heinrich hatte sich zum Gehen gewandt, und der Kardinal folgte ihm.

Buckingham blieb stehen und starrte ihnen nach.

»Ein trauriger Tag für England«, stieß er hervor, »wenn ein edler Herzog das Waschgefäß für einen Metzgerssproß halten muß.«

In seinen Privatgemächern angelangt, brach Heinrich in schallendes Gelächter aus.

»Ein komischer Anblick, Thomas, Euch mit durchnäßtem Gewand zu sehen.«

»Ich bin entzückt, für Euer Gnaden Belustigung gesorgt zu haben«, murmelte Wolsey.

»So verdutzt habe ich Euch noch nie gesehen. Und Buckingham war außer sich vor Zorn.«

»Und das in Eurer Gegenwart!«

Heinrich schlug Wolsey auf die Schulter. »Ich kenne Buckingham. Er hat sein Temperament noch nie zügeln können. Und als Ihr ... Thomas Wolsey ... von unedler Abkunft ... Eure Hände in die Schüssel getaucht habt ...«

»Als Kanzler des Königs ...«

»Buckingham zollt dem Stammbaum eines Mannes mehr Respekt als seinen Verdiensten, Thomas.«

»Nun, das weiß ich, da er ein Narr ist, und ich danke den Heiligen allabendlich, daß dieses Königreich mit einem Herrscher gesegnet ist, der über so viel Weisheit verfügt.«

Der König lächelte fast spitzbübisch. »Was mich betrifft, Thomas, so kümmert es mich nicht, ob jemand einem Metzgerladen oder einem vornehmen Adelssitz entstammt. Der König bin ich, und alle meine Untertanen sind unter mir geboren. Ich blicke auf alle nieder.«

»Auch auf Buckingham!«

»Warum sagt Ihr das, Thomas?«

»Weil der Herzog seltsame Ansichten über seine Geburt hat. Er hält sich für ebenso hochgeboren wie Euer Gnaden.«

Heinrichs spitzbübischer Ausdruck verschwand, ein grausamer Zug legte sich um den festen kleinen Mund. »Thomas, Ihr habt gesagt, Buckingham sei ein Narr. Wieder einmal sind wir einer Meinung.«

Nun war es an Thomas zu lächeln.

Die Zeit war gekommen, diesem Feind ein Ende zu bereiten.

Der Kardinal ließ ein paar Wochen verstreichen, ehe er eines Tages in gespielter Betroffenheit vor den König trat.

»Was bekümmert Euch, Thomas?« fragte Heinrich.

»Euer Gnaden, ich habe etwas entdeckt, von dem ich zögere, es Euch darzulegen, da es so erschreckend ist.«

»Kommt, kommt«, sagte der König gereizt, der zum bevorstehenden Tennisspiel ein weißes Seidenhemd und purpurne, geschlitzte Pluderhosen angelegt hatte.

»Es geht um Mylord Buckingham. Leider muß ich Euer Gnaden davon unterrichten, daß ich ihn für einen Verräter halte.«

»Für einen Verräter?«

»Der allerschändlichsten Natur.«

»Wie das?«

»Er fordert für sich den Thron und behauptet, daß er ihn eines Tages besteigen wird.«

»Was!« brüllte der König. Das Tennisspiel war vergessen. Kein Thema gab für ihn als Tudor größeren Anlaß zur Beunruhigung als die Behauptung, ein anderer hätte berechtigtere Thronansprüche als er. Sein Vater hatte um die Krone kämpfen müssen; er hatte gesiegt, hatte England Wohlstand gebracht und durch seine Ehe die Häuser York und Lancaster vereint. Doch die blutigen Rosenkriege lagen noch nicht so lange zurück, als daß sie der Vergessenheit anheimgefallen wären. Allein die Erwähnung, daß es jemanden gäbe, der Thronansprüche stellte, genügte, um Heinrich in Wut geraten zu lassen.

»Ich hege schon lange Argwohn gegen ihn«, meinte der Kardinal beschwichtigend. »Daher sein Haß gegen mich und die Feindseligkeit zwischen uns. Aber so sollte ich gegen jeden empfinden, der Euer Gnaden übelwill. Ich habe es mir zur Pflicht gemacht, seine Diener zu überprüfen, und kann Euer Gnaden jetzt die Ergebnisse meiner Mühe vorlegen.«

»Und wie sehen sie aus?«

»Erstens glaubt Buckingham, er sei ebenso hochgeboren wie Euer Gnaden.«

»Dieser Schurke«, rief Heinrich aus.

»In seinem Wappen fände sich kein dunkler Balken, sagte er.« Zu Wolseys Vergnügen stieg dem König die Röte in die runden Backen. »Seinem Beichtvater Delacourt hat er anvertraut, daß er den Thron besteigen würde, sollten Euer Gnaden oder die Prinzessin Mary dahingerafft werden.«

»Bei Gott!« rief der König aus. »Das wird ihn den Kopf kosten – wie es einem Verräter gebührt.«

»Das ist noch nicht alles«, fuhr der Kardinal fort. »Ich konnte in Erfahrung bringen, daß er einen Wahrsager befragte und dieser ihm prophezeite, er würde eines Tags den Thron besteigen.«

»Und wie will er das anstellen? Sagt es mir. Gedenkt er, mit mir um den Thron zu kämpfen?«

»Er ist ein Tor, Euer Gnaden, aber ganz so töricht ist er nicht. Er weiß, daß das Volk Euch liebt, und daß Ihr viele Freunde habt. Wahrsager gehen nebenher oft noch einem anderen Beruf nach. Wie ich hörte, sind sie oft geschickte Giftmischer.«

Sekundenlang verschlug es Heinrich die Rede. Dann stieß er hervor: »In den Tower mit ihm. Dort werden wir ihn peinlich befragen, um ihm die Wahrheit zu entreißen. Bei Gott, er hat seinen Kopf verwirkt.«

»Euer Gnaden«, murmelte der Kardinal, »wir müssen einen Prozeß gegen ihn aufbauen. Und ich glaube, daß es uns gelingen wird.«

»Ihr meint also, wir könnten ihn aufs Schafott schicken?«

»Warum nicht, wenn wir ihm Verrat nachweisen können?«

»Er muß von seinesgleichen gerichtet werden. Vergeßt nicht, daß es um Buckingham geht, in dessen Adern tatsächlich königliches Blut fließ. Ihr glaubt, ein Adelsgericht würde ihn zum Verrätertod verurteilen?«

»Wenn es ausreichende Beweise gäbe.«

»Norfolk würde zu seinen Richtern gehören. Ihr wißt um die enge Bindung zwischen den beiden. Er und die anderen Richter würden einen Mann so edler Herkunft nur sehr widerstrebend verurteilen. Hätte er eine Armee gegen die Krone aufgeboten, wäre es anders. Aber mir scheint, daß er nichts anderes getan hat, als sein Maul zu wetzen.«

»Gegen den König!«

»Thomas, ich kann Euch gut verstehen. Ihr dient mir mit Leib und Seele, und ich habe Euren Aufstieg gefördert, während Ihr von diesen Männern nichts als Schmähungen geerntet habt. Da sie jedoch von Adel sind, bilden sie einen Schutzschild um den Thron und erfreuen sich gewisser Privilegien.«

»Euer Gnaden, mir liegt einzig und allein an der Sicherheit meines Gebieters. Für diesen Schutzschild gebe ich nicht so viel.« Der Kardinal ließ ein bezeichnendes Fingerschnalzen folgen. »Euer Gnaden mögen vergeben, wenn ich sage: Ihr habt Eure eigene Stärke noch nicht ausgekostet. Alle um den Thron sollten vor Eurer Ungnade erzittern ... seien sie Küchenjungen oder edle Herzöge. So könnte es nicht nur sein, so müßte es sein. Ihr seid unser Herr und König.«

Sekundenlang sahen die Männer einander an. Der Kardinal wußte sehr wohl, daß dies einer der folgenschwersten Augenblicke seiner bisherigen Laufbahn war.

Er zeigte dem jungen Löwen, daß die goldenen Stäbe seines Käfigs nur Seidenbänder waren, die sich nach Belieben wegschieben ließen. Doch beim Anblick dieses Mannes mit den ungestümen Leidenschaften fragte der Kardinal sich sogar in diesem Augenblick, ob er richtig gehandelt hatte. Doch er war von Natur aus rachsüchtig, und sein Entschluß, um jeden Preis Vergeltung zu üben, hatte schon unumstößlich festgestanden, als das fettige Wasser sein Gewand benetzte.

Die Neuigkeit verbreitete sich am Hof wie ein Lauffeuer.

»Das kann nicht sein«, hieß es sofort. »Was hat er denn getan, als zu prahlen? Wer kann beweisen, daß dies oder jenes gesagt wurde? Wer tritt als Zeuge gegen ihn auf? Ein Meute aufsässiger Domestiken! Dieser Prozeß ist als Mahnung gedacht. Man darf nicht vergessen, daß es um den edlen Duke of Buckingham geht. Er wird mit einer Warnung davonkommen und begnadigt werden.«

Doch als der König die ihm von seinem Kanzler vorgelegten Beweise prüfte, kannte sein Zorn gegen Buckingham keine Grenzen.

Mit puterrotem Gesicht las er den Bericht über Buckinghams achtlos geäußerte Worte. Es war schon Provokation genug, daß jemand wagte, so etwas zu *denken,* geschweige denn auszusprechen. Noch dazu in Hörweite von Bediensteten, so daß diese Worte auf der Straße, in Schenken, wo immer Menschen zusammenkamen, wiederholt werden konnten! Das war Verrat.

Was schert es mich, daß es sich um einen edlen Herzog handelt, dachte Heinrich. Bin ich nicht der König?

Es war das erste Mal, daß ihm der Umfang seiner Macht bewußt geworden war. Er gedachte seiner Umgebung zu zeigen, daß niemand ungeschoren davonkäme, der sich hochverräterisch gegen den König äußerte. Er lechzte nach Blut – nach dem Blut eines jeden, der es wagte, sich ihm entgegenzustellen. Und er konnte dieses Blut vergießen, wann und wo es ihm beliebte. Er war der oberste Herrscher.

Norfolk kam in höchster Besorgnis zu ihm. Heinrich hatte für den um fünfzig Jahre älteren Herzog nicht viel übrig, der ihm nicht zuletzt deswegen uralt vorkam, weil seine Gedankenwelt jene der Vergangenheit war. Überdies wurde er das Gefühl nicht los, der Alte hätte ihm zu gern die Leviten gelesen, wenn er es gewagt hätte. Zur Zeit Edwards IV., Heinrichs Großvater mütterlicherseits, mochte Norfolk jung und kühn gewesen sein, doch lagen diese ruhmreichen Tag weit hinter ihm.

»Nun?« empfing Heinrich ihn gereizt.

»Euer Gnaden, ich bin zutiefst beunruhigt, weil mein Anverwandter Buckingham eingekerkert wurde.«

»Wir alle sind zutiefst beunruhigt durch den Verrat, den er zu verbreiten versuchte«, grollte der König.

»Euer Gnaden, er war dumm und unbedacht.«

»Mir scheint, er hat diese verräterischen Worte zu oft geäußert, als daß er sich mit Unbedachtheit rechtfertigen könnte. Es handelt sich um eine Verschwörung … es geht um die Krone, und für ein solches Vorgehen gibt es nur ein Wort – Verrat. Und ich sage Euch eines, Mylord, es gibt nur einen Urteilsspruch, den Richter, die rechten Sinnes sind, über einen Verräter verhängen können.«

Norfolk erschrak. Daß der König jähzornig war, wußte er, doch hätte er nie geglaubt, Heinrich könnte so fest entschlossen sein, jemanden zu vernichten, der zum Kreis seiner Vertrauten gehörte und als sein

Freund gegolten hatte. Und aus welchem Grund? Wegen einiger achtlos geäußerter Worte, die ein mißgünstiger Diener wiederholt hatte?

Takt hatte nie zu Norfolks Stärken gehört, »Euer Gnaden, Buckingham ist von hoher Geburt.«

»Was kümmert es mich, wie hochgeboren er ist. Er soll gerichtet werden.«

»Euer Gnaden, er hat gefehlt, und es war ihm eine Lehre. Ich denke, daß er nach dem Prozeß klüger sein wird.«

»Ein Jammer, daß ihm nur wenig Zeit bleiben wird, um sich seiner neuen Klugheit zu erfreuen«, gab der König gehässig von sich.

Da erkannte Norfolk, daß der Tod Buckinghams für Heinrich beschlossene Sache war.

Dennoch konnte er die Sache nicht auf sich beruhen lassen. Er und Buckingham waren nicht nur Freunde, sondern durch die Heirat seines Sohnes mit Buckinghams Tochter eng verschwägert. Er dachte an die Trauer der Familie, wenn Buckingham sterben sollte. Zudem galt es, auf die Rechte des Adels zu pochen. Dabei handelte es sich um keine Rebellion gegen den König. Buckingham hatte nicht beabsichtigt, den König zu stürzen. Man mußte Heinrich begreiflich machen, daß er trotz all seiner Macht kein Recht hatte, einen Herzog wegen unbedachter Worte zum Tod zu verurteilen.

»Euer Gnaden können doch nicht seinen *Kopf* fordern!«

Der König kniff die Augen zusammen. »Mylord Norfolk«, sagte er mit Nachdruck, »strebt Ihr ebenfalls nach der Herrschaft über dieses Reich?« Als Norfolk zusammenzuckte, brüllte Heinrich: »Hinaus … wenn Ihr nicht das Schicksal Eures Anverwandten teilen wollt. Bei Gott und allen Heiligen, ich werde Euch allen, die Ihr Euch für königlich haltet, zeigen, daß es nur einen König in diesem Land gibt. Und daß Blut fließt, wenn Verrat sich einschleicht.«

Erleichtert, der Gegenwart des Königs entfliehen zu können, verbeugte Norfolk sich tief. Dabei hätte ihm nicht weher ums Herz sein können. Er hatte seinen Befehl erhalten. Buckingham sollte von einem Adelsgericht zum Tod verurteilt werden. Er sollte den höchsten Preis bezahlen.

Den vergnügungssüchtigen Knaben-König gab es nicht mehr. An seine Stelle war ein rachedurstiger Mann getreten.

Er stand vor Gericht, der tollkühne Buckingham, stand siebzehn Ebenbürtigen, seinen Richtern, unter dem Vorsitz Norfolks gegenüber. Die Arme verschränkt, das Haupt hoch erhoben, war er eher bereit, sein Leben wegzuwerfen, als um Gnade zu flehen.

Der alte Norfolk vermochte seine Tränen nicht zurückzuhalten. Am liebsten hätte er ausgerufen: Was für ein Wahnsinn! Sollen wie einen der Unseren auf die Aussage eines Bediensteten hin dem Scharfrichter ausliefern?

Aber Norfolk hatte seine Befehle. Er hatte in die kleinen blauen Augen geblickt und darin Blutdurst gesehen. Beleidigungen des Königs, wiewohl achtlos geäußert, mußten mit Blut bezahlt werden, um dem alten Adel zu zeigen, daß der König allmächtig war.

Gelassen vernahm Buckingham die gegen ihn vorgebrachten Anklagen: Er hatte sich von einem Wahrsager den Tod des Königs und seine eigene Nachfolge auf den Thron prophezeien lassen. Er hatte die Absicht geäußert, den König zu töten. Er hatte unzählige Male behauptet, zwischen ihm und dem Thron stünden nur der König und Prinzessin Mary.

Er verteidigte sich gegen diese Anklagen, indem er darauf hinwies, daß es außer seinen unwürdigen Bediensteten niemanden gäbe, der gegen ihn aussagen konnte. War denn das Gericht gewillt, das Wort eines böswilligen Dieners über das eines Duke of Buckingham zu stellen?

Aber Wolsey hatte die Anklage geschickt aufgebaut, und alle siebzehn Richter wußten, daß der König einen Schuldspruch forderte. Sollte einer sich weigern, dem König das Gewünschte zu liefern, würde es ihnen so schlecht bekommen, daß sie aller Wahrscheinlichkeit nach über kurz oder lang selbst an Buckinghams Stelle stehen würden.

Der alte Duke of Norfolk mochte Tränen vergießen, doch als das Gericht den Angeklagten für schuldig befand, war er es, der das schreckliche Urteil verlas.

»Edward Stafford, dritter Duke of Buckingham, Ihr seid des Hochverrats schuldig.« Seine Stimme drohte ihm zu versagen, als er fortfuhr: »Ihr sollt auf einer Hürde zum Richtplatz geschleift werden, damit man Euch dort aufhänge, bei lebendigem Leib abschneide, Euch die Glieder abhacke und ins Feuer werfe, Eure Eingeweide vor Euren Augen verbrenne, Euch den Kopf abschlage, Euren Leib vierteile und nach des Königs Willen weiterhin zerstückle. Möge Gott sich Eurer armen Seele erbarmen.«

Buckingham schien ruhiger als Norfolk.

Auf die Frage, ob er etwas zu sagen habe, erwiderte er mit klarer, ruhiger Stimme: »Mylord, Ihr habt über mich das Urteil gesprochen, das einem Verräter gebührt, wenngleich ich nie ein Verräter war. Dennoch, Mylords, verüble ich Euch nicht, was Ihr mir antut. Möge der ewige Gott Euch meinen Tod vergeben, wie ich Euch vergebe!« Sich zu seiner vollen Größe aufrichtend, sah er mit verächtlichem Ausdruck um sich.

»Niemals werde ich den König um mein Leben bitten«, fuhr er fort. »Er ist trotz allem ein gnädiger Fürst, der mehr Gnade gewähren möge, als ich erbitte. Ich bitte Euch, betet für mich.«

Daraufhin wurde er wieder in sein Verlies im Tower gebracht, und alle, die zusammengeströmt waren, um ihn zu sehen, wußten, daß er des Todes war, da die Schneide der Axt auf ihn wies.

Maria de Salinas, Countess of Willoughby, weilte bei der Königin, als diese hörte, daß der Duke of Norfolk um Audienz bäte.

Katharina, die ihn sofort empfing, war tief betrübt, als sie den Kummer des Alten sah, da sie ahnte, was ihn zu ihr führte. »Mylord, bitte, nehmt Platz«, sagte sie. »Ich fürchte, daß Ihr schlechte Kunde bringt.«

Als er sie ansah, schien er ratlos und elend.

»Euer Gnaden, ich komme vom Gericht, wo ich das Todesurteil wegen Verrats gegen den Duke of Buckingham verlesen habe.«

»Das kann nicht sein!«

Der alte Herzog schüttelte den Kopf. »O doch, Euer Gnaden. So war es.«

»Aber ihn des Verrats schuldig zu sprechen …«

»Es war der Wunsch des Königs.«

»Und seine adligen Richter?«

Der Herzog hob resigniert eine zitternde Hand.

Katharina war empört. Sie wußte um Buckinghams Hochmut, wußte auch, daß er den Kardinal beleidigt hatte und unmäßig stolz auf seine königliche Abkunft war, doch das waren verzeihliche Sünden. Ein edler Herzog mußte deswegen nicht den barbarischen Verrätertod sterben.

»Es ist bekannt, wie groß Euer Einfluß auf den König ist«, fuhr Norfolk fort. »Ich bin gekommen, um

Euch zu bitten, Ihr möget ihn um Buckinghams Leben anflehen. Ich bin sicher, daß das Urteil nicht vollstreckt wird, da es der König gewiß nur als Warnung gedacht hat. Aber wenn Euer Gnaden mit dem König sprechen würden ...«

»Seid versichert, daß ich es tun werde«, sagte Katharina.

Der Herzog fiel auf die Knie, griff nach ihrer Hand und küßte sie.

»Maria«, sagte Katharina, »schicke nach Mylord Surrey, damit er sich seines Vaters annimmt.«

Der Herzog schüttelte den Kopf. »Mein Sohn ist in Irland, Euer Gnaden. Auf Befehl des Kardinals dorthin versetzt.« Seine Lippen verzogen sich spöttisch.

»Zweifellos wollte ihm der Kardinal die Angst ersparen, die er um seinen Schwiegervater hätte ausstehen müssen«, meinte die Königin.

»Er hat ihn fortgeschickt, weil er glaubte, er würde zugunsten seines Schwiegervaters aussagen«, erwiderte Norfolk heftig.

Der arme Alte! dachte die Königin, Buckingham ist ihm sehr lieb. Sollte dieses schändliche Urteil vollstreckt werden, wird nicht nur bei den Staffords, sondern auch bei den Howards tiefe Trauer herrschen.

Sie schauderte in Gedanken an die grausige Folter und Demütigung, die einem edlen Herzog angetan werden sollte!

Sie legte leicht die Hand auf Norfolks Schulter. »Erhebt Euch, Mylord«, sagte sie. »Ich will mit dem König sprechen und ihn um Gnade anflehen.«

»Euer Gnaden Güte ist groß«, murmelte Norfolk.

Als er gegangen war, sah Maria ihre Freundin tiefbekümmert an.

»Euer Gnaden ...«, fing sie an.

Katharina sah ihre liebe Freundin mit traurigem

Lächeln an. »Ich weiß, was du sagen willst, Maria. Das ist eine gefährliche Sache. Du willst mir raten, mich nicht einzumischen.«

»So ist es«, beeilte Maria sich zu sagen.

»Mir kann es nicht schaden, wenn ich für Buckingham spreche. Immerhin bin ich die Gemahlin des Königs.«

Maria gab keine Antwort. Sie fürchtete diese neue Wendung der Dinge, fürchtete die Wirkung, die diese für ihre Herrin haben mochte.

»Ich will unverzüglich zum König«, sagte Katharina. »Diesen armen Menschen muß in ihrer Bedrängnis rasch geholfen werden.«

Maria konnte nichts tun. Als Katharina ihr Gemach verließ, um sich zum König zu begeben, trat sie ans Fenster und sah in tiefes Sinnen versunken hinaus auf die Gartenanlagen.

Der Kardinal war beim König.

»Was ist, Kate?« fragte Heinrich ein wenig ungehalten.

»Wenn Ihr mir ein paar Minuten vergönnt, möchte ich mit Euer Gnaden sprechen.«

»Sprich«, sagte Heinrich.

Katharina sah den Kardinal an, der sich verbeugte und sich widerstrebend zur Tür hin bewegte.

»Heinrich«, sagte Katharina und faßte nach dem Ärmel ihres Gatten. »Du solltest den Duke of Buckingham begnadigen.«

»Warum das?« fragte er kalt.

»Weil ich glaube, daß eine Warnung genügt, um ihn fürderhin zu deinem guten Freund zu machen.«

»Wir sollen also Verräter am Leben lassen?«

»Es war kein Verrat im üblichen Sinn.«

»Und was ist, bitte, Verrat im üblichen Sinn?«

»Er hat keinen Aufstand angezettelt. Er hat nicht die Waffen gegen dich erhoben.«

»Woher willst du wissen, welcher Methoden er sich gegen mich bediente? Ich bin sicher, daß er mich vergiften wollte.«

»Heinrich, das hätte er nie getan. Er war unbedacht und töricht ... aber ich glaube nicht, daß ihm jemals ein Giftmord in den Sinn gekommen wäre.«

»Was kannst du von den Ränken eines solchen Schurken wissen?«

»Ich kannte ihn gut. Er war es, der mich empfing, als ich nach England kam.«

»Ich sage Euch eines, Madam«, brüllte der König. »Wer an mir Verrat übt, wird mit dem Leben bezahlen – und sei es Euer liebster Freund auf Erden.«

»Aber Heinrich, er ist ein edler Herzog ... der ranghöchste im Land.«

»Das glaubte er. Seine eigene Meinung von sich brachte ihn dorthin, wo er heute ist.«

»Er ist mit den mächtigsten Familien des Landes verschwägert«, wandte Katharina ein. »Seine Gemahlin ist Norfolks Tochter, die Percys werden es nicht vergessen. Sein Sohn vermählte sich mit Salisburys Tochter. Das wird die Poles zu deinen Gegnern machen. Seine Tochter ist mit Norfolks verheiratet, daher werden auch die Howards tief trauern. Dann wären da die Staffords selbst. Vier unserer vornehmsten Familien ...«

Heinrich trat einen Schritt auf seine Frau zu. »Nichts davon habe ich vergessen«, sagte er. »Und wäre mein eigener Bruder – und ich hatte einen – ein Verräter, dann würde er dasselbe Los erleiden.«

Katharina schlug die Hände vors Gesicht. »Heinrich, soll ein edler Herzog vor den Augen des Volkes einen barbarischen Tod erleiden?«

»Was kümmert mich das Schicksal von Verrätern. Er wurde von seinesgleichen gerichtet und für schuldig befunden.«

Unterdessen wartete der Kardinal gespannt im Vorraum. Er wußte, daß die Königin gekommen war, um für Buckingham zu bitten. Sie durfte nichts erreichen.

Zudem war es nötig, daß auch die Königin aus dem Schicksal dieses Mannes eine Lehre zog. Einst waren sie und der Kardinal gute Freunde gewesen. Aber seit der Freundschaft mit Frankreich brachte sie ihm Argwohn entgegen. Er hatte gehört, wie er in ihrer Gegenwart Metzgerlümmel genannt worden war und sie es versäumt hatte, den Sprecher zu rügen.

Er griff nach einem Stapel Papiere und sah sie durch. Dann durchschritt er entschlossen den Vorraum und betrat das Gemach des Königs.

»Euer Gnaden«, sagte er, »ich bitte um Vergebung für die Störung. Eine wichtige Staatsangelegenheit erfordert Eure Aufmerksamkeit ...«

Die Königin schien ungehalten, doch war das unwichtig, da der König nicht mißvergnügt schien.

»Er wird sterben«, sagte er. »Aber wir wollen gnädig sein. Er soll unter dem Beil des Henkers gerichtet werden und nicht jenen Tod erleiden, der dir als Beleidigung seiner edlen Geburt erscheint.«

Der Kardinal blieb ungerührt.

Was kümmerte ihn die Methode, solange Buckingham des Todes war.

An einem schönen Tag im Mai wurde der Herzog aus seinem Verlies im Tower geholt und zu seiner Hinrichtung auf den Hill geschafft.

Viele wollten Augenzeugen der letzten Erdenstunde des Edelmannes sein. Viele klagten und weinten um ihn. Er war anmaßend und kühn gewesen; viele seiner Pachtbauern hatten durch seine Willkür leiden müssen, dennoch schien es grausam, daß dieser Mann, dessen vierzigstes Jahr noch nicht lange zurücklag, an einem strahlenden Maimorgen aus dem Kerker geholt wurde, um seinem Tod zu begegnen. Man gedachte seiner guten Eigenschaften. Er war ein frommer Mann, Gründer mehrerer Colleges. Und jetzt sollte er sterben, weil er den König und den Kardinal beleidigt hatte.

Wie erwartet, ging er aufrecht in den Tod. Und während sein Leichnam zur Bestattung nach Austin Friars geschafft wurde, waren unter jenen, die seiner gedachten, auch der König, die Königin und der Kardinal – die Königin kummervoll, der König mit Empörung und der Kardinal mit tiefer Befriedigung, der jedoch eine ungute Vorahnung beigemengt war.

Buckingham würde ihn nie wieder beleidigen, doch war der Kardinal zu klug, um nicht zu wissen, daß seine Rache einen hohen Preis hatte.

Im Benehmen des Königs war eine subtile Veränderung spürbar geworden. Der aus seiner Ruhe jäh aufgeschreckte Löwe hatte sich aufgerichtet und erprobte seine Kraft.

Wer würde noch vor ihm sicher sein, wenn er erst das volle Ausmaß seiner Macht erkannt hatte? Eine Königin? Ein Kardinal?

2.

Der Feind der Königin

In ihren Gemächern im Greenwich Palace wurde Prinzessin Mary von ihren Damen für einen festlichen Anlaß vorbereitet. Es herrschte große Aufregung, und das kleine Mädchen bekam immer wieder zu hören, daß es heute Ziel aller Blicke sein würde.

Mary drehte und wand sich unter dem Kopfputz, der zu eng zu sitzen schien.

»Vorsichtig, mein Liebes«, sagte ihre Gouvernante. »Denk daran, daß du ganz langsam schreiten sollst, wie ich es dich lehrte.«

»Ja«, sagte Mary. »Ich werde daran denken.«

Die Frauen betrachteten sie liebevoll. Mary war ein so braves Kind, zu ernst vielleicht, aber immer eifrig bedacht, ihre Lektionen zu lernen und ihrer Umgebung Freude zu bereiten.

In dem steifen Gewand fühlte sich die Sechsjährige alles andere als wohl, doch die blitzenden Edelsteine, die es zierten, gefielen ihr. Sie zog an der goldenen Halskette, weil sie so schwer war.

»Vorsicht, Mylady. Hände weg. So ist es recht. Zeig mir den Knicks, den du vor deinem Bräutigam machen wirst.«

Gehorsam versank Mary in einen tiefen Knicks, was in ihrem schweren Kleid nicht ganz einfach war, und einige der Frauen klatschten in die Hände.

»Sieht sie nicht wunderschön aus!« fragte eine die andere.

»Sie ist die schönste und glücklichste Prinzessin der Welt.«

Mary glaubte ihnen nicht. Sie wußte genau, daß man sie nur gefügig machen wollte, damit sie mit ihrem Benehmen Ehre für ihre Erzieherinnen einlegte.

»Wie ist Kaiser Karl eigentlich?« fragte sie.

»Wie er ist! Er ist groß und stattlich und der mächtigste Herrscher der Welt – von deinem königlichen Vater abgesehen, natürlich. Und er liebt dich über alles.«

»Wie kann man Menschen lieben, die man nicht kennt?«

Das Kind war zu klug für sie.

»Liebst du denn die Heiligen nicht?« fragte die Gouvernante. »Und kennst du *sie* denn? Hast du sie schon gesehen und mit ihnen gesprochen? So ist es auch mit Kaiser Karl. Er ist über die Meere zu dir gekommen, um deine Hand zu halten und dir das Eheversprechen zu geben.«

Das kleine Mädchen schwieg still. Einen Grund zur Furcht gab es nicht, weil ihre Mutter gesagt hatte, daß sie nicht von ihr fortgehen müßte. Die Verlobung mit dem Kaiser würde keine Veränderung bringen. Sie würden zusammensein wie zuvor, sie und ihre geliebte Mutter.

Mary wünschte, sie hätten auch jetzt zusammensein können, sie beide ganz allein in der königlichen Kinderstube, über die Bücher gebeugt, während sie Latein lernte. Und vielleicht, wenn ihre Mutter zufrieden war, würde sie die Bücher zuklappen und sich zu ihren Füßen niederlassen dürfen, und ihre Mutter würde ihr Geschichten aus jener Zeit erzählen, als sie selbst im fernen Spanien noch ein kleines Mädchen war. Auch sie hatte in ihrer Kinderstube lernen müssen, aber sie hatte Schwestern und einen Bruder gehabt. Wie sehr wünschte Mary sich Schwestern und einen Bruder. Ein Bruder würde sogar genügen. Dann würde ihr Vater sie nicht so finster anschauen, wenn ihm einfiel, daß sie sein einziges Kind und ein Mädchen war.

Nein, es bestand kein Grund, sich vor dieser morgendlichen Zeremonie zu fürchten. Sie war zuvor schon verlobt gewesen. Sonderbar, obwohl sie letztes Mal einem französischen Prinzen versprochen worden war, hatte die Zeremonie in eben diesem Palast stattgefunden. Sie war nicht sicher, ob sie sich noch daran erinnern konnte, oder ob ihre Mutter ihr davon erzählt hatte und sie sich nur einbildete, sich daran zu erinnern. Sie sah jedenfalls alles ganz lebhaft vor sich: Sie selbst, ein kleines Mädchen von zwei Jahren in einem Gewand aus Goldbrokat, auf dem Kopf ein schwarzes, mit blitzenden Edelsteinen verziertes Samtkäppchen. Ein Mann hatte die Stelle ihres künftigen Bräutigams eingenommen, da dieser nicht zugegen sein konnte. Obschon eben erst geboren, war er als Sohn des Königs von Frankreich, den ihr Vater damals mit einer Freundschaftsgeste hatte gewinnen wollen, schon eine wichtige Persönlichkeit. Man hatte ihr einen Diamantring an den Finger gesteckt, und sie glaubte sich noch daran erinnern zu können, wie schwierig es gewesen war, ihn anzubehalten.

Aber das lag nun vier Jahre zurück, und ihr Vater war jetzt nicht mehr Freund des Königs von Frankreich. Oft dachte sie an den kleinen Jungen … ob man ihm gesagt hatte, daß er in der Wiege mit ihr verlobt gewesen war … und was er davon halten mochte.

Jetzt war es natürlich so, als hätte das alles nie stattgefunden und sei ohne Belang.

Um so deutlicher war ihr jedoch jener Tag in Erinnerung geblieben, als ihre Mutter zu ihr gekommen war, um sie in die Arme zu nehmen und mit ihr zu lachen und auch ein wenig zu weinen. »Nur weil ich so glücklich bin, meine liebste Tochter«, hatte sie gesagt.

Die Königin war so glücklich gewesen, weil die französische Heirat nicht zustande kommen würde. Statt dessen war nun eine spanische geplant. »Und das macht mich glücklich«, sagte die Königin, »weil Spanien meine Heimat ist. Und du wirst eines Tages hingehen und als Gemahlin des Kaisers über dieses Land herrschen. Meine Mutter, deine Großmutter, war einst Königin von Spanien.«

Mary war glücklich gewesen, weil ihre Mutter glücklich war.

Bei dem Gedanken, daß man geplant hatte, sie mit dem kleinen französischen Jungen zu verheiraten, überlief sie ein Schaudern. Aber gleich darauf lächelte sie zufrieden, weil sie statt dessen den Kaiser heiraten sollte, der zugleich König von Spanien war.

Ein Page betrat das Gemach mit der Botschaft, auf die Mary gewartet hatte.

»Die Königin ist bereit, die Prinzessin zu empfangen.«

Mary hatte wie immer ungeduldig darauf gewartet, zu ihrer Mutter gehen zu dürfen.

Die Königin erwartete sie in ihren eigenen Privatgemächern, und als das kleine Mädchen kam, entließ sie alle, damit sie allein sein konnten, wie Mary es sich ersehnte. Doch wünschte die Kleine, sie hätte nicht dieses festliche Gewand tragen müssen und hätte sich an ihre Mutter schmiegen können. Sie wünschte sich, auf ihrem Schoß sitzen zu dürfen und ihr Geschichten aus ihrer Jugend in Spanien abzuschmeicheln.

Die Königin kniete nieder, so daß ihr Gesicht auf gleicher Höhe mit dem ihrer Tochter war. »Ach, heute bist du also eine kleine Frau«, sagte sie zärtlich.

»Und das gefällt Eurer Gnaden nicht?«

»Liebling, sag Mutter zu mir, wenn wir allein sind.«

Mary legte ihrer Mutter die Arme um den Hals und sah ihr ernst in die Augen. »Ich wünschte, wir könnten stundenlang zusammensein – nur wir beide und niemand anders.«

»Nun, das wird später so sein.«

»Dann werde ich bei der Zeremonie an später denken.«

»O nein, mein Schatz, das darfst du nicht. Es ist ein ganz großer Anlaß. Bald werde ich dich an der Hand nehmen und hinunter in den großen Saal führen, wo dein Vater und mit ihm der Kaiser warten.«

»Aber ich werde noch nicht mit ihm fortgehen«, sagte Mary ernst.

»Noch nicht, mein Liebling, noch sechs lange Jahre nicht.«

Mary lächelte. Sechs Jahre waren so lange, wie ihr Leben schon dauerte, und sie erschienen ihr als ganze Ewigkeit.

»Du hast den Kaiser lieb, nicht wahr, Mutter?«

»Niemanden würde ich lieber als Gemahl meiner teuren Tochter sehen als den Kaiser.«

»Aber du hast ihn ja so selten gesehen, Mutter. Wie kannst du jemanden lieben, den du kaum kennst?«

»Also, mein Liebling, ich liebe seine Mutter, meine Schwester, über alles. Wir sind gemeinsam aufgewachsen. Als wir heirateten, ging sie nach Flandern und ich nach England. Aber einmal kam sie mit ihrem Gemahl nach England und besuchte mich …«

Mary wollte noch fragen, warum sie immer so traurig wurde, wenn sie von ihrer Schwester sprach, die sie so liebte. Doch sie wollte die Antwort nicht hören, da sie zu diesem festlichen Anlaß keine Traurigkeit wollte.

Doch in die Augen der Königin trat ein verschleierter, fast verträumter Blick. Sie sah in diesem Moment nicht den Raum in Greenwich Palace und ihre kleine Tochter, sondern einen anderen Raum, ein Gemach im Alcazar in Madrid, in dem Kinder spielten: sich selbst, die Jüngste und Ernsteste; und Johanna, die einen ihrer Wutanfälle hatte und ihre Erzieherin trat, weil diese versucht hatte, sie zu bändigen. Damals hatte Johanna sich sehr wild gebärdet, und ihre Schwester hatte nicht ahnen können, daß man sie eines Tages Johanna die Wahnsinnige nennen würde. Nur ihre Mutter, betroffene Augenzeugin der Szene, plagten eingedenk des Wahnsinns ihrer eigenen Mutter schwere Zweifel, da sie fürchten mußte, Johanna hätte die Krankheit geerbt.

Aber was für Gedanken waren das? Johanna befand sich in sicherer Verwahrung in Tordesillas, wo sie in Lumpen gehüllt wie ein Tier dahinvegetieren sollte, vom nackten Boden aß und keine ihrer Damen um sich duldete, weil sie noch immer auf sie eifersüchtig war, obwohl ihr Gemahl, der Grund ihrer Eifersucht, längst tot war. Den spanischen Thron hatte nun ihr Sohn und Erbe Karl inne, der zugleich die Kaiserkrone des Heiligen Römischen Reiches trug und seit Entdeckung der Neuen Welt auch über neue, reiche Länder jenseits des Ozeans gebot. Er war der mächtigste Herrscher der Welt – und diesem jungen Mann sollte Mary anverlobt werden.

»Ich war nicht da, als Karls Mutter kam.«

»Nein, mein Schatz, das war lange vor deiner Geburt, ehe ich mit deinem Vater vermählt war.«

»Doch du hast deine Mutter verlassen.«

Katharina nahm ihr Gesichtchen in beide Hände und küßte es. Sie zögerte, ratlos, ob sie die Frage übergehen sollte. Aber dann dachte sie sich, eines Tages muß sie ja doch meine Geschichte erfahren. Da ist es besser, sie erfährt sie von mir als von anderen.

»Ich verließ meine Mutter, um nach England zu kommen und deinen Onkel Arthur, den ältesten Sohn des Königs zu heiraten. Er hätte den Thron bestiegen, wenn er am Leben geblieben wäre, und dein Vater wäre Erzbischof von Canterbury geworden. Ich heiratete also Arthur, und als dieser starb, nahm ich deinen Vater zum Mann.«

»Wie war mein Onkel Arthur?«

»Er war lieb und sanft und von schwächlicher Konstitution.«

»Nicht wie mein Vater«, sagte das Mädchen. »Hat er sich Söhne gewünscht?«

Diese Frage trieb der Königin Tränen in die Augen. Sie nahm ihre Tochter in die Arme, nicht nur weil Zärtlichkeit sie überwältigte, sondern weil sie nicht wollte, daß sie ihre Tränen sah.

»Er war zu jung«, sagte sie mit erstickter Stimme. »Er war nur ein Junge und starb, ehe er zum Mann heranwuchs.«

»Wie alt ist Karl, Mutter?«

»Er ist zweiundzwanzig.«

»So alt schon?«

»Mary, das ist nicht alt.«

»Wie viele Jahre ist er älter als ich?«

»Das solltest du schon wissen.«

Mary dachte nach und sagte dann laut: »Sechzehn Jahre?«

»So ist es.«

»Ach, Mutter, das ist so viel.«

»Unsinn, Liebling. Ich bin mehr als zehn Jahre älter als Karl, und doch kannst du mit mir glücklich sein, oder etwa nicht?«

»Mutter, ich bin so glücklich, daß mir scheint, ich sei nie wirklich glücklich, wenn ich von dir fort bin.«

Die Königin legte ihre Wange an die ihrer Tochter. »Ach, mein Liebling«, sagte sie, »du sollst mich nicht so sehr lieben.«

»Wie könnte ich dich zuviel lieben?«

»Du hast recht, Mary. Es kann nie zuviel sein. Ich liebte meine Mutter so sehr, daß ich das Gefühl hatte, sie wäre noch immer bei mir, als ich fortging, und auch als sie diese Erde verließ. Ich liebte sie so sehr, daß ich mich nie allein fühlte.«

Das Kind schien verwirrt, und die Königin schalt sich ob dieses Gefühlsausbruchs. Sie, die allen anderen so gelassen und zurückhaltend erschien, mußte zuweilen ihrem Gefühl nachgeben und ihre geliebte Tochter, die ihr mehr bedeutete als jeder andere Mensch, damit überschütten.

Ich ängstige das Kind mit meinen Geständnissen, dachte sie, und stand auf, um Marys Hand zu nehmen und das Kind lächelnd anzusehen.

»Nun, meine Liebe, bist du bereit?«

»Wirst du die ganze Zeit neben mir bleiben?«

»Die ganze Zeit über vielleicht nicht, aber ich werde da sein und zusehen. Und wenn du ihn begrüßt, werde ich an deiner Seite sein. Horch! Ich höre Fanfaren. Das bedeutet, daß sie schon nahe sind. Wir sollten unten warten, und sie begrüßen. Komm, gib mir deine Hand. Und jetzt mußt du lächeln. Du bist sehr glücklich.«

»Bist du auch glücklich, Mutter?«

»Ja, und wie. Einer meiner innigsten Herzenswünsche geht in Erfüllung. Wir werden meinen Neffen willkommen heißen, der als Gemahl meiner geliebten Tochter mein Sohn sein wird.«

Sie hielt die kleine Hand fest in der ihren. Gemeinsam schritten sie zur feierlichen Begrüßung in den Saal hinunter.

Als die königliche Kavalkade aus Windsor in Greenwich eintraf, drängte sich das Volk zu Tausenden in den Straßen, um seinen König vorüberreiten zu sehen. Lauter Jubel empfing ihn, da er hoch zu Roß prächtig anzusehen war, während der Kaiser neben ihm ein eher klägliches Bild bot. Der König von England war über sechs Fuß groß, seine Haut war rosig und glatt wie die eines Jungen, seine blauen Augen blickten strahlend und klar. Im Vergleich zum bleich und kränklich wirkenden Kaiser, dessen Hagerkeit von seiner Adlernase noch betont wurde, strotzte er vor Gesundheit. Karls nicht ganz weiße Zähne standen vor, und es war ihm anzusehen, daß er durch seinen ständig offenen Mund atmete. Das Blau seiner Augen war die einzige Farbe in seinem Gesicht. Er war ernst, während der König von England heiter war, er lächelte nur andeutungsweise, während Heinrich unbefangen lachte.

Doch Karl schien glücklich, in England zu sein, und Heinrich freute sich über den Besuch, des Gegensatzes wegen, den sie bildeten, und weil seine zahlreichen körperlichen Vorzüge neben seinem Gast um so deutlicher ins Auge fielen.

Während sie ihres Weges ritten, dachte Heinrich an die Maskeraden und Aufzüge, mit denen er diesen jungen Mann beeindrucken wollte. Karl hingegen dachte an das Darlehen, das er diesem Engländer abringen mußte. Wie schon sein Vater kämpfte er ständig mit finanziellen Nöten, um den Bestand seines Riesenreiches zu sichern, und nun brauchte er Geld, um seine Söldner zu bezahlen, die gegen den französischen König ins Feld gezogen waren.

Er wußte, daß englisches Gold und englische Hilfe ihren Preis hatten, und hatte sich schließlich entschlossen, der Verlobung mit Prinzessin Mary zuzustimmen, ein Entschluß, zu dem er sich erst nach einigem Zögern durchgerungen hatte – nicht weil er gegen die englische Verbindung gewesen oder nicht der Meinung gewesen wäre, das Kind sei ungewöhnlich begabt. Aber der Gedanke an ihr Alter bereitete ihm Sorgen, da noch mindestens acht Jahre vergehen mußten, bis er auf einen Erben hoffen durfte. Nun blieb ihm nichts übrig, als sich mit Anstand ins Unvermeidliche zu fügen, da ihm sehr wohl bewußt war, daß die Allianz mit England nicht nur wünschenswert, sondern notwendig war.

Während sie dahinritten, lauschte er der Konversation des Königs, lachte zu seinen Witzen und erweckte bei allen, die sie sahen, den Eindruck, sie seien die besten Freunde.

In der Kavalkade ritt auch der Kardinal mit seinem Gefolge, das ebenso prächtig angetan war wie das des Königs. Er selbst hatte heute seine Robe aus rotem Taft – dem allerfeinsten, den es gab – angelegt, und um seinen Hals lag ein Hermelinkragen. Ihm voran wurde das große Siegel getragen, und einer der Edelleute, die er in seinen Haushalt aufzunehmen geruht hatte, trug auf einem Kissen seinen Kardinalshut, selbst barhäuptig, um damit seinen Respekt für den Hut zu bekunden. Hinter ihm ritten andere Herren seiner Hofhaltung und höherrangige Mitglieder seines Gesindes in ihren rot-goldenen Livreen.

Wolsey empfand Unbehagen während des Ritts, da ihm deutlich bewußt war, daß seit Buckinghams Tod das Interesse des Königs an den Regierungsgeschäften gewachsen war. Überall mischte er sich ein und folgte dabei nicht immer der von Wolsey vorgegebenen Richtung.

Der Kardinal konnte den stillen jungen Karl ebensowenig einschätzen wie den prunkliebenden Franz.

Tatsächlich hatte er sogar das Gefühl, daß beim Kaiser noch mehr Wachsamkeit angebracht war. Als erfahrener Staatsmann konnte er die Entscheidungen des glänzenden, kühnen, rücksichtslosen und lüsternen Franz oft vorausahnen, doch dieser blasse, ernste junge Mann mit der stockenden Redeweise und dem devoten Gehabe – das Wolsey als Heuchelei durchschaute – konnte sich als unberechenbar und als der weitaus klügste der drei Herrscher erweisen, die gegenwärtig in Europa die Macht innehatten.

Karl wiederum besaß so viel Voraussicht, um zu erkennen, daß er zur Festigung des gewünschten Bündnisses als erstes Wolsey gewinnen mußte. Aus diesem Grund hatte er dem Kardinal eine ansehnliche ›Pension‹ versprochen. Wolsey fand die Vorstellung, riesige Summen würden ihm aus kaiserlichen Schatztruhen zufließen, zwar sehr verlockend, aber Versprechen wurden manchmal nur gemacht, um gebrochen zu werden. Ob auf Karl Verlaß war, war nicht abzusehen, zumal der Kaiser Wolsey etwas noch viel Bedeutsameres versprochen hatte: Er wollte seinen Einfluß bei der Papstwahl geltend machen, da das große Ziel des Kardinals die päpstliche Krone war. Besaß er diese, würde er als Herrscher eigenen Rechts über allen Königen stehen. Nach dieser Krone verzehrte er sich geradezu.

Zu Anfang des Jahres hatte er eine Enttäuschung erlebt, als Papst Leo X. gestorben war und eine Papstwahl stattgefunden hatte. Wolsey hatte geahnt, daß seine Chancen, gewählt zu werden, nur gering waren, doch die Verheißung kaiserlichen Wohlwollens hatte seine Hoffnungen beflügelt. Auf ihn waren jedoch nur sieben Stimmen gefallen, und Hadrian VI. war zum Papst gewählt worden.

Seine Enttäuschung hielt sich in Grenzen, da anzunehmen war, daß Hadrian kein langes Leben mehr beschieden war, und eine zweite Wahl nach wenigen Monaten sehr wahrscheinlich schien. Hatte Wolsey sich bis dahin als wahrer Freund des Kaisers erwiesen, war es nicht ausgeschlossen, daß dieser sein Versprechen halten und ihm diesmal beistehen würde.

Vermutlich hatte er gar keinen Grund, enttäuscht zu sein, da sein Ansehen in einer Heimat immer höher stieg und er erst letztes Jahr von Heinrich die Abtei St. Albans zum Geschenk bekommen hatte, zweifellos um ihm die Kosten zu ersetzen, die er aus eigener Tasche für die diplomatische Mission in Calais aufgebracht hatte, bei der es darum gegangen war, bei der Schlichtung von Zwistigkeiten zwischen König Franz I. und Kaiser Karl V. mitzuwirken.

Und nun war die Freundschaft mit Karl durch einen in Windsor unterzeichneten Vertrag bekräftigt worden, in dem eine gemeinsame Invasion Frankreichs noch vor dem Mai des Jahres 1524 besiegelt wurde.

Dies war der Punkt, an dem der König Neigung gezeigt hatte, sich einzumischen. Wolsey selbst hatte es mit dem Krieg nicht eilig. Krieg war gleichbedeutend mit Unkosten, da selbst im Falle eines Sieges die Beute oft kaum der Mühe wert war. Aber für Heinrich war Krieg gleichbedeutend mit Siegesruhm, für ihn ebenso unwiderstehlich wie die Spiele und Aufzüge, bei denen er sich mit so viel Begeisterung produzierte.

Dennoch, eine ansehnliche Pension vom Kaiser, das Versprechen kaiserlicher Unterstützung bei der nächsten Papstwahl und keine Notwendigkeit mehr, den Wünschen des Königs zu entsprechen – das waren recht annehmbare Aussichten, dachte Thomas Wolsey auf dem Ritt nach Greenwich.

Am Portal des Palastes stand die Königin mit ihrer Tochter an der Hand.

Der Kaiser schwang sich aus dem Sattel und ging auf sie zu. Vor seiner Tante kniete er nieder, ergriff ihre Hand und küßte sie voller Inbrunst.

Mary sah es und glaubte, der Kaiser gefiele ihr – erstens, weil er so erfreut war, ihre Mutter wiederzusehen und sie so liebevoll ansah, zweitens, weil ihre Mutter sich so über ihn freute, und drittens, weil in diesem bleichen Antliz nichts war, was auf eine Sechsjährige beängstigend gewirkt hätte.

Nun wandte er sich Mary zu, um sie zu begrüßen. Er ergriff ihre Hand und bückte sich tief, um sie zu küssen. Und als er es tat, brachen die Umstehenden in Jubel aus.

Der König, der nicht dulden konnte, daß die beiden zu lange die Szene beherrschten, war rasch bei ihnen und nahm seine Tochter zum Entzücken der Schaulustigen, insbesonders des gemeinen Volkes, in die Arme. Mochte Karls Würde noch so große Bewunderung erregen, den Menschen war das volkstümliche Gebaren des Königs viel lieber. Das wußte Heinrich, und er genoß es, nun selbst Mittelpunkt von Aufmerksamkeit und Bewunderung zu sein.

So betrat man den Palast. Mary zwischen ihren Eltern, während der Kaiser an der Seite der Königin einherschritt.

Katharina war glücklich, jemanden aus ihrer Familie bei sich zu haben, obwohl der bleiche Karl weder seiner Mutter, noch seinem Vater, der den Beinamen Philip der Schöne getragen hatte, ähnlich sah.

Momentan verspürte Katharina Beklommenheit, als sie sich fragte, ob Karl seinem Vater auf andere Weise glich. Philip, der keiner Frau hatte widerstehen können, hatte Johanna mit seinen flämischen Liebschaften viele Demütigungen bereitet und damit angeblich ihre Wahnvorstellungen gefördert.

Aber gewiß war nicht zu befürchten, daß ihrer Tochter von Seiten dieses ernsten jungen Mannes eine ähnliche Behandlung zuteil wurde.

»Ich bin so glücklich, Euch bei uns zu haben«, sagte sie zu ihrem Neffen.

»Ihr könnt nicht entzückter sein als ich«, erwiderte Karl auf seine etwas stockende Art. Aber Katharina spürte, daß das leichte Stottern Zeichen seiner Aufrichtigkeit war.

»Nach dem Festmahl soll unsere Tochter Eurer Kaiserlichen Hoheit zeigen, wie gut sie auf dem Spinett spielt«, sagte Heinrich.

»Mir scheint, daß ich eine sehr talentierte Braut bekomme«, gab Karl zurück, und als Mary, die zu ihm aufblickte sah, daß er ihr freundlich zulächelte, wußte sie, daß er ihr zu verstehen geben wollte, sie brauche keine Angst zu haben.

Sie zogen in den Bankettsaal ein und nahmen feierlich an der Tafel Platz, an der gutes englisches Essen aufgetragen wurde.

Hochgestimmt und guter Dinge frohlockte der König innerlich, weil er nun gemeinsam mit dem Kaiser gegen Franz in den Krieg ziehen würde. Er hatte dem König von Frankreich Rache geschworen, seitdem er diesen zu einem Ringkampf herausgefordert hatte, nur um von dem geschmeidigen, lächelnden Hünen auf höchst unwürdige Weise zu Boden geworfen zu werden.

Bei diesem Anlaß dehnte er sein Wohlwollen sogar auf Katharina aus, die beim Zustandekommen der Allianz mit Spanien eine gewichtige Rolle gespielt hatte, da der Kaiser zweifellos eher geneigt war, sich mit einem England zu verbünden, dessen

Königin seine Tante war, als es sonst der Fall gewesen wäre.

Heinrich bemerkte, daß der brütende Blick des Kardinals an dem bleichen jungen Mann hing.

Ha! dachte er. Wolsey ist sich seiner Sache nicht sicher. Unser Neffe erweckt in ihm keine Sympathien. Er hält jeden für einen Verräter, der kein Engländer ist. Kein schlechter Zug bei einem Kanzler.

Er dachte daran, wie Wolsey bei den Vertragsverhandlungen geschachert hatte. Ein guter Diener, sann er, einer, dem die Interessen seines Königs und Landes am Herzen liegen.

Genug des Ernstes, entschied er und klatschte in die Hände. »Musik!« rief er. »Man soll aufspielen!«

Die Spielleute stimmten eine Weise an, und später setzte Mary sich ans Spinett und bewies ihrem Verlobten, wie gut sie es beherrschte.

»Ist es denn möglich, daß sie erst sechs ist!« rief Karl aus. Der König lachte schallend, so entzückt war er.

»Ich glaube, ich werde keine sechs Jahre auf sie warten müssen, wenn sie schon so erwachsen ist«, ließ Kaiser Karl sich vernehmen. »Gestattet, daß ich sie mitnehme. Ich verspreche Euch, daß sie an meinem Hof ebenso behütet aufwächst wie an Eurem.«

Erschrocken rief Katharina aus: »Nein, nein, sie ist zu jung, um ihr Elternhaus zu verlassen. Sechs Jahre vergehen rasch, Neffe. Sechs Jahre müßt Ihr warten.«

Karl sah sie mit seinem trägen, freundlichen Lächeln an. »Ich bin in Euren Händen«, sagte er.

Mary, die dieses Gespräch mitanhörte, erstarrte vor Angst. Sechs Jahre waren ein ganzes Leben, und er wollte sie sofort mitnehmen. Nun, da er eine Bedrohung darstellte, erschien ihr der junge Mann nicht mehr so gewinnend und nett. Zum erstenmal in ihrem

Leben wurde ihr klar, daß man sie von der Seite ihrer Mutter reißen konnte.

Katharina, die sie beobachtete, bemerkte ihre Angst und erkannte den Grund. »Für die Prinzessin ist es höchste Zeit, zu Bett zu gehen. Die Aufregung über den Besuch Eurer Exzellenz hat sie erschöpft. Ich bitte um Erlaubnis, daß sie sich zurückziehen darf.«

Karl neigte den Kopf, und Heinrich murmelte: »Sollen ihre Damen sie zu Bett bringen. Wir führen unserem Neffen unterdessen einige unserer englischen Tänze vor.«

Mary wurde also hinausgebracht, während die königliche Gesellschaft sich in den Ballsaal begab und der König bald zur Bewunderung aller tanzte und die kunstvollsten Schritte vollführte.

Katharina schlüpfte davon, als das Fest seinen Höhepunkt erreichte und lief zu ihrer Tochter, die sie im Bett liegend antraf, mit geröteten Wangen, die Augen weit offen.

»Noch wach, mein Liebling?« rügte Katharina sie sanft.

»Ach, Mutter, ich wußte, daß du kommen würdest.«

Katharina legte eine Hand auf die heiße Kinderstirn. »Du hast Angst, man würde dich fortschicken.«

Mary, die keine Antwort gab, fing am ganzen Leib zu zittern an.

»Das wird nicht geschehen, mein Kleines«, fuhr die Königin fort.

»Der Kaiser sagte ...«

»Er hat es nicht so gemeint. Er wollte dir ein Kompliment machen. Das nennt man Diplomatie. Keine Angst, du wirst mich noch sehr lange nicht verlassen ... nicht ehe du alt genug bist, um dir selbst zu wünschen fortzugehen.«

»Mutter, wie könnte ich mir je wünschen, von dir fortzugehen.«

Katharina hob die kleine Hand und küßte sie.

»Wenn du erwachsen bist, wirst du andere mehr lieben als deine Mutter.«

»Niemals, das schwöre ich.«

»Du bist zu jung, um ewige Liebe zu schwören, mein Schatz. Aber jetzt bin ich da. Ich habe mich vom Ball davongeschlichen, weil ich wußte, daß du dich ängstigst.«

Katharina legte sich aufs Bett und hielt ihr Kind in ihren Armen.

»Ach, Mutter, du hast mich doch lieb?«

»Aus ganzem Herzen, mein Liebling.«

»Und ich dich auch aus ganzem Herzen. Mutter, ich werde nie von England fortgehen wollen ... es sei denn, du kämest mit.«

»Pst, mein Schatz. Alles wird gut, du wirst schon sehen.«

»Und du wirst nicht zulassen, daß der Kaiser mich mit sich nimmt?«

»Nein ... noch viele Jahre nicht ...«

Das Kind war beruhigt. Und die Königin lag reglos da und hielt ihre Tochter liebevoll in den Armen, während sie an ein junges Mädchen in Spanien dachte, daß voller Angst zu ihrer Mutter gesagt hatte, sie wolle immer bei ihr bleiben.

Das ist das Los der Königskinder, sagte sie zu sich.

Die trostspendenden mütterlichen Arme beruhigten Mary, die nun bald einschlief. Danach löste Katharina sich sanft von ihr. Die Königin durfte dem Fest nicht zu lange fernbleiben.

Der König war momentan zufriedengestellt. Er befand sich mit Frankreich im Krieg und träumte davon, eines Tages in Reims gekrönt zu werden. Seine Stimmung war gut. Freilich verbrachte er mehr Zeit als je zuvor mit Regierungsgeschäften, so daß der Kardinal, der neben ihm saß, um ihm nötigenfalls mit Erklärungen auszuhelfen, immer wieder Anflüge von Unbehagen empfand.

Den Krieg hatte er nur befürwortet, weil er nicht anders konnte, und er war zu raffiniert, um sich anmerken zu lassen, daß er dagegen war. Der König wünschte den Krieg, und Wolsey hatte nicht die Absicht, Heinrichs Zorn zu erregen, indem er ein Projekt, das dem König so am Herzen lag, mit mäßiger Begeisterung verfolgte.

Heinrich hatte den von seinem knausrigen Vater so beharrlich angehäuften Reichtum mit beiden Händen ausgegeben, so daß die Schatzkisten sich beunruhigend leerten.

»Nichts saugt ein Vermögen so rasch auf wie ein Krieg«, bemerkte der Kardinal. »Wenn wir in Frankreich Erfolg haben wollen, werden wir Geld benötigen.«

Der König reagierte mit einer Bewegung seiner plumpen Hand. »Dann bin ich aber sicher, daß niemand es so geschickt aufzutreiben versteht wie mein guter Kanzler.«

So sei es, dachte Wolsey. Doch das Eintreiben von Steuern war eine heikle Sache, und er argwöhnte, daß die Menschen, die sie zahlen mußten, die Schuld nicht beim glänzenden und liebenswerten König suchen würden, sondern beim offenkundig gemeinen und habgierigen Kanzler.

Zwar hieß es, daß der König mit seiner Armee nach Frankreich zu ziehen gedächte, doch trotz Heinrichs eifrigen Erklärungen wurde nichts daraus. Die Kriegsabenteuer, die er in den Anfängen seiner Regierung mit seinen Truppen im Ausland hinter sich gebracht hatte, waren nicht sehr ruhmreich ausgefallen, obwohl er sie damals so eingeschätzt hatte. So sehr es Heinrich gefallen hätte, als Sieger durch die Straßen von Paris zu reiten, oder besser noch, als jener König nach Hause zurückzukehren, der Frankreich wieder unter englische Herrschaft gebracht hatte, war er nun klug genug, um zu wissen, daß auch kampferprobten Schlachtenlenkern im Kampf nicht immer der Sieg zufiel und daß er im Kriegsspiel ein Neuling war. Der Gedanke an eine Niederlage war ihm unerträglich. Daher erschien es ihm sicherer, wenn sich zwischen ihm und den kämpfenden Armeen der Ärmelkanal erstreckte.

Franz I. hingegen war ein König, der kühn in die Schlacht ritt; aber Franz war von Natur aus tollkühn. Mochte er Siege erringen, mußte er sich auch Niederlagen stellen.

Deshalb nahm Heinrich von seinem geplanten persönlichen Besuch auf dem Schlachtfeld Abstand. Da der Krieg jedoch auch aus der Entfernung ein aufregendes Spiel war, mußte Wolsey die zu dessen Fortsetzung nötigen Mittel auftreiben.

Für die Königin waren es glückliche Tage. Ihr Gemahl und ihr Neffe hatten eine Allianz gegen den König von Frankreich gebildet, der ihr als ärgere Bedrohung der Christenheit galt als die Türken. Sie war nun überzeugt, daß dem seit langem für sein ausschweifendes Leben berüchtigten Franz eine schwere Niederlage gewiß war, während sie ihren ernst veranlagten Neffen Karl für unbesiegbar hielt, da er nun Englands Macht an seiner Seite hatte.

Sie lebte mit ihrer Tochter unter einem Dach und überwachte persönlich ihren Unterricht.

Mary war fügsam und glücklich, solange ihre Mutter bei ihr war. Gewiß, der König ließ Katharina allein, doch glaubte sie, daß sogar er die Hoffnung auf einen Sohn aufgegeben hatte und sich nun damit abfand, daß ihre Tochter Mary Thronerbin war. Und wenn sie eines Tages Karl heiratete, würde sie Kaiserin und daneben noch Königin von Spanien sowie Königin von England sein. Diese Angelegenheit war also auf das glücklichste gelöst.

Ständig auf der Suche nach der besten Lehrmethode für ihre Tochter, rief sie eines Tages Thomas Morus zu sich, um von ihm zu hören, wie seine eigenen Töchter erzogen wurden.

Wie immer fand sie seine Gesellschaft sehr angenehm, und als sie kurz den Krieg erwähnte, merkte sie, daß das Thema ihn bedrückte – nicht unerwartet, da er ein Mensch war, der Gewalt verabscheute. Deshalb wechselte sie das Thema und sprach von seiner Familie, wohl wissend, daß es ihm Freude machen würde.

Schließlich eröffnete sie ihm ihren Wunsch, daß Prinzessin Mary in allen für sie nötigen Fächern den bestmöglichen Unterricht erhalten sollte, worauf Thomas sagte: »Haben Euer Gnaden schon erwogen, Juan Luis Vives zu Rate zu ziehen?«

»Bis jetzt nicht«, sagte sie, »aber da Ihr ihn nun erwähnt, glaube ich auch, daß er der Mann ist, der mich bei der Erziehung der Prinzessin beraten könnte. Ich bitte Euch, bringt ihn morgen um diese Zeit zu mir.« Und als Thomas gegangen war, fragte sie sich, warum sie nicht schon eher an Vives gedacht hatte, da so vieles für ihn sprach, vor allem der Umstand, daß er ihr Landsmann war, und sie ohnehin die Meinung vertrat, daß die Erziehung ihrer Tochter, die selbst halb Spanierin war und künftige Königin dieses Landes sein sollte, eine spanische Komponente beinhalten müßte.

Auf Juan Luis Vives war sie sowohl von Erasmus als auch von Sir Thomas Morus aufmerksam gemacht worden, von zwei Männern also, deren Verstand weltweit bewundert wurde. Thomas hatte ihr erklärt, daß Vives, den seine Armut zwänge, sein Licht unter den Scheffel zu stellen, völlig zurückgezogen in Brügge lebe. Er hatte von seinen Schriften nur wenige veröffentlicht, so daß er so gut wie unbekannt war. Erasmus würde seine Worte bestätigen, da Vives mit ihm in Louvain Griechisch studiert hatte. Thomas hatte sodann die Meinung vertreten, Vives sollte nach England berufen und vom Hof gefördert werden, da sein heimatliches Valencia oder auch die Stadt Brügge ihm nicht viel zu bieten hatten.

Ihre große Bewunderung für Thomas hatte Katharina bewogen, ohne Verzug Geld an Vives zu schikken und ihm in einem Begleitbrief zu erklären, daß seine Arbeit ihr Interesse geweckt hätte. Und Heinrich, den Thomas Morus leicht zu überzeugen vermochte, daß Vives eine Zierde des englischen Hofes sein würde, hatte Vives eine jährliche Pension ausgesetzt. Wenn er sich nicht gerade maskierte oder Sport betrieb, schätzte er gelegentliche Gespräche mit klugen Köpfen (immerhin brüstete Franz I. sich damit, sein Hof sei der geistvollste Europas, und Heinrich war eifrig bedacht, ihm in nichts nachzustehen).

Als der dankbare Vives ihm daraufhin sein Werk *Kommentare zum heiligen Augustinus* widmete, war die Freude des Königs so groß, daß er den Verfasser nach Oxford berief, wo er an einem von Wolsey gegründeten College lehren sollte.

Das lag nun einige Jahre zurück, aber Vives ließ es sich noch immer angelegen sein, alljährlich eine gewisse Zeit bei Freunden und Gönnern in England zu verbringen. So kam es, daß er sich jetzt in London aufhielt und gleich am nächsten Tag in Begleitung Thomas Morus' bei der Königin erschien, um mit ihr über die Erziehung ihrer Tochter zu sprechen.

Katharina, die die Herren in ihren Privaträumen empfing, bot ihnen Platz an einem Fenster an, von dem man auf die Gärten sah.

»Master Vives, Ihr wißt, warum ich Euch kommen ließ?« fragte Katharina.

»Mein Freund deutete an, was Euer Gnaden wünschen«, gab Vives zur Antwort.

»Mir liegt die Erziehung meiner Tochter sehr am Herzen, und Ihr sollt mir raten, wie man dabei vorgehen soll.«

»Sir Thomas und ich sind einer Meinung, was die Erziehung der Jugend betrifft«, sagte Vives.

»Das stimmt«, setzte Thomas hinzu. »Beide halten wir die Annahme für töricht, die Erziehung eines Mädchens sei weniger wichtig als die eines Knaben.«

»Es ist nur natürlich«, fuhr Vives fort, »daß ein intelligentes Mädchen Latein und Griechisch leichter erlernt als ein Junge, der nicht mit derselben Intelligenz ausgestattet ist.«

»Ich möchte, daß meine Tochter in den Wissenschaften unterrichtet wird, gleichzeitig aber auch weibliche Fertigkeiten lernt«, antwortete Katharina.

»Ich stimme mit Euer Gnaden völlig überein«, sagte Vives.

»Gibt es einen reizenderen Anblick als ein Mädchen mit ihrer Stickarbeit?« warf Thomas sinnend ein.

»Oder am Spinnrad mit Wolle und Flachs«, fügte Vives hinzu. »Es sind lobenswerte Fertigkeiten, aber Euer Gnaden haben mich nicht gerufen, um mit mir über diese zu sprechen.«

»Ihr sollt Erzieher meiner Tochter sein«, sagte die Königin zu Vives, »und ich möchte, daß Ihr unverzüglich eine Liste der Bücher aufstellt, die sie lesen soll.«

Vives neigte das Haupt. »Ich werde mich dieser Aufgabe mit dem größten Vergnügen unterziehen und kann auf der Stelle sagen, daß die Prinzessin morgens und abends das Neue Testament lesen soll und dazu ausgesuchte Teile des Alten Testaments. Sie muß mit den Evangelien völlig vertraut werden. Weiter sollte sie Plutarchs *Enchiridion* lesen, Senecas *Maximen* und natürlich Plato und Cicero.« Er sah seinen Freund an. »Ich meine auch, daß Sir Thomas Morus' *Utopia* eine gute Lektüre darstellt.«

Die Königin lächelte, als sie Thomas' stolze Miene sah. Diese kleinen Eitelkeiten machten ihn menschlich, und darin lag das Geheimnis seiner liebenswerten Natur.

»Und was ist mit den *Paraphrasen* des Erasmus?« warf Thomas rasch ein.

»Auch diese«, pflichtete Vives ihm bei. »Ich bin auch der Ansicht, daß die Prinzessin ihre Zeit nicht mit romantischen Ritterromanen vertun sollte. Auch Unterhaltungslektüre sollte entweder fromm oder historisch sein, damit die Zeit nicht verloren ist. Als einzige Ausnahme würde ich die Geschichte der Griseldis zulassen, da sie ein so hervorragendes Exempel an Geduld enthält, daß die Prinzessin davon profitieren könnte.«

»Ich sehe, daß Ihr ein ausgezeichneter Erzieher sein werdet«, sagte Katharina, »doch darf man nicht vergessen, daß sie noch ein Kind ist, dessen Leben nicht nur aus Lernen bestehen darf. Es muß daneben auch Vergnügen geben.«

Vives schien erstaunt. Für ihn war Studium das

größte Vergnügen und die Prinzessin für ihn das glücklichste Kind der Welt, weil ein solcher Studienplan für sie ausgearbeitet wurde.

Thomas lachte. »Ich bin sicher, daß Lady Mary, die Musik so liebt, Zeit findet, um den Büchern hin und wieder zu entfliehen. Ich kenne meine Töchter …« (Katharina fiel sein Stolz auf, als er von seinen Kindern sprach, ein Stolz der noch deutlicher zutage trat, wenn er auf seine Bücher zu sprechen kam) »… die in Griechisch und Latein sehr versiert sind und dennoch genug Zeit für Frohsinn haben.«

»Euer Haus ist voller Frohsinn«, antwortete die Königin. Und sie ertappte sich dabei, wie sie den König und Thomas Morus verglich – zwei Väter, wie sie nicht verschiedener hätten sein können. Sie hatte Thomas in Begleitung seiner ältesten Tochter Margaret gesehen, Arm in Arm schlendernd, hatte das ungezwungene Lachen des Mädchens gehört, als es seinen Vater liebevoll ausschalt. Unmöglich, sich Mary und Heinrich so vorzustellen.

Was für ein glücklicher Mensch, dieser Thomas Morus; was für eine glückliche Familie!

»Auch am Hof herrscht viel Frohsinn«, antwortete Thomas ernst.

Natürlich hatte er verstanden – er war ein Mensch, der immer verstehen würde – und über sein Gesicht huschte ein Ausdruck großer Zärtlichkeit. Die Königin wußte, daß er damit das Mitgefühl ausdrückte, das ihre kleine Tochter in ihm weckte, die – anders als Thomas' Kinder – allein lernen mußte und von dem ein wenig strengen, wenn auch vortrefflichen Vives anstatt vom heiteren Thomas unterrichtet werden würde.

Aus dem Garten war Gelächter zu hören, und als sie hinunterblickte, sah sie eine Gruppe junger Leute, die mit ihrer farbenfrohen Kleidung auf dem Gras ein bezauberndes Bild bot. Ein Mädchen war unter ihnen, das den Mittelpunkt bildete, dunkelhaarig, dunkeläugig, ein wenig blaß, aber unbestreitbar anziehend, wiewohl keine Schönheit. Dank ihrer Lebhaftigkeit stahl sie den anderen Mädchen die Aufmerksamkeit der jungen Männer.

»Eine gutgelaunte Gesellschaft«, sagte die Königin, woraufhin auch Vives und Morus einen Blick aus dem Fenster warfen. »Das Mädchen kommt mir bekannt vor, obwohl ich mich nicht erinnern kann, wer sie sein könnte. Neben ihr erkenne ich Thomas Wyatt und Henry Percy.«

»Das Mädchen ist Thomas Boleyns Tochter«, sagte Thomas Morus.

Da wußte sie, an wen das Mädchen sie erinnerte. An Mary Boleyn. Aber groß war die Ähnlichkeit nicht, da sie sie sonst sofort erkannt hätte. Dieses Mädchen strahlte Anmut und Sicherheit aus, und dazu Stolz – Eigenschaften, die Mary gefehlt hatten.

»Das muß die zweite Tochter sein«, sagte die Königin.

»Sie ist seit kurzem wegen des Krieges aus Frankreich zurück«, erklärte Thomas.

»Zweifellos sucht ihr Vater nun für sie eine Stelle bei Hof«, sagte die Königin.

»Er wird sie finden«, erwiderte Thomas, »nicht nur für Anne, sondern auch für seinen George.«

»Ich hoffe, daß Annes Moral nicht der ihrer Schwester gleicht, und daß George seinem Vater nicht zu sehr ähnelt.«

»Nach allem, was ich von ihnen gesehen habe«, gab Thomas zurück, »geben die beiden ein blendendes Paar ab.«

»Nun, dann müssen wir uns wohl damit abfinden«, sagte die Königin lächelnd, »daß die Boleyns es bei Hof allem Anschein nach geschafft haben.«

Der Kardinal hatte sich in seinen Privatgemächern auf Hampton Court eingeschlossen; er saß am Fenster, von dem aus er den Fluß sehen konnte, und wartete auf eine für ihn sehr wichtige Nachricht. Endlich würde er erfahren, ob sein größter Ehrgeiz sich erfüllt hatte oder nicht.

Die fahle Novembersonne beschien trübe den Fluß. Hampton Court wird mir fehlen. England wird mir fehlen, dachte er bei sich.

Auch seine Familie würde ihm fehlen. Doch er würde Wege finden, sie zu sehen. Den jungen Thomas würde er zu sich nach Rom holen, sobald er alle diesbezüglichen Hindernisse aus dem Weg geräumt hätte. In diesem Zusammenhang mußte er an Rodrigo Borgia, Alexander VI., denken, der es so eingerichtet hatte, daß er auch im Vatikan nicht auf seine Kinder verzichten mußte; denn ein Papst war so mächtig wie ein König, herrschte er selbst erst im Vatikan, mußte er auf Gunst oder Ungunst des unberechenbaren Heinrich nicht mehr Rücksicht nehmen.

Und doch werde ich meine Heimat nicht vergessen, sann er, und es wird für England ein guter Tag, an dem ein Engländer zum Papst gekrönt wird. Doch wie lange ihm die Wartezeit erschien! Er wollte niemanden empfangen. Seine Sekretäre hatte er angewiesen, nur Kuriere aus dem Ausland vorzulassen, da er wichtige Staatsgeschäfte bearbeiten müsse

Aber der Bote mußte bald kommen.

Er stand auf und durchmaß den Raum, weil er es nicht mehr aushielt, unentwegt auf den Fluß zu starren.

Seine Chancen standen gut. Beim Tod Leos X., auf den Hadrian VI. gefolgt war, waren seine Hoffnungen gering gewesen. Warum hätten die Kardinäle auch jemanden wählen sollen, der im Kollegium verhältnismäßig neu war, einen Engländer, dessen Zusammenarbeit mit dem Vatikan nicht die engste war? Jene Wahl hatte zu Jahresbeginn stattgefunden, und Hadrian hatte die Papstwürde tatsächlich nur sehr kurz innegehabt, da die Nachricht von seinem Tod bereits im September in England eingetroffen war. In den darauffolgenden zwei Monaten hatte der Kardinal sich den englischen Belangen nur in geringem Umfang widmen können, da seine Gedanken vor allem um das nächste Konklave kreisten.

Da Kaiser Karl inzwischen England besucht hatte und die wichtige Rolle des Kardinals für die englische Außenpolitik deutlicher erkannt hatte als zuvor, hatte er Wolsey eine große Geldsumme, eine Pension, angeboten, um seine Zustimmung zum Bündnis zu erlangen. Beim Kardinal regten sich jedoch schon seit geraumer Zeit Bedenken, da das Geld noch nicht bezahlt worden war. Und Louis de Praet, der nunmehrige Gesandte Karls in England, konnte ihm nicht verbindlich zusagen, wann dies der Fall sein würde.

Daß das Geld für die Kriegsführung gebraucht wurde, diente nur als Vorwand, und Wolseys Zorn regte sich, wenn er daran dachte, welche Unsummen sinnlos auf Schlachtfeldern vergeudet wurden. Unsummen, die man nicht nur zur Hebung des allgemeinen Wohlstands, sondern auch zur Vermehrung des persönlichen Vermögens hätte nützen können.

Doch gab es ein Zugeständnis, das Karl machen konnte, eines, das ihn wenig kosten würde. Es war das, was der Kardinal dringender benötigte als alles andere auf der Welt: Karls Einfluß beim Kardinalskollegium. Der mächtige Kaiser, vor dem jeder Kardinal in Ehrfurcht erstarrte, mußte dem Kollegium nur zu verstehen geben, daß er einen englischen Papst im Vatikan zu sehen wünschte und daß jene, die auf seine Freigebigkeit angewiesen waren, gut daran täten, Kardinal Wolsey zu wählen. Damit wäre die päpstliche Krone für ihn gewonnen.

Dies konnte der Kaiser für ihn tun. Und er würde es tun. Er mußte … da er ihm das Geld bislang vorenthalten hatte.

»Wenn er es nicht tut …«, sagte Wolsey laut, ließ aber den Satz unvollendet.

Der Möglichkeit eines Fehlschlags wollte er sich nicht stellen. Der Kaiser konnte und würde es tun.

Die allgemeine Unbeliebtheit des Kardinals im ganzen Land wurde immer bedrohlicher, und wenn er auf dem Weg nach Westminster wie immer mit viel Pomp und Gepränge durch die Straßen zog, war dies nicht dazu angetan, den Groll des finster blickenden Volkes zu dämpfen, im Gegenteil, es steigerte ihn. Schon wurde offen gegen ihn gemurrt.

Im Laufe seiner glänzenden Karriere hatte er immer gewußt, wann der Zeitpunkt gekommen war, die nächste Stufe zu erklimmen, deshalb war ihm nun klar, daß er in England den Gipfel der Macht erreicht hatte und es Zeit war, den endgültigen Schritt nach Rom zu tun. Es mußte jetzt geschehen, da sich eine andere Gelegenheit vielleicht nicht mehr bieten würde.

Dieser Krieg wird mit einer Niederlage enden, dachte er. Und nach Niederlagen werden Sündenböcke gesucht. Und wer eignete sich in den Augen des Volkes besser zum Sündenbock als der prunkliebende Kardinal?

Er wurde jäh aus seinen Gedanken gerissen, als er bemerkte, daß ein Boot an seiner Privattreppe angelegt hatte. Das mußte der Kurier sein.

Bemüht, seine Ungeduld zu zügeln, versagte er es sich, dem Mann entgegenzugehen, da er an seine Stellung und seine Würde denken mußte.

Wie lange der Mann brauchte, um den Park zu durchqueren! Jetzt hatte er den Palast betreten. Bald würde der Türsteher anklopfen.

Ich muß ganz ruhig bleiben, sagte er sich. Ich darf keine Erregung, keine Anspannung zeigen.

Cavendish erschien in der Tür.

»Ein Kurier wartet draußen, Euer Eminenz. Er bittet darum, unverzüglich vorgelassen zu werden.«

»Ein Kurier?« Er war sicher, sein Herzschlag müßte durch den roten Atlas seines Gewandes zu sehen sein. »Er soll warten ... nein, doch nicht, ich will ihm empfangen.«

Cavendish verbeugte sich tief. Nun würde er die acht Räume bis zu jenem durchqueren, in dem der Bote wartete ... der so überaus wichtige Bote. Eine ganze Stunde schien zu vergehen, bis der Mann auf der Schwelle stand.

»Ihr bringt mir eine Botschaft?« fragte Wolsey.

»Euer Eminenz«, sagte der Mann und reichte ihm eine Pergamentrolle.

Als Wolsey danach griff, schien sie seine Finger förmlich zu versengen, dennoch zügelte er sich.

»Begebt Euch in die Küche. Sagt, daß ich Euch sende und man Euch eine Erfrischung reichen soll.«

Der Mann verbeugte sich und ging. Endlich war er allein.

Ungeschickt und mit zitternden Fingern machte er sich am Pergament zu schaffen. Schwindel drohte ihn zu überwältigen, so daß einige Sekunden vergingen, ehe er die Worte lesen konnte, die vor seinen Augen gleich schwarzen Dämonen auf dem Pergament zu tanzen schienen.

Er starrte sie an und versuchte kraft seines Willens zu erzwingen, daß sie sich zu dem Text formten, den er zu lesen wünschte.

Aber was nützte das schon? An dem vorliegenden Ergebnis ließ sich nichts ändern.

»Der Kardinal de Medici ist zum neuen Papst Clemens VII. gewählt worden.«

Seit seinen Anfängen hatte er keine Niederlage wie diese mehr hinnehmen müssen. Hadrians Wahl hatte für ihn zwar eine Enttäuschung bedeutet, doch hatte er damals die Gewißheit gehabt, daß bald eine neue Wahl folgen würde, zudem hatte er Zeit gebraucht, um seine Kräfte zu konsolidieren.

Aber wann würde sich nun eine neue Chance ergeben? Wahrscheinlich nie wieder.

Es war der bislang dunkelste Augenblick seines Lebens. Was für ein langer Weg hinter ihm lag ... er konnte an einen Fehlschlag nicht glauben. Sollte ihm der Erfolg in Sichtweite des Zieles versagt bleiben? Es sah so aus.

Da erfaßte ihn rasende Wut. Eine Wut, die sich gegen einen einzelnen Mann richtete – einen verschlagenen bleichen Jüngling, der so viel versprochen und so wenig gehalten hatte. Und der in seiner Demut ein wenig einfältig gewirkt hatte. Doch lag hinter diesen sanften blauen Augen keine wahre Demut, sondern die Gerissenheit eines Staatsmannes, der glaubte, er könne seine Widersacher am besten übertölpeln, indem er selbst den Beschränkten mimte.

»Das ist das Werk des Kaisers«, sagte Wolsey leise vor sich hin. »Er hat mir die päpstliche Krone ebenso vorenthalten wie die versprochene Rente. Das wird er bereuen wie alle, die sich Thomas Wolsey zum Feind machen.«

Den ganzen Winter über verbarg Wolsey erfolgreich seinen Groll gegen den Kaiser, während er auf eine günstige Gelegenheit wartete. Entschlossen, die Freundschaft zwischen Heinrich und Karl zu sprengen, behielt er Katharina genau im Auge, denn da ihr Neffe sein Feind war, mußte sie nun ebenso seine Feindin sein.

Er bat den König um Erlaubnis, eine neue Dame in den engsten Kreis um die Königin einführen zu dürfen, und Heinrich, der seinem Kanzler nur zu gern einen Gefallen tat, war einverstanden. So wurde die Frau Hofdame.

Katharina mochte die Person nicht, doch genoß sie ihr neues, friedliches Leben zu sehr, als daß sie protestiert hätte. Sie begegnete ihr auch nicht allzu oft. Zudem war sie mit ihrer Tochter so sehr beschäftigt, daß sie wenig Zeit für etwas oder jemand anderen hatte. Vives Studienplan war überaus anstrengend, und manchmal glaubte sie schon, Mary verbringe zuviel Zeit mit Lernen. Das kleine Mädchen war jedoch eine willige Schülerin und um ihr zu helfen, lernte Katharina mit ihr und wies einige der Damen des Hofes an, es ihr gleichzutun.

Da sie so angenehm beschäftigt war, bemerkte sie die Frau kaum und bot ihr daher immer wieder günstige Gelegenheiten, sich zu verbergen, wenn der spanische Gesandte kam und mit der Königin Gespräche führte. Auch fiel es der Person nicht schwer, Wege zu finden, die für ihren Neffen bestimmten Briefe der Königin an Wolsey zu leiten, ehe sie nach Spanien abgeschickt wurden.

Was den Kardinal betraf, so hatte er sich immer schon dadurch ausgezeichnet, mit großer Geduld auf eine Chance zur Vergeltung warten zu können, und da er die spanienfreundliche Politik nie gebilligt hatte und ein Bündnis mit Frankreich immer schon für die bessere Alternative gehalten hatte, fing er an, auf dieses Ziel hinzuarbeiten.

Der Winter verging. Vom Kriegsschauplatz trafen gute Nachrichten ein, die materiellen Gewinne für die Engländer ließen jedoch auf sich warten. Und der König zog es vor, bei Weihnachts- und Neujahrslustbarkeiten die Vorgänge auf dem Kontinent zu vergessen.

Unterdessen sah Katharina bei mehreren Anlässen Thomas Boleyns Tochter Anne immer im Mittelpunkt einer ausgelassenen Schar von Anbetern, und immer waren Wyatt oder Henry Percy an ihrer Seite. Katharina war aufgefallen, daß der König diese jungen Leute finsteren Blicks beobachtete, als verdrieße ihn ihre gute Laune. War es denn möglich, daß er sich ärgerte, weil er in die Jahre kam? Wurde er der Feste und Maskeraden überdrüssig?

Die Nachrichten, die im Frühling und Sommer vom Kriegsschauplatz kamen, waren alles andere als gut. Wolsey war bemüht, Geld aufzutreiben, der Kaiser versprach noch immer zu zahlen, nicht nur, was er sich geliehen hatte, sondern auch Wolseys Pension.

Dieses Geld werden wir vermutlich nie zu Gesicht bekommen, dachte Wolsey. Aber davon ließ er zu Heinrich nichts verlauten, da dem König im Moment viel daran gelegen war, sein Bündnis mit Karl aufrechtzuhalten und sein Haß auf Franz so groß war wie eh und je.

An einem Tag im Sommer bat Dr. Linacre, der Leibarzt des Königs, um Audienz bei der Königin und erschien mit einem Strauß herrlicher Rosen vor ihr.

Katharina beglückwünschte ihn herzlichst, da sie wußte, daß er diese Rosensorte vor nicht langer Zeit nach England gebracht hatte und es geschafft hatte, daß sie auch in englischer Erde gedieh. Erfreut über ihre Worte, verbeugte er sich tief, und Katharina, die die Hand nach den Rosen ausstreckte, lächelte über seinen Eifer.

»Wie schön sie sind!« rief sie aus.

»Ich wußte, daß Euer Gnaden das sagen würden. Ich bin gekommen, um Euer und Seiner Gnaden Erlaubnis einzuholen, Euch Rosensträucher zu schenken, die ich gezogen habe.«

»Sicher wird der König entzückt sein.«

»Ich hatte Zweifel, ob sie in unserer Erde anwachsen würden. Unser Klima unterscheidet sich stark von dem in Damaskus.«

»Euch war ein großartiger Erfolg beschieden. Ich weiß, daß der König so entzückt wie ich sein wird, diese Sträucher anzunehmen.«

»Ich habe sie Damaszener Rose genannt«, sagte der Arzt.

»Ein großartiger und treffender Name.«

Sie bewunderte die Rosen noch immer, als der König eintrat. Sofort wurde die friedliche Atmosphäre gestört, denn das Gesicht des Königs zeigte jene leicht purpurne Färbung, die in letzter Zeit Zorn anzeigte. Seine Augen waren von eisigem Blau, sein Mund verkniffen.

»Euer Gnaden«, begann der Arzt, der nur an die Freude dachte, die die Rosen ihm bereiteten, und die sie allen bereiten mußten, die sie sahen. »Ich habe der Königin eben die neue Damaszener Rose gezeigt.«

»Sehr hübsch«, sagte der König knapp.

»Dr. Linacre möchte uns auch Sträucher schenken«, sagte die Königin.

»Es werden einige der ersten sein, die in diesem Land wuchsen, Euer Gnaden«, fuhr der Arzt fort. »Ich rechne es mir als Ehre an ...«

»Wir danken Euch«, sagte der König, der eine der Rosen zur Hand nahm und sie betrachtete, doch die Königin wußte, daß seine Aufmerksamkeit gering war. »Fürwahr sehr schön. Die Sträucher nehmen wir gern an. Sie sollen mit aller Sorgfalt gepflegt werden und werden uns sicher viele Jahre Freude bereiten.«

Der Arzt verneigte sich und erbat die Erlaubnis der Königin, Prinzessin Mary einige der Rosen zu bringen. Katharina erlaubte es ihm gern, und der Arzt empfahl sich.

Als er gegangen war, trat Heinrich ans Fenster und starrte finster hinaus.

Katharina wußte, daß bei Anlässen wie diesen seine Hunde und alle klugen Männer und Frauen ihn mieden, sie aber war seine Ehefrau und mußte wissen, was ihn beunruhigte und fragte deshalb: »Was bedrückt dich, Heinrich?«

Er drehte sich um, und sie bemerkte, daß seine Unterlippe vorgeschoben war.

»Ach, nur die Torheit dieses jungen Percy.«

»Du meinst den Sohn Northumberlands?«

»Ja, Henry Percy. Der junge Stutzer war so anmaßend, einem der Mädchen am Hof die Ehe zu versprechen.«

»Und du kannst die Einwilligung zu dieser Heirat nicht geben?«

»Die Northumberlands gehören zu den vornehmsten Familien des Landes«, knurrte Heinrich.

»Ist denn seine Erwählte so niedriger Geburt?«

»Sie ist ihm nicht ebenbürtig.«

»So weit unter ihm?«

»Es ist Thomas Boleyns Tochter.«

»Ach?« Die Königin dachte an das Mädchen, wie sie es bei Hof gesehen hatte – eine auffallende Erscheinung, in Manieren und Kleidung unverkennbar französisch geprägt. Tatsächlich hatte sich seit Beginn des Krieges mit Frankreich, als das Mädchen nach England zurückgekehrt war, die Mode geändert und zeigte französische Einflüsse, was angesichts der Tatsache, daß die Engländer sich mit diesem Land im Krieg befanden, ein wenig sonderbar war. »Sie ist mir schon wiederholt aufgefallen«, fuhr die Königin fort. »Sie scheint mir ein Mädchen, das es versteht, immer im Mittelpunkt zu stehen. Ich habe Percy und Wyatt oft mit ihr gesehen.«

»Da Wyatt verheiratet ist, konnte er sich nicht so zum Narren machen«, murmelte der König.

»Heinrich, da Thomas Boleyn in den letzten Jahren in deiner Gunst hoch gestiegen ist, kann das Mädchen doch nicht so tief unter Percy stehen?«

»Ach was, er ist der älteste Sohn Northumberlands. Sein Vater wird seine Einwilligung nie geben.«

»Aber die Mutter des Mädchens ist eine Howard und ...«

Heinrich machte seinem Ärger wie ein trotziger Knabe mit einem ruckartigen Achselzucken Luft. »Northumberland kommt an den Hof, um seinem Sohn jede Beziehung zu dem Mädchen zu untersagen. Außerdem ist sie schon Piers Butlers Sohn versprochen. Und Percy soll Mary Talbot, Shrewsburys Tochter, heiraten ... eine sehr passende Verbindung.«

Katharina, die Mitleid mit dem Liebespaar hatte, starrte traurig vor sich hin. »Und ich dachte, die kleine Boleyn sei wohlerzogen und mit einer gewissen Vornehmheit ausgestattet.«

Der König drehte sich ärgerlich um. »Es wäre eine höchst unpassende Verbindung. Der Kardinal hat diesen jungen Narren Percy bereits gerügt und ihm seine Torheit vor Augen geführt. Ein Jammer, daß er je in die Dienste des Kardinals getreten ist und dadurch das Mädchen näher kennengelernt hat.«

»Percy wird sich fügen«, sagte die Königin. Sie dachte daran, wie sie ihn noch vor kurzem an der Seite des lebenssprühenden, strahlenden Mädchens gesehen hatte. Die beiden hätten keinen größeren Gegensatz bilden können – Anne so vital und er so sanft, fast schwächlich. Von Percy war gewiß nicht viel Widerstand zu erwarten.

»Er tut gut daran«, sagte der König. »Jedenfalls wird er vom Hof verbannt und darf das Mädchen nicht wiedersehen. Er soll jetzt schleunigst Mary Talbot heiraten, und wir werden dafür sorgen, daß er es tut.«

»Nun denn, Heinrich, dann ist die Angelegenheit also bereinigt. Mich wundert nur, daß du dich darüber so ereiferst.«

»Es wundert dich!« Der König blickte sie ernst an. »Laß dir gesagt sein, daß das Wohlergehen der jungen Leute meines Hofes meine größte Sorge ist.«

»Ich weiß es sehr wohl.«

Damit ging der König hinaus, und sie fragte sich, warum eine so triviale Sache ihn so aufgebracht hatte.

Als sie ein paar Tage später Anne Boleyn sah, schien dem Mädchen jeder Glanz abhanden gekommen zu sein, so niedergeschlagen und bedrückt wirkte es.

Armes Mädchen, dachte die Königin. Der Verlust ihres Liebsten hat ihr das Herz gebrochen.

Sie erwog, nach ihr zu senden und sie zu trösten, entschied dann aber, daß es unklug und gleichbedeutend mit einer Mißachtung der Wünsche des Königs wäre.

Eine Woche verging, bis ihr einfiel, daß sie das Mädchen nicht mehr gesehen hatte. Sie erkundigte sich bei einer ihrer Damen, ob Anne Boleyn noch bei Hofe weile.

»Nein, Euer Gnaden«, lautete die Antwort. »Sie ist auf Befehl des Königs nach Hever Castle zurückgekehrt.«

Vom Hofe verbannt! Nur weil sie Percys Heiratsantrag angenommen hatte.

Der Zorn des Königs war unberechenbar.

Der Kardinal stand an seinem Tisch, über Dokumente gebeugt, als sein Zeremonienmeister eintrat und meldete, ein Kaufmann aus Genua bitte dringend um eine Audienz bei Seiner Eminenz.

»In welcher Angelegenheit?« fragte der Kardinal.

»Das wollte er nicht sagen, Eminenz, nur soviel, daß er Ware hätte, die er nur Euch und keinem anderen zu zeigen wünschte, und daß er sicher sei, Ihr würdet ihm eine Vorsprache gewähren, wenn Ihr nur einen einzigen Blick auf die Artikel tun würdet, die er Euch vorlegen möchte.«

Wolsey überlegte. Hatte er recht gehört? War aus den Worten des Kaufmanns eine feine Anspielung herauszuhören? Welcher Art waren die Dinge, die dieser ihm zu zeigen wünschte? Handelte es sich um eine Information – gar um eine geheime?

Vor einem Jahr hätte er dem Händler ausrichten lassen, er möge ein andermal wiederkommen; seit seiner Niederlage bei der Papstwahl aber hatte er an Wachsamkeit gewonnen, was ihm an Würde abhanden gekommen war.

»Bringt den Mann zu mir«, befahl er.

Cavendish ging hinaus, um gleich darauf mit einem dunkelhäutigen Mann wiederzukommen, der einen Beutel bei sich hatte, den er so trug, daß kein Zweifel über den Wert des Inhalts bestehen konnte.

»Ihr könnt gehen«, sagte Wolsey zu Cavendish. Kaum war er mit dem Genueser allein, stellte der Mann seinen Beutel hin und sagte: »Mylord Kardinal, ich bin nicht nur ein Händler. Ich komme im Auftrag jemandes, der in Verhandlungen mit Euch treten möchte.«

»Und wer ist das?«

»Die Herzogin von Savoyen.«

Der Kardinal schwieg. Er wußte nun, daß dieser Mann in Wahrheit ein Kurier von Franz I. war, da hinter allem, was Franz tat, seine Mutter Luise von Savoyen stand, Falls dieser Mann tatsächlich von der Herzogin kam, war es so, als käme er vom König von Frankreich selbst.

»Mit welchem Auftrag seid Ihr gekommen?« fragte er schließlich.

»Die Herzogin weiß um die Falschheit des Kaisers, die zu beklagen Euer Eminenz jüngst Gelegenheit hatten. Sie glaubt, daß England in einer Freundschaft mit dem König von Frankreich mehr Glück beschieden wäre als mit dem perfiden Kaiser. Sie weiß, daß der König von England sich mit Kaiser Karl tief eingelassen hat und daß Prinzessin Mary mit dem Kaiser verlobt ist. Doch hat sie das Gefühl, daß sich zwischen Frankreich und England ein besseres Verständnis anbahnen könnte, wenn sie und Euer Eminenz Freunde wären. Sie sendet Euch Briefe, die ich Euch überbringe. Und wenn es Euer Eminenz zu antworten beliebt, könnt Ihr Eure Briefe getrost mir anvertrauen.«

»Wie steht es mit Eurer Beglaubigung?« fragte der Kardinal.

Der Kaufmann öffnete den Beutel und entnahm ihm Papiere, die Wolsey aufmerksam studierte.

Ihnen entnahm er, daß er Giovanni Joachino Passano vor sich hatte, einen Mann, dem er vertrauen könne, Passano befände sich als Kaufmann in England und würde sein Gewerbe hier ausüben. Falls der Kardinal eine Unterkunft für ihn fände, würden sich Zusammenkünfte leichter arrangieren lassen, und er würde ihm ständig als Kurier zwischen Frankreich und England zur Verfügung stehen.

Der Kardinal war sehr nachdenklich geworden.

Er war entschlossen, dem Krieg ein Ende zu machen, da davon Englands Zahlungsfähigkeit abhing. Ebenso entschlossen war er, dem Kaiser zu zeigen, daß man ein Thomas Wolsey gegebenes Versprechen nicht ungestraft brechen durfte. Geheime Nachrichtenkanäle nach Frankreich konnten ihm in diesem Moment sehr dienlich sein.

»Ich werde Euch bei einem meiner Diener unterbringen, der mein volles Vertrauen besitzt«, sagte er. »Es versteht sich, daß Ihr als Genueser Kaufmann oft zwischen London und dem Kontinent unterwegs sein müßt. Nachdem ich die Schriftstücke studiert habe, die Ihr gebracht habt, könnte es sein, daß ich Euch damit betraue, der Herzogin meine Antwort zu überbringen.«

»Wenn dem so ist, Euer Eminenz, werde ich Euch zu Diensten sein.«

»Zeigt mir die Waren, die Ihr anzubieten habt.«

Die nächsten zehn Minuten begutachtete der Kardinal die erstklassigen Stoffe, die der Händler ihm zeigte, dann rief er einen seiner Pagen und befahl, einen bestimmten Diener kommen zu lassen, einen, der nicht zum engsten Gefolge des Kardinals gehörte und nicht unter dessen Dach lebte, sondern seine Bleibe in London hatte.

Als dieser Mann eintrat, sagte er zu ihm: »Hier ist Giovanni Joachino Passano, Händler aus Genua, der mir schöne Stoffe vorlegte. Ich möchte, daß er bald nach Genau zurückkehrt, und mir mehr davon bringt, aber im Moment benötigt er eine Unterkunft in London. Nimm ihn in deinem Haus auf, damit er zur Hand ist, wenn ich ihm meine Befehle gebe.«

Der Diener, erfreut, so ausgezeichnet zu werden, versicherte dem Kardinal, der Händler aus Genua solle den schönsten Raum in seinem Haus bekommen und mit allem Respekt behandelt werden, der einem gebühre, dessen Waren das Gefallen des Kardinals erregten.

Wolseys beifälliges Nicken ließ erkennen, daß er gute Dienste nicht vergessen würde.

So kam es, daß der Agent Luises von Savoyen – in Wahrheit in den Diensten des französischen Königs stehend – in London logierte und vom Kardinal oft nach Hampton Court gerufen wurde, wo sie manchmal viele Stunden in trauter Zweisamkeit verbrachten.

Der König ritt von Hever Castle, wo er eine Nacht als Gast Sir Thomas Boleyns verbracht hatte, nach Greenwich. Kaum war er angekommen, rief er den Kardinal zu sich.

Er empfing den Kardinal mit der Freundlichkeit, die er für seinen bevorzugten Minister meist übrig hatte, doch mußte der Kardinal verblüfft feststellen, daß in seinem Auftreten eine Veränderung zu spüren war.

Er wirkte – bei Heinrich eine Seltenheit – fast verhalten und sah mehr denn je wie ein Knabe aus. Dazu kam eine gewisse Sanftheit, wie sie der Kardinal an ihm noch nie erlebt hatte.

»Es war angenehm auf dem Land«, sagte er. »Boleyns Anwesen in Hever ist ein friedlicher Ort, an dem man gern eine Nacht verweilt.«

Auch das war sonderbar. Wann hätte Heinrich jemals der Sinn nach Ruhe und Frieden gestanden?

»Euer Gnaden waren nur von einer kleinen Gesellschaft begleitet.«

»Es hat genügt. Thomas, laßt Euch gesagt sein, daß ich der Förmlichkeiten aus jedem Anlaß überdrüssig bin.«

»Es mag für Euer Gnaden angenehm sein, hin und wieder allem zu entfliehen. Und ich darf sagen, daß es für Eure Diener dann doppelt angenehm ist, Euch wiederzusehen.«

»Guter Thomas«, murmelte der König, doch der Kardinal spürte, daß seine Aufmerksamkeit nicht ihm galt.

War die Gelegenheit günstig, ihm zu verstehen zu geben, daß ein Frieden mit Frankreich leicht zu erreichen war? Sollte er es wagen, dem königlichen Ohr die ersten Gifttropfen einzuträufeln, um Stimmung gegen den Kaiser zu machen? Die sanfte Gemütslage des Königs verlockte dazu.

»Boleyn hat mich auf seinem Schloß so königlich bewirtet«, fuhr Heinrich sinnend fort, »daß ich mir dachte, ich könnte ihm meine Dankbarkeit am besten bezeigen, indem ich ihm ein bestimmtes Stück Land übereigne. Laßt Euch durch den Kopf gehen, was wir für ihn tun können.«

»Es wird geschehen, Euer Gnaden.«

»Ich hatte erwogen, ihm die Pairswürde zu verleihen … als Viscount Rochford.«

»Das wird eine gewisse Zeit in Anspruch nehmen, Euer Gnaden.«

»Ja, ja«, sagte Heinrich gereizt. »Aber es ist meine feste Absicht.«

»Ein wahrhaft glücklicher Mann, da er in Euer Gnaden Augen soviel Gunst findet, zumal seine Tochter Euch vor kurzem Anlaß zu Verdruß gab.«

»Ach … dieses Mädchen.« Der König ließ ein Lächeln sehen. »Ein hochnäsiges Ding, Thomas. Von ihr bekam ich nur wenig zu sehen, als ich auf Hever weilte.«

»Sie war nicht zu Hause?«

»Indisponiert.«

»Euer Gnaden waren zweifellos froh, nicht durch die Anwesenheit des Mädchens behelligt zu werden, und haben die Gesellschaft ihres Vaters vorgezogen.«

»Keck«, sagte Heinrich nachdenklich, »und hochfahrend.«

»Euer Gnaden glauben, daß sie sich so benimmt, weil sie vom Hof verbannt wurde? Das freche Ding sollte für ihr Benehmen in den Kerker.«

»Nein, nein«, sagte der König. »Mich kümmern Weiberlaunen wenig. Hm, ich glaube mich zu erinnern, daß sie erklärte, sie gedenke sich an Euch zu rächen, Thomas.«

Thomas lachte auf. »Soll ich nun zittern, Euer Gnaden?«

»Mir fiel auf, daß ihre blitzenden schwarzen Augen sie wie eine Hexe aussehen lassen. Sie beschuldigt Euch, Percy zu seinem Vater zurückgeschickt zu haben.«

»Sie sollte lieber Percy beschuldigen, daß er sich so leicht hat überreden lassen, oder sich selbst, weil sie sich einen solchen Mann zum Liebsten wählte.«

»Wie immer sprecht Ihr vernünftig, Thomas.«

Wolsey neigte in Würdigung des Kompliments sein Haupt und fuhr fort: »Euer Gnaden, ich muß gestehen, daß mich der Krieg beunruhigt.«

»Ach ja ...« In Gedanken noch immer bei seinem Aufenthalt in Hever, schien der König sich nur widerstrebend einem anderen Thema zuwenden zu wollen.

»Ich traue dem Kaiser nicht.«

»Allmählich gebe ich Euch recht, Thomas.«

»Wir haben große Mittel in den Krieg investiert und bislang nicht eine Handbreit französischen Bodens gewonnen. Wenn Euer Gnaden unsere Unkosten bedenken ...«

»Thomas, ich bedenke sie, und zwar mit großer Betrübnis.«

»Seht Euch den Fortschritt an, den der Kaiser erzielte. Er hat die Franzosen aus Italien vertrieben. Aber was bedeutet dieser Gewinn für uns? Er hat seine Grenzen in den Niederlanden und in Spanien festigen können. Das ist gut ... für den Kaiser. Euer Gnaden, ich behaupte, daß wir in Karl einen zweiten Maximilian haben.«

Heinrich nickte mit finsterer Miene. Er dachte daran, wie er von Karls Großvätern, Kaiser Maximilian und Ferdinand von Aragón, übertölpelt worden war.

»Ich hatte mir von der Erhebung des Herzogs von Bourbon gegen Franz viel erhofft«, sagte Heinrich.

»Wir haben vergebens gehofft, Euer Gnaden.«

»Nun, Thomas, was kann man tun?«

»Ich wäre nur zu bereit, alles zu vergessen, was wir für dieses Unternehmen aufgewendet haben, und unsere Fühler nach einem Separatfrieden mit Frankreich auszustrecken.«

Das Stirnrunzeln des Königs ließ den Kardinal ahnungsvoll schaudern. Flüchtig fragte er sich, wie Heinrichs Reaktion ausfallen würde, wenn er entdeckte, daß Giovanni Joachino Passano ihm regelmäßige Besuche abstattete, nicht um ihm Stoffe zu verkaufen, sondern um Briefe zu befördern, die zwischen dem ersten Minister des Königs und der Mutter Franz' I. gewechselt wurden. Er spielte ein gefährliches Spiel, soviel stand fest.

Der König war wie ein Kind, das sein Herz an ein

Stück Glitzertand gehängt hat, in diesem Fall die Eroberung Frankreichs. Ein Projekt, das sich unmöglich verwirklichen ließ, wie Wolsey wußte.

»Die vom Kaiser eingegangenen Meldungen werden zunehmend düsterer, Euer Gnaden.«

Heinrich schob wie ein schmollendes Kind seine Unterlippe vor.

»Ich habe Geld in dieses Projekt gesteckt«, setzte er an.

»Und der Kaiser verlangt mehr, Euer Gnaden. Er sagt, das ganze Unternehmen könnte zum Scheitern verurteilt sein, wenn wir nicht mehr Geld aufbringen. Es sieht aus, als wäre jetzt sogar der Papst ...«, Wolseys Ton wurde bitter, »dessen Wahl er unterstützte, seiner nicht mehr sicher!«

»Ach, der Papst!« sagte Heinrich, dessen Miene Wachsamkeit anzeigte. Er wußte um Wolseys bittere Enttäuschung, weil man nicht ihn gewählt hatte, und er fragte sich, was das für ihn selbst, der Dienste seines Kanzlers beraubt, bedeutet hätte. In diesem Moment kam es ihm vor, als wäre die Enttäuschung des Kardinals von einem Hauch Treulosigkeit gefärbt. »Thomas, Ihr habt es kaum erwarten können, uns zu verlassen«, sagte er in einem Ton, in dem ein Vorwurf mitschwang.

»Nur damit ich vom Vatikan aus für England tätig werden kann.«

Heinrich bereute seinen Argwohn. »Ich glaube Euch«, sagte er. »Nun ja, es ist anders gekommen, als wir es wünschten. Aber Clemens ist Euch und mir ein guter Freund.«

»Er könnte nicht der Freund des einen sein und des anderen nicht«, sagte Wolsey.

»Wie wahr«, gab der König zurück. »Es war mir eine große Freude, daß er Euch als päpstlichen Legaten auf Lebenszeit bestätigte und zum Bischof von Durham ernannte.«

»Euer Gnaden sind sehr gütig.«

»Nun, Ihr habt einen König und einen Papst zu guten Freunden, Thomas. Ich möchte wissen, wen Ihr höher schätzt.«

»Diese Frage bedarf keiner Antwort.«

Als Heinrich hocherfreut lächelte, wußte der Kardinal, daß ihm noch keine Gerüchte über den französischen Spitzel in ihrer Mitte zu Ohren gekommen waren.

»Dann sind Euer Gnaden nicht bereit, an Frieden zu denken?«

»Thomas, es gibt einen Grund, der mich fest zum Kaiser halten läßt, und daran wird sich nichts ändern, mögen unsere Verluste auch groß sein. Vergeßt nicht, daß er mit Prinzessin Mary verlobt ist. Solange er sich an dieses Versprechen hält, müssen wir es ihm nachsehen, wenn er einige andere bricht.«

Da wußte der Kardinal, daß er weiterhin im geheimen auf sein Ziel hinarbeiten mußte.

Die Königin und ihre Tochter saßen mit einigen Hofdamen über ihre Handarbeiten gebeugt da. Während sie eifrig nähten, las eine ihnen aus Thomas Morus' *Utopia* vor. Es war eine Gewohnheit Katharinas aus ihrer Kindheit, als ihre Mutter bestrebt gewesen war, die Hände nützlich zu beschäftigen, während gleichzeitig der Verstand geschult wurde.

Katharinas Leben wurde immer geschäftiger. Sie verbrachte viel Zeit mit ihrer Tochter, deren Erziehung ihrer Meinung nach ständig überwacht werden mußte. Ihre Tochter war auch ihre größte Freude. War sie mit ihr zusammen, konnte sie nicht unglücklich sein. Mary war jetzt neun, und es schmerzte sie, wenn sie daran dachte, daß in drei Jahren von ihr erwartet wurde, Heimat und Elternhaus zu verlassen und an den kaiserlichen Hof zu gehen. Drei Jahre waren eine kurze Zeit. Aber ich darf nicht selbstsüchtig sein, dachte die Königin. Meine Tochter wird einmal eine große Königin sein, und ich darf nicht das beklagen, was nötig ist, um sie dazu zu machen.

Dennoch wünschte sie, sie jeden Augenblick des Tages um sich zu haben, so daß nichts von der kurzen gemeinsamen Zeit, die ihnen noch beschieden war, verlorenging.

Im Moment wurden winzige Sachen genäht, für arme Frauen, die nichts hatten, um ihre kleinen Kinder zu kleiden. Katharina war von der wachsenden Armut in gewissen Schichten der Bevölkerung Englands sehr beunruhigt. So wußte sie, daß viele Menschen von Stadt zu Stadt zogen, von Dorf zu Dorf, heimatlos, in Scheunen und unter Hecken nächtigten, sich zur Arbeit verdingten, wenn sich Gelegenheit bot, sich sättigten, wenn sich etwas fand, und, unter diesen Umständen unvermeidlich, da und dort stahlen oder aber verhungerten.

Wenn Thomas Morus an den intimen abendlichen Tischgesellschaften teilnahm, hatte er des öfteren davon gesprochen, daß die neuen Lebensbedingungen ihm Sorge bereiteten. An der Armut der unteren Klassen sei bis zu einem gewissen Grad der Wohlstand der Oberschicht schuld, hatte er betont. Der große Bedarf nach feinen Stoffen hatte dazu geführt, daß viele Gutsherren ihre Schafherden zu vergrößern suchten, ihren Pächtern Ackerland wegnahmen und es in Weideland umwandelten. Die Pächter, die nun kein Land mehr zu bestellen hatten, verließen ihre Hütten und wurden zu heimatlosen Vagabunden.

Thomas Morus hatte gesagt, daß die Umwandlung

von Ackerland zu Weideflächen bisher nicht mehr als etwa fünf Prozent der Gesamtbevölkerung betroffen hätte, was ihm jedoch als sehr viel erschien.

Katharina tat daher alles in ihrer Macht Stehende, um diesem Übel abzuhelfen. So hatte sie ihren Almosenier angewiesen, aus ihrer Privatschatulle Geld an die Armen zu verteilen. Regelmäßig wurde ein Teil ihres Einkommens für wohltätige Zwecke aufgewendet, und es war ihr eine große Freude, Bedürftige mit Nahrung und Kleidung zu versorgen. Deshalb ließ sie die Arbeit an ihren geliebten Tapisserien vorübergehend ruhen und machte sich lieber daran, mit ihren Damen Kleidung für die Armen zu nähen.

So saßen sie beisammen, als ein Page eintrat und der Königin meldete, Seigneur de Praet, der kaiserliche Gesandte in England, bitte um eine Audienz.

Da sie nur selten Gelegenheit hatte, den Gesandten ihres Neffen zu sprechen, sagte sie, daß sie ihn auf der Stelle empfangen wolle.

Dies bedeutete, daß sie alle Anwesenden entließ.

Als sie Marys enttäuschte Miene sah, nahm sie die Hand des Kindes und küßte sie. »Geh jetzt und übe am Spinett«, sagte sie. »Sobald der Seigneur sich empfohlen hat, werde ich kommen und hören, ob du Fortschritte gemacht hast.«

Mary knickste lächelnd. Und der Blick der Königin hing an ihr, bis sie verschwunden war. Die Damen hatten den Raum noch nicht ganz verlassen, als der Seigneur de Praet eingelassen wurde.

Katharina empfing ihn huldvoll, obwohl sie ihm nicht soviel Vertrauen entgegenbrachte, wie es bei einem Gesandten aus ihrem eigenen Volk der Fall gewesen wäre. In Karls Augen hingegen war ein flämischer Edelmann wie der Seigneur einem Spanier vorzuziehen. Katharina mußte sich ins Gedächtnis rufen, daß Karl mehr Flame als Spanier war, da er in Flandern erzogen worden war und nur wenig Zeit in Spanien verbracht hatte, so daß es nur natürlich war, daß er eher Flamen als Spanier zu seinen Gesandten erkor.

Der überaus hochmütige Seigneur war bereits so unklug gewesen, dem Kardinal Wolsey aufgrund dessen niedriger Geburt den Respekt zu verweigern. Für ihn war es unglaublich, daß von ihm erwartet wurde, mit jemandem zu verhandeln, der, wollte man den Gerüchten glauben, seine Kindheit in einem Metzgerladen verbracht hatte.

Und was die Königin anlangte, war sie ihm in mancher Hinsicht so spanisch erschienen, und in anderer so englisch, daß ihm in ihrer Gesellschaft nie ganz wohl zumute gewesen war. Hatte er sie um eine Unterredung gebeten, war es immer schwierig gewesen, zu ihr zu gelangen. Den Grund hierfür konnte er nur ahnen. Der Kardinal war es, der dahintersteckte – und zu welchem Zweck? Weil er trotz seiner öffentlichem Äußerungen kein Freund des Kaisers war.

Und jetzt war de Praet aufgeregt, weil er eine wichtige Entdeckung gemacht hatte, und entschlossen war, sie um jeden Preis der Königin mitzuteilen. Sonderbar, daß er diesmal mühelos zu ihr gelangen konnte.

Als Katharina ihn willkommen hieß und er sich über ihre Hand beugte, löste sich eine der Damen des Nähkränzchens unbemerkt aus der Gruppe der Frauen, die eben gegangen waren, und begab sich eilig in den Vorraum, der sich an das Gemach der Königin anschloß. Dort nahm sie ihre Position nahe der Tür ein und hob ganz leise den Riegel, so daß die Tür unbemerkt ein wenig offenstand.

»Euer Gnaden«, sagte de Praet, »es ist mir eine große Freude, endlich zu Euch zu gelangen.«

»Ihr habt Nachrichten vom Kaiser für mich?«

»Nein, aber ich habe einen Verrat entdeckt, von dem ich Euch auf der Stelle berichten muß. Unser Feind arbeitet gegen uns. Euer Gnaden weiß, wen ich meine.

»Die Franzosen?«

»*Sie* arbeiten ständig gegen uns. Ich meinte einen, der uns näher ist, einen, der gegen uns arbeitet, während er vorgibt, unser Freund zu sein und den Krieg des Königs zu unterstützen.« Er senkte die Stimme und flüsterte: »Den Kardinal.«

»Ach!« sagte Katharina.

»Das wundert Euch nicht?«

»Nichts was der Kardinal tut, würde mich wundern.«

»Was zu erwarten ist ... Er wurde nicht dafür geboren –«

»Wir wollen seine Fähigkeiten nicht unterschätzen«, sagte die Königin. »Er ist ein brillanter Mann. Aus diesem Grund ist Wachsamkeit geboten.«

»Euer Gnaden werden gewiß erstaunt sein, wenn ich nun sage, daß ich von geheimen Verhandlungen weiß, die er mit Frankreich führte.«

»Ohne Wissen des Königs!«

»Das kann ich nicht sagen, Euer Gnaden, doch ist er ein Verräter an meinem Herrn und Eurem Neffen. Es gibt einen gewissen Kaufmann aus Genua, der bei einem seiner Diener wohnt, und dieser Mann dient als regelmäßiger Kurier zwischen Franz und Wolsey.«

»Ausgeschlossen!«

»Nicht bei ihm. Laßt Euch gesagt sein, daß wir ihm nie hätten trauen sollen.«

»Ich bin sicher, daß der König nichts davon weiß.«

De Praet zog seine Schultern hoch. »Man kann

nicht wissen, wie weit der König eingeweiht ist, ob Wolsey im Einklang mit Seiner Gnaden vorgeht oder auf eigene Faust.«

»Sollte der König nicht von Wolseys Vorgehen unterrichtet werden?«

»Wenn der König bereits von den Verhandlungen mit Frankreich weiß – und wir dürfen diese Möglichkeit nicht ausschließen – würden wir ihnen in die Hände spielen, wenn wir ihnen von unserer Entdekkung Mitteilung machen.«

Katharina war entsetzt. Sie hatte das Gefühl, von Karls Gesandten in einen Konflikt hineingezogen zu werden, in dem sie gezwungen sein würde, gegen ihren Gemahl zu arbeiten, wenn sie ihren Neffen unterstützte. Unwillkürlich dachte sie an die demütigende Zeit vor ihrer Vermählung mit Heinrich, als sie von ihrem Vater Ferdinand in seinen Verhandlungen mit Heinrichs Vater wie eine Schachfigur eingesetzt worden war.

»Ich fürchte, mein Neffe hat Versprechungen gemacht, die er nicht einhielt«, sagte sie hastig.

»Der Kaiser ist in einen erbitterten Krieg verstrickt und braucht dafür alles Geld, das er bekommen kann. Für Bestechungsgelder bleibt ihm da wenig übrig.«

»Er hat Darlehen angenommen und nicht zurückgezahlt«, rief Katharina ihm in Erinnerung.

»Er wird es tun … zur gegebenen Zeit. Euer Gnaden wissen, daß er ein Ehrenmann ist.«

»Dessen bin ich mir sicher.«

»Dann werden Euer Gnaden an den Kaiser schreiben und ihm von diesen Entdeckungen berichten. Er müßte gewarnt werden.«

»Ich könnte nicht gegen den König tätig werden.«

»Das wäre nicht der Fall, da Ihr dem Kaiser ja nur die Perfidie des Kardinals offenbaren würdet. Euer

Gnaden, es ist unbedingt nötig, daß er davon erfährt. Ich selbst werde an ihn schreiben und es ihm melden. Um die Dringlichkeit der Situation zu unterstreichen, bitte ich Euch, das gleiche zu tun.«

»Ich werde an ihn schreiben«, sagte die Königin.

De Praet verbeugte sich, »Wenn Ihr dies sehr rasch tätet, würdet Ihr Eurem Neffen einen großen Gefallen tun.«

»Ich will es ohne Verzug erledigen.«

»Dann will ich nun gehen, damit Ihr keine Zeit verliert. Ich versichere Euer Gnaden noch einmal, daß die Sache drängt.«

Kaum war er gegangen, als sie an ihren Tisch ging und zur Feder griff, wobei sie sorgfältig überlegte, was sie ihrem Neffen mitteilen sollte. Sie fing an, indem sie ihn anflehte, ihrem Gemahl gegenüber aufrichtig zu sein und ihm stets genau zu melden, wie es um den Fortgang des Krieges bestellt war, und vor allem keine Versprechungen zu machen, wenn er nicht sicher war, sie halten zu können. Sie fügte hinzu, daß der Kardinal sehr betroffen sei, da er geglaubt hätte, mit Hilfe des Kaisers die Papstwürde erringen zu können. Sie beschwor Karl, sich vor Wolsey zu hüten, der ebenso rachsüchtig wie ehrgeizig sei. Gerüchte wollten wissen, daß er bereits die Vorteile eines *rapprochement* mit dem Feind in Erwägung zöge. Karl solle nicht in den Fehler so vieler verfallen, die glaubten, Wolsey mangele es aufgrund seiner niedrigen Geburt an Fähigkeiten; er sollte sich lieber vor Augen halten, daß der Kardinal sehr gewitzt wäre und über einen brillanten Verstand verfügte. Seine Fähigkeiten mußten sogar außerordentlich sein, da er es aus kleinen Anfängen so weit gebracht hatte.

Sie versiegelte den Brief sorgfältig und rief einen Pagen.

Eine ihrer Damen, die ungesehen aus dem Vorraum geschlüpft war, in dem sie die Unterredung zwischen Katharina und de Praet belauscht hatte, näherte sich ihr.

»Ein Page soll dies dem Kurier bringen«, sagte Katharina.

»Wenn Euer Gnaden gestatten, werde ich es ihm übergeben.«

Katharina händigte das Schreiben der Frau aus, die es nicht dem Kurier, sondern einem der Spitzel des Kardinals aushändigte. Einen zu finden, war nicht schwierig, da der Kardinal seine Leute an den strategisch wichtigsten Stellen des Hofes positioniert hatte und es sich von selbst verstand, daß sich auch unter der Hofhaltung der Königin ein Vertrauensmann befand.

»Sorgt dafür, daß der Brief rasch den Kardinal erreicht«, wies sie ihn an.

Dann gesellte sie sich wieder zu den Damen, um gemeinsam mit ihnen die Näharbeit fortzusetzen und der *Utopia* zu lauschen.

Der Kardinal las den an ihren Neffen gerichteten Brief der Königin. Es war also bekannt, daß er mit den Franzosen verhandelte! Die Bemerkungen der Königin über seine Person gefielen ihm zwar nicht, sie wunderten ihn aber auch nicht, da er schon lange argwöhnte, daß sie ihn als Gegner betrachtete.

Es würde von Übel sein, wenn seine Verhandlungen mit Luise von Savoyen über Passano durch den kaiserlichen Gesandten dem König zur Kenntnis gebracht würden. Er hielt es zwar für unwahrscheinlich, da der Gesandte von seinen Spitzeln dicht umgeben war und seine gesamte Korrespondenz erst durch Wolseys Hände ging, ehe sie ins Ausland gelangte.

Das Siegel des Gesandten nachzumachen, war nicht schwierig. Und der Kardinal hielt es für eine Sache des gesunden Menschenverstandes, sich zu vergewissern, was de Praet in Zeiten wie diesen an seinen Gebieter schrieb.

Enthielten die Briefe Nachrichten, von denen Wolsey nicht wollte, daß sie Karl erreichten, wurden sie vernichtet; nur Schreiben harmlosen Inhalts durften abgeschickt werden. Daß es um de Praets diplomatisches Feingefühl schlecht bestellt war, mußte Kaiser Karl wissen. Er wäre besser beraten gewesen, anstelle eines Flamen einen Spanier mit dem Posten zu betrauen. Die Ernsthaftigkeit und Finesse der Spanier hatte dem Kardinal immer schon mehr Respekt abgenötigt als die dreiste *bonhomie* der Flamen.

De Praet bereitete ihm nur wenig Sorgen, da man Mittel und Wege finden würde, ihn zu beseitigen, falls er gefährlich werden sollte. Die Königin war es vielmehr, mit der er sich in Gedanken immer mehr beschäftigte. Sie würde sich zu einer ernsthaften Widersacherin entwickeln. Er durfte nie die Tatsache aus den Augen verlieren, daß sie nicht nur Gemahlin des Königs und Mutter der Thronerbin war, sondern auch Tante des Kaisers. Mochte es um die Beziehung zwischen dem königlichen Paar nicht gut bestellt sein, so war sie immer noch Königin und verfügte daher über einen gewissen Einfluß.

Daher war sie eine mögliche Gegnerin, die es auf das genaueste zu beobachten galt. Und da der Kardinal immer darauf bedacht gewesen war, die Macht jener zu untergraben, von denen er glaubte, er müsse sie fürchten, kreisten seine Überlegungen immer häufiger um die Königin.

Vorerst begnügte er sich damit, den Brief zu verbrennen, den sie schon auf dem Weg zum Kaiser wähnte, und beschloß, bereit zu sein, um die erste Gelegenheit zu nutzen, die sich bieten würde.

Wie erwartet, bot sie sich sehr bald.

Er hatte mit Heinrich die Kriegskosten besprochen, ein Thema, das den König unweigerlich in Rage brachte. Wolsey sah, daß es nicht schwierig sein würde, einen Keil zwischen ihn und den Kaiser zu treiben, da nur die Hoffnung einer Heirat Marys mit Karl ihn bewog, Verbündeter des Kaisers zu bleiben.

»Diese Heirat ist von so großer Bedeutung«, murmelte Wolsey. »Und sie soll innerhalb der nächsten drei Jahre stattfinden. Die Königin grämt sich bereits, weil ihre Tochter sie verlassen wird. Je nun, Töchter müssen ihr königliches Elternhaus verlassen. Für ihre Lieben ist es immer sehr traurig, während Söhne …«

Der König schrak zusammen. Nur wenige erdreisteten sich, in seiner Gegenwart die Rede auf Söhne zu bringen. Er sah den Kardinal an, der müßig vor sich hinstarrte.

Wolsey fuhr wie im Selbstgespräch fort: »Aber ich verzweifle noch nicht ganz.«

»Was soll das«? knurrte Heinrich.

Wolsey heuchelte Betroffenheit »Euer Gnaden, ich bitte um Vergebung. Meine Gedanken sind mir davongelaufen. In Euer Gegenwart ist es unverzeihlich, aber ich vergaß …«

»Woran verzweifelt Ihr noch nicht?«

Ein Zögern mimend, fuhr Wolsey erst auf ein Stirnrunzeln des Königs hin fort: »Es ist eine Angelegenheit, die mich Tag und Nacht beschäftigt.«

»Und die wäre?«

»Glück und Zufriedenheit meines Königs.«

Der König schien ein wenig besänftigt, sagte aber verdrossen: »Ihr sprecht in Rätseln.«

»Ludwig XII. hat das Problem zufriedenstellend gelöst. Euer Gnaden Schwester Margaret hat es in Schottland getan ...«

Man sah es der Miene des Königs an, daß ihm ein Licht aufging, als in seinen Äuglein jähes Interesse aufflammte. Die Frage, was sein Kanzler meinte, erübrigte sich, da die eben Erwähnten sich ihrer lästigen Ehepartner entledigt hatten.

»Nun«, sagte Heinrich, als Wolsey nicht weitersprach, »was schwebt Euch vor?«

»Ich habe zu voreilig gesprochen«, murmelte Wolsey. »Ich bin aber sicher, daß es einen Weg geben muß ... und ich bin sicher, daß wir ihn finden. Im Moment jedoch kann ich ihn nicht klar sehen.«

»Thomas«, sagte der König fast liebevoll, »ich habe nur einmal erlebt, daß Ihr Euer Ziel nicht erreicht habt, nämlich als es Euch nicht glückte, die Papstwürde zu erlangen.«

»Damals verließ ich mich auf falsche Freunde, Euer Gnaden. Aber es war mir eine Lehre. Von nun an gilt es, sich allein auf sich selbst zu verlassen.«

Heinrich nickte.

»Und Ihr sagt, es gäbe für mich einen Ausweg?«

»Ich werde weder rasten noch ruhen«, sagte der Kardinal, »ehe ich Euer Gnaden nicht als Erzeuger eines gesunden Knaben sehe ... nein, nicht eines, sondern mehrerer.«

»Wie soll das möglich sein?«

»Wie es für andere möglich war.«

»Scheidung!« kam es Heinrich im Flüsterton über die Lippen.

»Euer Gnaden, dies soll ein Geheimnis zwischen uns bleiben, an das wir ständig denken wollen. Das halte ich immer so, wenn ein Problem mich plagt. Man belasse es dabei ... um es reifen zu lassen, könnte man sagen. Und wie oft präsentiert sich die Antwort mit der Zeit wie von selbst.«

Der König erfaßte die Hand seines Kanzlers.

»Thomas, Ihr bringt mir, was ich nahezu verloren hatte. Ihr bringt mir Hoffnung.«

Der Kardinal erwiderte das warme Lächeln. »Es wird dazu kommen, da Euer Gnaden Zufriedenheit nur erleben werden, wenn Ihr Eurem Land gebt, was dieses am dringendsten benötigt.«

»Wie gut Ihr mich kennt, Thomas.«

»Euer Gnaden werden vielleicht Euer Herz verhärten müssen. Ihr mögt daran denken, wie edel es war, die Witwe Eures Bruders zu ehelichen. Die Witwe des Bruders ...«, wiederholte er mit Nachdruck.

»Ich weiß es sehr wohl«, erwiderte Heinrich. »Aber ich sage Euch dies, Thomas, wiewohl ich ein Mensch mit Zartgefühl bin, so bin ich auch König.« Sein kleiner Mund wurde plötzlich kühl. »Und ich würde auf Heinrich Tudors Feingefühl keine Rücksicht nehmen, wenn meine Pflicht als König mich daran hindert.«

»Dann, Euer Gnaden, wollen wir uns in Gedanken damit beschäftigen ... und es eine Zeitlang ... als unser Geheimnis bewahren.«

Der König war erregt und sichtlich erfreut.

Die Schlacht hat also begonnen, sagte sich der Kardinal. Wer sich Thomas Wolsey in den Weg stellte, sollte sich hüten und wenn es eine Königin war.

3.

Mary bekommt den Laufpaß

Der König sah John Longland, seinen Beichtvater, mit finsterem Kopfschütteln an. Er hatte seine Sünden gebeichtet und Absolution erhalten. Doch entließ er den Bischof noch nicht, der nun in der Annahme wartete, der König hätte sein Gewissen nicht völlig erleichtert.

»Haben Euer Gnaden mir noch etwas zu sagen?«

»Eine bestimmte Sache drückt schwer auf mein Gewissen«, fing der König an.

»Das scheint so, Euer Gnaden.«

»Dann will ich es Euch sagen, da es sein könnte, daß Ihr Trost für mich findet. Ich möchte, daß Ihr das zwanzigste Kapitel Leviticus aufschlagt. Dann werdet Ihr sehen, was mich beunruhigt.«

Der Bischof nahm seine Bibel und schlug das Kapitel auf.

»Lest nun Vers einundzwanzig«, sagte der König.

Der Bischof las: »›Und wenn ein Mann seines Bruders Weib nimmt, ist es unrein, er hat die Nacktheit seines Bruders entblößt, und sie sollen kinderlos bleiben.‹« Er hörte zu lesen auf und schwieg still, da er nicht wagte, eine Bemerkung zu machen.

Da sagte Heinrich: »Seht Ihr? Ihr habt es gelesen. Wird hier nicht ausdrücklich Gottes Wille kundgetan? Sie sollen kinderlos bleiben … und in all den Jahren.«

Um den König zu trösten, sagte der Bischof hastig: »Gott kann Euer Gnaden nicht zürnen. Er hat Euch Prinzessin Mary geschenkt.«

»Ein Mädchen!« stieß der König unwillig hervor. »Ich denke an die Söhne, die uns geboren wurden … tot geboren wurden. Immer wieder gab Gott uns Zeichen seines Unwillen … und wir achteten ihrer nicht. Wir haben weiterhin … in Sünde gelebt.«

»Euer Gnaden bekümmern sich unnötig. Ein Sohn könnte ja noch kommen.«

»Es wird kein Sohn kommen«, rief Heinrich aus.

»Euer Gnaden, es hat einen Dispens gegeben. Es ist nicht notwendig, daß Ihr in Angst lebt.«

Der König kniff die Augen zusammen. »Es ist sogar sehr notwendig. Diese Sündenlast drückt schwer auf mein Gewissen. Ich, der in so großer Gottesnähe lebte, wie ein Mensch es nur vermag … ich, der fünfmal am Tag die Messe besuchte … der gewissenhaft seine Sünden beichtete und immer Absolution erhielt … ich, der König, habe gegen das Gesetz Gottes verstoßen. Ich habe all die Jahre mit einer Frau gelebt, die in den Augen Gottes nicht meine Ehefrau ist. Das gab er mir zu verstehen … indem er mir einen Sohn vorenthielt. Seht Ihr denn nicht ein, daß es nie einen Sohn geben wird, solange ich so weiterlebe?«

»Euer Gnaden, laßt uns um Gottes Hilfe bitten.«

Heinrich hätte den Bischof am liebsten geohrfeigt. Dieser Mann war kein Thomas Wolsey. Er war bestrebt, dem König zu Gefallen zu sein, doch fehlte es ihm am Verstand des Kanzlers. Er versuchte, sich seines Wohlgefallens zu versichern, indem er ihm versicherte, daß er nichts zu befürchten hätte, daß seine Ehe rechtmäßig sei.

Dieser Narr! dachte er. Da fiel ihm die eindringliche Empfehlung des Kanzlers ein: Noch soll es unser Geheimnis bleiben.

Er kniete nieder, und während der Bischof betete, dachte er: Thomas hat recht. Guter Thomas. Es geht um eine heikle Sache. Man muß an den Kaiser denken. Niemals wird er tatenlos zusehen, wie seine Tante verstoßen wird. Wir müssen behutsam vorgehen. Deshalb … noch eine Zeitlang Vorsicht.

Als sie sich von den Knien erhoben, sagte der Bischof: »Euer Gnaden sind unnötig besorgt. Ich werde meine Gebete verdoppeln, damit Ihr mit einem Sohn gesegnet werdet.«

Und der König hatte seine Gefühle so in der Gewalt, daß er nur murmelte: »Ich danke Euch, Bischof, auch ich werde beten«, anstatt ihn anzubrüllen: Du Narr!

In seinem Privatgemach in Hampton Court las der Kardinal die Briefe, die de Praet an den Kaiser gerichtet hatte. Sie enthielten Dinge, die den Untergang des Mannes bewirken konnten, wenn man sie dem König vorlegte.

War es schon Zeit, den Gesandten vor dem König bloßzustellen?

Wolsey war für promptes Vorgehen. Franz und Luise wurden schon nervös und sehnten eine sofortige geheime Allianz mit den Engländern gegen den Kaiser herbei. Das würde ein Ende dieses sinnlosen Krieges bedeuten, dachte Wolsey. Was konnte erstrebenswerter sein?

Trotz der guten Arbeit seiner Spitzel war es unmöglich, alles zu erfahren, was an Nachrichten zwischen der Königin und dem Gesandten ihres Neffen ausgetauscht wurde.

Das Verfahren gegen die Königin mußte ganz langsam ins Rollen gebracht werden. Aber verdammt seid Ihr dennoch, Madam, dachte er. Nur wißt Ihr es noch nicht. Habe ich erst eine französische Prinzessin für Heinrich gefunden, werden die Bande, die uns an Euren perfiden Neffen fesseln, für immer durchtrennt werden.

Und Mary? Nun, sie sollte erst in drei Jahren verheiratet werden, und es gab mehr angekündigte Königshochzeiten als solche, die tatsächlich gefeiert wurden.

Er wünschte, er hätte de Praets Briefe Heinrich vorlegen und sagen können: Seht Ihr, wie der Gesandte Eures Verbündeten gegen Euch arbeitet? Seht Ihr, welche Meinung er von Eurem Kanzler hat, der mehr um Euer Wohlergehen besorgt ist als um sein eigenes?

Sicherlich würde Heinrich toben; und das wäre dann der Zeitpunkt, ihm die französischen Abgesandten zu präsentieren, die schon im verborgenen warteten, um mit Heinrich Verhandlungen aufzunehmen.

Aber wie konnte er vor den König hintreten und sagen: Mein Spitzel legt mir die Briefe des Gesandten vor. Ich habe eine Methode entwickelt, die Siegel so geschickt zu brechen und wieder zusammenzufügen, die niemanden erkennen läßt, daß man sich daran zu schaffen machte. Würde der König nicht die Ehre seines Kanzlers in Frage stellen? Natürlich konnte er sich rechtfertigen, daß dies allein im Interesse des Staates geschehen sei, aber es war nie klug, seine Methoden so offen preiszugeben.

Da kam Wolsey ein Gedanke. Da die Stadttore allabendlich geschlossen wurden, würden die Wachen einen Fremden, der sie passieren wollte, festnehmen und einem verläßlichen Offizier vorführen. Gab nun der Kardinal Befehl, daß sämtliche bei verdächtigen Personen gefundenen Briefe ihm persönlich ausgehändigt werden sollten, und gelang es ihm, de Praets Kurier bis zur Schließung der Tore aufzuhalten, konnte er damit rechnen, daß die bei diesem Mann gefundenen Briefe ihren Weg auf seinen Tisch fänden. Auch konnte er nahezu sicher sein, daß diese Briefe Wendungen enthielten, die das Mißfallen des Königs erregen würden. Und was wäre einleuchtender, als daß der Kardinal, dem der Schutz des Königreiches so sehr am Herzen lag, diese Briefe persönlich las und sie dann seinem Gebieter vorlegte?

Es war der beste Weg, diesen Fall weiterzuführen, und es würde nicht weiter schwierig sein, dem Kurier aufzulauern und ihn nach dem Schließen der Tore am Verlassen der Stadt zu hindern, da er von zahlreichen Spitzeln umgeben war. Und da der Mann von den Gesetzen der Stadt nichts wußte, verlief der Plan so problemlos, wie Wolsey hoffte. In kürzester Zeit wurde der Kurier beim Verlassen der Stadt festgenommen und die Briefe nach einer Durchsuchung gefunden. Und nun lagen sie auf Wolseys Tisch.

Das Glück war auf seiner Seite. Sowohl über den König als auch über Wolsey hatte sich der Gesandte auf beleidigende Weise ausgelassen, so daß der Kardinal es kaum erwarten konnte, in die königlichen Gemächer zu gelangen.

»Euer Gnaden, eine Angelegenheit von größter Wichtigkeit.«

Auf eine königliche Handbewegung hin ließen die Männer, die bei ihm gewesen waren, Heinrich mit seinem Kanzler allein.

Rasch berichtete nun Wolsey dem König, was sich zugetragen hatte, und als er ihm die Beweise vorlegte, sah er entzückt, wie die Röte in die dicken Backen stieg und die Augen vor Wut funkelten.

»Ich hatte ihn schon lange unter Verdacht«, sagte Wolsey. »Und nun hat die Vorsehung es mir ermöglicht, Beweise der Durchtriebenheit dieses Menschen vorzulegen.«

»In den Tower mit ihm!«

»Einen ausländischen Gesandten, Euer Gnaden?«

»Bei Gott, das ist Hochverrat!«

»Da es sich um den Gesandten des Kaisers handelt, darf ich vorschlagen, daß wir Wachen vor seinem Haus postieren und ihn mit Hausarrest bestrafen?«

»So soll es sein!« befahl der König.

Der Seigneur de Praet stand in Hampton Court in dessen Privatgemach vor dem Kardinal. Der Blick des flämischen Edelmannes ruhte voller Verachtung auf dem roten Seidengewand Wolseys. Als er an der privaten Anlegetreppe ausgestiegen war und über den Rasen schritt, hatte der Anblick des Prachtbaues ihn schon in zornige Erregung versetzt, doch als er den Palast betreten hatte und die prächtig gekleideten Diener sah, die Kostbarkeiten in jedem Raum, hatte er sich gesagt: Ist es denn möglich, daß ein Mann aus dem Volk so viel besitzen kann? Er sagte es voller Groll und im Bewußtsein eines Menschen, der überzeugt war, Besitz und Ehren seien das ausschließliche Vorrecht des Adels.

Sich in seiner Abwesenheit über Wolseys Herkunft zu mokieren, war nicht schwer, doch als er vor ihm stand, konnte er nicht umhin, den Verstandeskräften des Mannes seinen Respekt zu zollen. Dieser Mann aus dem Volk schien mit seinen etwas vorstehenden braunen Augen bis in sein Inneres sehen zu können, seine geheimen Gedanken zu lesen, anzudeuten, daß er nur deswegen so unbeugsam die Bedeutung seiner vornehmen Geburt betonte, da er sich im Bewußtsein seiner geistigen Unterlegenheit mit dem geringsten seiner Vorzüge zu brüsten suchte.

Erzbischof von York, Kardinal, päpstlicher Legat und Kanzler. So viele großartige Titel für einen einzigen Mann – zumal für einen aus dem Volk aufgestiegenen Mann. Trotz aller Vorurteile flößten ihm diese Errungenschaften Ehrfurcht ein.

Von den Kämmerern des Kardinals wurde er geradezu herablassend empfangen. Man würde Seiner Eminenz die Ankunft des Seigneurs zur Kenntnis bringen. War er von Seiner Eminenz nach Hampton Court gebeten worden. Falls dies nicht der Fall wäre, bezweifelten sie sehr, ob man Seine Eminenz zu dieser Stunde stören dürfe.

Das war eine Beleidigung. Auf die Idee, daß sie beabsichtigt sein könnte, kam er nicht. Er nahm vielmehr an, man hätte seinen Rang nicht erkannt.

»Meldet dem Kardinal«, sagte er auf seine hochmütigste Art, »daß der Gesandte Seiner Kaiserlichen Majestät, des Kaisers des Heiligen Römischen Reiches und Königs von Spanien auf Wunsch des Kardinals erschienen ist.«

Man ließ ihn fünfzehn Minuten warten, ehe man den Wutschnaubenden durch acht prunkvolle Räume ins Privatgemach des Kardinals geleitete. Der an seinem Tisch sitzende Wolsey unterließ es, sich beim Eintreten des Gesandten zu erheben.

Was ist von einem Metzgerssohn anderes zu erwarten? fragte de Praet sich.

Wolsey widmete sich dem Studium eines vor ihm liegenden Dokuments noch einige Sekunden, bis de Praet zornig sagte: »Ich bin gekommen, wie Ihr es erbeten habt, Mylord Kardinal.«

»Ach ja«, sagte Wolsey, der das Papier mit scheinbarem Zögern beiseite legte. »Ich habe schlechte Nachrichten für Euch, Herr Gesandter.«

Diese Anrede war eine Beleidigung, und de Praet spürte, wie ihm das Blut in die Wangen stieg. Sollte er, der Gesandte des Kaisers, stehen, während der Kardinal an seinem Schreibtisch sitzen blieb? Er kam sich vor wie ein Domestike, dem eine Rüge erteilt wurde.

»Schlechte Nachrichten!« rief er aus. »Welche Nachrichten sind es?«

»Letzte Nacht wurde Euer Kurier festgenommen, der gewisse Dokumente bei sich hatte.«

»Mein Kurier! Das ist eine Beleidigung des Kaisers!«

»Es geschah ohne Absicht«, erklärte der Kardinal. »Er verspätete sich mit seinem Aufbruch, bis die Stadttore geschlossen wurden. Wie Ihr vielleicht wißt, fordert das Gesetz, daß alle Ausländer, die nach dem Schließen der Tore die Stadt verlassen oder betreten wollen, festgenommen und durchsucht werden.«

»Aber er hätte viel eher aufbrechen sollen. Was hat ihn aufgehalten?«

Der Kardinal schob lächelnd die Schultern hoch. »Seigneur, Ihr werdet doch nicht von mir verlangen, daß ich ein Auge auf Eure Bediensteten habe. Es ist eben geschehen. Eure Briefe an den Kaiser wurden mir vorgelegt. Mir blieb nichts übrig, als sie zu lesen. Man muß im Umgang mit jenen, die man für Spitzel hält, sehr vorsichtig sein. Nun, da der Inhalt der Briefe meiner Meinung nach Hochverrat war, hielt ich es für meine Pflicht, sie dem König vorzulegen.«

De Praet war zutiefst betroffen. Er dachte an die Offenheit, mit der er sich in den Briefen an seinen Gebieter über den König und den Kardinal geäußert hatte. Er dachte an die abschätzigen Bemerkungen, die beide betrafen – besonders aber den Mann, der ihn nun höflich anlächelte.

»Seine Gnaden«, fuhr Wolsey fort, »waren höchst ungehalten, da er nun das Gefühl hat, wir hätten einen Feind in unserer Mitte gehegt.«

»Ihr habt das alles veranlaßt«, rief de Praet aufgebracht. »Ihr habt den Mann festnehmen lassen. Das ist eine Verschwörung.«

»Und die Briefe? Wollt Ihr auch noch behaupten, ich hätte diese verräterischen Dokumente verfaßt?« wollte Wolsey mit einem Lächeln wissen.

»Sie waren für den Kaiser bestimmt.«

»Ich habe keinen Moment angenommen, sie wären für den König oder mich bestimmt gewesen.«

»Ich werde zum König gehen«, stieß de Praet aufgebracht hervor. »Ich habe Beweise gegen Euch in der Hand, Master Wolsey. Ich weiß, daß Ihr einen französischen Spion empfangen habt. Ich weiß, daß Ihr daran arbeitet, das Bündnis zwischen König und Kaiser zu sprengen. Der König kennt den Kardinal nicht, dem er vertraut. Täte er es, dann würde er ihm nicht mehr vertrauen. Aber er wird es erfahren. Ich habe die Beweise. Ich werde in mein Haus zurückkehren, und wenn ich diesen Beweis an mich genommen habe, der mein Wort bestätigt, werde ich keine Zeit verlieren und zum König gehen, um ihm alles vorzulegen, was ich entdeckte.«

Wolsey fuhr fort zu lächeln, worauf der Gesandte sich umdrehte und eilig das Audienzgemach verließ. Der Kardinal trat ans Fenster und sah ihm nach, als er über den Rasen zu seinem Boot lief.

»Wie hilfreich von ihm, seine Absichten in allen Einzelheiten zu erklären«, murmelte er vor sich hin, rief sodann seine Kämmerer und gab ihnen Anweisungen.

De Praet verwünschte die Langsamkeit seines Bootes, in dem er zurück nach London gerudert wurde. Seine Entrüstung stieg, als er wiederholte, was er dem König zu sagen beabsichtigte.

Zu Hause angekommen, holte er bestimmte Dokumente aus ihrem sicheren Versteck und stellte sorgfältig eine Liste jener Menschen auf, die er als Zeugen gegen den Kardinal aufrufen wollte.

Dann war er bereit, nach Greenwich zu fahren. Doch als er sein Haus verlassen wollte, vertraten ihm zwei Bewaffnete den Weg. Nun erst sah er, daß um sein Haus herum eine Postenkette Aufstellung genommen hatte.

»Was hat das zu bedeuten?« fragte er erbost, aber seine Heftigkeit zeigte keine Wirkung bei den Wachen.

»Vergebung, Euer Exzellenz«, sagte einer von ihnen, »aber Ihr dürft das Haus nicht verlassen.«

»Wer wagt es, den kaiserlichen Gesandten zu behindern?«

»Der König, Euer Exzellenz.«

De Praet war so wütend, daß ihm die Worte fehlten, um seiner Empörung Ausdruck zu verleihen, doch als er sich ein wenig beruhigt hatte, wurde ihm klar, daß er eine Niederlage erlitten hatte. Man nannte ihn des Königs Gefangenen, in Wahrheit war er aber jener des Kardinals.

In diesem Land freilich ist es ein und dasselbe, dachte er bei sich.

Befriedigt präsentierte Wolsey sich dem König.

»Der Spitzel ist Gefangener in seinem Haus«, sagte er. »Jetzt kann er kaum mehr Schaden anrichten.«

»Dort soll er auch bleiben«, sagte Heinrich, noch immer erbittert über die Kommentare, mit denen der Gesandte ihn in seinen Briefen bedacht hatte. An Schmeichelei gewöhnt, war es für ihn stets Grund zur Verwunderung, wenn sie ihm verweigert wurde, und wenn er – selten genug – entdeckte, daß ihn jemand abfällig beurteilte, war es für ihn immer schockierend.

Nun war der Augenblick gekommen, den Vorteil

zu nutzen, und Wolsey murmelte: »Vielleicht halten Euer Gnaden es für geboten, unseren eigenen Gesandten von Eurer Empörung in Kenntnis zu setzen. Der Kaiser möge uns einen Gesandten und keinen Spion schicken.«

»Ich will an Dr. Sampson schreiben und ihn anweisen, er möge dem Kaiser meinen Unmut melden.«

»Euer Gnaden sind sehr klug. Es kann nicht schaden, daß er von Eurer Entrüstung erfährt. In diesem Feldzug waren sämtliche Vorteile auf seiner Seite.«

Heinrich machte ein finsteres Gesicht, glaubte aber, daß Wolsey die Wahrheit sprach.

»Euer Gnaden kennen meine übergroße Wachsamkeit«, fuhr der Kanzler fort. »Ihr ist es zu verdanken, daß ich die Anwesenheit französischer Abgesandter in unserem Land entdeckte.«

Das Gesicht des Königs rötete sich, und Wolsey fuhr mit größter Behutsamkeit fort: »Falls Euer Hoheit sich entschließen, diese Männer zu empfangen, wäre damit keineswegs eine Verpflichtung verbunden. Aber angesichts der Art, wie der Kaiser sich uns gegenüber verhalten hat, finde ich persönlich, daß es nicht schaden kann, wenn man diese Männer anhört. Nun wäre es möglich, daß Euer Gnaden dank Eurer größeren Weisheit Grund hat, sie nicht zu empfangen. Wenn dem so ist, werde ich dafür sorgen, daß sie unverzüglich nach Frankreich zurückgeschickt werden.«

»Wäre da nicht die Verlobung mit unserer Tochter, ich würde unverzüglich einen Ausweg aus dieser Allianz suchen, Thomas.«

»Wir müssen an die Bedeutung dieser Verbindung denken«, gab Wolsey ihm recht. »Aber könnte man nicht sagen, daß es eine Sache für sich ist? Wenn wir den Franzosen unser Ohr leihen, könnte man ihr Streben nach einem Bündnis nutzen, um dem Kaiser einen Vorteil zu entlocken. Euer Gnaden wissen, daß wir bislang wenig Vorteile aus dieser Allianz zogen.«

»Ich weiß es sehr wohl.« Der König zögerte. »Nun, es kann nicht schaden, wenn ich mir anhöre, was diese Leute zu sagen haben.«

»In diesem Fall bitte ich Euer Gnaden, nach Hampton Court zu kommen. Wenn Ihr die Unterhändler dort trefft, wird es weniger Aufsehen erregen, als wenn sie nach Greenwich kämen.«

Der König zeigte sich einverstanden. Sein Interesse an Hampton Court wuchs immer mehr, und der Kardinal erinnerte sich voller Unbehagen, gelegentlich einen begehrlichen Schimmer in Heinrichs blauen Augen bemerkt zu haben. »Thomas, ich werde in Euer herrliches Haus kommen«, sagte er. »Ich gestehe offen ein, daß ich es liebe.« Er kniff die Augen leicht zusammen. »Noch etwas muß ich gestehen. Nach meinen Besuchen in Hampton Court erscheinen mir meine eigenen Paläste weniger großartig, nicht wie königliche Residenzen.«

»Ich habe mein Haus ausgestattet, daß es Euer Gnaden als Zuflucht dient, wann immer es Euch beliebt, und es ist mir eine Freude, wenn Ihr es besucht.«

»Dann wollen wir diese Männer aus Frankreich in Hampton Court sehen, Thomas.«

Ein Sieg! dachte der Kardinal, wenn auch in mancher Hinsicht ein ungewisser. Seit Buckinghams Hinrichtung hatte sich der König verändert, so daß Wolsey oft das Gefühl beschlich, er wolle unbedingt seine Macht erproben, die er über die Menschen hatte – seinen teuren Freund und Berater Thomas Wolsey eingeschlossen.

Der König ging in seinem Schlafgemach auf und ab, allein, was bei ihm eine Seltenheit war, doch hatte er es so gewünscht. Ihm war nicht wohl zumute. Er wollte diese Unterhändler aus Frankreich nicht sehen; er wollte vielmehr endlich Kunde von einem Sieg des Kaisers, wollte hören, daß das liebliche Frankreich bezwungen war und eine Einladung an den König von England ergehen würde, sich nach Reims zu begeben und die ersehnte Krone zu empfangen.

Ein Friedensschluß aber hätte ein Ende dieses Traumes bedeutet.

Er haßte den König von Frankreich, wie er Karl nie hassen konnte. Franz war kühn und geistreich, schön und klug. Er war ein Rivale, wie der blasse, unscheinbare, zurückhaltende Karl es nie sein würde. Während Heinrich Franz haßte, konnte er Karl nur mißtrauen. Nicht daß er Franz nicht ebenso mißtraut hätte. Doch der Kaiser war jung, der Neffe seiner Gemahlin und daher auch sein eigener. Bei seinem Besuch in England hatte Karl Heinrich Onkel genannt und auf seinen Rat gehört, wenn er ihn auch nicht befolgt hatte. Er war verschlagen und falsch, doch war er jung, und wenn sie zusammen waren, konnte Heinrich ihm gegenüber eine gönnerhafte Haltung einnehmen. War er aber mit Franz zusammen, mußte er seinen ganzen Verstand aufbieten, nur um dennoch ausgestochen zu werden.

Ihm schien, daß er in seinem Leben ein Stadium erreicht hatte, in dem ihm versagt wurde, was er am dringendsten ersehnte. Er strebte nach der Krone Frankreichs, doch zwischen ihm und seinem Ziel stand der zynische Franz; er wollte einen Sohn, und zwischen ihm und seinem Ziel stand Katharina, er wollte ein junges Mädchen, das seine Fantasie beflügelte, doch dieses begegnete ihm mit Spott und hielt ihm vor, daß es ihm als verheirateten Mann nicht zukäme, ihr nachzustellen.

Ihm, dem König, wurden daher seine drei größten Wünsche vorenthalten, ein Zustand, den er nicht für möglich gehalten hätte.

In Europa stand es so schlecht, daß es so nicht weitergehen konnte. Aber wenn ihm Frankreich nicht in diesem Jahr zufiel, dann vielleicht in einem anderen. Es war eine Hoffnung, die er nie aufgeben würde. Einen Sohn in die Welt zu setzen, war hingegen ein viel dringenderes Anliegen. Er war zwar keinesfalls alt, mit vierunddreißig aber auch kein Jüngling mehr, und er wartete ungeduldig auf Söhne. Und doch hielt er an der Ehe mit Katharina fest – falls es eine Ehe war. Sein Gewissen sagte ihm freilich, daß es keine war. Je eher er dies seinem Volk verkündete, desto wohlgefälliger würde Gott es ansehen. Aber man mußte Thomas Wolsey vertrauen, der zur Geduld geraten hatte.

Und dann das Mädchen. Er hatte sie bei Hof gesehen und die Vorstellung, sie hätte Percy zum Mann nehmen können, hatte ihn rasend gemacht – rasend, weil der junge Mann sich anmaßte, das zu nehmen, was der König wollte. Aber auch das Mädchen selbst hatte ihn rasend gemacht, weil es in die Heirat eingewilligt hatte. Und dann hatte er sie in Hever im Garten ihres Vaters gesehen, wo sie ihn nicht wie einen König, sondern wie einen schmachtenden Liebhaber behandelt hatte, der ihr nicht gefiel. Er hätte wütend sein sollen, er hätte das Mädchen in den Tower werfen lassen sollen, aber eine sonderbare Milde, wie er sie nie gekannt hatte, hinderte ihn daran. Er hatte sich alles gefallen lassen, ein Verhalten, das für ihn selbst ein wundersames Rätsel darstellte.

Als er Hever verlassen hatte, dachte er noch immer an sie und hatte zu seiner eigenen Verwunderung den Ort wiederholt aufgesucht … nicht als König, der einen Untertan auszeichnet, sondern als demütiger, um Liebe werbender Anbeter.

Und doch ließ sie von ihrem Widerstand nicht ab. Also auch hier eine Enttäuschung.

Ein König darf nicht an seine persönlichen Sehnsüchte denken, ermahnte er sich. Ich darf nicht an sie denken, sondern an die Unterhändler, die Franz geschickt hat.

Am Fenster stehend, blickte er hinaus auf den Fluß, ohne ihn wahrzunehmen, weil er statt dessen einen Garten in Hever vor sich sah und darin die faszinierendste junge Frau, der er je begegnet war.

Als er geschäftige Bewegung hörte und sich umdrehte, unsanft aus seinem Traum von Hever gerissen, trat der Kardinal ein.

Der König, erstaunt ob dieses formlosen Eintretens, sah, daß die Kopfbedeckung des Kardinals ein wenig schief saß. Sein pockennarbiges Gesicht war bleich wie immer, doch der Glanz der braunen Augen verriet Heinrich, daß der Kardinal gekommen war, um eine Sache von Bedeutung anzukündigen.

»Euer Gnaden … eine Nachricht …«

Wolsey war ganz außer Atem, und der König sah nun, daß hinter ihm ein mit Reisestaub bedeckter Mann stand, dem man ansah, daß er einen Gewaltritt hinter sich hatte.

»Was für eine Nachricht?« wollte der König wissen, trotz der Erregung noch immer ein wenig in den Erinnerungen an das kecke und hochmütige Mädchen gefangen, das gewagt hatte, ihm einen Korb zu geben.

»Vom Schlachtfeld, Euer Gnaden. Die kaiserlichen Truppen konnten die Franzosen bei Pavia schlagen. Die französische Armee ist vernichtet, Franz selbst Gefangener des Kaisers.«

Heinrich, dessen Miene seine große Freude verriet, klatschte in die Hände.

Endlich wich das Bild von Hever jenem eines stattlichen Königs mit goldenem Haupt- und Barthaar, der in Reims die französische Krone empfing.

»Das ist die Nachricht, die mir die größte Freude bereitet. Ist es sicher …? Ist ein Irrtum ausgeschlossen?«

Der Kardinal drehte sich zu dem mit Reisestaub bedeckten Mann hinter sich um, der nun vortrat und sich vor dem König tief verbeugte.

»Euer Gnaden, es ist die Wahrheit. Der König von Frankreich geriet bei Pavia in Gefangenschaft und befindet sich im Gewahrsam des Kaisers.«

Heinrich legte dem Mann seine Hand auf die Schulter. »Ihr seid mir so willkommen wie der Erzengel Gabriel der Jungfrau Maria!« rief er aus. »Nanu, Thomas«, fuhr er an den Kardinal gewendet fort, »das ist die beste Nachricht, die uns seit langem erreicht hat.«

Wolsey beugte das Haupt wie zur Zustimmung. Und während der König auf den Boten Fragen niederprasseln ließ, schlüpfte er davon, um seinen eigenen Boten zu den französischen Unterhändlern zu schikken. Er sollte ausrichten, daß der König sie heute nicht wie geplant empfangen könne.

»Nun ist der Zeitpunkt gekommen, gemeinsam die Invasion Frankreichs zu unternehmen«, schrieb Heinrich an Kaiser Karl. »Wir wollen uns in Paris treffen. Laßt zu, daß mir Frankreich zufällt und englischer Herrschaft unterstellt wird. Mir wird es dann das größte Vergnügen sein, Euer Kaiserliche Hoheit nach Rom zu begleiten und Eurer Krönung beizuwohnen.«

Seine Freude war so groß, daß der ganze Hof an

seiner Hochstimmung teilhatte, darunter auch Katharina, denn war es nicht ihr Neffe, der den König von Frankreich gefangengenommen hatte? Hatte sie nicht mitgeholfen, die Bande zwischen den beiden Ländern zu festigen? Ihre Tochter war dem Kaiser anverlobt, der nun mächtiger war als je zuvor. Heiratete sie ihn und gebar ihren ersten Sohn, sollte dieser zum künftigen König Englands proklamiert werden, zum Herrn über Irland und Wales, und jetzt auch noch ... über Frankreich. Dieser Sproß seines Hauses würde der mächtigste Herrscher der Welt sein, da auch Spanien, die österreichischen Erblande, die Niederlande, Neapel, Sizilien und die jüngst entdeckten Gebiete der Neuen Welt an ihn fallen würden. Und in den Adern dieses Knaben würde Tudor-Blut fließen. Vielleicht war es gar nicht so wichtig, daß *er* keinen Sohn hatte, da doch sein Enkel ein Herrscher sein würde, wie die Welt noch keinen gesehen hatte.

Er war fröhlich und vergnügt mit seiner Königin – konnte sich aber nicht überwinden, ihr Bett zu teilen. Die Erinnerung an ein lachendes Mädchen, die sich nicht aus seinem Bewußtsein verdrängen ließ, verhinderte es.

Und was das Mädchen selbst betraf, das die eigene Tugend mehr achtete als den Rang des Königs, so wollte er es aus seinem Gedächtnis verbannen. An seinem Hof gab es genug andere Mädchen, die nur zu bereit waren, ihn über ihren Verlust hinwegzutrösten.

Damals waren es gute Tage, die er meist damit zubrachte, Pläne für seine Krönung in Frankreich zu entwerfen.

Katharina war entzückt. Endlich konnte sie die Freude des Königs teilen, der sich mit ihr Arm in Arm in den Palastgärten erging, während er Pläne für seine Fahrt nach Frankreich schmiedete.

Da Heinrich dem Gesandten Karls dessen schriftliche Äußerungen über ihn und den Kanzler noch immer nicht verziehen hatte, hielt er de Praet noch immer in seinem Haus fest. Vergebens verwendete Katharina sich für ihn. Vergebens auch ihre Bitte, den Mann empfangen zu dürfen. Um Heinrichs Laune war es sofort geschehen, wenn sie davon sprach. Er dulde in England keine Spione, auch keine spanischen, lautete unweigerlich seine barsche Antwort. Als der entmutigte de Praet schließlich um Erlaubnis bat, in seine Heimat zurückkehren zu dürfen, und sie ihm erteilt wurde, durfte Katharina ihn vor seiner Abreise nicht sehen. Sie tröstete sich jedoch damit, daß Heinrichs Freundschaft mit Karl noch nie so fest gewesen war wie momentan. Dagegen erschien ihr die Tatsache, daß Karl keinen Gesandten in England hatte, nicht mehr so bedeutsam, wie es noch vor kurzem der Fall gewesen wäre.

Als der Kaiser Heinrichs Brief las, zuckten seine Brauen erschrocken in die Höhe.

Heinrich in Reims zum König von Frankreich gekrönt! Er selbst in Rom gekrönt! Der englische König hatte keine Ahnung von der Situation.

Gewiß, Karl hatte den französischen König zu seinem Gefangenen gemacht, und das war ein Erfolg. Die Armee, die für Franz gekämpft hatte, war aufgelöst, doch waren damit längst nicht alle unter Waffen stehende Männer Frankreichs außer Gefecht gesetzt. Karl selbst hatte große Verluste hinnehmen müssen. Seine Armee befand sich in nur geringfügig besserem Zustand als die französische, dazu kam, daß er seine Söldner nicht mehr bezahlen konnte.

Karl war Realist. Er wußte, daß die italienischen Fürsten, die sich ihm hatten unterwerfen müssen, dies nur sehr unwillig getan hatten, und daß der Papst sein Vorgehen mit argwöhnischem Interesse verfolgte. Seine Söldner, denen er ihren Sold schuldig geblieben war, hatten sich schadlos gehalten und waren plündernd und raubend durchs Land gezogen. Da nun das geplagte Volk kurz davor stand, sich gegen den Eroberer zu erheben, war keine Zeit, an Krönungszeremonien auch nur zu denken. Heinrich schien den Krieg für ein Spiel zu halten, bei dem der Gewinner das Recht auf die gesamte Siegesbeute hatte. Wußte er denn nicht, daß in Kriegen wie diesen die Beute oft sehr gering bemessen war?

Der Kaiser war des Kampfes überdrüssig. Er hatte jetzt die Oberhand gewonnen; Franz befand sich als Gefangener in Madrid und würde sich demütigenden Bedingungen vielleicht fügen. Jetzt war der Zeitpunkt, sich zu nehmen, was man wollte. Aber nichts wäre weiter von der Realität entfernt, als sich Frankreich anzueignen und es seinem Verbündeten zu überlassen wie ein edles Roß oder ein Schloß.

»Wann wird mein Onkel endlich erwachsen?« fragte er sich seufzend.

Noch etwas gab ihm Anlaß zur Sorge. Er war nun vierundzwanzig und seine Verlobte Mary neun. Er war des Wartens überdrüssig, und seine Minister hatten angedeutet, das spanische Volk würde ein Bündnis mit Portugal begrüßen.

Seine Kusine Isabella von Portugal war im heiratsfähigen Alter, ihre Mitgift betrug neunhunderttausend Dukaten. Wie ihm diese Summe zugute kommen würde! Und Marys Mitgift? Er hatte sie von ihrem Vater bereits in Form mehrerer Darlehen erhalten. Wenn er Mary heiratete, dann nur, um die im Krieg angehäuften Schulden zu tilgen.

Aber er wollte jetzt eine Frau … und nicht erst in

drei Jahren. In drei Jahren konnte er bereits einen prächtigen Sohn haben. Und wenn er in den Krieg zöge, könnte er eine Königin als Regentin in Spanien zurücklassen. Zudem war Portugal immer eng mit Spanien verbündet gewesen. Das Volk wollte eine Königin aus eigenem Geblüt und kein fremdes kleines Mädchen, das, obschon halb Spanierin, hier allen als Engländerin gelten würde.

Gewiß, er hatte sein Versprechen gegeben, aber auch seine Großväter hatten Versprechen gegeben, wenn es geboten erschien. Und wenn die Politik es erforderte, sie zu brechen, dann hatten sie es getan. Karl bedauerte zwar, daß er seine Tante damit kränkte und daß der König von England toben würde, doch an dessen Gunst lag ihm nicht viel. Zwischen ihnen erstreckte sich ein Meer, und ihr Bündnis war immer schon ein unsicheres gewesen.

Den spärlichen Briefen, die er von de Praet erhalten hatte, war zu entnehmen, daß Wolsey sich gegen ihn gewandt hatte. Und er war sicher, daß nicht alle Nachrichten zu ihm gelangt waren, die de Praet geschrieben hatte. Daß er nun den verschlagenen Wolsey zum Feind hatte, war eine unglückliche Wendung, aber damit mußte man sich abfinden.

Mary einfach fallenzulassen war undenkbar, doch konnte er ihren Eltern unzumutbare Bedingungen stellen. Angenommen, er forderte, man solle sie unverzüglich nach Spanien schicken? Er wußte, daß seine Tante sich zu dieser Zeit niemals von ihrer Tochter trennen würde. Er würde noch einmal die Hälfte der von Heinrich bereits bezahlten Summe fordern, wohl wissend, daß man ihm das Geld verweigern würde. Aber dies waren die Bedingungen, auf denen er bestehen würde, falls er seinen Teil des Abkommens halten sollte.

Da der portugiesische Gesandte auf eine Audienz

wartete, mußte er eine Antwort parat haben. Er mußte sich entscheiden, ob Verhandlungen über eine Verlobung mit Isabella angebahnt werden sollten.

Daher ließ er einen Herrn seines Gefolges zu sich kommen, und während er ihn erwartete, schrieb er einen Brief, den er in Anbetracht des Inhalts verschlüsselte.

Als der Komtur Penalosa vorgelassen wurde, bedeutete er ihm, Platz zu nehmen.

»Hier ist ein Schreiben, das Ihr nach England befördern sollt. Es ist verschlüsselt, so daß Ihr sofort zu de Praet müßt, der es für Euch entschlüsseln wird. Dann werdet Ihr den Inhalt lesen und mit de Praet und der Königin besprechen, wie die darin enthaltenen Vorschläge dem König am besten zur Kenntnis zu bringen seien. De Praet wird mich dann informieren, wie der König die Nachricht aufgenommen hat. Ihr müßt sofort aufbrechen, da es sich um eine Angelegenheit höchster Dringlichkeit handelt.«

Penalosa nahm den Brief an sich und ging, um sich für die Abreise nach England zu rüsten, während Karl den Gesandten Portugals empfing.

Als Penalosa in England eintraf, hatte de Praet das Land schon verlassen, so daß es niemanden gab, der den Brief entschlüsseln hätte können. Penalosa suchte um eine Audienz bei der Königin an, doch der Kardinal, der sie genauer im Auge behielt als je zuvor, hatte sie mit seinen Spitzeln so eingekreist, daß Penalosa sie nur in der Öffentlichkeit zu sehen bekam. Falls Katharinas Blick zufällig auf ihn fiel, konnte sie nicht ahnen, daß er ein wichtiger Kurier ihres Neffen war.

Katharina widmete sich mit ihren Damen jener Beschäftigung, der sie sich oft hingab – dem Nähen von Kleidung für die Armen – als der Sturm losbrach.

Als der König großspurig ihr Gemach betrat, genügte eine Handbewegung seinerseits, und die Damen stoben knicksend davon wie eine aufgescheuchte Mäuseschar.

»Heinrich, was gibt es?« fragte Katharina.

Er stand breitbeinig da, zwischen den Brauen eine beängstigende Furche, und sie spürte, wie ihr Mut sank, da sie sofort wußte, daß er gekommen war, um ihr eine höchst unangenehme Mitteilung zu machen.

In seiner Hand hielt er ein Schriftstück, und ihr Herz schlug schneller, als sie das Siegel ihres Neffen erkannte.

»Eine gute Frage«, sagte der König unheilvoll.

»Ist es eine Nachricht vom Kaiser?«

»Das ist es, Madam. Nachricht vom größten Schurken, der je auf Europas Erde wandelte.«

»Ach nein … Heinrich.«

»Ach ja, Madam. Ja, ja, ja. Dein Neffe hat uns beleidigt … mich, dich und unsere Tochter.«

»Die Heirat …«

»Es wird keine Heirat geben. Unsere Tochter wurde wie ein wertloses Stück weggeworfen … einer besseren Partie wegen.«

»Unmöglich!«

»Du bezweifelst meine Worte?«

»Nein, Heinrich, aber ich bin sicher, daß es eine Erklärung gibt.«

»Es gibt Erklärungen genug. Dieser treulose Schurke glaubt offenbar, daß eine Ehe mit seiner portugiesischen Kusine ihm besser dient. Marys Mitgift hat er sich bereits in Form von Darlehen angeeignet … die niemals zurückgezahlt werden. Und jetzt steckt er seine gierigen Hände nach den Dukaten seiner Kusine aus.«

»Aber er ist mit Mary verlobt.«

Heinrich trat dicht vor sie und sah sie mit grausamen Augen an. »Wann hätte deine Familie je ihre Versprechungen eingehalten? Ich hätte es wissen müssen. Ich hätte es argwöhnen müssen. Ich habe nicht vergessen, wie dein Vater mich immer wieder hinterging. Und Maximilian ... der Großvater dieses Karl ... er hat mich ähnlich betrogen. Wohin ich mich auch wende, nichts als Betrug. Spanien! Ich wünschte bei Gott, ich hätte von diesem Land niemals gehört. Was hatte ich je von Spanien? Gebrochene Versprechen ... meine Schatztruhen geleert ... Lügen ... Lügen ... Lügen ... und eine unfruchtbare Frau!«

»Heinrich ... ich flehe dich an ...«

»Ihr fleht mich an? Um was fleht Ihr mich an, Madam? Daß ich mich bei Eurem Neffen bedanke? Danke, daß du mich betrogen hast. Danke, daß du meiner Tochter den Laufpaß gegeben hast. Ebenso könnte ich mich bei Ihnen, Madam, für alle Söhne bedanken, die Ihr mir nicht geschenkt habt.«

»Das war nicht mein Fehler«, sagte sie beherzt. »Ich habe mein Bestes getan.«

»Nicht Euer Fehler? Wessen Fehler dann, Madam? Ihr wißt, daß ich einen gesunden Sohn habe. Das ist mehr, als Ihr vorweisen könnt. All diese Jahre ... und nur eine Tochter ... und diese Tochter fallengelassen ... von *Eurem* Neffen.«

Momentan kamen ihm die Tränen – Tränen des Selbstmitleids. Alles, was er sich wünschte, wurde ihm vorenthalten. Die Krone Frankreichs. Söhne. Die Vermählung seiner Tochter mit dem mächtigsten Herrscher der Christenheit. Die Gunst eines temperamentvollen jungen Mädchens, das ihn geflissentlich mied. Warum wurde der König so vielfach enttäuscht?

Sein Gewissen gab ihm die Antwort. Weil du Gott

beleidigt hast. Du hast mit einer Frau gelebt, die nicht deine Ehefrau ist, weil sie Ehefrau deines Bruders war. Solange du in Sünde lebst, wird dir kein Glück zuteil, da Gott auch weiterhin sein Angesicht von dir abwenden wird.

Da haßte er sie – diese Frau mit dem schlaffen, formlosen Körper. Wie anders als jene andere! Diese Frau, die in ihm nicht mehr das leiseste Begehren zu wecken vermochte. Die Frau, deren Neffe ihn und ihre Tochter beleidigt hatte.

Es fiel ihm schwer, mit diesen Worten zurückzuhalten und sich zu ermahnen, daß alles noch ein Geheimnis bleiben mußte!

Wie er sie haßte!

Sie zuckte vor der Grausamkeit in seinem Blick zurück. Sie sah den brutalen Zug um seinen Mund. So hatte er auch ausgesehen, als er sich entschloß, Buckingham aufs Schafott zu schicken.

Sie wußte, daß er sich zügelte und die Worte zurückhielt, die ihm auf der Zunge lagen. Fast wünschte sie, er würde sie aussprechen, damit sie wußte, welche Gedanken in den geheimen Winkeln seines Bewußtseins lauerten.

Er zwang sich zu gehen und ohne Verzug seine Gemächer aufzusuchen, um Wolsey kommen zu lassen.

Er gedachte an Karl Rache zu nehmen. Da der Kaiser für ihn unerreichbar war, sollte dessen Tante für den Neffen leiden. Niemand durfte ihn so gemein behandeln und ungestraft davonkommen. Karl sollte erfahren, daß ihn, Heinrich, das Haus Spanien und Österreich nicht scherte. Hatte Karl vergessen, daß es ein Mitglied dieses Hauses gab, das sich völlig in seiner Gewalt befand?

»Kommt, Wolsey«, knurrte er, während er auf seinen Kanzler wartete. »Wir wollen Frieden mit Frankreich. Wir werden für Mary einen französischen Prinzen finden und ein Bündnis schließen, das Kaiser Karl das Fürchten lehrt. Wir werden Euch, Kaiserliche Hoheit, zeigen, daß wir uns nicht um Euch und die Euren kümmern! Die Pestilenz komme über das Haus Spanien und Österreich – und über alle, die ihm angehören!«

An jenem Tag im Juni fand im Bridewell Palace eine feierliche Zeremonie statt, zu der der König alle hohen Würdenträger des Hofes befohlen hatte. Besonderen Wert legte er darauf, daß Penalosa, der momentan einzige Gesandte Karls in England, anwesend war und seinem Herrn darüber Bericht erstattete.

Der Held dieses Anlasses war ein hübscher sechsjähriger Junge, dessen rosig-goldene Tudorschönheit Heinrich in Entzücken und freudige Erregung versetzte.

Immer wenn sein Blick auf den Knaben fiel, sagte er zu sich: Warum hat er nicht mein ehelicher Sohn sein können!

An die Mutter des Knaben dachte Heinrich nicht mehr. Sie war großzügig abgefunden worden, da sie dem König den Beweis dafür geliefert hatte, daß er Söhne zeugen konnte. Dank einiger Güter in Lincolnshire und Yorkshire, die in ihren Besitz übergegangen waren, konnte sie ohne Groll auf ihre Zeit als Geliebte des Königs zurückblicken.

Heinrich hatte mit leuchtenden Augen zugesehen, als sein hübscher Sohn zum Ritter des Hosenbandordens geschlagen worden war. Und jetzt sollte diese noch viel bedeutsamere Zeremonie stattfinden.

Der Knabe nahm vor dem König Aufstellung, ihm zur Seite die führenden Herzöge Englands – Norfolk und Suffolk.

Aber dieser Knabe, dachte Heinrich, soll über allen

anderen stehen, denn alle sollen wissen, daß er mein Sohn ist, lebender Beweis für die Tatsache, daß ich mit anderen Frauen Söhne zeugen kann – nur nicht mit meiner Ehefrau.

Heilige Muttergottes, betete er. Ich erkenne meinen Fehler. Da ich in Sünde mit der Frau meines Bruders lebe, wird meine Ehe nicht mit Söhnen gesegnet. Wie könnte es auch anders sein, wenn die Verbindung in den Augen Gottes eine sündige ist!

Nun traten die stolzen Herren Norfolk und Suffolk einen Schritt zurück, damit der neuernannte Herzog allein dastünde, als einer, dessen Titel ihn von nun an über sie erhob. Von nun an würde er als erster Pair des Landes fungieren und eine Reihe eindrucksvoller Titel führen: Henry Fitzroy, Duke of Richmond und Somerset, Lordadmiral von England, Wales, Irland, der Normandie, der Gascogne und Aquitaniens, Ritter des Hosenbandordens und erster Pair Englands.

Das Summen der Erregung, das den ganzen Hof erfüllte, drang bis hinaus auf die Straßen.

Sogar in den Schenken wußte man um die Bedeutung der Zeremonie.

»Das heißt nur eines: Der König, der nicht mehr auf Söhne von seiner Frau hofft, erkennt Elizabeth Blounts Sohn in allen Ehren an.«

»Man beachte die Bedeutung des Titels – Richmond«, wurde gemunkelt. »Der Vater des Königs war vor seiner Thronbesteigung Duke of Richmond. Verlaßt Euch darauf, der König hat entschieden, daß dieser Knabe eines Tage die Krone tragen soll.«

»Das ist zu Lebzeiten Marys unmöglich.«

»Wenn der König es verfügt, ist es möglich. Niemand wird wagen, sich ihm zu widersetzen. Und diese Zeremonie soll das Volk auf seine Absichten vorbereiten.«

»Man wird den Knaben nicht akzeptieren, solange Mary lebt.«

»Das Volk wird akzeptieren, was der König wünscht. Mit dem König rechtet man nicht. Denkt an Buckingham.«

Der Name Buckingham vermochte immer noch, Furcht und Schrecken zu verbreiten.

Allgemein war man sich darin einig, daß die Zeremonie zu Bridewell einen ersten Schritt in jene Richtung bedeutete, die der König mit seinem illegitimen Sohn einzuschlagen gedachte.

Katharina, die oft stumm litt, wenn sie selbst betroffen war, konnte nicht schweigen, wenn es um ihre Tochter ging.

Als der König allein war und die Gelegenheit günstig schien, bot sie ihm kühn die Stirn und erklärte, daß die Ehrung Henry Fitzroys bei ihr Angst und Entsetzen hervorgerufen hätte.

»Du vergißt, daß der Duke of Richmond mein Sohn ist«, wurde ihr vom König kühl bedeutet.

»Erfüllt es dich mit Stolz, ihn deinen Sohn zu nennen?«

»Ja, Madam. Stolz bin ich und werde es immer sein. Denn seine Geburt lieferte mir die gesuchte Antwort. Es ist nicht meine Schuld, daß ich keine legitimen Söhne habe.«

»Und du hast diesen Sohn nur in die Welt gesetzt, um das zu beweisen?« fragte sie mit einem für sie seltenen Anflug von Sarkasmus.

»Das habe ich«, sagte Henry, der sich diese Ausrede so lange weisgemacht hatte, bis er sie selbst glaubte.

»Das ist eine Beleidigung unserer Tochter. Hat sie nicht schon genug Kränkungen hinnehmen müssen?«

»Von deinem Neffen ... ja. Aber dies ist keine Beleidigung für Mary. Ich erkenne sie noch immer als meine Tochter an.« In seine Augen trat ein listiger Blick. »Sie ist ein Mädchen, und es könnte sein, daß ihre Position jener des kleinen Herzogs sehr ähnlich ist.«

Das ging zu weit. Er mußte auf der Hut sein, um sein Geheimnis nicht zu verraten. Aber Katharina faßte seine Worte nicht so auf, wie sie gemeint waren. Sie glaubte nur, er plane, seinem illegitimen Sohn aufgrund seines Geschlechtes Vorrang vor seiner Tochter zu gewähren.

»Du kannst doch nicht ernsthaft erwägen, unsere Tochter wegen eines ... eines Bastards zu übergehen!«

Seine Augen wurden schmal. Am liebsten hätte er offen gesagt, was er im Sinn hatte, da Geheimniskrämerei nie seine Sache gewesen war. Sollte sie doch wissen, daß sie, obwohl eine Tochter aus dem verhaßten Haus Spanien, gegen ihn womöglich keine rechtmäßige Handhabe hatte, da sie mit seinem Bruder verheiratet gewesen war.

»Mary ist ein Mädchen«, sagte er finster.

»Es liegt kein Grund vor, weshalb sie nicht ebenso gut regieren kann wie ein Mann. Meine eigene Mutter ...«

Der König ließ ein Fingerschnalzen ertönen. »Kein Wort von deiner ach so heiligen Mutter. Und laß dir eines gesagt sein: Wenn ich mich entschließe, jemanden, sei es Mann, Frau oder Kind, in diesem Königreich im Rang zu erheben ...« Plötzlich wurden seine Augen noch grausamer ... »oder zu erniedrigen, dann wird es geschehen, und niemand darf sich mir in den Weg stellen.«

»Dann frage ich mich, warum du unserer Tochter den Titel einer Princess of Wales gelassen hast«, sagte die Königin. »Warum hast du ihn ihr nicht genommen und deinem Bastard verliehen? Dann wären wenigstens alle Zweifel an deinen Absichten beseitigt.«

Sekundenlang sah er sie in stummem Haß an. Aus Angst, er würde nicht an sich halten können und ihr alle Pläne verraten, die sein Inneres in Aufruhr versetzten, ließ er sie allein.

Wolsey erwartete ihn in seinem Gemach. Als der Kanzler das gerötete Antlitz und den wütenden Blick des Königs sah, vermutete er, daß Heinrich sich Katharinas Vorwürfe hatte anhören müssen.

»Euer Gnaden sehen nicht erfreut aus«, murmelte er.

»Die Königin … noch nie habe ich sie so respektlos erlebt … so uneinsichtig meinen Gefühlen gegenüber.«

»Euer Gnaden, die Königin hat Angst. Sie leidet ebenso unter Bedenken, was Eure Ehe betrifft, wie Ihr. Vielleicht noch mehr.«

»Ihre Bedenken können nicht größer sein als meine.«

Wolsey senkte die Stimme. »Euer Gnaden, sie weiß aber, ob die Ehe mit Eurem Bruder vollzogen wurde oder nicht.«

»Und Ihr meint, daher rühre ihr Schuldbewußtsein?«

»Die Schuldigen sind oft jene, deren Furcht am größten ist, Euer Gnaden.«

»Ihr habt recht, Thomas. Und ihre Kühnheit hat mich erstaunt.«

»Sie ist von Frauen umgeben, die sie zu diesem Benehmen drängen. Die Königin selbst dürfte … beeinflußbar sein.«

Heinrich schob die Unterlippe vor »Unter ihrer Sanftheit verbirgt sich Stärke.«

»Euer Gnaden haben wie immer recht, aber diese Stärke wird, hm … von einigen Damen ihrer Umgebung gestützt.«

Der König sah Wolsey fragend an.

»Da wäre einmal die Countess of Salisbury. Sie stand der Königin immer sehr nahe. Lady Willoughby wäre die nächste. Frauen wie sie schwatzen unter sich, reden von Unrecht, drängen auf Widerstand.«

»Sie sollen vom Hof verbannt werden.«

»Darf ich zur Vorsicht raten? Wir möchten doch nicht zuviel Mitgefühl an … an falscher Stelle erregen.«

»Ihr meint, daß es welche geben könnte, die ihre Partei gegen *mich* ergreifen?«

»Im Volk, Euer Gnaden. Und insgeheim manche Höflinge. Lady Willoughby könnt Ihr des Hofes verweisen. Aber was Lady Salisbury angeht … Wenn Euer Gnaden geruhen, mir diese Sache anzuvertrauen, und ich mich der Hofhaltung der Königin annehme, werde ich dafür sorgen, daß Frauen, die auf sie Einfluß nehmen könnten, aus ihrer Umgebung entfernt werden.«

»Tut das, Thomas. Bei Gott, sie muß begreifen, daß ich nicht ruhig dastehen und mir ihre Vorhaltungen anhören werde. Sie hatte doch die Unverfrorenheit anzudeuten, ich könnte Mary den Titel Princess of Wales aberkennen, um ihn dem kleinen Henry zu geben.«

»Die Königin könnte Euer Gnaden die Zuneigung der Prinzessin abspenstig machen.«

Der König sah seinen Kanzler an, und beide schwiegen nachdenklich.

Dies war der allergrausamste Schlag. Als Katharina die Nachricht vernommen hatte, war sie wie benommen, nicht imstande, sie zu glauben.

Alle Demütigungen, alle Unsicherheit der letzten Jahre waren in Gegenwart ihrer Tochter vergessen. Ihre einzige Freude im Leben war dieses Kind. Die Liebe zwischen ihnen war stark, so tief und beständig wie jene, die Katharina mit ihrer Mutter verbunden hatte.

In all ihren Kümmernissen hatte sie sich sagen können: Ich habe meine Tochter.

Und nun sollte ihr Mary genommen werden!

Sie weinte nicht. Der Kummer war zu groß, um sich durch Tränen Erleichterung zu verschaffen. Sie saß kraftlos da und starrte vor sich hin, an ihrer Seite ihre liebste Freundin, Maria de Salinas, Countess of Willoughby, die verzweifelt nach Worten des Trostes suchte.

Doch es gab keinen Trost. Maria würde der Königin selbst nicht mehr lange zur Seite stehen. Sie mußte den Hof verlassen, und sie glaubte zu wissen warum.

Eine der Damen der Königin, die jüngst vom Hof verwiesen worden war, hatte Maria gestanden, der Grund hierfür sei ihre Weigerung, dem Kardinal als Spitzel zu dienen. Er plante offensichtlich, aus der Umgebung der Königin alle diejenigen zu entfernen, die nicht willens waren, für ihn und gegen sie zu arbeiten.

Was hat das alles zu bedeuten? fragte Maria sich. Sollte ich versuchen, sie zu warnen? Wenn ich nur bei ihr bleiben könnte, um sie zu trösten!

Nun aber galten Katharinas Gedanken einzig und allein ihrer Tochter.

»Warum wird sie mir genommen?« fragte sie heftig. »Wenn sie sich vermählt, wird sie mich ohnehin verlassen müssen. Es bleiben uns nur mehr wenige Jahre. Warum muß ich sie jetzt schon verlieren?«

»Ich glaube, Euer Gnaden«, sagte Maria in ihrem Bemühen, die Königin zu beruhigen, »der König schickt sie nach Wales, damit man im Land sieht, daß sie noch immer Herrin des Fürstentums und Thronerbin ist.«

Auf diese Erklärung hin erhellte sich die Miene der Königin. »So könnte es sich verhalten«, sagte sie. »Das Volk nahm es sehr unwillig auf, daß er seinen Bastard im Rang erhöhte.«

»Das ist die Antwort, Euer Gnaden. Verlaßt Euch darauf, daß sie dort nicht lange bleiben wird. Ich bin sicher, daß es nur eine Geste ist.«

»Sie wird mir so sehr fehlen«, sagte die Königin.

»Ja, Euer Gnaden, aber vielleicht ist es gut, daß sie geht.«

»Einen Trost habe ich«, sagte Katharina. »Lady Salisbury geht als Gouvernante mit ihr. Ich kann gar nicht sagen, wie mich das aufmuntert.«

Noch eine Freundin, die der Königin entrissen wird, dachte Maria.

Da erhob Katharina sich unvermittelt und sagte: »Ich gehe jetzt zu meiner Tochter, weil sie es von mir erfahren soll. Sicher weiß sie es noch nicht. Maria, Ihr bleibt hier. Ich möchte allein mit ihr sein.«

Die kleine Prinzessin saß in ihren Gemächern an ihrem Spinett. Eine oder zwei ihrer Damen waren bei ihr. Als die Königin eintrat, knicksten sie und entfernten sich von der Prinzessin, die von ihrem Stuhl aufsprang und sich ihrer Mutter in die Arme warf.

»Das war hübsch gespielt«, sagte die Königin, sehr bemüht, ihre Fassung zu bewahren.

Sie nickte den Frauen lächelnd zu, und diese verstanden. Die Königin wollte sehr oft mit ihrer Tochter allein sein.

»Ich hatte gehofft, du würdest kommen, Mutter«,

sagte die Prinzessin. »Ich habe ein neues Stück eingeübt und wollte es dir vorspielen.«

»Das hören wir uns später an«, antwortete Katharina. »Ich bin gekommen, um mit dir zu reden.«

Sie setzte sich auf einen Schemel neben das Spinett und legte den Arm um ihre Tochter, die sich neben sie stellte.

»Sind dir schon die Gerüchte über Wales zu Ohren gekommen?« fragte die Königin.

»Über Wales? Was für Gerüchte?«

Die Königin war erleichtert. »Nun, du weißt ja, daß du Princess of Wales bist, und daß es üblich ist, daß Prinz oder Prinzessin das Fürstentum irgendwann besuchen.«

»Dann sollen wir nach Wales, Mutter.«

»Du wirst hingehen, Liebling.«

»Aber warum kommst du nicht mit?«

Mary rückte von ihrer Mutter ab und sah sie erschrocken und enttäuscht an.

»Es ist ja nicht für lange«, sagte die Königin.

»Aber warum kommst du nicht mit?«

»Es ist der Wunsch deines Vaters, daß du allein gehst. Weißt du, *du* bist Princess of Wales. *Du* bist diejenige, die das Volk sehen möchte.«

»Mutter, du mußt mitkommen.«

»Mein Liebling, wenn ich es nur könnte!«

»Ohne dich werde ich nicht gehen.« Momentan sah Mary aus wie ihr Vater.

»Mein Liebling, dein Vater hat dir befohlen zu gehen.«

Mary warf sich ihrer Mutter in die Arme und umklammerte sie. »Aber es ist so weit weg.«

»Nicht so sehr weit, und außerdem kommst du ja bald zurück. Wir werden einander schreiben und uns auf die Briefe freuen.«

»Mutter, ich will nicht fort von dir … niemals.«

Die Königin spürte, daß die Tränen, die sie bislang hatte zurückhalten können, ihr in die Augen stiegen.

»Meine Liebe, Trennungen sind das Los der Königskinder.«

»Ich wünschte, ich wäre nicht königlicher Abkunft.«

»Pst, mein Liebling. Das darfst du nie sagen. Wir dürfen unsere Verpflichtung dem Volk gegenüber nie vergessen.«

Mary spielte mit den Ringen an den Fingern ihrer Mutter, aber Katharina wußte, daß sie an etwas anderes dachte. »Mutter«, sagte sie, »wenn ich meinen Vater sehr bitten würde …«

Die Königin schüttelte den Kopf. »Er hat seine Entscheidung getroffen. Du mußt gehen. Die Frist, die uns noch bleibt, wollen wir uns nicht mit Trübsal verderben. Die Zeit vergeht schneller, als man glaubt, mein Kind. Ich werde von deinen Gouvernanten und Lehrern Berichte bekommen, und du wirst mir selbst schreiben. Du siehst also, ich habe alles, wofür es sich zu leben lohnt.«

Mary nickte langsam. Armes Kind, dachte die Königin. Sie hat schon gelernt, ihre Gefühle zu beherrschen. Sie hat gelernt, daß das oft grausame Schicksal der Prinzessinnen hingenommen werden muß.

»Du wirst nach Ludlow Castle gehen«, sagte die Königin in gespielt munterem Ton. »Ein schöner Ort.«

»Erzähl mir von damals, als du dort warst, Mutter.«

»Es ist lange … sehr lange her. Ich weilte mit meinem ersten Gemahl dort.«

»Mit dem Bruder meines Vaters«, murmelte Mary.

»Es liegt so lange zurück«, sagte die Königin, eingedenk der Tage, als sie mit dem sanften Arthur vermählt gewesen war, mit Arthur, der so anders war als Heinrich. Arthur, für ein kurzes halbes Jahr ihr Mann.

»Erzähl mir von Ludlow Castle«, bat Mary.

»Es erhebt sich auf der Spitze einer Landzunge«, fing die Königin an, »und wird von einem breiten und tiefen Graben umgeben. Mit seinen bewehrten Türmen ragt es großartig und eindrucksvoll auf, und das umliegende Land ist herrlich ... so schön, wie ich noch nie ein Land gesehen habe.«

Die Prinzessin nickte traurig.

»Du wirst dort glücklich sein«, murmelte Katharina, ihre Lippen auf Marys Stirn drückend. »Wir werden nicht weit voneinander getrennt sein, und du wirst bald zu mir zurückkommen.«

»Wie bald?« fragte Mary.

»Du wirst staunen, wie bald.«

»Ich möchte es lieber wissen. Es ist immer leichter zu ertragen, wenn man weiß, wie lange. Dann könnte ich die Tage zählen.«

»Mein Liebling, du wirst dort glücklich sein. Als ich meine Mutter verließ, trennte uns ein Ozean. Diesmal ist es nicht so.«

»Nein«, sagte Mary langsam. »Es ist überhaupt nicht so.«

»Und jetzt, mein Schatz, setz dich ans Spinett und spiele mir das Stück vor, von dem du wolltest, daß ich es mir anhören sollte.«

Mary zögerte, und Katharina befürchtete schon, daß das Kind seine eiserne Beherrschung verlieren würde. Aber Mary erhob sich gehorsam, setzte sich an ihr Instrument und fing zu spielen an. Und während sie spielte, ließ sie den Tränen, die sich nicht mehr zurückhalten ließen, lautlos freien Lauf.

4.

Die Prinzessin auf Ludlow Castle

Die tiefe Melancholie, in die Prinzessin Mary auf Ludlow Castle verfiel, gab der Countess of Salisbury Grund zu großer Besorgnis. Allein die Briefe der Mutter vermochten das Kind aus der trägen Gleichgültigkeit zu reißen, die es den Vorgängen seiner Umgebung entgegenbrachte.

Täglich zählte Mary der Countess vor, wie lange sie schon in Ludlow waren. Und immer wieder fragte sie, ob man schon wüßte, wann sie an den Hof ihres Vaters zurückkehren dürfe.

»Alles zu seiner Zeit«, pflegte darauf die Countess immer zu sagen. »Mit jedem Tag nähern wir uns ein wenig der Rückkehr.«

Obschon die häufigen Ausritte in die Wälder der Umgebung der Prinzessin das Eingeständnis entlockten, daß die Landschaft gar nicht schöner hätte sein können, stand fest, daß sie fern von ihrer Mutter nicht glücklich sein konnte. Die Besorgnis der Countess, Marys tiefe Melancholie könnte bleibenden gesundheitlichen Schaden nach sich ziehen, wuchs immer mehr.

Für die Festlichkeiten zu Weihnachten, Neujahr und Heilige Drei Könige gab es großartige Pläne.

»Es wird Spiele, Maskeraden und ein Festmahl geben ... so wie am Hof Eures Vaters«, versuchte die Countess sie aufzumuntern.

»Ich möchte wissen, ob meine Mutter kommen wird.« Mehr sagte die Prinzessin nicht.

Gewiß, sie zeigte Interesse am Unterricht, lernte eifrig Latein und übte am Spinett. Und manchmal sagte sie mit einem leisen Auflachen: »Meine Mutter wird staunen, wie weit ich gekommen bin. Ich werde ihr lateinisch schreiben, und wenn sie kommt, werde ich ihr alle meine neuen Stücke vorspielen.«

Die Countess, die über Marys großes Interesse für Latein und Musik sehr erfreut war, versuchte dies bestmöglich zu nutzen. Ehe sie den Hof verlassen hatte, waren ihr gewisse Gerüchte zu Ohren gekommen, die sie sehr beunruhigten, wiewohl sie nicht glauben konnte, daß sie der Wahrheit entsprachen. Die Tatsache, daß die Königin mit dem Bruder des Königs vermählt gewesen war, konnte auf ihre gegenwärtige Ehe keinen Einfluß haben, da der Papst den nötigen Dispens erteilt hatte und während all der Ehejahre des Königspaares nie auch nur die geringste Andeutung zu hören war, die Verbindung sei nicht rechtmäßig.

Sie war eine kluge Frau, die in ihren zweiundfünfzig Jahren viele Tragödien erlebt hatte. Niemand konnte besser als sie die wilde Entschlossenheit der Tudors verstehen, alle jene abzuwehren, die ihnen die Krone streitig zu machen drohten. Daß der König seine Nachfolge unbedingt sichern wollte, war ganz natürlich, und Katharina hatte ihm den heißersehnten Sohn nicht zu schenken vermocht.

Zuweilen wünschte Margaret Pole, Countess of Salisbury, sie wäre keine Plantagenet und dem Thron nicht so nahe, da sie schlimme Zeiten erlebt hatte. Ihr Großvater mütterlicherseits war jener Earl of Warwick, der den Beinamen Königsmacher trug. Ihr Vater war der Duke of Clarence, Bruder Richards III., von dem es hieß, daß er als Gefangener im Tower in einem Faß Malvasierwein ertränkt worden war. Sie war damals zwar noch ein Kind gewesen, doch hatten die Ereignisse einen so tiefen und nachhaltigen Eindruck auf sie gemacht, daß sie sich der Unsicherheit des Lebens im allgemeinen und der königlichen Gunst im besonderen stets bewußt war und nie das Gefühl abzuschütteln vermochte, daß die Gefährdung jener am größten war, die dem Thron am nächsten standen. Deshalb dachte sie oft mit tiefem Mitgefühl an die Königin, und als sie nun bei ihrem königlichen Schützling saß, fragte sie sich tiefbekümmert, was die Zukunft Mary bringen mochte. In ihrer eigenen Familie war ihre jüngste Tochter Ursula vor noch nicht langer Zeit von einer Tragödie getroffen worden, da sie Gemahlin Henry Staffords, des Sohnes des Duke of Buckingham war, dessen Leben auf dem Richtblock geendet hatte.

Heinrich VIII. hatte ihrer Familie immer wieder große Gunst erwiesen, wohl um die Schuld seines Vaters am Tod ihres Bruders Edward zu sühnen, der als Earl of Warwick für den Thron eine Bedrohung dargestellt hatte. Aber wie lange würde dieses Wohlwollen andauern? Sie hatte das Gefühl, Wolsey behielte sie wegen ihrer engen Freundschaft mit der Königin ständig voller Argwohn im Auge.

Hätte Katharina mit ihr in Ludlow sein können, wäre sie beinahe glücklich gewesen. Hier herrschte Frieden, und man hatte das Gefühl, der Welt von Ehrgeiz und Machtstreben ganz fern zu sein. Und wie glücklich wäre erst die kleine Mary gewesen, wenn die Königin bei ihr hätte sein können! Doch als die Wochen sich zu Monaten dehnten, wuchs die Liebe zwischen Gouvernante und Schützling und machte bis zu einem gewissen Grad den Verlust der Mutter wett. Das hoffte die Countess jedenfalls innigst.

Margaret, die sehr bemüht war, Mary die Mutter

zu ersetzen, sollte zu ihrer großen Erleichterung bald merken, daß das Kind sich vor allem auf jene Stunden des Tages freute, in denen es vom anstrengenden Unterricht erlöst mit ihr allein war und zu ihren Füßen sitzend Geschichten aus ihrem Leben lauschte.

Und als Mary sagte: »Meine Mutter hat mir immer Geschichten aus der Zeit erzählt, als sie noch ein Mädchen in Spanien war ...«, wußte Margaret, daß der Rollentausch im Bewußtsein des Kindes vollzogen war. Und sie schrieb der Königin und berichtete ihr von diesen schönen Stunden, die Mary über ihr Exil hinwegzutrösten schienen.

Durch Margarets Schilderungen ihrer Familie lernte Mary die Kinder der Poles so gut kennen, daß sie das Gefühl bekam, sie wären ihre engsten Freunde. Da gab es Henry, Lord Montague, der den König nach Frankreich aufs Güldene Feld begleitet hatte. Margaret verschwieg dem Kind, wie viele Ängste sie ausgestanden hatte, als man ihren Sohn zur Zeit des Verfahrens gegen den Duke of Buckingham festgenommen hatte, weil sein Schwiegervater mit dem Herzog in Verbindung stand. Er war jedoch rasch freigelassen worden und erfreute sich kurz darauf wieder königlicher Gunst, so daß er sich unter jenen Edelleuten befand, die Kaiser Karl bei seiner Ankunft in England empfangen hatten. Die liebevolle und ausführliche Art der Countess, von ihren Söhnen Arthur, Reginald, Geoffrey und von ihrer Tochter Ursula zu erzählen, verriet der Prinzessin, daß diese besinnlichen Stunden ihrer Gouvernante ebenso lieb waren wie ihr.

Doch war es vor allem Reginald, von dem Mary am liebsten hörte. Reginald war gelehrt und tief religiös, und da Mary immer das Gefühl gehabt hatte, immerwährende Hingabe an die Religion sei das erstrebenswerteste Leben, wurde Reginald ihr Idol.

Die Countess schilderte ihr, wie sie ihn immer schon der Kirche zugedacht hatte, und mit welchem Eifer er dieser Berufung gefolgt war, obwohl er die Weihen noch nicht erhalten hatte.

»Es gibt auf der Welt keinen besseren Menschen als meinen Reginald«, erklärte Margaret stolz, und Mary glaubte es ihr.

»Schon als Knabe hat er in Oxford seine Lehrer in Erstaunen versetzt«, sagte die liebevolle Mutter. »Ich glaube, sie merkten bald, daß er klüger war als sie. So kam es, daß er Dekan in Wimborne wurde, obwohl er noch Laie war. Er übte zahlreiche Ämter aus, ehe er sich entschloß, nach Padua zu gehen, wo er auch jetzt noch ist. Euer Vater, der König, schätzt ihn sehr. In seinem Haus, das für seine Gastfreundlichkeit bekannt ist, scharen sich viele Schüler und Gelehrte um ihn, seiner Meinung nach nur, weil er mit dem König verwandt ist.«

»Während es in Wahrheit sein edler Charakter ist, der alle anzieht«, warf Mary ein.

»Ich glaube schon. Mary, ich glaube, daß er bald nach England kommen wird.«

Mary klatschte begeistert in die Hände. »Wird er auch nach Ludlow kommen?«

»Auf Besuch zu seiner Mutter! Ganz sicher wird er das. Du kennst meinen Reginald nicht.«

»Doch«, erklärte die Prinzessin.

Und danach sprachen sie noch oft von seinem Kommen, und wenn Mary am Morgen erwachte, fragte sie sich immer als erstes: »Werde ich heute Nachricht von meiner Mutter bekommen?« Und gleich darauf: »Befindet sich Reginald schon auf dem Weg zu uns?«

Allein diese Hoffnungen waren es, die die Trennung erträglich machten. Doch die Monate verstrichen, und es kam keine Nachricht, daß Mary wieder zu ihrer Mutter durfte, und Reginald blieb weiterhin in Italien.

Nachdem Heinrich jede Verbindung zu seiner Königin abgebrochen hatte und sie ihn kaum noch zu Gesicht bekam, führte sie ihr gewohntes ruhiges Leben weiter und verbrachte viel Zeit mit Näharbeiten für die Armen, mit erbaulicher Lektüre, mit Besuchen der heiligen Messe und Gebeten. Ihre größte Freude war es, an ihre Tochter Briefe zu schreiben, kein leichtes Unterfangen, da sie ihre große Sehnsucht unterdrükken mußte und sich ihre Befürchtung nicht anmerken lassen durfte, die lange Trennung könne die tiefe Zuneigung zwischen Mutter und Tochter ersticken.

Heinrichs Ungeduld wuchs immer mehr, und allmählich fragte er sich, ob Wolsey so vorbehaltlos für ihn arbeitete, wie er es einst geglaubt hatte. Wolsey war ein Mann, der vor allem dafür gesorgt hatte, daß seine eigenen Taschen prall gefüllt waren; war es denn angebracht, daß ein König Dankbarkeit für einen Mann empfand, der in seinem Dienst so reich geworden war, wie es eigentlich nur dem König selbst zustand?

Wolsey ermahnte ihn ständig zur Vorsicht, und Heinrich wurde des Spiels ein wenig unsicher, das der Kanzler spielte. Am Hof hatte sich ein neuer Klüngel gebildet, in dessen Mittelpunkt George Boleyn stand, in dem der König vor allem deswegen einen faszinierenden jungen Mann sah, weil er Annes Bruder war.

Anne war zwar noch auf Hever, doch sollte sich dies bald ändern. Heinrich hatte der Familie bereits seine Gunst bezeigt, indem er Sir Thomas mit dem Titel eines Viscount Rochfort die Pairswürde verlieh und sogar den armen Will Carey, Marys Mann, mit einem Amt bei Hof ausgezeichnet hatte. Nun konnte er sicher sein, daß das hochmütige Mädchen seinem Werben bald nachgeben würde und nicht mehr unausgesetzt an ihre Tugend denken würde.

Aber zugleich war es eben dieser Boleyn-Klüngel, der in ihm Zweifel an Wolsey weckte. Er hatte nach seinem Kanzler geschickt, da er mit ihm etwas besprechen wollte, das für beide Männer im Moment Gegenstand großer Besorgnis war: die Heirat der Prinzessin Mary.

Als Wolsey eintrat, sprach aus Heinrichs Blick nicht die gewohnte freundschaftliche Zuneigung. Der Kardinal spürte vielmehr genau, daß der König ihm gegenüber eine andere Haltung einnahm, eine Tatsache, die doppelt beunruhigend war, weil er sich den Grund nicht erklären konnte.

»Nachricht aus Frankreich«, sagte Heinrich. »Es sieht so aus, als würde Franz die Hand meiner Tochter ausschlagen.«

Wolsey nickte ernst. Dies war ein Punkt, in dem Einigkeit zwischen ihnen herrschte. Beiden lag eine Heirat Marys mit einem Mitglied der königlichen Familie Frankreichs am Herzen, da es nichts gab, was Kaiser Karl mehr Grund zur Beunruhigung liefern würde, ein weiterer Vorteil war, daß man Mary dann sehr bald nach Frankreich schicken konnte und sich im Falle einer Scheidung des Königs von der Königin die Peinlichkeit ihrer Anwesenheit in England ersparen würde. Dazu bedurfte es keiner Worte. Jeder wußte, daß der andere daran dachte.

Der König nahm ein Dokument von seinem Tisch, das ihm Luise von Savoyen geschickt hatte, die für ihren Sohn die Regentschaft führte, solange Franz als Gefangener des Kaisers in Madrid weilte.

»Lest«, befahl der König, und Wolsey las, daß die Herzogin von Savoyen ihr Bedauern kaum in Worte zu fassen vermochte, weil eine Ehe ihres Sohnes mit Prinzessin Mary nicht in Frage käme. Sie wisse, daß neben der Prinzessin von England alle anderen Königstöchter verblaßten. Von ihrem Charakter, von ihren Talenten und ihrer Schönheit hätte sie nur Gutes gehört. Zu ihrem Leidwesen hatte jedoch eine tragische Fügung des Schicksals ihren Sohn in die Hände des Kaisers geraten lassen, der ihm nun harte Bedingungen stellte, und eine der härtesten sei es in Anbetracht des Eheangebotes aus England, daß er sich mit Eleonore, der Schwester des Kaisers, vermählen sollte, die Emanuel von Portugal vor kurzer Zeit als Witwe zurückgelassen hatte. Es stünde zu vermuten, daß der König von Frankreich sich fügen würde, es sei denn, Eleonore verweigerte ihr Einverständnis.

Die Herzogin freilich hoffte, daß dies nicht das Ende ihrer Bemühungen um ein französisch-englisches Bündnis bedeutete. Sie hatte Enkelsöhne und war sicher, daß Franz Prinzessin Mary als Gemahlin seines Sohnes Henri, Herzog von Orléans, willkommen heißen würde.

»Nun«, wollte der König wissen, was haltet Ihr von diesem Vorschlag?«

»Ein ehrenwerter Vorschlag. Eine Ehe mit dem jungen Henri wäre viel passender als eine Heirat mit Franz.«

»Ein zweiter Sohn«, murmelte der König.

»Ältere Söhne können sterben«, rief ihm Wolsey in Erinnerung.

»So ist es«, erwiderte der König, selbst ein zweiter Sohn. Er schwieg nachdenklich, ehe er sagte: »Das Kind ist jung … noch nicht zehn Jahre. Wir haben noch Zeit. Aber sie soll nach Frankreich heiraten.«

»Ich stimme mit Euer Gnaden voll und ganz überein.«

»Das freut mich zu hören.« War es nur Einbildung oder hörte er aus dem Ton des Königs einen Anflug von Sarkasmus heraus? Heinrichs Blick huschte über seine üppigen Atlasgewänder. »Zweifellos werden uns bald französische Unterhändler aufsuchen. Wenn sie kommen, wäre es vorteilhaft, wenn man sie in Hampton Court empfinge.«

»Hampton Court steht wie immer zu Euer Gnaden Verfügung.«

»Diese Ausländer ...«, sagte Heinrich sinnend. »Erst wenn sie in Hampton Court empfangen werden, haben sie das Gefühl, bei Hof gewesen zu ein. Ziemt es sich eigentlich, daß ein Untertan einen solchen Palast besitzt?«

Wolsey durchschaute sofort den Hintersinn dieser Worte. Da er immer schon hohe Einsätze gewagt hatte, tat er es auch jetzt.

»Einen Palast wie diesen darf ein Untertan nur aus einem einzigen Grund besitzen: Damit er ihn den Händen seines Königs überantworten kann«, gab er rasch zur Antwort.

Plötzlich war die grämliche Feindseligkeit in der Miene des Königs wie weggeblasen, und die alte Zuneigung war wieder da. Die blauen Augen glänzten so sehr, daß Wolsey nicht sicher war, ob es Tränen der Freundschaft oder Begehrlichkeit waren, die er in ihnen sah.

Doch der Kanzler spürte, wie sein Herz vor Angst schier abgedrückt wurde. Ihm war, als würde er auf tödliche Gefahren zusteuern und könne den schrecklichen Moment der Katastrophe nur abwenden, indem er seinen Verfolgern seinen kostbarsten Besitz zuwarf. Zeit gewinnen, hieß jetzt die Parole. Er war überzeugt, seine Macht über den König wiedererlangen zu können ... mit der Zeit. Gelang es ihm, eine Scheidung für Heinrich durchzusetzen, ihn mit einer französischen Prinzessin zu verheiraten und die kostspieligen Feldzügen zu beenden – dann würde er alle seine Widersacher vernichtend schlagen können. Doch dazu bedurfte es einiger Zeit.

Der König faßte diese Worte auf seine Weise auf.

»Ein ansehnliches Präsent eines loyalen Untertanen für seinen geliebten Herrn«, sagte er. »Thomas, ich will Euch nicht kränken, indem ich Euer schönes Geschenk zurückweise. Aber Ihr sollt weiterhin dort leben ... Ihr sollt diese Ausländer dort empfangen ... in meinem Namen. Dann wird man in den Straßen nicht mehr singen: ›Des Königs Hof oder Hampton Court‹, denn von nun an *ist* Hampton Court des Königs Hof.«

Wolsey neigte den Kopf und küßte die Hand des Königs, froh, sein Gesicht sekundenlang verbergen zu können. Der Verlust seines teuersten Besitzes war ein so schwerer Schlag, daß er kaum den Schmerz zu verbergen vermochte, den er empfand.

Die Tage vergingen für Katharina öde, einer wie der andere, nicht zuletzt, weil sie keine Freundin hatte, der sie vertrauen konnte. Maria de Salinas weilte nicht mehr am Hof. Margaret Pole befand sich mit Mary in Ludlow. Und, was am traurigsten war, von Marys Rückkehr war keine Rede mehr.

Sie wußte, daß sie die Frauen, die sie umgaben, nicht als ihre wahren Freundinnen betrachten durfte, da sie von ihrem Feind Wolsey an den Hof gebracht worden waren, um sie zu bespitzeln. Den König sah sie häufig, nie aber unter vier Augen. Er war zu ihr sehr höflich, doch hatte sie das Gefühl, daß er ihrem

Blick auswich und immer erleichtert schien, wenn er sich wieder entfernen konnte.

Brachte sie gelegentlich die Rede auf ihre Tochter, lautete seine prompte und keinen Widerspruch duldende Antwort unweigerlich: »Mir gefällt es, daß sie ihre eigene Hofhaltung in ihrem eigenen Fürstentum hat. In Ludlow wird sie lernen, wie man regiert.«

Am liebsten hätte sie eingewendet: »Sie ist doch nur ein Kind. Erlaube mir wenigstens, daß ich zu ihr gehe und bei ihr bleibe.«

Doch sie wußte, daß es unmöglich war, in der Öffentlichkeit diese Dinge zur Sprache zu bringen, und eine Gelegenheit, es unter vier Augen zu tun, ergab sich nicht.

Sie vermutete, daß es eine Geliebte gab – vielleicht sogar mehrere. Flüchtige Liebschaften, dachte sie verächtlich. Und da sie darüber nicht mit den Frauen ihrer Umgebung sprechen konnte, weil diese ihrem Herrn jedes Wort berichten würden, blieb sie stumm.

Sie wußte, daß die Verhandlungen mit Frankreich eine Heirat Marys betreffend ihren Fortgang nahmen, und sie betete um ein Scheitern dieser Pläne. Mehr als alles andere fürchtete sie eine Allianz mit Frankreich, weil sie um jeden Preis die Freundschaft zwischen Neffe und Ehemann wiederherstellen wollte. Hätte Karl persönlich alles erklären können oder hätte er einen guten und tüchtigen Gesandten geschickt, würde Heinrich begreifen, daß der Kaiser nur unter Zwang so gehandelt hatte. Niemand konnte über die Zurückweisung Marys enttäuschter sein als sie. War es nicht der größte Traum ihres Lebens, daß aus Neffe und Tochter ein Paar werden sollte? Aber Karl war nicht mehr ganz jung, und es war verständlich, daß er sich baldmöglichst verheiraten wollte. Daß Karl ihren Gemahl leichtfertig hintergangen hatte, konnte sie nicht glauben – der Druck der Umstände hatte es gefordert –, und er hatte sich ihm gebeugt, wie zuweilen jedes Staatsoberhaupt.

Ihre zahlreichen an Karl gerichteten Briefe mußte sie sehr vorsichtig formulieren, da sie nicht sicher sein konnte, ob sie in seine Hände gelangten. Diese Bemühungen, den Kardinal, den sie mittlerweile als ihren größten Feind ansah, zu überlisten, verliehen ihrem öden Alltag ein wenig Würze.

Und als ihr eines Tages im Frühling ein Brief ihres Neffen heimlich zugesteckt wurde, war es für sie ein großer Triumph, daß wenigstens einer ihrer Briefe bis zu ihm gelangt war. In ihr wuchs wieder das Gefühl, daß sie am englischen Hof wenigstens ein paar Menschen hatte, die ihr wohlgesinnt waren.

Karl teilte ihr mit, daß er einen neuen Gesandten nach England schicken wolle – Don Inigo de Mendoza. Er würde über Frankreich reisen und sollte kurz nachdem sie diesen Brief erhalten hätte, in England eintreffen. Natürlich wußte er, daß Wolsey sein möglichstes tat, um für Mary eine französische Verbindung zu arrangieren, und er war sicher, daß Katharina mit ihm übereinstimme, daß eine solche Verbindung sich auf ihre gemeinsamen Interessen fatal auswirken würde. Mendoza würde gewiß eher ihrem Geschmack entsprechen als die Gesandten flämischer Herkunft, weshalb er sich entschlossen hätte, einen Spanier nach England zu entsenden.

Als Katharina diesen Brief las, spürte sie, wie ihr Tränen der Freude in die Augen schossen. Mendoza sollte kommen! Ein Spanier, mit dem sie sich in ihrer Muttersprache unterhalten konnte. An Inigo konnte sie sich sogar noch erinnern, da er der Lieblingspage ihrer Mutter gewesen war. Wie oft hatte sie ihn unter deren Gefolge reiten gesehen, als Isabella von Stadt zu

Stadt gezogen war, von ihrer Familie begleitet, wann immer es sich einrichten ließ. Vielleicht würden sie von Granada und Madrid sprechen … von den Tagen, als Isabella Herrscherin war.

Katharina schloß die Augen und dachte an ihre Jugend in Spanien, als sie noch nicht die Demütigungen ertragen mußte, die man ihr in England zumutete, als sie noch von der Liebe ihrer Familie, vor allem von der ihrer Mutter, umgeben war.

»Ach, heilige Muttergottes«, murmelte sie, »was für ein trauriges Leben, wenn es als größte Freude nur Erinnerungen an die Vergangenheit bietet.«

Den ganzen Frühling und Sommer über wartete Katharina vergebens auf Mendozas Ankunft. Zuerst waren es nur Gerüchte, doch dann mußte sie entdecken, daß die Franzosen entschlossen waren, die Ankunft des spanischen Gesandten in England zu verzögern, bis Marys Vermählung mit dem Duc d'Orléans beschlossene Sache sei.

Mendoza war freies Geleit durch Frankreich zugesichert worden, kaum aber hatte er den Fuß in dieses Land gesetzt, wurde er als ausländischer Spion festgenommen und monatelang eingekerkert, ohne daß man ihm den Prozeß gemacht hätte.

Katharina war über die guten Fortschritte der Eheverhandlungen verzweifelt, tröstete sich jedoch damit, daß der ganze Plan mit großen Unsicherheiten behaftet war. Franz war aus seiner Haft in Madrid entlassen worden, nachdem er gelobt hatte, seine beiden Söhne als Unterpfand für die Erfüllung der ihm von Karl auferlegten Bedingungen auszuliefern. Daher war der kleine Junge, mit dem Mary verlobt war, nun an Stelle seines Vaters Gefangener des Kaisers.

Katharina fühlte sich an jene Zeitspanne zwischen

dem Tod Arthurs, ihres ersten Gatten, und der Heirat mit Heinrich erinnert, als sie ereignislose, aber nichtsdestoweniger sehr gefährliche Monate durchlebte. Nicht imstande, sich von einem falschen Gefühl der Sicherheit einlullen zu lassen, ständig von der schlimmen Vorahnung geplagt, daß bald ein Sturm losbrechen würde, wartete sie, wohl wissend, daß dieser Sturm ein Element des Unerwarteten beinhalten würde und es sie jedes Quentchen Mut, über das sie verfügte, kosten würde, um sich ihm zu stellen.

Erst im Dezember dieses Jahres traf Mendoza in London ein, doch als sie es erfuhr, war es zu spät, um die Verhandlungen mit Frankreich abzubrechen.

Mendozas erster Schritt war, um Audienz bei der Königin anzusuchen. Als sie ihm gewährt wurde, kam er eilends in ihre Gemächer.

Es war für sie ein aufwühlendes Ereignis, weil er Erinnerungen an frühere, glückliche Tage mit sich brachte.

»Es ist mir eine große Freude, Euch zu sehen«, begrüßte sie ihn.

»Ich kann meiner Freude, hier zu sein, gar nicht angemessen Ausdruck verleihen, Euer Gnaden. Die Verzögerung war unerträglich.«

Sie musterte ihn nun genauer und sah, was die Monate in einem französischen Kerker ihm angetan hatten. Andererseits ... als sie ihn im Gefolge ihrer Mutter gesehen hatte, war er noch ein Knabe gewesen. Sie vergaß völlig, wie viele Jahre das schon zurücklag.

Um nicht kostbare Zeit mit dem Schwelgen in Erinnerungen zu vertun, sagte sie: »Es gibt zwischen uns viel zu besprechen. Die Beziehungen zwischen meinem Neffen und diesem Land bereiten mir ernsthafte Sorgen.«

»Der Kaiser wünscht sehnlichst, daß sie sich wieder freundschaftlicher gestalten mögen.«

»Der König ist erzürnt ob der Behandlung, die Mary zuteil wurde.«

»Euer Gnaden sind ebenfalls erzürnt?«

»Es war für mich eine große Enttäuschung.«

»Der Kaiser wurde vom spanischen Volk hart bedrängt, und er brauchte das Geld aus Portugal.«

»Ich weiß ... ich weiß. Aber sprechen wir lieber davon, was wir tun können, um die Spannung zwischen Spanien und England wieder zu bereinigen. Ich muß sagen, daß der Kardinal mein erbittertster Gegner ist. Von seinen Spitzeln umgeben, weiß ich nicht, wem ich trauen darf. Ihr wißt sicher, daß er der mächtigste Mann Englands ist.«

Mendoza nickte. »Wir müssen dafür sorgen, daß er unsere Korrespondenz nicht so stört, wie er jene de Praets störte.«

Als in diesem Moment ein Page in der Tür erschien, sah Katharina ihn erstaunt an, da sie Befehl gegeben hatte, sie dürfe nicht gestört werden.

Der Page machte ein reuiges Gesicht, doch ehe er ein Wort sagen konnte, wurde er beiseite geschoben, und eine rotgekleidete Gestalt trat ein.

»Mylord Kardinal!« rief die Königin aus.

»Euer Gnaden ... Exzellenz ... ich komme auf Befehl des Königs.«

»Um welchen Befehl handelt es sich?« fragte Katharina hoheitsvoll.

»Er fordert den kaiserlichen Gesandten auf, ihn ohne Verzug in seinen Gemächern aufzusuchen.«

»Seine Exzellenz sind gekommen, um mich zu besuchen ...«, setzte die Königin an.

Der Kardinal ließ ein seltsames Lächeln sehen. »Ein Befehl des Königs«, murmelte er.

»Seine Exzellenz wird den König in einer Stunde aufsuchen.«

»Der Befehl des Königs besagt, daß ich den Gesandten auf der Stelle zu ihm begleiten soll.«

Katharina wurde von Verzweiflung erfaßt. An Mendoza gewandt sagte sie hastig auf spanisch: »Ihr seht, wie es mir ergeht. Ständig werde ich bespitzelt.«

Aber es ließ sich nicht ändern, der Gesandte mußte auf der Stelle zum König, nachdem er durch seinen Besuch bei der Königin nichts erreicht hatte.

Resigniert blickte Katharina ihm nach. Sie wußte, daß künftige Begegnungen sich nur sehr schwierig arrangieren lassen würden. Und wenn es ihnen gelänge, miteinander zu sprechen, würden sie nie sicher sein können, ob sie belauscht wurden. Sie mußten stets daran denken, daß alles, was sie an den Kaiser schrieben, mit nahezu absoluter Sicherheit erst vom Kardinal zensiert würde.

Zwei wunderbare Ereignisse widerfuhren Prinzessin Mary.

Wie sonderbar, überlegte sie hinterher, daß ich darauf gewartet habe und daß es sich dann so rasch hintereinander ereignete.

Sie hielt sich an einem ihrer Lieblingsplätze auf einem Turm über der Wehranlage auf. Allein das Betrachten der Landschaft genügte, um ihr Ruhe zu bescheren, so schön war sie. Wie gern unternahm sie mit kleiner Begleitung Ausritte in die Wälder; zu ihren schönsten Erinnerungen gehörte ein Picknick im Gras, das sie in der warmen Jahreszeit veranstaltet hatten, doch ihre angenehmste Beschäftigung war es, hier oben auf einem Steinsitz im Turminneren zu knien und über die Hügel zu blicken. Es war ihre liebste Aussicht, denn unter ihr erstreckte sich in seiner vollen Pracht das Tal des Teme mit den Stretton Hills als Hintergrund.

Nun war sie schon so lange da, daß sie allmählich glaubte, sie würde für immer hierbleiben. Und doch erwachte sie jeden Tag mit dem Gedanken: Wird es heute sein?

Manchmal ließ sie ihrer Fantasie freien Lauf und stellte sich vor, eine Reitergruppe würde im Tal auftauchen, und sie würde zusehen, wie sie immer größer würde ... voran die königliche Standarte, die ihr verriet, daß ihre Mutter käme.

Seit ihrer Trennung waren fast achtzehn Monate vergangen.

Welch ein Glück, daß ich nicht wußte, wie lange es dauern würde! dachte sie. Hätte ich es geahnt, ich hätte es nicht ertragen können.

Aber während all dieser Monate hatte die Hoffnung sie nicht verlassen, und sie betete oft, sie würde immer hoffen können, was immer ihr auch zustieß.

In den Monaten der Trennung war sie beträchtlich gewachsen. Ihre Mutter würde die Veränderung sofort sehen. Sie hatte viel gelernt und konnte jetzt sehr gut Griechisch und Latein schreiben und in diesen Sprachen auch Verse verfassen. In der Musik waren ihre Fortschritte noch größer.

Als sie eines Tages an ihrem Lieblingsplätzchen kniete, erspähte sie tatsächlich im Tal eine Gruppe von Reitern. Im ersten Moment glaubte sie zu träumen, so oft hatte sie hinuntergestarrt und sich vorgestellt, Reiter zu sehen.

Sie ließ die Reiter nicht mehr aus den Augen, und als sie näher kamen, sah sie, daß es eine Gruppe von Männern war, die direkt auf das Schloß zuhielt. Mary beobachtete sie, bis sie sich innerhalb der Umfriedung befanden, dann verließ sie ihren Sitz und suchte ihre

Gemächer auf, da sie wußte, daß sie bald erfahren würde, wer die Reiter waren.

Es war die Countess selbst, die in Marys Gemach eilte. In all den achtzehn Monaten, die sie auf Ludlow Castle waren, hatte die Prinzessin ihre Gouvernante nicht so strahlend erlebt.

»Euer Gnaden«, rief sie aus, »ich habe eine wundervolle Nachricht! Jemand kann es kaum erwarten, vorgelassen zu werden. Ich möchte Eure Erlaubnis, ihn Euch unverzüglich vorstellen zu dürfen.«

Und schon betrat er den Raum. Groß, stattlich, unverkennbar edlen Geblütes, schlicht gekleidet, wenn auch nicht im geistlichen Gewand, machte er auf Mary einen geradezu überirdischen Eindruck.

»Mein Sohn Reginald«, fuhr Margaret fort, »zugleich Euer ergebener Diener.«

Er kniete vor Mary hin, und sie lächelte ihm zu, als sie ihn bat, sich zu erheben. »Willkommen«, sagte sie. »Ich habe das Gefühl, Euch bereits zu kennen, weil wir so oft von Euch sprachen, Eure Mutter und ich.«

»Ja«, pflichtete Margaret bei. »Ihre Gnaden wollte unbedingt Geschichten von meiner Familie hören.«

»Ich fand diese Geschichten ungemein interessant«, sagte Mary, die an Margaret gewandt fortfuhr: »Sicher wird in der Küche schon ein Festmahl vorbereitet.«

Margaret entging nicht, daß sie sich in diesem Moment ganz erwachsen fühlte, ganz Schloßherrin, und in ihr nahm eine kühne Hoffnung Gestalt an.

»Ich lasse meinen Sohn bei Euch, während ich in die Küche gehe«, sagte sie. »Ich möchte selbst nach dem Rechten sehen, denn wie Euer Gnaden sagen, ist es ein besonderer Anlaß, und wir möchten, daß alle im Schloß es wissen.«

Mary nahm kaum wahr, daß ihre Gouvernante hinausging. Sie ging zum prächtigen Sitz, der eigens ihr vorbehalten war, und setzte sich, wobei sie Reginald bedeutete, ebenfalls Platz zu nehmen.

»Verglichen mit dem Hof meines Vaters, leben wir hier recht einfach«, sagte sie. »Seid so gut und erzählt mir von Eurem Aufenthalt auf dem Kontinent.«

»Er war sehr ausgedehnt«, gab er zurück. »Fünf Jahre sind vergangen, seitdem ich England verließ. In dieser Zeit kann viel geschehen. Ich habe in Padua und Rom gelebt und bin nun gekommen, um meine Studien abzuschließen ... im Kartäuserkloster von Sheen.«

»Wie wundervoll! Ihr habt Euer Leben Gott gewidmet.«

»Jeder widmet sein Leben irgendeinem Ziel«, erwiderte er. »Ich hatte das Glück, mir meinen Weg wählen zu können. Meine Mutter wollte, daß ich Geistlicher werde, und ich habe mich gern gefügt, wenn ich auch die Weihen noch nicht empfing.«

»Kommt Ihr direkt aus Rom?«

»O nein, erst war ich in London und habe mich den Königlichen Hoheiten präsentiert.«

»Ihr habt meine Mutter gesehen!«

»Ja, das habe ich, und als ich erwähnte, daß ich meine Mutter in Ludlow besuchen wollte, bat sie mich, Euch von ihr Grüße zu bestellen und Euch zu sagen, daß sie Euch ihre Liebe sendet.«

Momentan wandte Mary sich überwältigt von Gefühlen ab. Nicht einmal die Ankunft des Mannes, von dem sie geträumt hatte, konnte ihre Sehnsucht nach ihrer Mutter stillen.

Als sie Fragen über den Hof stellte, verschwieg er die Pläne die französische Heirat betreffend, ebenso wie er kein Wort von den Spekulationen verlauten ließ, die sich an die Bemühungen der Königin und des neuen spanischen Gesandten, diese Ehe zu verhindern, knüpften.

Er fand Mary sehr charmant, sah in ihr aber nur ein Kind. Doch schon während dieses ersten Gespräches spürte er ihre Ernsthaftigkeit, die anzeigte, daß sie den Kinderschuhen im Grunde genommen längst entwachsen war.

Als Margaret zurückkam und die beiden in ein Gespräch vertieft antraf, das Interesse ihres Sohnes an ihrem Schützling sah und Marys Interesse an ihm – denn Marys fröhliche Miene verriet nur zu beredt, welch angenehme Veränderung sein Kommen bedeutete – sagte sie zu sich: »Ehebande mit dem Ausland scheinen sich schwer verwirklichen zu lassen. Was spricht eigentlich gegen eine Ehe Marys mit meinem Sohn?«

Wie gut er aussah! Er zählte siebenundzwanzig Jahre, doch wirkte er viel jünger, da seine sanfte, edelgesinnte Natur sein Gesicht glatt und faltenlos erhalten hatte. Die ganze Vornehmheit der Plantagenets sprach aus ihm, der zuweilen seinem Ahnherrn Edward IV. auffallend ähnlich sah. Es würde eine Stärkung der Krone bedeuten, wenn Tudors und Plantagenets zueinanderfänden, dachte Margaret. Nun war sie froh, daß Reginald die Priesterweihe noch nicht empfangen hatte.

In den nächsten zwei Tagen waren die beiden ständig zusammen. Sie ritten aus, vom Gefolge der Prinzessin begleitet, wie es sich ziemte, aber immer Seite an Seite, und ein wenig abseits von der übrigen Kavalkade. Mary spielte Reginald auf dem Spinett vor und veranstaltete ihm zu Ehren auf Ludlow Castle Bälle, Bankette und Maskeraden.

Prinzessin Mary blühte auf, da jede Spur von Herbheit und Strenge, die ihr Aussehen zuvor beeinträchtigt hatten, von ihr gewichen war. Ihre blassen Wangen hatten sich rosig gefärbt, nicht zuletzt, weil sie ihre Lektionen weniger wichtig nahm als sonst.

Es ist unmöglich, daß eine Elfjährige sich in einen Mann von siebenundzwanzig verliebt, dachte Margaret, aber Marys Gefühle waren betroffen, und sie war geneigt, den Mann zu idealisieren, der in ihren Tagträumen schon so lange eine große Rolle spielte.

Als hätte sich das Glück ihr nun vollends zugewandt, kam etwa eine Woche nach Reginalds Ankunft Margaret zu ihr, einen Brief in der Hand.

»Nachricht vom Hofe«, sagte sie. »Wir sollen unverzüglich für den Aufbruch nach London rüsten.«

»Ach … Margaret!«

»Ja, mein Liebes. So lange haben wir gewartet … aber habe ich Euch nicht gesagt, daß man nur Geduld haben müsse? Nun, und jetzt ist es soweit.«

Mary nahm den Brief und las ihn. Dann sagte sie langsam: »Und Reginald … wird er mit uns kommen?«

»Es hätte keinen Sinn, ihn in Ludlow zurückzulassen. Natürlich wird er uns begleiten.«

Mary sah aus, als würde sie am liebsten durch den Raum tanzen. Dann fiel ihr ihre Würde ein, und sie lächelte, als sie klar und ruhig sagte: »Ich bin sehr erfreut.«

5.

Das Gewissen des Königs

Wenn Kardinal Wolsey morgens erwachte, wurde sofort die schwarze Wolke der Depression spürbar. Was sie zu bedeuten hatte, wußte er nicht, doch war sie keine Einbildung, kein Rest eines Alptraums. Sie dräute ganz real über ihm, und mit jedem Tag dauerte es länger, sich damit zu beschwichtigen, daß er noch immer imstande war, sämtliche Schwierigkeiten zu meistern, die sich ihm entgegenstellen mochten.

An diesem Morgen erwachte er früh und lauschte ruhig daliegend dem Gesang der Vögel in den Bäumen der Gärten von Hampton Court.

Früher hätte er sich sagen können: Das alles ist mein. Bäume, Gras, der herrliche Palast und alles, was er birgt. Doch war dies nun Vergangenheit. Da er etliche seiner Kleinodien eingebüßt hatte, mußte er nun festhalten, was ihm geblieben war.

Und mit jedem Tag wuchs in ihm das Gefühl, den Launen des Königs immer hilfloser ausgesetzt zu sein.

Am Tag zuvor hatte Heinrich mit listigem Blick gemurmelt, er hätte aus Mistreß Anne Boleyns Mund vernommen, wie gering ihre Sympathie für den Kardinal sei.

Was kümmerten ihn die boshaften Worte eines leichtfertigen Mädchens? Er würde mit Anne Boleyn umzuspringen wissen, falls sie je zu solcher Bedeutung aufstieg, daß sie seine Aufmerksamkeit erforderte. Im Moment amüsierte sich der König mit ihr.

»Gewähren lassen«, murmelte Wolsey. »Daß der König sich mit Weibern die Zeit vertreibt, ist ganz in meinem Sinn. Solange er es tut, mischt er sich nicht in Staatsgeschäfte ein.«

Und es stimmte, daß der König neuerdings weniger für Staatsgeschäfte übrig hatte, obwohl er, für ihn sehr charakteristisch, sein ›Geheimnis‹ natürlich für die größte Staatsaffäre überhaupt hielt. Sich von Katharina zu trennen, eine französische Prinzessin als Braut heimzuführen ... eine französische Braut für den König; einen französischen Bräutigam für Prinzessin Mary ... konnte man Kaiser Karl einen schwereren Schlag zufügen?

Da der König drängte, man möge endlich darangehen, die Einzelheiten seiner Trennung von Katharina auszuarbeiten, sah man sich einem heiklen Problem gegenüber: Was sollte aus Prinzessin Mary werden, wenn die Ehe des Königs ungültig war? Ein Bastard etwa? Und würde Franz I. seinen Sohn mit einem Bastard verloben?

Die Situation steckte voller Tücken. Nicht daß er an seiner Fähigkeit gezweifelt hätte, sie überwinden zu können, doch wünschte er, die Haltung des Königs hätte sich ihm gegenüber nicht geändert.

Nachdem er Hampton Court seinem Herrn und Gebieter übereignet hatte, hätte man meinen mögen, daß es ein Geschenk war, das dieser ein Leben lang nicht vergessen würde. Der König freilich schien diese Meinung nicht zu teilen, da seine Haltung nicht freundlicher geworden war, obschon er nun stolz von seinem ›Palast zu Hampton‹ sprach.

Kein Zweifel, der König mußte besänftigt werden. Und er forderte eine Beendigung seiner Ehe. Wolsey erhob sich vom Lager und empfing binnen einer Stunde nach dem Aufstehen Richard Wolman, den ehemaligen Vikar von Walden in Essex und Kanonikus von St. Stevens in Westminster, der am Hof lebte, seitdem der König ihn zu seinem Kaplan gemacht hatte.

Als Richard Wolman vor dem Kardinal stand, sagte Wolsey: »Ich habe Euch kommen lassen, um mit Euch die heikle Angelegenheit des königlichen Gewissens zu besprechen.«

Wolman neigte sein Haupt.

»Ihr wißt um die Sache«, stellte Wolsey fest.

»Seine Gnaden haben es des öfteren erwähnt.«

»Dann sollt ihr hingehen und ihn bezichtigen, in Sünde zu leben. Sagt, daß er seit nahezu achtzehn Jahren sündigt und sich seinem Erzbischof und einem kirchlichen Gericht stellen müsse, um auf die Anklagen zu antworten, die Ihr gegen ihn erhoben habt.«

Richard Wolman erbleichte. »Kardinal, ... Ihr könnt doch nicht meinen ... der König würde ...«

Wolsey lachte auf. Neuerdings war sein Lachen von Bitterkeit gefärbt. »Der König wird toben, mit den Füßen aufstampfen und seinem Zorn freien Lauf lassen. Aber er wird die nicht vergessen, die ihm dienen ... so wie er möchte, daß man ihm dient. Geht jetzt und seid dankbar, daß man Euch erwählte, dem König zu dienen ... und Euch selbst.«

Wolman neigte den Kopf. »Seid meines Gehorsams versichert«, sagte er.

»Das ist gut«, antwortete Wolsey. »Verliert keine Zeit. Der König wird ungeduldig.«

Der König musterte seinen Kaplan aus zusammengekniffenen Augen.

»Sprecht!« herrschte er ihn an. »Heraus damit!«

»Euer Gnaden, ich bringe diese Anklage in aller Demut vor.«

»Ihr bringt gegen mich eine Anklage vor!« Hein-

richs wütender Ton verriet einen Anflug
gender Ungeduld. Er war wie ein gezäh
der seine Kunststücke vorführt.

»Euer Gnaden, nach langem Meditieren und
ten ...«

»Weiter! Weiter!« stieß Heinrich voller Ungeduld hervor.

»Ich habe über die Ehe von Euer Gnaden nachgedacht und klage Euch nun als Euer Kaplan nach viel Zittern und Zagen an, seit achtzehn Jahren mit einer Frau, die nicht Eure Ehefrau sein kann, in Sünde zu leben.«

»Was! Das ist ungeheuerlich!«

Heinrich stampfte mit dem Fuß auf und lieferte eine so vollkommene Imitation echten Zornes, daß Wolman ein Zittern überkam. »Euer Gnaden«, sagte er, »ich erflehe Eure Verzeihung. Wenn ich Euch beleidigt habe ...«

»*Wenn* Ihr mich beleidigt habt! Ihr kommt daher und beschuldigt mich ... wer war ernsthafter bemüht, ein gottgefälliges Leben zu führen? ... Ihr klagt *mich* ... der Unmoral an.«

Wolman fiel auf die Knie. Das hat der Kardinal zu meiner Vernichtung geplant, schoß es ihm durch den Kopf. Welch Tor ich doch war, mich überreden zu lassen. Das ist das Ende meiner Laufbahn bei Hof, das Ende meines Lebens gar.

»Ich flehe Euer Gnaden um Vergebung an. Es war leichtsinnig gesprochen. Ich bitte Euch, vergeßt ...«

»Schweigt!« donnerte der König. Dann aber wurde sein Ton plötzlich sanfter. »Wenn mein Kaplan an meinem Leben Kritik übt, bin ich nicht der Mensch, der taube Ohren zeigt.«

»Es war anmaßend von mir, Euer Gnaden. Ich bitte, vergeßt, was ich ...«

»Leider, vergessen kann ich nicht. Wie könnte ich eine Sache vergessen, die mir schon lange Anlaß zu beunruhigenden Überlegungen gibt.«

Große Erleichterung erfaßte Wolman. Also doch keine Intrige. Mit seiner Anklage hatte er dem König und dem Kardinal den Dienst erwiesen, den diese sich gewünscht hatten.

»Erhebt Euch«, fuhr Heinrich fort. »Ihr habt gesprochen, und ich bin froh, daß die Sache ans Tageslicht gebracht wird. Ich schloß mit der Frau, die die Gemahlin meines Bruders war, eine Ehe, und aus dem Buch Leviticus erfahren wir, daß dies in den Augen Gottes eine Sünde ist. Gott hat mir sein Mißfallen gezeigt, indem er mir einen männlichen Erben versagte. Was wollt Ihr und Eure Gelehrten in dieser Sache unternehmen?«

Wolman, der sich wieder völlig gefaßt hatte, fing nun an, Wolseys Plan zu umreißen. »Euer Gnaden sollen wissen, daß ich mit Seiner Eminenz, dem Kardinal, darüber gesprochen habe.«

Guter Thomas, dachte Heinrich. Mochte er noch so gewinnsüchtig und habgierig sein, so war doch Verlaß auf ihn, wenn es darum ging, Ränke zu schmieden, die dem König die Erfüllung seiner Wünsche bringen würden.

»Der Kardinal hat das Gefühl, daß es unumgänglich sein wird, Euer Gnaden vor ein Gremium unter seinem und dem Vorsitz des Erzbischofs von Canterbury zu laden.«

Der König nickte. Auf Thomas konnte er sich verlassen. Und der Erzbischof von Canterbury, dieser Hasenfuß, würde tun, was sein König forderte.

»Vor diesem Gremium soll die Sache abgehandelt werden, und wenn es sich erweisen sollte, daß Euer Gnaden nicht verheiratet waren ...«

»Dann stünde es mir frei, mich wieder zu vermählen«, unterbrach der König ihn.

»Zweifellos wird es nötig sein, eine Bestätigung Roms einzuholen.«

Der König nickte. Papst Clemens war sein und Wolseys guter Freund. Er frohlockte.

»Ihr habt Euch mit Eurer Anklage eine Kühnheit erlaubt«, sagte er augenzwinkernd und schlug Wolman auf die Schulter. »Aber kühne Männer sind uns willkommen, wenn sie uns für unsere Sünden tadeln.«

Gabriel de Grammont, Bischof von Tarbes, betrat an der Spitze seines Gefolges die Gemächer des Königs, wo Heinrich mit Wolsey, Warham und einigen seiner wichtigsten Minister schon wartete, um ihn zu empfangen.

Wolsey war entzückt, da er das Gefühl hatte, das Bündnis mit Frankreich sei nun endlich gesichert. Das bedeutete Krieg mit Kaiser Karl. Wolsey hatte ein Europa vor Augen, das geeint gegen den jungen Mann vorging. Heinrich hatte vor kurzem ein Schreiben von Papst Clemens erhalten, in dem dieser ihn beschwor, dem Kaiser die Stirn zu bieten. Tat er es nicht, würde Karl bald die gesamte bekannte Welt beherrschen, erklärte Clemens. In Italien waren ganze Landstriche von kaiserlichen Truppen verwüstet worden. Es gab nur eine einzige Möglichkeit: England, Frankreich und der Papst mußten vereint gegen den Eroberer vorgehen. Das Schreiben, das in einem günstigen Moment eingetroffen war, hatte Heinrich tief beeindruckt. Und als Wolsey hervorgehoben hatte: »Jetzt dürfen wir Clemens nicht im Stich lassen, denn es könnte sein, daß wir bald wünschen werden, er möge uns nicht im Stich lassen, hatte Heinrich verstanden und arbeitete so eifrig auf das Bündnis mit Frankreich hin wie sein Kardinal.

Sie waren dem Papst daher zu Hilfe gekommen und hatten Sir Thomas Russell mit Geld nach Rom geschickt, damit der Heilige Vater seinen Truppen den Sold zahlen und Rom mit einer Garnison belegen konnte. Als Seine Heiligkeit erfahren hatte, daß englische Hilfe unterwegs sei, hatte er himmlischen Segen auf den englischen König und den Kardinal herabgefleht und erklärt, deren Freundschaftsgeste hätte ihm vom Tod zum Leben verholfen.

Die Zeit war nun reif, bei ihm um die ersehnte Bulle anzusuchen, die Bestätigung, daß die Ehe zwischen dem König von England und der Tante des Kaisers ungültig sei, und es dem König daher freistünde, sich nach Belieben neu zu vermählen.

Heinrich lauschte den Abgesandten des französischen Königs, als sie die Bedingungen des neuen Bündnisses umrissen, das sicheren Krieg mit dem Kaiser bedeutete. Franz war nicht der Mann, der eine Niederlage einfach hinnahm. Er würde zurückerobern wollen, was er verloren hatte, und wartete nun, daß die Reihe an ihn käme, Karl harte Bedingungen aufzuerlegen.

Heinrich nickte mit listigem Blick. Er wußte, daß die Engländer die Franzosen immer als ihre natürlichen Feinde angesehen hatten und seit der Ankunft Katharinas in England das Bündnis mit Spanien favorisierten, ebenso wie er wußte, daß Katharina dank ihres ernsten, frommen Wesens und nicht zuletzt dank ihrer Wohltätigkeit, die vielen zugute gekommen war, beim Volk sehr angesehen war. Ihre Beliebtheit stimmte ihn zwar ein wenig besorgt, doch war er gewillt, seinem Volk nötigenfalls mit Gewalt begreiflich zu machen, wie dringend er einen männlichen Thronerben brauchte. Hatte das Volk dann endlich begriffen, daß einflußreiche Kirchenmänner, bestärkt vom Papst selbst, die königliche Ehe als unrechtmäßig ansahen, würden sich alle gewiß so bereitwillig wie er damit abfinden, daß es gar keine Ehe war. Und alles würde dem festlichen Gepränge einer königlichen Hochzeit freudig entgegensehen.

Heinrich malte es sich in den lebhaftesten Farben aus: Neben ihm seine Braut im Palast des Tower of London, wohin sie sich vor ihrer Krönung begeben würde, er sah die funkelnde Krone auf ihrem Kopf, sah sie neben sich beim Turnier sitzen, ohne jede stolze Anmaßung, vielmehr voller Dankbarkeit und Liebe zu ihm, dem sie diese Vorrangstellung zu verdanken hatte. Und das Gesicht unter der Krone, die Augen, die ihm mit einer Andeutung von Spott zulächelten, waren nicht die einer Unbekannten aus Frankreich, sondern jene einer ihm wohlbekannten jungen Dame, einer über alles geliebten, einer, die ihm seit der ersten Begegnung bei Hof die Ruhe geraubt und ihn in den Gärten ihres Vaters zu Hever vollends betört hatte.

»Bei Gott!« flüsterte er vor sich hin. »Warum nicht?«

Er hörte ihre Stimme, laut und gebieterisch: »Eure Gemahlin kann ich nicht sein, meiner Unwürdigkeit wegen und weil Ihr bereits eine Königin habt. Und Euer Liebchen will ich nicht sein.«

Es dünkte ihm höchst sonderbar, daß er, der nie Demut gekannt hatte, sie nun vor diesem Mädchen zeigte. Er, der die Befriedigung seiner Gelüste als sein gottgegebenes Recht angesehen hatte, war es nun zufrieden, zu warten und zu werben.

Er mußte sich aus seinen Überlegungen losreißen, um den Worten der Franzosen folgen zu können. Und als er es tat, ließen ihn Grammonts Worte aufschrekken.

»Es gibt einen Punkt, von dem ich glaube, daß man ihn zu diesem Zeitpunkt erörtern müßte«, sagte er. »Über die Ehe des Königs sind Gerüchte im Umlauf. König Franz wird wissen wollen, ob feststeht, daß Prinzessin Mary die legitime Tochter des englischen Königs ist.«

Jähzorn flammte in Heinrichs Augen auf, um sofort Hochstimmung zu weichen.

Wurden Zweifel an der legitimen Geburt der Prinzessin laut, konnte man ihm seine Entschlossenheit nicht verargen, die Umstände seiner Eheschließung genau prüfen zu lassen.

Er zwang sich zu einem Ausdruck tiefster Kümmernis und sah zu Wolsey hin, der leise sagte: »Wir nehmen die Worte des Bischofs zur Kenntnis. Wenig Gutes kann daraus erwachsen, wenn die Angelegenheit in diesem Stadium eingehender besprochen wird.«

Katharina sah ihre Tochter in den Hof des Palastes von Richmond einreiten und dachte: Das ist einer der glücklichsten Augenblicke meines Lebens.

Wie strahlend das Kind wirkte! Wie Mary gewachsen war! Beglückte das Wiedersehen sie ebenso wie ihre Mutter?

Mary trat förmlich vor, den Blick gesenkt. Sie hat Angst vor ihren Gefühlen, dachte Katharina. Was für eine Königin sie abgeben wird, wenn ihre Zeit gekommen ist!

Mit Mary kamen ihre Gouvernante, Margaret Pole, Countess of Salisbury, und deren Sohn Reginald, beide gute Freunde der Königin. Auch dies ein Grund zur Freude.

Nun kniete ihre Tochter vor ihr nieder, und Katharina, die nun alle Förmlichkeit außer acht ließ, hob sie auf und umarmte sie.

»Meine liebste Tochter ...«

»Ach, Mutter, wie lange es gedauert hat!«

»Bald werden wir allein sein, mein Liebling, und können offen sprechen.«

»Das wird wunderbar sein, Mutter.«

Ihr Verhalten zu mir ist unverändert, dachte Katharina überglücklich. Wie töricht meine Befürchtungen waren!

Widerstrebend löste sie sich von ihrer Tochter, um Margaret zu begrüßen. »Ich danke Euch für die Fürsorge, die Ihr meiner Tochter habt angedeihen lassen.«

»Eurer Gnaden und Ihrer Hoheit zu dienen, ist mir ein Vergnügen«, lautete Margarets förmliche Erwiderung, doch das Leuchten in ihren Augen war alles andere als förmlich.

»Und Euer Sohn ist ebenfalls gekommen.« Sie schenkte Reginald ein Lächeln. »Ein Grund zu großer Freude.«

Sie betraten den Palast, und sobald es sich einrichten ließ, führte Katharina ihre Tochter in ihre Privatgemächer, damit sie allein sein konnten.

»Wie habe ich mich nach diesem Augenblick gesehnt«, sagte sie zu Mary.

»Ach, Mutter, wenn du wüßtest, wie sehr ich mich nach dir sehnte. Wie oft kniete ich im Turm und hielt Ausschau nach Reitern, nach dir und deinem Gefolge.«

»Mein liebes Kind ... und ich bin nie gekommen!«

»Nein, aber ich habe es immer gehofft. Zuvor wußte ich gar nicht, wie wichtig Hoffnung ist. Eine Enttäuschung raubt einem für eine Zeitlang die Hoffnung, und dann ... dann ist sie wieder da.«

»Meine Liebe, du hast eine sehr wichtige Lektion gelernt.«

»Und eines Tages kam Reginald. Das war für mich ein Trost.«

»Ja, ich bemerkte, daß euch Freundschaft verbindet.«

»Ist er nicht wundervoll, Mutter? Er ist so klug und doch so gütig. Ich glaube, er ist der sanfteste Mann, dem ich je begegnet bin.«

Katharina lächelte. »Und seine Sanftheit gefällt dir?«

»Ja, sehr, Mutter. Bei ihm empfinde ich tiefen Frieden. Und als er erst kurze Zeit bei uns war, kam die Nachricht, daß ich heimkehren dürfte. Man wird uns nicht wieder trennen.«

Katharina gab keine Antwort. Es war ihre Pflicht, ihre Tochter auf den Empfang der französischen Unterhändler vorzubereiten, die die Kunde von ihrer Schönheit, ihren Talenten und ihrem Wesen dem König von Frankreich überbringen würden.

Und wenn diese Heirat binnen eines Jahres stattfände … oder nur wenig später … man würde Mary nach Frankreich schicken, da es keinen Vorwand mehr gab, sie länger zu Hause zu behalten. Katharina hatte das Gefühl, eine zweite Trennung nicht ertragen zu können.

»Mutter, du bist so traurig«, sage Mary. »Sind es die Eheverhandlungen, die dich so stimmen?«

Die Königin nickte. »Doch jetzt soll nicht von unangenehmen Dingen die Rede sein. Es wird vielleicht noch sehr lange nicht der Fall sein. Und ich sage dir eines: Ich werde alles in meiner Macht Stehende tun, diese Heirat hinauszuschieben, nein, zu verhindern.«

Mary warf sich in die Arme ihrer Mutter und vergoß heiße Tränen. »Ja, tu das. Laß nicht zu, daß man mich wieder von dir trennt ... Warum kann ich nicht in meiner Heimat heiraten?«

Katharina strich ihrer Tochter übers Haar.

»Weil du jemanden heiraten sollst, dessen Abkunft ebenso königlich ist wie deine.«

»Es gibt hier Männer, die so königlich sind wie ich.«

Katharina spürte einen Anflug von Beunruhigung. Worte wie diese konnten, auf einen Untertan des Königs angewandt, sehr gefährlich sein. Buckingham hatte sie zu oft geäußert.

»Edward VI. war Reginalds und mein Urahn. Deshalb ist Reginald so königlich wie ich.«

Die Königin schwieg und überlegte: Sieht sie Reginald als eventuellen Ehemann?

Es war eine Idee, die Katharina in freudige Erregung versetzte. Warum auch nicht? Es war die Wahrheit. In Reginald Poles Adern floß das Blut der Plantagenets. Gewiß war es eine bessere Politik, mit jenen, deren königliche Abkunft eine Bedrohung des Thrones darstellte, Ehen zu schließen, als sie hinzurichten.

Vermählte Mary sich mit Reginald Pole, dann konnte sie in England bleiben. Katharina dachte an eine glückliche Zukunft, in der es keine Trennung von ihrer Tochter gab. Sie malte sich aus, daß Marys Kinder den Platz jener in ihrem Herzen einnehmen würden, die sie nie bekommen hatte. Wenn es nur möglich gemacht werden könnte. Wenn es ihr nur glückte, diese französische Allianz zu verhindern!

»Ja«, sagte sie langsam, »in Reginald Poles Adern fließt königliches Blut. Es freut mich, daß du Zuneigung für ihn empfindest, da ich weiß, daß er ein guter Mensch ist und seine Mutter eine meiner teuersten Freundinnen.«

Mary, die scharfsinnig genug war, um aus diesen Worten ein Versprechen herauszuhören, umarmte ihre Mutter in einer plötzlichen freudigen Aufwallung. Als hielte sie mich für allmächtig, dachte die Königin.

Soll sie so denken, da es sie glücklich macht. Und in diesen Stunden des Wiedersehens müssen wir glücklich sein.

Als Katharina später mit ihrer teuren Freundin Margaret Pole in trauter Zweisamkeit zusammensaß, war es für beide Anlaß zu großer Freude.

»Das ist einer der glücklichsten Tage meines Lebens. Seit Mary fortging, habe ich davon geträumt.«

»So wie sie«, setzte Margaret hinzu.

»Es freut mich, daß sie und Reginald sich zueinander hingezogen fühlen.«

»Ja, sie sind fürwahr gute Freunde geworden. Die Prinzessin ist ein so ernsthaftes Kind, daß der Altersunterschied kaum spürbar ist. Mein Sohn sieht in ihr eine der gebildetsten Damen, denen zu begegnen er das Vergnügen hatte.«

»Euer Sohn hat die heiligen Weihen noch nicht empfangen?«

»Nein, noch nicht.«

»Hat er die Absicht?«

»Ich glaube, er will zuvor seine Studien fortsetzen. Deshalb geht er zu den Kartäusern nach Sheen.«

Die Königin lächelte, und Margaret kam ein Gedanke, den sie schon zuvor gehabt hatte. Damals war es ihr wie ein kühner Traum erschienen, nun aber nicht mehr, da sie glaubte, die Gedanken der Königin lesen zu können.

»Die französische Heirat ist nicht nach meinem Geschmack«, fuhr die Königin fort.

»Dafür aber nach dem des Königs und des Kardinals …«

»Nun ja, der Kardinal lenkt den König in die ihm selbst genehme Richtung.«

Margaret war erstaunt, daß die Königin so offen mit ihr sprach, dann aber erkannte sie, daß die Königin es tat, weil die Bindung zwischen ihnen nun ein wenig enger war als ehedem.

»Ich werde nicht zulassen, daß Mary morgen die französischen Unterhändler empfängt«, fuhr die Königin fort. »Wir werden vorgeben, die lange Reise hätte sie zu stark ermüdet. Verlaßt Euch darauf, daß ich alles tun werde, diese geplante Heirat zu verhindern, und ich zweifle nicht daran, daß es möglich sein wird. Könige sind wankelmütig und Franz noch wankelmütiger als die meisten andern. Wie Ihr wißt, war Mary mit diesem Knaben schon einmal verlobt. Damals herrschte eitel Freude darüber … es wurde gefeiert … und nach ein paar Jahren war es, als hätte diese Verlobung nie stattgefunden.«

»Die Prinzessin ist sehr empfindsam. Man darf sie sich an einem fremden Hof gar nicht vorstellen. Und ich glaube, daß der französische Hof der freizügigste der Welt ist.«

Der Königin schauderte. »Wie gern würde ich sie zu Hause vermählen. In England gibt es würdigere Männer als jenseits des Meeres.«

Die beiden Frauen waren zusammengerückt. Sie waren nun nicht mehr Königin und Untertanin, nicht nur lebenslange Freundinnen. Sie waren zwei Mütter, die die Zukunft ihrer Kinder besprachen, die ihnen alles auf der Welt bedeuteten.

Während die Königin mit Margaret Pole zusammensaß, erschien Inigo de Mendoza bei Hof und bat um eine Audienz bei ihr. Es sei dringend erforderlich, erklärte er, daß er Ihre Gnaden ohne Verzug sprechen könne.

Als man der Königin diese Nachricht überbrachte, empfahl Margaret sich ohne Aufforderung, und Mendoza wurde hereingebeten.

Katharina sah ihm an, wie erregt er war, und gleich seine ersten Worte verrieten ihr den Grund.

»Der Kardinal arbeitet daran, Euch und den König zu trennen. Er hat Bischöfe und Rechtsgelehrte zusammengerufen, die im geheimen die Ehe für null und nichtig erklären sollen.«

Katharina verschlug es die Sprache. Daß der König sie nicht mehr begehrte, wußte sie, ebenso wie sie wußte, wie sehr er darunter litt, daß er keinen männlichen Erben hatte. Sie aber als Sünderin zu verstoßen, die ohne das Sakrament der Ehe mit ihm zusammengelebt haben sollte, war undenkbar. Einer spanischen Infantin konnte dies nicht widerfahren.

»Ich fürchte, daß ich Euch damit sehr erschreckt habe«, sagte der Gesandte. »Doch es handelt sich um eine Angelegenheit, der man sich rasch entgegenstellen muß. Man darf nicht zulassen, daß es dazu kommt.«

»Dahinter steckt der Kardinal«, stieß die Königin hervor. »Er ist schon seit langem mein Gegner.«

»Ohne Einwilligung des Königs kann er es nicht getan haben«, erklärte der Gesandte.

»Der König ist in seinem Herzen ein leichtsinniger Knabe. Er ist meiner überdrüssig … deshalb läßt er sich von Wolsey überreden, er müßte mich aus dem Weg schaffen.«

»Euer Gnaden, wir müssen ohne Verzug handeln.«

»Was können wir tun, wenn der König entschlossen ist, sich meiner zu entledigen?«

»Wir können unser Bestes tun, es zu verhindern.«

»Ihr kennt den König nicht. Was er ersehnt, geht in Erfüllung. Er sieht es als göttliches Recht an.«

»Bei seinen eigenen Untertanen kann er seinen Willen durchsetzen, aber Euer Gnaden sind ein Mitglied des spanischen Königshauses. Habt Ihr vergessen, daß Kaiser Karl der Sohn Eurer Schwester ist?«

»Der Kaiser gilt hier wenig«, sagte Katharina matt.

»Euer Gnaden, das muß sich ändern«, erwiderte der Gesandte mit einem Anflug von Strenge.

Katharina bedeckte ihre Augen mit der Hand. »Das also ist das Ende«, sagte sie beklommen.

»Das Ende! Wo denkt Ihr hin! Euer Gnaden, wenn Ihr schon nicht für Euch kämpfen wollt, dann müßt Ihr für Eure Tochter kämpfen.«

»Mary! Natürlich ... sie ist davon betroffen.« Die Königin hatte ihre Hand fallen gelassen, und der Gesandte sah, wie ihre Augen blitzten. »Nennt man Mary nun einen Bastard?«

»Wenn die Ehe für ungültig erklärt wird, fürchte ich, daß man sie so nennen wird.«

»Das darf nie sein«, sagte die Königin mit Nachdruck.

»Ich wußte, daß Euer Gnaden so sprechen würden. Ich bitte Euch nun, Ruhe zu bewahren, da wir diese brauchen, wenn wir unsere Gegner überlisten wollen. Es wäre hilfreich, wenn Ihr Euch so benehmen würdet, als wüßtet Ihr nichts von der Angelegenheit, die man das Geheimnis des Königs nennt. Da die einzige Hilfe, auf die wir hoffen können, vom Kaiser kommen muß, wird unsere Aufgabe angesichts der derzeit bestehenden Beziehungen ungemein erschwert. Ich bitte Euer Gnaden des weiteren, von dieser Sache zu niemandem zu sprechen, bis wir einen Weg gefunden haben, meinen Herrn, Euren Neffen, davon zu unterrichten.«

»Das müssen wir ohne Verzug tun.«

»Euer Gnaden haben recht. Aber ein Schreiben abzusenden, hieße übereilt handeln. Ich habe das sichere Gefühl, daß alles, was ich aus den Händen gebe, Gefahr läuft, in jene der Spitzel des Kardinals zu fallen. Wir müssen einen Boten finden, der ohne ein Schriftstück vor den Kaiser tritt und ihm mündlich mitteilt, was hier in England vor sich geht. Laßt uns einen solchen Mann finden, der unauffällig genug ist, um keinen Argwohn zu erregen, und so loyal, daß er sein Geheimnis für sich behält, bis er Spanien erreicht.«

Wohl wissend, daß der Gesandte weise sprach, stimmte die Königin zu.

»Ich werde Euch morgen wieder aufsuchen«, sagte er. »Bis dahin hoffe ich, mir einen Plan zurechtgelegt zu haben. Unterdessen aber vertraue ich darauf, daß Euer Gnaden sich nichts anmerken lassen. Niemand darf wissen, daß wir vom Geheimnis des Königs Kenntnis haben.«

Als Mendoza gegangen war, saß Katharina lange reglos da, während ein Ausdruck tiefer Melancholie die Furchen in ihrem Gesicht vertiefte.

Noch vor kurzem war sie über die Rückkehr ihrer Tochter überglücklich gewesen. Und jetzt war ihr Glück zerbrochen, da sie wußte, daß die größte Katastrophe, die über sie hereinbrechen konnte, bedrohlich nahe war.

»Zuweilen glaube ich, daß Gott mich verlassen hat«, flüsterte sie.

Als Heinrich sich auf den Weg nach York Place, zum Palast des Kardinals machte, umspielte ein selbstzufriedenes Lächeln seine Lippen, und aus seinen Augen strahlte Befriedigung, in die sich Humor mischte.

Es war eine Situation, die der Ironie nicht entbehrte. Ein König, der der Unmoral angeklagt, vor einem Gericht erscheinen mußte. Rechtsgelehrte und Kirchenmänner mußten ihn für den großmütigsten Herrscher auf Erden halten, da er das Recht gehabt hätte, sie für ihre Anmaßung samt und sonders in den Tower werfen zu lassen. Was aber hatte er getan? Er hatte die Vorladung demütig in Empfang genommen und war bereit, vor ihnen zu erscheinen und anzuhören, wie sein Fall gleich einem Ball von den Anklägern zu den Verteidigern und zurück gespielt wurde.

Er war sich sicher, für schuldig befunden zu werden. Es würde ihm nichts übrigbleiben, als Buße für seine Sünden zu tun, Absolution zu empfangen und sich wieder zu vermählen, damit er seine Pflicht dem Land gegenüber erfüllen und einen männlichen Erben zeugen konnte. Man würde sich an den Papst wenden und ihn bitten, den von Julius II. erteilten Dispens für ungültig zu erklären, doch war das kein Grund zur Besorgnis. Clemens war ein Freund Englands. Es war ein kluger Schachzug gewesen, seinem Hilferuf zu entsprechen und ihn gegen den Kaiser zu unterstützen. Wolsey gebührte höchstes Lob für seinen Weitblick.

So kam es, daß der König sich in Hochstimmung auf den Weg nach York Place machte.

Als er aus seiner Barke stieg und den Palast betrachtete, konnte er nicht umhin, dessen Pracht zu bewundern. Es war die Stadtresidenz der Erzbischöfe von York und daher in Wolseys Besitz übergegangen. Doch der Kardinal hatte dem Bau Glanz und Würde verliehen, die er zuvor nicht besessen hatte. Mochte es auch an die Großartigkeit von Hampton Court nicht heranreichen, so war es doch ein sehr imposantes Bauwerk. In Heinrichs Blick schwelte Unmut, während er in die Betrachtung des Palastes versunken war. Obwohl Hampton Court nun ihm gehörte, regte sich Verstimmung bei ihm, weil ein Untertan eine Residenz wie York Place besaß.

Besänftigt wurde er erst, als er eintrat und vom Kardinal empfangen wurde, der ihm mit einem Blick des Einverständnisses zu verstehen gab, daß die Bühne vorbereitet war, und sie in ganz kurzer Zeit ihr angestrebtes Ziel erreicht haben würden.

An einem Ende des Saales nahm Wolsey neben William Warham, dem Erzbischof von Canterbury, seinen Sitz auf einem Podest ein.

Unter den Anwesenden befanden sich John Fisher, der Bischof von Rochester, der als einer der weisesten und frömmsten Männer Englands galt, Dr. Bell, der Rechtsbeistand des Königs, und Dr. Wolman, der dem Gericht den Fall von Heinrichs Ehe darlegen sollte.

Dr. Wolman eröffnete das Verfahren gegen den König.

»Heinrich, König von England, Ihr seid vor dieses erzbischöfliche Gericht getreten, um Euch gegen die Anklage zu verteidigen, mit der Ehefrau Eures Bruders in Sünde gelebt zu haben.«

Heinrich lauschte mit der betroffenen Miene eines, der in aller Unschuld bei sündigem Tun ertappt worden war, und als Wolman die Anklage vorgebracht hatte, erhob sich Dr. Bell, um ihn zu verteidigen.

Seine Gnaden habe, wie allgemein bekannt, die Witwe seines Bruders geehelicht, doch habe es damals geheißen, die Ehe Prinz Arthurs und der Infantin Katharina sei nie vollzogen worden, da der damals regierende König Heinrich VII. dies aus Rücksicht auf die Jugend und zarte Gesundheit des Bräutigams nicht gewünscht hätte. Und als Arthur ein halbes Jahr nach der Hochzeit starb, war Katharina in England geblieben und hatte 1509 ihren Herrn und König geheiratet, nachdem Papst Julius II. einen Dispens erteilt hatte. Die Verteidigung hob nun hervor, daß der König in gutem Glauben die Ehe eingegangen wäre und ihm nie der Gedanke gekommen sei, seine Ehe könnte nicht rechtmäßig sein. Dann aber hatte der Bischof von Tarbes aufgrund böswilliger Gerüchte, die ihm zu Ohren gekommen waren, eine Andeutung fallenlassen. Es sei der Wunsch des Königs, sich dem Spruch des Gerichtes zu beugen, doch bäte er seine Richter, seine Ehe mit Katharina von Aragón für legal zu erklären.

Heinrich kniff die Augen zusammen, als er Dr. Bell musterte, doch Wolsey hatte ihm versichert, Bell sei vertrauenswürdig. Zunächst galt es, die Sache des Königs so vorzubringen, daß der Eindruck entstünde, es sei ein Fall für die Verteidigung. Im richtigen Augenblick jedoch würde Bell wissen, was zu tun sei.

Wolman erhob sich. Er teilte die Meinung nicht, daß die Ehe während der sechs Monate, die das Paar zusammenlebte, nicht vollzogen worden sein könne. Man möge sich daran erinnern, daß die Eheleute mit eigener Hofhaltung nach Ludlow gezogen waren und dort ein fröhliches Leben geführt hatten. War aber damals die Ehe vollzogen worden, dann war Katharina von Aragón tatsächlich Ehefrau des Bruders des Königs gewesen, und ihre zweite Ehe nach Wolseys Meinung damit ungültig.

Als es dann an Heinrich war, das Wort zu ergreifen, tat er es mit offenkundiger Wahrhaftigkeit – von der er inzwischen selbst überzeugt war.

»Ich kann nur erleichtert darüber sein, daß diese Sache ans Licht der Öffentlichkeit gebracht wurde«, erklärte er vor dem Gericht, »da sie in letzter Zeit mein Gewissen sehr belastete. Seit langem schon war es mir unbegreiflich, warum unsere Gebete nicht erhört wurden und warum die Gesundheit der Königin ständig Anlaß zu großer Besorgnis gibt. Ich vertraue darauf, daß Ihr, gelehrte Herren, diese heikle Sache klären werdet, damit ich ruhig zu meiner Gemahlin zurückkehren oder – was mir viel mehr Kümmernis bereiten würde – erklären kann, daß unsere Ehe keine war und unsere Verbindung unverzüglich ein Ende finden muß.«

William Warham lauschte höchst aufmerksam. Ihm fehlte Wolseys Durchtriebenheit, zudem näherte er sich dem Ende eines mühseligen Lebens. Sein hohes Alter brachte es mit sich, daß er bei seiner Umgebung oft den Eindruck völliger Hilflosigkeit erweckte, und seine Arglosigkeit ging so weit, daß er tatsächlich glaubte, Grund dieser Untersuchung seien die vom Bischof von Tarbes geäußerten Zweifel an der ehelichen Geburt Prinzessin Marys. In der Hoffnung, dem Gericht zu den richtigen Schlußfolgerungen zu verhelfen, verfolgte er das Verfahren nun mit höchster Aufmerksamkeit.

Die Einzelheiten der Ehe des Königs wurden eingehend erörtert. Man gedachte der Ankunft Katharinas in England, der ihre Vermählung mit Arthur folgte, eine Ehe, die nur sechs Monate dauern sollte.

»Wurde diese Ehe vollzogen«, sagte Warham, »dann war die Königin Prinz Arthurs Frau, und man könnte sage, daß der König die Frau seines Bruders geehelicht hat.«

»Und das«, seufzte der König, »ist gemäß der Heiligen Schrift unrein. Verbindungen dieser Art sollen kinderlos bleiben, sagt die Bibel. Und siehe da, mir blieb ein Sohn versagt.«

»Denkt an den Dispens des Papstes«, warf der Bischof von Rochester ein. »Ich glaube, Euer Gnaden können sich Vorwürfe getrost ersparen.«

»Der Papst stand gewiß unter dem Eindruck, die Ehe wäre nicht vollzogen worden, als er den Dispens erteilte«, sagte Wolman. »Wenn man beweisen könnte, daß dem so war, dann kann es keine Ehe zwischen dem König und Katharina von Aragón gegeben haben.«

»Ich glaube«, beharrte Rochester sanft, »daß der König keine Gewissensbisse zu haben braucht, da wenig Zweifel daran besteht, daß diese Ehe gültig ist und durch den Dispens ausreichend legalisiert wurde.«

Heinrich musterte John Fisher, Bischof von Rochester, unter gesenkten Augenlidern hervor, nur mühsam seine Feindseligkeit verbergend. Verwünscht seien diese frommen Männer, die ihre Meinung sogar vor ihren Herrschern freimütig äußerten. Fisher war Beichtvater der Königin und stand eindeutig auf ihrer Seite. Wolsey hatte eine Dummheit begangen, als er den Mann in dieses Gericht berief.

Der alte Warham war schwach und wurde schon einfältig. Mit ihm konnte man fertig werden. Aber bei Fisher war sich der König nicht so sicher.

Bei Gott, dachte er, wenn er sich mir widersetzt, lasse ich ihn in den Tower werfen, mag er beim Volk noch so beliebt sein.

»Mylords«, sagte Wolsey, »ich bitte Euch, in diesem Fall rasch eine Entscheidung zu fällen, da es sich um eine für den König sehr betrübliche Angelegenheit handelt. Seine Gnaden sind zutiefst bestürzt. Denkt daran, daß er sich sofort von Lady Katharina trennen muß, falls entschieden wird, daß seine Ehe ungültig ist – für ihn Grund zu großer Kümmernis, da er ihr die Zuneigung eines Gatten entgegenbringt, mag er es in Wahrheit auch nicht sein.«

Warhams sanfte graue Augen blickten traurig. Er dachte an die Königin, die zutiefst verstört sein würde, wenn sie erfuhr, was sich in York Place zugetragen hatte.

Nun erhob sich Heinrich, um dem Gericht darzulegen, wie ergeben er seiner Gemahlin sei, und daß er kein anderes Motiv im Herzen trüge als das Verlangen, sich einer sündigen Verbindung zu entledigen, damit er mit Gott in Frieden leben könne. In Katharina, seit achtzehn Jahren seine Gemahlin, hätte er alles gefunden, was er in einer Frau zu finden hoffte.

»Bis auf eines!« donnerte er. »Und dies, Gentlemen, ist diese für mein Königreich höchst bedeutsame Angelegenheit, Unsere Ehe war nicht so fruchtbar, wie wir es gewünscht hätten. Wir haben nur eine Tochter. Immer wieder gab es Hoffnung, daß meine Gattin den Sohn gebären würde, um den wir Tag und Nacht beteten, doch wurden wir immer enttäuscht. Erst jetzt – als der Bischof von Tarbes mit dieser enthüllenden Anfrage in mein Land kam – erkenne ich den göttlichen Plan, der diesen fortgesetzten Unglücksfällen zugrundeliegt. Ja, Gentlemen, solltet Ihr entscheiden, daß meine Ehe keine Ehe ist und ich mich von ihr trennen muß ... von der, die ich sehr liebe und immer als meine Frau angesehen habe ... dann wird Euer König der unglücklichste aller Menschen sein. Denn Lady Katharina besitzt Tugendhaftigkeit, Sanftheit und Demut, kurzum alle Eigenschaften einer edlen Seele; und sollte ich mich wieder vermählen – und wäre es keine Sünde, *sie* zu ehelichen – dann wäre sie die Frau, die ich vor allen anderen erwählen würde.«

Während er sprach, schien er ein lebhaftes junges Gesicht vor sich zu sehen, das ihn anlachte, ihn verspottete. Annes ausgeprägte Spottlust war Teil ihrer Hexenkunst und machte ihn zu ihrem Sklaven.

Er ertappte sich dabei, wie er ihr in Gedanken antwortete: Dies sage ich unserer Zukunft zuliebe. Würde ich diesen Kirchenmännern mein Verlangen nach dir offenbaren, sie würden es ja doch nie begreifen. Arme alte Tapergreise, sie können nicht wissen, was zwischen uns beiden ist!

Doch diese Stimmung verflüchtigte sich rasch, und wenig später glaubte er alles, was er sagte. Sein kleiner Mund, beim Gedanken an Anne erschlafft, festigte sich und nahm einen frömmelnden Ausdruck an. Nie wäre es mir in den Sinn gekommen, Katharina zu verstoßen, hätten mich meine Gewissensbisse nicht so geplagt, sagte er zu sich. Und glaubte es sofort. Vor achtzehn Jahren hatte er darauf bestanden, Katharina zu ehelichen, er wollte sich ihrer nun nicht entledigen, weil ihr Körper formlos und ihr Haar glanzlos geworden waren und weil sie kein körperliches Verlangen mehr in ihm entfachte. Es hatte auch nichts mit der faszinierendsten Frau zu tun, der er je begegnet war, der Frau, die unnahbar blieb und sich ihm nicht hingeben wollte, ihn jedoch mit ihren Versprechungen, was sein würde, wenn sie ihm gehörte, in den Wahnsinn trieb. Nein, sagte er sich strikt, Anne hat nichts damit zu tun. Er liebte Anne mit allen Fasern seines Herzens, so sehr, daß sein ungestilltes Verlangen unerträglich war. Und seitdem er entdeckt hatte, daß keine andere Frau ihre Stelle einzunehmen vermochte, schmiedete er nun heimlich Pläne, wie er Anne verschaffen konnte, was sie wollte. (Bei Gott, sie fordert einen hohen Preis für sich, nichts weniger als eine Krone. Doch bist du es wert, meine Schöne!) Würde mich jedoch nicht mein Gewissen plagen, versicherte er sich, hätte ich meine Ehe mit Katharina nie in Frage gestellt. Nur weil er fürchtete, in Sünde zu leben und diesem Zustand schleunigst ein Ende bereiten wollte, war er heute vor seinen Bischöfen und Rechtsgelehrten erschienen.

»Diese Angelegenheit kann nicht übereilt entschieden werden«, ließ Warham sich vernehmen. »Man muß die Erkenntnisse des Gerichts genau prüfen.«

Heinrich wurde von Unruhe erfaßt, so daß er fast aufgesprungen wäre und ihnen zugerufen hätte: Zeit, um eure Erkenntnisse zu prüfen, faules Pack? Was soll das? Ich sage euch, daß ich eine Scheidung möchte, und bei Gott, die werde ich bekommen, andernfalls ich jeden einzelnen von euch in den Tower schicke.

Doch er sah rechtzeitig das Erschrecken in den Augen des Kardinals und zügelte sich mit Mühe.

Das Gericht vertagte seine Entscheidung.

Der König war beim Kardinal, als die Boten eintrafen. Es waren Boten, die keine gewöhnliche Nachricht überbrachten. Sie verlangten, in aller Eile vor den König gebracht zu werden, und drohten jenen, die sie aufzuhalten versuchten, es würde ihnen schlecht bekommen, falls die Meldung dem König auch nur einen Augenblick länger als nötig vorenthalten würde.

Als Heinrich von ihrem Kommen erfuhr, sagte er: »Laßt sie unverzüglich zu mir kommen.«

Sie traten ein, mit Reisestaub bedeckt und atemlos vor Eile, doch in ihren Augen leuchtete eine Erregung, die anzeigte, daß sie eine Kunde überbrachten, wie man sie nur einmal im Leben hört.

»Euer Gnaden ... Euer Eminenz ...« Dann aber überstürzten sich ihre Worte. »Die bourbonischen Truppen haben Rom angegriffen. Die Stadt ist in der Gewalt zügelloser Soldateska. Der Papst ist nur mit dem Leben davongekommen, weil er in der Engelsburg Zuflucht fand. Das Gemetzel, das stattgefunden hat, ist unbeschreiblich.«

Heinrich war entsetzt. Der Papst gefangen! Rom in den Händen zügelloser und wilder Marodeure! Eine Katastrophe, wie sie die Christenheit noch nie erlebt hatte.

Der Konnetabel Bourbon, erklärter Gegner des Königs von Frankreich, hatte sich auf die Seite des Kaisers geschlagen, und seine Armee war es, die diesen Angriff auf Rom ausgeführt hatte. Bourbon, dem selbst an einem Angriff auf Rom nicht gelegen war, mußte sich dem Verlangen seiner halbverhungerten Söldnertruppen beugen, die Stadt zu erobern.

So war es gekommen, daß an jenem Schicksalstag im Mai die zerlumpte, dem Hungertod nahe und verzweifelte Armee in Rom eingefallen war.

Die Stadt wurde von den Truppen Bourbons, der bei dem Angriff sein Leben verlor, auch ohne ihren Befehlshaber im Sturm genommen.

Noch nie hatte die Bevölkerung so mutwillige Zerstörung erleben müssen, und die Tatsache, daß es sich um die Stadt Rom handelte, schien die Mord- und Raublust ins Unermeßliche zu steigern.

Die Marodeure stürmten durch die Straßen und töteten alles, was sich ihnen in den Weg stellte, Männer, Frauen und Kinder. Sie knüppelten sich den Weg in die Paläste und großen Häuser frei, stopften Nahrung in ihre hungrigen Münder, schütteten Wein ihre trokkenen Kehlen hinunter.

Sie drangen in die Kirchen ein, rissen den reichen Schmuck an sich, Bilder, Vasen, Kelche, schafften alles auf die Straße und häuften es auf jede Art von Transportmitteln, deren sie habhaft werden konnten. Jeder war entschlossen, sich als Lohn für die Monate bitterer Not seinen Anteil an der Beute zu sichern.

Und es war beschlossene Sache, in den fünf Tagen, die Rom in der Gewalt der Truppen war, jede Frau zu vergewaltigen. Keine einzige Jungfrau sollte in der Stadt übrigbleiben. Bevorzugte Opfer der Söldner waren die Nonnen, die geglaubt hatten, ihr Habit würde sie schützen. Die Rotten drangen in die Klöster ein, störten die Nonnen beim Gebet und beraubten sie eben der Gewänder, von denen die unschuldigen Frauen sich Schutz erhofft hatten. Entsetzen griff in den Klöstern Roms um sich.

In den Straßen strömte Wein aus geborstenen Fässern, Räuber und Plünderer lagen erschöpft und befriedigt von ihren Ausschweifungen in der Gosse. Unschätzbar kostbare Tapisserien und schimmernde Gerätschaften, aus Altären und Palästen geraubt und aus den Fenstern geschleudert, landeten auf den Straßen. Die Krieger waren Söldner aus Spanien, Deutschland und Neapel; und jeder ließ bei der Schändung Roms seinen schlimmsten nationalen Eigenheiten freien Lauf. Die Deutschen zerstörten mit brutaler Gründlichkeit, die Neapolitaner machten sich der größten sexuellen Exzesse schuldig, während die Spanier ihr größtes Vergnügen aus subtilen Grausamkeiten bezogen.

Es genügte nicht, Vergewaltigung und Mord zu begehen; andere mußten an ihrer Wollust teilhaben. Deshalb brachten sie Mönche und Nonnen zusammen, entkleideten sie und zwangen die Mönche die Nonnen zu entehren, während die schändlichen Eroberer sie schmähten und Beifall johlten.

Ähnliches hatte Rom noch nie erlebt, und die Menschen, die mit dem Leben davongekommen waren, jammerten und klagten, Gott hätte die Welt vergessen, da ER soviel Böses ungestraft geschehen lasse.

Dies war die Kunde, die die Boten an jenem Tag im

Mai dem König überbrachten. Er hörte sie mit wachsendem Zorn und Entsetzen.

Nachdem er die Boten entlassen hatte, damit sie sich erholen konnten, wandte er sich an den Kardinal.

»Das ist die schrecklichste Geschichte, die mir je zu Ohren gekommen ist.«

»Und doppelt schlimm«, antwortete Wolsey, »weil sie zu diesem Zeitpunkt kommt.«

Heinrich erschrak. Die eben gehörten Schreckensmeldungen hatten ihn seine eigene mißliche Lage vergessen lassen.

Wolsey fuhr fort: Der Papst gefangen in der Engelsburg! Obwohl der Angriff auf Rom unter dem Befehl des Konnetabel Bourbon erfolgte, ist der Papst nun Gefangener des Kaisers. Euer Gnaden werden erleben, daß er als solcher nicht in der Lage sein wird, den seinerzeitigen Dispens, die Ehe der Tante des Kaisers betreffend, für nichtig zu erklären.«

»Bei Gott, ich verstehe, was Ihr meint«, sagte Heinrich. »Aber er wird nicht lange Gefangener bleiben. Es ist ungeheuerlich, wie mit dem Heiligen Vater verfahren wird.«

»Ich stimme mit Euch überein, fürchte aber, daß eine Verzögerung unvermeidlich ist.«

Der König verzog schmollend den Mund. »Wie ich dieser Verzögerungen überdrüssig bin«, murmelte er.

»Euer Gnaden, es gilt, rasch zu handeln. Vor uns liegen zwei Aufgaben. Wir müssen unverzüglich einen Abgesandten nach Frankreich schicken, damit wir mit Hilfe unseres Verbündeten den Papst aus seiner demütigenden Lage befreien.«

»Wer soll diese Mission übernehmen«

»Eine heikle Sache, wenn man bedenkt, was davon abhängt«, sagte Wolsey.

»Thomas, Ihr selbst müßt gehen, da niemand so

viel auszurichten vermag. Ihr wißt, was mir momentan am Herzen liegt, und Ihr werdet es erreichen.«

Wolsey neigte sein Haupt. »Ich will unverzüglich mit den Vorbereitungen beginnen, Euer Gnaden.«

»Ihr habt noch ein Anliegen erwähnt.«

»Ja, Euer Gnaden. Der Königin werden Gerüchte über unser Gerichtsverfahren zu Ohren gekommen sein. Ich glaube, sie sollte vom Gewissenskonflikt erfahren, unter dem Euer Gnaden leiden.«

»Und wer soll sie davon unterrichten?«

Als Wolsey ihm die Antwort schuldig blieb, fuhr Heinrich verdrossen fort: »Ich sehe, was Euch vorschwebt. Diese Eröffnung sollte von meinen Lippen kommen.«

Prinzessin Mary saß in ihrer bevorzugten Stellung auf einem Schemel zu Füßen ihrer Mutter und lehnte den Kopf an den Samt von Katharinas Rock. Sie sagte eben, wie glücklich sie sei, daß sie wieder zusammen sein konnten, und daß der lange Aufenthalt in Ludlow ihr jetzt wie ein Alptraum erschien.

»Ach, Mutter«, rief die Prinzessin aus. »Gibt es schon etwas Neues von meiner Heirat?«

»Nichts, mein Liebling.«

»Du würdest es mir doch sagen, oder? Du würdest doch nicht versuchen, es mir vorzuenthalten … weil es mir lieber ist, wenn ich die Wahrheit weiß.«

»Mein Liebes, falls ich etwas wüßte, würde ich es dir sagen, weil ich wie du glaube, daß man vorbereitet sein soll.«

Mary nahm die Hand ihrer Mutter und spielte wie als kleines Kind mit den Ringen.

»Du bist mir in letzter Zeit so geistesabwesend erschienen, daß ich mich fragte, ob es schlechte Nachrichten gegeben hätte …«

Katharina legte die Hand auf den Kopf ihrer Tochter und drückte ihn fest an sich. Sie war froh, daß Mary ihr Gesicht nicht sehen konnte. Schlechte Nachrichten! dachte sie. Die allerschlechteste, die man mir überbringen kann! Dein Vater will mich verstoßen.

Aber das wollte sie Mary nicht sagen, denn wer konnte wissen, wie das Mädchen reagieren würde? Womöglich war sie in ihrer kindlichen Liebe so tollkühn, ihrem Vater gegenüberzutreten und ihm vorzuhalten, was er ihrer Mutter antat. Und das durfte nicht geschehen, da Heinrich keine Kritik ertrug, schon gar nicht, wenn er etwas getan hatte, wofür er sich insgeheim schämte. Er konnte Mary ebenso Schaden zufügen wie Katharina. Tatsächlich, dachte die Königin, ist das Schicksal meiner Tochter so eng mit meinem verknüpft, daß das Übel, das mich befällt, auch sie berührt. Es ist also besser, wenn sie nichts von diesem bedrohlichen Schatten weiß, der über uns hängt. Sie soll so lange wie möglich ahnungslos bleiben.

»Von den Heiratsplänen gibt es nichts Neues«, sagte die Königin entschieden. »Ich glaube auch nicht, daß sich das ändern wird. Freundschaften mit fremden Ländern sind flüchtiger Natur. Sie kommen und gehen.«

»Viel besser wäre es, wenn ich mit jemandem aus meiner Heimat vermählt würde«, sagte Mary.

»Vielleicht wird es dazu kommen«, erwiderte die Königin beruhigend. »Wer kann das schon sagen?«

Mary drehte sich um und wandte ihrer Mutter ein strahlendes Gesicht zu. »Du siehst, Mutter, wenn ich einen Engländer heirate … der meine Sprache spricht, dem unsere Art vertraut ist … dann könnte ich auch immer mit dir zusammen sein. Stell dir vor, wir würden uns nie wieder trennen müssen! Ich müßte auch nicht immer am Hof leben, sondern vielleicht auf dem Land; aber du würdest kommen und mich dort besuchen ... und oft würde ich am Hof weilen. Wenn meine Kinder zur Welt kommen, würdest du bei mir sein. Wäre das nicht viel schöner, als wenn man uns trennt und du von mir nur über Boten etwas erfährst?«

»Es wäre der glücklichste Zustand, der sich ergeben könnte.«

»Dann wirst du mit meinem Vater darüber sprechen?«

»Mein Liebling, glaubst du, ich hätte Einfluß auf ihn?«

»Ach ... aber du bist meine Mutter.«

Die Königin, deren Stirn sich furchte, merkte, daß sich eine gewisse Bitterkeit in ihren Ton eingeschlichen hatte, und beeilte sich daher zu sagen: »Könige pflegen für ihre Kinder Verbindungen von Staatsinteresse zu arrangieren. Aber verlasse dich darauf, Mary, falls ich auch nur den geringsten Einfluß habe, werde ich ihn benutzen, um dir deinen Herzenswunsch zu erfüllen.«

Eine Weile schwiegen sie nun, und die Königin fragte sich, ob Mary wirklich an Reginald Pole dachte, wenn sie von Ehe sprach, und ob es möglich war, daß man in so jungen Jahren in einen Mann verliebt sein konnte.

Während sie so dasaßen, trat der König ein, allein, was ungewöhnlich war, da er im Palast fast immer mit einem kleinen Gefolge anzutreffen war. Schlichter gekleidet als sonst, machte er den Eindruck, als bedrücke ihn ein Kummer.

Königin und Prinzessin erhoben sich und knicksten, als er sich näherte.

»Ach!« rief er aus. »Unsere Tochter ist also bei dir. Es ist schön, dich wieder bei Hof zu sehen, Tochter.«

»Ich danke Euer Gnaden«, murmelte Mary.

»Und ich bin sicher, daß du am Spinett so gut wie eh und je spielst. Du mußt es uns beweisen.«

»Ja, Euer Gnaden. Soll ich jetzt vorspielen?«

»Nein ... nein. Ich habe mit deiner Mutter eine wichtige Sache unter vier Augen zu besprechen. Geh und übe auf deinem Instrument, damit ich keine Enttäuschung erlebe, wenn du mir später deine Fortschritte zeigen willst.«

Als Mary abermals knickste und hinauslief, dachte Katharina: Was kann ich jetzt zu ihm sagen, da ich weiß, was ich weiß? Wie kann es jemals zwischen uns wieder wie früher sein?

Kaum hatte Mary ihre Eltern allein gelassen, wandte Heinrich sich seiner Frau zu, die Hände im Rücken gefaltet, einen melancholischen Ausdruck im Gesicht, den Mund fest und verkniffen. Alles in allem hatte Katharina den Eindruck, vor ihr stünde ein Mann, der sich zu einer schmerzlichen Pflicht zwingen mußte.

»Katharina, es gilt eine ernste Angelegenheit mit dir zu besprechen«, setzte er an.

»Ich kann es kaum erwarten, sie mit dir zu erörtern«, gab sie zurück.

»Ach«, fuhr er fort, »mein halbes Königreich hätte ich dafür gegeben, wenn ich es damit verhindern hätte können.«

»Ich bitte dich, mir zu sagen, was dich bedrückt.«

»Katharina, als ich dich zur Frau nahm, warst du arm und verzweifelt, du warst als Witwe meines Bruders in der Fremde eine Fremde, weder in deiner Heimat noch im Land deiner Wahl zu Hause.«

»Jene Zeit werde ich nie vergessen«, erwiderte sie.

»Und ich entschloß mich, dies alles zu ändern. Ich war jung und voller Ideale, und auch du warst damals jung und schön.

»Eigenschaften, die ich nicht mehr besitze.«

Der König richtete den Blick zur Decke. »Das ist in dieser Sache nicht von Bedeutung. Aber es sieht aus, als hätten gelehrte Männer ... Männer der Kirche ... unsere Ehe oder was wir dafür hielten ... einer genauen Betrachtung unterzogen ... und herausgefunden, daß sie keine richtige Ehe ist.«

»Dann betrügen sie dich«, antwortete sie heftig.

»Das sagte ich auch. Aber sie sind gelehrt, und sie zitieren das Gesetz. Sie lesen die Bibel und sagen mir, daß ich gegen Gottes Gesetz verstoßen habe. Katharina, wir beide haben gesündigt.«

»Das ergibt keinen Sinn«, entgegnete Katharina. »Wie können wir gesündigt haben, indem wir die Ehe schlossen?«

»Jetzt ist es mir klar. Es steht in der Bibel. Du mußt es lesen, Katharina. Lies den einundzwanzigsten Vers des zwanzigsten Kapitels Leviticus. Dann wirst du sehen, daß unsere Ehe keine richtige Ehe war und daß wir all die Jahre in Sünde zusammengelebt haben.«

Katharina starrte ihn ausdruckslos an. Eine Überraschung war es für sie nicht, aber es von seinen eigenen Lippen zu hören und die ihr wohlbekannte, unbeugsame Entschlossenheit in seinen Augen zu sehen, erschreckte sie so tief, wie sie noch nie zuvor erschrokken war.

»Ich weiß«, fuhr der König fort, »daß es dich so betrübt wie mich. Ich gestehe, daß ich versucht war, der Sache keine Bedeutung beizumessen, meine Kritiker abzutun und zu sagen, vergessen wir, daß ich meines Bruders Weib geheiratet habe. Aber ich kann Gottes Stimme hören, die durch mein Gewissen zu mir spricht.«

»Und seit wann plagt dich dein Gewissen?« fragte sie.

»Seitdem ich die Andeutung des Bischofs von Tarbes hörte, als er Marys eheliche Geburt in Frage stellte.«

Bei der Erwähnung ihrer Tochter war es um Katharinas vorgetäuschte Tapferkeit geschehen. Plötzlich wirkte sie nicht nur viel älter, sondern auch zu Tode erschrocken.

»Du siehst«, fuhr der König fort, »so sehr ich mich gräme, und es bricht mir fürwahr das Herz, wenn ich bedenke, daß wir nicht mehr zusammenleben können …«

»Was wir schon seit einiger Zeit nicht mehr tun«, rief sie ihm in Erinnerung. »Schon lange, ehe dein Gewissen sich meldete, führten wir kein Eheleben mehr.«

»Deine angegriffene Gesundheit … meine Rücksicht auf dich … meine Angst, eine neue Schwangerschaft würde deine Kräfte übersteigen …«

»Und dein Interesse an anderen …«, murmelte Katharina.

Aber Heinrich fuhr fort, als hätte er sie nicht gehört: »Wie tragisch, wenn ein König und eine Königin, so lange vermählt und einander so ergeben, plötzlich erfahren, daß ihre Ehe keine Ehe ist und daß sie sich trennen müssen. Ich habe viel darüber nachgedacht, und immer wieder sagte ich zu mir: Was soll aus ihr werden? Meinetwegen mache ich mir keine Sorgen, aber deinetwegen, Katharina … du, die ich bis zu diesem Zeitpunkt für meine Frau gehalten habe.« Scheinbar überwältigt von seinen Gefühlen, ließ er eine Pause eintreten.

Am liebsten hätte sie ihm entgegengeschleudert, daß sie ihn verachte, daß sie wüßte, hinter dieser bösartigen Intrige stünde nicht sein Gewissen, sondern sein Verlangen nach einer anderen. Zu gern hätte sie ihm vorgehalten: Wie kannst du es wagen, eine spanische Infantin so zu demütigen? Und was ist mit unserer Tochter? Willst du mich verstoßen und unser Kind zum Bastard erklären, nur damit du deine Lust im Schutz eines Ehebettes befriedigen kannst?

Der Gedanke an Mary war es, der sie so entmutigte, daß ihre gewohnte Ruhe sie verließ und sie die Worte, die ihr auf der Zunge lagen, nicht über die zitternden Lippen brachte und ihre Glieder ihr den Dienst zu versagen drohten.

Heinrich aber fuhr fort: »Da ich dein ernstes Wesen kenne, deine Liebe zur Kirche und ihren Geboten, könnte ich mir denken, daß du gern in ein Kloster deiner Wahl eintreten würdest, um ihm als Äbtissin vorzustehen. Du brauchst nicht zu befürchten, daß du die Würde deines Ranges verlieren würdest ...«

In Katharina rief eine innere Stimme: Glaubst du denn, du könntest mir diese rauben? Du hast mich zutiefst beleidigt, indem du behauptest, ich hätte all die Jahre in Sünde mit dir zusammengelebt. Und jetzt wagst du es, mir zu sagen – mir, der Tochter Isabellas und Ferdinands – daß du mich meiner Würde nicht berauben willst!

Aber die Worte wollten ihr nicht über die Lippen, und ihre heißen Tränen ließen sich nicht zügeln und flossen ihr über die Wangen.

Heinrich starrte sie an. So hatte er sie noch nie gesehen. Daß sie, die immer auf Würde und Rang bedacht war, in Tränen ausbrechen könnte, hatte er nicht in Betracht gezogen.

Er erschrak zutiefst.

»Nun, nun, Kate«, sagte er, »du sollst doch nicht weinen. Du mußt tapfer sein ... so wie ich es gern sein würde. Glaube nicht, daß ich aufhören werde, dich zu lieben. Lieben werde ich dich immer. Mögen die Bischöfe sagen, was sie wollen: Selbst wenn du in den Augen Gottes nicht meine Frau bist, so werde ich dich immer lieben, wie ich dich damals liebte, als du arm und verlassen warst und ich dich neben mich auf meinen Thron erhob. Gräme dich nicht. Wer weiß, vielleicht ... erweist es sich, daß mit unserer Ehe doch alles seine Richtigkeit hat. Kate, Kate, trockne deine Augen. Und denke daran: Im Moment ist es unser Geheimnis. Wir wollen nicht, daß es Gerede gibt. Wenn ich mit meinem Gewissen ins reine käme, könnte ich diese Bischöfe einfach abtun, Kate. Ich würde sie in den Tower werfen lassen, weil sie anzudeuten wagten ...«

Sie hörte nicht mehr zu. Sie glaubte ihm kein Wort. Sie sah nicht den tugendhaften, frommen Mann, als den er sich ihr zu präsentieren bemüht war, sondern nur den lüsternen König, der, einer Gemahlin überdrüssig, eine andere wollte.

Ihre Tränen flossen reichlicher, und krampfhaftes Schluchzen erschütterte ihren Körper.

Heinrich stand da und starrte sie bestürzt an. Dann drehte er sich abrupt um und ließ sie allein.

6.

Königin und Kardinal in Gefahr

Als die Königin sich gefaßt hatte, ließ sie Mendoza kommen.

»Alle unsere Befürchtungen sind eingetroffen«, berichtete sie ihm. »Der König ist entschlossen, sich meiner zu entledigen. Er hat mir eröffnet, sein Gewissen plage ihn, weil gelehrte Männer ihm versichert hätten, wir seien nicht wirklich verheiratet.«

»So weit ist es also schon gekommen!« stieß Mendoza hervor. »Wir werden einen standfesten Anwalt brauchen, der die Sache für Euer Gnaden vertritt …«

»Wo sollte ich hier in England einen finden?« fragte sie.

»Euer Gnaden können keinem der Untertanen des Königs trauen. Wir müssen uns unverzüglich an den Kaiser wenden.«

»Ich werde ihm eiligst schreiben.«

Mendoza schüttelte den Kopf. »Es ist sehr zweifelhaft, ob man zuläßt, daß Euer Hilferuf ihn erreicht.«

Katharina starrte den Gesandten hilflos an.

»Oder ein Hilferuf meinerseits«, fuhr er fort. »Die Spitzel des Kardinals werden nun sicher doppelt wachsam sein. Wenn wir einen Boten außer Landes schmuggeln, muß es so geschehen, daß er keinen Verdacht erweckt.«

»Wie traurig ist es um mich bestellt, wenn man mir einen Verteidiger versagt.«

»Wir wollen die Hoffnung nicht aufgeben«, antwortete Mendoza, »und bedenken, daß der König weiß, auf welch schwachen Füßen seine Anklage steht, da er nicht wagt, Euch einen guten Verteidiger zuzugestehen. Gibt es ein Mitglied Eurer Hofhaltung, dem Ihr rückhaltlos vertrauen könnt?«

Katharina überlegte und sagte dann: »Er muß Spanier sein, da er nach Spanien muß, um den Kaiser zu erreichen. Mir fällt nur Francisco Felipez ein, der seit siebenundzwanzig Jahren in meinen Diensten steht. Er ist vollkommen vertrauenswürdig.«

»Eine ausgezeichnete Wahl. Er sollte sobald wie möglich nach Spanien aufbrechen. Aber er darf nichts Schriftliches bei sich haben, und es sollte aussehen, als ginge er auf eigenen Wunsch und nicht auf Euren Befehl hin.«

»Ich will ihn rufen lassen, damit wir uns gemeinsam einen Plan zurechtlegen.«

»Es wäre unklug, wenn Euer Gnaden ihn kommen lassen, während ich hier bin. Ich bin sicher, daß wir genau beobachtet werden. Es wäre vielleicht überhaupt unklug, nach ihm zu schicken, weil man zweifellos argwöhnen wird, daß Ihr versuchen werdet, dem Kaiser eine Nachricht zukommen zu lassen. Wenn Euer Gnaden die Gelegenheit nützen könnten, mit ihm zu sprechen, wenn er seinen Dienst tut – ihm unbemerkt nur ein Wort zuflüstern – dann wäre es am günstigsten. Wenn er dann den Wunsch äußert, seine Familie zu besuchen, wird es nicht so aussehen, als sei er in Eurem Auftrag unterwegs.«

»Wie ich dieses Ränkespiel hasse! Ich fühle mich eher wie eine Gefangene im Tower als eine Königin in ihrem Palast.«

Der Gesandte blickte sie traurig an, von der Frage bewegt, welches Schicksal der König, dem sie im Weg war, ihr wohl zugedacht hätte, wäre sie nicht Tante des Kaisers gewesen.

Francisco Felipez präsentierte sich dem König und bat um eine private Unterredung.

Heinrich gewährte sie ihm in der Meinung, der Mann käme mit einer Nachricht von der Königin, doch kaum waren sie allein, als Felipez sagte: »Euer Gnaden, ich bin in großer Bedrängnis. Meine Mutter liegt im Sterben und möchte mir ihren Segen erteilen. Ich bin gekommen, um Eure Erlaubnis zu erbitten, zu ihr reisen zu dürfen.«

»Ihr steht in den Diensten der Königin«, erwiderte Heinrich. »Habt Ihr sie nicht um Erlaubnis gebeten?«

Felipez schien verlegen. »Das habe ich, Euer Gnaden.«

»Und?«

»Sie hat sie mir verweigert.«

Der König riß seine blauen Augen erstaunt auf.

»Warum das?« wollte er wissen.

»Sie glaubt, ich würde nicht die Wahrheit sagen.«

»Und hat sie Grund zu dieser Annahme?«

»Nein, Euer Gnaden.«

»Das sieht der Königin nicht ähnlich. Ich war immer der Meinung, sie sei um ihr Gefolge sehr besorgt.«

»Die Königin hat sich verändert. Sie beschuldigte mich, ich wolle sie verlassen, wie alle ihre Diener es mit der Zeit tun würden.«

»Aber warum sollte sie so etwas sagen?«

Auf das Zögern des Mannes hin drängte Heinrich ihn weiterzusprechen. »Die Königin sagt, daß alle ihre Bediensteten Vorwände finden würden, sie zu verlassen, seit Ihr ihr Eure Gunst entzogen habt.«

»Ich fürchte, die Königin leidet an Hirngespinsten«, sagte Heinrich. »Es bekümmert mich, daß sie so wenig mit denen fühlt, die in ihren Diensten stehen. Ihr habt gut daran getan, zu mir zu kommen. Ich gebe Euch die Erlaubnis, ja noch mehr: Ich werde Euch einen Geleitbrief geben, der Euren Weg durch Frankreich sichert.«

Mit Tränen der Dankbarkeit in den Augen fiel Felipez auf die Knie.

»Wir sehen Eure große Freude«, sagte der König schroff. »Ihr bekommt den Geleitbrief sofort.«

»Wie kann ich Eurer Gnaden nur danken?« stammelte der Mann.

Heinrich, der den Dank des Mannes mit einer Handbewegung abtat, trat an seinen Tisch, warf ein paar Zeilen auf ein Pergament und händigte Felipez dann das Schriftstück aus.

»Das wird genügen«, sagte er. »Ihr braucht nun nicht zu fürchten, aufgehalten zu werden. Sicher werdet Ihr Eure Mutter noch am Leben antreffen.«

Als Felipez gegangen war, dachte Heinrich: Dieser Mann soll nach seiner Rückkehr mein Diener und nicht jener der Königin sein.

Einige Tage darauf fiel Heinrich der Vorfall wieder ein, und er erwähnte ihn in einem Brief, den er dem Kardinal nach Frankreich schrieb.

Die Antwort des Kardinals kam prompt.

»Dieser Mann täuscht den Besuch bei seiner kranken Mutter nur vor. Euer Gnaden werden entdecken, daß er es tat, um Euer Geheimnis dem Kaiser zu offenbaren und Mittel und Wege zu finden, daraus eine Anklage gegen Euch zu konstruieren. Ich beschwöre Euer Gnaden, sich zu vergewissern, ob dieser Mann England schon verlassen hat, und ihn aufzuhalten, sollte es nicht der Fall sein. Ist er aber schon außer Landes, werde ich ihn an der Durchreise Frankreichs zu hindern trachten, da sich Euer Gnaden großen Hindernissen gegenübersehen werden, sollte die Sache dem Kaiser zu Ohren kommen.«

Als Heinrich den Brief las, geriet er in Zorn. Wie

dumm er gewesen war, den Betrug nicht zu durchschauen! Wie ränkesüchtig die Königin geworden war! Er hätte ihre Intrige erkennen müsse. Und da der Kardinal sofort dahintergekommen wäre und – wäre er in England gewesen – niemals den Geleitbrief ausgestellt hätte, regte sich in Heinrich auch sinnloser Zorn auf den Kardinal.

Noch ein Grund lag vor, voller Mißmut an den Kardinal zu denken. Es gab gewisse Dinge, die er seinem Minister vorenthalten hatte. Anne haßte Wolsey und wollte auch Heinrich dazu bringen, ihn zu hassen.

So hatte Anne gesagt: »Wenn der Kardinal von unserem Vorhaben wüßte, würde er gegen uns arbeiten. Nie habe ich die Zeit vergessen, als er mich wie eine niedrige Dienstmagd behandelte – nur weil Henry Percy mich erwählt hatte.«

»Meine Liebste, wenn jemand meine Scheidung durchsetzen kann, dann ist der Kardinal dieser Mann«, hatte Heinrich beharrlich behauptet.

Anne hatte ihm in diesem Punkt beigepflichtet. Sie mußten sich des Kardinals bedienen, da er unbestritten äußerst findig war, doch wiegte Wolsey sich in dem Glauben, die Scheidung, für die er sich einsetzte, diene dazu, Heinrich mit Renée, der Tochter König Ludwigs XII., und nicht mit Anne Boleyn zu verheiraten.

Er hatte also Geheimnisse vor dem Kardinal und hatte ihn während der letzten Monate oft hintergehen müssen. Die einstige völlige Übereinstimmung, die zwischen ihnen geherrscht hatte, gab es nicht mehr, und in Heinrich regte sich Zorn, wenn er an diese Geheimnisse dachte. Er hätte sich für seine Falschheit verachten mögen, da er dazu aber nicht imstande war, machte er seinen Gefühlen in Form von Abneigung gegen Wolsey Luft.

Er verdrängte Wolsey aus seinen Gedanken und gab Befehl, die Suche nach Francisco Felipez aufzunehmen. Da man ihn nicht finden konnte, sah es ganz danach aus, als hätte er England schon vor mehreren Tagen verlassen.

Der König ließ Dr. William Knight, einen seiner Sekretäre, kommen, einen Mann seines Vertrauens, der sich schon oft als fähiger Gesandter bewährt hatte, wenn Heinrich ihn in Staatsgeschäften außer Landes geschickt hatte.

William Knight, ein Mann über fünfzig, war von Heinrich seiner Weisheit und Erfahrung wegen ausgewählt worden.

»Ach, mein guter William«, sagte der König, als Dr. Knight eingetreten war. »Ihr seid nun viele Jahre in meinen Diensten, und mein Vertrauen in Euch ist groß. Deshalb übertrage ich Euch die wichtigste Aufgabe Eures Lebens.«

William Knight war erstaunt. »Euer Gnaden wissen, daß ich meinen ganzen Verstand auf jede mir übertragene Aufgabe wende«, stammelte er.

»Das wissen wir, William. Und deshalb betrauen wir Euch mit dieser Aufgabe. Ihr sollt sofort nach Rom aufbrechen und dabei Euren Weg durch Frankreich nehmen.«

»Ja, Euer Gnaden.«

»In Rom angekommen, müßt Ihr einen Weg finden, zum Papst zu gelangen. Ich möchte, daß meine Scheidungsangelegenheit beschleunigt wird. Diese neue Verzögerung stellt meine Geduld auf eine harte Probe. Ihr sollt den Papst bitten, Kardinal Wolsey zu ermächtigen, das Verfahren hier in England zu führen. Und noch etwas: Sobald die Scheidung gültig ist, werde ich heiraten – sofort. Ich halte es für meine Pflicht, mich zu vermählen, und habe Lady Anne Boleyn zu meiner zukünftigen Gemahlin ausersehen.«

William Knight gab keine Antwort. Natürlich waren ihm Gerüchte zu Ohren gekommen. Er wußte, daß der Boleyn-Klüngel auf den König großen Einfluß hatte, doch hatte er nicht geahnt, daß die Sache so weit gediehen war und der König sogar eine Heirat mit Thomas Boleyns Tochter erwog, während Wolsey in Frankreich war – zwar nicht mit dem ausdrücklichen Auftrag, die Bedingungen für eine Heirat mit Prinzessin Renée auszuhandeln, aber doch mit Plänen, die in diese Richtung abzielten.

»Es gibt da etwas, das mir große Sorgen bereitet«, fuhr der König fort. »Ich befürchte, daß meiner Verbindung mit Lady Anne ein Hindernis im Weg stehen könnte, da ich mit ihrer Schwester Mary in enger Beziehung stand. Geltendes kanonisches Recht erlaubt mir ohne päpstlichen Dispens keine Ehe mit Lady Anne. Eure Mission in Rom wird es sein, den Papst nicht nur zu bitten, Wolsey die Ermächtigung zur Verhandlung der Scheidung zu erteilen, sondern mir auch den Dispens zu erteilen, der es mir ermöglicht, Lady Anne reinen Gewissens vor den Traualtar zu führen.«

William Knight verbeugte sich. »Ich will sofort aufbrechen«, sagte er, »und Euer Hoheit mit Herz und Verstand dienen.«

Heinrich schlug seinem Sekretär auf die Schulter. »Macht Euch auf den Weg, guter William, und wenn ich Euch hier bald wiedersehe, wird es mich freuen. Bringt Ihr mir, was ich mir wünsche, werde ich Eure Dienste nicht vergessen. Aber bei Gott, sputet Euch. Die Verzögerung zerrt an meinen Nerven.«

Wolsey war nach Frankreich aufgebrochen und trug auf seinem Weg zur Küste noch mehr Pomp zur Schau als sonst. Sein rotes Atlasgewand mit dem Zobelkragen machte ihn inmitten seiner glänzenden Kavalkade zu einer blendenden Erscheinung. Aufrecht im Sattel sitzend, vermied er es, nach rechts und links zu sehen, da er wußte, daß die Blicke derer, die herbeigeströmt waren, um ihn vorbeiziehen zu sehen, feindselig sein würden. Einstmals hätte er sich darüber hinweggesetzt. Nun aber nicht mehr. Er, der stolze Kardinal, hätte ein einziges freundliches Lächeln begrüßt, ein einziger freundlicher Zuruf hätte ihn entzückt.

Während er so dahinritt, überlegte er, daß es ihm ähnlich erging wie einem Bergsteiger. Die leicht zu erklimmenden grasbewachsenen Matten lagen weit hinter ihm, nun aber galt es, in Sichtweite des Gipfels noch Gletscher zu überqueren, um ans Ziel zu gelangen. Ein Zurück gab es nicht mehr, da er so weit gekommen war, und auf trügerischem Untergrund genügte ein einziger Fehltritt, um ihn in das Tal der Erniedrigung abstürzen zu lassen.

Um ihn herum war sein Gefolge in rot-goldenen Livreen. Wurde das Gedränge zu dicht, riefen seine Zeremonienmeister: »Nur weiter, meine Herrschaften, weiter! Platz für Seine Eminenz!«

Sogar er, der gewohnt war, Tag für Tag mit größtem Pomp und Gepränge von York Place oder Hampton nach Westminster Hall zu ziehen, war noch nie in so prächtigem Aufzug gereist wie diesmal. Nun ritt er als des Königs Generalvikar, und während es durch die Stadt und über die London Bridge ging, und weiter auf dem Weg an die Küste durch Kent, konnte er nicht umhin, sich zu fragen, wie viele so prunkvolle Reisen ihm noch beschieden sein mochten, wohin seine nächste Reise ihn führen würde und ob die Menschen aus ihren Häusern strömen würden, um Wolsey vorüberziehen zu sehen.

Mochte sein Herz auch voller böser Vorahnungen sein, so genoß er dennoch diese prunkvolle Zurschaustellung. Hier war er, der Mittelpunkt von neunhundert Reitern, auf seinem Maultier sitzend, das Geschirr aus rotem Samt, die Steigbügel aus vergoldetem Kupfer. Als Schutz vor dem Pesthauch der Luft hielt er eine ausgehöhlte, mit Duftmitteln und Essig gefüllte Orange in der Hand, an der er ängstlich schnüffelte, wenn er durch die armseligen Dörfer ritt und aus dem Augenwinkel in Lumpen gekleidete Männer und Frauen wahrnahm, die zusammengeströmt waren, um ihn zu begaffen. Ihm voran wurden zwei große silberne Kreuze getragen, dazu auf zwei Ständern, ebenfalls aus Silber, das Großsiegel Englands und sein Kardinalshut, damit alle wußten, daß er nicht nur der große Kardinal war, als den sein rotes Gewand ihn auswies, sondern der Kanzler und reichste Mann Englands – nach dem König.

Auf dem Weg nach Dover hatte er zwei Besuche vor. Einen in Rochester, den anderen in Canterbury, um mit den Erzbischöfen Fisher und Warham zu konferieren. Der König hatte es ihm befohlen, da er sich dieser beiden Kirchenmänner nicht sicher war. Warham war es gewesen, der um Zeit gebeten hatte, um die Erkenntnisse des Gerichtes zu überdenken. Ohne diese Verzögerung hätte die Ehe als ungültig erklärt werden können, ehe die Nachricht von der Verwüstung Roms nach London gelangt war. Und da Fisher Beichtvater der Königin war, verdächtigte Heinrich ihn schon lange, ihr freundschaftlich gewogen zu sein.

Aus diesem Grund machte der Kardinal in Rochester halt und wurde im Bischofspalast empfangen.

Als sie allein waren, brachte Wolsey zögernd vor, er glaube, der Bischof sei über die geheime Angelegenheit des Königs nicht vollständig informiert, und der König lege Wert darauf, daß er alles erführe. Er wiederholte sodann Altbekanntes und kam vor allem auf die vom Bischof von Tarbes aufgeworfene Frage und die darauf folgenden Gewissensbisse des Königs zurück.

Fisher lauschte ernst, und was er hörte, steigerte sein Mitgefühl für die Königin.

»Ich fürchte«, sagte Wolsey, »daß die Königin sehr zum Mißvergnügen des Königs mit Hysterie reagierte, als er ihr von der Sache Mitteilung machte.«

»Das zu hören tut mir leid«, antwortete Fisher.

»Als ihr Beichtvater könntet Ihr auf sie einwirken und sie in gefügigere Stimmung bringen«, erwiderte Wolsey. »Der König glaubt, daß Ihr dank Eures großen Einflusses auf die Königin der Geeignete seid, ihr die Tröstungen aufzuzeigen, die ein Leben in Abgeschiedenheit mit sich bringt.«

Der Bischof nickte, und als der Kardinal gegangen war, kniete er nieder und betete lange für die Königin.

Weiter ging es, nach Canterbury, um Warham einen Besuch abzustatten und ihm anzudeuten, daß Heinrich nicht mit Widerstand gegen die Scheidung rechne; in der Gewißheit, Warhams Gedanken in die richtige Richtung gelenkt zu haben, setzte er seinen Weg fort.

So gelangte er nach Frankreich, wo er über Land zog und sich auf der Straße nach Paris stumm begaffen ließ.

Der Empfang, den Franz und Luise ihm bereiteten, ließ keinen Wunsch offen. Ihm zu Ehren fanden Maskeraden, Bälle und Theateraufführungen statt, und alles war geistvoller und feiner als das, was er vom englischen Hof her kannte. Franz bestand darauf, ihm einige der schönen Bauwerke zu zeigen, die er errichten ließ. Das Bauen, eine seiner Leidenschaften, war dem König fast so wichtig wie die Jagd auf Frauen. Begeistert von der herrlichen Architektur, der er in Frankreich begegnete, träumte Wolsey schon von Umbauten an einigen seiner Residenzen in England. Doch bei dem Gedanken an Hampton Court, das ihm nicht mehr gehörte, überfiel ihn Niedergeschlagenheit, da es einen Wendepunkt in seine Beziehung zum König gebracht hatte, als er den Besitz dem König in einer Geste der Großzügigkeit hatte überlassen müssen. Es stand zu befürchten, daß er nie wieder neue Anbauten an seine Paläste würde planen können.

Sein Verhandlungsgeschick aber hatte ihn nicht verlassen. Er schloß den Vertrag mit Frankreich ab und gab sein Wort, daß Mary den Duc d'Orléans heiraten würde. Bislang konnte er nicht mehr als Andeutungen über eine Ehe des Königs mit Prinzessin Renée fallenlassen, weil es von geringem diplomatischen Geschick gezeugt hätte, von der Vermählung eines Mannes zu sprechen, der in den Augen der Welt noch nicht frei war. Aber Franz verstand Andeutungen sehr wohl. Natürlich wußte er vom Geheimnis des Königs und sparte selbst nicht mit Anspielungen; er würde eine Heirat Prinzessin Renées mit dem König von England begrüßen, sobald letzterer frei für eine neue Ehe sei.

Wolsey machte in Compiègne Rast, als Dr. Knight ihn einholte. Erstaunt, seinen Landsmann zu sehen, empfing der Kardinal ihn sehr herzlich und voller Neugier, den Grund seiner Reise betreffend.

Dr. Knight hatte keine Anweisung bekommen, Wolsey nicht über seine Mission zu informieren. Er war der Meinung, dem Kardinal hätte man die schwierigeren Verhandlungen mit Franz anvertraut, während ihm, Knight, die einfachere Aufgabe übertragen worden war – denn das würde sie sein, sobald er den Papst erreicht hätte –, den erforderlichen Dispens zu erbitten und für Wolsey die Ermächtigung zu erwirken, die Untersuchungen im Scheidungsverfahren zu führen.

Kaum waren die beiden Männer allein, erklärte Knight: »Kurz nach Eurem Aufbruch entschloß sich der König, mich nach Rom zu schicken, und ich befinde mich nun auf dem Weg dorthin.«

Wolsey war erschrocken und betroffen. Es war ein schlechtes Zeichen, wenn der König ihn nicht über alle Schritte unterrichtete.

»Und was ist in Rom Eure Mission?« fragte er betont beiläufig.

»Erstens, die Bewilligung Seiner Heiligkeit zu erwirken, daß Ihr den Fall verhandeln dürft.«

Wolsey seufzte erleichtert auf. Sehr vernünftig, daß ein solches Ansinnen nicht von ihm persönlich kommen sollte. Ihm war der Grund, warum der König Knight mit dieser Aufgabe betraut hatte, sofort klar.

»Und zweitens?« fragte er.

»Ach ... eine simple Angelegenheit. Den König plagt sein Gewissen wegen einer früheren Verbindung mit Mary Boleyn.«

»Mit Mary Boleyn?«

»Das Mädchen war wohl vor einiger Zeit seine Geliebte.

»Und sein Gewissen macht ihm zu schaffen ...«

»Ich muß gestehen, daß ich ein wenig erstaunt war. Es stimmt zwar, daß die Familie in letzter Zeit die Nase hoch trägt, aber ich wußte nicht, daß die Neigung des Königs so weit geht, daß er eine Ehe in Erwägung zieht.«

»Erklärt dies näher«, sagte der Kardinal ruhig.

»Da der König Anne Boleyn zu heiraten beabsichtigt, braucht er wegen seines Liebesverhältnisses mit Annes Schwester Mary einen Dispens.«

Sekundenlang verschlug es Wolsey die Sprache. Als irgendwo in der Nähe Glockengeläut ertönte, hatte er das Gefühl, es gelte ihm persönlich.

Er faßte sich rasch wieder. Knight durfte nicht merken, wie tief die Kluft zwischen ihm und dem König war.

»Das Gewissen des Königs ist sehr empfindlich«, sagte er leichthin.

»Er ist auf der Hut – wenn er sich wieder vermählt, soll es eine gültige Ehe sein, damit er nicht wieder Gefahr läuft, den Himmel zu beleidigen und ihm abermals ein männlicher Erbe vorenthalten wird.«

Wolsey, der kaum erwarten konnte, mit seinen Gedanken allein zu sein, nickte.

Als Knight gegangen war, saß er lange da und starrte vor sich hin. Zu seiner Mission in Frankreich gehörte es, die Fühler nach einer französischen Heirat für den König auszustrecken. Das wußte der König ... und hatte dennoch schon die Ehe mit Anne Boleyn im Sinn gehabt, während sie die Sache gemeinsam erörterten.

»Diese schwarzäugige Hexe!« murmelte Wolsey vor sich hin. Und plötzlich war ihm sehr vieles klar. Er wußte nun, warum der König ihm langsam, aber sicher den Rücken zugewandt hatte. Mistreß Anne hatte es von ihm gefordert. Mistreß Anne haßte den Kardinal, der sie gescholten hatte wie eine niedrige Dienstmagd, als Percy um sie warb. Rachsucht hatte ihm aus ihren stolzen Augen entgegengeblitzt, und er hatte gelacht, weil er nicht glauben konnte, daß er – der große Kardinal – etwas von dem dummen Ding zu befürchten hatte.

Und jetzt war dieses dumme Ding ständig an der

Seite des Königs anzutreffen. Das Mädchen hatte ihn so behext, daß er entschlossen war, sie zu heiraten, mochte die Verbindung auch noch so unpassend sein (man bedenke, daß er erklärt hatte, sie sei nicht gut genug für Percy!). Sein Verlangen nach diesem schwarzäugigen Mädchen und nicht sein jämmerliches Gewissen war es, das die Sache ins Rollen gebracht hatte. Die mächtigste Person am Hof war nun Anne Boleyn, die erklärte Feindin des Kardinals.

Das alles hatte sich direkt vor seinen Augen zugetragen, und er hatte es nicht gesehen. Er war blind gewesen – er, der so weit gelangt war, weil er immer vor allen anderen einen Schritt im voraus gesehen hatte. Aber jetzt war er alt und müde und von Angst geplagt.

Was nun? fragte er sich. Und wieder hörte er das Glockengeläut.

Da spürte er das Verlangen zu beten, um Hilfe, um Führung zu bitten.

Auch dies werde ich überwinden, wie ich alle anderen Hindernisse überwunden habe. Ich werde dafür sorgen, daß diese Frau es bereut, mir ihre Feindschaft erklärt zu haben.

Er glaubte ihr spottendes Lachen zu hören, und es klang ihm wie Buckinghams Lachen in den Ohren. Buckingham hatte es den Kopf gekostet. Ihm diese Lehre zu erteilen, war ihm nicht schwergefallen, obwohl er einer der ersten Edelleute des Landes war. Sollte er nun eine Frau fürchten – noch dazu eine, deren Anspruch auf Adel sehr gering war?

Nein, er hatte keine Angst.

Doch als er beten wollte, entdeckte er plötzlich, daß er dazu nicht imstande war. Er konnte nur auf die Knie sinken, seine Furcht eingestehen und um die Kraft bitten, über seine Feinde triumphieren zu können. Wie ein Gebet kam es ihm allerdings nicht vor.

Er stand auf. Nach England zurückgekehrt, wollte er den König aufsuchen. Und jetzt würde es keine Geheimnisse mehr zwischen ihnen geben. Er würde sich nicht länger durch die Haltung des Königs zu der Dame täuschen lassen, eine Haltung, die er ohne besonderes Interesse beobachtet hatte, da sie ihm nicht anders schien als zu anderen Frauen auch.

Diesmal aber war alles anders. Diese Beziehung des Königs rief wohl andere Empfindungen in ihm hervor, und das erklärte die Veränderung in ihrer Beziehung.

Man mußte mit äußerster Behutsamkeit vorgehen. Bislang hatte er stets gesiegt. Warum sollte er nicht wieder triumphieren?

Morgen wollte er nach England zurückkehren, da seine Mission beendet war. Er wollte sich jetzt zurückziehen, und nach einer gut durchschlafenen Nacht würde er sich erquickt fühlen.

Er ging ans Fenster, um auf die friedliche Szene hinauszublicken, und als er dastand, sah er, daß jemand mit einem Stück Holzkohle eine Skizze auf den Rahmen gezeichnet hatte.

Ansprechend war sie nicht, da sie einen Galgen darstellte, und die Figur, die daran hing, sehr lebensecht wirkte. Die Kardinalsrobe war flüchtig, aber sehr typisch mit ein paar Strichen hingeworfen.

Wer mochte das gezeichnet haben? Ein Angehöriger seines Gefolges? Jemand, der ihn haßte und sich ein diebisches Vergnügen daraus machte, eine solche Skizze an einer Stelle zu hinterlassen, worauf sein Blick mit großer Wahrscheinlichkeit fallen würde?

Der Kardinal griff nach seinem Taschentuch und wollte das Gekritzel verwischen. Dann hielt er inne. Nein. Das wäre ein Zeichen von Schwäche gewesen. Sollte es doch bleiben. Sollten andere es sehen. Er war an Beschimpfungen gewohnt. Sie hatten ihn von Anfang an, während seines ganzen Aufstiegs begleitet und hatten seinem Erfolg nichts anhaben können. Wenn sie ihm damals nicht geschadet hatten, warum jetzt?

Er ging also zu Bett, schlief aber in jener Nacht sehr unruhig, da er von einer schwarzäugigen Frau träumte, die zur Freude des Königs Kohleskizzen eines am Galgen baumelnden Kardinals zeichnete.

Als die Königin sich in ihrer Barke von Greenwich nach Richmond begab, drängte sich am Ufer das Volk und jubelte ihr zu. Prinzessin Mary begleitete Katharina, die es kaum ertrug, wenn sie ihre Tochter nicht um sich hatte. Ihre größte Angst war es, von ihr getrennt zu werden.

»Gott segne die Königin!« ertönte es. »Gott segne Prinzessin Mary!«

Katharina nahm den Jubel zur Kenntnis, und die Prinzessin tat es ihr gleich. Wie tröstlich, sich diesen Menschen zu zeigen, die Freude über ihr Erscheinen bekundeten, wo immer sie sich zeigte. Heinrich mochte im gedämpften Ton von seinem Geheimnis reden, doch war er der einzige, der es für ein Geheimnis hielt. Die Scheidungsabsichten des Königs waren in aller Munde, und das Volk stand fast durchwegs auf seiten der Königin, zumal die Frauen energisch für sie Partei ergriffen.

»Schöne Zustände sind das«, hörte man sie murren, »wenn ein Mann, seiner Frau überdrüssig, behauptet, sie sei gar nicht seine Frau, nur damit er sie loswird und sich eine jüngere nehmen kann. Wenn man das unter Ehe verstehen soll, dann Gott bewahre!«

Seit der Ankunft Katharinas in England sahen die Engländer die Spanier als ihre Freunde an und die

Franzosen als ihre natürlichen Feinde; manche glaubten sogar, letztere seien eine Affengattung und viele hätten Schwänze, die sie unter ihrer feinen Kleidung verbargen.

Und der eigentliche Schurke war der Kardinal, der ihnen immer schon verhaßt gewesen war. »Wer war denn der Kardinal?« hieß es oft. »Nichts Besseres als du und ich. Weißt du, daß sein Vater Metzger war?«

Wer zog die Steuern ein, um Kriege führen zu können, die keiner wollte? Der Kardinal.

Wer lebte wie ein König, obwohl nur ein Metzgerssohn? Wer schloß Verträge mit Frankreich, weil Frankreich ihn fürstlich bezahlte? Wer war schuld an der Armut im Lande? Wer hatte dem edlen Duke of Buckingham den Kopf abschlagen lassen, nur weil dieser ihm Schmutzwasser über die Schuhe gegossen hatte? Kardinal Wolsey, lautete die Antwort auf all diese Fragen.

Sie sahen ihn, wie er sich ihnen unzählige Male präsentiert hatte, auf seinem Maultier mit der rot-goldenen Schabracke durch die Straßen reitend, an seiner Orange schnüffelnd, als verachte er das Volk und fürchte seine Unreinheit.

Der König hatte sich von ihm auf Abwege leiten lassen. Der König war leutselig und ein kühner Sportsmann; der König war jung und ließ sich leicht beeinflussen. Da Wolsey eine Allianz mit Frankreich wollte, hatte er dem König eingeredet, es bestünden Zweifel an der Gültigkeit seiner Ehe mit Katharina von Aragón; und Prinzessin Mary – die liebe kleine Prinzessin Mary – wurde zum Bastard erklärt!

»Lang lebe Königin Katharina!« rief das Volk. »Königin Katharina für immer!«

Die Klänge eines Liedes drangen bis zur Barke, und Katharina faßte daraufhin wieder Mut, da es Ausdruck der Liebe des Volkes zu Prinzessin Mary war, die von allen als rechtmäßige Thronerbin angesehen wurde.

Fürwahr, eine Prinzessin, edel,
Wie kein Sänger sie zu preisen vermag.
Noch ein Kind zwar an Jahren,
Doch mit Klugheit und Weisheit begabt –
Nicht minder mit Anmut und Schönheit.

Vollendetes Abbild
Herrlichster Tugenden.
Erbe von Vater und Mutter.
Und doch sinnt der Kärrner von York
Mit Arglist auf Trennung der beiden.

Dieses Lied war nicht nur Ausdruck der Liebe zur Prinzessin und der Entschlossenheit, zu Katharina zu stehen, sondern auch Ausdruck des Hasses, der Wolsey, dem Erzbischof von York, auch Kärrner oder Metzger genannt, galt.

»Lang lebe Prinzessin Mary!« rief die Menge. Und Mary winkte und lächelte auf ihre herzliche, aber würdige Art, die nie ihre Wirkung verfehlte und die Herzen der Menschen erfreute.

Und so gelangten sie zu den merkwürdig geformten Türmen von Richmond, die wie umgedrehte Birnen in der Sonne schimmerten.

In der Stille ihrer Gemächer wurde Katharina von Bischof Fisher erwartet, den sie dorthin bestellt hatte.

»Mylord, es freut mich, daß Ihr gekommen seid«, sagte sie, als sie allein waren. »Ich brauche Euren Rat.«

»Ich bitte Euer Gnaden, sich zu beruhigen. Wolsey besuchte mich auf seinem Weg zur Küste und schilderte mir, wie niedergeschlagen Ihr nach der Unterredung mit dem König wart.«

»Ich fürchte, ich habe meine Beherrschung verloren.«

»Wir müssen um größere Beherrschung beten.«

»Zuweilen hoffe ich, der Tod würde bald kommen.«

»Wann wir abberufen werden, Euer Gnaden, entscheidet allein Gott.«

»Ich weiß, daß es falsch von mir ist, aber mitunter habe ich das Gefühl, das Leben sei zu bitter, um ertragen zu werden.«

»Und Ihr betet darum, daß dieser Kelch an Euch vorbeigehen möge«, murmelte der Bischof. »Euer Gnaden, es gibt aber jemanden, der Euch jetzt dringend braucht. Ihr dürft nicht vergessen, daß die Angelegenheit auch Eure Tochter betrifft.«

»Das ist es, was mir das Herz bricht.«

»Wir sind noch nicht besiegt.«

»Mylord, Ihr sagt *wir.* Heißt das, daß Ihr mir beistehen werdet?«

»Ich werde mit Euch und für Euch beten.«

Sie sah ihn forschend an. »Ich habe stets gespürt, daß Ihr nicht nur mein Beichtvater, sondern auch mein Freund seid, und ich kenne Euch als guten Menschen. Aber ich kenne auch das Wesen des Königs. Im Herzen ist er ein Knabe, aber Knaben können sehr selbstsüchtig sein, Mylord. Da ihnen die Erfahrung des Leidens fehlt, bedenken sie nicht, wieviel Schmerz sie jenen zufügen, die ihnen im Weg stehen, wenn sie gierig ihre Hände nach dem Ziel ihrer Wünsche ausstrecken.«

Aus dem Blick des Bischofs sprach Traurigkeit. Wenn sie in ihrem Gemahl nur einen Knaben sah, der einer Versuchung erlegen war, dann kannte sie ihn nicht. Der Bischof hatte den König angesehen und hinter der jovialen Maske Grausamkeit erkannt. Er betete darum, daß diese sanfte Frau nie gezwungen sein würde, ihren Ehemann in einem anderen Licht zu sehen.

»Ihr werdet viel Mut brauchen«, sagte der Bischof. »Laßt uns um Mut beten.«

Sie beteten gemeinsam, und als sie sich von den Knien erhoben, erklärte die Königin: »Ich werde nicht in ein Kloster eintreten. Das ist es, wozu man mich zwingen möchte.«

»Es ist das, was man von Euch erhofft.«

»Ich weiß. Aber ich werde es nie tun. Ich werde für meine Tochter kämpfen. Und laßt Euch eines gesagt sein, Mylord: Ich werde nie zulassen, daß man mich verstößt, denn wenn ich es täte, würde man meine Tochter als Bastard brandmarken. Und das ist etwas, das ich mit allen Mitteln bekämpfen werde.«

John Fisher neigte das Haupt. Er hielt die Entscheidung der Königin für richtig und klug, doch hatte er in der Miene des Königs wilde Entschlossenheit und in jener Wolseys Gerissenheit und Tücke gelesen. War diese sanfte Frau imstande, sich gegen die beiden zur Wehr zu setzen? Und welche Folgen würde es für sie haben … und für jene, die zu ihr hielten?

Sie hatte ihre Entscheidung getroffen, und er wußte, daß sie davon nicht abweichen würde. Auch John Fisher hatte seine Entscheidung getroffen.

Wenn der König sie verstieß, würde sie nicht mehr viele Freunde haben, doch er, John Fisher, Bischof von Rochester, würde darunter sein.

Die Königin war entzückt, als Mendoza ihr die Nachricht überbrachte.

»Felipez hat seine Sache gut gemacht«, sagte er.

»Ich habe Nachricht vom Kaiser, der für Euch und den König Briefe sendet. Ich weiß, daß der König über das an ihn gerichtete Schreiben nicht erfreut war. Der Kaiser rügt darin die Behandlung, die man Euch angedeihen läßt, und gibt seiner Entrüstung und Empörung Ausdruck.«

Die Königin schlug die Hände zusammen. »Ich wußte, daß ich Karl vertrauen kann«, rief sie aus. »Seine Kriege nehmen ihn zwar stark in Anspruch, doch steht er seiner Familie bei, wenn eine wichtige Angelegenheit es erfordert. Seine Unterstützung wird dem Fall eine Wendung geben.«

»Ich gebe Euer Gnaden recht«, sagte Mendoza. »Und wir dürfen nicht vergessen, daß der Papst, ohne den die Ehe nicht annulliert werden kann, Eurem Neffen auf Gedeih und Verderb ausgeliefert ist. Hier ist der Brief, den der Kaiser Euch schickt.«

Katharina faßte begierig danach, und als sie das Schreiben überflog, umspielte ein triumphierendes Lächeln ihre Lippen.

Karl war entsetzt und über alle Maßen betroffen. Er könne sich des Eindrucks nicht erwehren, schrieb er, als sei sie schon so lange in England, daß ihre Herkunft aus den Häusern Aragón und Kastilien beim König in Vergessenheit geraten sei. Er habe die Absicht, schleunigst Kardinal Quinones, den Ordensgeneral der Franziskaner, nach Rom zu entsenden, damit dieser sich dort ihrer Sache annehme. Sie könne darauf bauen, daß ihr Neffe ihren Fall aufmerksam verfolgen und ihr beistehen würde. Clemens VII., noch immer Gefangener in der Engelsburg, sei zu klug, um sich über die Wünsche des Kaisers hinwegzusetzen.

Die Königin drückte ihre Lippen auf den Brief. »Gott segne Euch, Karl«, flüsterte sie. »Eine Familie sollte immer zusammenstehen.«

Sie spürte, wie ihr die Tränen in die Augen stiegen, da sie plötzlich an Karls Mutter Johanna erinnert wurde, die, ständig in Streit mit ihren Geschwistern begriffen, schon in der Kinderstube Tobsuchtsanfälle gehabt hatte. Ihre Mutter hatte daraufhin das widerspenstige Kind an sich gezogen und ihm erklärt, daß Schwestern und Brüder sich nie zanken dürften und nötigenfalls gegen den Rest der Welt zusammenstehen müßten.

Ach, wieder Kind sein zu dürfen! dachte Katharina. Wieder in Madrid zu sein, in Granada, in Valladolid … unter den Fittichen der besten und liebevollsten Mutter … nie erwachsen, nie flügge zu werden!

Ihr nächster Gedanke galt ihrer eigenen Tochter. Wäre sie für immer Kind geblieben, sie hätte Mary nie bekommen.

Sie lachte über ihre Torheit. Karl hatte ihren Hilferuf beantwortet. Eigentlich hätte sie in Jubelstimmung sein sollen.

Der Kardinal war nach England zurückgekehrt, und als er erfuhr, daß der König in Greenwich residierte, sandte er seine Boten in den Palast, die Heinrich seine Ankunft melden und anfragen sollten, wo Seine Gnaden ihn zu empfangen wünsche.

Heinrich war guter Dinge, als die Boten eintrafen. Ein Festspiel wurde vor ihm aufgeführt, das Werk Anne Boleyns, ihres Bruders George und einiger der glänzenden jungen Dichter, die zu ihrem Klüngel gehörten. Heinrich fand diese jungen Leute immer mehr nach seinem Geschmack als die ältere Generation. Zudem war es Anne, die diese Gruppe anführte, und wo Anne war, wollte auch der König sein.

Anne, anmaßend in ihrer Schönheit und in vollem Bewußtsein ihrer Macht über den König kühn, aufreizend und arrogant, maßte sich bereits die Rolle der Königin an, die sie in Kürze tatsächlich zu spielen erwartete. Besonderes Vergnügen bereitete es ihr, ihre Umgebung zu schockieren, indem sie sich Freiheiten herausnahm, die der König bei niemand anderem geduldet hätte, von ihr aber demütig hinnahm.

Als nun der Bote fragte, wann und wo Seine Gnaden den eben eingetroffenen Kardinal zu empfangen wünschte, war es Anne, die in ihrer schnippischen Art antwortete: »Wohin sonst sollte der Kardinal wohl kommen, als dorthin, wo der König weilt?«

Atemlose Stille. Würde der König diese Kühnheit von ihr hinnehmen? Wollte sie damit andeuten, daß der zweifellos mit Reisestaub bedeckte Kardinal – noch immer der mächtigste der königlichen Minister – sich in den Ballsaal begeben sollte? Befahl sie sein Erscheinen wie irgendeinem Lakai?

In den Augen des Königs konnte sie offenbar nichts falsch machen, da dieser laut auflachend sagte: »Wie wahr!« und wiederholte: »Wohin sonst sollte der Kardinal kommen als dorthin, wo der König weilt?«

»Euer Gnaden wollen ihn hier empfangen!« entfuhr es Wolseys Boten entgeistert.

»Ihr habt den Befehl Seiner Gnaden gehört«, gab Anne scharf zur Antwort.

Der Bote verbeugte sich und ging zu Wolsey. Der Kardinal, der mit verschmutztem roten Gewand und schweißbedeckter Stirn atemlos und ermattet von der Reise auf eine kurze Ruhepause gehofft hatte, um ein Bad zu nehmen, sich umzukleiden und seine Gedanken zu sammeln, um sich auf die Unterredung mit dem König vorzubereiten, hörte es voller Erstaunen.

»Direkt zu ihm soll ich? Ihr habt wohl nicht richtig gehört«, beharrte er.

»Euer Eminenz, es ist des Königs Befehl, durch Lady Anne ausgesprochen, daß Ihr unverzüglich zu ihm kommen sollt.«

Lady Anne! Sie war also beim König. Sie fühlte sich wohl schon als Königin von England. Und das würde sie auch werden, da der König es wünschte. Und er, armer Tor, hatte mitgeholfen, diesem wankelmütigen Menschen den Keim des Scheidungsbegehrens einzupflanzen – er, der Träume von einer Allianz mit Frankreich hegte, von einem dauerhaften Bollwerk gegen den Kaiser, hatte mitgeholfen, Lady Anne – seine erbittertste Widersacherin – dorthin zu bringen, wo sie jetzt stand.

Ihm blieb nichts übrig, als zu gehorchen, deshalb ging er abgespannt und sich seiner unziemlichen Erscheinung wohl bewußt in den Ballsaal und trat vor den König hin.

Es war so, wie er befürchtet hatte. Da stand der König und neben ihm Lady Anne. Die anderen hatten sich fortbegeben, um die drei allein zu lassen.

»Euer Gnaden ... Mylady ...«

Der Blick der Königs war nicht unfreundlich, ließ aber erkennen, daß er nicht bei der Sache war; das Blau seiner Augen leuchtete vor Vergnügen über seine Gefährtin – und vor Verlangen nach ihr. Auch während sie vor ihm stand, liebkoste seine Hand ihre Schulter.

Und sie lächelte Wolsey zu – ein feindseliges Lächeln eines Menschen, der mit Vergnügen anderen Demütigungen zufügt. Als wolle sie zu ihm sagen: Erinnerst du dich an Anne Boleyn, die für Percy nicht gut genug war? Weißt du noch, wie du sie gescholten hast, als wäre sie die letzte Küchendirne? Es ist dieselbe Anne Boleyn, die jetzt neben dem König steht und sagt: ›Du sollst jetzt kommen!‹ und der du den Gehorsam nicht zu verweigern wagst.

»Thomas, ich bin sicher, daß Ihr gute Nachrichten bringt«, sagte der König.

»Der Mission war Erfolg beschieden, Euer Gnaden.«

Aber Heinrich nahm seinen Minister kaum wahr. Gute Nachricht bedeutete für ihn nur eines: Wann konnte er guten Gewissens mit dieser Frau ins Bett gehen?

Dieser Augenblick war gefahrvoller als jeder andere, den der Kardinal bisher erlebt hatte. Er fühlte sich wie damals, als er in Compiègne das Glockengeläut gehört und die Kohlezeichnung eines am Galgen hängenden Kardinals entdeckt hatte. Nein, seine böse Vorahnung ging noch weiter.

Er wußte, daß an diesem Tag in England zwei Menschen in akuter Gefahr schwebten. Einer davon war Katharina, die Königin. Der andere Kardinal Wolsey.

7.

Der bußfertige König

Während des folgenden Winters versuchte Katharina, ihre Ängste zu ignorieren. Sie setzte ihr gewohntes Leben fort und brachte ihre Tage mit Näharbeiten zu, mit Lektüre, mit Gebeten, Musik und einer gelegentlichen Kartenpartie mit ihren Damen.

Daß eine der Hofdamen nun ihre besondere Aufmerksamkeit erregte, war unvermeidlich, da die Stellung Anne Boleyns am Hof nicht mehr zu übersehen war. Im Mittelpunkt aller Turniere und Maskenspiele stand diese Frau, deren ständige Begleiter ihr Bruder sowie Thomas Wyatt und einige andere geistreiche Männer der jüngeren, künstlerisch begabten Gruppe waren. Sie verfaßten Spiele und Aufzüge, die sie dem König zum Vergnügen aufführten. Während dieser schicksalhaften Wintertage entstand der Eindruck, als gäbe es zwei Gruppen – eine um die Königin und die andere um Anne. Und in jener Gruppe, die sich um Anne scharte, war der König zu finden.

Oft zog sich Katharina von einer Lustbarkeit zurück, weil ihre Würde es ihr verbot mitanzusehen, wie der König Anne Boleyn behandelte, als sei sie bereits Königin.

Sie selbst ließ sich nicht anmerken, daß sie in dieser Frau etwas anderes sah als in ihren anderen Hofdamen, und sie stellte sich der Tatsache gegenüber blind, daß der König gegen seine Ehe aufbegehrte und kein Geheimnis aus seinem Verlangen nach Anne machte.

Selbst Anne, die alle, auch den König, ihre Anmaßung spüren ließ, mußte sich von der Würde der Königin geschlagen geben, jedoch war es vor allem Katharinas Zurückhaltung, die verhinderte, daß es zu peinlichen Szenen zwischen ihnen kam. Da Heinrich seiner Frau möglichst aus dem Weg ging, gab es keine privaten Gemeinsamkeiten mehr. Er hatte verkündet, daß er sich als Junggeselle sah. Obwohl er die Notwendigkeit des Wartens, bis er öffentlich dazu erklärt wurde, beklagte, konnte ihn niemand daran hindern, sich selbst als solchen zu sehen.

Nur einmal ließ Katharina erkennen, daß ihr Annes Bemühungen, ihre Stelle einzunehmen, nicht entgangen waren. Man hatte sich zu einer Kartenpartie niedergelassen, und Anne war an der Reihe, um zu geben, als Katharina sagte: »Mylady Anne, Ihr habt Glück, einen König in Eurer Hand zu haben. Aber anders als die anderen, wollt Ihr alles oder nichts.«

Durch diese Bemerkung ein wenig außer Fassung gebracht, hatte Anne ihre Hand schlecht ausgespielt, aber Katharina hatte Ruhe bewahrt. Anschließend waren die Anwesenden sich einig: »Sie glaubt immer noch, der König würde wieder zu Verstand kommen und erkennen, daß er sie nicht verstoßen kann.«

Doch als Katharina an jenem Abend allein war und an die herrische junge Schönheit mit den blitzenden dunklen Augen dachte, an ihre elegante Kleidung, ihre Anmut, ihre Haltung, die anzeigte, daß sie in Gedanken schon die Krone trug, wagte sie nicht, in die weitere Zukunft zu blicken.

Manchmal fühlte sie sich so allein. Zwar hatte sie ihre Tochter, die ihr alles bedeutete, doch wagte sie nicht, zu Mary von ihren Sorgen zu sprechen. Sie hoffte sehr, Mary wüßte nichts davon. Das Kind war zu empfindsam.

Solange wir zusammen sind, sagte sie zu sich, kann ich alles ertragen. Mary zuliebe werde ich mich heftig gegen ein Kloster wehren.

Sie überlegte, wer ihr helfen konnte. Mendoza würde ihr beistehen, doch war er nur Gesandter und kein Theologe. Sein Wort hatte in diesem Land wenig Gewicht. Warham war ein redlicher Mensch, aber alt und von banger Hochachtung vor dem König und Wolsey erfüllt. Die Frauen, die ihre Freundinnen waren, hatte man fortgeschickt. Wie tröstlich wäre ein Gespräch mit Maria de Salinas gewesen! Luis Vives hatte England verlassen, nachdem Wolsey ihm in aller Schärfe erklärt hatte, es wäre klüger, sich nicht in die Angelegenheiten des Königs zu mischen. Und der gelehrte Vives war vermutlich der Meinung gewesen, um einem Konflikt auszuweichen, sei es am günstigsten zu gehen, solange es möglich war.

Thomas Morus kam immer noch und stattete ihr Besuche ab. Das, was als Geheimnis des Königs bekannt war, erwähnte er nicht, doch gab er ihr zu verstehen, daß sie ihn als ihren Freund betrachten könne.

John Fisher, dem sie ihre Sünden beichtete, kam ebenfalls und brachte ihr Trost.

»Man hat mich gewarnt«, sagte er, »mich nicht in die Angelegenheiten des Königs zu mischen, doch wenn ich Euer Gnaden von Nutzen sein kann, werde ich diese Befehle weiterhin mißachten.«

»Ich danke Gott für Eure Freundschaft«, antwortete Katharina ihm.

»Laßt uns um Mut beten«, sagte der Bischof, und sie beteten gemeinsam.

Während dieser Wintermonate, als ihre Lebensgeister tief gesunken waren, dachte sie oft an Fisher und Morus und fühlte sich sofort besser, da sie nicht fern waren. Ihr Einfluß auf den König mochte gering sein, aber sie waren ihre Freunde.

Mit dem Frühling gelangten Neuigkeiten aus Rom nach England. Der Papst hatte Lorenzo Campeggio, Kardinal von Santa Anastasia, beauftragt, nach England zu reisen und gemeinsam mit Kardinal Wolsey den Fall zu entscheiden.

Bei Hof herrschte Bestürzung. Es war Juni, und die Hitze drückend. Eines Tags brach ein Mann, der den Fluß entlanggegangen war, plötzlich zusammen und blieb am Ufer liegen. Als einige Vorübergehende stehenblieben, um nachzusehen, was ihm fehlte, war es klar, daß er der Pest zum Opfer gefallen war.

Am gleichen Tag starben noch einige Menschen auf den Straßen. Die Epidemie hatte London erreicht.

Es war eine Geißel, die in gewissen Abständen wiederkehrte und die Menschen zu Tausenden dahinraffte. Brach sie in großen Städten wie London aus, brach Panik aus, da die Seuche in den heißen und übelriechenden Straßen rascher um sich griff.

Als man es dem König meldete, zeigte er sich sehr beunruhigt. Er befand sich in Greenwich und beschloß, noch einige Tage zu bleiben, da er es nicht wagte, mit der Barke durch die verseuchte Stadt nach Westminster zu fahren.

Es war sein Kämmerer William Carey, der ihm die Nachricht überbracht hatte. Er hatte Will Carey mit seiner Gunst ausgezeichnet, da Anne von ihm erwartete, daß er alle ihre Angehörigen auszeichnete, und Will dringend einer Beförderung bedurfte, da er kaum über eigene Mittel verfügte. Überdies gefiel es Heinrich, den Mann zu begünstigen, da er noch immer liebevoll an Wills Frau Mary dachte, wiewohl er nun aus ganzem Herzen wünschte, sie wäre nie seine

Geliebte gewesen, weil er ihretwegen vielleicht genötigt sein würde, einen Dispens einholen zu müssen.

»Die Seuche fordert weitere Opfer, Euer Gnaden«, sagte Will. »Auf meinem Weg durch die Stadt habe ich mehrere Tote auf den Straßen gesehen.«

Die Augen des Königs wurden schmal. »Ich weiß nicht«, sagte er düster, »warum diese Pestilenz immer wieder mein Land heimsucht. Ich bin sicher, unter meinen Untertanen sind einige, die glauben, die Seuche wurde uns vom Himmel geschickt, weil wir Gott irgendwie beleidigt haben.«

»Ach, das kann gut sein, Euer Gnaden.«

Will glaubte, der König spiele auf sein sündiges Leben mit Katharina an, und da Mary ihm eingeprägt hatte, sie müßten immer zu Anne halten, die so treu zu ihnen gehalten hatte, setzte er hinzu: »Gut möglich, daß die Seuche erlischt, wenn Euer Gnaden Angelegenheit geregelt ist.«

»Könnte sein, könnte gut sein«, murmelte der König.

Er empfand größtes Unbehagen. Er hatte der Königin schon so lange nicht mehr beigewohnt, daß man nicht mehr sagen konnte, er lebe in Sünde. Merkwürdig, daß Gott die Seuche nun geschickt hatte, da er sein sündiges Leben erkannte hatte und einen Weg suchte, es zu ändern.

So wie die meisten glaubte er, daß die Pest ein Zeichen göttlichen Zorns sei. Dann hatte Gott also trotz seines Bestrebens, sich von Katharina zu lösen, seinem Königreich eine Seuche geschickt.

Seine Miene war finster, und Will, der in seiner Nähe gelernt hatte, wann es zu schweigen galt, sagte nichts mehr. Tatsächlich überlief Will ein heftiger Schauer, an dem nicht die Gegenwart des Königs schuld war. Als Heinrich ans Fenster schlenderte und in Gesellschaft einiger seiner Herren auf den Fluß hinausblickte, ergriff Will die Gelegenheit, die königlichen Gemächer zu verlassen.

Noch ehe er seine eigenen Räume erreicht hatte, spürte er den gefürchteten Schweißausbruch am ganzen Körper.

»Euer Gnaden, die Seuche hat den Palast erreicht.«

Heinrich hörte die gefürchteten Worte und starrte den Mann an, der sie ausgesprochen hatte.

»Einer Eurer Herren ist erkrankt und gestorben.«

»Wer?« rief Heinrich aus.

»Will Carey, Euer Gnaden.«

Will Carey! Erst vor wenigen Stunden hatte er mit dem Mann gesprochen.

»Laßt mich allein«, sagte er, am ganzen Körper zitternd.

Will Carey tot! Will war der Mann, den er wegen seiner Beziehung zu Anne begünstigt hatte. Und er war das erste Opfer im Palast, in des Königs eigenem Palast.

Mary, die zwei Kinder hatte, war nun Witwe, und es würde nicht lange dauern und Anne würde ihn um Hilfe für sie bitten, da die Bedürfnisse ihrer Familie ihr immer sehr am Herzen lagen.

Doch auch als er an Anne dachte, ließ seine Angst nicht nach. Jetzt mußte er sich der Wahrheit stellen. Warum lag ihm daran, sich von Katharina zu trennen? Aus Angst, all die Jahre in Sünde gelebt zu haben oder weil er Katharinas überdrüssig war und eine neue Frau wollte?

Er senkte die Lider, um seinen Mund legten sich die bekannten, Tugendhaftigkeit andeutenden Linien, doch er konnte diese Miene nicht beibehalten, da er an Anne dachte, an Anne in schwarzem Samt, in

Rot und Gold; Anne, die ihm ihre Arme entgegenstreckte, die ihn nicht mehr abwehrte. Es nützte nichts. Zuweilen schaffte nicht einmal er es, sich hinters Licht zu führen.

Er schickte nach Wolsey, wie immer, wenn er sich in Zeiten der Gefahr befand.

Der Kardinal kam mit seiner Barke von Hampton. Abgesehen von der Orange, die er mehr als elegante Geste denn aus Angst trug, machte er der Seuche keine Zugeständnisse, da er andere Sorgen hatte, weitaus bedrückendere Dinge, mit denen er sich beschäftigen mußte.

»Wir sind von dieser Pestilenz zutiefst beunruhigt«, sagte der König. »Es scheint, daß wir das Mißfallen des Allmächtigen erregt haben.«

Der Kardinal fragte: »Und warum glauben Euer Gnaden, daß Gott Euch zürnt?«

»Ich gebe zu«, antwortete der König, »daß ich meiner bevorstehenden Heirat mit großer Ungeduld entgegensehe.«

Wolsey machte ein grimmiges Gesicht. Sollte den König doch sein Gewissen plagen. Es geschah ihm ganz recht. Sollte er es doch als Sünde ansehen, wenn es ihn nach Anne Boleyn gelüstete.

»Das könnte wohl sein«, sagte Wolsey.

Der König machte ein erschrockenes Gesicht, doch die Miene des Kardinals war so finster wie seine eigene.

»Es ist wahr, daß ich mit Katharina eigentlich gar nicht vermählt bin«, fuhr der König fast trotzig fort.

Wolsey breitete die Hände aus. »Euer Gnaden, es kann nicht schaden, wenn Ihr fortfahrt, wie ein Junggeselle zu leben, bis der Beweis erbracht ist, daß die Ehe mit Lady Katharina ungültig ist.«

Heinrich schoß heiße Röte ins Gesicht, als er hervorstieß: »Täglich habe ich die Messe gehört ... mehr als einmal. Täglich habe ich gebeichtet.«

»Niemand kennt Euer Gnaden Frömmigkeit besser als ich, aber es wäre ja möglich, daß sie nicht ausreicht.«

»Nicht ... ausreicht!«

»Vielleicht wäre es in diesem Stadium klüger, Lady Anne auf das Anwesen ihres Vaters zu schicken.«

Momentan schien Heinrich so wütend, daß Wolsey schon das Gefühl hatte, zu weit gegangen zu sein. Aber nach einer Weile nickte der König. Seine Angst war ihm deutlich anzumerken.

»Wahrscheinlich habt Ihr recht«, sagte er.

Ein leichter Sieg, dachte der Kardinal. Noch am gleichen Tag wurde Lady Anne zu ihrem Vater nach Hever geschickt.

Und was Heinrich betraf, so änderte er seine Lebensweise. Er verfaßte mehrere Testamente. Er war oft in Gesellschaft der Königin anzutreffen, und sie plauderten wie gute Freunde, während sie an ihrer Tapisserie stickte; ging sie zur Messe in die Kapelle, so begleitete er sie, und niemand schien ihr mehr ergeben als der König. Es sah aus, als hätte er Anne Boleyn verbannt und sei in jeder Hinsicht bis auf eine zur Königin zurückgekehrt, denn ihr Bett teilte er nicht mehr.

Wie tugendhaft er in diesen heißen Sommerwochen lebte! Bald nach Careys Tod bestand er darauf, daß der Hof Greenwich verließ und sich erst nach Eltham begab und dann noch weiter fort von der Stadt. In ständiger Angst, ein Opfer der Seuche zu werden, ließ Heinrich die Ärzte nicht mehr von seiner Seite.

Er ließ sich von Dr. Butts über Pflaster und Tinkturen unterrichten, die in leichteren Fällen den Seuchenopfern das Leben gerettet hatten, wobei es sein größtes Vergnügen war, die Rezepturen selbst mit dem

Arzt zusammenzustellen. Er fand sogar die Ingredienzien für ein eigenes Pflaster und überließ das Rezept den Apothekern, damit diese es für ihre Kundschaft herstellen konnten. Dieses Pflaster, das in leichten Fällen angeblich äußerst wirksam war, wurde als des ›Königs eigenes Pflaster‹ bekannt.

Dennoch trafen immer wieder neue Todesnachrichten ein. Als sein alter Freund Sir William Compton starb, war Heinrich untröstlich. Er dachte daran, wie sich bei ihm nach der Rückkehr aus Frankreich zum erstenmal ein Geschwür am Bein gezeigt hatte, und er und Compton gemeinsam Pflaster gemacht hatten, da Compton ebenfalls an einem Geschwür litt.

Und jetzt … Compton ein Opfer der Seuche!

Der Kardinal, der in Hampton sehr beschäftigt war, wunderte sich über das Gewissen des Königs, das bewirkte, daß er sich zu diesem Zeitpunkt von Anne Boleyn trennte und sie nach Hever schickte, während er selbst als tugendsamer Ehemann Katharinas posierte, wenn er auch ihr Bett nicht teilte. Wolsey hätte zu gern gewußt, ob Heinrich sich eingestand, daß er es vermied, weil er sie wenig anziehend fand, oder ob er sich einredete, er glaube noch immer, sie sei nicht seine Frau.

Er hatte Anne zwar fortgeschickt, schrieb ihr jedoch liebevolle Briefe, erotische Briefe, in denen er ihr sein Verlangen nach ihr gestand, und andeutete, was die Zukunft für sie beide bereithielt. Als ob Gottvater, der sah, wie er zur Beichte und Messe ging, die verstohlenen kleinen Botschaften entgangen wären, die hinter SEINEM Rücken abgeschickt wurden.

Einst hatte es eine Zeit gegeben, da der Kardinal diese Verhaltensweise des Königs begrüßt hätte, jetzt aber wußte er, wie gefährlich sie sich erweisen konnte. Wolsey war daher mit seinen eigenen Angelegenheiten so beschäftigt, daß er keine Zeit hatte, sich wegen der Möglichkeit des Seuchentodes Sorgen zu machen.

Und auch Katharina zeigte keine Furcht. Sollte der Tod kommen, war sie bereit, ihn zu empfangen, da das Leben ihr wenig zu bieten hatte. Viele Menschen starben, und jeden Tag kamen neue Todesnachrichten, doch hatte sie wenig Freunde, die sie hätte verlieren können. Sie dankte Gott, daß Maria Salinas auf dem Land fern jeder Ansteckungsgefahr weilte, und daß Margaret bei Mary war, die man ebenfalls fortgeschickt hatte.

Unterdessen führte der König ein betont tugendhaftes Leben und sehnte das Erlöschen der Seuche herbei.

Eines Tages aber gelangte aus Hever eine Nachricht an den Hof, die den König in Panik versetzte. Anne war an der Seuche erkrankt.

Alle Bußfertigkeit außer acht lassend, setzte Heinrich sich sofort hin, um ihr einen Brief zu schreiben.

Die Nachricht hatte ihn in tiefe Verzweiflung gestürzt. Wie gern hätte er ihre Leiden geteilt! Seinen ersten Arzt könne er ihr leider nicht schicken, da der Mann zur Zeit nicht anwesend war und er eine Verzögerung fürchte, deshalb wolle er ihr seinen guten Dr. Butts schicken. Sie solle sich von Dr. Butts leiten lassen. Er sehne sich nach ihr, und das Wiedersehen mit ihr würde ihm ein größerer Trost sein als die kostbarsten Edelsteine der Welt.

Dann richtet er sich aufs Warten ein. Es hatte keinen Sinn. Er konnte sich nicht mehr verstellen. Er konnte nicht mehr die Gesellschaft der Königin suchen und ihrer Konversation lauschen. Er mußte der Wahrheit ins Angesicht sehen. Er wollte Anne, und er würde Anne bekommen.

Sein Gewissen – das fast immer so reagierte, wie er es wünschte, begann ihn wieder zu plagen, weil er die Witwe seines Bruders geehelicht hatte. War die Krankheit ein Zeichen von Gottes Zorn, dann war dieser Zorn die Folge seines Lebens in Sünde mit Katharina, und je eher er sich ihrer entledigte, desto erfreuter würden er – und Gott – sein. Warum traf Kardinal Campeggio nicht endlich ein? Wolsey war zu langsam. Warum hatte er die Sache nicht geschickter arrangiert.

Er wartete auf Nachrichten aus Hever. Er konnte an nichts anderes denken als an sein Verlangen nach ihr. Und als die Nachricht kam, und es eine gute Nachricht war, war er tagelang voller Freude. Daß seine Liebste mit dem Leben davongekommen war, faßte er als himmlisches Einverständnis mit ihrer Vereinigung auf.

Er saß nun nicht mehr bei Katharina. Es bestand auch keine Notwendigkeit mehr, regelmäßig zu beichten oder lange zu beten.

Die Seuche war im Abklingen. Anne war genesen. Bald würde sie bei ihm sein.

Wo aber steckte Campeggio? Und was unternahm dieser träge Wolsey, um ihm seinen Herzenswunsch zu erfüllen?

8.

Das päpstliche Ehe-Breve

Man hatte Kardinal Lorenzo Campeggio, der im Oktober in London eintraf, schon viel eher erwartet, da seit seinem Aufbruch in Rom ein Vierteljahr vergangen war. Wolsey empfing ihn zu York Place, wo Campeggio sich unauffällig einfand, sehr zu Wolseys Mißfallen, der trotz all seiner Ängste nur ungern eine Gelegenheit ausließ, sich dem Volk mit Pomp und Pracht zu präsentieren. Wolsey hätte es vorgezogen, dem Kardinal mit seinem ganzen Gefolge – samt Silberkreuzen, Silberständern, Siegel und Kardinalshut – in aller Öffentlichkeit einen feierlichen Empfang zu bereiten.

Campeggio aber, der anderes im Sinn hatte, hielt seine Ankunft geheim, bis er ungesehen in York Place eintraf.

Wolsey umarmte ihn und gab Anweisung, dem hohen Gast seine Räume zuzuweisen. »Das Beste, was wir anzubieten haben. Euer Eminenz, wir haben auf dieses Vergnügen lange gewartet.«

Campeggio zuckte zusammen, als Wolsey seine Hand erfaßte. »Meine Gicht bereitet mir Höllenqualen«, eröffnete er seinem Gastgeber. Und man sah ihm an, daß er die Wahrheit sprach. Ein Blick in das bleiche, von tiefen Schmerzfurchen durchzogene Gesicht, und Wolsey war beruhigt. Vor ihm stand ein Mann, der leicht lenkbar war. Wer so litt wie Campeggio, dem lag mehr daran, seinen müden Gliedern Ruhe zu gönnen, als den Kampf für Katharina auszufechten.

»Wir werden unser möglichstes tun, um es Euch hier angenehm zu machen«, sagte Wolsey zu ihm. »Und unsere besten Ärzte werden Euch zu Diensten sein.«

»Ärzte können für mich wenig tun«, jammerte Campeggio. »Mein Freund, mitunter plagen mich so große Schmerzen, daß ich das Tageslicht nicht ertrage. Dann will ich nichts, als in einem dunklen Raum liegen, und niemand darf sich mir nähern.«

»Dann muß eine sehr bedauernswert mühselige Reise hinter Euch liegen.«

Campeggio schob verzweifelt seine Schultern in die Höhe. »Manchmal waren die Schmerzen so stark, daß ich nicht reiten konnte, ja, daß ich mich auch nicht in einer Sänfte tragen lassen konnte. Daher die Verzögerung.«

Wolsey war nicht so dumm zu glauben, daß Campeggios Gicht der einzige Grund für die Verzögerung war. Er vermutete vielmehr, daß der Papst es in seiner heiklen Position nicht eilig hatte, die Ehe der Tante des Kaisers für ungültig zu erklären. Clemens war darauf aus, Zeit zu gewinnen. Campeggios Gicht kam daher sehr gelegen und würde zweifellos auch in Zukunft gelegen sein.

»Der König legt großen Wert darauf, daß die Angelegenheit bald einer Lösung zugeführt wird«, sagte Wolsey zu Campeggio.

»Das glaube ich.« Campeggio schüttelte bekümmert seinen Kopf. »Für die Kirche ist es nicht gut«, fuhr er fort. »Wie immer das Ergebnis ausfallen mag, Seine Heiligkeit wird dabei große Bedenken haben.«

»Wenn aber die Ehe des Königs keine Ehe ist …«

»Seine Heiligkeit entsetzt die Vorstellung, der König von England und die spanische Infantin könnten achtzehn Jahre lang in Sünde gelebt haben.«

»Der Beweis sollte nicht weiter schwierig zu erbringen sein«, zeigte Wolsey sich beharrlich, »daß der vorangegangenen Ehe wegen die jetzige nicht rechtens sein kann.«

»Ich kann Euch nicht beipflichten«, erwiderte Campeggio. Es könnte sich als höchst schwierige Sache erweisen.«

Da begriff Wolsey, daß der Papst aus Angst vor dem Kaiser seine Einwilligung zur Scheidung nicht geben würde. Wie war ihm klar, daß Campeggio, wie er ein wahrer Meister des Wankelmuts, von Clemens mit der klaren Anweisung geschickt worden war, daß nichts übereilt geregelt werden dürfe und der Vatikan vor jeder Entscheidung unterrichtet werden müsse.

Der König würde auf die Verzögerung mit Zorn reagieren und seine Enttäuschung über die Art, wie das Verfahren geführt wurde, an Wolsey auslassen.

Nachdem Campeggio sich von den Strapazen der Reise erholt hatte, begab er sich in Begleitung Wolseys nach Greenwich, um den König aufzusuchen.

Heinrich empfing ihn mit äußerlicher Herzlichkeit und innerem Argwohn. Campeggios Aussehen gefiel ihm nicht – der päpstliche Legat war leidend. Er sah bleich und abgespannt aus. Seine Gliedmaßen waren von der Gicht geschwollen, die seine Reise durch Frankreich so verzögert hatte. Hätte Clemens keinen Gesunden schicken können! grollte der König insgeheim. Überdies entdeckte er in den Augen des Mannes einen überlegenen Ausdruck, eine gewisse Würde, die ihn – so glaubte Heinrich – zu verstehen geben sollte, daß der Legat sich als Diener des Papstes verstand und niemand anderem untertan war.

Bei Gott, dachte der König, der Verzögerungen gab es schon genug.

»Willkommen, willkommen«, sagte er und bot Campeggio und Wolsey neben sich Platz an.

Nachdem Heinrich sein Mitgefühl für die Leiden des Legaten ausgedrückt hatte, kam er ohne Umschweife auf den eigentlichen Grund von dessen Aufenthalt in England zu sprechen.

»Es hat schon genug Verzögerungen gegeben«, sagte er. »Ich wünsche, daß das Verfahren sofort eröffnet wird.«

»Sobald als möglich«, murmelte Campeggio. »Aber ich möchte sagen, daß es im Sinne Seiner Heiligkeit wäre, wenn die Sache ohne viel Aufsehen geregelt werden könnte.«

»Mich kümmert nicht, wie sie geregelt wird, *wenn* sie geregelt wird«, sagte der König.

»Seine Heiligkeit bittet Euer Gnaden zu bedenken, welche Wirkung eine Scheidung auf Eure Untertanen ausüben mag.«

Wolsey, der den König genau beobachtete, sah Gefahrensignale in dessen Augen aufblitzen. Rasch warf er ein: »Seine Heiligkeit braucht dies Seiner Gnaden nicht zu empfehlen. Die größte Sorge Seiner Gnaden ist das Wohlergehen seiner Untertanen, und deshalb möchte er sich aus einer Verbindung lösen, die sich als unfruchtbar erwiesen hat.«

Heinrich warf seinem Kanzler einen dankbaren Blick zu.

»Dann bin ich sicher, eine annehmbare Lösung zu haben«, fuhr Campeggio fort. »Seine Heiligkeit wird den von seinem Vorgänger Julius II. gewährten Dispens prüfen, ihn abändern oder einen neuen Dispens erteilen, der ohne den geringsten Zweifel bestätigt, daß die Ehe zwischen Henry Tudor und Katharina von Aragón gültig ist.«

Wolsey wagte den König nicht anzusehen, da er

wußte, daß dieser seinen Jähzorn nicht würde zügeln können.

»Ich habe also ein Vierteljahr gewartet, um mir das anhören zu müssen!« stieß Heinrich hervor. »Es könnte sehr wohl sein, daß ich von dieser Sache mehr weiß als jeder andere, Ich habe mit meinem Gewissen gekämpft, und es sagte mir eines: Niemals ... niemals ... werde ich Gnade vor den Augen Gottes finden, wenn ich weiterhin mit einer Frau zusammenlebe, die in SEINEN Augen nicht meine angetraute Frau ist.«

»Mir scheint, Euer Gnaden wissen in dieser Sache mehr als jeder Theologe«, erklärte Campeggio mit der Andeutung eines Lächelns.

»So ist es!« donnerte Heinrich. »Und von Euch möchte ich nur die Entscheidung, ob die Ehe gültig ist oder nicht.«

Campeggio, der über einen kauzigen Humor verfügte, murmelte: »Hm, so wie ich es sehe, wünschen Euer Gnaden die Entscheidung, daß die Ehe *nicht* gültig sein möge.«

»Seine Gnaden haben unter der Unsicherheit sehr gelitten«, ergänzte Wolsey.

»Unter der Unsicherheit anderer«, gab Campeggio zurück. »Wie ich sehe, ist in ihm selbst keine Unsicherheit. Nun legt Seine Heiligkeit großen Wert darauf, daß diese bedauerliche Angelegenheit freundschaftlich geregelt wird. Daher wird es meine erste Pflicht sein, die Königin aufzusuchen und ihr den Vorschlag zu machen, sie möge sich in ein Kloster zurückziehen. Würde sie dies tun und dergestalt ihre Ehe widerrufen, könnte Seine Heiligkeit ohne Verzug die Ehe für null und nichtig erklären. Es wäre dann ihre Entscheidung, die niemand in Zweifel ziehen könnte.«

Heinrichs Zorn war ein wenig verraucht. Wenn Katharina nur Vernunft zeigen wollte, konnte diese Sache ganz einfach aus der Welt geschafft werden. Was hatte ihr denn das Leben außerhalb der Klostermauern zu bieten, daß sie dieses kleine Opfer nicht bringen konnte? Seine Forderung erschien ihm geringfügig, da sie in einem Kloster ihr bisheriges Leben weiterführen konnte.

»Man könnte ihr sagen«, schlug er vor, »daß für den Fall ihres Eintritts in ein Kloster ihrer Tochter kein Schaden erwachsen würde und sie nach meinen legitimen männlichen Erben die nächste in der Thronfolge sein soll. Ich erbitte nur, daß sie sich stillschweigend vom Hof in ein Kloster zurückzieht.«

»Ich werde ihr die Sache vortragen«, erwiderte Campeggio.

»Es ist die einzige Lösung, die das Wohlgefallen des Heiligen Vaters fände. Sollte sie sich weigern …«

»Warum sollte sie das tun?« wollte Heinrich wissen. »Was hat sie zu verlieren? Sie würde innerhalb der Klostermauern dieselben Annehmlichkeiten haben wie außerhalb.«

»Sie würde ein zölibatäres Leben führen müssen.«

»Ach was!« rief der König aus. »Das führt sie seit Monaten schon. Eines sage ich Euch: Ich habe die ganze Zeit über nicht ihr Bett geteilt. Und werde es auch in Zukunft nicht mehr tun.«

»Es sei denn natürlich«, murmelte Campeggio mit einem Anflug von Verschlagenheit, »Seine Heiligkeit erklärt die Ehe für gültig.«

Sein Jähzorn überrumpelte den König unversehens. »Niemals! Niemals! Niemals!« rief er aus.

Campeggio ließ die Andeutung eines Lächelns sehe. »Ich sehe, daß auch ein vom Himmel herabgestiegener Engel Euch nicht bewegen könnte, das zu tun, was nicht zu tun Ihr Euch vorgenommen habt. Meine nächste Pflicht ist ein Besuch bei der Königin.«

Katharina empfing die beiden Kardinäle in ihren Gemächern, wo Campeggio die Unterredung eröffnete, indem er zu ihr sagte, er sei gekommen, um ihr zu raten, sie möge in ein Kloster eintreten. Wolsey, der sie genau beobachtete und den eigensinnigen Zug um ihren Mund sah, wußte sofort, daß sie nicht kampflos nachgeben würde.

»Ich habe nicht die Absicht, in ein Kloster zu gehen«, gab sie zurück.

»Euer Gnaden, es mag ein Opfer sein, das man Euch abverlangt, aber damit würdet Ihr eine Sache bereinigen, die vielen Menschen großen Kummer bereitet.«

»Kummer?« erwiderte sie entrüstet. »Wem bringt sie wohl größeren Kummer als mir?«

»Wißt Ihr noch, was im Falle Ludwigs XII. geschah? Seine Gemahlin zog sich in ein Kloster zurück und gab ihn damit für eine neue Ehe frei.«

»Ich habe nicht die Absicht, dem Beispiel anderer zu folgen, da jeder Fall anders ist. Für mich kann ich nur sagen, daß ich die Gemahlin des Königs bin und daß niemand behaupten soll, daß ich es nicht bin.«

»Ist Euer Gnaden klar, daß es im Fall Eurer Weigerung zu einem gerichtlichen Verfahren kommt?« fragte Wolsey.

Sie wandte sich an Wolsey. »Ja, Mylord Kardinal, das ist mir klar.«

»Falls Ihr unseren Rat zu befolgen geruht ...«, setzte Wolsey an.

»Ich soll Euren Rat befolgen, Mylord? Ich, die ich immer schon Euer üppiges Leben beklagte und sehr wohl weiß, daß ihr zum giftigen Skorpion werdet, wenn Ihr jemanden haßt? So haßt Ihr meinen Neffen, weil er Euch nicht zum Papst machte, und da ich seine Tante bin, habt Ihr Euren Haß auf mich übertragen. Ich weiß auch, daß Eure Bosheit es war, die diesen Brand entfachte. Glaubt Ihr denn, ich würde einen Rat befolgen, den Ihr mir gebt?«

Wolsey wandte sich an Campeggio, und seine Miene besagte: Ihr seht, daß wir es mit einem hysterischen Frauenzimmer zu tun haben.

»Euer Gnaden«, wandte Campeggio ein, »ich möchte zu bedenken geben, daß der Fall zu Eurem Nachteil entschieden werden könnte, falls Ihr zulaßt, daß er öffentlich verhandelt wird. Euer guter Name würde schweren Schaden nehmen.«

»Es soll mich nur freuen, wenn der Fall ans Tageslicht gebracht wird«, entgegnete Katharina, »da ich die Wahrheit nicht zu fürchten habe.«

Campeggios Hoffnung, die Sache leicht regeln zu können, war verflogen. Der König war zur Trennung entschlossen, und die Königin war auf ihre Art ebenso halsstarrig wie der König.

Er gab jedoch noch nicht die Hoffnung auf, sie in ein Kloster hineinzuzwingen. Konnte er ihr das Eingeständnis entreißen, ihre Ehe mit Arthur sei vollzogen worden, dann glaubte er, sie auch zu einem Eintritt ins Kloster überreden zu können. Von ihrem Charakter hatte er sich einen Eindruck verschafft. Sie war eine fromme Frau, die in der Beichte nie lügen würde, obwohl sie ihrer Tochter zuliebe außerhalb des Beichtstuhls vielleicht dazu imstande wäre.

»Würden Euer Gnaden eine Beichte bei mir in Erwägung ziehen?« fragte er.

Sie zögerte keinen Moment. »Es wäre mir eine Freude.«

Campeggio wandte sich an Wolsey, der sofort sagte: »Ich möchte mich zurückziehen.«

Er begab sich eilig zum König, um ihm mitzuteilen, wie die Unterredung verlaufen war. Campeggio und Katharina aber zogen sich ins Privatgemach der Königin zurück, damit Katharina ihre Beichte ablegen konnte.

Als sie vor ihm kniete, stellte der päpstliche Legat ihr die schicksalsschwere Frage: »Euer Gnaden waren mit Prinz Arthur etwa ein halbes Jahr verheiratet. Von November bis April. Habt Ihr während dieser Zeit jemals das Bett mit dem Prinzen geteilt?«

»Ja, das habe ich.«

»Wie oft?«

»Wir schliefen während jener sechs Monate nur sieben Nächte zusammen.«

»Ach«, sagte Campeggio, »und würdet Ihr mir sagen, ob einmal während dieser sieben Nächte ...«

Katharina unterbrach ihn: »Er verließ mich immer, so wie er mich vorfand – als Jungfrau.«

»Und das schwört Ihr im Namen Gottes, des Vaters, des Sohnes und des Heiligen Geistes?«

»Das schwöre ich«, sagte Katharina mit Nachdruck.

Er seufzte. Sie hatte die Wahrheit gesprochen, das wußte er. Seine Gicht machte sich wieder bemerkbar, und er sehnte sich nach dem Frieden eines verdunkelten Raumes. Ihm war nun klar, daß dieser Fall sich nur unter großen Schwierigkeiten lösen ließ. Nichts durfte übereilt entschieden werden. Die Situation in Europa war in ständigem Fluß. Wenn man Heinrich seinen Wunsch gewährte und dann erleben mußte, daß die gesamte Christenheit unter die Herrschaft des Kaisers geriete, würde es ihm und dem Heiligen Vater übel ergehen.

Heinrich tobte, als er von Katharinas strikter Weigerung, in ein Kloster einzutreten, hörte.

Er rief Wolsey zu sich, und der Kanzler kam widerstrebend, da er nicht wußte, in welcher Stimmung er den König antreffen würde. Seine Zweifel wurden bald beseitigt. Heinrich lief erregt auf und ab, seine kleinen Augen verschwanden fast in den Falten aufgeschwemmten Fleisches, ungesunde Röte färbte seine Backen.

»Die Königin will nicht ins Kloster!« brüllte er. »Aus purem Eigensinn. Was kann es ihr schon ausmachen? Und was Euren gichtigen Widerpart anlangt, so kann ich ihn nicht ausstehen. Ich habe den Eindruck, ihr beide steckt die Köpfe zusammen und heckt eine Intrige aus, wie man mich am besten um meine Rechte betrügen könnte.«

»Euer Gnaden!«

»Diese Kardinäle ...«, tobte der König weiter. »Bilden sich ein, sie dienten dem Papst.« Er kniff die Augen noch mehr zusammen. »Sie sollen entdecken, daß die päpstliche Macht sie nicht vor königlichem Zorn zu schützen vermag!«

»Euer Gnaden, ich gestehe, daß ich Eure Enttäuschung über Campeggio teile. Es scheint, daß Verzögerung ihm ein besonderes Anliegen ist. Ich habe mit ihm gestritten und ihm Euer Gnaden Wünsche unterbreitet. Und ich habe ihn daran erinnert, wie der Heilige Vater sich in seiner Bedrängnis an Euch wandte, und wie Ihr in Eurer Güte ...«

»So war es«, unterbrach ihn der König. »Ich habe dem Papst Geld geschickt. Und was hat es genützt? Ihr habt mir dazu geraten, Master Wolsey. Ihr habt gesagt: ›Helfen wir ihm jetzt, so wird er uns später helfen.‹ Wem dient Ihr – Eurem König oder Eurem Papst?«

»Aus ganzem Herzen und ganzer Seele, mit allen Gaben, die Gott mir verliehen, diene ich meinem König.«

Der König war sofort milder gestimmt. »Nun denn, was sollen wir tun, Thomas? Was denn? Wie lange muß ich diesen jämmerlichen Zustand noch erdulden?«

»Nach der Anhörung des Falles haben wir die Entscheidung des Gerichtes ...«

»Bei dem dieser Mann den Vorsitz führt ... er hat seine Anweisungen von Clemens, und es könnte gut sein, daß mir diese nicht gefallen.«

»Euer Gnaden, Ihr habt Euren Kanzler, der für Euch kämpft.«

»Ach, Thomas, wenn man nur zugelassen hätte, daß Ihr in diesem Verfahren den Vorsitz führt, wie ich es wollte!«

»Dann wären Euer Gnaden jetzt der Behinderung lange ledig.«

»Ich weiß, ich weiß. Dieses Warten erbittert mich. Mitunter habe ich das Gefühl, von Feinden umgeben zu sein, die sich gegen mich verschworen haben.«

»Euer Gnaden, Clemens ist im Moment ein unsicherer Faktor. Wie ich höre, steht es um seine Gesundheit nicht zum besten. Die Verwüstung Roms und seine Gefangennahme haben ihn zutiefst erschüttert. Es könnte sein, daß er nicht mehr lange auf dieser Erde weilt.«

Heinrich sah seinen Kanzler an und brach plötzlich in schallendes Gelächter aus.

»Ha!« rief er aus. »Hätten wir einen englischen Papst, dann hätte der englische König nicht diese Schwierigkeiten. Das habt Ihr doch eben gedacht, Thomas?«

»Ein englischer Papst würde nie vergessen, daß er sein Glück dem englischen König verdankt.«

Heinrich schlug Wolsey auf die Schulter.

»Nun«, sagte er, »wir wollen darum beten, daß Clemens entweder das Licht sehen möge oder … daß er überhaupt nichts mehr sieht. Er schlottert vor Angst, unser Heiliger Vater. Er fürchtet, Karl zu beleidigen, ebenso aber fürchtet er, mich zu beleidigen, und schickt uns deshalb diesen gichtigen alten Gelehrten und trägt ihm auf: ›Unternehmt nichts … versprecht nichts … richtet Euch aufs Warten ein!‹ Bei Gott und allen Heiligen, ich kann mir nicht denken, wie ich ihn und die Politik seines Herrn und Meisters ertragen kann.«

»Euer Gnaden, wir werden unseren Fall gewinnen. Habt keine Angst. Denkt daran, daß Euer Kanzler neben Campeggio sitzt, und solange ich da bin, haben Euer Gnaden den bestmöglichen Anwalt.«

»Wir werden Mittel finden, unseren Fall zu gewinnen«, sagte Heinrich geheimnisvoll. »Aber es betrübt mich, daß die Königin der Schicklichkeit nicht Genüge tut und sich unserer Bitte so beharrlich widersetzt. Warum weigert sie sich, in ein Kloster zu gehen? Was könnte es ihr denn ausmachen?« Seine Augen wurden schmal. »Bisweilen frage ich mich, ob sie es aus reiner Bosheit tut. Und wenn sie so entschlossen ist, mir etwas anzutun … woher sollen wir wissen, wo solche Pläne enden? Ich weiß, daß ich Feinde habe. Gut möglich, daß sie in aller Heimlichkeit gegen mich arbeiten. Wenn die Königin an einer Verschwörung gegen mich beteiligt wäre …«

Heinrich verstummte. Er konnte nicht weitersprechen, auch nicht vor seinem Kanzler. Und auf Wolsey wirkten seine Worte und die geheimnistuerische Weise, in der sie ausgesprochen wurden, wie eine kalte Brise an einem heißen Sommertag. Die Gunst des Königs war unberechenbar.

Wolsey hegte für das künftige Wohl der Königin nicht viel Hoffnung, wenn sie sich den Wünschen des Königs nicht beugte. Vielleicht war sie unklug. Vielleicht war das Klosterleben, mochte es ihr auch noch so verabscheuenswert erscheinen, jenem Leben vorzuziehen, das sie erwartete, wenn sie das volle Ausmaß königlichen Unwillens zu spüren bekäme.

Da sich die Königin weigerte, in ein Kloster zu gehen, war ein Gerichtsverfahren unvermeidlich, wie Campeggio nun erkannte. Ebenso wußte er, daß man Katharina unmöglich den Beistand verweigern konnte, den man unter solchen Umständen jedem Angeklagten gewähren würde.

Demgemäß wurden William Warham und John Fisher, die Erzbischöfe von Canterbury und Rochester, zu ihren Verteidigern bestimmt, der Bischof von London, Cuthbert Tunstall, und Henry Standish, Bischof von St. Asaph, vervollständigten mit John Clerk, dem Bischof von Bath und Wells, das Gremium. Da die Königin Ausländerin war, kam man überein, daß ihre Verteidigung nicht allein Engländern überlassen werden sollte, und ernannte auch Luis Vives und Jorge de Athequa, einen ihrer Beichtväter, sowie zwei Flamen zu ihren Rechtsbeiständen. Die Flamen und Vives weilten im Ausland, und es schien unwahrscheinlich, daß sie von großem Nutzen für sie sein würden. Sie war klug genug, um zu wissen, daß mit Ausnahme John Fishers alle anderen, die man mit ihrer Verteidigung betraut hatte, nicht wagen würden, den König zu brüskieren.

Die Vorbereitungen für den Prozeß machten sehr zum Mißfallen Campeggios Fortschritte, da er geplant hatte, das Verfahren unter irgendeinem Vorwand zu verschleppen, um nicht zu einem Urteilsspruch gezwungen zu werden, während die Lage in Europa noch unsicher war. Seine Gicht lieferte ihm daher einen guten Vorwand, sich ganze Tage in einem verdunkelten Raum einzuschließen, während seine Diener allen Besuchern versicherten, er sei zu krank, um jemanden zu empfangen.

Als Katharina eines Tages bei ihrem Kaplan Thomas Abell war, sagte der Priester zu ihr: »Euer Gnaden, der kaiserliche Gesandte muß Euch dringend sprechen und möchte als Priester verkleidet kommen, da er fürchtet, man würde belauschen, was er zu sagen hat, wenn er nicht verkleidet käme.«

Katharina schwankte nun zwischen ihrer Wut, daß sie den Gesandten ihres Neffen nicht empfangen konnte, ohne befürchten zu müssen, daß sie bespitzelt wurde, und ihrer bösen Vorahnung, daß neue Intrigen bevorstünden.

Sie sah Thomas Abell an und fragte sich, wie weit sie ihm vertrauen konnte. Obwohl er noch nicht lange in ihrem Dienst stand, konnte sie sagen, daß er ihr gut gedient hatte. Und sie brauchte so dringend Freunde, daß sie Freundschaft annehmen mußte, wo sie sich ihr bot, ohne zuviel Argwohn zu zeigen.

»Er hat mich in diesem Fall um Hilfe gebeten«, fuhr Thomas Abell fort, »und da ich bemüht bin, Euer Gnaden zu dienen, sagte ich, daß ich tun würde, was in meinen Kräften steht.«

»Dann bringt ihn zu mir in meine Kapelle«, sagte sie. »Ich will dort mit ihm sprechen.«

So kam es, daß Inigo de Mendoza sie als Geistlicher verkleidet aufsuchte, das Gesicht unter einer Kapuze versteckt. Als er in der Kapelle neben ihr kniete, spürte sie sofort, daß er zutiefst erregt war.

»Euer Gnaden«, sagte er, »die Nachricht, die ich Euch bringe, könnte nicht besser sein! Entsinnt Ihr

Euch eines de Puebla, der einst Eurem Vater hier in England diente?«

»Ich kann mich sehr gut erinnern«, antwortete Katharina. »Er ist schon lange tot.«

»Aber sein Sohn, ein Geistlicher, lebt, und hat unter den Papieren seines Vaters ein wichtiges Dokument entdeckt.«

»Was für ein Dokument?«

»Es ist ein päpstliches Breve mit gleichem Datum wie der von Julius II. gewährte Dispens, doch geht dieses Breve viel genauer auf den Fall ein. Wenn wir des Originals habhaft werden könnten – das sich in einem Archiv in Madrid befindet – hätten wir einen über jeden Zweifel erhabenen Beweis, daß Eure Ehe mit dem König legal ist.«

»Ihr habt dieses Schriftstück?«

»De Puebla hat mir eine Kopie gegeben. Ich schlage vor, daß wir diese Euren Verteidigern aushändigen.«

»Dann tut dies«, sagte die Königin.

»Außer Fisher traue ich niemandem, und da das Verfahren in England stattfindet, fürchte ich, daß kaum einer sich den Wünschen des Königs entgegenstellen wird. Wir müssen erreichen, daß der Fall in Rom verhandelt wird. Dann erst könnte man auf Gerechtigkeit hoffen. Aber jetzt haben wir wenigstens dieses Dokument, das ich für Euch mitbrachte. Am besten übergebt Ihr es Fisher. Sagt ihm, daß es sich nur um eine Kopie handelt und daß das Original sich in Spanien befindet. Ich glaube, das dürfte unter unseren Gegnern für große Verwirrung sorgen.«

Katharina, die das Dokument in Empfang nahm, um es zu studieren, erkannte sofort seine Bedeutung, und als Mendoza sich verabschiedete, ließ er sie in gehobener Stimmung in der Kapelle zurück.

Der König, der erregt sein Gemach durchmaß, hielt inne, um seinen Kanzler finster anzusehen.

»Mir scheint, hier verschwören sich alle gegen mich! Wann soll diese Anhörung stattfinden? Wann gewährt man mir endlich meine Scheidung? Angelegenheiten, die bei anderen binnen weniger Wochen geregelt werden, dauern in meinem Fall viele Jahre. Und warum? Weil jene, die mir dienen sollten, sich nicht mit aller Kraft für mein Anliegen einsetzen.«

Der Kardinal war in Gedanken weit weg ... in Rom. Vor wenigen Tagen hatten ihn ermutigende Nachrichten erreicht. Mit Clemens' Gesundheit ging es nach dem großen Schock, den er erlitten hatte, so stark bergab, daß man allgemein annahm, er würde sich nicht mehr erholen.

Gib, daß es mir gewährt wird, betete der Kardinal. Hier ist der Ausweg aus der Gefahr, der Pfad, der mich zu neuer Macht führen wird. Meine Tage in England neigen sich dem Ende zu. Mein Stern ist im Sinken ... Seit Anne Boleyn ihm ihr Gift ins Ohr träufelte, ist der König dieses Thomas Wolseys überdrüssig, dem er einst so zugetan war. Als ich mir diese Frau zur Feindin machte, beging ich meinen größten Fehler. Sie wird nicht glauben, daß ich sie auf Befehl des Königs hin maßregelte und sagte, sie sei nicht würdig, ins Haus Northumberland einzuheiraten. Sie gibt mir die Schuld und ist zu meiner Vernichtung entschlossen.

Einst hätte es geheißen: Thomas Wolseys Wille ist der Wille des Königs. Das war nun nicht mehr so, hingegen konnte man sagen, daß Anne Boleyns Wünsche auch jene des Königs waren, da er im Moment nichts anders wollte, als ihr zu Gefallen zu sein.

Diese Frau war eine Hexe. Keiner anderen wäre es geglückt, den König so zu umgarnen.

Deshalb *mußte* er der neue Papst werden. Um diese Gnade betete er jeden Moment des Tages, wenn es sich einrichten ließ, und oft auch während schlafloser Nächte, doch war er nicht der Mensch, der es mit Gebeten bewenden ließ. Wie oft hatte er zu sich gesagt, daß er seinen Aufstieg den Taten Thomas Wolseys und nicht jenen Gottes zu verdanken hatte. Und jetzt mußte Thomas Wolsey weiterkämpfen. Er hatte Franz um Hilfe gebeten, und dieser hatte sie ihm versprochen. Was aber, wenn der französische König sich als ebenso unzuverlässig erwies wie der Kaiser? Wolsey hatte Gardiner mit einer Liste der Kardinäle und Beutel voller Gold nach Rom geschickt. Er scheute keine Kosten, keine Bestechung war zu hoch. Alles, was er besaß, würde er darauf verwenden, beim nächsten Konklave gewählt zu werden, da es diesmal nicht allein um Macht ging, sondern um sein Leben.

Diese Gedanken gingen ihm während der Tirade des Königs durch den Kopf, und er hoffte inständig, von den unberechenbaren Launen des Königs von England bald erlöst zu werden. Doch die nächsten Worte des Königs waren so erschreckend, daß Wolseys Gedanken von seinen Hoffnungen auf das nächste Konklave abgelenkt wurden.

»Dieses päpstliche Breve, dieser Bericht, der sich in den Händen der Königin befindet ... wir müssen ihn uns verschaffen. Warham sagte zu mir, er sei so detailliert abgefaßt, daß es auch nicht den Schatten eines Zweifels über die Gültigkeit der Ehe geben kann.«

»Dieses ... Breve?« murmelte Wolsey.

Der König war zu erregt, um Ungeduld zu zeigen. »Warham hat die Neuigkeit überbracht. Er sagt, daß das Dokument durch de Pueblas Sohn an die Königin gelangt sei. Es reicht aus, damit sie den Prozeß gewinnt.«

Wolsey war sofort ganz Ohr. Er mußte daran denken, daß die päpstliche Krone noch nicht sein war. Clemens war noch nicht tot. Er durfte die Macht, die er in England besaß, nicht aus der Hand geben. Er mußte zeigen, daß er so eifrig wie immer für den König am Werk war.

Er stellte ein paar forschende Fragen, um dann zu sagen: »Euer Gnaden, es handelt sich jedoch nicht um das Original, sondern nur um eine Kopie.«

»Aber das Original existiert in Spanien.«

»Erstens«, fuhr der Kanzler fort, »werden wir erklären, daß wir das im Besitz der Königin befindliche Dokument so lange als Fälschung ansehen, bis sie uns das Original präsentiert. Daher wird sie sofort an den Kaiser schreiben und ihn beschwören, er möge ihr das Original schicken.«

»Und wenn es kommt ... und mit der Kopie übereinstimmt?«

»Es wird an ihren Rechtsbeistand gerichtet sein«, sagte Wolsey lächelnd. »Wenn es sich in England befindet, werden wir es uns mühelos aneignen können.«

Heinrich ließ ein listiges Lächeln sehen.

»Und wenn es sich erst in unserem Besitz befindet«, fuhr Wolsey fort ... Er ließ eine bezeichnende Geste folgen. »Aber, Euer Gnaden sehen gewiß ein, daß wir uns dieses Dokuments bemächtigen müssen. Unser erster Schritt wird also sein, die Königin zu einem Brief an ihren Neffen zu überreden, in dem sie ihn drängt, ihr das Dokument zu schicken.«

»Ich werde ihr befehlen, ihm unverzüglich zu schreiben«, sagte der König.

»Euer Gnaden«, ließ Wolsey sich zögernd vernehmen und verstummte dann.

»Ja?«

»Es wäre von Vorteil, wenn die Königin auf Anraten ihres Rechtsbeistandes schriebe. Erlaubt, daß ich Warham und Tunstall kommen lasse. Sie werden Euer Gnaden Befehle ohne Zögern nachkommen.«

Als Heinrich nickte, sprach aus seinem Blick wieder die alte Sympathie. Bei Gott, dieser Wolsey versteht es, dachte er, um gleich darauf wieder die Stirn zu runzeln. Wenn nur Anne seinem Kanzler nicht so große Abneigung entgegenbringen würde. Er hatte ihr versichert, daß Wolsey für ihre gemeinsame Sache tätig sei, sie aber wollte es nicht glauben. Er sei ihr Feind, sagte sie, dessen großes Bestreben es sei, den König mit einer französischen Prinzessin zu verheiraten. Da er nun wüßte, daß der König keine andere als Anne Boleyn wolle, versuche er die Scheidung mit allen ihm zu Gebote stehenden Mitteln zu verzögern.

Zuweilen gab Heinrich Anne recht. War er jedoch mit seinem Kanzler zusammen, war er sich sicher, daß sie sich irrte. Er wünschte sehnlichst, zwischen diesen beiden Menschen, an denen ihm so viel lag, würde kein Haß bestehen. »Tut das«, befahl er.

»Wir müssen Fisher im Auge behalten«, sagte Wolsey. »Ich argwöhne, daß er Euer Gnaden nicht dient.«

»Er ist einer von diesen Heiligen!« rief der König aus. »Ich kenne diese Sorte Mensch, die immerzu erklärt: ›Ich würde meinen Kopf für das geben, was ich für richtig halte.‹ Master Fisher soll auf der Hut sein, Er wird für seine Worte vielleicht einmal den Beweis antreten müssen. Und jetzt ... schickt Warham und Tunstall zu mir. Bei Gott, dieses Dokument werden wir binnen weniger Wochen in Händen haben. Und was Campeggio betrifft, so könnt Ihr ihm ausrichten, daß er sich meinen Fragen wird stellen müssen, wenn er von seinem Zögern nicht abläßt.«

Wolsey neigte das Haupt. Er konnte das Lächeln,

das seine Lippen umspielte, nicht verbergen. Campeggio scherte sich nicht um den König von England, da er nur einem Herrn diente – einem Mann, der in seinem eigenen Reich mächtiger als jeder König war.

Wie angenehm, über päpstliche Macht nachzusinnen.

Um Wolseys Mund lag ein spöttischer Zug. Er betete für Clemens' Tod und darum, daß der Wahlausgang des nächsten Konklaves ihm die ersehnte Freiheit von einem anspruchsvollen Herrn und höchste Macht aus eigenem Recht bringen möge.

Katharina empfing ihre Ratgeber, und als sie in einem Halbkreis um sie Aufstellung genommen hatten, sah sie jeden einzelnen der Reihe nach an: Warham, Fisher, Tunstall, Clerk und Standish. Sie waren eifrig dabei, ihr zu erklären, was sie tun mußte, und Warham war ihr Sprecher.

»Es ist klar, Euer Gnaden, daß der Wert einer Kopie dieses Dokuments nur gering ist. Da wir wissen, daß sein Inhalt von größter Bedeutung für Euer Gnaden Fall ist, müssen wir das Original vorlegen können.«

»Schlagt Ihr mir vor, ich sollte dem Kaiser schreiben und darum bitten?«

»Es ist die einzige Vorgangsweise, die Euer Gnaden offensteht.«

»Und alle sind sich einig, daß es das ist, was ich tun sollte?«

Ein Chor der Zustimmung ertönte, nur Fisher blieb stumm.

Sie machte keine Bemerkung dazu, doch sie verstand. Der Bischof von Rochester wollte sie warnen, daß das Dokument keinesfalls nach England geschafft werden dürfe.

»Der König wird ungeduldig«, fuhr Warham fort,

»da das Verfahren nicht eröffnet werden kann, ehe nicht dieses Dokument vorliegt. Er erklärt, daß Kardinal Campeggio über die Verzögerung entzückt sei, aber Seine Gnaden wird dessen überdrüssig. Euer Gnaden sollten dem Kaiser mit aller gebotenen Eile schreiben und ihn beschwören, Euch das Dokument nach England zu schicken.«

»Warum genügt es nicht, eine gute Kopie vorweisen zu können?« fragte sie.

»Eine Kopie ist nur eine Kopie, die ebensogut eine Fälschung sein könnte. Wir müssen unbedingt das Original haben. Euretwegen und Prinzessin Marys wegen bitte ich Euch, dem Kaiser zu schreiben und um das Original dieses Dokuments zu bitten.«

Sie sah Fisher an und las die Warnung in seinen Augen. Er war ein mutiger Mann. Er hätte es ausgesprochen, wußte aber ebenso, wie sie es wußte – daß man ihn in diesem Fall aus dem Kreis ihrer Ratgeber entfernt hätte, und daraus konnte nichts Gutes erwachsen. Aber seine Miene gab ihr zu verstehen, sie dürfe auf keinen Fall nach Spanien schreiben und das Dokument fordern, und es sei falsch zu behaupten, die Kopie sei vor Gericht wertlos. Es war nur eine Finte, um das Original nach England zu bringen und es hier zu vernichten, da es sich als Hindernis für das Anliegen des Königs erweisen würde.

Beherzt antwortete sie: »Meine Herren, wir haben eine sehr gute Kopie in Händen. Es genügt, wenn diese dem Gericht vorliegt. Da ich glaube, daß das Original in Verwahrung des Kaisers besser aufgehoben ist, werde ich es nicht aus Spanien kommen lassen.«

Die Männer, die gehalten waren, sie zu verteidigen, verließen sie, und sie las in Fishers Blick, daß sie richtig gehandelt hatte.

Doch als sie gegangen waren, wurde sie von Angst

erfaßt. Wenn sie ihren eigenen Verteidigern nicht trauen konnte, war ihre Position eine höchst beklagenswerte.

Katharina stand vor dem Royal Council, dem Kronrat, bei dem der Kanzler den Vorsitz führte. Wolsey studierte sie mit scharfem Blick. Arme, tapfere Frau, dachte er, was glaubt sie denn, daß sie erhoffen kann, wenn sie es wagt, sich den Wünschen des Königs entgegenzustellen?

»Euer Gnaden«, sagte der Kanzler, »ich muß Euch sagen, daß ich für den König und diesen Rat spreche. Soll das heißen, daß Ihr Euch weigert, an den Kaiser zu schreiben und die Rückgabe des Dokuments zu fordern, das für diesen Fall von überragender Bedeutung ist?«

»Das soll es heißen. Es ist eine gute Kopie vorhanden, die geeignet ist, dem Gericht vorgelegt zu werden; ich sehe keine Veranlassung, das Original nicht in sicherer Verwahrung beim Kaiser zu belassen.«

»Euer Gnaden, vergebt meine Kühnheit, aber indem Ihr Euch dem Befehl widersetzt, setzt Ihr Euch der Gefahr einer Anklage wegen Hochverrats aus.«

Katharina schwieg dazu, und Wolsey sah, daß er sie in Angst versetzt hatte. Jetzt würde sie vielleicht begreifen, welche Torheit das Kräftemessen mit dem König und seinen Ministern war, die, realistischer als sie, wußten, daß man mit seinem Leben spielte, wenn man Ungehorsam zeigte.

»Euer Gnaden«, fuhr Wolsey besänftigend fort, »hier ist der Entwurf eines Briefes, von dem der König möchte, daß Ihr ihn abschreibt und an den Kaiser sendet.«

Sie streckte die Hand danach aus und las eine Bitte an ihren Neffen, das Dokument eiligst nach England zu schicken, da es zu ihrer Verteidigung im anstehenden Verfahren unerläßlich sei.

Sie sah den Kanzler an, den Mann, den sie hassen gelernt hatte, da sie ihn für den Urheber ihres Ungemachs hielt. Er war unbarmherzig, er mußte die Scheidung für den König bewerkstelligen, wenn er dessen Gunst nicht verlieren wollte, und es kümmerte ihn nicht, wie er sein Ziel erreichte. Sie zweifelte nicht daran, daß das Dokument, kaum in England angekommen, verlegt und vernichtet werden würde, da es das beste Beweisstück darstellte, das sie nur haben konnte.

»Ich kann also sicher sein«, fuhr der Kanzler fort, »daß Euer Hoheit in dieser Angelegenheit den Wünschen des Königs nachkommt.«

Sie neigte den Kopf. Sie würde den Brief schreiben müssen, doch würde sie daneben einen zweiten abfassen, in dem sie erklärte, daß sie den ersten nur unter Zwang geschrieben hätte. Sie fühlte sich einsam und verlassen, da es schien, daß sie völlig von ihrem blassen, zurückhaltenden jungen Neffen abhängig war, der leicht zur Auffassung gelangen konnte, ihre Schwierigkeiten seien seiner Aufmerksamkeit nicht wert.

Wolsey, der ihre Gedanken lesen konnte, sagte: »Euer Gnaden müssen schwören, dem Kaiser keinen anderen Brief als diesen zu schreiben. Wenn Ihr es tut, kann es nur als Hochverrat ausgelegt werden.«

Sie sah nun, in welchen katastrophalen Zwiespalt sie geraten war. Sie mußte sich fügen und beugte sich deshalb der Gewalt ihrer Feinde.

Als sie in ihrer Kapelle kniete, kam ein Priester und kniete neben ihr nieder.

»Euer Gnaden«, flüsterte Mendoza, »das Dokument darf nicht nach England gelangen.«

»Ihr wißt, daß ich an meinen Neffen schreiben muß«, erwiderte sie. »Ich werde dazu gezwungen, und ich gab mein Wort, daß ich keinen zweiten Brief schreiben werde.«

»Dann müssen wir Wege finden, Nachrichten auf anderem Weg auszutauschen.«

»Durch einen vertrauenswürdigen Kurier?«

»So ist es. Francisco Felipez hat uns gute Dienste geleistet.«

»Vielleicht würde es Verdacht erregen, wenn wir uns seiner abermals bedienen.«

»Gibt es außerdem jemanden in Eurem Gefolge, dem Ihr trauen könnt?«

»Da wäre Montoya. Er ist Spanier und loyal. Aber ich halte ihn für nicht so findig wie Felipez.«

»Dann wollen wir es wieder mit Felipez wagen. Diesmal sollte er nicht um Erlaubnis ansuchen, da es zu riskant wäre. Er soll aufbrechen, ohne ein geschriebenes Wort. In Spanien angekommen, muß er dem Kaiser erklären, daß das Dokument nicht nach England gelangen dürfe, da man es sofort vernichten würde.«

»Felipez soll sich unverzüglich auf den Weg machen«, sagte die Königin, »damit er einen gehörigen Vorsprung vor dem Kurier mit dem Brief hat.«

»Wir wollen für den Erfolg dieser Mission beten«, murmelte Mendoza. »Das hat aber bis später Zeit. Wir dürfen keinen Augenblick verlieren.«

Der Kardinal, der in seinen Privatgemächern in York Place über seine Schwierigkeiten nachgrübelte, wurde von der Ankunft eines Mannes gestört, der um die Erlaubnis bat, mit ihm eine private Angelegenheit zu besprechen.

Wolsey empfing den Mann sofort, da er einer seiner Spitzel im Hofstaat der Königin war. »Euer Eminenz«, sagte der Mann, »Francisco Felipez ist gestern aus dem Hofstaat der Königin verschwunden. Meine Erkundigungen haben ergeben, daß er auf der Straße zur Küste in schnellem Ritt gesichtet worden sein soll.«

Wolsey erhob sich. In seinen Augen loderte Zorn.

Die Königin hatte also trotz ihrer scheinbaren Resignation den Kampf aufgenommen. Ihr Bote durfte den Kaiser nicht erreichen, da die Hoffnungen des Königs, eine Scheidung zu erwirken, sehr wohl von diesem Dokument abhängen konnten. Er würde weder rasten noch ruhen – und der König ebensowenig – bis sie dieses päpstliche Breve in Händen hatten.

Man mußte Felipez abfangen, ehe er Madrid erreichte.

Die Königin, sehr bedacht, ihren Tagesablauf beizubehalten, saß im Kreis ihrer Damen bei der Näharbeit, während eine ihnen vorlas.

Doch sie hörte der Vorleserin nicht zu. Ihre Gedanken waren bei ihrem Neffen. Felipez würde ihn inzwischen erreicht haben. Er würde alles erklären, was der Tante des Kaisers in England widerfuhr, und er würde auch darauf drängen, daß Karl das Breve in sicherer Verwahrung behielt, damit man es dem Papst vorlegen konnte, falls es so weit käme, daß man ihre Ehe für ungültig zu erklären versuchte.

Karl war ein Ehrenmann, der Familienbande hoch achtete und die Behandlung, die Heinrich ihr angedeihen ließ, als Beleidigung Spaniens auffaßte. Wenn Felipez es ihm erklärte, würde er auch begreifen, daß man den Ministern des Königs nicht trauen konnte. Sie gab den Ministern – und vor allem Wolsey – die Schuld an allem. Heinrich freilich konnte sie nie lange als das Ungeheuer sehen, als das er sich manchmal gebärdete. In ihren Augen war er nur irregeleitet worden. Jung an Herz und Geist, lebensfroh und sinnlich, hatte er eine Frau, die ihn körperlich nie stark gereizt hatte, vielleicht weil sie zu religiös war und sie den Geschlechtsakt nur als notwendiges Vorspiel zum Kindergebären empfand. Heinrich war ihr immer wie ein Knabe vorgekommen; die kindischen Spiele, die er einst bei jeder Maskerade spielte, als er sich verkleidete und allgemeine Überraschung erwartete, wenn er seine Verkleidung ablegte, waren der beste Beweis dafür. Er war nie erwachsen geworden und ließ sich leicht irreführen. Für sie war er noch immer der edle Ritter, der sie vor Demütigungen errettete, als sie achtzehn gewesen war. Nie würde sie jene frühen Tage ihrer Ehe vergessen, immer würde sie daran denken, daß er es war, der sich zu ihrem Retter aufgeschwungen hatte. Nun aber stand er im Bann dieses bösen Wolsey und war von der schwarzäugigen Hexe Anne Boleyn bestrickt worden.

Sie war überzeugt, daß sie wieder glücklich zusammen leben würden, wenn sie diese Tage der Kümmernis überleben und es schaffen sollte, in Heinrich wieder Pflichtgefühl zu wecken. Darum betete sie.

Aber bis dahin mußte sie weiter gegen die Machenschaften seiner Umgebung und gegen die Neigung seiner jugendlichen Begierden ankämpfen.

Als unter ihrem Fenster Bewegung zu hören war, legte sie ihre Handarbeit beiseite, stand auf und blickte hinaus. Sie sah einen Mann in den Palast hinken, einen Arm in der Schlinge. Es war ihm anzusehen, daß ihm vor kurzem etwas zugestoßen sein mußte.

Katharina stand reglos und mit geballten Fäusten da, denn sie hatte Francisco Felipez erkannt, den sie um diese Zeit längst in Spanien wähnte.

Sie drehte sich mit den Worten zu ihren Damen um: »Mir scheint, einer meiner Diener hatte einen Unfall.

Eine von euch muß hinunter und ihn sofort zu mir bringen. Ich möchte erfahren, was ihm zugestoßen ist.«

Eine kam dem Ersuchen nach, und Katharina sagte zu den anderen: »Ihr könnt für heute die Arbeit beenden und mich allein lassen.«

Als Francisco Felipez zu ihr kam, war ihr erstes Gefühl Erleichterung, als sie sah, daß er nicht schwer verletzt war.

»Hattet Ihr einen Unfall?« fragte sie.

Seine Miene heischte Entschuldigung. »Auf dem Ritt durch Frankreich, Euer Gnaden, fiel ich in der Stadt Abbeville Straßenräubern in die Hände, die mich bewußtlos schlugen und meine Taschen durchsuchten.« Er grinste reumütig. »Sie fanden nichts von Interesse und ließen mich mit einem gebrochenen Arm liegen, was bedeutete, daß ich meinen Ritt nicht fortsetzen konnte. Ein Händler verband mich und half mir, nach England zurückzukehren.«

»Mein armer Francisco«, sagte die Königin, »Ihr leidet Schmerzen.«

»Euer Gnaden, es ist nicht der Rede wert. Ich bedaure nur, daß sich meine Rückkehr so verzögert hat und ich meine Reise nicht fortsetzen konnte.«

»Ich schicke Euch zu meinem Arzt. Euer Arm bedarf der Behandlung.«

»Euer Gnaden haben keinen Auftrag mehr für mich?«

Katharina schüttelte den Kopf. Sie wußte nun, daß man den Mann beim Verlassen des Landes gesehen und die Natur seiner Mission durchschaut hatte, daß die Späher des Kardinals ihn außer Gefecht gesetzt hatten, und daß ihre Hoffnung, dem Kaiser eine Andeutung ihrer Gefährdung zu verschaffen, ganz gering war.

Der Kardinal saß da, den Kopf in Händen. Depeschen aus Rom hatten ihm die Nachricht gebracht, daß Clemens sich bemerkenswert gut erholte, nachdem er dem Tod schon so nahe gewesen war. Die Position des Vatikans verbesserte sich zusehends, und der Papst schien dem Leben wiedergeschenkt. Daraus folgte, daß die Aussichten auf ein Konklave in naher Zukunft gering waren; und die Lage des Kardinals in England hatte sich verschlechtert.

Mit jedem Tag lag mehr Mißbilligung im Blick des Königs, nachdem er den Klagen Anne Boleyns sein Ohr geliehen hatte. Und die Verzögerung gab Heinrich ständig Anlaß zum Gereiztsein. Wann hatte denn jemals eine so simple Angelegenheit so viel Zeit in Anspruch genommen? Wollten andere Könige sich mißliebiger Ehefrauen entledigen, bekamen sie einen Dispens, und die Sache war erledigt. Aber er, Heinrich, der bis jetzt alles durchgesetzt hatte, was er wollte, stieß bei jeder neuen Wendung auf ein Hindernis.

Aber was konnte sein getreuer Diener tun, um die Entscheidung zu beschleunigen, wenn Campeggio vom Papst eindeutig Anweisung hatte, einen Prozeß tunlichst zu vermeiden und andernfalls zu jedem nur möglichen Mittel der Verzögerung zu greifen, ehe die Sache auf die Spitze getrieben wurde! Wolseys Macht reichte nicht aus, ohne Campeggio zu agieren, und der Papst und der König vertraten unterschiedliche Auffassungen.

Einer seiner verläßlichsten Diener trat ein, und der Kardinal löste erschrocken die Hände vom Kopf.

»Ich habe Kopfschmerzen«, erklärte Wolsey.

»Das macht der Druck der Arbeit, Euer Eminenz«, lautete die Antwort.

»Kann das sein? Soweit ich zurückdenken kann, stehe ich unter Arbeitsdruck, Cromwell.«

Thomas Cromwell, der ein mitfühlendes Seufzen hören ließ, legte dem Kardinal einige Dokumente vor. In gewissem, wenn auch geringfügigerem Sinn teilte Thomas Cromwell das Unbehagen seines Herrn, da man auch ihm bei Hof und in der Stadt mit wachsender Mißbilligung begegnete, nur weil er ein Mann des Kardinals war.

Er sah sich selbst als Parasiten, der sich von der Fülle des Kardinals nährte; stürzte Wolsey, was sollte dann aus Cromwell werden?

Würde Wolsey sich gegen all die Mächte behaupten können, die ihn bekämpften? Kein Mensch in England besaß mehr Feinde. Norfolk und Suffolk lagen wie Aasgeier auf der Lauer, Lord Darcy ebenso, und der Boleyn-Klüngel, der mit jedem Tag an Bedeutung gewann, wartete begierig darauf, daß er zum Abschuß freigegeben wurde.

Der König? Dieser war Wolseys einzige Hoffnung. Heinrich war noch immer voller Bewunderung für die Klugheit seines Ministers und hätte sich sehr ungern von seinem Günstling getrennt. Das war Wolseys Hoffnung ... und jene Thomas Cromwells.

Angenommen, Lady Anne verlöre ihren Einfluß beim König nur ein wenig, angenommen, sie gab seinem Flehen nach und würde seine Geliebte, weiter angenommen, Heinrich machte die ganz natürliche Entdeckung, daß Anne auch nicht anders war als andere Frauen ... dann würde Wolsey es vielleicht glücken, seine Macht über den König wiederzuerlangen. Vorausgesetzt, die französische Allianz brachte all das, was Wolsey und Heinrich erhofften. Aber Franz war als Verbündeter ebenso unzuverlässig wie Karl.

So viele Voraussetzungen, dachte Thomas Cromwell, von denen das Schicksal eines Kardinals und auch jenes seines Rechtsberaters abhing, der seinen Aufstieg dem Herrn verdankte.

Nahezu sechs Jahre waren vergangen, seitdem Thomas Cromwell sich als Anwalt in Gray's Inn etabliert hatte und in den Dienst des Kardinals getreten war. Er hatte mitgeholfen, gegen bestimmte kleinere Klöster gewaltsam vorzugehen, um Colleges in Ipswich und Oxford zu fördern, denen das Interesse des Kardinals galt. Als Klagen über die Vorgehensweise Cromwells und seines Kollegen John Allen in dieser Angelegenheit laut geworden waren, hatte der Kardinal seine Berater vor Unannehmlichkeiten bewahrt.

Da er zu Wolseys Zufriedenheit gearbeitet hatte, waren seither alle juristischen Angelegenheiten Thomas Cromwell anvertraut worden. Auf diese Weise war dieser als Jurist sehr schnell zu Ansehen gelangt. Aber Thomas Cromwell war zu klug, um nicht zu wissen, daß man ebenso leicht stürzen wie aufsteigen konnte.

Der Weg aus der väterlichen Schmiede war lang und beschwerlich gewesen, obwohl schon sein Vater Unternehmergeist bewiesen hatte und sich neben seinem Schmiedehandwerk auch als Scherer und Tuchwalker betätigt hatte. Aber Thomas wollte höher hinaus und war nach einer wilden Jugend, die in einer Kerkerstrafe und einer Flucht außer Landes resultierte, nach einiger Zeit ernüchtert und mit der Absicht heimgekehrt, sein Glück zu machen.

Und er hatte allen Grund, mit dem Erreichten zufrieden zu sein, bis er plötzlich begriff, daß der Kardinal von seinem Glück verlassen worden war.

»Es sind schwere Zeiten«, murmelte Cromwell.

»Wie wahr«, antwortete der Kardinal grimmig.

»Euer Eminenz«, fuhr Cromwell fort, »wie wird die Antwort des Königs ausfallen, wenn der Papst sich weigert, ihm die Scheidung zu gewähren?«

Wolseys ganzer Körper schien zu erstarren. Dann sagte er gemessen: »Dann bleibt dem König nur eine Vorgehensweise offen. Er muß sich mit seinem Los abfinden und alle Pläne einer Wiederverheiratung begraben.«

»Euer Eminenz ist sicher nicht entgangen, daß viele lutherische Bücher ins Land gelangt sind.«

»Ich weiß. Seitdem dieser Luther der Welt seine neuen Lehren vorgestellt hat, scheint es keine Möglichkeit zu geben, das Eindringen der Bücher zu verhindern. Sie werden ins Land geschmuggelt. Sie werden gelesen, besprochen ...«

»Stimmt es, Euer Eminenz, daß der König selbst sich für diese Ideen interessiert?«

Wolsey blickte jäh auf und schaute den untersetzten Juristen an, dessen großer Schädel direkt aus den Schultern zu wachsen schien. Er sah das kräftige Kinn und die schmalen Lippen, die seinen Mund wie eine Falle aussehen ließen, die kalte Miene, die blitzenden, intelligenten dunklen Augen.

»Woher wollt Ihr das wissen?« fragte Wolsey. »Hat er es Euch gesagt?«

Cromwell lächelte mißbilligend, um seine Demut anzuzeigen. Sein Lächeln sagte: Würde der König sich denn einem Thomas Cromwell anvertrauen? »Nein, Euer Eminenz«, antwortete er. »Aber die Boleyns zeigen Interesse. Ich glaube, Lady Anne gab dem König ein Buch und sagte, er müsse es lesen. Und er tat es.«

Wolsey schwieg dazu. Cromwell beugte sich ein wenig vor und flüsterte: »Was wird sein, wenn die Abneigung des Königs gegen den Papst sich so steigert, daß er sich in Gedanken immer mehr mit Häresie beschäftigt?«

»Das würde er nie tun«, erklärte Wolsey. »Trägt er

nicht den Titel Defendor Fidei, Verteidiger des Glaubens?«

»Als man ihm den Titel verlieh, war er ein entschiedener Gegner Luthers. Aber die Zeiten ändern sich, Eminenz.«

Wieder blickte Wolsey in das kalte, kluge Gesicht Cromwells. Die Intelligenz des Juristen nötigte ihm großen Respekt ab.

»Was meint Ihr, Cromwell?« fragte er.

Cromwell zuckte mit den Schultern. »Ich meine, daß die Lady und ihre Freunde vielleicht das Luthertum befürworten, da sie in ihm einen Weg sehen, sich des Papstes zu entledigen.«

»Das glaube ich nicht«, sagte der Kardinal, der nun aufstand und die roten Falten seines Gewandes ordnete, als wolle er sich und Cromwell die Bedeutung Roms in Erinnerung rufen. »Der König war der Kirche immer sehr ergeben.«

Cromwell verbeugte sich, und Wolsey sagte: »Ich muß nun zu Seiner Gnaden, da es eine wichtige Angelegenheit zu besprechen gilt.«

Der Anwalt verließ an der Seite des Kardinals unterwürfig den Raum, während er bei sich dachte, daß Wolsey schon alt wurde und alte Männer ihren Scharfsinn verloren. Sofort spürte er die Last seines Problems: Was wird Cromwell tun, wenn Wolsey stürzt? Würde dem Parasiten noch Zeit bleiben, seinen Wirt zu verlassen? Und wo würde er einen anderen finden?

In Cromwells Augen blitzte es bei einem Gedanken auf. Er wollte einen Sprung hinauf und nicht hinunter tun. War der Sprung von einem Kardinal zu einem König so groß?

Der Kardinal hatte Thomas Abell, den Seelsorger der Königin, zu sich und dem König befohlen.

»Er wird in wenigen Minuten zur Stelle sein, Euer Gnaden«, sagte Wolsey zu Heinrich.

»Und Ihr meint, er sei der geeignete Mann für diesen Auftrag?«

»Ich bin sicher, daß wir keinen besseren finden könnten, Euer Gnaden, da der Kaiser glauben wird, der Kaplan der Königin arbeite in deren Auftrag.«

»Mir scheint es unglaublich«, sagte Heinrich verlegen, »daß abermals eine Verzögerung eintritt. Wann … wann … wird mir endlich mein Wunsch gewährt? Wie lange muß ich noch in dieser Ungewißheit leben?«

»Sobald wir das Breve sicher in Händen haben, kann das Verfahren eröffnet werden. Aber wir wollen die Hoffnung nicht fahren lassen, daß die Königin in ein Kloster geht.«

»Sie ist ein eigensinniges Frauenzimmer«, grollte der König.

»Ich weiß, Euer Gnaden, aber sie setzt ihre ganze Hoffnung auf dieses Breve. Sobald *wir* es haben, bricht ihr Plan zusammen.«

Ein Page tat ein, um zu melden, daß Thomas Abell draußen warte.

»Laß ihn eintreten«, befahl Wolsey.

Thomas Abell verbeugte sich vor dem König ganz tief.

»Zur Sache«, sagte Heinrich.

»Es ist Seiner Gnaden Wunsch«, sagte der Kardinal, »daß Ihr ohne Verzug nach Spanien aufbrecht. Ihr sollt zum Kaiser gehen und ihm einen Brief der Königin aushändigen. Er wird Euch daraufhin ein bestimmtes Dokument übergeben, das Ihr Seiner Gnaden schleunigst bringen sollt.«

»Euer Gnaden, Euer Eminenz«, erwiderte Thomas Abell, »ich würde Euch nur allzugern zu Diensten sein, muß jedoch gestehen, daß ich Spanisch nur unzulänglich spreche und fürchten muß, daß sich das bei dieser Mission als Hindernis erweist.«

Heinrich sah Wolsey an, der rasch sagte: »Ihr sollt einen Diener und Dolmetscher mitnehmen.«

»Dann will ich schleunigst aufbrechen. In der Hofhaltung der Königin gibt es einen Mann, der einen guten Diener abgeben würde und überdies Spanier ist. Ich meine Montoya. Wenn dieser Mann mich begleiten könnte, habe ich keine Bedenken, sofort aufzubrechen.«

»Dann soll es so sein«, sagte der Kardinal. »Ihr sollt morgen aufbrechen, und Seine Gnaden wünscht, daß Ihr bis dahin nicht mit der Königin sprecht. Ihr dürft von diesem einen Brief abgesehen keinen anderen, und schon gar nicht einen der Königin befördern. Tut Ihr dies, würdet Ihr Euch das Mißfallen des Königs zuziehen und man könnte Euch des Hochverrats anklagen.«

Thomas Abell sagte, daß er verstanden hätte und zog sich zurück, um Reisevorbereitungen zu treffen, während Wolsey Montoya kommen ließ, damit ihm die Bedeutung dieser Reise deutlich gemacht wurde.

In tiefes Nachdenken versunken, verließ Thomas Abell König und Kardinal. Er sollte einen Brief der Königin an den Kaiser befördern, und dieser Brief sollte ihm vom Kardinal übergeben werden. Und da er ihrem Neffen kein anderes Schreiben der Königin überbringen sollte, konnte er sich des Eindrucks nicht erwehren, daß der Brief unter Druck abgefaßt worden war, obwohl er die Handschrift der Königin trug und angeblich ihre Wünsche enthielt.

Thomas Abell war ein zutiefst religiöser Mann, dessen Stellung bei Hof seinen Ehrgeiz, der sich nicht auf weltlichen Gewinn richtete, nicht beflügelt hatte.

Ein Mann, der sich aus ganzem Herzen für eine Sache einzusetzen verstand, und ihm erschien die Sache der Königin würdiger als jene des Königs.

Als er König und Kardinal gegenübergestanden hatte, war er einen Moment versucht gewesen, sich ihren Befehlen zu widersetzen. Nein, hatte ihm auf der Zunge gelegen, ich weigere mich in dieser Scheidungsangelegenheit gegen die Königin zu arbeiten.

Daraufhin hätte man ihn zweifellos des Hochverrats bezichtigt, und er wäre in den Tower geworfen worden. Aber das hätte ihn nicht weiter beirren können, da es ihn insgeheim nach der Märtyrerkrone verlangte. Ihm war jedoch eingefallen, daß der Sache der Königin vielleicht wirksamer gedient war, wenn er den Auftrag übernahm, als wenn er ihn ablehnte.

Er gehorchte den Anweisungen und suchte die Königin nicht mehr auf, ehe er aufbrach, ihren Brief sicher in seiner Pilgertasche, neben sich hoch zu Roß den beleibten Montoya.

Der Ritt durch Frankreich war strapaziös, doch wurde unterwegs viel gesprochen, da Montoya sich in der Sache, die am Hof das Geheimnis des Königs genannt wurde, sehr gut auskannte und Abells Wissenslücken füllte; lange bevor sie Spanien erreichten, war dem Kaplan klar, daß die Königin zur Abfassung des Briefes, den er bei sich trug, tatsächlich gezwungen worden war, und daß sie ihren Fall für verloren halten mußte, sobald das Breve dem Gewahrsam des Kaisers entzogen wurde. Weiterhin erfuhr er, daß sie versucht hatte, ihren Neffen durch Francisco Felipez zu erreichen, dieser sei jedoch von den Handlangern des Kardinals überfallen und beinahe getötet worden.

Deshalb faßte Abell einen Entschluß. In Spanien angekommen erschien er vor dem Kaiser, und Montoya übersetzte, was er zu sagen hatte: Die Königin habe den Brief, in dem sie um Auslieferung des Breves bat, unter Zwang abgefaßt. Wenn der Kaiser das Original nicht behielte, hätte sie kein Rechtsmittel mehr in der Hand. Sein Plan sah vor, daß eine notariell beglaubigte Kopie, die vor jedem Gericht Gültigkeit hätte, angefertigt werden sollte, während das Original sicher in Spanien verblieb.

Der Kaiser lauschte ernst und dankte dem Kaplan, dem er ansah, daß er ein guter Freund seiner Tante war. Er versicherte Abell, daß man eine Kopie anfertigen würde. Er persönlich würde dafür sorgen, daß das Original des Breves in den königlichen Archiven in Madrid verblieb.

Abell war vom Erfolg seiner Mission sehr befriedigt, und während er darauf wartete, daß das Breve kopiert wurde, begann er mit der Arbeit an einem Buch, in dem er den Fall der Königin darlegte, und je mehr er schrieb, desto klarer erkannte er, daß der König sein Scheidungsbegehren auf falsche Voraussetzungen gründete.

Nun hatte Abell eine Sache, für die er bereit war, sein Leben zu geben.

Er konnte es kaum erwarten, nach England zurückzukehren, und dort die Kopie des päpstlichen Breves Wolsey zu übergeben, um sein Buch fertigzuschreiben, das er sodann ohne Rücksicht auf die Folgen veröffentlichen wollte.

9.

»Erscheint vor Gericht«

Heinrichs Unruhe wuchs immer mehr. Ihm war aufgefallen, daß sich die Haltung des Volkes ihm gegenüber verändert hatte. Ritt er durch die Straßen, gab es nun keine spontanen Beifallsbekundungen mehr; und der Jubel des Volkes hatte ihm immer sehr viel bedeutet. Anne wurde immer nervöser. Ständig beklagte sie sich und beschuldigte ihn, Versprechungen zu machen, die er nicht halten konnte – oder wollte. Das Wissen um seine Ohnmacht in dieser Sache erbitterte Heinrich.

Überdies war die Beliebtheit der Königin gestiegen, seit die Scheidungsabsicht bekanntgeworden war. Erschien sie auf einem Balkon, strömten die Menschen zusammen und riefen: »Lang lebe unsere Königin!« eine Mahnung für alle – auch für den König –, daß man nicht dulden würde, wenn er sie um Anne Boleyns willen verstieß. Anne selbst war schon etliche Male angepöbelt worden. Man hatte sie als Hure beschimpft und gerufen, man wolle sie nicht als Königin!

Zudem war die Kopie des Breves eingetroffen, die für Heinrichs Zwecke nutzlos war, solange das Original sich in den Händen des Kaisers befand. Der Papst, dessen Gesundheit scheinbar so schwach war wie seine Entschlußkraft, schwankte in dem verzweifelten Bemühen, erst den einen und dann den anderen zu beschwichtigen, zwischen König und Kaiser hin und her.

Doch der Kaiser war näher und bedrohlicher, deshalb hatte Clemens erklärt, daß das Verfahren Rom übertragen werden sollte, da Campeggio unfähig schien, das Verfahren in England abzuschließen.

»In Rom!« rief der König aus. »Das nenne ich feine Zustände! Was wird aus meiner Hoffnung auf Scheidung, wenn der Fall in Rom unter der Knute des Kaisers verhandelt werden soll!«

Nein. Eine weitere Verzögerung durfte es nicht geben. Man mußte den Prozeß vorantreiben, wenn auch das Breve in den Händen des Kaisers verblieben war. Er mußte sich auf Wolsey verlassen, der sehr wohl wußte, daß man ihn zur Verantwortung ziehen würde, wenn der Fall nicht zugunsten des Königs entschieden würde.

In der Zwischenzeit aber wurde Heinrich seine Unbeliebtheit beim Volk so unerträglich, daß er ihr durch eine öffentliche Klarlegung der Problematik zu begegnen suchte. Aus diesem Grund berief er so viele stimmberechtigte Bürger von London zusammen, wie dichtgedrängt in der großen Halle von Bridewell Palace Platz fanden, angeführt vom Bürgermeister, von Ratsherren und zahlreichen Vertretern der Rechtsschulen. So kam es, daß er an einem trüben Sonntagnachmittag im November seinen Platz auf einem Podest einnahm und daranging, ihnen seinen Fall darzulegen.

Heinrich war immer am besten, wenn er in eine Rolle schlüpfen konnte, da er selbst vom Wahrheitsgehalt seiner Darstellung stets völlig überzeugt war.

Es war ein glänzendes Bild, als er auf dem Podest stand und das durch die Fenster einfallende Licht seine zahlreichen Juwelen funkeln ließ. In seiner typischen breitbeinigen Stellung, die ihn wuchtig und massiv aussehen ließ, die blinkenden Hände vor dem blau-goldenen Wams verschränkt, machte er einen ungemein stattlichen Eindruck.

Er betrachtete die Menge vor sich mit den wohlwollenden Augen einer Vaterfigur, da er sich selbst schon eingehend davon überzeugt hatte, daß sein angestrebtes Ziel eher dem Wohl des Volkes als seinem eigenen diente.

»Meine Freunde«, rief er aus, »im ganzen Land herrscht große Unruhe, weil Gott mir bis jetzt meinen größten Wunsch versagte – euch einen Erben zu schenken, der einst als mein natürlicher Nachfolger den Thron besteigen soll. Diese Sache lastet seit einiger Zeit schwer auf meinem Gewissen, und ich bezweifle nicht, daß in den Straßen darüber viele üble Gerüchte umgehen.«

Er fuhr fort, indem er seine Zuhörer an den Wohlstand erinnerte, dessen sie sich unter seiner Herrschaft erfreuen durften.

»Meine geliebten Untertanen, es bereitet mir große Sorge, daß ich eines Tages abberufen werde und nicht mehr bei euch sein kann. Deshalb ist es mein Wunsch, euch jemanden zu hinterlassen, den ich selbst ausgebildet habe, um mir die Bürde des Königtums von den Schultern zu nehmen, einen, auf dessen Haupt ich meine Krone setzen kann, um glücklich zu sterben. Einige unter euch werden sich noch an die Schrecken des Bürgerkrieges erinnern. Sollte dieses Land nach meinem Tod ähnlichen Wirrnissen anheimfallen, meine Freunde, liebe Untertanen, dann war mein Leben vergeblich. Da ich mit Frankreich in Freundschaft leben möchte, plane ich eine Ehe meiner Tochter mit einem französischen Prinzen. Auch mit dem Kaiser möchte ich in Freundschaft leben, da ich sehr wohl weiß, daß die Zwistigkeiten dieses Landes mit ihm etlichen unserer Bürger viele Härten gebracht haben.«

Ernstes Nicken der Versammelten. Die Tuchhändler hatten immer wieder laut Klage geführt, ihre Existenz sei gefährdet, wenn sie ihre Waren nicht auf dem flämischen Markt feilbieten dürften.

»Im Verlauf der Heiratsverhandlungen meiner Tochter wurde eine Frage aufgeworfen, die mir große Unruhe bereitete. Als Unterhändler Frankreichs äußerte der Bischof von Tarbes Zweifel an der legitimen Geburt meiner Tochter. Es war ein Punkt, den ich nicht übergehen konnte, meine Freunde, da er mir schon länger Unbehagen bereitete. Seither habe ich Bischöfe und Rechtsgelehrte konsultiert, und sie haben mir versichert, daß ich all die Jahre, in denen ich glaubte, Lady Katharina sei meine Gemahlin, mit ihr in Sünde gelebt hätte.«

Heinrich fuhr fort: »Nichts wäre mir lieber und angenehmer als die Entscheidung, daß Lady Katharina mir rechtmäßig angetraut wurde, sowohl weil damit mein Gewissen entlastet würde, als auch um ihrer guten Eigenschaften und der Verfassung willen, in der sie sich befindet. Denn ich kann euch versichern, daß sie neben ihrer edlen Herkunft eine Frau von Sanftheit, Demut und Ansehnlichkeit ist, unübertroffen in allen guten Eigenschaften, die den Adelsstand auszeichnen. Dächte ich daher wieder an eine Ehe, wäre sie diejenige, die ich vor allen anderen erwählen würde. Sollte das Urteil aber besagen, daß unsere Ehe gegen göttliches Gesetz verstößt, dann werde ich mich sehr grämen, weil ich mich von einer so guten Frau und liebevollen Gefährtin trennen muß. Dies sind die Ärgernisse, die mich quälen, die Fragen, die mein Gewissen plagen, und deretwegen ich euch zusammenrief, um sie euch klarzulegen. Ich bitte euch nun, eurer Wege zu gehen und die Taten eures Königs nicht vorschnell zu beurteilen.«

Damit war die Versammlung beendet. Heinrich verließ den Saal, und alle, die gekommen waren, um ihn zu hören, traten hinaus auf die Straßen, wo sie in kleinen Gruppen zusammenstehend debattierten, doch aus ihren Worten war noch immer Mitgefühl für die Königin herauszuhören.

Inigo de Mendoza, der von der Rede des Königs in Bridewell erfahren hatte, setzte sich hin, um seinem Herrn zu schreiben.

»Hier kann ich nichts tun«, schrieb er, »um die Sache der Königin zu fördern. Der König ist entschlossen, die Angelegenheit zu einem Ende zu bringen, so daß es zu einem gerichtlichen Verfahren kommen wird. Die Aussichten, daß der Königin von diesen Richtern Gerechtigkeit widerfährt, sind gering. Sie braucht einen Gesandten, der zugleich als ihr Rechtsbeistand fungiert. Ich flehe Euer Exzellenz daher an, mich von einem Posten abzuberufen, den ich nicht auszufüllen vermag.«

Den ganzen Winter über erwartete Mendoza seine Abberufung.

Sie kam gegen Ende des Frühjahrs, als entschieden wurde, die geheime Sache des Königs, die kein Geheimnis mehr war, vor dem Gerichtshof in Blackfriars zu verhandeln.

Jetzt war jede weitere Verzögerung ausgeschlossen. Die Vorladungen an König und Königin waren abgeschickt, das Legatengericht sollte am sechzehnten Juni in Blackfriars zusammentreten.

Katharina, die auch in dieser sehr schweren Zeit ihre Lebensweise beibehalten hatte, war bei ihrer Tochter, als die Vorladung eintraf.

Arme kleine Mary! Sie wußte um die Zwistigkeiten

zwischen ihren Eltern und auch, wie sie selbst davon betroffen wurde. Um ihr gesundes Aussehen war es geschehen, sie litt unter Nervosität und fuhr jedesmal ängstlich auf, wenn Boten erschienen, ihre Gefühle konnte sie noch immer gut beherrschen, zuweilen aber warf sie sich in die Arme ihrer Mutter und verlangte wortlos danach, getröstet zu werden.

Als nun ihrer Mutter die Schriftrolle übergeben wurde, fing sie zu zittern an.

Die Königin entließ die Boten und legte das Schriftstück, ohne es eines Blickes zu würdigen, beiseite, in der Absicht, es zu studieren, wenn ihre Tochter nicht mehr zugegen war. Als aber Mary am Spinett ihre Finger nicht in der Gewalt hatte, wußte Katharina, daß es zwecklos war, das Geheimnis vor ihr zu wahren.

»Du darfst dich nicht kränken, mein Liebling«, sagte sie.

»Mutter«, fragte die Prinzessin und drehte ihrem Instrument den Rücken zu, »wenn du wirklich nicht mit dem König verheiratet bist, dann bin ich doch nur ein Bastard, oder?«

Jähe Röte färbte das bleiche Antlitz der Königin, »Es ist falsch, auch nur den geringsten Zweifel zu äußern«, gab sie zurück. »Ich werde es nicht zulassen. Du bist als meine und des Königs eheliche Tochter – die einzige Thronerbin.«

»Ja, das weiß ich, Mutter, aber es wird auch behauptet, daß es nicht so sei, und was soll aus uns werden, wenn sich diese Meinung durchsetzt?«

Die Königin zog die Schultern hoch. »Sie kann sich nicht durchsetzen … falls es Gerechtigkeit gibt.«

»Aber die Gerechtigkeit siegt nicht immer, so ist es doch?«

Als die Königin keine Antwort gab, fuhr Mary fort: »Ich habe mit Reginald darüber gesprochen. Er sagte, er würde nur dich als Königin von England und nur mich als Thronerbin ansprechen, ungeachtet des Urteils, zu dem das Gericht gelangt.«

»Also haben wir doch Freunde«, sagte Katharina. »Warum soll uns nicht auch Gerechtigkeit widerfahren?«

»Nun, vielleicht weil sich unsere Freunde nicht unter den Richtern befinden. Das ist es, was du fürchtest, Mutter. Man hat deinen Freunden nicht erlaubt, bei dir zu bleiben, warum sollte man ihnen erlauben, als Richter zu fungieren?«

»Ich glaube, daß ich einige Freunde habe.«

»Mutter, wichtig ist vor allem, daß man uns nicht trennt. Wenn mich die Angst übermannt, sage ich mir immer, daß ich nicht die wahre Thronerbin sein kann, wenn man befindet, daß du nicht die Königin bist. Wenn man dich fortschickt, werde ich mit dir gehen.«

»Mein Liebling ... mein Liebling«, sagte die Königin mit einem Schluchzen in der Kehle. Mary lief zu ihr und kniete zu ihren Füßen nieder.

»Ist das deine einzige Sorge?« fragte Katharina.

»Was man von mir sagt, kümmert mich nicht«, lautete Marys erstickte Antwort, »wenn man mich nur immer bei dir bleiben läßt. Wenn ich ein Bastard bin, wird der französische Prinz mich nicht wollen. Wir werden dem Hof den Rücken kehren, du und ich, und uns irgendwo aufs Land zurückziehen, und ich werde nicht heiraten und außer Landes gehen müssen.« Sie lachte hoch und hysterisch. »Wer würde denn einen Bastard heiraten wollen?«

»Pst Pst!« ermahnte die Königin sie.

»Aber du hast Angst, Mutter.«

»Nein ... nein ...«

»Warum öffnest du dann das Schriftstück nicht, wenn du keine Angst hast?«

»Weil wir beisammen sind, und ich dich nicht so oft sehe, wie ich es mir wünsche. Deshalb können Staatsaffären warten.«

»Mutter, all unsere Gedanken kreisen um diese Sache. Wir können ihr nicht entfliehen, indem wir sie ignorieren.«

Lächelnd nahm die Königin das Schriftstück zur Hand und las es. Mary lief an ihre Seite und blieb vor ihr stehen, das Gesicht der Mutter ängstlich musternd.

»Es ist eine Vorladung, in Blackfriars zu erscheinen«, sagte die Königin.

»Eine Vorladung? Kann denn die Königin vorgeladen werden?«

»Ja, Mary. Auch der König wird vorgeladen.«

»Und dieses Gericht wird entscheiden …«

Katharina nickte. »Es wird entscheiden.«

Mary küßte ihrer Mutter die Hand. »Alles wird gut«, sagte sie. »Befindet man, daß du die Gemahlin des Königs bist, dann ändert sich nichts. Entscheidet man aber anders, werden wir zusammen fortgehen, fort vom Hof, fort von der Angst vor einer königlichen Ehe in einem fremden Land. Ach, Mutter, laß uns glücklich sein.«

»Ja, laß uns glücklich sein, während wir zusammen sind.«

Und sie versuchte, die Betrübnis zu verdrängen, die um sie war. Sie glaubte nicht wie Mary, daß man ihr und ihrer Tochter gestatten würde, still in Vergessenheit zu geraten, falls ihre Ehe für ungültig erklärt würde. Aber das verriet sie Mary nicht. Warum sollte sie den Seelenfrieden des Kindes stören? Wer konnte denn wissen, wie lange er ihr noch vergönnt sein würde?

Als die Königin Campeggio aufsuchte, war sie zutiefst verzweifelt, da sie ihn kaum kannte und doch gezwungen war, sich an ihn zu wenden.

Als sie am Tag zuvor bei John Fisher die Beichte abgelegt hatte, nutzten sie die Gelegenheit, ungestört den bevorstehenden Prozeß zu besprechen, doch hatte sie Fisher nicht aus diesem Grund zu sich gebeten, da sie wußte, daß Wolseys Spitzel überall lauerten. Obwohl es nur vernünftig gewesen wäre, einen Mann um Rat zu bitten, der zu ihrem Verteidiger erkoren worden war, hatte sie John Fisher nicht gefährden wollen, da sie wußte, daß er ein ehrlicher Mann war, der seine Meinung offen äußern würde, auch wenn sie nicht mit jener von König und Kardinal übereinstimmte.

Und Fisher war es, der ihr geraten hatte, Campeggio in der vagen Hoffnung aufzusuchen, sie könnte den Legaten überreden, das Verfahren in Rom vor Gericht zu bringen.

Campeggio, der spürte, wie sich ein Gichtanfall ankündigte, wurde durch das Kommen der Königin noch gereizter. Wenn sie nur so viel Verstand gezeigt hätte, in ein Kloster zu gehen, hätte er längst wieder in Italien sein können, wo er hingehörte. Er hatte auf Geheiß des Papstes seine Verzögerungstaktik angewendet, so lange es möglich war, nun aber war es ausgeschlossen, sich dem Begehren des Königs länger zu widersetzen. Jetzt ging es darum, einen Urteilsspruch zu verhindern, da er wußte, daß der König eine Entscheidung, die erklärte, es hätte nie ein Ehehindernis gegeben, nicht hinnehmen würde. Ebenso wußte er jedoch, daß Papst Clemens nicht wagen würde, Kaiser Karl mit einer Scheidung vor den Kopf zu stoßen.

Eine heikle Situation, zumal sein Mit-Legat Kardinal Wolsey war, dessen persönliches Schicksal davon abhing, daß er dem König verschaffte, was dieser wollte – und zwar rasch.

Deshalb irritierte ihn die Königin, die das Problem auf höchst simple Weise hätte lösen können, indem sie ihr weiteres Leben hinter Klostermauern verbrachte.

»Euer Gnaden …«, murmelte er und verbeugte sich mühsam.

»Es tut mir leid, daß Ihr Schmerzen leiden müßt«, sagte die Königin. »Ich bin gekommen, um Euch zu bitten, diesen Prozeß nicht zu eröffnen. Ich habe an Seine Heiligkeit ein Ansuchen gestellt und hoffe sehr, daß der Fall außerhalb Englands verhandelt wird – wo die Chancen größer sind, daß mir Gerechtigkeit widerfährt.«

»Euer Gnaden, Seine Heiligkeit hat bereits zwei Legaten ernannt«, hob Campeggio hervor. »Das ist so, als würde der Fall in Rom beurteilt.«

»Ich kann mich nur wundern, wie gering Ihr von meinem Verstand denkt, andernfalls Ihr mich nicht mit dieser Bemerkung abspeisen würdet«, erwiderte Katharina verächtlich. »Wenn dieses Verfahren in England stattfindet, hat der König alle Trümpfe in der Hand. Habt Ihr vergessen, wer einer dieser Legaten ist?«

»Euer Gnaden, dieser Umstand ist meinem Gedächtnis nicht entfallen.«

»Wolsey!« rief sie aus. »Der Mann, dem ich all meine Kümmernisse zu verdanken habe. Immer schon habe ich seine Lebensweise verabscheut, die nicht die eines Priesters ist. Und er haßt meinen Neffen, weil er ihm nicht zur Papstwürde verhalf.«

»Ihr solltet zu Gott beten«, riet Campeggio ihr. »Er würde Euch helfen, alle Prüfungen zu ertragen.«

»Und wer«, rief nun Katharina aus, »würde es wagen, ein Urteil zu sprechen, das den Wünschen des Königs zuwiderläuft?«

»Ich würde es wagen, wenn die Erkenntnisse des Gerichtes mir klar zeigen, daß der König sich irrt.«

»Die Erkenntnisse des Gerichts!« stieß Katharina hervor. »Wißt Ihr denn nicht, daß es nicht mehr als einen oder zwei Männer gibt, die wagen würden, eine Entscheidung zu treffen, die den Wünschen des Königs zuwiderläuft? So ist es also um die Verläßlichkeit der Erkenntnisse des Gerichtes bestellt!«

»Laßt uns beten«, lautete Campeggios Antwort.

Das taten sie, aber Katharina konnte dabei nur an das Schicksal denken, das sie und ihre Tochter erwartete.

Was soll aus uns werden? fragte sie sich. Und dann betete sie, ihre Tochter möge von den Katastrophen unberührt bleiben, die über sie selbst hereinbrechen mochten.

Im großen Saal von Blackfriars Palace herrschte Spannung. Das Verfahren hatte begonnen.

Noch nie hatten die hier Versammelten Ähnliches erlebt.

Auf Goldbrokatstühlen an einem mit einer Tapisserie bedeckten Tisch saßen die Legaten, die Kardinäle Campeggio und Wolsey. Rechts vom Tisch stand ein prunkvoller, mit einem Baldachin überspannter Sessel, er stand für den König bereit, der in einigen Tagen erscheinen sollte, auf der linken Seite des Tisches stand ein ebenso prunkvoller, für die Königin bestimmter Sessel, jedoch ohne Baldachin.

Heinrich, der nicht persönlich erschien, schickte zwei Bevollmächtigte. Katharina hingegen kam in Begleitung von vier Bischöfen und einiger ihrer Damen.

Bei Katharinas Eintreffen entstand Bewegung unter den Anwesenden, da man sie erst an dem Tag erwartet hatte, an dem auch der König erscheinen würde. Sie ging nicht zu dem ihr zugedachten Sessel, sondern zum Tisch, wo sie vor den Legaten stehenblieb. Im Saal herrschte gedämpftes Schweigen, als sie zu sprechen anfing.

»Mylords, ich bin gekommen, um gegen dieses Gericht Protest einzulegen und zu ersuchen, daß der Fall Rom übergeben werden soll.«

Katharina war sich Wolseys bösen und Campeggios verlegenen Blickes bewußt. Für den einen war sie eine Feindin, die erbarmungslos ausgeschaltet werden sollte, für den anderen ein Ärgernis, die Frau, die ihm durch ihren Eintritt in ein Kloster viel Mühe erspart und ihm vor allem gestattet hätte, seinen gichtgeplagten Gliedern in zuträglicherem Klima Ruhe zu gönnen. Beim Anblick dieser beiden Männer regte sich bei Katharina noch mehr Widerwillen, und ihre Entschlossenheit, für ihre und die Zukunft ihrer Tochter zu kämpfen, stand unumstößlich fest.

»Warum lehnen Euer Gnaden dieses Gericht ab?« fragte Wolsey kalt.

»Ich lehne es ab, weil es mir feindlich gesinnt ist«, erwiderte die Königin. »Ich verlange, daß das Urteil von unvoreingenommenen Richtern gesprochen wird.«

Campeggio schien erschrocken, aber Katharina fuhr ungeachtet Wolseys gequälter Miene kühn fort: »Dieser Fall wurde Rom übertragen und könnte dort rechtzeitig verhandelt werden. Das Urteil bedarf der Bestätigung des Heiligen Vaters. Ich lege dagegen Protest ein, daß dieser Fall hier verhandelt wird.«

Wolsey erhob sich und sagte: »Euer Gnaden sind falsch informiert.« Und Campeggio setzte hinzu: »Euer Gnaden können beruhigt sein, daß der Gerechtigkeit Genüge getan wird. Ich bitte Euch dringend, den Mitgliedern dieses Gerichtes, das nur der Gerechtigkeit dient, Vertrauen zu schenken.«

Da drehte Katharina sich um und schritt samt ihrem Gefolge hocherhobenen Hauptes hinaus.

Es ist sinnlos, sagte sie sich. Sie konnte nichts tun, um den Prozeß zu verhindern.

Sie konnte sich nur in ihre Gemächer zurückziehen und bis zu dem Tag warten, an dem sie mit Heinrich persönlich vor dem Legatengericht erscheinen mußte.

»Heinrich, König von England, erscheint vor dem Gericht!« So hallte es durch den großen Saal von Blackfriars.

Heinrich thronte unter dem Baldachin, und über ihm, auf dem Podium, saßen die beiden Kardinäle, in ihren scharlachroten Gewändern prächtig anzusehen. Zu Füßen dieses Podiums saßen die Bischöfe und Gerichtsbeamten, unter dem Vorsitz von William Warham, dem Erzbischof von Canterbury. Hier war auch der Platz der Rechtsbeistände der beiden Prozeßparteien; Dr. Bell und Dr. Sampson für den König, und die Bischöfe von Rochester und St. Asaph für die Königin.

Die Stimme des Ausrufers, der den König aufrief, brachte das Geflüster zum Schweigen. Die Anwesenden konnten sich nicht genug wundern, daß König und Königin wie gewöhnliche Menschen vor Gericht aufgerufen wurden.

Das zeigt die Macht Roms, hörte man flüstern. Allein der Papst kann es wagen, den König von England in dessen eigenem Land vor Gericht zu zitieren. Seit wir von einem der Kardinäle des Papstes regiert werden – von unserem Metzgerssohn – ist England nur mehr Vasall Roms.

Heinrich selbst war wutentbrannt ob der Vorladung. Er hätte sich weigern sollen, vor Gericht zu erscheinen, er hätte kundtun sollen, daß er nur willens war, ein Urteil hinzunehmen, das ihm genehm war, doch das Volk mußte beschwichtigt werden, da sich gegen die der Königin angetane Ungerechtigkeit bereits heftiges Murren erhob. Es gehörte zu seiner Politik zu behaupten: »Nur widerstrebend trenne ich mich von ihr, die ich für meine Gemahlin hielt, aber ich tue es auf Geheiß der Kirche.« Was konnte er daher tun, als sich der kirchlichen Gerichtsbarkeit zu unterwerfen und auf seine Art dafür zu sorgen, daß seine Kardinäle wußten, wie das Urteil ausfallen sollte.

Deshalb antwortete er in einem Ton bar allen Grolls: »Hier bin ich, Mylords.«

»Katharina, Königin von England, erscheint vor Gericht.«

Katharina erhob sich, bekreuzigte sich und trat sodann zum Erstaunen der Bischöfe und Rechtsgelehrten vor Heinrichs Sitz hin. Sie kniete vor ihm nieder und redete ihn so laut an, daß es durch den ganzen Saal hallte.

»Sir, ich flehe Euch an, um all der Liebe, die zwischen uns war, und um der Liebe Gottes willen, laßt mir Recht und Gerechtigkeit zuteil werden. Erbarmt euch meiner und habt Mitleid mit mir, einer armen Fremden, außerhalb der Grenzen Eures Reiches geboren. Vor diesem Gericht habe ich keinen unvoreingenommenen Beistand, deshalb wende ich mich an Euch als oberste Autorität im Lande. Weh mir! Womit habe ich Euch beleidigt? Ich rufe Gott und alle Welt zu Zeugen an, daß ich Euch eine wahre, ergebene und gehorsame Frau war, stets bedacht auf Euren Willen und Euer Wohlergehen. Alles was Euch Freude und Vergnügen war, freute auch mich und brachte mir Befriedigung. Ich liebte alle jene, die Ihr geliebt, nur um Euretwillen, ob es nun meine Freunde oder meine Feinde waren. Diese zwanzig Jahre war ich Eure wahre Gemahlin, und ich habe Euch mehrere Kinder geschenkt, wenn es Gott auch gefiel, sie von dieser Welt abzuberufen, was aber nicht meine Schuld war. Ich appelliere an Euer Gewissen einzugestehen, daß ich unberührt zu Euch kam. Wenn Ihr seither in meinem Betragen etwas Unehrenhaftes entdeckt habt, dann bin ich es zufrieden zu gehen, wenn auch zu meiner großen Schmach und Schande. Wenn aber nicht, dann flehe ich Euch demütig an, mich in meinem Stand zu belassen.«

Als sie zum Atemholen innehielt, herrschte Totenstille im Raum. Gleich zu Beginn des Verfahrens hatte sie jenen Punkt zur Sprache gebracht, um den es ging. Ihre Ehe mit Prinz Arthur war keine richtige Ehe gewesen. Mit ihrer Aussage vor diesem Gericht erklärte sie, daß sie König Heinrich als Jungfrau geheiratet hatte.

Der König zuckte leicht zusammen. Ohne seine kniende Frau anzusehen, blickte er geradeaus.

»Euer Vater, der König«, fuhr Katharina fort, »wurde zu seiner Zeit seiner Weisheit wegen als zweiter Salomo angesehen, und mein Vater Ferdinand galt als einer der weisesten Herrscher, die je über Spanien geboten. Beide waren edle Fürsten, mit Weisheit und allen königlichen Tugenden begabt. Sie stützten sich auf gelehrte und gerechte Ratgeber, die unsere Ehe für gut und rechtmäßig ansahen. Deshalb nimmt es mich Wunder, welch neue Anschuldigungen gegen mich, die ich nur Wahrheit im Sinn hatte, vorgebracht werden.«

Wieder hielt sie inne. Campeggio rückte sich auf seinem Stuhl zurecht, um seine schmerzenden Glieder zu entlasten. Sie vertritt ihre Sache selbst, dachte er. Wo hätte sie einen besseren Anwalt finden können? Es wird nicht einfach sein, gegen sie ein Urteil zu fällen.

Ihr Auftritt war für ihn eine angenehme Überraschung. Etwas Besseres hätte er sich nicht wünschen können, da Clemens Anweisung gegeben hatte, der Gerichtshof dürfe zu keiner Entscheidung gelangen.

»Indem Ihr mich der Rechtsprechung dieses neuen Gerichtes unterwerft«, fuhr die Königin fort, »widerfährt mir großes Unrecht, wenn Ihr beabsichtigt, mit Härte gegen mich vorzugehen. Ihr mögt mich verurteilen, weil ich die Aussage verweigere, da Eure Untertanen, die es nicht wagen werden, sich Eurem Willen zu widersetzen, mir keine unparteiischen Beistände sein können. Deshalb fordere ich Euch auf, aus Barmherzigkeit und um der Liebe Gottes willen, der der gerechte Richter über uns alle ist, mir den Spruch dieses neuen Gerichtes zu ersparen, bis ich erfahre, was mir meine spanischen Freunde anraten. Gewährt Ihr mir diese Gunst nicht, so möge Euer Wunsch erfüllt werden, und ich stelle meinen Fall Gott anheim.«

Katharina erhob sich, und alle Anwesenden sahen, daß Tränen auf ihren Wangen glänzten. Die Bischöfe trugen grimmige Mienen zur Schau, aus Angst, Mitgefühl in Gegenwart des Königs zu zeigen, der noch immer ausdruckslos vor sich hinstarrend dasaß. Doch im Saal wurde manch Taschentuch ans Auge geführt und manch stilles Gebet für die Königin gesprochen.

Anstatt zu ihrem Sitz zurückzukehren, nahm sie den Arm des Generalprokurators und schritt durch die Menge auf den Ausgang zu.

Der Ausrufer war konsterniert. »Katharina, Königin von England, tretet erneut vor das Gericht!« rief er.

Aber Katharina schien ihn nicht zu hören. Unbeirrt schritt sie weiter auf die Türen zu und starrte mit tränenverhangenen Augen vor sich hin.

»Euer Gnaden«, flüsterte der Generalprokurator. »Ihr werdet abermals vor Gericht geladen!«

»Ich höre die Aufforderung«, gab die Königin so leise zurück, daß nur die Umstehenden es hören konnten, »aber ich leiste ihr nicht Folge. Laßt uns gehen. Das ist kein Gericht, das mir Gerechtigkeit widerfahren läßt.«

»Katharina, Königin von England, tretet abermals vor das Gericht!« rief der verwirrte Ausrufer.

Aber Katharina trat aus dem Gebäude hinaus in den Sonnenschein.

Heinrich war sich des Eindrucks, den ihr Auftritt hinterlassen hatte, voll bewußt.

Nachdem sie gegangen war, erhob er sich, um sich an die Versammelten zu wenden. Er sprach mit Überzeugung und sehr beredt, da er seine Rede schon oft gehalten hatte und sie gut beherrschte. Er erklärte, daß er keineswegs den Wunsch verspürte, sich einer tugendhaften Frau zu entledigen, die ihm immer eine gute Ehefrau gewesen sei. Sein Gewissen sei es vielmehr, das ihn zum Handeln drängte. Hochgelehrte Männer – Bischöfe und Rechtsgelehrte – hätten ihm erklärt, daß er mit einer Frau, die seinem Bruder angetraut worden war, in Sünde gelebt hätte. Sie hatten ihn auf den einundzwanzigsten Vers des zwanzigsten Kapitels Leviticus hingewiesen, und aus diesem Grund hatte er – der mit Gott in Frieden leben wollte – sich entschlossen, ebendiese Gelehrten zu befragen, ob er wirklich verheiratet war. Sollte die Antwort ›ja‹ lauten, würde es für ihn Anlaß zur Freude sein, da es niemanden gab, der ihm so teuer war wie die Frau, die zwanzig Jahre lang als seine Gemahlin an seiner

Seite gelebt hatte. Wenn man ihm jedoch aufzeigte, daß er in Sünde mit ihr lebe, würde er sich zu seinem Leidwesen von ihr trennen.

Nach Katharinas Rede hörte jene des Königs sich unaufrichtig an, da man am Hof und im ganzen Land von seiner Leidenschaft zu Anne Boleyn wußte. Ebenso war das Verlangen dieser Frau bekannt, seine Krone mit ihm zu teilen, noch ehe sie ihm gestattete, ihr Geliebter zu werden.

Heinrich aber, von der Wahrheit seiner Worte überzeugt, während er sie aussprach, schaffte es dennoch, seiner Erklärung einen gewissen Anflug von Glaubwürdigkeit zu verleihen.

Als er geendet hatte, erhob sich Wolsey, trat vor Heinrichs Sessel und kniete nieder.

»Euer Gnaden«, sagte er, »ich beschwöre Euch, dem versammelten Gericht zu erklären, ob ich es war, der als erster mit dem Ansinnen an Euch herantrat, Euch von der Königin zu trennen, oder nicht. Manche Verleumdung wurde aus diesem Grund gegen mich geäußert, und es gibt viele, die der Meinung sind, ich sollte, falls dies der Wahrheit entspricht, an diesem Verfahren nicht als Legat teilnehmen.«

Der König lachte kurz auf und rief: »Nein, Mylord Kardinal, ich könnte nicht sagen, daß Ihr den Stein ins Rollen gebracht habt. Im Gegenteil, Ihr habt mir eher Widerstand geleistet.«

Wolsey erhob sich von seinen Knien und verbeugte sich. »Ich danke Euer Gnaden, vor diesem Gericht bezeugt zu haben, daß ich kein voreingenommener Richter bin.«

Wolsey kehrte zu seinem Sitz zurück, und Warham, Erzbischof von Canterbury, erhob sich, um eine Aufstellung mit den Namen jener Bischöfe zu präsentieren, die sich einig waren, daß in der Causa der königlichen Ehe eine Untersuchung unerläßlich sei. Dann machte er sich daran, die aufgeführten Namen vorzulesen.

Als er den Namen John Fishers, Bischof von Rochester, nannte, stand Fisher von seiner Bank auf und rief: »Das ist eine Fälschung, da ich ein solches Dokument nie unterschrieben habe.«

Heinrich, ob der Verzögerung immer ungeduldiger und einzig daran interessiert, wann das Gericht seine Ehe endlich für null und nichtig erklären würde – er hatte geglaubt, daß dies sehr rasch der Fall sein würde – konnte nicht mehr an sich halten. »Wie das?« rief er ungehalten. »Hier stehen Euer Name und Euer Siegel.«

»Euer Gnaden, das ist weder meine Handschrift noch mein Siegel.«

Heinrich zog die Brauen finster zusammen. Einstmals hatte er Fisher geliebt. Männer wie ihn und Thomas Morus hatte er in seiner Jugend gern um sich geschart, da sie ihm nie so schamlos geschmeichelt hatten wie andere. Und war es ihm geglückt, ihnen ein Lobeswort abzuringen, war es doppelt süß gewesen. Fisher war einst sein Lehrer gewesen – ein sanftmütiger, gütiger Mann, unter dessen Anleitung das Lernen einem ungestümen Jüngling hin und wieder Freude gemacht hatte.

Aber nun stand Fisher auf seiten der Königin und war ihr Rechtsbeistand. Und er billigte die Scheidung nicht. Er war der Meinung, sein König, der Katharina einst geheiratet hatte, sollte ihr getreuer Ehemann bleiben, mochte sie ihn auch enttäuscht haben.

Aber was wußte Fisher schon von den Bedürfnissen eines gesunden Mannes in der Blüte seiner Jahre?

Als er seinen einstigen Lehrer finster anblickte, empfand Heinrich Haß gegen den hochgewachsenen, hageren Mann. Der Alte sieht aus, als würde er seine Zeit mit Fasten in einer Zelle verbringen, dachte er geringschätzig. Auch wenn ich seinerzeit Zuneigung zu ihm empfunden habe, so soll sie vergessen sein, wenn er es wagen sollte, sich mir in dieser Sache entgegenzustellen. Er wird lernen müssen, daß jene, die sich mir widersetzen, ihr Leben aufs Spiel setzen.

Und was sollte jetzt diese Behauptung, Signatur und Siegel seien gefälscht?

»Dies ist Euer Siegel«, hörte man Warham sagen.

»Mylord, Ihr wißt sehr gut, daß dies nicht mein Siegel ist«, gab Fisher zurück. »Ihr wißt, daß ich sagte, ich würde niemals meinen Namen unter ein solches Dokument setzen, als Ihr mir dieses Ansinnen gestellt habt.«

Warham sah dem König an, daß dessen Zorn sich steigerte. Warham war für Frieden. Er glaubte nicht, daß Fisher das Ausmaß der Leidenschaft des Königs bewußt war. Vielleicht war Fisher zu anständig, um zu begreifen, daß der König wie ein brünstiges Tier war, wenn seine Lust auf Befriedigung drängte. Warham versuchte, die Sache beiläufig abzutun.

»Gewiß, es war Euch zuwider, Euer Siegel unter das Dokument zu setzen«, murmelte er. »Aber Ihr wißt sicher noch, daß wir schließlich übereinkamen, ich sollte es für Euch tun.«

»Mylord, das stimmt nicht«, sagte Fisher.

Der König rutschte erregt auf seinem Sitz hin und her. Als Warham das Dokument seufzend beiseite legte, gab er mit dieser Geste zu verstehen, daß nichts Gutes daraus erwachsen konnte, wenn man die Sache weiter verfolgte.

»Wir wollen mit der Anhörung fortfahren«, kündigte Wolsey an. Heinrich, der mißmutig dasaß, fragte sich, welche Wirkung Fishers Haltung auf das Gericht ausübte. Bei Gott, dachte er, dieser Mann ist nicht mein Freund, wenn er der Königin zuliebe mein Anliegen mißachtet.

Aber alles würde gut ausgehen. Katharina hatte ganz richtig gesagt, daß nur wenige in diesem Gericht es wagen würden, ihm den Gehorsam zu verweigern. Sie würden ihm gehorchen und ihm daher das geforderte Urteil liefern. Was machte da eine abweichende Stimme schon aus?

Aber er haßte Abweichler und hatte Kritik noch nie ertragen können. Kam sie gar von jemandem, den er einst bewundert hatte, war sie für ihn doppelt kränkend.

Er hörte kaum, was um ihn herum gesprochen wurde, bis Fisher an die Reihe kam und für die Königin das Wort ergriff.

»Was Gott zusammengefügt hat, soll der Mensch nicht trennen ...«

Kaum hatte Fisher sein Plädoyer beendet, als Heinrich sich erhob.

Für diesen Tag reichte es ihm. Die Sitzung war beendet.

Für den König verstrichen die Tage mit nervtötender Langsamkeit. Seit Eröffnung des Verfahrens war ein Monat vergangen, und noch immer war man zu keinem Urteil gelangt. Jeden Tag brachten die Anwälte der beiden Parteien ihre Argumente vor, wobei deutlich wurde, daß Fisher als einziger entschlossen war, alles für einen Sieg der Königin zu tun.

Campeggio war der Verzweiflung nahe, da ihm klar wurde, daß er das Verfahren trotz seiner Verzögerungstaktik, die er anwandte, wann immer es sich einrichten ließ, nicht nach Belieben in die Länge ziehen konnte, und in Anbetracht der präsentierten Beweise wußte er, daß sein Urteil, wenn er es denn fällen würde, zugunsten des Königs ausfallen mußte.

Und das war ihm unmöglich, da der Papst ihn angewiesen hatte, kein endgültiges Urteil zu sprechen.

Wolsey, der die Motive hinter den Motiven seines Mit-Legaten durchschaute, war zutiefst niedergeschlagen. Er wußte, daß es Campeggios einziges Bestreben war, das Verfahren in die Länge zu ziehen, bis er es für beendet erklären konnte.

So standen die Dinge, als der Kardinal zum König befohlen wurde. Puterrot vor Wut lief Heinrich auf und ab, mit den Papieren in seiner Hand wild gestikulierend. Als Wolsey sich näherte, hielt er sie dem Kardinal mit einer ruckartigen Bewegung hin.

Wolsey, der die Nachricht las, erschrak so heftig, daß ihn Übelkeit übermannte. Der französische König hatte in Italien eine Niederlage erlitten. Zwischen ihm und dem Kaiser bahnte sich ein Friedensschluß an. Margarete, Regentin der Niederlande und Tante des Kaisers, hatte mit Luise von Savoyen, der Mutter des Königs von Frankreich, diesen Frieden ausgehandelt, der als Damenfriede von Cambrai in die Geschichte eingehen sollte. Es lag auf der Hand, daß Clemens gleichzeitig einen Vertrag mit dem Kaiser unterzeichnen würde.

»Diese Dinge geschehen, und wir erfahren erst davon, wenn sie vollzogen sind«, schrie Heinrich und funkelte seinen Kanzler böse an. »Mir scheint, unser französischer Verbündeter ist so falsch wie unser spanischer. Wie kommt es, daß wir immer betrogen werden?«

»Euer Gnaden«, stammelte Wolsey, der Erschöpfung nahe und in Gedanken ganz bei der Scheidung des Königs, »das heißt, daß Campeggio uns nie das gewünschte Urteil verschaffen wird.«

»Dieser Prozeß ist der reinste Hohn!« brüllte der König. »Ich kann mich nicht genug wundern, daß man mich so lange auf etwas warten läßt, um das andere nur bitten mußten.«

»Euer Gnaden, die Umstände sind gegen uns. Aber die Verwüstung Roms ...«

»Erspart mir Eure ›Aber‹ ...«, rief der König aus. »Verschafft mir die Möglichkeit zu heiraten, damit ich meinem Königreich einen Erben schenken kann.«

»Euer Gnaden, es sieht aus, als ob wir uns wieder an die Königin wenden müßten. Ich bin sicher, daß Clemens die Scheidung sofort gewähren würde, wenn sie in ein Kloster ginge. Was wir brauchen, ist nur ihre Einwilligung, nein, ihre Erklärung, daß es ihr ausdrücklicher Wunsch ist. Der Kaiser würde sich diesem Verlangen nicht widersetzen.«

»Man muß sie zur Vernunft bringen«, beharrte der König.

»Euer Gnaden, habe ich Eure Erlaubnis, mich noch einmal an die Königin zu wenden?«

»Tut es ohne Verzug.«

Erleichtert, dem König zu entkommen, begab Wolsey sich sofort zu Campeggio, um ihm vorzuschlagen, gemeinsam zur Königin zu gehen und ihr vor Augen zu führen, welche Wohltat es nicht nur für sie selbst, sondern für alle anderen bedeuten würde, wenn sie sich in ein Nonnenkloster zurückzöge.

Die beiden Kardinäle ließen sich in einem Boot nach Bridewell bringen, das der Königin zu dieser Zeit als Residenz diente. Sie saß mit einigen ihrer Damen zusammen und stickte eifrig, da sie, wie sie selbst sagte, an Melancholie litte und die bunten Farben ihre Lebensgeister hoben.

Als sie hörte, die Kardinäle bäten darum, vorgelassen zu werden, und sie ihnen zur Begrüßung entgegenging, hingen ihr Strähnen roter und weißer Seidenfäden um den Hals.

»Euer Gnaden«, sagte Wolsey, »vergebt uns, wenn wir Euren Frieden stören und um Euer Gehör bitten.«

»Ich gewähre es Euch nur zu gern«, gab sie zur Antwort, »aber mit Euresgleichen kann ich nicht argumentieren, da es mir dazu an Klugheit mangelt.« Sie faßte nach den Strähnen um ihren Hals. »Ihr seht, wie ich meine Zeit verbringe. Meine Damen taugen als Ratgeberinnen nicht viel, doch habe ich in England niemanden sonst. Und Spanien, wo ich vertrauenswürdigen Beistand hätte, ist weit.«

»Laßt uns Euer Privatgemach aufsuchen«, sagte Wolsey, »damit wir Euch dort den Grund unseres Kommens erklären.«

»Mylords«, gab die Königin zurück, »falls Ihr etwas zu sagen habt, so sprecht es vor allen aus, da ich nicht nur nichts fürchte, was gegen mich vorgebracht werden könnte, sondern sogar wünsche, daß alle Welt es hören und sehen kann. Deshalb bitte ich Euch, alles offen vorzubringen.«

Wolsey, peinlich berührt und nicht gewillt, vor den Damen sein Anliegen vorzubringen, fing an, seine Mission lateinisch vorzutragen, worauf Katharina ihn sofort unterbrach.

»Ich bitte Euch, mein guter Lord, sprecht englisch zu mir, da ich diese Sprache gottlob spreche und verstehe, wenngleich ich auch ein wenig Latein kann.«

Es blieb ihm also nichts anderes übrig, als in Gegenwart ihrer Frauen englisch mit ihr zu sprechen, und Wolsey sagte: »Euer Gnaden, wenn Ihr in die Scheidung einwilligt, sollt Ihr nichts entbehren, was Ihr an Gütern und Ehren schätzt. Solltet Ihr den

Wunsch verspüren, Euch in ein Kloster zurückzuziehen, was Eurer frommen Lebensweise entspräche, soll Euch auch dort alles geboten werden, was Ihr wünscht. Der König würde Prinzessin Mary in der Thronfolge hinter die Nachkommen aus seiner zweiten Ehe reihen.«

»Mylords«, sagte darauf Katharina, »ich kann Euch nicht auf der Stelle antworten, da ich niemanden habe, der mich berät.«

»Kardinal Wolsey und ich würden Euch mit Freuden den gewünschten Rat geben«, erwiderte Campeggio.

»Dann kommt in mein Privatgemach, damit wir darüber sprechen können«, sagte sie.

Die Kardinäle und die Königin zogen sich zurück, und sie wiederholte, daß sie nicht den Wunsch hätte, in ein Kloster zu gehen, daß Prinzessin Mary rechtmäßige Thronerbin sei und sie selbst Gemahlin des Königs, da sie in Wahrheit nie Ehefrau seines Bruders gewesen war, daran würde sie festhalten, komme, was da wolle.

Die Kardinäle, die erkannten, daß Katharina zu einer Meinungsänderung nicht zu bewegen war, empfahlen sich; Wolsey in tiefer Melancholie, Campeggio fest entschlossen, den Fall rasch zu einem Ende zu bringen.

»Diese Angelegenheit muß ohne Verzug geregelt werden«, sagte Wolsey, als sie in die Barke stiegen. »Wir müssen unser Urteil sprechen, und nach allem, was wir gehört haben, werden wir wohl nicht umhinkönnen, zugunsten des Königs zu entscheiden.«

Campeggio schüttelte den Kopf. »Ich gebe mich nicht damit zufrieden, daß dies die ganze Wahrheit sein soll. Die Königin hat recht, wenn sie das Gericht als voreingenommen bezeichnet. Nein, uns bleibt nur eine Vorgangsweise offen. Wir müssen den Fall Seiner Heiligkeit übertragen.«

»Der König wird sich eine weitere Verzögerung nicht bieten lassen.«

»Die Sache liegt nicht in Händen des Königs«, antwortete Campeggio.

Wolsey, der Campeggio insgeheim um seine Freiheit beneidete, gab keine Antwort. Der Legat, der nach Rom zurückkehren würde, wo er nur dem Papst Rede und Antwort stehen mußte, hatte dank seiner beharrlichen Verzögerungstaktik dessen Anweisungen auszuführen vermocht. Wolsey hingegen ... er hatte im Interesse des Königs gearbeitet, und dennoch waren Heinrichs Mißbilligung und Unzufriedenheit mit jedem Tag gewachsen.

So glitten sie langsam den Fluß entlang – Campeggio würde von Bord gehen, seine Unterkunft aufsuchen und die Ruhe finden, nach denen seine Glieder lechzten, während Wolsey sich zum König begeben und wieder einmal einen Mißerfolg melden mußte.

Campeggio erschien bei Gericht und nahm seinen Platz neben Wolsey ein, doch als das Verfahren eröffnet werden sollte, erhob er sich und wandte sich an die Versammelten.

»Dieser Gerichtshof ist römischer Jurisdiktion unterworfen«, verkündete er, »und in Rom haben die Ferien begonnen. Aus diesem Grund wird die Verhandlung bis nach den Ferien vertagt. Wir finden uns am ersten Oktober hier wieder zusammen.«

Allen stockte der Atem vor Überraschung. Wolsey war so erschrocken wie die übrigen, und seine braunen Augen blickten wie große Murmeln aus seinem blassen Antlitz. Gewiß, er hatte dergleichen erwartet, aber nicht so bald. Natürlich wußte er, daß Campeggio das Verfahren niemals weiterführen würde. Er hatte nur im Sinn, nach Italien zurückzukehren und nie wieder zurückzukommen. Er hatte seine Pflicht getan, indem er den Prozeß eröffnet und die Befragungen über Monate hinweg geleitet hatte. Jetzt suchte er einen Vorwand, um ihn zu beenden, da sich mittlerweile die Verhältnisse in Europa so weit stabilisiert hatten, daß Clemens nun deutlicher abschätzen konnte, auf welche Seite er sich schlagen mußte.

Das bedeutete eine Katastrophe, in England wie im Ausland. Wolseys französische Politik war ein Fehlschlag, da der Kaiser und König Franz nun verbündet waren, und keiner der beiden Sympathien für England hegte. Er war in diesem Punkt also gescheitert. Und das Volk würde ihm feindseliger gesinnt sein denn je. Ebenso war er gescheitert, was die Scheidung des Königs betraf, denn er war diesem Ziel innerhalb des letzten Jahres nicht näher gekommen.

Suffolk, Heinrichs Schwager, der sich hingebungsvoll für die Sache des Königs eingesetzt hatte, hämmerte plötzlich mit den Fäusten auf den Tisch.

»In England sind die lustigen Zeiten vorbei, seitdem wir Kardinäle unter uns haben«, erklärte er.

Und als er die Worte aussprach, lag sein finsterer Blick auf Wolsey, der sich nicht enthalten konnte, ihn daran zu erinnern, daß er, Suffolk, den Kardinal um Hilfe gebeten hatte, als es galt, den König zu beschwichtigen, da Suffolk dessen Schwester geheiratet hatte. »Hätte damals nicht ein Kardinal eingegriffen«, hielt Wolsey ihm vor, »hättet Ihr, Mylord Suffolk, Euren Kopf leicht verlieren können und damit die Gelegenheit, Kardinäle zu schmähen.«

Als die Sitzung vertagt wurde, entlockte Suffolks niedergeschlagene Miene Wolsey ein Lächeln. Ihm entging nicht, daß auch Norfolk und Darcy ihn mit haßerfüllten Blicken bedachten. Aber keiner wagte, das Wort gegen ihn zu ergreifen. Er war noch immer der mächtigste Mann im Land – nach dem König. Und solange er noch vom König gestützt wurde, konnten ihm seine Feinde nichts anhaben.

Der König hatte die Neuigkeit bereits vernommen, als Wolsey bei ihm eintraf.

Heinrich war allein, und der Kardinal bemerkte erstaunt, daß sein Gesicht bleich und nicht wie zu erwarten puterrot war. Aus seinem Blick sprach Eiseskälte.

»Der Mann des Papstes hat also das Verfahren geschlossen.« Wolsey neigte zustimmend sein Haupt.

»Und die vielen Wochen waren reine Zeitverschwendung. Es war nie seine Absicht, die Sache zu einem Ende zu bringen. Und ich schwebe weiterhin in Ungewißheit.«

»Euer Gnaden, der päpstliche Legat hat sich von Anfang an seiner Verzögerungstaktik mit wahrer Meisterschaft bedient.«

»Das braucht Ihr mir nicht zu sagen. Und die Königin hat sich abermals geweigert, in ein Kloster zu gehen.«

»So ist es, Euer Gnaden.«

Die kleinen blauen Augen wurden schmal. »Ich bin sicher, daß sie meinen Tod wünscht.«

Wolsey erschrak. »Euer Gnaden …«, setzte er an.

Heinrichs Miene verfinsterte sich. Mit dem einstigen Scharfsinn seines Kanzlers war es nicht mehr weit her.

»Es würde mich nicht wundern«, fuhr Heinrich fort, »wenn ein Plan existierte, sowohl mich als auch Euch zu töten.«

»Meint Ihr, Euer Gnaden?« Wolsey war in Erwartung eines Befehls, wie der König befriedigt bemerkte.

»Sollte ein solcher Plan aufgedeckt werden«, fuhr der König fort, »und sollte es sich erweisen, daß die Königin daran Anteil hat ...« der kleine Mund war grausam, die Augen ohne Erbarmen ... »darf sie keine Schonung erwarten«, setzte er hinzu.

Wolsey dachte bei sich: Königin Katharina, wie töricht Ihr doch wart, Euch nicht in ein Kloster zurückzuziehen. Dort wäret Ihr jetzt in Sicherheit. Der König ist ein Mensch, der sich nimmt, was er will, ohne Rücksicht darauf, wer sich ihm in den Weg stellt. Und Ihr, Königin Katharina, steht ihm jetzt höchst hinderlich im Weg.

Der König fuhr fort: »Es handelt sich um eine Sache, die dem Kronrat vorgelegt werden soll. Er wird einschreiten, falls die Beweislage es fordert. Dafür werdet Ihr sorgen, da ich der Ansicht bin, daß es sehr bedeutsam für unsere Sicherheit ist ... für Eure und meine.«

Wolsey gab seiner Zustimmung mit einer Verbeugung Ausdruck.

Sein Gewissen, das er im Laufe der vielen Jahre guten Lebens zu unterdrücken gelernt hatte, machte ihm undeutlich zu schaffen.

So weit ist es also schon gekommen, dachte er, Katharina, Ihr schwebt in unmittelbarer Gefahr ... und ich ebenso.

10.

Wolseys Sturz

Katharina hatte sich in ihrem ganzen Leben noch nie so einsam und verzweifelt gefühlt.

Bei zugezogenen Vorhängen in ihrem Bett liegend, hatte sie sich in eine kleine Welt einstweiligen Friedens zurückgezogen. Was soll aus mir werden? fragte sie sich zum ungezählten Mal, seitdem ihr das Schreiben des Kronrates überbracht worden war. Aber in Wahrheit galt ihre Sorge nicht ihrer eigenen Person, da es jemanden gab, dessen Sicherheit ihr viel mehr am Herzen lag als die jedes anderen Menschen. Sie selbst wußte ja, was es hieß, allein und ohne Freunde zu leben, was aber, wenn ein solches Los ihre Tochter erwartete?

»Heilige Muttergottes, steh mir bei«, betete sie. »Geleite mich durch diesen gefahrvollen Abschnitt meines Lebens.«

Die perfide Anschuldigung, sie führe Böses gegen König und Kardinal im Schilde, stand bevor. Glaubte man denn wirklich, daß sie – die nie auch nur dem elendsten Bettler absichtlich etwas zuleide getan hatte – versuchen würde, den König und seinen ersten Minister zu vergiften? Man hatte sie mit Absicht falsch beschuldigt – zumindest der Kardinal hatte es getan. Sie hielt ihn für denjenigen, der vor allem gegen sie arbeitete, da sie in Heinrich immer noch den unschuldigen, leicht lenkbaren Jüngling sah. Wie kann man nur glauben, daß sie, eine fromme Christin, auch nur einen Augenblick an Mord hätte denken können?

Natürlich steckte dahinter wieder ein Komplott, um sie in ein Kloster zu treiben.

Auf ihrem Bett liegend, malte sie sich die Tröstungen einer kahlen Zelle aus, wohltönendes Glockengeläut, eine Flucht aus einer Welt voller Intrigen. Ein sehr ansprechendes Bild, wie sie fand.

Sie setzte sich auf und las noch einmal die Schriftrolle, die sie auch im Liegen fest mit der Hand umklammert gehalten hatte.

Man teilte ihr mit, daß sie dem König nicht die ihm gebührende Liebe entgegengebracht hätte, daß sie zu häufig in der Öffentlichkeit erscheine und die Zuneigung des Volkes auf sich zu lenken versuche. Sie zeige keine Anteilnahme an den Gewissenskonflikten des Königs, woraus dieser nur den Schluß ziehen könnte, daß sie ihn hasse. Sein Kronrat rate ihm daher, eine Trennung von Tisch und Bett zu vollziehen und ihr Prinzessin Mary wegzunehmen.

Prinzessin Mary sollte ihr genommen werden!

Hätte es diesen Zusatz nicht gegeben, sie hätte sich einschüchtern lassen und wäre ins Kloster gegangen. Aber solange sie an ihre Tochter denken mußte, würde sie sich nie zurückziehen und zulassen, daß sie in der Versenkung verschwand.

Dem Schriftstück beigefügt war eine Notiz in Wolseys Handschrift, die besagte, daß die Königin sehr unklug sei, sich dem König zu widersetzen, daß auf Prinzessin Mary nicht der Segen des Himmels ruhe und daß das päpstliche Breve, das sich im Besitz des Kaisers befände, eine Fälschung sei.

»Was soll aus mir werden?« wiederholte sie. Was immer die Zukunft ihr bringen mochte, sie würde sich nie so weit einschüchtern lassen, in ein Kloster zu gehen, da dies das Eingeständnis bedeutet hätte, daß ihre Ehe mit dem König ungültig war. Nie durfte sie vergessen, daß damit auf Mary ein Makel fallen würde.

Sie warf das Schriftstück von sich und legte sich wieder hin. Mit geschlossenen Augen sagte sie vor sich hin: »Soll man mit meinem Körper doch nach Belieben verfahren. Soll man mich des versuchten Mordes an König und Kardinal beschuldigen und mich in den Tower werfen. Soll man mich aufs Schafott schikken. Aber nie werde ich zulassen, daß Mary als Bastard gebrandmarkt wird.«

Noch größer als die Leiden der Königin waren jene des Kardinals, da es ihm an Katharinas Gottergebenheit fehlte und er sich ständig seiner eigenen Blindheit wegen schalt, die ihn, wie er rückblickend erkannte, an den Abgrund geführt hatte, an dem er jetzt stand. Gab er sich Wehklagen über Verlorenes hin, haftete seinem Kummer nichts von Katharinas Selbstlosigkeit an.

Heinrich hatte mit seinem Hofstaat London verlassen, ohne Wolsey aufzusuchen, und befand sich nun auf Grafton Manor, einer schönen Residenz an der Grenze zwischen Buckingham und Northampton, einstmals Wohnsitz Elizabeth Woodvilles. Anne Boleyn leistete ihm Gesellschaft – Anne, nur dem Titel nach noch nicht Königin von England, die den König beherrschte, wie Katharina es nie getan hatte. Anne war es auch, die den Vorschlag gemacht hatte, Heinrich solle Greenwich verlassen, ohne seinen Kanzler zu informieren, eine Vorgehensweise, die noch wenige Monate zuvor undenkbar gewesen wäre.

Und auch jetzt war aus Grafton keine Aufforderung gekommen, er solle den König aufsuchen. Er hatte um Erlaubnis bitten müssen – er, der mächtige Kardinal – um Campeggio, der vor dem Verlassen des

Landes dem König seine Aufwartung machen mußte, begleiten zu dürfen.

Was für ein trauriger und kummervoller Zug sich durch London bewegte, als das Volk herbeiströmte, um ihn vorüberreiten zu sehen! Sein üblicher Pomp, mit dem er auch jetzt reiste, war nur leeres Gepränge, da auch der elendste Bettler nicht mit mehr Angst in die Zukunft sehen konnte als der große Kardinal Englands.

Campeggio ritt schweigend neben ihm her. Seine Gicht war in England nicht besser geworden, so daß er erleichtert war, diesem Land den Rücken kehren zu dürfen, einer mühseligen und heiklen Aufgabe enthoben. Doch nun blieb ihm Zeit, seinen Kardinalsbruder zu bemitleiden.

Armer Wolsey! Wie war er bemüht gewesen, sich mit Bestechungen seinen Weg in den Vatikan zu bahnen ... und war gescheitert. Der Kaiser hatte ihn im Stich gelassen. Franz hatte ihn im Stich gelassen. Und – was am tragischsten war – sein eigener Herr und König wurde gedrängt, ihn fallenzulassen. Was sollte aus ihm werden, wenn die ganze Welt sich gegen ihn verschwor?

Der Wolsey eigene Optimismus – jene Eigenschaft, der er vor allem seinen Erfolg verdankte – gewann jedoch bald wieder die Oberhand. Er war fest davon überzeugt, ein Wiedersehen würde Heinrich die langen Jahre gemeinsamer Arbeit in Erinnerung rufen und ihn daran hindern, seinen Kanzler schutzlos und auf Gedeih und Verderb seinen Feinden preiszugeben, die nun geschlossen gegen ihn Front machten. Lord Darcy hatte bereits eine Liste seiner Missetaten zusammengestellt. Man würde ihn eines *praemunire* beschuldigen, da er an der päpstlichen Rechtsprechung in England festgehalten hatte. Und da es ihm nicht geglückt war, dem König die gewünschte Scheidung zu verschaffen, würden seine Feinde ihn nun beschuldigen, er hätte nicht dem König, sondern dem Papst gedient. Norfolk und Suffolk hatten ihn immer schon gehaßt. Und jetzt gesellte sich der mächtige Boleyn-Klüngel unter der Führung Annes hinzu, die ihm feindselig gesinnt war, und zielstrebig und mit einer Rachsucht auf seinen Untergang hinarbeitete, die sich mit seiner eigenen Beharrlichkeit messen konnte, die er an den Tag legte, wenn es galt, gegen jene vorzugehen, von denen er sich beleidigt wähnte.

Der Fall Buckingham fand eine Wiederholung. Nur war jetzt der Kardinal selbst das Opfer.

Mit diesen Gedanken im Herzen gelangte er nach Grafton. Im Herrenhaus herrschte munteres Treiben, da Anne Boleyn und ihr Bruder George für die Lustbarkeiten sorgten. Niemand verstand es besser, den König zu amüsieren als die beiden. Den Tag über ritt man zur Jagd – die Wälder um Grafton waren seit vielen Jahren königliches Jagdrevier – und die Lady pflegte den König zu begleiten und ihm auf hunderterlei Art zu zeigen, welches Glück ihn erwartete, wenn er sich nur endlich der alternden Katharina entledigte und die strahlende, blendende Anne zur Frau nähme.

Da die Ankunft der Kardinäle erwartet wurde, standen einige Mitglieder der königlichen Haushaltung zum Empfang bereit. Man half Campeggio aus dem Sattel seines Maultiers und führte ihn ins Haus, um ihn in die für ihn vorbereiteten Räume zu geleiten. Aber niemand nahm sich Wolseys an, so daß er peinlich berührt dastand, ratlos, was er tun solle, von einem Gefühl schrecklicher Einsamkeit übermannt. Es war einer der seltenen Anlässe in seinem Leben, da er nicht aus noch ein wußte. Sein üblicher Hochmut half ihm nicht weiter, da ihm niemand Beachtung schenkte. So stand er allein da und sah aus, wie er sich fühlte: ein einsamer alter Mann.

Ihm war klar, daß man für seine Ankunft im Haus nichts vorbereitet hatte, so daß er sich im nächsten Dorf eine Bleibe suchen mußte. Die Demütigung war so unerträglich und unerwartet. daß er kaum einen klaren Gedanken fassen konnte. Er konnte nur einsam und stumm dastehen, einzig sein tiefes Elend im Sinn.

Eine Stimme an seiner Seite ließ ihn aufschrecken. »Ihr seid um ein Nachtlager verlegen, Mylord?«

Es war ein schmucker Jüngling, den er als Henry Norris erkannte. Da er wußte, daß dieser Bursche zu jenen gehörte, die eng mit den Boleyns verbunden waren und zum Kreis bewundernder Anbeter gehörte, von dem Anne stets umgeben war, glaubte Wolsey, daß er verhöhnt wurde.

»Was geht Euch das an?« stieß er hervor. »Ich bin sicher, daß mich ein Nachtlager erwartet.«

»Mylord, ich habe Grund zur Annahme, daß es sich nicht so verhält.«

Erst als Wolsey in das hübsche Gesicht blickte und darin Mitleid sah, wußte er, wie tief gefallen er war. Da stand er nun, der große Kardinal und Kanzler, enger Freund des Königs, und erwartete eine Gunst von einem jungen Höfling, der seinerseits noch vor kurzem nicht gewagt hätte, ihn um eine Gunst zu bitten.

»Erlaubt mir«, fuhr Henry Norris fort, »Euch eine Unterkunft anzubieten.«

Der große Kardinal zögerte, ehe er sagte: »Ich danke Euch, daß Ihr mir in meiner Not Güte erweist.«

Es war also Henry Norris, der ihn zu einem Quartier in Grafton brachte. Hätte der junge Mann nicht Mitleid gezeigt, es hätte am Hof des Königs für Wolsey keinen Platz gegeben.

Auf Grafton Manor herrschte Aufregung. Der Kardinal befand sich im Herrenhaus, doch wußten alle, daß man für ihn keine Räumlichkeiten vorbereitet hatte, auf Anweisung Lady Annes, die alles bestimmte, da sie über den König gebot. Und jetzt würde sie Heinrich befehlen, seinen Kanzler zu entlassen, und alle jene, die den Kardinal schon lange haßten und seinen Sturz herbeigesehnt hatten, konnten ihre Ungeduld kaum zügeln.

Heinrich wußte das und war beunruhigt. Allmählich war ihm klargeworden, daß seine Beziehung zum Kardinal auf stärkeren Gefühlen beruhte, als er sie jemals einem seiner Minister entgegengebracht hatte. So sehr er Anne zu Gefallen sein wollte, konnte er sich doch nicht so leicht überwinden, diesen Mann fallenzulassen, mit dem er so eng zusammengearbeitet und so viel geteilt hatte.

Anne beharrte auf ihrem Standpunkt, daß Wolsey kein Freund des Königs sei und mehr für den Papst als für Heinrich gearbeitet hätte. Und sie wagte sogar die Andeutung, daß die Scheidung inzwischen längst gewährt worden wäre, hätte es der Kardinal gewünscht.

»Mitnichten, meine Liebe«, erwiderte Heinrich. »Ich kenne ihn besser als du oder jeder andere. Er hat in meinem Sinn gewirkt. Es war nicht seine Schuld. Gewiß, ihm sind Fehler unterlaufen, aber unbeabsichtigte.«

Anne erwiderte darauf, daß Norfolk, Suffolk oder ihr eigener Vater längst wegen weitaus geringerer Fehler ihre Köpfe verloren hätten.

»Ich ersehe daraus, daß du keine Freundin meines Lord-Kardinals bist, Liebste«, antwortete Heinrich.

»Ich bin niemandes Freundin, der nicht Euer Gnaden Freund ist!« war die Antwort, die Heinrich entzückte, da sie von Anne kam, seine Verlegenheit bezüglich Wolseys aber nicht minderte.

Und nun mußte er sich in den Audienzraum begeben, wo Wolsey mit dem übrigen Hofstaat wartete. Wie gut er sich die Szene vorstellen konnte! Der stolze Kardinal allein in einer Ecke, die in Erwartung des Königs aufgeregt in Gruppen beisammenstehenden Höflinge, die sehen wollten, wie der Kardinal sich seinem Gebieter näherte – und ob ihm eine kühle oder gar keine Begrüßung zuteil wurde.

Heinrich versuchte sich in Ablehnung hineinzusteigern. Warum wurde ihm die Scheidung verweigert? Warum hatte Wolsey sie nicht durchgesetzt? Beruhte es auf Wahrheit, daß dem Kardinal eine französische Heirat vorschwebte, als die ganze Sache erstmals zur Sprache gekommen war? War es denn möglich, daß er mit dem päpstlichen Legaten und dem Papst gegen den König gearbeitet hätte, wenn ihm bekannt gewesen wäre, daß der König sich Anne in den Kopf gesetzt hatte?

Heinrich betrat seinen Audienzraum mit finster gerunzelter Stirn. Es war genau so, wie er es sich vorgestellt hatte. Er sah die erwartungsvollen Blicke der Anwesenden – und Wolsey allein, hocherhobenen Hauptes, aber mit einem Ausdruck in seinem Gesicht, der die Verzweiflung in seinem Herzen verriet.

Ihre Blicke trafen aufeinander, Wolsey kniete nieder, und der Anblick des Knienden rührte Heinrich zutiefst. Ein Gefühl aufrichtiger Zuneigung ließ ihn alle seine Entschlüsse vergessen; auf seinen alten Freund und Ratgeber zugehend, legte er ihm beide Hände auf die Schultern und richtete ihn auf, um lächelnd zu sagen: »Ach, Mylord Kardinal, wie ich mich freue, Euch hier zu sehen.«

Wolsey schien verwirrt, als er neben dem König

stand, und Heinrich, der den Arm seines Ministers nahm, führte ihn zu einem Sitz am Fenster, setzte sich und wies Wolsey den Platz ihm gegenüber an.

»Zwischen uns war zuviel Freundschaft, als daß man es ändern könnte«, sagte Heinrich in gefühlvollem Ton.

Aus dem Blick, den Wolsey ihm zuwarf, sprach so viel Dankbarkeit, so viel Bewunderung, daß der König zufrieden war, obwohl er wußte, daß Anne alles andere als erfreut sein würde, wenn ihr zu Ohren kam, was sich zugetragen hatte. Doch es gab gewisse Dinge, die nicht einmal Anne verstehen konnte. Und als er an der Seite Wolseys am Fenster saß, dachte Heinrich daran, wieviel Sicherheit und Behagen dieser kluge Staatsmann ihm in der Vergangenheit verschafft hatte.

»Die Dinge haben sich gegen uns entwickelt«, fuhr Heinrich fort, »das wird jedoch nicht immer so sein. Wenn ich Campeggio scheiden sehe, verspüre ich wenig Bedauern. Er war uns kein Freund, Thomas.«

»Er gehorchte Befehlen aus Rom, Euer Gnaden. Er diente dem Papst. Es hat nicht genügt, daß nur einer der zwei Legaten aus ganzem Herzen für seinen König tätig war.«

Heinrich tätschelte Wolseys Knie. »Es könnte sein, daß wir ohne Hilfe des Papstes gewinnen«, sagte er geheimnisvoll.

»Seine Heiligkeit würde uns seine Hilfe nicht versagen, wäre da nicht seine Angst vor dem Kaiser.«

»Ein schwacher Papst, dieser Clemens.«

»Seit der Verwüstung Roms ist seine Position sehr unsicher.«

Heinrich nickte, und Wolsey fuhr mit besserer Stimmung fort: »Wenn Euer Gnaden mir eine Audienz am Morgen gewähren, ehe ich mit Campeggio aufbreche, könnten wir die Sache weiter besprechen. Hier werden zu viele Ohren gespitzt, zu viele Augen sind aufmerksam auf uns gerichtet.«

»So sei es«, sagte Heinrich mit einem Nicken und hängte sich im Aufstehen wieder bei seinem Kanzler ein, um sich zusammen mit ihm zu den anderen zu gesellen, die in einiger Entfernung warteten.

Was für ein Trost, die müden Glieder in dem Bett auszuruhen, für das er dem jungen Norris Dank schuldete! Wie einfach, die Unterlassung zu erklären!

Es war ohne Wissen des Königs geschehen. Natürlich hatte er sich in dem Glauben gewiegt, man würde Vorbereitungen für seinen Kanzler, seinen teuren alten Freund, den Kardinal, treffen. Es waren seine Feinde, die es darauf angelegt hatten, ihn zu erniedrigen. Er war sich ihrer Existenz nur zu gut bewußt. Wann hatte er denn keine Feinde gehabt?

Während er sich voller Behagen ausstreckte, sagte er sich, daß seine Sorgen unbegründet waren. Er hatte zwar etliche Fehlschläge hinnehmen müssen, doch war seine Position so stark wie eh und je. Solange er den König zum Freund hatte, war er unbezwingbar.

Wie falsch er den König eingeschätzt hatte! Hitzköpfig, selbstsüchtig, heuchlerisch, mit totaler Blindheit geschlagen, wenn es um eigene Fehler und Begierden ging, besaß Heinrich dennoch ein warmes Herz für jene, die seine Freunde gewesen waren; und solange man sich auf diese Freundschaft verlassen konnte, gab es nichts zu befürchten. Alles was er, Wolsey, getan hatte, um dem König zu dienen, hatte sich gelohnt. Den Verlust von Hampton Court wollte er nicht mehr beklagen; das Geschenk war Symbol der unzerstörbaren Liebe zwischen ihnen. Daran konnte nichts etwas ändern ... auch Anne Boleyns Rachsucht nicht.

Und morgen, dachte Wolsey, werden wir uns unter vier Augen treffen. Ehe ich mit Campeggio zur Küste aufbreche, werde ich mit Heinrich ein vertrauliches Gespräch führen. Sämtliche Mißverständnisse werden ausgeräumt, und es wird wieder wie in alten Zeiten sein, als vollkommene Übereinstimmung zwischen uns herrschte. Ich werde ihm zu seiner Scheidung verhelfen, aber bis dahin, Mistreß Anne Boleyn, wird seine Verliebtheit verflogen sein. Habt Ihr Euch zu meiner Feindin erklärt, so erkläre ich mich nun zu Eurem Feind. Für den König soll es eine französische Prinzessin sein.

Morgen ... morgen ... dachte Wolsey schon im Einschlafen. Es war die ruhigste Nacht, die er seit langem verbrachte.

»Ein gutes Bett, Norris«, murmelte er, als er erwachte und sah, daß es hellichter Tag war. »Ich werde Euch nicht vergessen.«

Nachdem er aufgestanden war, entdeckte er, daß es später war, als er zunächst angenommen hatte, doch blieb noch genügend Zeit, um sich mit dem König zu treffen, ehe er mit Campeggio aufbrach. In blendender Laune kleidete er sich an, und als er sich auf den Weg zu den Gemächern des Königs machen wollte, traf er Henry Norris.

»Habt Dank für das gute Nachtlager«, sagte er.

»Euer Eminenz sehen erquickt aus«, lautete die Antwort.

Wolsey schlug dem jungen Mann auf die Schulter. »Eure Güte soll nicht vergessen werden. Und jetzt will ich den König aufsuchen.«

Norris schien erstaunt. »Seine Gnaden sind frühmorgens in Gesellschaft von Lady Anne aufgebrochen.«

Wolsey, dem es momentan die Sprache verschlug, spürte einen Kloß in der Kehle, der ihn zu ersticken drohte.

»Sie sind mit einer Jagdgruppe losgeritten«, fuhr Norris fort. »Erst mit der Dämmerung werden sie zurückerwartet.«

Es war wie bei der Ankunft, als er kein Quartier vorgefunden hatte. Sie war der Grund gewesen und war es auch jetzt. Zweifellos hatte sie von der Freundschaftsgeste des Königs gehört und wollte verhindern, daß sie sich wiederholte.

Er mußt mit Campeggio losreiten, und das Gespräch, von dem er sich so viel erhofft hatte, würde nie stattfinden. Seine Niederlage schien so sicher wie bei seiner Ankunft.

Bei Hof würde es heißen: Sein Sturz steht nicht so unmittelbar bevor, wie erhofft ... doch ist er nicht aufzuhalten. Seht die Schatten, die er vorauswirft.

Es folgten Monate der Unsicherheit. Zuweilen tobte der König wie ein verwirrter, wütender Bulle, dann wiederum benahm er sich wie ein mißlauniger Knabe. Warum wurde ihm die Scheidung verweigert? Warum wurde er so provoziert?

Er war Politiker genug, um die Antwort zu kennen. Im Vatikan besaß der Kaiser mehr Macht als der König von England, und die Frau, die der König verstoßen wollte, war die Tante des Kaisers. So einfach war es.

»Und doch werde ich meinen Willen durchsetzen!« erklärte der König.

Im Kreise der Boleyns hatte er die Bekanntschaft eines Mannes gemacht, dessen Herkunft zwar ein wenig obskur war, der aber originelle Ideen äußerte. Dieser Mann, ein gewisser Thomas Cranmer, war Gelehrter, der in Cambridge studiert hatte und dort auf Stephen Gardiner und Richard Fox getroffen war. Dieser Cranmer nun hatte im Lauf eines Gespräches, bei dem auch das wichtigste aller Themen zur Sprache gekommen war, eigenwillige Ansichten über die Art und Weise geäußert, wie der König trotz der wankelmütigen Haltung des Vatikans eine Scheidung erlangen könnte.

»Es ist klar«, hatte Cranmer gesagt, »daß der Papst zögert, in die Scheidung einzuwilligen, da er den Kaiser fürchtet. Wäre es da nicht an der Zeit, daß der König nach einer Lösung seines Problems außerhalb des Vatikans sucht?«

Gardiner und Fox hatten ihn aufgefordert, er solle erklären, wie dies zu bewerkstelligen sei. Worauf Cranmer geantwortet hatte, der König solle den Universitäten erst den seinem Scheidungsbegehren zugrundeliegenden Grund klarmachen und dann an den aufgeklärten Verstand der Gelehrten appellieren. Sollte denn England immerzu ein Vasall des Heiligen Stuhls bleiben?

Da Dr. Cranmer diese Meinung auch in anderen Kreisen geäußert hatte, hatten ihn die Boleyns unter ihre Fittiche genommen und allenthalben kundgetan, daß Dr. Cranmer ein Mann voller neuer, aufregender und brillanter Ideen sei.

Als Gardiner und Fox dem König von Cranmers Vorschlag berichteten, hatte die Miene des aufmerksam lauschenden Heinrich sich erhellt. »Bei Gott, der Mann hat es erfaßt! Wo ist er? Her mit ihm! Mit dem möchte ich reden!«

Cranmer war also vor den König zitiert worden, und Heinrich war von der Diskussion mit ihm, die ihm ganz neue Gedankengänge eröffnete, nicht enttäuscht worden.

Die tiefe Melancholie der Königin wurde mit der Ankunft des neuen kaiserlichen Gesandten ein wenig gemildert. Eustache Chapuys, ein energischer Spanier, entpuppte sich bald als tatkräftigerer Verfechter ihrer Sache, als Mendoza es gewesen war. Selbst von bescheidener Herkunft, fehlte es ihm an der Überheblichkeit des Aristokraten und der Neigung, ständig auf seine Vornehmheit zu pochen. Seine Familie hatte es mit einiger Mühe geschafft, ihn nach Turin auf die Universität zu schicken, und von dort aus hatte er sein Glück gemacht. Er war vierzig Jahre alt und zum Erfolg entschlossen, da er die Möglichkeit, zugunsten der Königin gegen die Scheidung zu arbeiten, als Chance seines Lebens ansah.

Nach seinem Eintreffen in England hatte er jedoch festgestellt, daß es äußerst schwierig war, mit der Königin ein vertrauliches Gespräch zu führen. Gleich am Anfang hatte sie ihn gewarnt, daß sie ständig bespitzelt würde, und hatte ihn angefleht, vor Wolsey auf der Hut zu sein. Er begriff sofort, daß es keine Übertreibung war. Was den König betraf, so überhäufte er den neuen Gesandten mit Vorwürfen und beklagte, daß Kaiser Karl ein schweres Unrecht nicht nur in seinem, sondern auch in Katharinas Fall begangen hätte, indem er das päpstliche Breve nicht ausgeliefert hatte.

»Könnte ich sicher sein, daß das Breve echt ist«, hatte Heinrich gesagt, »sollte ich jetzt mit der Königin leben, denn das ist es, was ich mir vor allem wünsche. Nur weil mein Gewissen mir sagt, daß es Sünde wäre, mit der Tante des Kaisers die ehelichen Beziehungen wieder aufzunehmen, schrecke ich davor zurück. Da der Kaiser das Breve jedoch nicht ausliefert, muß ich daraus schließen, daß er weiß, daß es eine Fälschung ist, und sich scheut, es prüfen zu lassen.«

»Euer Gnaden«, hatte Chapuys geantwortet, »ich

selbst kann Euch versichern, daß das Breve keine Fälschung ist und daß die Kopie, die Ihr in England erhalten habt, dem Original in allen Einzelheiten entspricht. Euer Gewissen kann daher beruhigt sein.«

Heinrich hatte seine Wut an dem Gesandten ausgelassen, was kein guter Anfang ihrer Beziehung war, aber er würde wenigstens wissen, daß er in dem neuen Gesandten einen würdigen Gegner besaß und Katharina einen guten Freund.

Katharina schöpfte neue Hoffnung, da sie nun glaubte, ihr Fall sollte in Rom verhandelt werden, wo ihr Gerechtigkeit widerfahren würde. Sie war überzeugt, es genüge ein Befehl aus Rom, und Heinrich würde Anne zurück nach Hever schicken und sich wieder seiner rechtmäßigen Gemahlin zuwenden.

Aber wie verzweifelt war sie im Palast, wo Anne herrschte, als wäre sie die Königin, und Katharina nur bei formellen Anlässen an der Seite des Königs erschien! Die Demütigung hätte sie ertragen können, doch Anne hatte entschieden, daß Prinzessin Mary nicht bei Hof sein dürfe, und weil Anne es befohlen hatte, mußte Mary gehen.

Sie fürchtet die Liebe des Königs zu meiner Tochter, dachte Katharina. Aber diese Überzeugung war wenig tröstlich. Wie sehnte sie sich nach ihrem Kind! Bei jenen seltenen Anlässen, bei denen sie den König sah, versuchte sie das Gespräch auf die Abwesenheit ihrer Tochter zu lenken und bemühte sich, auch in ihm das Verlangen zu wecken, sie bei sich zu haben.

Sein ganzes Sinnen und Trachten war aber so unbeirrt auf Anne gerichtet, daß Katharina sich oft fragte, ob sein Verlangen nach ihr ebenso stark war wie seine sture Entschlossenheit, seinen Willen durchzusetzen.

Als er eines Tages in ihren Gemächern gespeist hatte, ergriff sie die Gelegenheit, ihm zuzuraunen:

»Heinrich, würdest du nicht gern unsere Tochter hier sehen?«

»Wo sie sich befindet, geht es ihr gut.«

»Sie fehlt mir sehr.«

»Es besteht kein Grund, weshalb du nicht zu ihr gehen könntest.«

»Zu ihr zu gehen hieße, dich verlassen. Warum können wir nicht alle zusammensein?«

Wortlos wandte er sich von ihr ab, sie aber konnte ihre Zunge nicht im Zaum halten. »Ich sehe dich so selten«, fuhr sie fort. »Ich bin oft allein, vernachlässigt und vergessen. Wer würde glauben, daß *ich* die Königin bin? Ständig muß ich an diese Kränkung denken.«

»Wer zwingt dich dazu?« fragte Heinrich. »Warum bist du nicht dankbar für das, was dir beschieden ist?«

»Was mir beschieden ist? Meine Tochter darf nicht zu mir! Mein Gemahl erklärt, daß er nie mein Gemahl war und strebt die Ehe mit einer anderen an!«

»Wenn Ihr vernachlässigt werdet, Madam«, sagte Heinrich mit zunehmender Lautstärke, »dann ist das allein Eure Sache. Ihr braucht nicht hier zu bleiben, wenn Ihr zu gehen wünscht. Halte ich Euch etwa gefangen? Das tue ich nicht. Ihr könnt gehen, wohin Ihr wollt. Und was meine Lebensweise angeht … die hat Euch nicht zu kümmern, da gelehrte Männer mir versichert haben, daß ich nicht Euer Ehemann bin.«

»Du *weißt*, daß du mein Mann bist. Du weißt, daß ich bei unserer Eheschließung Jungfrau war, wiewohl du das zu vergessen beliebst. Heinrich, du solltest dich nicht auf deine Rechtsgelehrten und Doktoren verlassen, die nur das zu dir sagen, von dem sie wissen, daß du es hören willst. Nicht sie werden über mich zu Gericht sitzen. Allein der Papst wird ein Urteil sprechen. Und dafür danke ich Gott.«

Heinrich kniff die Augen zusammen. Er dachte an ein Gespräch, das er vor kurzem mit Cranmer, Gardiner, Fox und Anne geführt hatte, und sagte mit beabsichtigter Langsamkeit. »Wenn der Papst nicht zu meinen Gunsten entscheidet, weiß ich, was zu tun ist.«

Sie fuhr ihn an: »Was könntest du schon ohne Einwilligung des Papstes tun?«

Heinrich schnalzte mit den Fingern, und als er ihr antwortete, drangen die Worte ganz deutlich an Katharinas Ohren, obwohl er kaum die Lippen bewegte. »Madam, ich werde folgendes tun: Ich werde den Papst zum Häretiker erklären und heiraten, wann und wen ich will.«

Der Kardinal unternahm einen einsamen Rundgang durch York Place, überzeugt davon, daß es das letzte Mal war. Hier befanden sich zahlreiche seiner Kostbarkeiten, die sich fast mit jenen messen konnten, die er in Hampton Court besessen hatte, als er diesen Palast an Heinrich verlor.

Blieb er an einem der Fenster stehen, nahm er den Ausblick, der sich ihm bot, nicht wahr, da er, den heißen Kopf an die üppigen Samtdraperien pressend, seinen Blick durch den Raum wandern ließ und sich in die Betrachtung der Wandbehänge, Gemälde und erlesenen Möbelstücke vertiefte, die er so liebte.

In der Tasche seiner Robe befand sich die Nachricht, die er vom König erhalten hatte. Lady Anne hatte ihr Herz an York Place verloren und wollte in London keine andere Residenz als diese. Daher ersuchte der König den Kardinal, ihr sein Haus anzubieten.

Erst Hampton Court … und jetzt York Place! Seine Schätze wurden ihm der Reihe nach abgenommen. So würde es weitergehen, bis er nichts mehr hatte und ihm nur noch das nackte Leben blieb. Würde man sich zufriedengeben, ihm wenigstens dieses zu lassen?

Er wußte, daß Anklage gegen ihn erhoben worden war; er wußte auch, daß sich der Zeitpunkt nicht mehr lange hinauszögern ließ, da Norfolk und Suffolk bei ihm erscheinen und die Herausgabe des Großen Siegels verlangen würden.

Die Tage seiner Macht waren vorüber. Der Kampf ums Überleben hatte begonnen.

Er mußte nicht lange warten. Selbstgefällig, lächelnd, Kötern ähnlich, denen endlich die Happen zugefallen waren, um die sie gebettelt hatten, kamen Norfolk und Suffolk, um das Große Siegel von ihm zu fordern.

Er empfing sie würdevoll in der prächtigen Halle, umgeben von Schätzen, die er bald würde ausliefern müssen. Seine Würde aber war ihm geblieben.

»Ich möchte die Handschrift des Königs auf der Forderung sehen«, sagte Wolsey. »Woher soll ich wissen, daß Ihr auf seinen Befehl hin kommt, wenn ich sie nicht sehe?«

Weder Norfolk noch Suffolk, die nun rot anliefen und Blicke wechselten, waren für ihren raschen Verstand bekannt. Einer der beiden stieß schließlich hervor: »Ihr wißt sehr gut, daß wir auf Befehl des Königs kommen.«

»Woher soll ich es wissen, wenn es keinen handschriftlichen Befehl von ihm gibt?«

»Die Aufforderung, das Staatssiegel auszuliefern, ist für Euch also eine Überraschung?«

»Mylord, es ist keine Frage meiner Gefühle, sondern eine Eurer Befugnis, mir das Siegel zu nehmen. Ich werde es Euch nicht geben, wenn Ihr mir keinen handschriftlichen Befehl des Königs vorweisen könnt.«

Die Herzöge, bei denen sich nun Zorn regte, wußten, daß sie Wolsey bei Wortgefechten noch nie gewachsen gewesen waren.

»Kommt«, sagte Suffolk, »wir wollen in Kürze wiederkommen und ihm das Verlangte bringen.«

Damit verließen sie ihn. Wolsey wußte, daß es nicht lange dauern würde. Eine kleine Hoffnung freilich blieb ihm noch. Der König hatte seinen Namen nicht unter den Auslieferungsbefehl setzen wollen. Er hatte Wolsey seinen Rücken gekehrt, ohne sich der Meute zuzugesellen, die nur darauf wartete, den altgedienten Minister in Stücke zu reißen.

Der Kardinal litt große Angst. Daran war nicht die Tatsache schuld, daß Norfolk und Suffolk wiedergekommen waren und ihm das Siegel mit einem handschriftlichen Befehl des Königs abgenommen hatten. Er hatte gewußt, daß dies unvermeidbar war. Auch der Umstand, daß er York Place verlassen und nach Esher, in ein leeres, zu seinem Bischofssitz in Winchester gehörendes Haus, ziehen mußte, ängstigte ihn nicht. Was ihn so sehr bedrückte, war der Umstand, daß sein Arzt, der in den Tower geschafft worden war, dort beim Verhör Geheimnisse preisgeben konnte, die sich für Wolsey katastrophal auswirken würden, sollten sie dem König jemals zu Ohren kommen.

Angesichts der Katastrophe, die er auf sich zukommen sah, hatte er in seiner Verzweiflung mit einem einzigen verzweifelten Schachzug versucht, alles zurückzugewinnen. Da seine größte Widersacherin Anne Boleyn war, hatte er beschlossen, sie auszuschalten, wohl wissend, daß er die Gunst des Königs rasch zurückgewinnen würde, wenn ihm dies glückte.

Als Kardinal war er in der Lage, mit dem Papst direkt in Verbindung zu treten, und er hatte diesen Vorteil genutzt, indem er dem Papst riet, dem König unter Androhung der Exkommunikation zu befehlen, er solle Anne vom Hof verbannen. Dies erschien ihm als einfachste Lösung seiner Schwierigkeiten, da er sicher war, rasch seine alte Position wiederzugewinnen, wenn der König Anne nicht mehr um sich hatte. Widersetzte sich der König jedoch dem Papst und beließ er Anne bei Hof, so war mit einer Spaltung des Landes in zwei Lager zu rechnen. In dieser für England höchst gefährlichen Situation würde dem König rasch klarwerden, daß es nur einen Mann gab, der stark genug war, das Land vor einer Katastrophe zu retten. Und dieser Mann war Wolsey.

So hatte sein Plan ausgesehen, den er nicht zum Wohle des Landes, auch nicht zum Wohle des Königs entwickelt hatte, sondern allein zu seiner eigenen Rettung.

Sein Unterfangen hatte sich jedoch als Fehlschlag erwiesen. Nicht dieser Fehlschlag aber war es, der ihn zutiefst beunruhigte, sondern die Gewißheit, daß sein schwächlicher Arzt sein Geheimnis verraten hatte und daß der König bald von Wolseys Intrigen erfahren würde.

Und welche Hoffnung blieb ihm dann? Die Verbannung nach Esher! Aber damit würde es nicht sein Bewenden haben.

Der finstere Schatten des Towers dräute über ihm; er sah sich an der Seite des Scharfrichters aus dem Kerker gehen, sah, wie die Schneide des Beils gegen ihn gerichtet war.

Außerhalb von York Place und entlang der Flußufer strömte das Volk zusammen, Schiffe jeglicher Art drängten sich auf dem Wasser. Es war ein Festtag, da alle glaubten, sie würden Augenzeugen von Wolseys Weg in den Tower.

Er würde mit Pomp und Gepränge aus York Place ausziehen, so wie er immer von Hampton nach Westminster gezogen war. Zwar würde ihm nicht mehr das Große Siegel als Wahrzeichen des Kanzlers vorangetragen werden. Aber sein Kardinalshut war ihm geblieben, ebenso sein prachtvoll gekleidetes Gefolge. Er würde seinen Hofnarren bei sich haben, seine Köche und Bediensteten, seine Zeremonienmeister und Sekretäre, so als unterscheide sich die Fahrt von York Place nach Esher nicht von vielen anderen, die er unternommen hatte.

Doch er fühlte sich krank und matt. Thomas Cromwell war bei ihm, und Cromwells Betrübnis war nicht zu übersehen. Betrauerte er den Sturz eines Freundes, oder fragte er sich, welche Auswirkung der Verlust eines einflußreichen Gönners für ihn haben würde? Wer konnte das wissen? Und welche Rolle spielte es noch?

Er verließ also York Place und nahm die große Barke nach Putney. Bald würde man seine Schätze sichten und dem König und der Lady bereitwillig eine Liste der Kostbarkeiten, der wertvollen Beute, vorlegen. York Place war Hampton Court nachgefolgt, und jetzt lag Esher vor ihm, ein leeres Haus, in dem er alles daransetzen würde, so lange seine Würde zu wahren, bis er sich womöglich gezwungen sah, sich mit einer noch weniger komfortablen Bleibe bescheiden zu müssen.

Nun galt es, einen Entschluß zu fassen. Zwei Möglichkeiten blieben ihm offen. Ein Einspruch beim Parlament war nutzlos, da es unter Norfolks Einfluß stand; wenn er aber seinen Fall vor Gericht brachte, standen seine Chancen nicht schlecht, da Scharfsinn und Diplomatie ihm noch nicht abhanden gekommen waren. Aber ein Sieg vor Gericht genügte nicht, da damit nicht gewährleistet war, daß ihm der König verzieh. Er hatte bei allem nur ein einziges Ziel vor Augen, ein Bestreben, das ihn beherrschte – er wollte seinen Kopf auf den Schultern behalten. Was er zu tun hatte, wußte er. Er würde sich des *praemunire* schuldig bekennen, da er die päpstliche Autorität über jene des Königs gestellt hatte. Und als Sühne für seine Sünden gedachte er dem König sein gesamtes Hab und Gut anzubieten.

Er lächelte sarkastisch, als er sich vorstellte, wie die hellen blauen Augen des Königs vor Gewinnsucht aufleuchten würden. Während er die Aufstellung der Besitztümer überflog, die in seine habgierigen Hände fallen würden, mochte sich bei ihm für seinen einstigen Kanzler und bevorzugten Minister ein wenig Nachsicht regen, und er würde vielleicht sagen: »Der gute Thomas … immer schon wußte er, was mir die größte Freude bereitet.«

Nachdem er in Putney das Boot verlassen hatte, setzte er seine Reise aus einer ruhmreichen Vergangenheit in eine angsteinflößende unbekannte Zukunft fort, begleitet von den finsteren Blicken des Volkes, das schon lange auf diese Gelegenheit gewartet hatte.

Es ertönte der Ruf: »Der nächste Weg führt in den Tower!«

Und da er nun nicht mehr zu fürchten war, rief manch einer: »Aufs Schafott mit dem Metzgersproß!«

Auf seinem Ritt über schlammige Straßen nach Esher sollte es zu einer Begegnung mit Sir Henry Norris kommen, jenem jungen Mann, der ihm in Grafton Unterkunft gewährt hatte.

Vom Anblick des jungen Mannes bewegt, spürte Wolsey, daß ihn nichts tiefer zu rühren vermochte als die Entdeckung, von einem Menschen auf der Welt nicht gehaßt zu werden. Ihm wurde bewußt, daß er abgesehen von seiner kleinen, jenseits seines öffentlichen Leben existierenden Familie, die er während der letzten sehr arbeitsreichen Jahre nur selten gesehen hatte, für niemanden zärtliche Gedanken hegte, und seine gesamte Umgebung nur zu seinem Vorteil benutzt hatte. Daher erschien ihm ein Zeichen der Freundschaft als wahres Wunder.

So erging es ihm mit Norris. Aber es war mehr als seine Freundschaft, was Norris ihm an diesem Tag zu bieten hatte.

»Euer Eminenz«, sagte er, »ich komme vom König. Er sendet Euch dies als Zeichen seiner Freundschaft, die er eingedenk der Vergangenheit noch immer für Euch empfindet.« Norris hielt ihm einen Ring hin, den Wolsey unzählige Male am Finger des Königs gesehen hatte, und als er das Geschmeide erkannte, liefen ihm Tränen über die Wangen. Also hatte es doch wahre Freundschaft zwischen ihnen gegeben. Er war für seinen König doch mehr gewesen als nur ein listenreicher, durchtriebener Minister.

Wenn ich ihn nur erreichen könnte, dachte Wolsey. O Herr, gewähre mir nur eine halbe Stunde allein mit ihm, und er wird wieder auf mich hören und meine Ansichten teilen … Nie hat es zwischen uns Mißverständnisse gegeben, die nicht von dieser schwarzen Nachtkrähe ausgegangen wären. Gib mir die Gelegenheit mit ihm zu sprechen …

Doch es war zu spät. War es das wirklich? Hier war der Ring … das Unterpfand der Freundschaft.

Er mußte diesem jungen Mann seine Dankbarkeit bekunden, deshalb saß er ab und umarmte Norris. Dann kniete er im Straßenstaub nieder, um Gott zu danken, weil sein König ihm ein Zeichen seiner

Freundschaft geschickt hatte. Als sein Hut sich nicht abnehmen ließ, weil das Band zu fest geknüpft war, zerriß er es und kniete unter den Blicken des verlegenen Norris barhäuptig, während das Volk die Szene staunend mitansah.

Der Kardinal hatte keinen Gedanken für die Umstehenden übrig. Heinrich hatte ihm ein Zeichen der Freundschaft geschickt und mit diesem Zeichen – Hoffnung.

Er gab Norris ein Amulett – ein goldenes Kreuz an einer Kette – und als er überlegte, welches Geschenk er dem König schicken könnte, das seine Dankbarkeit gebührend zum Ausdruck bringen würde, fiel sein Blick auf seinen Narren, und er rief ihn zu sich.

»Geh mit Sir Norris zum König«, sagte er, »und diene ihm, wie du mir gedient hast.«

Der Narr sah ihn aus traurigen Augen an und schüttelte den Kopf.

»Was heißt das?« fragte Wolsey. »Es ist besser, einem König zu dienen als einem Kardinal. Weißt du das nicht, Narr?«

Er erwartete eine scherzhafte Antwort, doch es kam keine. Statt dessen sagte der Narr: »Ich diene niemandem außer meinem Herrn.«

Und als er mit schlammbedeckter Robe auf der Straße stand und den Ring warm an seinem Finger spürte, stellte der Kardinal abermals verwundert fest, daß er, der allein seinem Ehrgeiz gelebt hatte, einen oder zwei Menschen gefunden hatte, die ihm aus Liebe dienten.

»Du bist wahrhaftig ein Narr«, sagte er.

»Des Kardinals und nicht des Königs Narr«, war die Antwort.

Wolsey bedeutete ihm abermals, er solle gehen, der Narr aber kniete nieder und klammerte sich an die rote Kardinalsrobe. Sechs Mann waren nötig, um den laut Protestierenden fortzuschaffen.

Diese sonderbare Straßenszene wird mir lebenslang im Gedächtnis bleiben, dachte Wolsey, als er den Ritt nach Esher fortsetzte.

Im Herrenhaus von Esher fanden sich weder Betten und Bettzeug noch Küchengerät und Geschirr.

Als Wolsey die Halle betrat, blickte er ob der Leere betroffen um sich, umringt von seiner verzagten Dienerschaft. Thomas Cromwell trat in einen kleinen Erker und blickte hinaus. Sein Blick war scharf, sein falkenähnlicher Mund gespannt. Was nun? fragte er sich. Muß das Ende Thomas Wolseys auch das Ende Thomas Cromwells bedeuten?

Der Kardinal rief nun alle seine Bediensteten in der Halle zusammen, um sich an sie zu wenden.

»Wie ihr seht, sind wir in einem Haus angelangt, das leer an Vorräten und Einrichtung ist. Wir müssen uns nun daranmachen, für mich und einen oder zwei vom Gesinde das Notdürftigste aufzutreiben. Euch anderen rate ich, nach Hause zurückzukehren. Es könnte sein, daß ich mich in einigen Wochen von den gegen mich erhobenen Anklagen reingewaschen habe. Dann werde ich an die Macht zurückkehren und euch zurückrufen. Jetzt aber müßt ihr gehen, da ihr selbst seht, daß ihr hier nicht bleiben könnt.«

Die Blicke Cromwells und Wolseys trafen über den ganzen Raum hinweg aufeinander.

Cromwell nahm fünf Pfund in Gold aus seiner Börse. »Unter uns sind viele, die alles dem Kardinal verdanken«, sagte er. »Einst war er ein großer Wohltäter. Jetzt aber sehen wir ihn seiner Besitztümer beraubt, und sein Heim ist dieses Haus, in dem man nirgends sein Haupt zur Ruhe betten kann. Ich hoffe, daß viele meinem Beispiel folgen und diesen Betrag erhöhen werden, damit man Seiner Eminenz ein wenig Behagen für die Zeit verschaffen kann, die vergehen mag, ehe er wieder in der königlichen Gunst steigt.«

Und vor den erstaunten Augen des Kardinals traten einige Mitglieder seiner Haushaltung vor und legten so viel Geld, wie sie entbehren konnten, neben Cromwells Münzen.

Dann machte sich das Gesinde an die Arbeit und borgte Betten und Küchengeräte in der Nachbarschaft, bald herrschte im Herrenhaus von Esher emsige Geschäftigkeit.

Bis ihn die Aufforderung erreichte, sich anderswohin zu begeben, würde er also hier leben, einzig umgeben von niedrigen Domestiken, die sich um seine körperlichen Bedürfnisse kümmerten.

Die anderen – die Ehrgeizigen – ritten fort von Esher; unter ihnen Thomas Cromwell, der entschlossen war, sein Glück am Hof des Königs zu versuchen.

In den nun folgenden Wochen war Zeit, sein Leben einer Betrachtung zu unterziehen, sich Vorwürfe zu machen, da er vom Pfad der Selbstverleugnung so weit abgewichen war, um Buße zu tun, weil sein Ehrgeiz ihn erst seelisch und jetzt körperlich zerstört hatte.

Er war ein kranker Mann, der immer wieder aus Alpträumen aufschreckend kaum Schlaf fand. Während seines mit viel Unbequemlichkeit verbundenen Aufenthalts zu Esher zog er sich die Wassersucht zu. Das Gemäuer war feucht, die Einrichtung karg, so daß er sich mit der Bitte an den König wandte, in die Umgebung von London ziehen zu dürfen, wo die Witterung zuträglicher war und er auf Besserung seiner Leiden hoffen durfte. Heinrich zeigte sich noch immer gütig, wenngleich er ihm alle Bitten um eine

Audienz abschlug. Spürte der König am Ende in seinem Wesen eine Schwäche, die ihm sagte, daß er alles vergessen und vergeben und nur an die einstige Freundschaft denken würde, sobald er und sein ehemaliger Kanzler aufeinandertrafen? War dies der Grund, weshalb ihm der König so beharrlich die ersehnte Unterredung versagte?

Nun, er war allein und seiner Macht entkleidet, kein Mensch kam mehr als Bittsteller zu ihm. Doch der König hatte ihm gestattet, nach Richmond Park zu ziehen. Er hatte ihm noch einen Ring geschickt, einen mit seinem Bildnis, und er hatte verlangt, daß auch Lady Anne ihm ein Zeichen ihrer Wertschätzung sandte. Eine leere Geste der Lady, die jedoch anzeigte, daß nicht einmal sie es wagte, den Kardinal in Gegenwart des Königs zu schmählich zu behandeln. Heinrich hatte auch Dr. Butts mitgeschickt und dem Kardinal befohlen, die Anweisungen des guten Arztes zu befolgen.

In Richmond durfte Wolsey nicht lange bleiben. Norfolk und Suffolk hatten dafür gesorgt. Wolsey lächelte spöttisch, als er hörte, wie beunruhigt die beiden waren, und wie sie ihre hochwohlgeborenen Köpfe zusammensteckten, um zu planen, wie sich ein Treffen des Königs mit ihm am besten hintertreiben ließ. Schließlich war er den Sommer über in sein Haus in Southwell zurückgekehrt und hatte versucht, sich dort einigermaßen würdig einzurichten. Aber Norfolk ließ ihm auch dort keine Ruhe und bestand darauf, daß er nach York ginge.

Wie schmerzlich der Aufbruch in ein trauriges und einsames Exil war! Doch inzwischen erfreute er sich einer Beliebtheit beim Volk, wie er sie noch nie gekannt hatte, und viele Menschen suchten ihn auf und baten ihn um seinen Segen.

So erreichte er Cawood, sein nur zwölf Meilen von der Stadt York entferntes Ziel. Dort blieb er eine Zeitlang, bestärkte die Menschen im Glauben, erteilte jenen den Segen, die ihn darum baten und führte in der Einsamkeit das Leben eines Kirchenmannes, wie er es in der Rolle des Staatsmannes nie getan hatte.

Doch ständig wartete er auf ein Wort vom König, auf ein Zeichen von Heinrichs Bereitschaft, ihn wieder willkommen zu heißen. Er war ein kranker Mann, für den es nur ein Gesundheitselixir gab – die Gunst des Königs, um die er gekämpft und die er gewonnen hatte und ohne die er kein Glück mehr finden würde.

Heinrich vermißte seinen Wolsey.

Wie oft pflegte er jene, die ihm dienten, anzuherrschen: »Zu Zeiten des Kardinals war es nicht so.«

Sein neuer Kanzler war Thomas Morus, ein Mann, der ihm sehr lieb war, aber Morus war nicht Wolsey. Nie dachte er an sein oder des Königs Wohlergehen. Morus, der Rechtsgelehrte, war tausendmal mehr ein Mann der Kirche, als der Kardinal es je gewesen war, aber fromme Männer waren unbequeme Weggefährten, und Morus hatte das Amt nur unter der Bedingung angenommen, daß er in der Scheidungsangelegenheit nicht tätig werden mußte. Heinrich wußte, daß Thomas Morus zu denen gehörte, die seine Ehe mit Katharina für rechtmäßig hielten. Kein Wunder also, daß der König sich nach dem bereitwilligen Wolsey sehnte.

Doch Wolseys Feinde lechzten nach dem Blut des Kardinals. Es genügte ihnen nicht, daß man ihn nur ins Exil geschickt hatte. Sie wollten seinen Kopf auf dem Richtblock sehen.

Da war Anne, die weder rasten noch ruhen würde,

ehe Wolsey nicht tot war. Wie oft hatte sie verächtlich und mit blitzenden Augen ausgerufen: »Hätten mein Vater oder die Lords Norfolk und Suffolk nur halb so viel getan wie er, sie hätten ihre Köpfe verloren.«

Heinrich versuchte Anne zu erklären: »Wir waren mehr als König und Staatsmann. Wir waren Freunde. Es muß dir genügen, daß ich ihn aus meiner Nähe verbannte.«

Und da war Norfolk, der ihm ständig in den Ohren lag. Zeigte sich der König besorgt über ein Beingeschwür, das nicht heilen wollte, dann war es Norfolk, der rief:

»Euer Gnaden, der Kardinal hatte die Pocken. Kein Wunder. Euer Gnaden kennen das Leben, das er führte. Obwohl er wußte, daß er die Pocken hatte, suchte er Euer Gnaden auf und hauchte Eure edle Person mit seinem üblen Atem an.«

»Nein«, sagte der König, »dieses Geschwür hat mit Wolsey nichts zu tun.«

»Und, Sire, wißt Ihr, daß er oft die Wendung im Mund führte ›der König und ich‹, als ob es keinen Unterschied des Ranges gegeben hätte.«

»Wir waren Freunde«, sagte Heinrich lächelnd, »und als ich ein junger Mensch war und nur mein Vergnügen kannte, hat er mich viel gelehrt.«

»Wußten Euer Gnaden, daß er als Geliebte die Tochter eines gewissen Lark hatte und sie ihm zwei Kinder schenkte … Sohn und Tochter?«

»Einen Sohn«, sagte da der König wehmütig. »Sogar Wolsey hat einen Sohn.«

»Ich hörte, daß er die Frau verheiratete, um ihr und den Kindern einen Namen zu verschaffen. Den Knaben überhäufte er mit Wohltaten.«

Der König nickte. Wenn es um seinen Minister ging, konnte ihn nichts entsetzen oder erzürnen.

Doch dann kam der Tag, als Norfolk und Suffolk ihm eine Nachricht überbrachten.

»Euer Gnaden, der italienische Arzt des Kardinals, Dr. Augustine Agostini, hat eine wichtige Aussage gemacht.«

»Welche Aussage?«

»Er sagte aus, der Kardinal hätte dem Papst den Vorschlag unterbreitet, er solle Euch unter Androhung der Exkommunikation befehlen, Lady Anne zu verstoßen und zu Lady Katharina zurückzukehren.«

Heinrich lief vor Wut puterrot an.

»Dann ist er wahrhaft schuldig«, stieß er hervor. »Dann hat er sich wahrhaftig eines *praemunire* schuldig gemacht.«

»Schlimmer noch. Er verdient den Tod des Hochverräters, da sein Vorgehen gleichbedeutend mit Hochverrat ist.«

Der König nickte, zutiefst getroffen. Und ehe er Zeit hatte, wieder weicher zu werden, wurde ihm der Haftbefehl für den Kardinal vorgelegt, und er unterschrieb.

Norfolk und Suffolk waren außer sich vor Freude. Der Zorn des Kardinals war nicht mehr zu fürchten. Seine Tage waren gezählt.

Im Haus des Kardinals in Cawood herrschte Stille, Wolsey, der beim Abendessen saß, fühlte sich von dem Gedanken getröstet, daß er bald in York sein würde, wo er seine letzten Monate – mehr würden es sicher nicht sein – in Frömmigkeit zu verleben gelobte.

Während des Essens vernahm er Unruhe im Haus, gleich darauf Stiefelgepolter auf der Treppe, und als die Tür aufgerissen wurde, sah er zu seiner Verwunderung einen Mann, der einst in seinen Diensten gestanden hatte: den jungen Northumberland. Er erhob sich ein wenig hastig vom Tisch und trat vor, um den jungen Mann zu umarmen, der, wie er glaubte, gekommen war, um ihm einen freundschaftlichen Besuch abzustatten. In jenen ersten Sekunden vergaß er, daß dies der junge Mann war, den er in den Tagen seiner Macht einst streng gemaßregelt hatte, weil er eine Ehe mit Anne Boleyn in Erwägung zog.

»Mein Freund«, rief er aus, »was für eine große Freude, Euch hier zu sehen …«

Doch als Wolsey näher kam, richtete Northumberland sich zu steifer Haltung auf und übersah die ausgestreckten Hände des Kardinals.

Auf den Alten hinunterblickend sagte er fast unhörbar leise »Mylord Kardinal, ich bin gekommen, um Euch unter der Anschuldigung des Hochverrats zu verhaften.«

»Mein lieber Junge …«, setzte Wolsey an.

Aber Northumberlands Miene blieb ausdruckslos, als er ohne Gefühl, ohne Mitleid auf Wolsey hinunterblickte.

Und während der Kardinal dastand, sah er andere in den Raum eindringen und wußte, daß eingetreten war, was er schon längst befürchtet hatte.

Die schmerzliche Rückreise nach London begann.

Nun hatte er viel Zeit zum Nachdenken … Anne hatte es doch tatsächlich so eingerichtet, daß just Northumberland ausgeschickt worden war, um ihren gemeinsamen Feind in den Kerker zu bringen. Armer, blasser Northumberland, gewiß hatte er sich nicht bereitwillig dafür hergegeben, da er es an Mut nicht mit Anne aufnehmen konnte. Es wäre keine glückliche Verbindung geworden, und Anne hätte dem Kardinal dankbar sein sollen, weil er sie verhindert hatte. Aber wie typisch für sie, ausgerechnet Northumberland zu schicken, sie, die ihm in diesem Punkt ähnelte, nie eine Kränkung vergaß und vollständige Genugtuung forderte – samt Zinseszins.

Ihretwegen ritt er nun nach London zurück, und er betete darum, in dieser Stadt nie ankommen zu müssen. In seinen Träumen ritt er den dunklen Fluß entlang, durch das Verrätertor und legte sein Haupt auf den Richtblock. Sollte dies das Ende der Reise sein?

Es gab viele Haltepunkte, da er die lange Strecke nicht in einem zurücklegen konnte. Seine Wassersucht hatte sich verschlimmert, er litt an Ruhr, ganz zu schwiegen von seiner Seelenqual. Er war ein müder Greis, der sich danach sehnte, seinen erschöpften Gliedern Ruhe zu gönnen. Wie hätte er rasch reisen sollen, da ihn ein kaltes Bett in einer kahlen Zelle erwartete, die er einige Wochen unter dem Schatten des Henkerbeils bewohnen würde?

Ich bin so hoch gestiegen, daß der Sturz lange währt, dachte er bei sich.

Als er in Sheffield Park eintraf, hieß ihn der Earl of Shrewsbury willkommen, als wäre er noch immer der erste Minister. Dort ruhte er eine Weile aus, da er erschöpft war und seine Reise nicht fortsetzen konnte.

In Sheffield war es, wo ihn die Boten des Königs antrafen, und Wolsey sah zu seinem Entsetzen, daß an ihrer Spitze Sir William Kingston, der Constabel des Towers, schritt. Dies konnte nur eines bedeuten: Kingston war persönlich gekommen, um ihn direkt in den Kerker zu geleiten. Und trotz der Versicherungen Kingstons, daß Heinrich den Kardinal noch immer als Freund ansähe, erkrankte dieser schwer, und alle um ihn herum erklärten, daß es von diesem Augenblick an um seinen Lebenswillen geschehen war und er den Tod herbeisehnte.

In Begleitung Kingstons zog er hinunter nach Leicester und segnete unterwegs die Menschen. Wie anders sie ihm nun begegneten. Man schmähte ihn nicht mehr als ›Metzgerssproß‹, da er keinen Neid mehr erregte, sondern nur mehr Mitleid. Die Kunde von seinem frommen Leben im Exil hatte sich verbreitet, so daß man in ihm jetzt den Mann Gottes sah, als den sein Gewand ihn auswies.

Die Reisenden machten vor der Abtei halt. Es war finster, Fackelträger standen zum Empfang bereit. Der Abt, der wohl wußte, wer sein Gast war, kam dem Kardinal entgegen, um ihn willkommen zu heißen und seinen Segen zu empfangen. Doch als Wolsey aus dem Sattel steigen wollte, gehorchten ihm seine Glieder nicht mehr, und er brach zu Füßen des Abtes zusammen.

»Euer Eminenz«, rief der Abt aus, bemüht ihm auf die Beine zu helfen, »willkommen in Leicester. Eure Diener sind überglücklich, Euch bei sich zu haben, solange Ihr hier der Ruhe bedürft.«

Mit Hilfe des Abtes gelang es dem Kardinal, sich wieder aufzurichten, vor Ermattung und Unwohlsein zitternd.

»Ehrwürdiger Vater«, sagte er, »mich dünkt, ich werde ewig bei Euch bleiben, da ich gekommen bin, um meine Gebeine in Eurer Mitte zur Ruhe zu betten.«

Besorgt gab der Abt Befehl, man möge den Kardinal in sein Gemach geleiten. Sein Zeremonienmeister George Cavendish war an seiner Seite. Er hatte mit ihm so viele Höhen und Tiefen geteilt, daß nur der Tod sie zu trennen vermochte.

»Bleibt in meiner Nähe, George«, murmelte der Kardinal. »Ihr wißt so gut wie ich, daß es nicht mehr lang dauern kann.«

Cavendish ertappte sich dabei, daß er stille Tränen vergoß, doch war der Kardinal zu erschöpft, um es zu sehen.

Einen Tag und eine Nacht lag er in seinem Gemach, unfähig, sich zu rühren, ohne Gefühl für die Zeit. Er schlief eine Zeitlang, um dann hungrig zu erwachen und nach Essen zu verlangen, das ihm gebracht wurde.

Er aß fast gierig, und hielt dann inne, um Cavendish zu fragen, welche Speise er denn zu sich nähme.

»Das ist Hühnersuppe, Mylord, eigens für Euch zubereitet, um Euch zu kräftigen.«

»Und Ihr sagt, daß wir einen Tag und eine Nacht hier sind. Dann muß heute der Abend von Andräi sein.«

»So ist es, Euer Eminenz.«

»Ein Fastentag ... und ich bekomme Huhn!«

»Eure schwindende Kraft verlangt danach, Eminenz.«

»Nehmt es fort«, sagte Wolsey. »Ich esse nichts mehr davon.«

»Euer Eminenz müssen wieder zu Kräften kommen.«

»Warum, George? Damit ich mich zum Richtblock schleppen kann?«

»Euer Eminenz«, setzte Cavendish mit versagender Stimme an.

»George, Ihr sollt Euch nicht betrüben, da ich das Ende nahen fühle und der rasche Tod für mich eine Gnade ist. Geht jetzt. Meine Zeit ist kurz bemessen. Ich möchte meinen Beichtvater sehen.«

Er legte die Beichte ab und lag sodann reglos da wie ein Mensch, der geduldig, wenn auch sehnsüchtig wartet.

Kingston trat an sein Bett, und in Wolseys Lächeln

lag Spott, da er daran denken mußte, daß der Anblick des Mannes ihn zuvor mit Furcht erfüllt hatte.

»Euer Eminenz werden genesen«, sagte Kingston.

»Nein, Mylord. Zu welchem Zweck sollte ich genesen?«

»Ihr befürchtet, ich sei gekommen, um Euch in den Tower zu schaffen. Vergeßt diese Befürchtung, da Ihr nicht gesunden könnt, solange Ihr darunter leidet.«

»Kingston, ich würde lieber in Leicester Abbey sterben als auf dem Tower Hill.«

»Ihr sollt diese Furcht ablegen«, wiederholte Kingston.

»Mitnichten, Master Kingston, Ihr könnt mich mit schönen Worten nicht hinters Licht führen. Ich weiß, wie der Fall gegen mich konstruiert wurde.«

Schweigen senkte sich über den Raum. Dann fing Wolsey leise und mit Nachdruck zu reden an, und Kingston war nicht sicher, ob die Worte an ihn gerichtet waren.

»Hätte ich Gott so eifrig gedient wie dem König, hätte ER mich nicht verlassen, als mein Haar ergraute.«

Er schloß die Augen, und Kingston erhob sich und verließ den Raum. An der Tür traf er mit George Cavendish zusammen und sagte kopfschüttelnd: »Der Zustand Eures Herrn ist wahrhaft beklagenswert.«

»Mylord, ich fürchte, sein Leben geht zu Ende. Seine Gedanken sind schon eine ganze Weile auf den Tod gerichtet. Er sagte, er würde diesen Morgen sterben und hat sogar die genaue Zeit vorausgesagt. ›George, Ihr werdet Euren Herrn verlieren‹, sagte er. ›Der Zeitpunkt meines Abschieds von dieser Erde naht.‹ Dann fragte er, wie spät es sei, und ich sagte: ›Acht Uhr‹. ›Acht Uhr am Morgen‹, sagte er. ›Nein, das kann nicht sein, denn um acht Uhr morgens werde ich sterben.‹«

»Sicher war es nur Gerede.«

»Gewiß, Mylord, aber er schien sich seiner Sache sicher.«

»Nun, acht Uhr ist vorüber, und er lebt.«

Kingston ging weiter, und Cavendish betrat das Gemach des Kardinals, um zu sehen, ob er etwas benötigte. Wolsey schlief scheinbar friedlich. Cavendish verbrachte an seinem Bett die Nacht und den nächsten Morgen – an dem er starb.

Als der Kardinal seinen letzten Atemzug tat, hörte der Getreue die Uhr acht Schläge tun.

11.

Das letzte Lebewohl

Als Thomas Cromwell sich zu einer Vorsprache beim König begab, leuchteten seine Augen vor Erregung. Er hatte vor sich selbst den Beweis erbracht, daß ein kluger Mann aus einem Fehlschlag Vorteil ziehen konnte, da – unglaublich, aber wahr – Thomas Cromwell seinen Aufstieg dem Fall Wolseys verdankte.

Und doch war er bis zum Ende Wolseys Freund geblieben. Alle sollten wissen, daß er zu wahrer Freundschaft fähig war; er und der Kardinal hatten einander zu nahegestanden, als daß er sich von ihm hätte lösen können, als Wolsey in Gefahr geriet. Als Abgeordneter für Taunton war er im Unterhaus für Wolsey eingetreten, ein Vorgehen, das ihm die Dankbarkeit des Kardinals und zugleich die Bewunderung von dessen Feinden eingebracht hatte.

Kein Zweifel, er war ein intelligenter und fähiger Mann. Und da er einem Herrn gut gedient hatte, würde er gewiß einem anderen ebensogut dienen. Als Sohn eines Schmiedes mußte er über außerordentliche Eigenschaften verfügen, da er so weit gelangt war, eine Leistung, die nur von jener Wolseys übertroffen wurde.

Kurz nach Wolseys Tod wurde Cromwell zum Mitglied des Staatsrates ernannt. Seine Bedeutung konnte sich zwar nicht mit jener Norfolks oder Thomas Boleyns, des nunmehrigen Earl of Wiltshire, messen, aber es war ihm gelungen, sich seinen Weg in jenen magischen Zirkel zu bahnen, in dem sich ihm grenzenlose Möglichkeiten eröffneten.

Erst kurz vor seiner Ernennung hatte er die Aufmerksamkeit des Königs auf sich gelenkt. Persönlich mochte Heinrich ihn nicht, doch seine Klugheit, sein scharfer Verstand, seine bescheidene Herkunft erinnerten ihn an Wolsey, dessen Verlust er eingedenk jener Zeiten, als er seinen treuen Thomas bei jeder Schwierigkeit zu sich rufen ließ, bereits heftig beklagte.

Daher war er geneigter, als er es sonst gewesen wäre, von Cromwell Notiz zu nehmen, und dieser hatte die Chance einer vertraulichen Unterredung genutzt.

Als er vorgelassen wurde, dachte der König mit Bedauern: dem Burschen fehlt Wolseys Schliff!

Da rief er sich ins Gedächtnis, daß Wolsey diesen Mann unter vielen auserwählt hatte, eine Tatsache, die für ihn sprach. Cromwell war Wolsey auch in den Tagen seines Abstiegs ein guter Freund gewesen. Er war also zur Treue fähig.

Der König bedeutete Cromwell mit einer Handbewegung, er solle von Förmlichkeiten Abstand nehmen und zur Sache kommen.

»Euer Gnaden, ich habe Überlegungen hinsichtlich Eurer Scheidung angestellt …«

Der Freimut des Mannes war für Heinrich überraschend. Brachten andere dieses Thema zur Sprache, taten sie es nur in gedämpftem Tonfall und mit äußerstem Taktgefühl. Cromwell aber war blasiert, fast selbstgefällig, als ginge es um eine Kartenpartie, bei der er einen Trumpf in der Hand hielt.

»Da seid Ihr nicht der einzige«, sagte Heinrich mit einem Anflug von Spott, der Cromwell aber zu entgehen schien. Seine dunklen Augen brannten vor Eifer, als er sich vorbeugte und den König eindringlich ansah.

»Die Feigheit Eurer Ratgeber steht Euer Gnaden Erfolg in dieser Sache entgegen. Sie fürchten Rom. Sie hängen einem Aberglauben an, und der Zorn des Papstes ängstigt sie.«

»Euch nicht?«

»Sire, ich bin ein praktisch veranlagter Mensch, dem Symbole nichts bedeuten. Ich fürchte nur meinen König.«

»Hm ... weiter«, drängte Heinrich, schon ein wenig besänftigt.

»Mich dünkt es sonderbar, daß Euer Gnaden Ratgeber nicht schon längst erkannt haben, was vonnöten ist. Thomas Wolsey war Kardinal. Nichts ist natürlicher, als daß er in Ehrfurcht vor Rom verharrte. Aber Eure nunmehrigen Ratgeber sind keine Kardinäle. Warum also sollten sie den Papst fürchten?«

Für Heinrich war es ungewohnt, auf diese Weise Rede und Antwort stehen zu müssen. Doch die ungehobelten Manieren des Mannes kümmerten ihn nicht, da das Thema des Gespräches für ihn von höchstem Interesse war.

»Zum jetzigen Zeitpunkt«, fuhr Cromwell fort, »sieht es aus, als hätte England zwei Oberhäupter – König und Papst. Da der Papst aber dem König seinen Wunsch versagt, scheint der Papst in England mehr Macht zu haben als der König.«

Heinrich runzelte andeutungsweise die Stirn, und Cromwell beeilte sich fortzufahren: »Als treuer Untertan des Königs finde ich das alles andere als erfreulich.«

»Die Macht des Königs ist weltlicher Natur«, murmelte Heinrich.

»Ich wünschte, meinen König mit höchster Macht

ausgestattet zu sehen, mit weltlicher und mit geistlicher.«

Heinrich erschrak, aber Cromwell fuhr unbeirrt fort: »Ich sehe nicht ein, warum unser König nicht auf die römische Kirche verzichten könnte. Warum kann die Kirche von England nicht allein mit dem König als Oberhaupt bestehen? Müßte dann der König auch um Erfüllung seiner Wünsche bitten?«

Heinrich verschlug es die Sprache. Er selbst hatte oft geäußert, er würde den Papst zum Häretiker erklären und andere Wege finden, die Scheidung durchzusetzen, falls der Heilige Vater sie ihm verweigerte. Der Schritt, zu dem dieser Mann ihm riet, war jedoch gewagter, als er selbst ihn je unternommen hätte. Er schlug die Trennung der Kirche von Rom vor, damit der König anstatt des Papstes als kirchliches Oberhaupt fungieren konnte.

Der König lauschte, und seine Augen brannten so heftig wie jene Cromwells.

»In wenigen Jahren«, sagte nun Cromwell, »könnte ich Euer Gnaden zum reichsten und mächtigsten Herrscher der Christenheit machen ... aber nicht, solange Ihr ein Vasall Roms bleibt.«

Ein verblüffender Vorschlag, der über die Scheidung weit hinausging. Der König war zutiefst aufgewühlt. So viel gab es zu überlegen. Wenn nur Wolsey zur Stelle gewesen wäre ... aber Wolsey hätte nie auf eine Trennung Englands von Rom gedrängt. Wolsey hatte als Kardinal selbst immerzu nach der päpstlichen Krone gestrebt und sich sogar des Versuchs schuldig bekannt, England päpstlicher Jurisdiktion zu unterwerfen. Neue Zeiten bedurften neuer Ideen. Wolseys Zeit war abgelaufen, eine neue Ära angebrochen.

Als Heinrich Cromwell schließlich entließ, konnte

er sich befriedigt sagen, daß Cromwell ebenso wie Cranmer den Kern der Sache erfaßt hatte.

Katharina merkte in Richmond nichts von den großen Plänen, die Heinrich und seine neuen Minister in Anspruch nahmen. Mary war bei ihr, und sie war entschlossen, die Zeit mit ihrer Tochter zu genießen. Mary zählte jetzt fünfzehn Jahre, ein Alter, in dem viele Mädchen verheiratet wurden. Aber die Frage von Marys Ehe war aufgeschoben. Wie konnte es auch anders sein, da es so viele Kontroversen um ihre Geburt gab?

Während dieser Tage schien Katharina vom fieberhaften Verlangen besessen, das Beste aus jeder gemeinsamen Stunde zu machen; täglich fragte sie sich beim Aufstehen, ob irgendein Befehl kommen und man ihr Mary wegnehmen würde. Sie wußte, daß Heinrich Anne noch immer ergeben war; daß nun York Place in ihrem Besitz war und die beiden sich wie ein jungvermähltes Paar über die Schätze, die sie dort vorfanden, freuten.

Der Palast trug nun nicht mehr den Namen York Place wie seinerzeit als Stadtresidenz der Erzbischöfe von York; er war der Palast des Königs und wurde wegen der Zubauten aus weißem Stein White Hall genannt.

Da Wolsey nun gestorben war, hatte Katharina das Gefühl, sie sei von ihrem ärgsten Feind befreit. Sie konnte sich einreden, daß der Papst mit der Zeit das einzig mögliche Urteil sprechen würde, und wenn Heinrich sich damit abfinden mußte, daß ihre Ehe gültig war, mußte er sie aus Gründen der Vernunft und um seines guten Namens willen wieder als seine Gemahlin anerkennen. Deshalb gestattete sie sich eine gewisse Gelassenheit, die sie dank Marys Gegenwart ungemein genoß.

Reginald Pole war wieder in England, und die häufigen Besuche ihres Freundes und unbeirrbaren Fürsprechers waren für sie höchst angenehme Anlässe. Warum soll er nicht eines Tages Gemahl der Königin sein? sann Katharina. Was für einen brillanten Ratgeber Mary in ihm haben würde! Was für einen zärtlichen, gütigen Gemahl!

»Das ist es, was ich mir für sie wünsche«, sagte die Königin zu ihrer Freundin Maria de Salinas, die als Witwe wieder in den Dienst der Königin getreten war. »Ein zärtlicher, sanfter Ehemann, damit ihr die Prüfungen erspart bleiben, die mir auferlegt wurden.«

Katharina und Mary saßen bei Lateinübungen, als ein Page mit der Meldung eintrat, Reginald sei gekommen und bitte, vorgelassen zu werden.

Mary klatschte vor Freude in die Hände, und Katharina konnte sie deshalb nicht schelten. Das arme Kind sollte sich seine Freude nicht schmälern, indem es versuchte, sie zu verbergen. Mit einem Lächeln sagte Katharina: »Führt ihn zu uns.«

Reginald trat ein, und zu dritt waren sie nun allein. Mary ergriff seine Hände, nachdem er sich erst vor der Königin und dann vor ihr verbeugt hatte.

»Reginald, es scheint mir so lange her, seitdem wir dich sahen.«

Ihr jugendlicher Überschwang entlockte ihm ein Lächeln. »Es sind fünf Tage, Euer Gnaden.«

»Das ist eine lange Trennungszeit für Freunde«, sagte Mary.

»Wir haben jetzt so wenige Freunde«, setzte Katharina rasch hinzu.

»Mehr, als Ihr ahnt«, erwiderte Reginald ernst. »Im Volk finden sich viele, die Eure Freunde sind.«

»Man grüßt uns immer sehr herzlich«, gab Mary ihm recht.

»Bei Hof freilich gibt es wenige, denen wir trauen können. Ich glaube, sie fürchten …«, Mary kniff die Lippen zusammen und sah plötzlich alt aus, »… diese … diese Frau«, schloß sie.

Katharina wechselte das Thema. »Reginald, es hat sich doch etwas ereignet, nicht wahr?«

»Euer Gnaden haben einen scharfen Blick.«

»Ich lese es in Eurer Miene. Ihr seid … verwirrt.«

Reginald holte ein Schriftstück aus der Tasche seines Wamses und reichte es der Königin. Während sie es studierte, wandte er sich Mary zu, die ihre Hand auf seinen Arm legte. »Reginald«, sagte sie fast flehend, »Ihr geht doch nicht fort?«

»Ich weiß es nicht«, erwiderte er. »Es hängt so viel vom König ab.«

»Bitte, geht nicht fort.«

Er nahm ihre Hand und küßte sie. »Ginge es nach mir, ich würde nie fortgehen.«

»Auch nicht, wenn es nach mir ginge«, sagte Mary.

Katharina ließ das Schriftstück sinken und blickte von einem zum anderen. Der Anblick der beiden zusammen machte ihr angst, während er sie zugleich beglückte. Wenn sie nur zusammenbleiben könnten, dachte sie.

»Der König hat Euch also vorgeschlagen, Erzbischof von York oder Winchester zu werden«, sagte sie.

Mary hielt enttäuscht den Atem an. Wenn Reginald Erzbischof wurde, mußte er die Priesterweihe empfangen, und dann kam eine Heirat nicht mehr in Frage. Und Mary liebte ihn mit aller Kraft ihrer ernsten jungen Natur. Sie träumte davon, dem Hof den Rükken zu kehren und mit ihrer Mutter dort ein ruhiges Leben zu führen, wo man so abscheuliche Dinge wie Scheidung und Worte wie Bastard vergessen konnte, wo man keinen Gedanken an die Lady zu verschwenden brauchte, die ihnen soviel Haß entgegenbrachte und entschlossen war, sie zu trennen. In ihrer jugendlichen Unschuld träumte sie davon, sie könnten zu dritt den Hof heimlich verlassen, außer Landes gehen, nach Padua oder an irgendeinen Ort, den Reginald gut kannte.

»Diese Ämter sind seit dem Tod des Kardinals verwaist«, erklärte Reginald, »und jemand muß sie ausfüllen.«

»Es ist eine große Ehre«, sagte die Königin fast gleichgültig.

»Eine Ehre, die ich nicht annehmen kann, wie ich zu ihm sagte.«

Die Erleichterung war groß. Mary lachte laut und nahm Reginalds Hand. »Wie bin ich froh!« rief sie aus. »Der Gedanke, Ihr könntet in die Fußstapfen des Kardinals treten, wäre mir unerträglich.«

»Mir auch«, sagte er. »Aber das ist nicht alles. In meiner abschlägigen Antwort auf sein Angebot beschwor ich den König, sich nicht von seinen Ministern und von seiner Leidenschaft für eine zügellose Frau täuschen zu lassen. Ich bin nun zu einer Audienz in White Hall befohlen.«

Mary war entsetzt. Obwohl ihr Vater ihr zuweilen Zuneigung bezeigt hatte, war ihre Angst vor ihm nie ganz geschwunden. Und bei Katharina regten sich ähnliche Befürchtungen, da sie Heinrichs wechselhaftes Temperament kannte. Reginald besaß zwar die Sympathie des Königs, doch wenn jemand seine Meinung nicht teilte, konnte seine Zuneigung sich leicht in Haß verwandeln. Sie dachte an die zärtlichen Gefühle, die er ihr einst entgegengebracht hatte und die nun seinen Haß nur noch steigerten, wie sie fest glaubte.

»Ach, Reginald«, flüsterte sie. »Seid auf der Hut.«

»Ihr hättet uns nicht erwähnen sollen«, sagte Mary mit Nachdruck.

»Ich glaubte, ich mußte sagen, was ich als richtig empfand.«

Katharina sagte zu ihrer Tochter gewandt leise: »Wir alle müssen sprechen und handeln, wie unser Gewissen es uns befiehlt.«

»Ich kam, um Euch aufzusuchen, ehe ich mich dem König präsentiere«, sagte Reginald. Und beide begriffen, daß er gekommen war, weil dies angesichts des Ernstes der Gelegenheit das letzte Mal sein mochte, daß er sie besuchen konnte. Als keiner von ihnen etwas sagte, fuhr er fort: »Jetzt muß ich gehen. Ich wage es nicht, den König warten zu lassen.«

Er küßte ihre Hände, und Mary, die plötzlich die ihrem Rang gemäße Würde vergaß, schlang nach Kinderart die Arme um ihn, und Katharina war zu gerührt, um es zu verhindern.

Als er gegangen war, weinte Mary leise.

»Mein Liebling, nimm dich zusammen«, murmelte die Königin und legte einen Arm um sie.

Aber Mary schüttelte nur den Kopf. »In welch grausamen Zeiten wir leben«, flüsterte sie. »In welch grausamen und gefährlichen Zeiten.«

Als Reginald Königin und Prinzessin verlassen hatte, nahm er eine Barke nach White Hall. Er wußte sehr wohl, daß man ihm das Amt eines Erzbischofs als Bestechung angeboten hatte. Er war königlicher Herkunft, der Vertraute der Königin und der Prinzessin. Der König wollte ihm damit zu verstehen geben: »Komm und arbeite mit mir zusammen. Das Bischofsamt ist nur ein Beispiel für die Ehrungen, die dein sein werden.«

Deshalb hatte er seine Ablehnung des Angebots mit der Ergänzung versehen, daß er fest an die Gültigkeit der königlichen Ehe glaube. Und er hatte seinen Vetter angefleht, seine Seele nicht zu gefährden, indem er diese Gültigkeit abstreite.

Die Folge war eine Aufforderung, in White Hall zu erscheinen.

Als er den Palast betrat, dachte er an den großen Kardinal, der ihn einst bewohnt hatte. Und nun war die ganze Pracht an den König übergegangen – ein stummes Flehen ... »all meine Besitzungen im Austausch gegen mein Leben ...« Was für ein Exempel für den Wert irdischer Güter!

Reginald sprach ein Gebet für die Seele des Kardinals, während er der Galerie zustrebte, wo der König ihn erwartete.

Ich betrete White Hall als freier Mann, dachte er. Wie werde ich den Palast verlassen? Es war gut möglich, daß er von zwei Hellebardenträgern flankiert die Barke zum Tower würde nehmen müssen.

Ehe er die Galerie erreichte, traf er seinen älteren Bruder Lord Montague, der ihn erwartete, da er die Aufforderung, die an Reginald ergangen war, vernommen hatte.

Kaum hatte Montague Reginald erblickt, als er ihn in einen Vorraum zog und ausrief: »Du bist ein Narr. Möchtest du, daß wir alle unsere Köpfe verlieren?«

»Neuigkeiten machen rasch die Runde«, erwiderte Reginald. »Du weißt also, daß ich York und Winchester ausgeschlagen habe?«

»Und gleichzeitig versucht hast, dem König zu sagen, was er zu tun hat.«

»Diese Ämter wurden mir als Bestechung angeboten. Ich mußte ihm erklären, warum ich sie nicht annehmen konnte.«

»Um den König zu beleidigen, hätte eine Ablehnung genügt. Aber sein Vorgehen auch noch zu kritisieren … hast du den Verstand verloren, Bruder?«

»Das glaube ich nicht«, gab Reginald zurück, »es sei denn, es wäre Wahnsinn, seine Meinung zu sagen.«

»Das könnte als eine sehr gute Definition geistiger Verwirrung dienen«, sagte Montague, damit ließ er seinen Bruder stehen, der weiter der Galerie zustrebte.

Da Heinrich ihn schon erwartete, mußte er nicht lange warten. Der König, in seiner juwelengeschmückten Kleidung massig und eindrucksvoll wirkend, funkelte ihn durch halbgeschlossene Lider finster an, als Reginald sich vor ihm verneigte.

»Sir, Ihr denkt so gering von meinen Gaben, daß Ihr sie hochmütig von Euch weist«, sagte Heinrich schließlich.

»Nicht hochmütig, Euer Gnaden.«

»Wagt ja keinen Widerspruch. Wie könnt Ihr es wagen, mir zu sagen, was ich tun soll? Ist es denn Sache eines Königs, Befehle entgegenzunehmen?«

»Nein, Sire, aber vielleicht Ratschläge.«

»Ihr junger Stutzer, Ihr maßt Euch also an, *mir* Ratschläge zu erteilen.«

»Sire, ich möchte nur bei Euch für die Königin und Prinzessin Mary bitten.«

»Es wäre klüger, Ihr würdet den Mund halten.«

»Nein, Euer Gnaden, ich bin der Meinung, daß ein kluger Mann der ist, der aus Liebe zur Wahrheit und nicht aus praktischen Erwägungen spricht.«

Heinrich kam näher, so daß seine roten, glühenden Wangen Reginalds bleichen ganz nahe waren.

»Ist es denn klug, seinen Kopf aufs Spiel zu setzen?«

»Ja, Sire, um der Wahrheit willen!«

»Um der Wahrheit willen! Ihr wagt es zu mir zu kommen wie ein Beichtvater ... Ihr, den ich allein mit meiner Unterschrift aufs Schafott schicken könnte?«

»Euer Gnaden, ich komme nicht als Beichtvater, sondern als Eurer und der Prinzessin Mary armseliger Vetter.«

»Ha«, unterbrach Heinrich ihn, »Ihr brüstet Euch also Eures königlichen Blutes. Gebt nur acht, daß es Euch nicht zu Kopf steigt. Vielleicht erinnert Ihr Euch, was einem gewissen Duke of Buckingham widerfuhr.«

Der Anblick von Reginalds Gesicht erboste den König, vor allem deswegen, weil er wieder einen Mann wie Fisher oder Morus vor sich hatte, einen Mann also, an dessen positiver Meinung ihm viel lag. Es waren integre Männer, deren Zustimmung und Unterstützung er brauchte. Und wenn sie ihm diese verweigerten, machte ihn das rasend.

»Ich kann mich sehr gut erinnern, Sire«, erwiderte Reginald.

»Und diese Erinnerung ist nicht dazu angetan, Eure Ansichten zu ändern?«

»Nein, Euer Gnaden.«

Die Stimmung des Königs schlug jäh um. »Hört zu. Ich bitte Euch, steigt herunter vom Richterstuhl. Gelehrte Männer versichern mir, daß ich mit Lady Katharina nicht vermählt bin. Ich brauche die Hilfe von Männern wie Euch ... Ihr könntet eine Abhandlung für mich verfassen. Ihr könntet die Notwendigkeit meiner Trennung von Lady Katharina und meiner Wiederverheiratung erklären; ich befehle Euch, dies zu tun. Ihr seid ein Mann, den die Menschen achten. Euer Wort hätte viel Gewicht.« Er legte wohlwollend seine Hand auf Reginalds Schulter. »Kommt, Reginald, mein teurer Vetter. Tut es aus Liebe zu mir.«

»Sire, bei jeder anderen Sache würde ich Euch aus ganzem Herzen dienen, aber …«

»Ach!« rief Heinrich schrill aus, Reginald von sich stoßend. »Mir scheint, Ihr vergeßt, mit wem Ihr sprecht.«

»Ich vergesse es nicht«, antwortete Reginald. »Aber ich flehe Euer Gnaden an, mich in dieser Sache zu pardonieren.«

Heinrichs Hand zuckte zu seinem Dolch. »Wißt Ihr nicht, daß es Hochverrat ist, dem König den Gehorsam zu verweigern?«

Reginald schwieg darauf.

»Nun, wißt Ihr es? Bei Gott, wenn nicht, dann werde ich Mittel finden, es Euch zu lehren.« Er rief nach einem Pagen, und als der junge Mann erschien, rief er: »Schickt sofort Lord Montague zu mir.«

Der Page ging, und wenig später kam Reginalds Bruder eilig in die Galerie.

Heinrich schüttelte die Faust gegen Montague. »Bei Gott«, rief er aus, »ich werde jedes einzelne Mitglied Eurer Familie in den Tower schicken. Eure Unverschämtheiten kann ich mir nicht mehr bieten lassen.«

Montague stotterte: »Euer Gnaden, sagt mir, was irgendein Mitglied meiner Familie getan hat, um Euer Mißfallen zu erregen.«

Heinrich deutete auf Reginald. »Euer Bruder hier sollte besser zur Ordnung gerufen werden. Er wagt es herzukommen und sich in meine Angelegenheiten zu mischen. Nehmt zur Kenntnis, Montague, daß ich mit Frechlingen dieser Art umzugehen weiß.«

»Sehr wohl, Euer Gnaden. Was meine Familie betrifft, so seid meines tiefsten Bedauerns versichert …«

»Führt ihn fort«, donnerte Heinrich, »ehe mir der Geduldsfaden reißt und ich ihn in den Tower werfen lasse.«

»Ja, Euer Gnaden.«

Sie verbeugten sich und ließen Heinrich allein, der ihnen finster nachblickend dachte: Bei Gott, wäre doch Master Reginald nie nach England zurückgekehrt.

Kaum waren sie unter sich, als Montague sich empört seinem Bruder zuwandte.

»Du ... du *Narr!*« beschimpfte er ihn.

»Bruder, ich werde zu dir das sagen, was ich auch zum König sagte. Ist es Narrheit, wenn man an dem festhält, was man als Wahrheit ansieht?«

»Du bist wirklich ein Narr, bei Hof eine solche Frage zu stellen. Ein Mensch ist ein Narr, wenn er versucht, seine Kraft mit Königen zu messen. Ich dachte schon, er würde dich auf der Stelle in den Tower werfen lassen.«

»Ich glaube, er zog die Wirkung in Erwägung, die ein solches Vorgehen auf gewisse Untertanen ausüben würde.«

»Du bist die Ruhe in Person. Strebst du nach der Märtyrerkrone?«

»Ich hoffe, nie an meiner Seele meineidig zu werden, um meinen Kopf zu retten«, sagte Reginald gelassen.

Er ließ seinen Bruder, der von bösen Vorahnungen erfüllt war, allein.

Reginald dachte an den Vorschlag des Königs, er solle eine Abhandlung verfassen. Das würde er tun, doch diese Schrift würde nicht die Gründe des Königs für eine Scheidung erläutern, sondern vielmehr aufzeigen, weshalb seine Ehe gültig war.

Heinrichs Zorn verrauchte ein wenig, als er allein war, obwohl er in Gedanken freilich noch immer bei dem ernsten jungen Mann war, gegen den er Drohungen geäußert hatte. Reginald gefiel ihm. Er hatte ihn immer schon bewundert und wußte, daß er gelehrt und fromm war. Und jetzt hatte er auch noch bewiesen, daß er kein Feigling war.

Warum konnten solche Männer nicht erkennen, was es in Wahrheit mit seiner Ehe auf sich hatte? Warum stellten sich ihm all jene, die er am höchsten achtete, entgegen?

Vergebens hatte er versucht, die Billigung des Kanzlers Morus zu gewinnen. Morus war ein kluger Rechtsgelehrter, der es verstand, sich aus jeder Debatte, die ihm nicht genehm war, herauszuwinden. Und Heinrich wünschte sich nichts sehnlicher, als daß Thomas Morus mit ihm in allen Dingen und vor allem in der Angelegenheit seiner Scheidung mit ihm zusammenarbeitete. Und das gleiche wünschte er sich von Reginald Pole.

Da er auch weiterhin über diese Dinge nachgrübelte, schickte er abermals nach Reginald und dessen Bruder Montague, und als die beiden vor ihm standen, bedachte er sie mit einem freundlichen Lächeln.

»Es tut nicht gut, wenn Vettern streiten«, sagte er.

»Sire, Ihr zeigt wahrhaft Großmut«, sagte darauf Montague.

Reginald schwieg dazu, und Heinrich fuhr fort. »Ich bin überreizt. Es sind kummervolle Zeiten. Gut möglich, daß ich zorniger wirkte, als ich es war.«

»Das freut uns zu hören«, sagte Montague, und Reginald stimmte ihm zu.

»Kommt«, sagte Heinrich, indem er sich zwischen sie tretend bei beiden einhängte, »wir sind Verwandte und Freunde. Reginald hat seine eigenen Vorstellungen von Recht und Unrecht. Ich will nicht sagen, daß er damit allein steht, da viele Gelehrte ihm beipflichten würden – aber ich kann es nicht, so sehr ich es mir wünschte. Vergeßt eines nicht: Ich bin meinem Gewissen verantwortlich. Gewiß, ich achte jene, die mit ihren Meinungen nicht hinterm Berg halten und sich nicht scheuen zu sagen: ›Ich glaube dies‹ oder ›Da muß ich widersprechen‹. Alles was gesagt wurde, nehme ich gut auf.«

»Danke, Euer Gnaden«, erwiderte Reginald aufrichtig.

Heinrichs Ton wurde milder, als er sich fast flehentlich an Reginald wandte. »Ach, wenn Ihr Euch überwinden könntet, meine Scheidung zu billigen, würde mir niemand teurer sein als Ihr.«

Montague blickte seinen Bruder flehentlich an, aber Reginald schwieg.

Heinrich ließ die Arme der beiden los und versetzte den Brüdern einen kleinen Stoß, der das Ende der Unterredung bedeutete.

»Vergeßt es nicht«, sagte er.

Während des warmen Juniwetters begab sich der Hof von Greenwich nach Windsor. Die Königin ritt mit ihrer Tochter und Maria de Salinas, der gutgelaunte König mit Lady Anne. Auch Cranmer und Cromwell gehörten der Hofgesellschaft an.

Wie der König, trug auch die Lady neue Zuversicht zur Schau, was allen auffiel, nur nicht der Königin und ihrer Tochter, da erstere fest daran glaubte, ohne Einwilligung des Papstes könne keine Entscheidung getroffen werden, und letztere ihre Stimmung jener ihrer Mutter anpaßte.

Überall schwirrte es vor bösen Gerüchten, und der ganze Hof erwartete, daß die Geduld des Königs nicht mehr lange anhalten würde.

Heinrich grübelte im Sattel … Warum soll ich diese ständige Enttäuschung noch länger hinnehmen? fragte er sich. Beim Anblick von Annes leuchtendem Gesicht hätte er nichts lieber getan, als sein gequältes Gewissen beruhigt, indem er der Welt verkündete, daß sie nicht seine Geliebte, sondern seine Gemahlin war.

Aber es ging nun rasch voran. Cranmer hatte die Meinungen der europäischen Universitäten zur Scheidung eingeholt und entdeckt, daß einige sie für durchführbar hielten. Heinrich war entschlossen, sich nach Windsor zu begeben und die Königin zu ersuchen, die Sache einem englischen Gericht zu überlassen.

War ihm dieser Schritt gelungen, würde das ersehnte Urteil binnen weniger Tage ergehen. Wer in England würde wagen, sich gegen ihn zu wenden? Die Vertreter abweichender Meinungen konnte er an den Fingern einer Hand abzählen. Morus, Fisher, Reginald Pole. Es gab zwar noch andere, weniger bekannte Männer, deren Bedeutung er jedoch gering einschätzte. Jene drei aber wurden von der Öffentlichkeit als geistige Führer anerkannt.

Die Pestilenz über sie! dachte er. Warum müssen sie mir Steine in den Weg legen?

In Windsor angekommen, galt der wohlgefällige Blick des Königs vor allem den Wäldern. Es würde gut sein, hier zu jagen, und es gab wenig, was er mehr schätzte als einen Tag in Wald und Flur, um zu einem Abend mit Tafelfreuden und Maskenspielen zurückzukehren und später mit der richtigen Gefährtin das Bett zu teilen.

Endlich hatte sie sich ihm hingegeben, und er fragte sich, was er tun würde, sollte sie guter Hoffnung sein. Bei Gott, dann würde ich ihnen Beine machen, dachte er.

Merkwürdig, daß sie noch nicht schwanger geworden war. Aber er würde sich sein Vergnügen nicht verderben lassen, indem er sich darüber den Kopf zerbrach. Wenn sie sich endlich frei und ungehemmt ihrer Liebe hingeben konnte, wenn sie endlich nicht mehr besorgt fragen mußte, wie lange er die Verzögerung noch hinzunehmen gedachte, wenn er sie guten Gewissens nehmen konnte ... ja, dann würde ihre Verbindung mit gesunden Knaben gesegnet werden.

Sie ritten auf dem Schloßhof ein, worauf die Königin sich mit ihrem kleinen Gefolge zurückzog und der König mit seinem.

Man möchte meinen, daß es an diesem Hof zwei Königinnen gibt, murrten einige der Höflinge; aber die meisten wußten, welchem Hof sie sich zuzugesellen hatten ... wenn sie nach Beförderung strebten. Da den blitzenden schwarzen Augen der Lady nur wenig entging, blieb auch nicht die kleinste Aufmerksamkeit, die der Königin oder Prinzessin Mary galt, unbemerkt.

Die Königin wurde in ihren Gemächern von den wenigen Damen bedient, die ihr geblieben waren. Spitzel brauchte sie nun weniger zu fürchten als in den Tagen Wolseys, und sie war sehr glücklich, Maria und ihre Tochter bei sich zu haben.

Nach der Ankunft des Königs betete sie und flehte wie immer darum, daß der König von seinem bösen und sündigen Plan Abstand nehmen und zu ihr zurückkehren möge.

Mary war in ihren eigenen Gemächern und wurde von ihren Damen fürs Bankett zurechtgemacht, als Heinrich die Königin aufsuchte. Auf einen Blick des Königs hin enteilten die Frauen. »Ach Heinrich«, rief Katharina aus, »wie ich mich über deinen Besuch freue, eine Ehre, die mir selten zuteil wird.«

»Ich würde öfter kommen, wenn ich mit Sicherheit wüßte, daß du in Wahrheit meine Frau bist.«

»Heinrich, ich kann mir nicht denken, daß du im Inneren deines Herzens nicht wüßtest, daß ich es bin.«

Das war natürlich ein Fehler. Diese Dinge durften nicht ausgesprochen werden, doch manchmal war die Bitterkeit zu groß, um sie zu verbergen.

Er überging ihre Worte, als hätte er sie gar nicht gehört.

»Dr. Cranmer hat die Meinungen der Universitäten eingeholt sagte er. »Es gibt viele, die der Ansicht sind, wir sollten uns in aller Form scheiden lassen.«

»Ach, Heinrich, du hast viele Freunde. Leider habe ich nur wenige.«

»Ich glaube eher, du hast zu viele«, gab er zurück. »Und jetzt bitte ich dich, mir etwas zu geben.«

»Es gibt wenig, das ich dir vorenthalten würde.«

»Ich erbitte nur holde Vernunft.«

»Ich versuche stets, vernünftig zu sein.«

»Dann wirst du mir gewiß beipflichten, daß die Sache schon zu lange währt, und es Zeit ist, sie zu einem Abschluß zu bringen. Ich möchte unseren Fall dem Urteil von vier englischen Prälaten und vier Adligen anheimstellen.«

Ihre Miene war steinern. »Nein«, sagte sie.

»Katharina, das nennst du Vernunft?«

»Das tue ich. Ein Gerichtsbeschluß in diesem Land ist überflüssig. Er wäre Zeitverschwendung, da jedes von dir bestimmte Gericht zu deinen Gunsten entscheiden würde.«

»Das ist Unsinn.«

»Heinrich, laß ab von deiner Scheinheiligkeit. Du weißt, daß es die Wahrheit ist. Möge Gott dir ein ruhiges Gewissen bescheren.«

»Du redest von ruhigem Gewissen und weißt doch, daß seine Ruhe von dieser Sache ständig gestört wird.«

»Heinrich, laß dein Gewissen für sich sprechen. Reize es nicht mit deiner Begierde und laß dir von ihm sagen, was es als Wahrheit erkannt hat. Gehorche ihm. Kehre zu mir zurück, dann wird dein Gewissen dir in dieser Sache nie wieder zu schaffen machen.«

»Niemals!« rief der König aus.

Ihr Starrsinn konnte sich mit seinem messen.

»Nie werde ich mich einer Entscheidung beugen, die nicht aus Rom kommt!«

Aus dem Blick, mit dem der König sie bedachte, ehe er hinausging, sprach Mordlust.

Heinrich ließ Norfolk und Suffolk zu sich rufen, und als er mit ihnen allein war, sagte er: »Ich fürchte, daß die Königin mich haßt.«

Die Herzöge waren sofort ganz Ohr, da sie diese Äußerung des Königs schon des öfteren vernommen hatten und wußten, daß sie als Auftakt diente, einen Entschluß des Königs in die Tat umzusetzen.

Heinrich fuhr fort: »Ich glaube, sie genießt meine Enttäuschung so sehr, daß sie es darauf anlegt, sie in die Länge zu ziehen, entschlossen, aller Welt zu verkünden, daß sie meine Ehefrau ist, obwohl sie selbst weiß, daß es nicht der Fall sein kann. Ich glaube, daß sie versucht, mir die Zuneigung meiner Untertanen abspenstig zu machen.«

»Das käme Hochverrat gleich«, sagte Suffolk.

»So sehr mich das Eingeständnis schmerzt, so muß ich Euch beipflichten«, erwiderte Heinrich. »Eustache Chapuys ist ein Spion. Ich glaube, Ziel des Kaisers ist es, in England einen Bürgerkrieg anzuzetteln, das Land zu spalten und die Königin und Prinzessin Mary an die Spitze der Rebellen zu setzen.«

»Das ist in der Tat Hochverrat«, erklärte Norfolk.

»Mir sind einige der Briefe zu Augen gekommen,

die Chapuys an Kaiser Karl gerichtet hat. Darin berichtet er, daß das englische Volk gegen eine Scheidung ist und es ihn nicht wundern würde, wenn es sich zum Protest gegen den König erhöbe. Das Volk fühlt mit der Königin, schreibt er ausdrücklich. Ich glaube, der spanische Gesandte wäre bereit und willens, mit Hilfe der Königin einen Aufstand anzuzetteln.«

»Euer Gnaden, sollte man sie nicht festnehmen?« fragte Norfolk.

Heinrich hob seine Hand. »Das ist eine heikle Sache. Denn obwohl Katharina nicht meine Gemahlin ist, habe ich sie jahrelang dafür gehalten.«

Heinrich dachte an die Unzufriedenheit unter dem Volk, das die Ufer säumte und Katharina zujubelte, wenn ihre Barke über den Fluß glitt. Eine Verhaftung Katharinas würde diese Unzufriedenheit in Zorn verwandeln und den Wunsch wecken, die Königin zu beschützen. Im übrigen glaubte er selbst keinen Moment, Katharina würde sich an die Spitze einer Rebellion stellen. Wie es diesen beiden an Feingefühl mangelte! Wolsey hätte die Bedeutung seiner Worte sofort erfaßt.

»Nein«, fuhr Heinrich fort, »meine Frau ist sie nicht, doch muß ich dennoch eine gewisse Zärtlichkeit für sie eingestehen. Ich möchte ihr gegenüber Milde walten lassen.«

»Aber Euer Gnaden werden ihre Gesellschaft fürderhin meiden«, sagte Norfolk, der, ein wenig gewitzter als Suffolk, endlich begriffen hatte, worauf der König abzielte.

»Ich fürchte, der Zeitpunkt der Trennung ist gekommen … endgültig«, erwiderte Heinrich.

»Ich gebe Euch voll und ganz recht«, warf Suffolk ein. »Euer Gnaden sollten von Lady Katharina eine

Trennung von Tisch und Bett vollziehen. Andernfalls Eure Sicherheit gefährdet ist.«

Die Miene des Königs nahm einen kummervollen Ausdruck an. »Nach so vielen Jahren …«, murmelte er.

Nun erst war den Herzögen endlich aufgegangen, welche Rolle ihnen zugedacht war, und Suffolk sagte streng: »Euer Gnaden täten gut daran, keinen Gedanken an eine Frau zu verschwenden, mit der Ihr so lange in Sünde gelebt habt.«

Heinrich legte eine Hand auf den Arm seines Schwagers. »Gut, daß du mich daran erinnerst.«

Aus seinen Augen sprach plötzlich Rachedurst, da er an Katharinas Starrsinn dachte, der einer raschen Regelung der Sache im Weg stand. »Und ich glaube, daß sie meine Tochter Mary gegen mich einnimmt«, fuhr er fort.

Suffolk äußerte pflichtgemäß: »Sollte Prinzessin Mary nicht aus ihrer Nähe entfernt werden?«

»Das könnte sich als sehr kluger Schritt erweisen«, antwortete der König mit einem Blick zu Norfolk.

Der Herzog, wohl wissend, was von ihm erwartet wurde, sagte mit Nachdruck: »Ich halte es für sehr wichtig, daß Prinzessin Mary von Lady Katharina getrennt wird.«

»Danke, meine Freunde«, sagte der König, »Ihr seid ein Echo meiner Gedanken, die zu äußern mein Zartgefühl mich hindert. Aber da ihr mir diesen Rat gebt, und ich weiß, daß er sich auf Vernunft gründet, beuge ich mich eurer Entscheidung.«

Mary betrat das Gemach der Königin, bleich, mit Angst im Blick.

»Mutter«, rief sie, ehe Katharina Zeit hatte, ihre Frauen hinauszuschicken, »ich soll fort von dir.«

Katharina ergriff die Hände ihrer Tochter und entdeckte, daß sie zitterten. »Sei ganz ruhig, mein Schatz.«

»Ich soll nach Richmond, hat mein Vater befohlen.«

»Nun, dann gehst du eben nach Richmond, und ich werde bald nachkommen.«

»Und wenn du nicht kannst?«

»Aber warum … *warum?*«

»Ich weiß nicht … es ist nur so ein Gefühl. Man hat mir gesagt, ich solle mich sofort zur Abreise rüsten. Warum, Mutter? Was tue ich ihnen denn hier? Verhindere ich etwa sein … sein Zusammensein mit dieser hassenswerten Frau?«

»Pst, mein Liebes. Geh nach Richmond. Ich werde Mittel und Wege finden, um auch dorthin zu kommen.«

Mary zitterte am ganzen Leib. »Mutter, ich habe Angst. Reginald arbeitet an der Abhandlung, in der er sich für uns ausspricht. Ich zittere um ihn, da ich glaube, daß ihm nicht klar ist, was dies bedeuten könnte.«

»Es ist ihm klar, mein Liebling.«

»Dann scheint es ihn nicht zu kümmern.«

»Reginald ist ein guter Mensch, ein tapferer Mensch. Er könnte es nicht sein, wenn er seine Meinung nach dem Wind drehen würde. Du brauchst nicht um ihn zu bangen, mein Kind. Das einzige, was wir im Leben fürchten müssen, sind unsere eigenen Missetaten. Geh nach Richmond, wie dein Vater es befiehlt. Denk an mich, bete für mich … wie ich für dich bete. Ich werde jede Minute des Tages an dich denken, und du kannst versichert sein, daß ich bei dir sein werde, sobald es sich einrichten läßt.«

»Aber Mutter, was tun wir ihm denn an, wenn wir zusammen sind? Weiß er denn nicht, daß dies unsere einzige Freude ist?«

»Mein Liebling, sei tapfer.«

»Im Schloß herrscht Spannung. Es steht etwas bevor, Mutter, ich habe Angst, daß ich dich nie wiedersehen werde, wenn ich dich jetzt verlasse.«

»Du bist überängstlich. Es ist nur ein Abschied von vielen.«

»Warum ... warum immer dieses Abschiednehmen? Was tun wir ihm denn an?«

»Es ist das zweite Mal, daß du von ›antun‹ sprichst. Niemand glaubt, daß wir ihm etwas antun, mein Liebes.«

»Doch, Mutter. Ich lese es in ihren Blicken. Er glaubt, unsere Liebe schade ihm, so daß er sie fürchtet. Ich kann dich nicht verlassen. Laß uns zusammen fortgehen.« Mary löste sich von ihrer Mutter. Plötzlich strahlten ihre Augen vor Hoffnung und neuen Plänen. »Ich will Reginald kommen lassen und ihn bitten, er solle uns mit nach Italien nehmen. Dort wird uns der Papst Zuflucht gewähren – oder vielleicht sogar der Kaiser.«

Katharina lachte leise auf und zog ihre Tochter an sich, um ihr übers Haar zu streichen.

»Nein, mein Liebes«, sagte sie. »Das würde uns wenig nützen. Wir sind in deines Vaters Händen, der uns aber nichts anhaben kann, wenn wir unsere Pflicht erfüllen. Was aus unseren Körpern wird, ist unwichtig, solange unsere Seelen rein bleiben. Geh nach Richmond und denke daran, daß ich dort ebenso bei dir bin wie hier, da du in Gedanken immer bei mir bist.«

»Ach, Mutter, wenn nur diese Angst nicht wäre ...«

»Bete, mein Kind. Du wirst Trost im Gebet finden.«

Sie umarmten einander und blieben zusammen, bis eine von Marys Frauen kam, um zu sagen, daß man fertig sei und der König wünsche, daß sie sich sofort nach Richmond begeben sollte.

An der Tür drehte Mary sich um und sah ihre Mutter an. Und ihr Ausdruck war so todtraurig, daß es war, als blicke sie zum letzten Mal in das geliebte Gesicht.

Wie Mary ihr fehlte! Seit ihrem Abschied waren nur wenige Tage vergangen, doch kam es ihr bereits viel länger vor. Sich an den König zu wenden, war ihr nicht möglich gewesen, da sie seither nicht mehr allein mit ihm zusammengetroffen war.

Er behandelte sie mit kühler Gleichgültigkeit, wobei ihr auffiel, daß er es vermied, daß sich ihre Augen auch nur ein einziges Mal begegneten; dafür spürte sie die berechnenden Blicke der Höflinge die ihr damit verrieten, daß sie mehr wußten als sie, und ungeduldig kommender Dinge harrten.

Eines Morgens wurde sie von Geräuschen unter ihrem Fenster geweckt. Sie hörte Flüstern, als sie noch im Bett lag, und gleich darauf Hufschlag. Jemand ist gekommen, dachte sie, und weil sie nach einer schlaflosen Nacht müde war, schlief sie wieder ein.

Am frühen Morgen, als zwei ihrer Frauen kamen, um sie zu wecken, überbrachten sie ihr eine Nachricht des Königs, die besagte, daß Heinrich Windsor verlassen hatte und sie bei seiner Rückkehr nicht mehr hier anzutreffen wünsche.

Sie las die Nachricht zweimal, ehe ihr die volle Bedeutung aufging. Dann sagte sie: »Ich möchte den König unverzüglich sehen.«

»Euer Gnaden«, kam die Antwort, der König ist bei Morgengrauen zur Jagd nach Woodstock aufgebrochen.«

Sie hatte verstanden. Er hatte sich davongemacht, ohne es ihr zu sagen, ohne ein Lebewohl. Und wenn er nach Windsor zurückkehrte, erwartete er, sie nicht mehr anzutreffen. Mehr noch, er hatte ausdrücklich befohlen, daß sie gehen *sollte*.

»Es spielt keine Rolle, wohin ich gehe«, murmelte sie, »ich bin immer noch seine Frau. Nichts wird daran etwas ändern.«

Maria kam zu ihr, da sie die Nachricht zugleich mit der Königin vernommen hatte, und wußte, wie verlassen Katharina jetzt war.

»Wohin wünschen Euer Gnaden zu gehen?«

»Welche Rolle spielt das schon?« erwiderte Katharina; und sie fragte sich mit wachsendem Schmerz, ob der König sich nicht nur entschlossen hatte, getrennt von ihr zu leben, sondern sie auch für immer von ihrem gemeinsamen Kind zu trennen.

Sie faßte sich und gewann ihre Würde wieder. Immerhin hatte sie auch in England einige Freunde. Und da sie sicher war, der Papst würde zu ihren Gunsten entscheiden und ihr Neffe würde ihr Beistand leisten, gab sie den Kampf noch nicht verloren.

Ruhig sagte sie: »Wir werden uns in mein Landhaus in Moore in Hertfordshire zurückziehen. Dort will ich eine Zeitlang zur Ruhe kommen und dann für die Zukunft planen.«

Als sie Windsor noch am gleichen Tag verließen, wußte Katharina, daß sie abermals an einem Wendepunkt ihres Lebens angelangt war.

12.

Gift an der bischöflichen Tafel

John Fisher, Bischof von Rochester, wandte sich an die versammelten Bischöfe.

Eine gewisse Forderung, der er nicht nachgeben könne, sei für ihn Grund zu tiefer Beunruhigung, erklärte er. Der König fordere von Kirche und Klerus, als Oberhaupt der englischen Kirche anerkannt zu werden, und er, John Fisher, könne nicht verstehen, wie das möglich sein könnte. Es gab nur ein Oberhaupt der Kirche und würde immer nur eines geben, nämlich Seine Heiligkeit, den Papst. Es sei ihm unbegreiflich, wie der König sich diesen Titel einfach aneignen konnte.

Die Bischöfe lauschten mit abgewandten Blicken. Der König hatte geäußert, was er sein Ersuchen nannte, wiewohl es in Wahrheit kein Ersuchen, sondern ein Befehl war. So viele unter ihnen, die ihre Stellung dem König verdankten, wagten nicht daran zu denken, was aus ihnen werden sollte, wenn sie sich seinem Willen nicht beugten.

John Fisher schien an diese Gefahr nicht zu denken. Es sei unmöglich, drängte er. Man könne nicht guten Gewissens das seit Menschengedenken gültige Kirchenrecht ändern.

Warham, Erzbischof von Canterbury, rutschte unbehaglich auf seinem Sitz hin und her, während er zuhörte. Wenn Fisher seine Zunge nicht im Zaum hielt, würde ihm bald der Kopf vom hageren Körper abgeschlagen werden. Ach, daß ich so alt werden mußte!

dachte er. Ich bin zu alt und müde, um so gefährliche Gewässer zu befahren. Was soll aus uns allen werden?

Zu seinem Leidwesen durfte er als Erzbischof von Canterbury dazu nicht schweigen.

Oberhaupt der Kirche! sann er. Das bedeutete den Bruch mit Rom. In der Kirchengeschichte dieses Landes hat es Ähnliches noch nicht gegeben. Nichts würde sein, wie es war. Ein Ding der Unmöglichkeit. Und doch hat der König es befohlen. Und Warham wußte wohl, daß jene, die sich wie Fisher dagegen zu stemmen versuchten, einen sehr schweren Stand haben würden.

Nun sah Fisher ihn an. »Und Ihr, Mylord Erzbischof ...?«

Alles was er sagte, würde der König erfahren. Ein einziges Wort, unbedacht ausgesprochen, reichte aus, um einen Mann aufs Schafott zu schicken. Ich bin zu alt, dachte er, zu alt und müde.

Er hörte seine Stimme, hörte, wie er die sorgsam gewählten Worte aussprach. »Ich glaube, daß wir den König als Oberhaupt der Kirche akzeptieren könnten, soweit das Gesetz Christi dies zuläßt ...«

Wie wunderschön nichtssagend, damit niemandem weh getan wurde. Er spürte Fishers verächtlichen Blick. Nun ja, nicht jeder war zum Märtyrer geschaffen.

Einer der Bischöfe fügte ergänzend hinzu, daß Seine Gnaden aus der Befürchtung heraus, der Titel Oberhaupt der Kirche würde nicht für den gesamten Klerus akzeptabel sein, diesen bescheiden in ›Oberhaupt nach Gott‹ geändert hätte.

Warham spürte, wie sich ein zynisches Lächeln um seine Lippen legte. Heinrich war also nur gewillt, Gott über sich zu dulden. Eine ungefährdete Position, da aus dieser Richtung nicht mit Opposition zu rechnen war. Sein Gewissen würde immer als festes Bollwerk zwischen ihm und Gott stehen. Fisher wollte sich wieder zu Wort melden, doch Warham brachte ihn zum Schweigen.

»Wir haben die Ansichten des Bischofs von Rochester gehört«, sagte er, »und jetzt möchte ich an die versammelten Bischöfe die Frage stellen, ob sie bereit sind, den König als Oberhaupt der Kirche anzuerkennen, so wie ich es tue … soweit Christi Gesetz es zuläßt.«

Allseits Schweigen. Gesenkte Häupter in den Bankreihen.

»Ich fasse Euer Schweigen als Zustimmung auf«, sagte Warham, ohne Fisher anzusehen, dem klar sein mußte, daß eine einzige Gegenstimme bei soviel Zustimmung wenig zählte. Fisher tat gut daran, sich in Weisheit zu üben; zuweilen war Schweigen gleichbedeutend mit Errettung.

Sein bescheidenes Leben hinderte den Bischof von Rochester nicht daran, in seiner Londoner Residenz ein gastfreies Haus zu führen und eventuelle Besucher großzügig zu bewirten.

Seit der Bischofsversammlung kamen die Gäste freilich nicht mehr so zahlreich. Wer ihm wohlgesinnt war, beklagte seine Offenheit; einige wollten ihm gute Ratschläge erteilen; doch nur wenige sprachen offen aus, daß sie seine Meinung teilten.

Es geschah wenige Tage nach der Versammlung, als sein Koch mit Namen Richard Rouse nach Einkäufen auf dem Markt wieder seiner Küche zustrebte und unterwegs von einem Fremden aufgehalten wurde, der ihn auf ein Wort bat.

Richard Rouse war geschmeichelt, da er hinter dem

als Händler Verkleideten eine Person von Stand erkannte. Der Koch besaß Ehrgeiz. Noch nicht lange im Dienst des Bischofs stehend, war er stolz, dem Haushalt eines so bedeutenden Mannes anzugehören. Und er sah nicht ein, warum er in seinem Beruf nicht noch höher steigen sollte; gut möglich, daß er als nächstes im Haus eines Erzbischofs kochen würde, und danach – warum konnte er nicht dem König dienen?

Der Unbekannte führte ihn in eine Schenke, wo sie eine Weile beisammensaßen und tranken.

»Ich habe gehört, daß du ein hervorragender Koch bist«, vernahm Rouse sein Lob aus dem Mund des anderen. »Und daß deine Dienste in dem Haus, in dem du dienst, nicht gebührend gewürdigt werden.«

»Mein Gebieter ist ein guter Herr.«

»Jeder Koch kann einen Herrn gut nennen, der einen armseligen Gaumen hat. Der Bischof könnte stinkenden Fisch zu sich nehmen, anstatt der köstlichen Gerichte, die du ihm servierst, ohne den Unterschied zu merken.«

»Seine Gedanken gelten anderen Dingen«, meinte Rouse seufzend.

»Für einen guten Koch eine wahre Tragödie. Ein Herr wie er würde nie dein Loblied an richtiger Stelle anstimmen.«

»Das steht zu befürchten.«

»Nun, wie würde es dir gefallen, in der Küche des Königs zu arbeiten?«

Rouse hätte darauf keine Antwort geben müssen, sagte aber: »Das ist mein ehrgeiziges Lebensziel.«

»Es muß nicht unerreichbar bleiben.«

»Wer seid Ihr?« wollte Rouse nun wissen.

»Wenn du klug bist, wirst du es erfahren.«

»Wie kann ich Euch von meiner Klugheit überzeugen?«

»Indem du dieses Pulver nimmst und es dem Bischof in die Suppe tust.«

Rouse erbleichte.

»Und ich dachte«, fuhr sein Begleiter verächtlich fort, »du wärest ein ehrgeiziger Mann.«

»Aber dieses Pulver ...«

»Es soll den Geschmack der Brühe verbessern.«

»Der Bischof würde den besseren Geschmack nicht wahrnehmen.«

»Aber anderen an seiner Tafel könnte er auffallen.«

Bei Rouse meldete sich Angst. Da er jedoch nicht auf sie hören wollte, versuchte er, eine Erklärung für das Vorgehen des Fremden zu finden, mit der sie sich beschwichtigen ließ. Der Mann wollte ihm zu einer Stelle in der Küche des Königs verhelfen, weil er der Meinung war, sein Talent wäre an den Bischof von Rochester verschwendet. Daher händigte er ihm eine neue Gewürzmischung aus, die geeignet war, die Esser, denen er die Brühe vorsetzte, zum höchsten Lob hinzureißen. Vielleicht würde an der Tafel sogar einer der Mächtigen vom Hofstaat des Königs sitzen ... das war eine Erklärung, die ihm genehm war. Die einzige andere wollte er erst gar nicht in Betracht ziehen.

Immer auf eine günstige Gelegenheit aus, hätte er sich nie verziehen, sie vorübergehen zu lassen, wenn sie sich ihm bot.

Der Lordkanzler überbrachte dem König eine ernste Nachricht.

Heinrich betrachtete Thomas Morus mit liebevoller Ungeduld. Hier war ein Mann, der auf die öffentliche Meinung entscheidenden Einfluß hätte nehmen können, denn wenn es geheißen hätte: ›Sir Thomas Morus ist der Meinung, daß meine Ehe keine wahre Ehe ist‹, würden Tausende sagen: ›Diese Sache übersteigt meinen Verstand, aber wenn Sir Thomas es sagt, muß es so sein, da er nicht nur ein gelehrter, sondern auch ein guter Mann ist.‹

Aber Thomas war halsstarrig. Sein Lächeln war sonnig, sein Gehabe gewinnend, seine geistvollen Äußerungen immer ein Vergnügen. Kam Heinrich aber auf seine Scheidung zu sprechen, hatte Thomas unweigerlich eine Antwort parat, die nicht kränkend war und doch ganz klar zeigte, daß er nicht bereit war, die Sache weiter zu verfolgen.

Diesmal aber war Thomas Morus sehr ernst. »Euer Gnaden, der Bischof von Rochester ist schwer erkrankt.«

Heinrichs Herz schlug freudig höher. Fisher, für ihn ein Ärgernis, sah ohnehin immer aus, als wäre er dem Ende nahe. Trotz seiner alten Gefühle für den Mann, die dank Heinrichs Sentimentalität noch nicht vergessen waren, hätte er Fishers Tod als Erleichterung empfunden, da er zu jenen Unbeugsamen gehörte, die ungeachtet der Gefahr, in der sie schwebten, an ihren elenden Ansichten festhielten.

»Er war schon seit einiger Zeit leidend«, gab der König zurück. »Um seine Kraft ist es nicht gut bestellt.«

»Nein, Euer Gnaden, er erkrankte, nachdem er von der an seinem Tisch gereichten Brühe zu sich nahm.«

»Wie das?« rief Heinrich aus, dessen Gesicht sich rötete.

»Er windet sich in Krämpfen, Euer Gnaden, und anderen, die an seinem Tisch speisten, geht es ähnlich. Es sieht aus, als hätte jemand versucht, ihn zu vergiften.«

»Hat man seine Bediensteten verhört?«

»Euer Gnaden, sein Koch wurde verhaftet und hat

unter der Folter gestanden, daß ihm ein Unbekannter ein weißes Pulver gab und ihn anwies, es dem Bischof zur Verbesserung des Geschmacks in die Brühe zu tun.«

Heinrich wich dem Blick seines Kanzlers aus.

»Hat er gestanden, auf wessen Anweisung hin er handelte?«

»Noch nicht, Euer Gnaden.«

Heinrich sah nun seinen Kanzler hilflos an. Er dachte an ein empörtes schwarzes Augenpaar, an einen weiblichen Wutanfall wegen angeblicher Saumseligkeit des Königs. Er dachte auch an ihre ehrgeizige Familie.

Wenn der Koch nun unter der Folter Namen nannte, die keinesfalls genannt werden durften?

Der Kanzler sah ihn erwartungsvoll an. Zu seinem Leidwesen konnte Heinrich ihn nicht ins Vertrauen ziehen, wie er es bei seinem Vorgänger getan hätte.

Ach, Wolsey, dachte er, mein Freund und Ratgeber, wie konnte ich nur zulassen, daß man einen Keil zwischen uns trieb? Du magst bis zu einem gewissen Grad ein Spitzbube gewesen sein, aber du warst mein Mann, und wir verstanden einander. Ein Blick, eine Geste, und du wußtest, was ich dachte. Bei diesem Ehrenmann ein Ding der Unmöglichkeit.

»Jemanden zu vergiften, ist das schlimmste Verbrechen«, sagte er. »Wenn dieser Bursche schuldig ist, muß er für seine Untat die volle Strafe erleiden. Sollte er unter der Folter Namen preisgeben, möge man sie niederschreiben und nur mir zeigen.«

Sir Thomas beugte das Haupt. Zuweilen hatte Heinrich das untrügliche Gefühl, dieser Mann durchschaue jede Drehung und Wendung seines Verstandes. Und das bereitete ihm großes Unbehagen.

Er wandte den Blick ab. »Ich werde dem Bischof

meinen besten Arzt schicken«, sagte er. »Hoffen wir, daß er dank seines frugalen Appetits nur ganz wenig von der vergifteten Brühe zu sich genommen hat.«

Die Miene des Kanzlers blieb bekümmert. Fisher war sein Freund – sie waren von derselben Art.

Tod liegt in der Luft, dachte er, als er den König verließ

In Smithfield drängten sich die Schaulustigen, um Richard Rouses letzte Stunde mitzuerleben. Der Name des Kochs, der nach Ruhm und Vermögen gestrebt hatte, war nun in aller Munde. Und es sollte noch lange Zeit seiner gedacht werden, da seinetwegen ein neues Gesetz in Geltung trat.

Einige Menschen, die an der bischöflichen Tafel bewirtet worden waren, hatten dafür mit dem Leben bezahlt. Ein Giftmord gehörte zu den verabscheuungswürdigsten Verbrechen, die ein Mensch begehen konnte, erklärte der König empört. Da die Nachricht vom Tod des Bischofs für ihn eine Erleichterung bedeutet hätte, hielt er es für seine Pflicht zu zeigen, wie sehr er diesen Anschlag auf das Leben des Greises mißbilligte. Der Täter mußte zu der strengsten nur vorstellbaren Strafe verurteilt werden. Nach einigen Beratungen trat das neue Gesetz in Kraft. Von nun an sollte die Strafe für Giftmörder vollzogen werden, indem der Täter bis zum Eintritt des Todes in Ketten in einen Kessel mit siedendem Öl gesteckt, herausgezogen und wieder hineingesteckt werden sollte.

Die Menschen strömten also auf dem großen Platz zusammen, um mit eigenen Augen zu sehen, wie die neue Todesstrafe am Koch des Bischofs von Rochester vollzogen wurde.

Richard Rouse, den man auf den Richtplatz schleppen mußte, glich in nichts mehr dem unbeschwerten

Mann, der erst kürzlich mit einem Unbekannten in einer Schenke gesessen hatte.

Die Folter hatte ihn zu einem Krüppel gemacht, seine von den Daumenschrauben zerquetschten Hände hingen leblos an den Seiten herab.

Mit stumpfem Blick sah er die Ketten und den großen Kessel, unter dem ein Feuer prasselte.

Es herrschte Stille, als er hochgezogen wurde. Dann versenkte man ihn in das Gefäß mit siedendem Öl, und er tat einen Schrei, der allen, die ihn hörten, für immer im Gedächtnis bleiben sollte. Sein gemarterter Leib wurde wieder hochgezogen, um dann abermals im brodelnden Öl unterzutauchen. Und plötzlich verstummte er. Als er noch einmal im Kessel untertauchte, ertönte kein Laut mehr.

Ein Schaudern überlief die Menschen, die sich rasch abwandten. Stimmen wurden laut. »Richard Rouse mag das Pulver in die Brühe getan haben, aber wer hat die Menschen tatsächlich vergiftet, die am Tisch des Bischofs saßen?«

Man erinnerte sich, daß der Bischof zu jenen gehörte, die unermüdlich für die Königin tätig gewesen waren. Nur weil er so sparsam aß, hatte er überlebt, und selbst er war dem Tod nahe gewesen. Wem konnte am Tod des Bischofs gelegen sein? Dem König? Der konnte den Bischof in den Tower werfen lassen, wenn es ihm beliebte. Ein Befehl genügte. Aber es gab andere.

In Smithfield erhob sich der Schrei: »Wir wollen keine andere Königin. Gott segne Katharina, Königin von England!«

13.

Katharina im Exil

Auf Ampthill war Katharina sehr bemüht, ihre königliche Würde zu bewahren und behielt auch ihren Tagesablauf bei. Die meiste Zeit nahmen Gebete und Handarbeiten in Anspruch, sie las aber auch viel und führte Gespräche mit ihren Damen, besonders mit Maria, der einzigen, der sie volles Vertrauen schenkte. Allein mit Maria konnte sie ihre Kümmernisse besprechen, vor allem die Tatsache ihrer Trennung vom König.

Täglich war sie in Erwartung von Nachrichten, da sie wußte, daß in der Welt außerhalb Ampthills die Ereignisse rasch einem Höhepunkt zustrebten.

Sie konnte nicht glauben, daß Heinrich dem Papst den Gehorsam verweigern würde; und sie war sich sicher, daß Heinrich sie zurückholen mußte, wenn der Papst ein Urteil zu ihren Gunsten fällte, was sicher der Fall sein würde.

Einen einzigen Wunsch gab es, an den sie sich noch inbrünstig klammerte und der ihr etwas bedeutete. Daß sie Heinrichs Liebe auf ewig verloren hatte, wußte sie, doch war sie fest entschlossen, um keinen Preis zuzulassen, daß Mary, die legitime Tochter des Königs, von der Thronfolge ausgeschlossen wurde.

»Ich werde nichts unterschreiben«, sagte sie zu Maria. »Ich gebe keine Handbreit nach. Und wenn man mich in meinem Bett ermorden sollte ... nie werde ich mir das Eingeständnis entreißen lassen, daß ich mit Heinrich nicht verheiratet bin, da dies bedeuten würde, daß Mary zum Bastard erklärt wird.«

Die größte Freude ihres Lebens waren die Briefe, die sie von Mary erhielt. Was aber, wenn man ihr die höchste Grausamkeit auferlegte und ihr diese Freude vorenthielte? Wie würde sie ihr Leben dann ertragen können.«

Aber noch hatten sie ihre Briefe.

Ihr getreuer Thomas Abell war ihr genommen worden, als er sein Buch veröffentlichte, in dem er seine Meinung über ihre Scheidung darlegte. Sie hatte ihn gewarnt, er spiele mit seinem Leben, doch das hatte ihn nicht gekümmert. Und als man ihn geholt hatte, war er fast frohgemut gegangen. Es sei eine gute Sache, sagte er, denn viele würden wissen, daß er im Tower sei, und sie wußten auch den Grund.

Neuigkeiten drangen bis Ampthill. Der Papst hatte sich endlich zum Handeln entschlossen und Heinrich nach Rom berufen, damit er auf Königin Katharinas Klage antworte. Er müsse persönlich erscheinen oder einen Stellvertreter schicken, lautete der päpstliche Befehl.

Heinrich hatte die Aufforderung einfach abgetan. Wer ist denn der Papst? hatte er gefragt. Was hat der Papst mit England zu schaffen? Seitdem die englische Kirche sich von Rom getrennt hatte, gab es nur ein Oberhaupt der Kirche von England – nach Gott – und das war Seine Majestät König Heinrich VIII.

Diese Entwicklung war von großer Tragweite. Damit wurde der Welt kundgetan, daß die Gerüchte, die wissen wollten, daß die Kirche von England sich von Rom gelöst hätte, auf Wahrheit beruhten.

Aber dies alles verblaßte neben den Nachrichten von ihrer Tochter. Margaret Pole war noch immer bei Mary, und dafür war Katharina dankbar. Reginald war nach Italien entsandt worden, und Katharina wußte, daß Margaret trotz aller Mutterliebe erleichtert sein mußte, daß er außer Landes war, weil es zunehmend gefährlicher wurde, in England zu bleiben, wenn man mit dem König nicht einer Meinung war.

Margaret schrieb nun: »Die Prinzessin kränkelt seit der Trennung von Euer Gnaden, und ihr Anblick bekümmert mich zutiefst. Sie zeigt am Leben kein Interesse, ihr Appetit ist gering. Ständig spricht sie von Euer Gnaden, und ich weiß, daß sie wohlauf wäre, könnte sie bei Euch sein. So aber muß sie das Bett hüten ...«

Für die Königin war die Vorstellung unerträglich – Mary, die sich einsam und krank nach ihr verzehrte, so wie sie sich selbst nach Mary sehnte.

»Welchen Schaden könnten wir anrichten, wenn wir zusammen sind?« fragte sie Maria. »Wie kann er es wagen, uns so leiden zu lassen! Er hat jetzt dieses Frauenzimmer, was kann unser Zusammensein daran ändern? Warum darf er uns so leiden lassen, nur damit er sein Gewissen beruhigt, indem er sich – und anderen – einredet, ich würde mit meiner Tochter eine Verschwörung gegen ihn anzetteln?«

Doch Maria konnte ihrer Herrin keinen Trost bieten, und zuweilen war Katharina nahe daran, ihren Gemahl zu hassen.

Dann sank sie unweigerlich auf die Knie und betete.

»Vergib mir, o Herr. Heilige Mutter, bitte für mich. Er wurde in Versuchung geführt. Er weiß nicht, wie er seine Frau und seine Tochter quält. Er ist jung ... vergnügungssüchtig, von schlechten Ratgebern verführt ...«

Aber war es die Wahrheit? War er denn so jung? Wer war es denn, der entschieden hatte, daß sich ihm bei der Scheidung niemand in den Weg stellen durfte? Wer außer Heinrich selbst? Früher hatte sie die Schuld bei Wolsey gesucht, aber Wolsey war tot, und diese

Schikanen dauerten nicht nur an, sondern waren schlimmer geworden.

Sie setzte sich hin, um ihm zu schreiben, und sie schrieb, wie nur eine Mutter es konnte, die um ihr Kind weint.

»Habt Mitleid mit uns. Meine Tochter sehnt sich nach mir und ich mich nach ihr. Laßt ab von dieser Grausamkeit. Laßt mich zu ihr.«

Sie schickte den Brief unverzüglich ab, und dann begann das zermürbende Warten auf die Antwort.

Aber Tage und Wochen verstrichen, ohne daß der König geantwortet hätte.

Vom Königshof kamen aufregende Nachrichten. Da er dem Thema nicht mehr ausweichen konnte, hatte Thomas Morus es vorgezogen, sein Amt als Kanzler niederzulegen, als den Wünschen des Königs zu entsprechen.

Als sie davon hörte, betete Katharina lange für Thomas Morus und für seine wunderbare Familie, die in ihrem Heim in Chelsea ein so glückliches Leben führte.

William Warham starb, und man sagte ihm nach, er hätte wie Wolsey Glück gehabt, in seinem Bett zu sterben, da ihn vom Schafott nur mehr wenige Schritte trennten. Mit zweiundachtzig Jahren war er in den letzten Wochen seines Lebens mit der Anklage des *praemunire* konfrontiert worden – ein kleines Vergehen zwar, aber eines, mit dem er gezeigt hatte, daß er den König nicht als kirchliches Oberhaupt anerkannt hatte. Vielleicht war der Alte vergeßlich geworden; vielleicht hatte er nicht begriffen, daß es nun notwendig war, die Einwilligung des Königs nicht nur in Angelegenheiten des Staates, sondern auch der Kirche einzuholen. *Vor* der Trennung von Rom hatte er jedenfalls immer streng nach Vorschrift gehandelt. Es waren gefährliche Zeiten, und der König wachte eifersüchtig über seine neue Autorität.

Glücklicher Warham, dem es vergönnt war, sich in sein Bett zurückzuziehen und in Frieden sterben zu können.

Neuer Erzbischof von Canterbury wurde Dr. Cranmer. Von ihm hatte Heinrich keinen Widerstand zu befürchten; er war der Mann, der zusammen mit Thomas Cromwell mehr als jeder andere darauf hingearbeitet hatte, den König aus römischer Tyrannei zu befreien.

An Stelle von Sir Thomas Morus war nun Lord Audley Kanzler. Allmählich entledigte der König sich all jener, von denen zu befürchten stand, daß sie sich ihm entgegenstellten.

John Fisher hatte den Giftanschlag überlebt, war aber noch nicht ganz bei Kräften. Katharina, die für ihn betete, bangte um ihn.

Sie hatte erfahren, daß der König Anne Boleyn durch die Erhebung zur Marchioness of Pembroke geehrt hatte und beabsichtigte, sie wie seine Königin nach Frankreich mitzunehmen.

Dies war eine große Demütigung, da es den Anschein hatte, als wären Franz und der französische Hof nun bereit, Anne Boleyn als Königin von England zu empfangen.

Doch all dies verblaßte neben Margaret Poles Nachricht, daß Mary sich erholt hätte und so gut wie genesen sei.

»Sie sehnt sich noch immer nach Euer Gnaden, aber sie wird gottlob mit jedem Tag kräftiger.«

»Wenn ich sie nur sehen könnte«, seufzte die Königin. »Ich würde mir keine Sorgen mehr um mein künftiges Schicksal machen.«

An einem Tag im Januar des Jahres 1533 erhob sich der König in aller Herrgottsfrühe mit grimmiger Entschlossenheit. Seiner engsten Umgebung war schon während der letzten Monate eine Veränderung an ihm aufgefallen. Der stark ausgeprägte gefühlvolle Zug seines Wesens war in den Hintergrund getreten und einer neuen Grausamkeit gewichen. Jähzornig war er immer schon gewesen, aber diese Ausbrüche waren nie von langer Dauer. Nun aber gingen diese Wutanfälle in brütende Mißlaunigkeit über, und wen die Pflicht zwang, in seiner Nähe zu sein, wußte, daß Vorsicht angebracht war.

An jenem Morgen lag um seinen kleinen Mund ein entschlossener Zug. Es war ein Tag, den er seit sechs Jahren herbeisehnte, doch nun, da er gekommen war, mußte er sich eingestehen, daß er ihm weniger erstrebenswert erschien als in den vielen Jahren zuvor. Anstatt seine Gefühle zu steigern, hatte die Wartezeit sie eher schal werden lassen, so daß das Bevorstehende für ihn eher Triumph über widrige Umstände als Erfüllung jahrelanger Hingabe darstellte.

Er würde sich ins Dachgeschoß des Westturms von White Hall begeben, nicht so sehr hingebungsvoller Bräutigam als vielmehr zum Handeln entschlossener Mann, auch wenn sein Vorhaben ihm weniger erstrebenswert erschien als ehedem, war er entschlossen, es durchzuführen, einfach, weil es ihm verweigert worden war, und er zeigen wollte, daß er sich mit einem Nein nicht abzufinden gewillt war.

Als er fertig war, sagte er zu einem seiner Herren: »Geht und sucht meinen Kaplan Dr. Rowland Lee. Bringt ihn zu mir, da er mir sofort die Messe lesen soll.«

Dr. Rowland Lee, der sich hastig ankleidete, eilte erstaunt zum König, von der Frage bewegt, warum man ihn zu so unchristlicher Zeit am Morgen holen mochte.

»Ach«, sagte der König, der bis auf die beiden Diener Norris und Heneage alle fortgeschickt hatte. »Ihr sollt für mich im Dachgeschoß die Messe lesen.«

Die kleine Gesellschaft begab sich nun ins oberste Geschoß, wo sich bald zwei Damen zu ihr gesellten. Anne Boleyn, Marchioness of Pembroke, war die eine, ihre Schleppenträgerin Anne Savage die andere.

Heinrich wandte sich an Dr. Lee. »Und nun sollt Ihr uns trauen«, sagte er.

Der Geistliche erschrak. »Sire …«, stammelte er, »das … das kann ich nicht.«

»Ihr könnt nicht? Warum nicht?«

»Ich … ich wage es nicht, Sire.«

Heinrichs blauen Augen wurden schmal, um seinen Mund legten sich harte Linien. »Und wenn ich es Euch befehle?«

»Sire«, bat Dr. Lee. »Ich weiß, daß Ihr mit Königin Katharina förmlich vermählt wurdet. Und obwohl ich um Euer geheimes Vorhaben weiß, kann ich Euch nicht trauen, solange kein Dispens vorliegt, der Eure Ehe für null und nichtig erklärt.«

Einen Moment glaubten die Anwesenden, der König würde seinen Kaplan schlagen. Dann änderte sich seine Stimmung jäh. Er nahm den Arm des Mannes, zog ihn mit sich und flüsterte ihm zu: »Nehmt Ihr die Trauung vor, sollt Ihr mit dem Bischofssitz von Lichfield belohnt werden.«

»Euer Gnaden, Majestät … ich wage es nicht …«

Es dauert lange, dachte der König, bis diese Hohlköpfe begreifen, wer Oberhaupt der Kirche ist. Seine Ungeduld wuchs, als er merkte, daß der Mann noch den alten Kirchengesetzen anhing und nicht gewillt war, sich über sie hinwegzusetzen. Und doch mußte diese Zeremonie stattfinden. Anne war guter Hoffnung. Was, wenn sie einen *Knaben* unter dem Herzen trug! Eine weitere Verzögerung durfte es nicht geben. Was für ein Verhängnis, wenn Annes Sohn illegitim zur Welt käme!

Er faßte einen Entschluß. »Ihr habt nichts zu fürchten. Der Papst hat sich für die Scheidung ausgesprochen, und ich habe den Dispens in Händen.«

Dr. Lee atmete erleichtert auf.

»Ich erflehe Euer Gnaden Vergebung. Ihr versteht gewiß ...«

»Genug«, unterbrach Heinrich ihn. »Tut jetzt Eure Pflicht.«

In einer einsamen Dachkammer zu White Hall wurde Heinrich mit Anne Boleyn getraut, während Norris, Heneage und Anne Savage als Trauzeugen fungierten.

Der König ließ den kürzlich ernannten Erzbischof von Canterbury kommen.

Thomas Cranmer, der es weit gebracht hatte, seitdem die Boleyns den König auf ihn aufmerksam gemacht hatten, war eifrig darauf bedacht, daß sich bei seinem königlichen Gönner kein Bedauern darüber regte, ihn so hoch erhoben zu haben.

Als sie unter sich waren, erklärte Heinrich seinem Erzbischof, was er von ihm erwartete. Da in England noch viele Menschen den alten Ansichten anhingen, wollte er, daß alle hohen Würdenträger mit einem Eid die oberste Autorität des Königs bekräftigen sollten. Aber das war für später geplant. Erst mußte die lästige Scheidung geklärt werden

Er selbst wußte, daß er mit Katharina nie verheiratet gewesen war, wie er auch wußte, daß er von Schurken und wankelmütigen Narren umgeben gewesen war – bis jetzt, wie er hoffte.

Die Sache drängte. Er betrachtete sich bereits als mit Königin Anne verheiratet und konnte sich Gottes Segen sicher sein, da die Ehe sich bereits fruchtbar gezeigt hatte. Die alte Sache mußte jetzt schleunigst zu einem Ende gebracht werden, und es war die Pflicht des neuen Erzbischofs von Canterbury, dafür zu sorgen.

Der Erzbischof erwies sich als äußerst findig.

»Der erste Schritt, Euer Gnaden, wäre ein neues Gesetz, das verbietet, kirchliche Verfahren an Rom zu verweisen.«

Der König nickte lächelnd. »Ich sehe, wohin uns das führen wird«, sagte er.

»Und wenn dieses Gesetz in Kraft tritt, könnte der Erzbischof von Canterbury Euer Gnaden ersuchen, die Ehe mit Katharina von Aragón für ungültig erklären zu dürfen.«

Der König schob noch immer lächelnd seinen Arm in den des Erzbischofs. »Ein wahres Wunder«, murmelte er, »daß all die weisen und gelehrten Männer, die diesen Fall so lange hin und her wendeten, nicht auf diese Lösung gekommen sind.«

Und als Cranmer gegangen war, dachte der König noch lange über diesen Mann nach, dessen Ideen so nützlich waren. Cromwell und Cranmer, zwei jäh hervorgetretene und zu Bedeutung gelangte Männer, die dank ihrer kühnen, neuen Ideen mit ein paar scharfen Hieben die Bande zerhieben, die ihn so viele Jahre gefesselt hatten.

Er würde sie nicht vergessen.

Es war ein schöner Apriltag, als Katharina es durch einen Brief des Gesandten Chapuys erfuhr, mit dem sie nun in ständiger Verbindung stand, da seine Briefe sie im Exil viel häufiger erreichten als bei Hof, wo sie von Wolseys Spitzeln umgeben gewesen war.

Oft dachte sie bei sich, daß sie den unschätzbaren Vorteil genossen hätte, sich auf wertvolle Ratschläge stützen zu können, wenn ihr Neffe ihr schon vor einigen Jahren einen Mann mit der Tatkraft Eustache Chapuys' geschickt hätte. Chapuys war unermüdlich für sie tätig, und ihre Bewunderung für ihn groß. Sie wußte, daß seine Herkunft bescheiden war und daß ihn die Hoffnung auf Ruhm und Vermögen nach England geführt hatte. Doch als er das Unrecht sah, das ihr angetan wurde, hatte er sich voll und ganz ihrer Sache angenommen und war der glühendste Fürsprecher geworden, den sie je gehabt hatte. Aber leider, dachte sie, war das Glück mir nie sonderlich gewogen und hat ihn mir zu spät geschickt.

Nun las sie seinen Brief, und die Nachricht, die er enthielt, entsetzte sie.

Der König, schrieb Chapuys, hätte sich mit seiner Konkubine, die bald zur Königin proklamiert werden sollte, in einer geheimen Zeremonie vermählt. Sie war vom König schwanger, und Heinrich wollte nicht Gefahr laufen, daß das Kind illegitim geboren wurde. Daher würde Katharina bald die Aufforderung erhalten, vor einem Gericht zu erscheinen, das Cranmer in Dunstable eröffnen würde. Und sie durfte dieser Aufforderung auf keinen Fall Folge leisten. Das Verfahren würde zwar auch ohne sie stattfinden, doch würde ihre Abwesenheit für Verwirrung sorgen und eine Verzögerung nach sich ziehen. Auf Grund des neuen Gesetzes, das vorsah, kirchliche Rechtsstreitigkeiten in England vor Gericht zu bringen und nicht Rom zu übertragen, konnte man davon ausgehen, daß Cranmer die Ehe für null und nichtig erklären würde. Es verstünde sich von selbst, daß sich nun ein päpstlicher Dispens erübrige, da der König sich dem Urteil von Cranmers Gericht beugen würde, und dieses Urteil würde lauten, daß Katharina und der König nie wirklich verheiratet waren.

Sie seufzte, als sie diese Worte las.

Sie würde Chapuys' Anweisungen befolgen. Er war einer der wenigen, denen sie trauen konnte. Und als die Vorladung, in Dunstable zu erscheinen, eintraf, schenkte sie ihr gemäß Chapuys' Rat keine Beachtung.

Doch ihre Abwesenheit konnte nicht verhindern, daß das Verfahren eröffnet und der Fall vorgebracht wurde.

Und am dreiundzwanzigsten Mai erklärte Cranmer die Ehe zwischen König Heinrich VIII. und Katharina von Aragón für ungültig. Englands Königin sei nicht mehr Katharina, sondern Anne.

Das ermüdende Warten hatte ein Ende. Der Fall war einfach dadurch gelöst worden, daß man den Knoten durchhieb, der England mit der römischen Kirche verbunden hatte. Die Debatte über eine Scheidung erübrigte sich, da es eine Scheidung zweier Menschen, zwischen denen eine Ehe nie existiert hatte, nicht geben konnte.

Die Nachricht von der Krönung Königin Annes drang bis nach Ampthill. Anne sei in rotem, hermelinverbrämtem Samt unter einem Staatsbaldachin in einem prunkvollen Triumphzug durch die Straßen Londons geritten. Endlich Königin! Der Adel hatte der Krönung vollzählig beigewohnt, da niemand gewagt hätte, der Zeremonie fernzubleiben. Das Volk auf den Straßen hatte weniger Begeisterung gezeigt, als es bei Anlässen dieser Art üblich war. Königliche Prunkzüge, für den Pöbel Glanzlichter des Lebens, wurden immer bejubelt, zumal dann, wenn der König aus Brunnen Wein fließen ließ, aber zu diesem Anlaß wurden nur vereinzelt Jubelrufe laut.

Katharinas Damen versuchten sie bei der Näharbeit aufzuheitern.

»Es heißt, daß kaum ein Hochruf erklang, als sie durch die Stadt ritt.«

Katharina nickte, und Maria, die neben ihr saß, wußte, daß sie an ihre eigene Krönung dachte, an damals, als sie aus Greenwich gekommen und zum Tower gezogen war, in weißen bestickten Atlas gekleidet, auf dem Kopf ein glitzerndes Diadem, das lange Haar offen über den Rücken fließend … Gewiß dachte sie an die glühenden Blicke Heinrichs, der gegen den Rat seiner Minister auf der Heirat bestanden hatte. Damals hatte sie geglaubt, nichts könne ihr Glück trüben.

»Ich hörte«, sagte einer der Damen, »daß Lord Shrewsbury erklärte, er sei zu alt, um einer neuen Königin zuzujubeln, Er sagte auch, daß die neue Königin eine glotzäugige Hure sei. Und viele hörten ihn ausrufen. ›Gott schütze Königin Katharina, unsere rechtmäßige Königin!‹«

Katharina schüttelte den Kopf. »Ihr sollt diese Dinge nicht wiederholen«, mahnte sie

»Euer Gnaden, ich habe es aus bester Quelle. Königin Anne ist sehr unbeliebt. Viele sagen, sie wollten sie nicht zur Königin.«

»Man sollte für sie beten«, gab Katharina zurück.

Ihre Damen sahen sie verwundert an.

»Für diese Frau beten!«

»Einst ritt ich als Königin und auserwählte Braut des Königs durch die Straßen«, sagte die Königin. »Er hatte mich gegen großen Widerstand geheiratet.« Ihre

Handarbeit ruhte in ihrem Schoß, während sie mit verhangenen Augen in die Vergangenheit blickte. »Und seht, wo ich jetzt bin. Es wird vielleicht nicht lange dauern, und es wird ihr ähnlich ergehen.«

In der nun eintretenden Stille griff die Königin wieder zu ihrer Handarbeit.

Allen war klar, daß die Königin in Gedanken weit fort war, und als sie nach der Nähstunde aufstand und in ihre Kapelle gehen wollte, stolperte sie und trat sich eine Nadel ein.

Maria und die anderen Damen halfen ihr ins Bett, doch am Morgen darauf zeigte sich eine Schwellung am Bein, und ihr Arzt mußte geholt werden.

Die nächsten Tage verbrachte sie im Bett, da sie sich eine Erkältung zugezogen hatte, die trotz der warmen, sonnigen Witterung nicht weichen wollte. Und während sie dalag, fragte sie sich voller Sorge, welche Schritte die neue Königin unternehmen würde, um ihre mißliche Lage noch zu verschlimmern, denn sie war davon überzeugt, daß dies kommen würde. Sie malte sich aus, wie Anne durch die von finster blikkenden Menschen gesäumten Straßen ritt. Ehrgeizig, hochmütig und kühn, würde Anne gewiß Maßnahmen ergreifen, um allen zu zeigen, daß sie die neue Herrin war.

Katharina brauchte nicht lange zu warten.

Sie hütete wegen ihrer Fußverletzung und des Hustens, der sich nicht gebessert hatte, noch immer das Bett, als ihre Damen ihr meldeten, daß Lord Mountjoy und einige Herren vom König geschickt worden wären.

Lord Mountjoy! Einst ihr Kammerherr und ihr sehr ergeben. Sie freute sich, als sie hörte, daß er ausgewählt worden war, ihr die Wünsche des Königs zu übermitteln.

Doch als er vorgelassen wurde, sollte sie rasch merken, daß ihr ehemaliger Diener nun der Mann des Königs war.

»Euer Gnaden«, sagte er, »Ihr sollt wissen, daß der Erzbischof von Canterbury vor dem Gericht zu Dunstable Eure Ehe mit dem König für null und nichtig erklärte und es Euch und dem König freisteht, Euch anderweitig zu vermählen.«

Sie neigte den Kopf. »Darüber wurde ich von anderer Seite bereits unterrichtet.«

»Dann werdet Ihr auch wissen, daß die Krönung Königin Annes stattfand.«

Wieder nickte Katharina.

»Da der König verfügte, daß es keine zwei Königinnen geben kann, werdet Ihr daher von nun an als Witwe seines Bruders Arthur, dem Prince of Wales, den Titel Princess of Wales führen.«

Katharina richtete sich auf einen Ellbogen auf. »Ich bin die Königin von England«, sagte sie, »und das ist mein Titel.«

»Aber Euer Gnaden wissen, daß die geistlichen und weltlichen Lords die Ehe für ungültig erklärt haben.«

»Alle Welt weiß, kraft welcher Autorität das geschah«, gab Katharina zurück. »Gewalt und nicht Gerechtigkeit hat gesiegt. Dieser Fall wurde an Rom überwiesen. Er soll nicht durch ein in diesem Land gefälltes Urteil entschieden werden, sondern durch das römische Gericht, das dem Papst untersteht, den ich für Gottes Stellvertreter und Richter auf Erden halte.«

»Madam, was Ihr sagt, ist Hochverrat«, sagte Mountjoy.

»Ein betrüblicher Zustand«, antwortete die Königin bekümmert, »wenn die Wahrheit zum Verrat wird.«

Mountjoy händigte ihr nun die Schriftstücke des Königs aus, und sie sah mit einem Blick, daß sie darin durchwegs Prinzessinwitwe genannt wurde.

Sie rief Maria zu sich und ließ sich von ihr eine Feder bringen. Damit strich sie kühn die Worte Prinzessinwitwe aus.

Der ratlose Mountjoy dachte an ihre Krönung und auch daran, daß sie ihm eine gerechte Herrin gewesen war.

»Madam«, sagte er flehentlich, »ich bitte Euch, seid auf der Hut. Es wäre sehr bedauerlich, wenn man Euch wegen Hochverrats anklagen würde.«

Sie lächelte ihm zu. »Würde ich Euren Rat befolgen, Mylord Mountjoy, dann würde ich mich selbst verleumden. Soll ich denn eingestehen, ich sei vierundzwanzig Jahre lang die Buhlerin des Königs gewesen?«

Mountjoy wurde nervös, weil er nicht nach Befehl vorgehen konnte, und Katharina, die sein Unbehagen spürte, ließ sich erweichen.

»Bekümmert Euch nicht«, sagte sie. »Ich weiß sehr wohl, daß Ihr nur auf einen Befehl hin so handelt.«

Mountjoy fiel auf die Knie. »Madam, sollte man mir befehlen, Euch weiterhin zu verfolgen, werde ich mich weigern … komme, was da wolle.«

»Ich danke Euch, Lord Mountjoy, aber ich möchte nicht, daß Ihr um meinetwillen leiden müßt. Bringt diese Papiere dem König zurück. Sagt ihm, daß ich heute ebenso seine Frau bin wie an dem Tag unserer Hochzeit. Sagt ihm auch, daß ich den Titel Prinzessinwitwe nicht annehme, da mein Titel Königin von England lautet. Das werde ich bis zu meinem Tod bleiben.«

Widerstrebend begab Mountjoy sich zurück an den Hof.

Von Mountjoys Bericht über das Geschehene beunruhigt, traf Heinrich die Entscheidung, Katharina noch weiter von London zu entfernen, und gab Befehl, sie solle mit ihrem Hofstaat von Ampthill nach Buckden umziehen und dort im ehemaligen Palast des Bischofs von Lincoln Wohnung nehmen. Bei ihrer Ankunft im Sommer war es ein bezaubernder Ort mit schöner Aussicht übers Moor. Katharina sollte jedoch entdekken, daß es im Winter feucht und kalt war und sich katastrophal auf ihre Gesundheit auswirkte.

Sie zog sehr ungern um, nicht nur weil sie ihre Bleibe aufgeben sollte, sondern weil sie sich auch von einigen Mitgliedern ihres Haushalts trennen mußte. Auf Ampthill hätte sie zu viele Freunde gehabt, die sie in ihrer Unverschämtheit bestärkt hätten, behauptete der König. In Buckden würde sie mit einem kleineren Haushalt zurechtkommen, und eine der ersten, die weggeschickt wurde, sollte Maria de Salinas sein, vom Tag ihrer Ankunft in England an immer ihre Stütze. In dem Befehl hieß es, daß alle entlassen werden sollten, die sich weigerten, sie als Prinzessin von Wales anzusprechen. Katharina verbot prompt jedem, sie anders als Königin anzureden.

Daß sie Maria verlieren würde, ließ sie fast verzweifeln. Es war der bitterste Schlag, der mit dem Umzug verbunden war, und alle, die Zeugen des Abschieds wurden, weinten mit ihnen.

Katharinas Unbeugsamkeit war eine Quelle großen Ärgers für den König, doch war ihm voll bewußt, daß die Menschen in den umliegenden Dörfern ihre treuesten Anhänger waren. So war ihm zu Ohren gekommen, daß sich entlang ihres Weges von Ampthill nach Buckden die Menschen gedrängt und gerufen hatten: »Lang lebe die Königin!«

Obwohl sie für ihn eine peinliche Belastung darstellte, wußte er, daß im Umgang mit ihr Behutsamkeit geraten war. Daher gestattete er ihr schließlich ein paar Bedienstete – obschon er nicht zuließ, daß sich Maria darunter befand – denen er den Eid ersparte, sie als Prinzessin von Wales anzusprechen. Und mit diesem verkleinerten Haushalt lebte Katharina in Buckden.

Einen Umstand gab es, für den sie dankbar war. Dr. Abell, ihr Kaplan, der einst eine Schrift gegen die Scheidung verfaßt hatte, war wieder auf freiem Fuß und durfte zu ihr zurückkehren. Heinrich war zur Einsicht gelangt, daß der Mann zu unbekannt war, um ihm Bedeutung beizumessen.

In Buckden bemühte Katharina sich, ihre alten Gewohnheiten wieder aufzunehmen. Sie führte ein ruhiges Leben und verbrachte viel Zeit in ihrem Gemach, von dem aus man durch ein Fenster in die Kapelle sehen konnte. Allein auf dem Fenstersitz zu sitzen, schien ihr Trost zu bedeuten.

Sie nahm sich auch der Armen aus der näheren Umgebung an, die noch nie erlebt hatten, daß jemandem ihr Wohlergehen am Herzen gelegen hätte, daß Hungrige gespeist wurden und daß die Königin mit ihren Damen Bekleidung für die Bedürftigen nähte. Die keineswegs reiche Katharina zweigte einen großen Teil ihres Einkommens regelmäßig für die Bedürfnisse der Armen ab.

»Eine Heilige weilt unter uns«, hieß es bald, und die Leute erklärten, daß sie neben Katharina niemanden Königin nennen würden.

Heinrich, der davon erfuhr, war wütend, da er die Verehrung, die der Königin zuteil wurde, als Kritik an seiner Person auffaßte. Und Kritik konnte er nicht ertragen. Doch wurden seine Gedanken momentan Tag und Nacht anderweitig in Anspruch genommen, da

Anne kurz vor der Geburt ihres gemeinsamen Kindes stand.

Ein Sohn, frohlockte er, wird allen Ärgernissen ein Ende bereiten. Habe ich erst meinen Sohn, wird die Freude allgemein so groß sein, daß niemand mehr an Katharina denkt. Es wird als Zeichen für Gottes Wohlgefallen gelten, weil ich sie, die nicht meine Frau war, verstieß und eine andere nahm.

Ein Sohn! Tag und Nacht betete er um einen gesunden Sohn. Er träumte von dem Knaben, der ihm in allem gleichen würde. Er selbst würde ihn alles lehren und einen Mann, einen König aus ihm machen. Hielt er erst diesen Knaben in den Armen, hatte sich alles gelohnt, und sein Volk würde mit ihm jubeln.

Es war im September jenes schicksalsträchtigen Jahrs 1533, als Anne sich ins Wochenbett legte.

Heinrich, der vor Erregung kaum an sich halten konnte, hatte bereits den französischen König gebeten, die Patenschaft zu übernehmen. Sein Name? Er sollte Heinrich heißen ... oder vielleicht Edward. Heinrich war ein guter Name für einen König. Heinrich IX. Aber bis dahin mußte noch viel Zeit vergehen. Heinrich VIII. hatte viele Jahre vor sich, und würde noch viele Söhne zeugen.

Die Königin, die unter den Wehen sehr zu leiden hatte, war ebenso ungeduldig wie der König. Lag ihrer Ungeduld eine gewisse böse Vorahnung zugrunde? Der König war ihr noch immer als leidenschaftlicher und beherrschender Liebhaber ergeben, da sie nun aber Zeit für nüchterne Betrachtungen hatte, konnte sie nicht umhin, daran zu denken, mit welcher Gleichgültigkeit er den Leiden seiner ersten Gemahlin gegenübergestanden hatte, er, der einst Katharina ebenso ergeben war und sich in Prunkaufzügen als Sir

Loyal Heart, ihr Ritter Treuherz, produziert hatte. Damals hatte seine Treue Katharina von Aragón gegolten – eine Treue, der nur kurzes Leben beschieden war. War er ein Mann, dessen Leidenschaften rasch erkalteten? Über viele Jahre hinweg war er Annes hingebungsvoller Geliebter gewesen, doch wußte sie nicht, ob dies seiner Treue zuzuschreiben war oder seiner sturen Entschlossenheit, seinen Willen durchzusetzen, die sie mit ihrer raffinierten Art, ihn im Zaum zu halten, noch gesteigert hatte.

Ein Sohn wird alles verändern, dachte die neue Königin. Heilige Muttergottes, schenke mir einen Sohn!

Säuglingsgeschrei in den königlichen Gemächern! Eine Frage voller Ungeduld und darauf eine Antwort, die alle Hoffnung zunichte machte.

»Ein Mädchen, Euer Majestät, ein gesundes Mädchen!«

Eine bittere, schier unerträgliche Enttäuschung. Wenigstens war das Kind gesund. Der König versuchte, seiner Enttäuschung Herr zu werden.

Anne wirkte im Wochenbett sonderbar unterwürfig, und er war noch immer in sie verliebt.

»Unser nächstes Kind wird ein Knabe, meine Liebste«, sagte er daher zuversichtlich.

Sie lächelte zustimmend.

So freuten sie sich über ihre Tochter, die sie Elizabeth nannten.

Margaret Pole war in Sorge um Prinzessin Mary, die seit der Trennung von ihrer Mutter nie wieder ganz zu Kräften gekommen war. Margaret wußte, daß sie viel grübelte und sich ständig fragte, was als nächstes geschehen würde.

Mary war kein Kind mehr. Mit siebzehn war sie alt genug, um die politische Bedeutung dessen zu erfassen, was mit ihr vorging. Das spanische Erbe machte sich bei ihr sehr stark bemerkbar, was ganz natürlich war, da sie vor ihrer Trennung ihrer Mutter so nahegestanden hatte.

Mary war nervös und zart und neigte zu Anfällen von Melancholie. Aber was war denn anderes zu erwarten? fragte Margaret sich. Was für eine Tragödie, wenn ein Kind seiner Mutter entrissen wurde, zumal die Bindung zwischen ihnen so eng war und ihre Stellung beim Vater unsicher.

Wäre nicht Königin Anne gewesen, dachte Margaret oft, Heinrich hätte sich zu seiner Tochter nicht so lieblos verhalten. Sie war sein Kind, und er war versessen auf Kinder, auch auf Mädchen. Aber vielleicht waren seine gelegentlichen Zärtlichkeitsausbrüche der Grund, weshalb Anne Mary den Zutritt bei Hof verwehrte. War es denn möglich, daß die neue Königin den eventuellen Einfluß Marys auf ihren Vater fürchtete?

Das war sehr tragisch, und Margaret, die voller Angst an ihren eigenen Sohn Reginald dachte, der den König beleidigt hatte, fragte sich nun ständig, wie sie Marys Leben fröhlicher gestalten konnte.

Mary spielte gern auf der Laute oder auf dem Spinett, da Musizieren noch immer ihre Lieblingsbeschäftigung war. Aber Margaret spürte, daß sie lustlos spielte und daß ihre Musik eine melancholische Note enthielt.

»Spielt etwas Lebhafteres, etwas, das uns fröhlich macht«, schlug Margaret vor.

Aber Mary wandte sich ihr fast heftig zu: »Wie kann ich fröhlich sein, wenn man mir nicht gestattet, meine Mutter zu sehen, obwohl ich weiß, daß es um ihre Gesundheit schlecht bestellt ist und sie womöglich niemanden hat, der sie pflegt?«

»Wenn ich ihr schreiben könnte, daß Ihr fröhlich und guter Dinge seid, würde es ihr gewiß sehr guttun.«

»Ihr könntet sie nicht hinters Licht führen. Wie kann ich guter Dinge sein, wenn ich mich so sehr nach ihr sehne wie sie sich nach mir?« Mary stand vom Spinett auf und ging auf ihre Begleiterin zu. »Was soll aus uns werden, da nun die Konkubine ein Kind hat? Sicher wird man jetzt sagen, diese Elizabeth stünde im Rang über mir.«

»Wie könnte man das?«

»Das wißt Ihr sehr gut. Da die Ehe meiner Mutter für ungültig erklärt wurde, bedeutet das vor allem eines: Der Bastard Elizabeth wird bis zur Geburt eines Sohnes Thronerbin sein.« Marys Gesicht nahm einen harten und strengen Ausdruck an. »Ich bete darum, daß sie nie einen Sohn bekommen.«

»Euer Gnaden ... meine liebe Prinzessin ... verzeiht, aber ...«

»Ich darf diese Dinge nicht sagen! Vermutlich sollte ich um Fruchtbarkeit für die Konkubine beten! Ich muß um Frieden in diesem Land beten, obwohl man von mir verlangt, ich müsse mich damit abfinden, daß meine Mutter mit dem König in Sünde gelebt hätte und ich daher ein Bastard sei!«

»Meine liebe ... liebe ...«

Mary ging ans Fenster. »Reginald war tapfer«, rief sie aus und ballte die Hände zu Fäusten. »Er war stark. Ihn kümmerte es nicht, ob er meinen Vater beleidigte. Und es hätte ihn auch nicht gekümmert, wenn es ihn den Kopf gekostet hätte.«

»Er wäre den Märtyrertod gestorben, und wir hätten um ihn getrauert«, erwiderte Margaret nüchtern. »Danken wir Gott, daß er jetzt außer Landes ist.«

»Auf dem Hof treffen Reiter ein«, rief Mary plötzlich aus.

Margaret erhob sich rasch und trat an ihre Seite.

»Sie kommen vom König«, sagte sie. »Ich erkenne diese Frauen als Angehörige *ihres* Gefolges.«

»Wir wollen niemanden aus dem Hofstaat der Konkubine hier sehen«, rief Mary aus.

»Euer Gnaden, Ihr müßt sie empfangen und Ihnen Euer Ohr leihen.«

»Das werde ich nicht«, erklärte Mary mit Bestimmtheit und ging hinaus.

Es war freilich nicht Mary, die man sprechen wollte, sondern die Countess. Zwei Frauen wurden zu ihr gebracht, die ihr rasch ihr Anliegen erklärten.

Lady Mary sei nun nicht mehr Thronerbin, da ihre Mutter Prinzessinwitwe sei und nie Gemahlin des Königs gewesen war. Bestimmte Schmuckstücke befänden sich in ihrem Besitz, die Eigentum der Krone wären. Diese Kostbarkeiten sollten ihnen nun ausgehändigt werden, da sie von König und Königin ausgesandt seien und Beglaubigungsschreiben mit sich führten. Prinzessin Marys Schmuck gehöre nun Prinzessin Elizabeth und es sei Margaret Poles Pflicht, ihn auszuliefern.

Margaret, die erbleicht war, stand reglos da.

»Ich kenne die Schmuckstücke, die Ihr meint«, sagte sie. »Sie sind Eigentum Prinzessin Marys, und ich wäre pflichtvergessen, wenn ich sie ausliefern würde.«

»Sie sind nicht mehr Eigentum Lady Marys. Hier ist ein Befehl der Königin.«

Margaret studierte das Schriftstück. Aber ich betrachte Anne nicht als Königin, sagte sie zu sich. Und ich werde Prinzessin Marys Schmuck nicht ausliefern.

Sie ließ sich nicht beirren, und als die Gesellschaft

am nächsten Tag Beauleigh verließ, blieben Marys Juwelen zurück.

Als Mary hörte, was sich zugetragen hatte, pries sie ihre Gouvernante.

»Sollen sie uns doch antun, was sie wollen«, sagte sie. »Wir werden ihnen standhalten.«

»Sie werden wiederkommen«, wandte Margaret voller Unbehagen ein.

Mary erklärte hocherhobenen Hauptes: »Sie wissen, daß ich die wahre Thronerbin bin. Sie müssen es wissen. Ich werde dieser kleinen Elizabeth nie weichen.«

Aber wie konnten sie gegen König und Königin standhalten? Eine Zeitlang würden sie ihnen trotzen können, aber nicht lange.

Königin Anne würde in ihrer neuen Machtfülle nicht dulden, daß Margaret Pole und Mary ihre Wünsche mißachteten. Kurz darauf kam ein Befehl des Königs: Die Countess of Salisbury wurde ihrer Verpflichtung als Gouvernante Lady Marys enthoben, die ihr aus diesem Titel zustehende Pension sollte ihr ab sofort nicht mehr gezahlt werden.

Als Mary dies hörte, war sie vor Kummer überwältigt.

»Nicht auch Ihr!« rief sie aus. »Ich habe meine Mutter und Reginald verloren ... ihr seid die Letzte, die mir geblieben ist.«

»Ich bleibe auch ohne Entgelt bei Euch«, gab Margaret zurück. »Ich habe eigenes Vermögen. Man wird uns nicht trennen können, indem man mir Geld vorenthält.«

Da warf Mary sich ihrer Gouvernante in die Arme. »Ihr dürft mich niemals ... *niemals* verlassen«, sagte sie ganz ernst.

Daß Königin Anne Margarets Verbleiben bei Mary

billigen würde, nachdem diese sich schon einmal geweigert hatte, einem Befehl nachzukommen, war jedoch nicht zu erwarten. Gewiß würde sie dem König zu bedenken geben, welche Gefahr Mary darstellte. Ihre Gehässigkeit hatte sich schon gezeigt, als sie sich zurückzugeben weigerte, was ihr nicht wirklich gehörte. Jetzt hatte Königin Anne ein Kind, für das sie kämpfen mußte, und sie war entschlossen, daß ihre Elizabeth und nicht Katharinas Mary als Thronerbin anerkannt werden sollte.

Margaret sah ein, daß sie töricht gehandelt hatte. Was waren ein paar Schmuckstücke im Vergleich zu wahrer Freundschaft, Hingabe und Liebe? Was würde Mary geschehen, wenn sie niemanden mehr hatte, der sie beschützte? Wie würde die Nachricht von der Entlassung ihrer Gouvernante auf Katharina wirken, die so oft betont hatte, wie tröstlich es für sie war, Mary bei ihrer teuren Freundin zu wissen?

Die Aufforderung traf prompt ein, Margaret Pole, Countess of Salisbury, wurde aufgefordert, den Hofstaat Lady Marys zu verlassen, die sich von Beauleigh nach Hunsdon zu ihrer Halbschwester Prinzessin Elizabeth begeben sollte. Um ihr ständig vor Augen zu halten, daß sie nicht die eheliche Tochter des Königs war, und daher auch nicht Prinzessin genannt werden durfte, sollte sie in untergeordneter Stellung und in unmittelbarer Nähe von Annes erlauchtem Töchterchen leben.

Sie vergossen bittere Tränen, da sie so lange zusammen gewesen waren, daß sie sich eine Trennung gar nicht vorstellen konnten.

»Alle, die ich liebe, werden mir nacheinander genommen«, schluchzte Mary. »Nun habe ich niemanden mehr. Welche neue Strafe wird man mir noch auferlegen?«

Eustache Chapuys hatte um eine private Unterredung mit dem König gebeten.

»Euer Majestät«, sagte der spanische Gesandte, »ich komme zu Euch, weil ich freier sprechen kann als einer Eurer Untertanen. Die Maßnahmen, die Ihr gegen die Königin und ihre Tochter Prinzessin Mary ergriffen habt, sind sehr hart.«

Heinrich sah ihn finster an, Chapuys aber lächelte liebenswürdig.

»Ich spreche so offen, Euer Majestät, da es mein großer Wunsch ist, zwischen Euch und meinem Gebieter Harmonie zu sehen.«

»Es würde Harmonie zwischen uns herrschen, wenn Ihr ihm nicht ständig vom Unglück seiner Tante schreiben würdet. Wenn seine Tante und ihre Tochter nicht mehr wären … das würde ein Ende unserer Kümmernisse bedeuten.«

Heinrichs wenig feinfühlige Offenheit erschreckte Chapuys, doch war anzunehmen, daß dem König schon längst der Gedanke gekommen war, das Leben würde für ihn viel einfacher sein, wenn Mary und Katharina ihm nicht im Weg stünden. Man mußte die Königin warnen … sie mußte darauf achten, was sie zu sich nahm, auch Prinzessin Mary mußte auf der Hut sein. Chapuys schmiedete insgeheim schon seit langem bestimmte Pläne. So schwebte ihm vor, Prinzessin Mary außer Landes zu schmuggeln, sie mit Reginald Pole zu verheiraten und alle jene zum Aufstand gegen den König aufzurufen, die über den Bruch mit Rom und die neue Heirat mit Anne Boleyn murrten. Heinrich sollte abgesetzt werden, während Mary mit Reginald Pole an ihrer Seite regierte und die Bande mit Rom wieder fest geknüpft wurden. Vielleicht hatte man den König von anderer Seite auf eine solche Möglichkeit aufmerksam gemacht. Es mangelte seinen Ministern nicht an Scharfsinn.

Auf jeden Fall war Vorsicht geboten, aber bis dahin mußte er versuchen, die Lage von Königin und Prinzessin zu erleichtern.

»Wenn sie plötzlich stürben, wäre es für Euer Majestät Untertanen kein Grund zur Freude.«

»Was meint Ihr damit?« fragte Heinrich mit halbgeschlossenen Lidern.

»Ich meine, daß es in England zu einem Aufruhr kommen könnte«, sagte der Gesandte unverblümt.

»Ihr glaubt, meine Untertanen würden sich gegen *mich* erheben!«

Eustache Chapuys schob die Schultern hoch. »Nun, das Volk liebt Euer Majestät, aber man liebt auch Königin Katharina. Aber selbst wenn man den König noch so sehr liebt, liebt man seine neue Ehe nicht.«

»Ihr geht zu weit.«

»Mein Bestreben, zwischen Euch und meinem Herrn Harmonie zu schaffen, macht mich vielleicht übereifrig.«

Heinrich überlegte. Der Mann ist ein Spion! Ich wünschte, Mendoza wäre noch hier. Dieser Chapuys ist zu gerissen. Wir müssen vor ihm auf der Hut sein.

Ihm war nicht wohl zumute. Daß das Volk gegen seine Heirat murrte, wußte er. Nie erklangen auf der Straße Jubelrufe für Anne, und er wußte sehr wohl, daß man Katharina Mitgefühl bekundete, wo immer sie sich zeigte.

»Ich bin gekommen, um Euer Majestät zu bitten, Königin Katharina ein wenig Güte zu bezeigen«, fuhr Chapuys fort. »Wenn schon nicht ihr zuliebe, dann dem Volk zuliebe. Und es gibt etwas, das sie vor allem anderen ersehnt: ihre Tochter zu sehen. Würden Euer Gnaden ein Wiedersehen gestatten?«

»Nein«, sagte der König mit Bestimmtheit.

»Würden Euer Gnaden mir die Erlaubnis zu einem Besuch bei der Königin geben?«

»Nein, nein nein!« lautete die Antwort.

Der spanische Gesandte verbeugte sich, woraufhin der König ihm zu verstehen gab, daß die Audienz beendet sei.

Es war ein unglücklicher Zufall, daß Katharinas Bitte um eine neue Bleibe zu einem Zeitpunkt eintraf, da Heinrich über Chapuys' Andeutungen nachgrübelte. Da Buckden sehr feucht und ungesund war und sie an Rheumatismus und Gicht litt, bat sie den König, ihr den Umzug in ein Haus zu gestatten, das ihr mehr Bequemlichkeit bot.

Nachdem Heinrich ihr Schreiben mit gerunzelter Stirn gelesen hatte, ließ er Suffolk kommen.

Er tippte auf den Brief und sagte: »Die Prinzessinwitwe führt wieder Klage. Buckden ist nicht nach ihrem Geschmack. Sie bittet um Erlaubnis, es verlassen zu dürfen.«

»Und Euer Majestät haben entschieden, daß sie gehen darf?«

»Ich erwog eben, wohin sie gehen könnte.«

»Da wäre Fotheringay, Euer Majestät. Man könnte es ihr zur Verfügung stellen.«

Heinrich dachte an das Schloß am Nordufer des Nen in Northamptonshire. Es war für seine ungesunde Lage berüchtigt, doch war es so entlegen, daß es keinen Anlaß zur Besorgnis geben würde.

»Dann soll es Fotheringay sein«, entschied Heinrich.

Als Katharina hörte, daß sie nach Fotheringay gehen sollte, begehrte sie auf.

»Das ist ja noch ungesünder als Buckden!« rief sie

aus. »Ist es denn wahr, daß der König mein Ende herbeisehnt?«

Selbst ihres Lebens längst überdrüssig, war sie überzeugt, daß es nicht mehr lange währen würde, wenn sie nach Fotheringay ging. Ein tröstlicher Gedanke, den sie aber sofort verdrängte. Was sollte dann aus Mary werden? Sie stellte sich ihre Tochter vor, ihres Ranges beraubt, gezwungen, mit Anne Boleyns Tochter unter einem Dach zu leben, angehalten, dem Kind Ehrerbietung zu erweisen. Es war unerträglich. Sie mußte leben, um für Mary zu kämpfen. Chapuys, der in ihrer und Prinzessin Marys Sache sehr weit zu gehen bereit war, unterbreitete ihr in seinen Briefen laufend neue Ideen. Und sie, sie tat nichts, als schwächlich den Tod willkommen zu heißen.

Nein, sie würde ganz gewiß nicht nach Fotheringay gehen.

»Ich werde Buckden nicht gegen Fotheringay eintauschen«, schrieb sie an den König, »es sei denn, man schafft mich in Fesseln hin.«

Aber Heinrich war nun fest entschlossen, sie anderswohin zu schaffen, und da sie Fotheringay nicht akzeptierte, erklärte er, daß sie nach Somersham auf der Isle of Ely gehen sollte.

»Dies ist ein Ort, der für mich ebensowenig akzeptabel ist wie Fotheringay«, schrieb sie. »Ich bleibe, wo ich bin.«

Doch der König hatte entschieden, daß sie nach Somersham gehen sollte, da sie dort mit einem kleineren Hofstaat leben konnte. Zudem wußte er, daß es ihr nicht gutging, und Somersham war wie Fotheringay ein ungesunder Ort. Wenn Katharina eines natürlichen Todes stürbe, würde sich das auf seinen Seelenfrieden sehr günstig auswirken, da er nicht mehr an sie denken und vor allem nicht mehr fürchten mußte, sie könne seiner Beliebtheit schaden.

Er schickte Suffolk mit der Anweisung nach Buckden, die Königin und bestimmte Mitglieder ihres Haushalts nach Somersham zu schaffen.

Der Duke of Suffolk war auf Buckden eingetroffen und bat um eine Audienz bei der Prinzessinwitwe. Katharina, die nur mit Mühe gehen konnte, empfing ihn in der großen Halle.

»Mylady«, sagte Suffolk mit einer Verbeugung, die jedoch nicht zu tief ausfiel, da er das Ausmaß der Ehrerbietung, das er einer Königin bekundete, von jenem unterscheiden wollte, das einer Rangniederen gebührte. »Ich komme auf Anordnung des Königs, um Euch und Euren Haushalt von Buckden nach Somersham zu übersiedeln.«

»Seid bedankt, Mylord«, antwortete Katharina kalt, »doch habe ich nicht die Absicht, von hier nach Somersham zu ziehen.«

Suffolk neigte den Kopf. »Mylady, ich fürchte, Ihr habt in dieser Sache keine Wahl, da Euer Umzug auf Befehl des Königs geschieht.«

»Ich widersetze mich diesem Befehl«, erwiderte Katharina. »Ich bleibe hier. Ihr seht, wie elend es um meine Gesundheit bestellt ist. Buckden tut mir nicht gut, aber Somersham ist noch feuchter und ungesünder. Ich werde dieses Haus nicht verlassen, bis nicht eines gefunden wird, das mir zusagt.«

»Mylady, Ihr laßt mir keine Alternative ...«

Sie unterbrach ihn. »... als zurückzukehren und dem König zu melden, daß ich mich weigere.«

»Das ist nicht meine Absicht, Mylady. Ich habe vom König Befehl, Euch nach Somersham zu schaffen, und ich wenigstens muß meinem Herrn gehorchen.«

»Leider ist Eure Aufgabe eine Unmöglichkeit, Mylord, wenn ich mich zu gehen weigere.«

»Madam, es gibt verschiedene Möglichkeiten«, antwortete der Herzog, »und diese müssen im Dienst des Königs angewandt werden.«

Katharina drehte sich um und ließ ihn allein, um sich in ihre Gemächer zurückzuziehen.

Sie erwartete nun, er würde fortreiten, um dem König zu berichten, was sich zugetragen hatte, doch das tat er nicht, und als sie sich ans Fenster setzte, um zu sehen, wie er das Schloß verließ, wartete sie vergebens. Und dann hörte sie plötzlich von unten ungewohnte Geräusche, und ehe sie eine ihrer Frauen zu sich rufen und sie nach der Ursache fragen konnte, kam eine, um es ihr zu melden.

»Euer Gnaden«, sagte die Frau, »man entfernt die Einrichtung, um sie fortzuschaffen. Die Halle ist schon ganz leer.«

»Das ist ausgeschlossen!« sagte die Königin. »Man kann mich doch nicht gegen meinen Willen aus Buckden hinauswerfen.«

Doch sie irrte sich, denn genau dazu war Suffolk entschlossen.

Insgeheim schämte Suffolk sich seines Auftrags und wünschte, der König hätte einen anderen damit betraut. Er kam sich besonders niederträchtig vor, da er nach dem Tod seiner Gemahlin Mary, der Schwester des Königs, vor kurzem die Tochter Maria de Salinas', der engsten Freundin der Königin, geheiratet hatte. In seiner grobschlächtigen Art vermochte er seinem Widerwillen nur durch ungestüme Wildheit Luft zu verschaffen. Überdies hatte er Befehl, die Königin von Buckden zu entfernen, und es war nicht auszudenken, was der König sagen würde, wenn er unverrichteter Dinge zurückkehrte.

Katharina ging in die Halle und sah, daß man ihr richtig berichtet hatte. Die Tapisserien waren bereits von den Wänden entfernt worden, und man war eben dabei, die Möbel hinauszuschaffen.

Erzürnt stellte sie Suffolk zur Rede. »Wie könnt Ihr es wagen, mir ohne mein Einverständnis meine Einrichtung wegzunehmen?« schleuderte sie ihm entgegen.

Er verbeugte sich. »Der König hat befohlen, daß die Einrichtung und Ihr entfernt werden sollen.«

»Und ich sage Euch, daß ich nicht gehen werde.«

Damit ließ sie ihn stehen und begab sich in ihr Schlafgemach, um sich mit einigen ihrer Getreuen dort einzuschließen.

Suffolk folgte ihr und bat sie durch die verschlossene Tür hindurch, Vernunft anzunehmen.

Sie gab ihm keine Antwort, und als er merkte, daß es keinen Sinn hatte, mit einer verschlossenen Tür zu streiten, ging Suffolk wieder in die Halle.

»Geht in alle Räume außer in die Privatgemächer der Königin, in die sie sich eingeschlossen hat«, wies er seine Leute an. »Nehmt die Betten auseinander und packt alles ein, was eingepackt werden muß. Wir übersiedeln diesen Haushalt nach Somersham.«

Die Arbeit ging weiter, während Katharina in ihren Räumlichkeiten blieb. Aber Suffolk und sein Gefolge hatten in der Umgebung Aufsehen erregt, und es dauerte nicht lange, bis sich die Kunde von den Vorgängen im Herrenhaus in den umliegenden Dörfern verbreitete. Als die Menschenmenge vor dem Anwesen wuchs, wurde Suffolk, der seine Wachen ums Haus postiert hatte, rasch klar, daß die Nachbarn der Königin sich zu ihrem Schutz zusammenrotteten. Es war eine stumme Schar, die auf Distanz blieb, aber alles aufmerksam beobachtete. Viele waren mit Beilen und

Ackergeräten bewaffnet. Suffolk, nicht eben für Geistesgegenwart bekannt, wurde unsicher. Er befand sich in einer demütigenden Lage: die Königin mit einigen Getreuen in ihren Räumen eingeschlossen, während sich vor dem Haus die Nachbarn der Königin zusammenfanden, um sie zu beschützen! Suffolk wußte, daß es zum Kampf kommen würde, sollte er versuchen, die Königin gewaltsam fortzuschaffen. Und er konnte sich Heinrichs Wüten vorstellen, wenn ihm dies zu Ohren käme.

Und doch mußte etwas geschehen. Da die frühe Winterdämmerung nahte, war an diesem Tag nichts mehr auszurichten, weshalb er seinen Leuten Einhalt gebot. Sie sollten sich um ihr Nachtquartier kümmern und sich stärken. Seine Aufforderung kam nicht unerwartet, da nicht damit zu rechnen gewesen war, diese Aufgabe im Verlauf eines Tages und Abends zu bewältigen.

Morgen werde ich mir einen Plan zurechtlegen, dachte Suffolk. Wehmütig dachte er an die weihnachtlichen Lustbarkeiten, die nun am Hof stattfinden würden. Die neue Königin und ihre Bewunderer würden gewiß bunte Aufzüge veranstalten, und während am Hof buntes Treiben herrschte, mußte er seine Zeit auf diesem düsteren Landsitz vergeuden, um eine halsstarrige Frau zu bewegen, etwas zu tun, das sie sich geschworen hatte, nicht zu tun.

Am nächsten Morgen war die Situation unverändert, Katharina blieb in ihren Räumlichkeiten, von ihren getreuen Dienerinnen umsorgt, die die Eindringlinge wie Luft behandelten.

Die Menschen, die sich draußen zusammengerottet hatten, wirkten unterdessen bei Tageslicht viel bedrohlicher – junge, kräftige Landleute mit furchteinflößendem Ackergerät. Versuchte er, sich einen Weg zwischen ihnen hindurch zu bahnen, würde es gewiß zu einem Zusammenstoß kommen.

Seine Sehnsucht nach dem Hof war überwältigend, doch sah er nur einen möglichen Ausweg vor sich. Er mußte dem König schreiben und ihm die Umstände schildern. Daraufhin würde er ihn zwar als unfähigen Idioten verwünschen, doch war das immer noch besser, als es zu einem Kampf zwischen den Soldaten des Königs und den Beschützern der Königin kommen zu lassen. Suffolk besaß Verstand genug, um zu wissen, daß ein solcher Vorfall der Funke sein konnte, der einen Bürgerkrieg entfachte.

Und der König mußte bereits einen Aufruhr von seiten derjenigen fürchten, die versuchen würden, seine Tochter Mary auf den Thron zu setzen.

Und doch war Suffolk unentschlossen. Er verschob den Brief an den König in der Hoffnung, daß Katharina vielleicht doch noch nachgeben würde. Schließlich war sie eine einsame, ältliche Frau, der die größte vorstellbare Demütigung widerfahren war. Vielleicht würden auch die Bauerntölpel, die sich draußen zu ihrer Verteidigung eingefunden hatten, der Sache überdrüssig werden. Suffolk entschied sich zu warten.

Fünf Tage lang wartete er, und noch immer blieb Katharinas Tür verschlossen. Sie nahm ihre Mahlzeiten in ihren Räumen ein und weigerte sich, Suffolk ihre Tür zu öffnen.

Als er mit seiner Geduld am Ende war, ging er zu ihrer Tür und hämmerte darauf ein.

»Wenn Ihr nicht herauskommt, werde ich Euch gewaltsam herausholen«, rief er.

»Es wird Euch nichts anderes übrigbleiben«, lautete Katharinas Antwort, »Brecht meine Tür auf, wenn Ihr wollt. Bindet mich mit Seilen. Tragt mich auf einer

Bahre hinaus. Es ist der einzige Weg, mich aus diesem Haus hinauszuschaffen.«

In seiner zornigen Unsicherheit stieß Suffolk wilde Verwünschungen aus. Unter den Bediensteten gab es Spitzel. Alles was in diesem Haus vor sich ging, wurde an die draußen wartende Menge weitergeleitet. Sicher würden die Nachbarn der Königin auch noch meilenweit entfernte Freunde mobilisieren, und die Menge um das Haus würde weiter anwachsen.

Die Königin mit Gewalt fortzuschleppen, wagte er nicht, da man ihn und seine Männer in Stücke reißen würde.

Wieder in der Halle, blickte er sich finster in dem kahlen Raum um. Dann setzte er sich und verfaßte Briefe an den König, an Cromwell und an Norfolk, schilderte die Unnachgiebigkeit der Königin und gab seiner Befürchtung Ausdruck, die Schar der Belagerer, die auf Tausende angeschwollen zu sein schien, würde zur Gewalt Zuflucht nehmen.

Er vertraute die Briefe einem Boten an und machte sich zum Abzug bereit.

Als er Thomas Abell aus den Gemächern der Königin treten sah, rief er ihm zu: »Hochwürden, Ihr harrt also noch bei der Prinzessinwitwe aus.«

»Wie Ihr seht, Mylord.«

»Um sie wie seit jeher in ihrem Eigensinn zu bestärken«, grollte Suffolk.

»Die Königin ist unbeugsam, was ihre Ideale angeht.«

»Die Königin? Es gibt nur eine Königin von England, und das ist Königin Anne.«

»Es gibt nur eine Königin, Mylord. Und ich sage, daß diese Königin Katharina heißt.«

»Bei Gott«, rief Suffolk aus, »Ihr redet wie ein Hochverräter.« Er rief seinen Männern zu: »Legt diesen Priester in Ketten. Er wird uns als Gefangener begleiten.«

Er rief alle Bediensteten zu sich, die nicht bei Katharina waren und nahm etliche von ihnen fest. Wenigstens würde er nicht mit leeren Händen nach London zurückkehren. Dann war er zum Aufbruch bereit. Er blickte sich im Schloß um, in dem es aussah, als sei es von plündernder Soldateska ausgeraubt worden – was gewissermaßen auch zutraf – ehe er hinaus in den Hof ritt und den Befehl zum Aufbruch gab.

Die Menge gab ihnen den Weg frei. Kein Wort wurde laut, doch die Blicke waren finster.

Katharina kam aus ihren Privatgemächern und begutachtete entsetzt das Chaos in ihrem Haus. Doch als sie hörte, daß man etliche ihres Hofstaates gefangengenommen hatte, darunter den getreuen Abell, galt ihre Sorge nicht mehr dem Zustand ihrer Behausung, sondern ihrem Seelsorger, dem im Tower vermutlich wieder hochnotpeinliche Verhöre bevorstanden. Ein Gefühl völliger Verzweiflung überfiel sie.

Wird denn diese Drangsal nie ein Ende nehmen? fragte sie sich, um sodann in Tränen auszubrechen, da die Strapazen der letzten Tage sie mehr beansprucht hatten, als ihr während der gewaltsamen Vorgänge zu Bewußtsein gekommen war. Eingeschlossen in ihren Räumen, in Ungewißheit, ob man sie gewaltsam fortschaffen würde, hatte sie nicht geweint. Nun aber konnte sie ihren Tränen nicht mehr Einhalt gebieten.

Zwei ihrer Damen kamen und wollten ihr beistehen.

»Euer Majestät, begebt Euch wieder zu Bett. Dort habt Ihr es behaglicher.«

Ohne zu antworten, hielt sie ihr Taschentuch an ihre überfließenden Augen.

»Verflucht sei Anne Boleyn«, hörte man eine der Frauen sagen.

Katharina senkt das Taschentuch und richtete ihren Blick ernst auf die Sprecherin. »Mitnichten«, sagte sie. »Seid still und verschont sie mit euren Verwünschungen. Betet vielmehr für sie. Schon ist die Zeit nahe, da Ihr Grund haben werdet, sie zu bemitleiden und ihr Schicksal zu beklagen.«

Langsam drehte sie sich um und stieg die Treppe zu ihren Räumen hinauf. Ihre Frauen blickten ihr verwundert nach, insgeheim schaudernd, da ihre Worte wie eine Weissagung klangen.

14.

Auf Kimbolton Castle

Katharina bewohnte weiterhin nur ihre Privatgemächer, während der Rest des Schlosses so blieb, wie Suffolks Männer es verlassen hatten, die Tapisserien abgenommen, die Möbel zerlegt.

Tagtäglich erwartete Katharina den Befehl des Königs, Buckden zu verlassen und sich an einen Ort seiner Wahl zu begeben, doch Heinrich war von den Ereignissen bei Hof zu sehr in Anspruch genommen, um sich mit ihr zu beschäftigen.

Sie verließ ihre Räume kaum und hörte die Messe in ihrem Schlafgemach, von dem aus sie in die Kapelle blicken konnte. Auch ihre Mahlzeiten wurden dort für sie am Feuer zubereitet, und bei ihren Dienerinnen, die nun auf engstem Raum mit ihr zusammenlebten, mischte sich Liebe in die Hochachtung, die sie ihrer Herrin immer schon entgegengebracht hatten.

Der Winter war bitter, und während dieser harten Wochen, als sie vor Kälte zitternd in ihrem Bett ausharrte, überkam sie oft das Gefühl, unter diesen Bedingungen nicht mehr lange überleben zu können. Ihre große Sorge aber galt immer noch ihrer Tochter, die, wie sie durch Chapuys wußte, in ebenso großer Gefahr schwebte wie sie selbst.

Chapuys schrieb ihr, sie solle beim Essen vorsichtig sein und ihre Mahlzeiten nur von ihren vertrautesten Dienerinnen zubereiten lassen, da er glaube, in allerhöchsten Kreisen würden Ränke geschmiedet, um sie und Prinzessin Mary aus dem Weg zu schaffen.

Diese Bedrohung wurde nicht geringer, als im März jenes Jahres Papst Clemens endlich sein Urteil verkündigte und die Ehe Heinrichs VIII. und Katharinas von Aragón vor Gott und der Kirche für gültig erklärte.

»Zu spät!« seufzte Katharina. »Fünf lange Jahre zu spät!«

Sie wußte, daß das päpstliche Urteil für sie und Mary nichts mehr zu bewirken vermochte, und nur den Zorn ihrer Feinde steigern würde, zu denen auch der König, ihr Gemahl zählte, obwohl sie es sich nicht eingestehen wollte.

Im Mai jenes Jahres befahl der König ihr, Buckden zu verlassen und nach Kimbolton Castle in Huntingdonshire zu ziehen. Und diesmal gehorchte sie.

Die Schreckensherrschaft hatte begonnen. Einige Unbeugsame weigerten sich, den Suprematseid zu leisten, und der König war nun nicht mehr der unbekümmerte Knabe, der nur Sinn für seine Vergnügungen hatte.

Seine Ehe mit Anne wurde schal. Wo blieb der Sohn, für den er so viel aufs Spiel gesetzt hatte? Wo war die Zärtlichkeit und Leidenschaft, die er einst für Anne empfunden?

Auf Kimbolton Castle lebte die Frau, die viele noch seine Königin nannten, und deren Tod er voller Ungeduld erwartete.

Lange konnte es nicht mehr dauern. Er wußte, daß die letzten Jahre der Angst und Unsicherheit, in feuchten Gemäuern verbracht, ihre Gesundheit untergraben hatten. Und doch klammerte sie sich so eigensinnig ans Leben, wie sie sich an ihren Entschluß geklammert hatte, nicht ins Kloster zu gehen.

Die Pestilenz über halsstarrige Weiber ... und halsstarrige Männer.

Er wußte, daß Chapuys gefährlich war, und hatte sich immer wieder der Bitte des Gesandten widersetzt, Katharina besuchen zu dürfen. Wie sollte er wissen, welche Ränke im geheimen geschmiedet wurden? Beruhte das Gerücht auf Wahrheit, daß man Mary außer Landes bringen und sie mit Reginald Pole verheiraten wollte, diesem Verräter, der gewagt hatte, ihm ins Gesicht zu sagen ... ihm, seinem König ... daß er sein Verhalten mißbillige?

Die Pestilenz über alle Männer und Frauen, die ihr Leben für eine Sache aufs Spiel setzten, die nicht des Königs Sache war. Sie sollten sehen, wohin dieser Weg führte.

Mary, eigensinnig wie ihre Mutter, weigerte sich, mit ihrer kleinen Schwester auf Reisen zu gehen, erklärte standhaft, sie sei Prinzessin und würde keinen anderen Titel akzeptieren. Unentwegt bat sie ihn, ihre Mutter besuchen zu dürfen; und jetzt war sie höchst ungelegen erkrankt, nach einer Vergiftung, wie man sich zuraunte.

Katharina schrieb ihm aus Kimbolton: »Unsere Tochter ist krank. Du kannst mir ein Wiedersehen nicht verweigern. Ich bitte dich inständig, mir zu gestatten, daß ich sie besuche. Weißt du denn, wie lange ich sie nicht mehr sehen durfte? Bereitet dir diese Grausamkeit Vergnügen?«

Der König kniff beim Lesen dieser Bitte die Augen zusammen. Den beiden ein Treffen gestatten? Damit sie Komplotte schmieden konnten? Damit sie an den tückischen Chapuys Nachrichten schmuggeln konnten ... wie man Mary außer Landes bringen und mit

Pole verheiraten konnte – zweifellos als Signal an ihre Freunde in England gedacht, sich gegen ihn zu erheben.

»Niemals!« rief er aus.

Wer dem König den Gehorsam verweigerte, sollte die Höchststrafe erleiden. Im April jenes blutigen Jahres wurden fünf Kartäusermönche angeklagt und wegen Hochverrats verurteilt, da sie den Eid verweigert hatten, mit dem der König zum Oberhaupt der Kirche erklärt wurde.

»Sie sollen begreifen«, grollte Heinrich, »was es heißt, dem König den Gehorsam zu verweigern. Wer ähnlichen Ungehorsam im Sinn hat, soll sehen, was ihn erwartet.«

In jenem Mai wurden die gefolterten Körper dieser fünf Märtyrer aus ihrem Kerker zur Richtstätte geschafft, wo sie der schmähliche und gräßliche Verrätertod erwartete. Nachdem sie auf Hürden nach Tyburn geschleift wurden, hängte man sie, schnitt sie lebendigen Leibes ab, schlitzte sie auf und steckte Eingeweide und Herzen auf Spieße, damit alle sehen konnten, wie der König Ungehorsam bestrafte.

Im Juni wurden weitere Mönche der Kartäuser nach Tyburn gebracht, mit denen man auf gleiche Weise verfuhr. Und wenige Tage später wurde John Fisher, Bischof von Rochester, aus seinem Gefängnis geholt, um den Verrätertod zu erleiden. Zu seinem Glück hielt der König es für ratsam, bei einigen Übeltätern Milde zu zeigen und Gnade vor Recht ergehen zu lassen. Der Bischof, dem einige irregeleitete Untertanen des Königs Liebe und Verehrung entgegenbrachten, sollte nicht den barbarischen Tod der Kartäuser erleiden. Fisher durfte unter dem Beil sterben.

Im Juli wurde Sir Thomas Morus aus dem Tower

von London geschafft, wo er fünfzehn Monate verbracht hatte, und auch er legte sein Haupt auf den Richtblock.

Als Katharina vom Tod dieser alten Freunde hörte, schloß sie sich allein in ihr Gemach ein.

Noch immer konnte sie nicht glauben, daß der lebenslustige Jüngling, der sie in den Tagen ihrer Demütigung zu seiner Frau gemacht hatte, nun ein brutaler Mörder sein sollte, der unschuldige Menschen in den Tod schickte. Noch immer klammerte sie sich an den Glauben, daß es seine Umgebung war, die ihn zu diesen Taten trieb. Nun aber suchte sie die Schuld nicht mehr bei Wolsey, sondern bei Anne Boleyn.

Doch insgeheim wußte sie, daß Heinrich mit uneingeschränkter Macht herrschte; seit dem Bruch mit Rom mehr denn je zuvor.

John Fisher! seufzte sie. Thomas Morus! Meine teuren Freunde … und jene des Königs! Wie konnte er solche Männer töten lassen? fragte sie sich.

Doch sie kannte die Antwort, und sie fragte sich: Wer mag der nächste sein?

Ihre Angst um ihre Tochter – und um sich selbst – war groß.

Wieder war der Winter gekommen, und Katharina wußte, daß sie ihn nicht überleben würde, da sie nun schon so schwach war, daß sie tagelang ihr Bett hüten mußte. Und eine Vorahnung sagte ihr, daß ihr Ende nahe war.

Ein einziges Mal wandte sie sich noch an Heinrich.

»Da ich nicht glaube, daß ich noch lange leben werde, bitte ich Dich, meiner Tochter zu gestatten, zu mir zu kommen. Du kannst mir doch nicht verwehren, ihr persönlich meinen letzten Segen zu geben.«

Als sie dieses Gesuch abgeschickt hatte, war sie

voller Hoffnung, weil sie sich noch immer dem Glauben hingab, Heinrich sei nicht so grausam, wie es den Anschein hatte.

Aber auch diese Bitte blieb wie alle anderen unbeantwortet, und sie wußte nun, daß sie in diesem Leben ihre geliebte Tochter nicht wiedersehen würde.

Als Chapuys vom Zustand der Königin hörte, suchte er zutiefst beunruhigt unverzüglich den König auf. Wie erschrak er, als er die hoffnungsvolle Miene des Königs sah. Der Mann ist fürwahr ein Ungeheuer, dachte er erbittert.

»Ich erbitte Euer Majestät Erlaubnis, die Königin auf Kimbolton besuchen zu dürfen«, sagte er.

Heinrich ging auf diese Bitte gar nicht ein und begann ein Gespräch über die Lage in Europa. Franz würde nicht ruhen, bis Mailand sein war; und konnte er Mailand ohne Hilfe Englands an sich bringen?

Chapuys gab keine Antwort und sagte statt dessen: »Vom Arzt der Königin habe ich erfahren, daß sie dem Tod nahe ist. Sie fleht Euch an, Ihre Tochter sehen zu dürfen.«

»Das ist eine Sache, die ich nicht entscheiden kann, ohne meinen Kronrat zu konsultieren.« Heinrich nahm Chapuys bei den Schultern und sah ihn eindringlich an. »Der Kaiser handelt gegen seine Interessen, wenn er sich in Dinge einmischt, die ihn nichts angehen. Warum soll ich nicht ein Bündnis mit jemandem anstreben, dem an meiner Freundschaft liegt, wenn der Kaiser nicht mein Freund sein will?«

»Euer Majestät kann doch nicht glauben, daß der Kaiser Königin Katharina jemals im Stich ließe, solange sie lebt.«

Ein selbstzufriedenes Lächeln huschte über das Gesicht des Königs. »Das dürfte keine Rolle mehr spielen. Sie wird nicht mehr lange leben.«

»Aus diesem Grund erbitte ich die Erlaubnis, sie besuchen zu dürfen.«

Heinrich zuckte die Achseln. Sie lag im Sterben. Lange konnte sie ihm nicht mehr zur Last fallen.

»Geht zu ihr, wenn Ihr wollt«, sagte er. »Aber es darf keine Zusammenkunft zwischen ihr und Lady Mary geben.«

Aus Angst, der König könnte seine Absicht ändern, zögerte Chapuys nicht und eilte von dannen, um sich schleunigst auf den Weg nach Kimbolton zu machen.

Chapuys kniete an ihrem Bett, bis ins Herz bewegt von ihrem Anblick. Die Haut spannte sich straff über den Knochen, ihr einst so schönes Haar hing schlaff und glanzlos herab. Das Sprechen erschöpfte sie. Doch bei seinem Anblick erhellte sich ihre Miene. Und als sie seinen Kummer sah, bat sie ihn, er solle nicht weinen. Sicher könne er sich denken, daß der Tod für sie keinen Schrecken berge, da ihr seit der Trennung von ihrer Tochter nicht mehr viel am Leben liege.

Dann verdrängte sie ihren Kummer und wollte Neues von ihrer Tochter hören. Vor allem aber wollte sie Anweisungen geben, was nach ihrem Tod zu geschehen hätte.

»Ich hinterlasse so wenig«, sagte sie. »Ein paar Pelze und Schmuckstücke … doch sie sollen ihr gehören; sie wird diese Dinge lieben, mehr weil sie mein waren als ihres Wertes wegen. Wenn Ihr Mary seht, dann sagt ihr, daß ich sie innig liebe. Hätte ich sie nicht als meine einzige Freude gehabt, mein Kummer wäre unerträglich gewesen. Ach, mein lieber Freund, ich fürchte, daß ich großes Leid über dies Land brachte. Würdige Männer mußten ihr Leben lassen, und andere haben ihre Seelen in Gefahr gebracht. Aber wie könnte ich leugnen, daß ich trotz allem Heinrichs Frau bin?«

Für Chapuys, der sie zu beruhigen suchte, war es eine Erleichterung, daß er ihr etwas Trost bringen konnte. Er blickte um sich, sah die wenigen Kerzen, die Streu auf dem Boden. Ein armseliger Raum, um als Sterbezimmer für Isabellas Tochter zu dienen.

Sein Besuch hatte sie jedoch so getröstet, daß sie sich zu erholen schien.

Es war sechs Uhr am Neujahrstag, als eine kleine Gruppe müder Reisender vor den Toren von Kimbolton Castle eintraf, an ihrer Spitze eine Frau, die erklärte, sie seien völlig entkräftet und bäten flehentlich um Obdach.

Der Torhüter beschied ihnen, daß niemand Einlaß fände, der nicht eine schriftliche Erlaubnis des Königs mit sich führe, doch die weinende Frau flehte ihn an, sie nicht schutzlos in dieser bitterkalten Januarnacht vor den Toren stehen zu lassen.

Vom mitleiderregenden Anblick der Reisenden gerührt, war der Torhüter bereit, die Frau zu Sir Edmund Bedingfeld zu führen, der vom König zum Haushofmeister Katharinas bestimmt worden war, in Wahrheit jedoch als ihr Kerkermeister fungierte.

Als die Frau vor Bedingfeld hintrat, den Kapuzenmantel eng um ihren zitternden Körper gezogen, bat sie ihn, sich an einem Feuer wärmen zu dürfen und wurde in die Halle des Schlosses geführt.

»Sagt mir«, begann sie ein Gespräch, als sie die weißen Hände den Flammen entgegenstreckte, »ist die Prinzessinwitwe noch am Leben?«

»Das ist sie«, lautete die Antwort.

»Ich hatte gehört, sie sei tot«, sagte die Frau düster.

»Leider könnte es bald so sein.«

»Ich bitte Euch, laßt mich zu ihr.«

»Wer seid Ihr?«

»Ich führe Briefe mit mir, die meine Identität beweisen.«

»Dann zeigt sie mir.«

»Das will ich am Morgen gern tun. Sie befinden sich in der Obhut meiner Frauen.«

»Ich muß sie sehen«, sagte Bedingfeld, »ehe ich Euch einen Besuch bei der Prinzessinwitwe gestatten kann.«

Die Frau ging zu ihren zwei Mägden, die in einiger Entfernung dastanden, aber anstatt mit ihnen zu sprechen, lief sie plötzlich zur Treppe und die Stufen hinauf.

Der verdutzte Bedingfeld starrte ihr nach, und diese wenigen Sekunden nützte sie, um einen großen Vorsprung zu gewinnen.

»Wer ist Eure Herrin?« herrschte er die Frauen an, die kopfschüttelnd jede Anwort verweigerten. Inzwischen war die Frau am oberen Ende der Treppe angelangt und stieß dort auf eine der Zofen der Königin.

»Bringt mich zur Königin. Ich bin eine Freundin, die sie sehen möchte.«

»Halt, sage ich!« rief Bedingfeld laut.

Anstatt auf ihn zu hören, drehte die Zofe sich um und lief, gefolgt von der Besucherin, zu den Gemächern der Königin.

Die Tür zu Katharinas Schlafzimmer wurde aufgerissen, und die Zofe rief: »Euer Majestät, Lady Willoughby will Euch besuchen.«

Da versuchte die Königin, sich aufzurichten, und Maria de Salinas lief zum Bett, warf sich auf die Knie und umarmte sie.

Als Bedingfeld eintrat, sah er die beiden Frauen in inniger Umarmung, sah die Tränen auf den abgezehrten Wangen der Königin und hörte sie sagen: »Maria, du bist gekommen. Ich muß also nicht allein sterben, verlassen wie ein verstoßenes Tier.«

Der Blick der Königin traf mit seinem über dem Kopf der treuen Maria zusammen, und sie sagte: »Laßt uns allein. Meine liebe Freundin hat viel auf sich genommen, um zu mir zu kommen. Ich befehle Euch, uns nicht zu stören.«

Da machte Bedingfeld leise kehrt und schloß die Tür.

Viel Zeit sollte ihnen nicht bleiben. Maria de Salinas, die nun nicht mehr von der Seite der Königin wich, berichtete ihr als erstes, wie sie in aller Heimlichkeit zu der gefahrvollen Reise aufgebrochen war, um zu ihrer geliebten Herrin zu gelangen.

»Ach, Maria, wie glücklich du mich gemacht hast«, seufzte die Königin. »Schade, daß unsere Zeit knapp bemessen ist.«

»Nein«, rief Maria aus, »Ihr werdet genesen, weil ich nun da bin, um Euch zu pflegen.«

»Pflege ist an mich vergeudet«, erwiderte die Königin, »aber ich bin noch nicht so hinfällig, daß ich mich nicht an deiner lieben Gegenwart freuen könnte.«

Maria verließ das Schlafgemach der Königin nicht mehr, und in den folgenden Tagen war sie es, die sie pflegte, bei ihr wachte und mit ihr sprach.

Zuweilen vergaß Katharina, daß sie in ihrem Bett im düsteren Kimbolton lag, und glaubte sich in der Alhambra von Granada, glaubte den Myrthenhof zu durchschreiten, oder an der Seite ihrer gütigen und liebevollen Mutter aus dem Fenster auf den Löwenhof zu blicken. Wenn sie mit Maria von jener Zeit sprach, Hand in Hand, in ihrem heimatlichen Kastilisch, hatte Katharina das Gefühl, alle Schmerzen und ihr an Kummer reiches Leben, das ihr in England beschieden gewesen war, würden von ihr abfallen. Sie glaubte Sonne und Heiterkeit zu spüren, glaubte rosafarbige Türme zu sehen, an deren Wänden das Bild des Granatapfels prangte – das Symbol der Fruchtbarkeit, das sie zu ihrem eigenen erwählt hatte, eine Ironie des Schicksals, die ihr jedoch entging, da die Jahre ihrer Erinnerung entglitten und sie wieder jung war.

Maria bemerkte es mit erschrockenen Augen, denn sie wußte, daß Katharinas Leben verrann.

Sie ließ die Priester kommen, die Katharina die Letzte Ölung spendeten, ehe sie am siebten Januar 1536 um zwei Uhr nachmittags verschied.

Als Heinrich die Nachricht überbracht wurde, frohlockte er.

»Gott sei gelobt«, rief er aus. »Die Kriegsangst ist von uns genommen. Nun kann ich mit den Franzosen verhandeln, weil sie befürchten werden, daß ich ein Bündnis mit dem Kaiser eingehe.«

Es gab noch einen Grund für seine Freude. Katharina hatte für ihn ein ständiges peinliches Ärgernis dargestellt, solange es Menschen gab, für die sie noch immer seine Frau war.

Er kleidete sich von Kopf bis Fuß in Gelb, steckte sich eine weiße Feder ans Barett und erklärte, man solle in den Lustbarkeiten fortfahren, da für eine Frau, die nie seine Gemahlin war, keine Hoftrauer angebracht sei.

Seinem Beispiel folgend, wählte auch Königin Anne für ihre Kleidung Gelb. Wie für den König bedeutete Katharinas Tod für sie eine Erleichterung, die jedoch ein Schatten trübte. Wie so vielen am Hof war ihr der grübelnde Blick nicht entgangen, mit dem der

König Jane Seymour, eine spröde, aber raffinierte Hofdame, ansah.

Dem frohen Treiben um König und Königin haftete etwas Fieberhaftes an, und viele glaubten, den Tod schon lauern zu sehen. Doch der König stolzierte an seinem Hof mit der kleinen Elizabeth in den Armen auf und ab, Bewunderung für seine Tochter heischend. Nicht wenige fragten sich, welches Los seiner Erstgeborenen beschieden sein würde, da man sich noch gut daran erinnerte, wie er mit Mary in den Armen einhergeschritten war.

»Fahrt fort im Tanz!« rief der König. Die Spielleute stimmten eine muntere Weise an, und die Gesellschaft tanzte ausgelassen.

Königin Katharina war tot; Morus war tot; Fisher war tot. Sie alle reihten sich in die lange Prozession der Märtyrer ein.

Heute wird getanzt! lautete das Motto am Hof, denn wer konnte wissen, was die Zukunft bringen mochte und wen das Schicksal als nächsten ereilen würde?